김석범 대하소설

火山島

5

김환기·김학동 옮김

보고사

차례

제11장

1

선옥의 병은 신체상의 문제가 아니라, 귀신이 들린 것으로 무당을 불러 살을 풀지 않으면 안 된다는 성가신 일이 되고 말았다. 말하자면 살을 맞았다는 것이다. 살은 '무엇'인가에 들러붙는 사악한 기운, 사람을 해치는 눈에 보이지 않는 기운이라는 것으로, 초상집이나 혼인이 있는 집에서 갑자기 맞는다고 한다. 선옥은 내일 딸의 결혼식을 앞두고 있는 의자매의 집에서 이상해졌다. 오한이 나고 머리가 아프다고 했다는데, 갑자기 가슴이 답답하다며 신음하더니 경련과 함께 그 자리에서 쓰러졌다는 것이다. 그리고는 잠시 무슨 말인지 중얼거렸는데, 다른 사람은 알아들을 수가 없었다. 놀란 이태수는 비바람 속으로 사람을 보내 자동차를 불러 타고 도립병원으로 데리고 갔는데, 당직 의사는 진정제를 주사한 뒤 특별한 이상은 없다고 진단했다. 그런데 선옥 일행이 병원 건물을 막 나왔을 때, 우연히 현관 옆에서 비를 피하고 있던 부스럼영감이, 과거의 주인 앞에 나타나 머리를 조아리며 하인으로서의 인사를 했다. 술에 취해 있었다고 하니까, 노인은 자제심을 잃고 그만, 아이고 주인 어르신, 저는 예전에 하인으로 일하던 부스럼영감올습니다……라는 식으로 인사를 했을 것이다. 그러나 갑자기 어두운 곳에서 튀어나온 노인의 비에 젖은 그 모습은 꽤나 괴이한 것이었음에 틀림없다. 부스럼영감을 본 선옥은 어린 여자아이 모양으로 비명을 지르며 뛰어오를 듯이 놀라더니 그 자리에 주저앉고 말았다.

놀란 부스럼영감은 어디론가 모습을 감춰 버리고, 선옥을 차에 태워 집으로 데려왔던 것이다. 그녀는 이부자리에 누운 뒤에도 가슴이 답답하다고 호소했는데, 그러나 혀가 굳어졌는지 말로 제대로 못하고 눈물을 흘리며 울기 시작했다. 함께 따라온 중년의 언니 송 씨는, 이 건 필시 부스럼영감이 갑자기 나타나 선옥을 놀라게 하는 바람에 "혼 이 나가서" 그렇다고 했다. 부엌이는 얼른 이웃집에 사는 고네할망에 게 사정을 이야기한 뒤 와 달라고 부탁했다.

태어난 마을이 고내리(高內里)라서 고네할망이라고 불리는 그녀를 이방근은 알고 있었다. 몸뻬 차림으로 달려온 자그마한 체구의 그녀 는 무당도 아니었지만, 선옥을 보자, 이건 살을 맞아서 그렇다고 말한 뒤, 말도 못하는 그녀의 상반신을 일으켜 이불 위에 앉혔다. 그리고는 등을 부드럽게 쓰다듬으며, 아이고 이 불쌍한 것아, 무슨 일이 있는 거냐. 무엇이 네 가슴에 맺혀 있기에, 말도 못할 지경으로 괴로워하는 것이냐. 뭐가 슬퍼서 그렇게 울고 있느냐. 자아, 자아, 이 불쌍한 것 아, 영리한 것아, 가슴속에 뭔가 괴로운 것이 있거들랑 그걸 어서 이 야기해 보거라, 자아, 자아, 어찌 된 일이냐, 무얼 그리 괴로워하느냐, 가슴에 맺혀 있는 것을 이야기해 보거라……. 고네할망은 선옥의 등 을 쓰다듬고, 팔과 손을 주물러 주면서 정이 담긴 자상한 목소리로 선옥에게, 아니 선옥에게 들러붙은 누군가의 혼백을 향해 말을 걸었 다. 그리고는 사발을 선옥의 입에 갖다 대고 냉수를 마시도록 했다. 이윽고 얼굴이 창백하던 선옥은, 눈은 분명히 뭔가에 쓰인 듯이 초점 을 잃고 있었지만, 목을 설레설레 흔들고 자신의 가슴을 쓰다듬으며, 아이고—, 돈아, 돈아, 한 많은 돈아……, 나는 돈에 희생되었습니다. 이 슬픈 마음속 이야기를 좀 들어주세요. 나보다도 신한테만 돈을 쓰 면서, 내가 여자라는 이유로 업신여김을 당했습니다. 아이고—, 돈아, 돈아……라고 호소하기 시작했던 것이다. 옆집에서 온 할망에게도 그것이 무슨 소린지 알 수 없었는데, 함께 따라온 중년의 송 씨에게 뭔가 짚이는 데가 없냐고 물으면서, 선옥에게 옮겨 붙은 혼령을 위로

했다. 혼령은 아무래도 작년에 요절한 송 씨의 조카인 것 같았는데, 선옥은 그 여자아이를 잘 알고 있었다고 한다. 딸만 네 자매의 막내로, 남자 형제가 없었기 때문에, 남아 출산을 위한 기원에 많은 돈을 쏟아 부은 끝에 태어난 것이 그 여자아이였다고 한다. 그 뒤에도 아버지는 아들을 낳기 위해 첩을 둘이나 들였는데, 첩들도 각각 여자아이만 하나씩 낳았을 뿐, 끝내 아들은 보지 못하고 말았다.

고네할망의 위로와 유도로 죽은 자의 말을 대신 털어놓은 선옥은 이윽고 제정신을 차리는 것 같았지만, 자신이 지금까지 처해 있던 상황은 물론, 무슨 말을 했는지 전혀 기억하지 못했다. 그러면서도 부스럼영감에 관한 일은, 병원을 나올 때 부스럼영감을 만난 것은 분명히 기억했다. 고네할망은 내일까지도 상태가 호전되지 않으면 살풀이를 하는 게 좋겠다고 권했다. 그것은 선옥만의 일이 아니었다. 결혼식이 끝난 뒤에 가엾게 죽은 여자아이를 위해 명복을 빌어 주는 것이 좋을 것이라고, 큰어머니에 해당하는 송 씨 역시 같은 말을 했다.

살풀이와 기도는 섬 여자들의 일상생활, 그 생활습관에 이르기까지 완전하게 지배하고 있는 무속 안의 굿이라고 불리는 제사를 말한다. 종교적 색채를 띤 민간신앙이자, 일개의 미신이라고 치부해 버릴 수도 없는 것이었다. 그렇다 해도 미신 외의 무슨 특별한 것도 아니라고 이방근은 생각했다. 그러나 눈앞에서 무당도 아닌 고네할망이 선옥에게 들러붙은 것을 떼어 내는 과정을 지켜본 그는 내심 감탄하고 있었다.

아버지 이태수는 옆집의 고네할망이 돌아가고 나서 부스럼영감을 비난했다. 비록 선옥의 흉내를 내며 늙은 당나귀라고까지는 하지 않았지만, '그 빌어먹을 늙은이!'라는 등 고함을 치다가, 자신 역시 늙은 몸이라는 것을 인식한 탓인지, 비천한 놈이라든가 그 밖의 천박한 수식어를 갖다 붙이며 비난했다. 그런 자가 성내에서 어슬렁거리게 해서는 안 되지, 내일이라도 경찰이 체포해서 처넣도록 손을 쓰지 않으면 안 되겠어……. 이방근을 향해 하는 말은 아니었지만, 자식을 의식한 말이라는 것은 의심할 여지가 없었다. 부스럼영감이 도망갔다는 것은 분명히 알 수 있었지만, 그렇다고 부스럼영감을 체포해 본들 무슨 수가 생기는 것도 아닐 터였다. 무슨 소설의 주인공은 아니지만, 잘 곳도 없는 부스럼영감에게 약간의 구타는 있을지 몰라도 유치장의 생활은 얼마나 천국인지 알지 못하고 하는 소리였다. 아니, 처음부터 경찰 쪽에서 두 손발 다 들 것이 틀림없었다. 부스럼영감은 빨갱이 잡는 것이 경찰의 주된 업무인 이 나라에서는, 극단적인 말이기는 하지만, 살인을 한 것도 아닌 이상, 감옥에 가기는 어려울 것이었다.

그런데 이튿날이 되어도 선옥은 자리에서 일어나지 못했다. 전날 밤 들렸던 귀신은 떠난 것 같았지만, 두통과 가슴의 통증을 호소했다. 왕진한 의사의 진단으로는 일종의 과로이기 때문에 심신을 안정시키고 차분하게 휴식을 취하면서 한동안 상태를 지켜보는 편이 좋겠다는 정도로, 주사와 약을 처방하고 갔다. 선옥은 어젯밤 갑자기 어둠 속에서 나타난 부스럼영감에게 어지간히 놀란 듯 부엌 조왕신과 노일저대 이름을 중얼거리며, 노일저대의 벌일지도 모른다는 말을 하기 시작했다. 그리고는 다음날에도 병문안을 온 옆집 고네할망의 권유를 받아들여 살풀이굿, 무속의 제사를 지내고 싶다고 남편에게 말했던 것이다.

그러나 이것은 문제였다. 어차피 부녀자들이 하는 일, 간섭할 것 없이 내버려 두면 되는 일이었지만, 누가 혼자 와서 한두 시간 기도로 끝나는 간단한 일이 아니었기 때문이었다. 무당 외에도 북재비며 장구재비 등 서너 명이 들어와 하루 종일 걸리거나, 혹은 삼 일 이상 걸리는, 주변에서 많은 여자와 아이들이 몰려들어 구경을 하는 방식의 본격적인 '굿'이었던 것이다. 이태수는 난색을 표시했다. 귀신과 무당을 배격하는 유교입국의 전통을 이어받은 나라의 백성일 뿐만 아니라, 야외에서 하면 몰라도, 그런 비천한 무당을 집에 들여 굿을 한다는 것은 받아들이기 어려웠던 것이다. 양반가의 남정네는 이런 일에 관련되어서는 안 되는 것이었는데, 즉 무당과 박수는 기생과 마찬가지로 천민에 해당했다. 기생만이 아니다. 백정이나 광대, 상여꾼 등과 함께 조선시대의 여덟 천민 중의 하나였는데, 기생이 비천한 신분이라면, 선옥의 전신이 그러하지 않았던가.

　이방근은 아버지가 의견을 물어 오지는 않았지만, 굳이 반대할 필요는 없었다. 계모가 굿을 간절히 원한다면, 대부분의 부녀자들이 없는 돈을 털어서라도 하고 있는 일이므로, 매정하게 배척할 일은 아니라고 생각했다. 천한 신분인 무당을 집안에 불러들이는 것은 이 씨 가문을 더럽히는 일이라는 생각은 없었다. 비천한 부스럼영감도 하인으로 한 집에 살지 않았던가. 아니, 무당은 부스럼영감보다도 비천하다고 해야 하나. 그런데 집에서 한다면, 부엌 뒤뜰에 차양을 치고 하게 될 것이다. 그렇게 되면 밤낮을 가리지 않고 장구를 치고 징을 울리는 소음이, 그리고 주변에서 몰려온 구경꾼들의 출입으로 시끄러워지게 될 터였다.

　아버지는 선옥의 용태가 걱정이 되었던지, 점심때가 조금 지나 집에 들렀는데, 그녀는 식사도 않고 핏기 없이 굳은 얼굴로 계속해서 가슴의 답답함을 호소했다. 약이나 주사로 나을 수 있는 게 아니다. 환자는 자신이고 그 증상은 누구보다 자신이 잘 알고 있으니까, 굿을 해서 가슴속 응어리를 풀지 않으면 안 된다. 만일 이 대로 계속 시간을 끌면 미쳐 버릴지도 모른다고 압박했다. 처음에는 강하게 반대하던 아버지도 선옥의 주장을 거부할 힘이 없었다. 선옥의 말대로 환자는 그녀 자신이니, 병의 치유를 위한 소원을 거절할 일도 아니었다.

아버지는 아들을 불러 의견을 들으며, 안 되는 일이야, 안 되는 일이라고 반복했지만, 그것은 하나의 제스처에 불과했다. 환자인 본인의 의향을 반영해야 한다는 아들의 의견에 응하는 방식으로 굿을 하기로 결정했다. 그러자 선옥의 얼굴에 생기가 돌아왔다. 그녀는 성급하게도 당장 오늘 저녁부터 시작했으면 좋겠다고 말했지만, 그렇게 하려면 응접실을 사용할 수밖에 없었다. 오늘 하루 비바람이 지나가기를 기다렸다가 내일이라도 날씨가 회복되면 뒤뜰에 차양 막을 치고 하자, 비바람이 멈추지 않으면 그때는 응접실을 사용해도 어쩔 수 없다, 이것이 결론이었다. 아버지뿐만 아니라, 이방근도 응접실을 사용하는 것에는 약간의 저항감을 느꼈지만, 서재를 비워 달라는 것도 아니고, 그곳이 필요하다면 그렇게 해도 상관없다고 생각했다. 하루 만에, 아니 그것이 삼 일이 걸린다 해도 조금만 참으면 되는 일이었다. 굳이 반대할 일은 아니었다. 이 집안의 일로 이제 와서 반대할 것이 뭐가 있겠는가. 아버지가 최상화의 추천인이 되는 것도 막지 못하지 않았는가.

집안에서 굿이 결정되자, 선옥은 부엌이를 무당에게 보내 상의하였고, 얼른 굿을 위한 준비에 들어갔다. 저녁에는 옆집의 고네할망이랑 근처에 사는 부녀자 서너 명이 도와주러 와서는, 제물에 사용할 떡을 만들기 위해 쌀을 가루로 빻거나, 단술, 달걀, 채소 무침, 참기름을 바른 도미와 조기 등의 하얀 생선을 굽거나, 과일 따위를 준비하였다. 그것은 작은 제상 차림 수준의 제물이었다.

큰비는 내리지 않았지만, 해가 저물고 나서도 바람은 멈추지 않고 밤새도록 불었다. 이 상태로 간다면 부엌 뒤뜰에 차양을 치고 자리를 펴 굿을 하기는 어려웠다.

다음날 아침에도 가랑비가 섞인 바람이 불었다. 굿은 이른 아침부터 시작되었고, 이방근은 응접실 주위에서 들려오는 징 소리에 눈을 떴다. 징 소리가 사라지자 장구와 큰북의 리듬에 맞춘 무녀의 읊조리는 기도 소리가 들려오고, 안뜰에서 근처의 여자들이 수시로 출입하는 기척이 났다.

이 섬의 여성 사회는 무속 안에 있었다. 예를 들면, 어느 부락에나 무속의 메카인 '당'이 설치되어 수호신으로 숭배되고 있었는데, 거기에는 일정한 무당과 박수의 주관으로 부락 공동의 제사가 행해졌다. 신체(神體)는 주로 큰 팽나무였는데, 그 나무는 신목(神木)으로 여겨졌다. 이밖에도 가는 곳마다 무속과 관련된 신과 신앙이 살아 있었지만, 그 한편에는 뿌리 깊은 '귀신'의 신앙이 있었다. 대표적인 것이 도깨비였다. 도깨비는 이 섬에서는 도체비로 불리는 일종의 요괴, 잡귀 종류로, 밤에 도깨비불로 출몰한다. 그러나 도체비는 무서운 것만은 아니었다. 때로 인간에게 여러 가지 이익을 주기도 하는 신이었으며, 한밤중에 인간을 상대로 씨름을 걸어온다든가 장난을 좋아하는 익살스런 요괴이기도 했다. 개중에는 인간의 모습을 한 것도 있다. 어쨌든, 잡귀가 많았다. 예를 들면, 밤에 바닷가에 가까운 인적이 드문 길을 걷고 있으면, 그런 귀신을 만날 때가 있었다. 바닷가의 불빛이 없는 밤길을 불안한 마음으로 걷고 있노라면, 문득 전방에 사람의 그림자가 움직이는 게 보인다. 그림자는 점점 바다 쪽으로 걸어가는데도, 밤길에 길동무를 발견했다고 여기는 살아 있는 인간은, 무의식중에 전방의 그림자에 이끌려 점차 걸음을 빨리하여 따라가게 된다. 그리고 어느새 바닷가의 차가운 물속에 양다리를 담그면서 정신이 들 때까지, 그 요괴의 정체를 간파할 수가 없다. 더구나 당사자가 술이라도 취해 있고, 앞서가는 사람 그림자가 여자 모습의 잡귀라면, 양 다리가 아니라 몸 전체가 바다 위를 가는 그 여자를 따라가다가 바다에 빠져 버리게 될 것이다. 이방근은 엎드린 자세로 담배를 한 대 피우다가, 다시 이불 속으로 들어가 자신도 모르게 잠이 들어 버렸다.

이방근은 열 시 넘어 눈을 떴는데, 식사를 끝내고 점심때가 다 되어서야 응접실을 들여다보았다. 향을 피우는 냄새가 코를 찔렀다. 많은 부녀자들, 그리고 남자도 몇 명인가 있었는데, 아직 학교에 입학하지도 않은 아이들까지, 소파 따위를 치운 응접실 벽 쪽에 설치된 제단 앞의 무녀들을 멀리서 감싸듯이 빙 둘러 앉아 있었다. 그중에는 칭얼대는 갓난아이에게 크고 흰 가슴을 드러낸 채 젖을 물리고 있는 젊은 아낙도 있었다. 뒤에 병풍을 친 제단에는 놋그릇에 담긴 흰 쌀밥이랑 생쌀, 두세 종류의 하얗고 둥근 떡, 그 밖의 제물이 올라 있었다. 향로에는 향내가 나는 연기가 피어오르고, 좌우 금속제 촛대에서는 촛불이 불꽃을 흔들고 있었다. 하얀 지전(紙錢)과 소지(燒紙), 몇 자쯤 되는 무명천, 그리고 제단 앞 놋그릇에 가득 담긴 생쌀 위에 동전과 백원짜리 지폐가 여러 장 겹쳐 놓여 있어서 제사 때의 제단과는 확실히 달랐다.

사십 대로 보이는 하얀 무복 차림의 무당은 제단 바로 앞 돗자리 한가운데에 홀로 앉아 장구를 치면서 무슨 내용인지 이야기조 무가를 리드미컬한 목소리에 실어 읊조리고 있었다. 여자들은 꼼짝도 하지 않고 그 소리를 듣고 있었다. 무당 앞에는 점을 치는 도구인 신칼, 수십 센티는 됨직한 가는 종이를 붙인 20센티가량의 놋쇠 칼이 두 자루 놓여 있었다. 무당 뒤쪽으로는 두 사람의 악사, 모두 여자로, 징과 큰북을 치는 이른바 조무(助巫)가 앉아 있었고, 굿의 당사자이자 환자인 선옥은 하얀 치마저고리의 정장 차림으로 무당 가까이에 고개를 숙이고 앉아 있었는데, 무가를 듣는 모양이었다. 환자처럼 창백하고 갸름한 그녀의 얼굴은 평소의 독기가 사라져 백납처럼 매끄러웠으며, 계모임에도 요염하고 아름답게 보였다. 마흔을 갓 넘긴 부엌이와 거의 같은 연배였지만, 색향은 여전히 빛을 발하고 있었다. 이방근은 계모의 모습을 본 순간, 그 아름다움에 놀라 자신도 모르게 고개를 돌렸을 정도였는데, 지금까지 없던 일이었다. 얼굴도 내밀지 않고 회사로 나간 듯한 아버지가 보지 못한 후처의 아름다운 모습이었다. 아버지가 그녀에게 반한 것도 무리가 아니라는 생각이 들었다. 어쨌든, 굿을 하여 본인의 가슴속 응어리가 풀리고, 병이 낫는다면 그보다 좋은 일은 없을 것이었다.

굿판에 몰려든 부녀자들은 구경과 동시에 이 무가를, 신화풍 이야기를 장구 반주로 들으면서, 주인공들의 비운에 눈물을 흘리기도 하고, 또 그 행운이나 외설적인 장면에서는 키득거리며 박수를 치다가 큰 웃음을 터뜨리기도 하면서, 신과 함께 즐기는 것이었다. ……노일저대, 사람들의 뒤에 앉아 있던 이방근의 귀가 문득 노일저대라는 이름을 들었다. 분명히 노일저대……, 그리고 애상굿……. 노일저대는 측간 여신이고, 애상굿은 부엌 여신, 즉 조왕일 터였다. 2, 3일 전에 찾아온 부스럼영감을 쫓아 보내고 나서 선옥은 분명히 첩인 노일저대와 본처인 조왕님의 이야기를 하고 있었던 것이다. 어쩌면 부스럼영감도 살풀이 대상인지 몰랐다.

……애상굿이 그 이야기를 듣고 "수수밭에서 새를 쫓던 아이야, 좀 전에 뭐라 말했느냐."

"아무 말도 하지 않았어요."

"좀 전에 한 말을 다시 한 번 해 주면 예쁜 댕기를 주마."

"수수밭의 새가 너무나 영리해서 쫓으면 또 날아오기에, 이 새 저새 약은 체 말아라. 참새는 영리해도 아이들이 엮은 그물에 걸리고, 남선비는 영리해도 노일저대귀일의 딸이 쳐 놓은 함정에 걸려 모든 배를 다 잃고 살아간다고 했어요."

"남선비는 어디에 살고 있느냐."

"이 고개를 넘고 저 고개를 넘어가면 나무돌쩌귀에 거적문을 단 수수깡 외기둥의 집이 있습니다. 거기에 가면 남선비가 살고 있어요." 예쁜 댕기를 주고 이 고개 저 고개를 넘어가자, 나무돌쩌귀에 거적문을 단 수수깡 외기둥의 집이 있어 들어가 보니, 남선비가 앞에는 작은 불을 놓고 옆에는 겨죽단지를 끼고 앉아 있었는데, 노일저대귀일의 딸은 보이지 않았다.

애상굿이 말하기를 "길 가던 나그네가 잠시 들렀습니다. 방이라도 좀 빌려주십시오."

남선비가 대답하기를 "빌려줄 방이 없습니다."

"그렇다면 솥이라도 잠시 빌려주십시오." "그렇게 하세요."

솥을 빌려 뚜껑을 열어 보니 겨죽만을 끓여 먹고 있었던 터라, 겨죽 찌꺼기가 눌어붙어 있었다. 앞에 있는 밭에 가서 수세미, 뒤에 있는 밭에 가서 수세미를 따다가 솥을 씻고, 흰쌀을 일어 밥을 지은 뒤 밥상을 차려 남편 앞에 가져가자, 남선비는 밥상의 밥을 보고 양 볼에 눈물이 절집의 쟁반에 염주가 떨어지듯, 빗방울이 쏟아지듯 울었다. 이 모습을 보고 애상굿이 말하기를, "주인께서는 왜 그리 울고 계십니까." 그러자 남선비가 대답하기를 "나는 남선군의 애상굿과 부부의 연을 맺어 아들 일곱 형제를 낳고 살았을 때는 흰 쌀밥을 먹었습니다만, 지금은 쌀밥은커녕 겨죽이나 먹게 될 줄을 누가 알았겠습니까."

하늘을 올려다보며 서럽게 통곡했다. "제가 남선군의 애상굿입니다." 눈을 크게 뜨고 보니 애상굿이 틀림없었다.

부부가 손을 맞잡고 그간의 경위를 이야기하고 있을 때, 노일저대귀일의 딸이 다른 집 맷돌로 간 겨를 치마에 안고 돌아왔다. 와 보니 지나가던 여자를 데려다가 시시덕거리고 있는 게 아닌가.

　"주제에 호걸인 체하고 있다니. 겨를 얻어다 죽을 끓여 먹여 놨더니 지나가는 여자, 비천한 여자를 데려다 농담이나 하고 있단 말인가."라고 하자, 남선비가 말하기를 "남선군의 애상굿이 왔어." 이렇게 말하자 노일저대는 애교를 떨면서 "아이고, 언니, 알아보지 못해 죄송해요." 손을 잡으며 "어떻게 오셨어요?" 하고 묻자 "미역 장사를 떠난 지 3년이 지나도 돌아오지 않는 남편을 찾으러 왔지." "가엾은 언니, 큰 바다를 건너오느라 몸에 때도 많을 거예요. 같이 가요. 가서 목욕이라도 해요." "그렇게 하자구."

　애상굿과 노일저대귀일의 딸은 주천강신천지(周川江神川池)로 함께 가서 "가엾은 언니, 몸을 앞으로 구부려 보세요. 등을 밀어드릴게요."

　애상굿이 "가엾은 동생아, 먼저 등을 구부려." 하고 말하자, "위쪽에서 흘러온 물이 발등을 흘러갑니다. 언니가 먼저 구부리세요."라고 노일저대귀일의 딸이 말했다. 애상굿이 열두 폭 비단치마를 벗고, 비단 속치마를 벗고, 하나 남김없이 벗어 놓고, 물가의 돌 위에 구부리고 앉자, 노일저대귀일의 딸이 한두 번 물을 끼었다가 물속으로 밀어 넣어 버리는 바람에 애상굿은 물에 빠져 죽고 말았다.

　애상굿이 죽자 노일저대귀일의 딸은 애상굿이 입고 있던 옷을 모두 주워 입고 집으로 돌아와 애상굿의 목소리 흉내를 내며, "낭군님, 낭군님. 노일저대귀일의 딸의 행실이 수상쩍어서 죽이고 왔습니다." "아이고. 그 여자를 잘 죽였어. 그 여자 때문에 모든 배를 잃고 이렇게 몰락하고 말았으니까."

　노일저대귀일의 딸이 말하기를 "우리들은 아이들이 기다리고 있을 테니 돌아가는 게 좋겠습니다." "그러면 그렇게 하지."

애상굿이 타고 왔던 작은 배로 돌아가자, 남선군의 남선비의 아들들이 아버지와 어머니가 돌아오신다고 해서 마중을 나와, 첫째 아들은 갓을 벗어 다리를 놓고, 둘째 아들은 망건을 벗어 다리를 놓고, 셋째 아들은 두루마기를 벗어 다리를 놓고, 넷째 아들은 저고리를 벗어 다리를 놓고, 다섯째 아들은 행전을 벗어 다리를 놓고, 여섯째 아들은 집신을 벗어 다리를 놓고, 일곱 번째 아들은 녹두성인이었는데, 영리하고 똘똘했으므로 뒤집어진 다리를 놓았다. 형들이 말하기를 "녹두성인은 왜 칼날이 위로 선 그런 다리를 놓느냐." …….

무당이 장구를 치면서 느긋한 리듬에 애조를 띤 채 끊이지 않고 노래하듯 읊조리며 이야기를 계속 이어 가자, 여기저기서 탄성이 새어 나오고 울음소리도 들렸다. '뒤집어진 다리'와 '칼날이 위로 선 다리'라는 것은, 붙여 놓은 종이를 잡고 던진 두 자루의 신칼이 놓인 위치와 날의 방향이 불길한 '흉(凶)'의 괘를 말하는 것으로, 이는 아버지를 데리고 온 것이 어머니가 아니라, 노일저대라는 것을 일곱 번째 아들이 간파한 징표라고, 여자들이 서로 이야기했다. 이처럼 무당의 이야기는 여자들의 애를 태웠다. 무당이나 박수는 좋은 목소리와 함께 구경꾼들에게 주는 효과를 계산하여 감흥을 돋우는 방법을 몸이 익히고 있어야 한다. 즉 그들은 훌륭한 연출가가 되어야만 했다. 신의 은혜를 얻으려고 구경을 온 부녀자들만이 아니라, 기원 당사자의 혼을 사로잡아 굿판의 세계로 끌어들이지 않으면 안 된다. 이방근은 도중에 나왔지만, 신에게 기원하는 무당의 이야기는 여전히 계속되고 있었다. 일곱 명의 자식들에 대한 노일저대의 독살 계획과 그 발각, 그리고 역습의 전개. 노일저대의 참살과 측간신으로서의 봉쇄. 그리고 자식들에 의해 생환한 어머니는 조왕신이 된다……. 무가를 수집하여 그 일부를 한라신문에 소개한 김동진의 말에 의하면, 무가는 일종의 신화적 서정시라고 했다.

굿은 쉼 없이 계속되고, 구경꾼인 부녀자들도 도중에 자리를 떠서 볼일을 본 다음 다시 돌아오기를 반복하였다. 제물이 내려지고 다시 푸짐하게 올려졌다. 이 섬에서는 신방(神房)이라 불리는 무당 혼자서 장시간에 걸쳐 굿을 진행하였지만, 도중에 조수 역이자 악기 연주자이기도 한 조무가 대신하는 경우도 있었다. 이처럼 굿은 심야까지 계속되다가 새벽 두 시경에 일단 휴식에 들어가 잠시 눈을 붙인 뒤, 새벽녘에 다시 시작되어 이튿날까지 계속된다. 그 한밤중의 휴식시간에 들어가기 전에, 일반 부녀자들이 노래하고 춤추는 '무감'이라 불리는 가무의 장이 펼쳐진다. 무녀들의 반주로 무녀들에게 빌려 온 형형색색의 화려한 무복을 입고 흥겹게 노래하고 춤을 추는데, 이는 일반 부녀자들이 무감에 참가하여 신의 은혜를 나누어 받으려는 신앙의식이라고 한다. 애당초 일반 부녀자들이 참가하여 행해지는 굿 그 자체에 일종의 유흥적인 요소가 진하게 배어 있었지만, 이 무감이라는 가무의 장은 그러한 유흥성이 절정에 달할 때이고, 여자들이 지닌 평소의 울분을 풀어 주는 최적의 장이기도 했다. 굿판이 열리면, 그 집은 사람들로 붐비고, 참가자들은 밤에도 자지 않고 계속 앉아서 구경하는 것을 고통으로 여기지 않는다. 개중에는 그러한 가무의 장에서 열광한 나머지 신이 들린 엑스터시 상태로 들어가 괴성을 질러대는 경우도 있다고 한다.

이방근은 하루 종일 문을 굳게 닫은 서재 소파에 앉아, 응접실에서 들려오는 무당의 기원하는 말의 흐름과, 때때로 세차게 울려 퍼지는 징과 같은 타악기 소리를 듣고 있었다. 무당이 무구를 손에 들고 풀쩍 풀쩍 뛰거나 미친 듯이 춤을 추고 있는지도 모른다. 그러고 보면, 벌써 몇 년이나 지난 해방 전의 일이었지만, 이 집에서 굿을 몇 번 한 적이 있었다. 아버지가 선옥에게 정신이 팔려 집에 들어오지 않고 별거를 하고 있을 때, 병약한 어머니가 유명한 무당을 불러 사흘이고 나흘이고 계속해서 큰굿, 굿판을 벌였던 것이다. 물론 아버지는 집에서 굿판이 벌어지고 있다는 것을 알면서도 얼굴을 내밀지 않았다. 그 때 건너편 집채의 거실에서부터 침실에 이르기까지 세 개의 방에 있는 가재도구를 전부 들어내 놓은 굿판에서, 어머니가 신들린 상태가 되어 전신에 경련을 일으키며 미친 듯이 춤을 추고, 알 수 없는 말을 하던 모습을 이방근은 어렴풋이 떠올렸다. 황당무계한 일이지만, 만일 돌아가신 어머니의 혼령을 살아나게 하려면 무당을 매개로 하는 수밖에 없을 것이다. 굿판 바로 가까이에서 이방근은 자신도 모르게 어머니를 생각하고 있었다. 여동생 유원을 포함한 형제 셋 모두 어릴 때부터 집을 떠나 본토나 일본에서 공부를 하느라 거의 부모 슬하에 있지 않았기 때문에, 어머니는 일상생활에서 자식들과 인연이 깊지 않았다. 만년에는 아버지와 선옥의 관계도 있었고, 게다가 병치레를 하는 생활이 계속되면서 고독한 생애를 마치게 되었다. 어머니가 돌아가신 것은 해방을 2년 앞둔 이른 봄……. 바로 한 달 전에 어머니의 제사가 있었는데도 벌써 그 제삿날을 잊고 말았다. ……아내의 음모가 하얗게 변해서 말이지, 좀체 잠자리를 같이하고 싶은 마음이 없어, 하하핫, 그야, 검고 풍성한 것보다 나은 게 없지……. 요정 옆방에서 들리던 아버지의 외설적인 말. 같이 온 몇몇 손님도 조심스럽게 아버지의 이야기에 동조하며 웃었다. 우리 나이로 쉰다섯에 병사한 아내를, 비록 술자리의 농담이라고는 하지만, 조금 자학적인 뉘앙스의 웃음과 함께 그렇게 말했던 남자다, 아버지는. 사실인지 꾸며낸 이야기인지는 몰라도 아버지는 그렇게 말했던 것이다. 부모의 방사에 관한 일을 자식이 이러쿵저러쿵 이야기할 수는 없지만, 그러나 한쪽은 죽은 상대이고, 게다가 지금은 젊은 선옥을 후처로 맞아들인 남자의 음담이었다. 농담거리가 없었던 것일까, 아니면 선옥을 염두에 둔 의식적인 것이었을까. 이태수는 도대체 뭐하는 남자란 말인가. 그때 옆방에 고함을 치며 쳐들어가고 싶은 마음을 간신히 억누른 채, 아버지의 말을 못 들은 것으로 하고 요정을 나왔던 기억이 난다. 그렇지, 꿈속에 나타난 어머니가 생각난다. 오빠는 꿈같은 거 안 믿잖아요, 이상하네, 라는 말을 여동생한테 들은 묘한 꿈이다. 하얀 고양이가, 분명히 새끼 고양이 흰둥이였는데, 그것이 어머니를 데리고 자신이 자고 있는 방으로 들어왔던 것이다. 마치 황천에서 어머니를 바로 옆 온돌방으로 안내해 온 것처럼 먼저 방 안으로 들어온 고양이가 어머니의 발치에 앉아 있었다. 어머니는 무슨 말인가 했지만, 무슨 말을 했는지 기억나지 않았다. 그런데 부엌이가 어머니와 함께였다는 것도 꿈이라고는 하지만 기묘한 느낌이 들었다. 소파에 마주 앉은 여동생에게 꿈이야기를 하면서, 부엌이가 어머니와 함께 있었다는 말은 하지 않았지만, 지금 그 꿈이 굿판에서 연주되고 있는 악기의 울림 속에서 되살아나는 느낌이었다.

그런데 바람이 한결 잦아든 밤으로 접어들면서, 이상한 일이 벌어졌다. 기도의 춤을 추면서 입신 상태로 들어간 무당이 죽은 어머니의 혼백을 불러냈다는 것이다. 하지만 이 일은 그다지 놀랄 일은 아니었다. 이 집안의 내력을 조금이나마 알고 있는 무당이, 신에게 기원하면서 이 집안의 죽은 아내 정씨의 혼백까지 위로했다면, 어머니의 혼백이 무당에게 옮아갈 수도 있기 때문이었다. 이상한 일은 그 일이 아니었다. 입신한 무당이 어머니의 말을 빌려, 이방근과 부엌이의 관계를 언급했다는 것이다. 이방근이 그 장면을 목격한 것은 아니었다. 이웃집 고네할망이 찾아와 그렇게 전해 주었다. 게다가, 이 집의 식모와 이부자리를 함께하며 다리를 감고 팔을 감고 살갗을 비벼대고……라고, 꽤나 노골적인 말까지 나왔다고 한다. 그런데 그 하녀와 잠자리를 같이한 것은 이방근이 자신이 아니라, 엉뚱하게도 일본에 살고 있는 맏아들이라니, 웃음이 터져 나오는 '계시'였다. 그러나 현실적으로는 그러한 일이 있을 수 없다는 것을 누구나 알고 있으므로, 결국은 일본에 있는 일본인이 된 아들을 빌려 이방근을 가리키고 있었다. 그리고 자식이 없는 것까지 한탄했다고 한다. 일본에 있는 아들에게도 자식은 없었지만, 이것은 교묘한 간접화법이라 할 수 있었다. 이야기가 너무나 잘 구성되어 있었다. 좀 전에, 분명히 조금 이상한 분위기가 응접실에서 이쪽으로 전해져 온 것은 사실이었다. 갑자기 무당의 뭔가 호통치는 듯한 소리가 나는가 싶더니, 마치 남자와 같이 굵고 위협적인 여자의 목소리가 계속되었고, 그리고 같은 남자의 목소리를 흉내 낸 호쾌한 웃음이 한바탕 들리는 것이, 굿판의 분위기는 상당히 고조되어 있는 것 같았다.

이방근은 처음에 너무나 어이가 없어 웃다가, 그리고 의식적으로 계속 웃었지만, 고네할망의 이야기를 다 들은 뒤에는 낯빛을 바꾸어 말했다.

"참으로 엉뚱한 말을 하는 신방이로군요. 아니, 도대체 무슨 말을 하는 겁니까."

"그건 신방이 하는 소리가 아니야. 그건……."

몸집이 작은 고네할망은 어젯밤에 입고 있던 몸빼를 치마저고리로 갈아입고 있었는데, 소파 위에 책상다리를 하고 앉아 탁자에 놓여 있던 담배 상자의 담배를 한 대 피우며 말했다. 그녀는 굿이 시작되던 이른 아침부터 찾아와 한 번도 집에 돌아가지 않고, 식사는 내려진 제물로 해결하며 굿판에 계속 앉아 있었던 것이다.

"핫하, 뭐라고요……. 이보세요, 고네할망, 당장이라도 굿판으로 달려가 제단을 뒤엎고 싶은 생각이 굴뚝같지만 참고 있어요. 제 어머니가 자식 이야기를 하는데, 핫하, 다리를 감고 팔을 감았다든가, 불쾌하지 않은가요, 어머니가 그렇게 함부로 말을 하실 것 같습니까. 고네할망도 제 어머니를 잘 알고 계실 텐데요. 그렇지 않다면, 제 어머니가 황천에 가더니 사람이 달라졌다는 말인가요?"

"그런 일은 있을 수 없지, 있을 수 없고말고……, 이승에서 지니고 있던 고운 마음씨가 황천에서 변할 리야 없지. 어머닌 말이지, 일부러 자네 이야기를 나쁘게 하려는 게 아니야. 걱정이 돼서 하는 말이지. 세상에는 사람의 눈에 보이지 않는, 사람의 마음으로는 알 수 없는 이상한 일이 있기 마련이야, 제아무리 훌륭한 학문을 한 사람이라 할지라도 그 눈에 보이지 않는 움직임이라는 게 있는 법이야."

"어쨌든, 그 말씀은 알겠습니다. 고네할망은 그 신방이 하는 소리를 믿고 계신 겁니까, 핫핫, 이거 놀랐습니다. 그럼, 저도 잠시 굿을 하고 있는 곳에 가 보겠습니다."

이방근은 소파에서 일어났다. 더 이상 이야기를 듣고 있을 필요도, 그리고 할망과 마주 앉아 있을 일도 없었다. "구경하는 것은 좋지만, 가만히 보고만 있어야 돼. 좀 전에 한 소리는 무서운 말이고, 가당치도 않은 말이야……."

고네할망이 황급히 소파에서 내려섰다. 그리고 담배를 재떨이에 끄더니 반쯤 남은 꽁초를 치마 안주머니에 넣었다.

"제가 무슨 짓을 한다고 그러십니까. 애들도 아니고, 자아, 먼저 나가 주세요."

"아암, 그렇고말고, 자넬 믿어야지. 나는 말이지, 이 일을 역시 자네에게 알리는 게 좋겠다는 친절한 마음으로 왔다구. 부엌이는 부엌으로 들어간 채 나오지 않고 있어서 말이지……."

고네할망이 방을 나갔다.

이방근은 담배를 물고 불을 붙인 뒤 방 안을 한동안 걸었다. 입신 상태에서 어머니의 혼령이 나온다는 게 말이 되는가. 굿판에서 하고 싶은 대로 하는 것은 좋지만, 이건 완전히 작위적인 짓이다. 적어도 이 사실을 알고 있다고 생각되는 것은 선옥밖에 없었다. 그 바람 불던 밤, 부엌이가 방 안으로 숨어들었던 밤에, 부엌이를 찾아서 안뜰을 헤매던 새끼 고양이가 울어 대던 밤에, 어둠 속에서 어둠 속을 노려보던 눈, 어둠 속의 눈. 이방근은 문득, 2, 3일 전날 밤에 지금까지와는 달리 기묘하고 기분 나쁠 정도로 슬프게 울어대던 새끼 고양이의 목소리를 떠올렸다. 음, 부엌이 옆에서 듣고 있던, 기묘하게 사람의 마음을 흔들어 놓던 흰둥이의 슬픈 울음소리는 뭔가를 암시하고 있는지도 모른다. 음, 뭔가를……, 왠지 그런 기분이 들었다. 갑자기 심장이 부정맥처럼 고동을 흐트러뜨리며 높아지는 것을 느끼며 멈춰 섰다. 담배 연기를 뿜어내고 심호흡을 했다. 한동안 잠잠하던 징과 큰북 소리가 요란하게 울리자, 이방근의 기분도 흔들리며 움직였다. 다시 입신 상태가 반복되고 있는지도 몰랐다.

이방근은 툇마루로 나왔다. 다소 기세가 꺾인 바람 방향이 바뀌어, 응접실이 있는 건물 지붕 위로부터 비가 섞인 바람이 안뜰로 불어 들어 빗장을 걸어 놓은 대문을 덜컹덜컹 뒤쪽에서 흔들고 있었다. 밝은 응접실 쪽으로 다가감에 따라 징 소리가 한층 요란하게 들렸다. 세면 장 옆으로 나 있는 문을 열자, 징과 꽹과리의 강렬한 소리가 고막을 찢을 듯이 귀를 때렸다. 출입구에 인기척을 느낀 여자들의 시선이 한 덩어리가 되어 이방근 쪽으로 쏟아졌다. 그것도 잠시뿐이었고, 한결같이 무언가에 홀린 것처럼 촉촉해진 눈은 중앙 제단 앞의 춤으로 빨려들어 갔다. 제단 앞 공간에서 춤을 추고 있는 것은 무당이 아니라 선옥이었다. 무당의 그 엉뚱한 소리를 토해 내던 입신의 춤은 끝난 모양이었다.

살풀이가 끝난 뒤의 춤인 것 같았다. 양 팔을 수평으로 뻗고 빙글빙글 돌면서 춤추던 선옥은, 갑자기 하얀 치마를 펄럭이며 뛰어올랐다. 바닥을 박차고 뛰어오르기를 반복하더니, 헐떡이듯 입을 벌린 그 격한 숨소리가 이쪽에까지 전해지는 듯했다. 이윽고 가볍게 움직이며 아름답게 춤을 추는가 싶더니, 또다시 춤인지 난무인지 알 수 없는 격한 동작이 시작되었다. 조선 여인의 모습에 의탁한 주신(酒神) 바커스의 춤이라고 해도 좋을 것이었다. 아니, 실제로 제단에 오른 감주나 소주를 조금 마셨는지도 모른다. 그 창백한 백납같이 맑던 얼굴이 취한 듯이 발그레했고, 땀이 반짝이고 있었다. 괴성을 내지르는 것 같기도 했지만, 무언가 작은 소리로 연신 중얼거리고 있었다. 춤은 이미 아름답다고 할 수 있는 것이 아니었다. 하얀 미친 나비가 날고 있는 것처럼, 환희와 고통이 한 덩어리 된 표정으로 무슨 춤인지 알 수 없는 춤을 추고 있었다. 신들린 육체의 리듬을 탄 약동이었다. 확실히 선옥은 입신의, 일종의 엑스터시 상태에 들어가 있는 것 같았다. 말하자면 혼백은 무당으로부터 선옥에게로 옮겨 붙은 것이 틀림없었다. 신이 들려 번쩍이는 그녀의 두 눈에는 아무것도 보이지 않았다. 출입구를 등지고 혼자 우뚝 서 있는 이방근은 누구보다도 눈에 띄어서, 미친 듯이 춤추며 이쪽을 본 순간에 선옥의 눈길은 틀림없이 이방근의 모습을 포착했을 터인데도, 그 눈은 역시 아무것도 보지 않고 있었다. 용케도 초점이 맞지 않는 시선으로 쓰러지지도 않고 중심을 잡으며 춤을 추고 있다는 생각을 할 정도로, 그 눈은 아무것도 보지 않고 있었다.

춤의 리듬이 조금 느슨해지자, 선옥은 웃기도 하고 고통을 참는 듯이 얼굴을 찡그리기도 하면서 무슨 말인지 계속 중얼거리고 있었다. 아이고-, 내 여동생아, 조왕님도 잘 모시고, 노일저대 측간신도 잘 모시던 내 동생아. 천길 바다 속은 알 수 있어도, 사람 마음속은 알 수 없는 법. 일본에 있는 장남이 어느새 여기까지 찾아와 집안 하녀와 붙어서 다리를 감고 팔을 감고 얼굴을 비벼대기를 반복하고, 어째서 이런 일이 있느냐, 어험, 어찌 된 일이냐……. 이방근은 몸이 떨리고 거대한 분노가 불기둥처럼 솟아오르는 강렬한 충동을 억제하면서 멍하니 서 있었다. 분명히 일종의 입신 상태, 신들린 것은 틀림이 없었지만, 그러나 도대체 여기에 무슨 계략이 숨어 있는 것일까. 무얼 하려는 것일까. ……어험, 불쌍한 우리 아이야, 하녀야, 이쪽으로 오거라, 천천히 이쪽으로 오거라. 이쪽으로 와서 춤을 추거라, 신 앞에서 이 아이와 춤을 추거라, 가여운 동생아, 신 앞에서 함께 춤을 추거라……. 부엌이가 나왔다. 옆집의 고네할망이 말했듯이 부엌에 숨어 있으면서 신이 들린 선옥의 말을 모두 듣고 있었던 모양이다. 머리에 흰 수건을 두른 노파가 일어나 부엌으로 부르러 가기 전에 부엌이가 나왔다. 부엌 쪽 출입구로 검은 치마저고리를 입은 큰 몸집의 그녀가 나타나, 이쪽에 우뚝 서 있는 이방근과 시선이 마주쳤지만, 돌처럼 굳은 표정의 그녀는 사람들 사이를 지나 천천히 제단 쪽으로 다가갔다. 그것은 돌로 된 침묵의 화신, 돌하르방이 신의 입김으로 생명을 얻어 느릿느릿 걸어가는 느낌을 주었다. 이방근은 분노를 잊고 마른침을 삼켰다. 사람들은 꼼짝도 않고 부엌이를 지켜보았다. 징 소리가 멎고, 가볍고도 단조로운 장구의 리듬이, 그녀의 걸음걸이에 반주를 맞추어 그녀를 제단 앞으로 인도했다. 부엌이는 제단 앞으로 오자, 그 자리에 멈춰 서서 양 어깨를 위아래로 가볍게 움직이더니, 팔을 허공으로 부드럽게 뻗어 춤을 추기 시작했다. 그것은 무당춤이 아니라, 일상에서 추는 춤이었다. 이방근은 눈을 크게 떴다. 부엌이가 춤을 추다니──. 우아하게 춤을 추다니. 이방근은 격렬하게 충돌하는 감정의 삐걱거림을 느꼈다. 부녀자들 사이에서 안심한 듯한 속삭임이 터져 나왔다.

선옥이 머리를 흐트러뜨린 채 반짝이는 땀방울을 떨어뜨리며 계속해서 춤을 추었다. 하얀 옷차림의 춤은 마치 백학의 춤과 같았다. 흰색과 검은색이 어우러져 춤을 추다가, 점차 템포가 빨라지자, 다시금 징 소리가 울리기 시작했다. 부엌이의 표정에는 변함이 없었다. 돌이었다. 돌의 표정이 춤을 춘다. 침묵의 돌이 부드러운 육체로 춤을 춘다. 흰색과 검은색의 춤, 분열과 조화의, 그것은 기묘한 아름다움이었다. 춤은 템포를 빨리하여, 선옥은 하얀 나비가 되어 허공을 날고, 부엌이는 무신(巫神)처럼 검고 큰 그림자가 되어 불꽃의 그림자처럼 춤을 추었다. 그것은 하녀 부엌이가 아니라, 위엄이 넘치는 무신의 화신 같았다.

두 여인은 계속해서 춤을 추었다. 마치 '무감'의 춤판을 일찌감치 이쪽으로 옮겨 온 것처럼 주변에 화려해진 활기가 감도는 것이, 지금 누군가가 우뚝 일어서고, 또 한 사람이 계속해서 일어나 함께 춤추기 시작하면, 순식간에 춤판으로 바뀌고 말 것 같았다. 그런데 갑자기 춤추고 있던 선옥이 주변에 침을 내뱉으며 빙글빙글 돌다가 털썩, 하는 소리와 함께 바닥에 쓰러졌다. 그리고 하늘을 향해 누워 괴성을 지르는 등 한동안 괴롭게 몸부림을 치다가 마침내 엎드린 상태에서 멈춘 채 움직이지 않았다. 부엌이의 춤이 멈췄다. 부엌이는 한동안 멍하니 서 있었는데, 이윽고 어깨로 숨을 쉬고 있는 선옥의 옆에 무릎을 꿇고 큰 소리로 울었다. 아이구―, 큰 마님, 돌아가신 큰 마님, 아이구―, 저는 하녀인 부엌이우다. 천한 하녀이우다. 큰 마님, 제발 저의 죄를 용서해 줍서……, 제가 올리는 절을 받아 주세요, 저는 부엌이우다……, 아이구…….

이방근은 굿판을 나왔다. 이게 무슨 일인가. 이건 마치 싸구려 신파극이 아닌가. 부엌이까지 반 광란 상태가 되어 미친 굿판에 가담한 것이다. 어쨌든, 어떠한 계략이 있었다 한들, 어머니 혼백의 '계시'를 부엌이 자신이 입증한 셈이었다. 응접실을 나올 때 등에 느꼈던 시선이, 지금은 큰 묶음으로 부엌이에게 쏟아지고 있을 것이 틀림없었다. 이방근은 서재로 돌아와 기분을 가라앉히며 담배 한 대를 피운 뒤 피우고 나서, 소파에서 일어나 툇마루로 나왔다. 부엌이의 울음소리는 그쳤는지 들리지 않았다. 조용한 장구 리듬에 맞춘 무당의 기도 소리가 흘러나온다. 우산을 든 이방근은 안뜰로 내려가 밖으로 나왔다.

내일까지 계속될 굿판, 이방근은 이대로 집안에 있고 싶지 않았다. 비바람은 꽤 수그러들었으나, 이따금 몰아치는 회오리바람 때문에 박쥐우산 손잡이를 꽉 움켜쥐고 관덕정 쪽을 향해 걸어갔다. 시간은 아홉 시를 막 지나고 있었다. 음, 이거 골치 아프게 됐군……. 그렇다 하더라도 고네할망의 말처럼, 이상한 일이라고 하면 이상한 일이었다. 구경하는 부녀자들에게 이 이상한 일은 당연한 것이었고, 이상한 일로서 납득되는 것이었다.

2

이방근은 명선관에서 마시고 그리고 전과 같이 2층 방에서 하룻밤을 보냈다. 굿판에서 광란 상태를 연출한 선옥과 부엌이가 그 뒤에 어떻게 되었는지는 모르지만, 아직 그 굿이 계속되고 있는 집으로 돌아갈 기분이 아니었다.

실은 집을 나와 북국민학교 옆까지 왔을 때, 이방근은 북신작로를 왼쪽으로 돌아가면 나오는, 3, 4일 전에 최상화의 집에서 나오다 만났던 월향이 있는 옥류정에 들러 볼까 하고 빗속에서 잠시 멈춰 서 있었다. 그때 일부러 달려와 담배에 불을 붙여 준 성냥불의 흔들림이 생각났는데, 여자의 교태가 흐르는 자연스런 웃음과 진하게 코를 찌르는 암내를 떠올렸기 때문은 아니었다. 좌우간에 오랜만이었다. 그래, 가끔은 얼굴을 내밀어 볼까 하는 생각이 들었던 것이다. 아니, 단선과는 만나지 않는 편이 좋지 않을까······. 명선관에 가면 당연히 단선이 있을 것이고, 그녀와 얼굴을 마주친다고 해서 안 될 것은 없지만, 이방근은 문득 그런 기분에 사로잡혀 주저했던 것도 사실이었다. 그러나 그는 역시 길을 오른쪽으로 돌아 국민학교 앞에서 관덕정 광장으로 나와 명선관 쪽으로 향했다. 만일 옥류정에 갔다가 그곳에 틀어박혀 있는 남방에서 돌아온 일본군 출신 한대용이라도 만나는 날에는 똑같은 말을 반복해서 들어야만 할 것이다. 이는 도저히 참을 수 없는 일이다.

하얀 비단 치마저고리를 입은 단선이 어딘지 모르게 젊은 무당을 연상시키고, 그녀의 조금 초점이 벗어난 사시의 깊은 눈동자가 한층 그러한 느낌을 더해 주었다. 아래층에서 울려오는 장구의 건조한 소리가 굿판의 분위기를 떠올리게 만들면서, 이방근은 한동안 후두부에 울려 퍼지는 징 소리에 시달려야 했다. 두개골 속에서 울려 퍼지는 요란한 징 소리, 2층 창문을 두드리는 비바람 소리가 알코올에 젖어 드는 육체 속에서 바다와 같은 정감을 뒤흔들었지만, 이방근은 단선의 몸에는 손을 대지 않았다. 그렇다 하더라도 굿판에서 미친 듯이 춤을 추는 계모의 신들린 얼굴이 무슨 라이트에 비춰진 것처럼 떠오르고, 그것이 묘하게 육감적으로 다가오는 것에 혐오감을 느꼈다. 부엌이까지 한통속이 되어 큰 소리로 울거나 하는 작태에 진저리가 나면서 이방근의 술은 유쾌하지 못했다. 그는 자신이 의식하고 있는 이상으로 기분이 좋지 않았다. 이방근은 물론 그런 이야기를 단선에게 할 리도 없었지만, 그녀는 이방근의 불쾌한 모습에 겁을 먹고 있는 듯했다.

굿판의 현장에서 무당을 통한 어머니의 '계시'라는 것, 부엌이와의 관계를 폭로한 그런 말도 안 되는 일은 있을 수 없었다. 아마도 사실을 알고 있는 선옥이 어떤 계기에서 무당에게 미리 귀띔을 한 것이 아닐까. 왜 그랬는지는 모르지만, 그렇지 않다면 설명하기 어려운 일이다. 고네할망이 말하듯이 이 세상에는 사람이 알 수 없는 이상한 일이 있기 마련이라는, 그러한 이상한 현상만으로 끝나는 일은 아니었다. 이상한 일이 초자연적이지 않으면 매개자의 권위와 가치가 오르지 않고 유지할 수도 없게 된다. 그래서는 부녀자들의 마음을 사로잡을 수 없게 된다고 해도, 역시 이것은 어딘가에서 만들어진 일일 수밖에 없었다. 그래도 분명히 이상한 일임에는 틀림이 없었다. 실제로 그러한 어머니의 혼령이라는 것을 느껴 보고 싶었다.

하룻밤을 지낸 이방근은 굿판이 끝날 때를 어림잡아, 오후 한 시를 조금 지나 명선관에서 나왔다. 굿판은 아침에 마무리되고, 뒷정리도 오전 중에는 끝나 있을 것이었다. 비는 그쳤지만 바람은 아직도 강하고 잔뜩 찌푸린 하늘 아래로 길은 질퍽거렸다. 모처럼 닦아 준 구두에 진흙이 들러붙었다. 하녀와의 관계를 여러 사람 앞에서, 하필이면 굿판에서 이상야릇한 모양새로, 혹은 우스꽝스러운 싸구려 연극처럼 폭로되고, 게다가 부엌이 자신이 그것을 증명하는 행동을 하고 말았지만, 이방근은 변명하거나 사실을 부정할 기분이 나지 않았다. 이미 계모가 눈치 채고 있는 일이었고, 이런 형태로 부엌이와의 관계가 끝나도 어쩔 수 없다는 생각이 들었다. 게다가 '해방구'에 여동생을 데리고 갔다 왔다는 사실을 날조된 것이라고 부정하고 있는 상황이기도 해서, 부엌이와의 일이 어떤 결과를 가져올 것인지 확실히 예측하기 어려운 면이 있었지만, 그것을 단호하게 부정할 자신도, 그리고 정열도 없었다. 부엌이 자신이, 여자 쪽에서 솔직하게 인정을 한 일이다. 이제는 부정해도 별 소용이 없었다.

어쨌든 부엌이는 집을 나가야만 할 것이다. 부엌이가 식모로 그대로 남아 있고, 자신이 나가도 상관없다는 기분이 지금의 이방근에게는 충분히 있었지만, 그러나 그렇게는 되지 않을 것이다. 그녀 자신이 나갈 것이다…….

신작로로 나와 관덕정 광장 쪽으로 걷고 있던 이방근은 읍사무소 앞에서 걸음을 멈추었다. 선거인 등록을 알리는 현수막이 비에 젖은 채 바람에 펄럭펄럭 무겁게 날리고 있는 것이 눈앞에 선명하게 보였기 때문이다. '총선거를 완수하자! 선거인 등록부터' '선거인 등록은 국민의 의무'. '선거인 등록소'라는 간판이 현관 옆에 걸려 있었다.

그러고 보니 선거인 등록은 내일인 9일로 마감이었다. 밖에 나온 김에 국민의 의무라도 이행을 해 보자. 이방근은 알코올 기운이, 두개골 뒤쪽으로 젖빛의 막을 친 채 사라지지 않는 무거운 머리를 흔들며 입구의 발판에 진흙을 털고서 건물 안으로 들어갔다. 국민학교 교실 정도의 공간에 제법 점잔을 빼는 무리가 있었다. 이방근을 알아본 듯한 몇몇의 공무원의 시선이 책상 너머로부터 그에게 쏟아졌는데, 거기에는 호기심과 조소가 뒤섞여 있었다. 이방근은 그것을 느끼면서 순간적으로, 아니, 하는 이상한 느낌을 받았다. 그러나 이상하게 생각할 것도 없는 일이었다. 그는 어리석게도 '국민의 의무'를 다하기 위해 건물 안으로 들어섰지만, 다른 블록의 책상에 앉는 있던 작자들까지 희죽거리는 것을 보자, 어젯밤 굿판에서 있었던 일이 이미 성내에 퍼져 있다는 것을 깨달았다. 재미있는 화젯거리가 돼 있을 터였다. 하필이면 소문이 한참 퍼지고 있는 와중에, 게다가 섬 주민의 대부분이 거부하고 있는 '선거인 등록'을 하기 위해 어슬렁거리며 찾아왔으니 얼마나 우습게 보였겠는가. 이방근은 손에 든 박쥐우산의 손잡이 감촉까지 꺼칠하게 느껴졌다. 그를 이방근이라고 알아본 공무원들의 눈에는 이방근이 상당히 후안무치한 인간으로 비쳤을지도 몰랐다.

건물 밖으로 선거인 등록을 선전하는 차량이 지나갔다. 내일 9일은 등록 마감일. 미등록자는 없습니까. 등록은 국민의 의무……. 메가폰으로 구호를 반복해서 외치며 지나간다. 이방근은 1층 안쪽에 있는 담당계로 가서 소정의 용지에 주소, 이름, 생년월일 등을 기입, 원부와 대조하여 등록을 마치자, 사무소 내부를 휙 둘러보고 나서 그 자리를 떴다. 개중에는 이방근에게 가볍게 고개를 숙여 인사하는 사람도 있었지만 이방근의 시선을 피하려다가 당황하여 인사를 하는 자도 있었다.

읍사무소 건물에서 나오자, 바깥 공기가 아까와는 달라진 듯한 느낌으로 피부에 와 닿았다. 성내 일대에 굿판에서 피우던 향내를 뒤섞은 공기가 액체처럼 흘러나오고 있는 것이 아닌가. 사람들의 자신을 보는 눈이 은밀한 빛에 젖어 있는 것은 그 탓이 아닐까. 광장으로 나와 도청 구내를 보자, 만개한 벚꽃 가로수가 비바람을 맞아 무참할 정도로 거의 모든 꽃이 떨어졌고, 꽃잎들은 마치 무수한 나비의 시체처럼 주위의 진흙탕에 짓이겨져 있었다. 그래도 여전히 꽃잎은 바람에 하얗게 날리며 문기둥 옆에서 보초를 서고 있는 무장경관 위로 떨어졌다. 광장을 북국민학교 쪽으로 건너가면서 이방근은, C길 모퉁이의 이발소에서 나올지도 모를 이발소 주인을 내심 피하고 있었다. 이

발소는 읍내의 정보센터와 같은 역할을 하는 곳이기도 하다. 스캔들 같은 것은 순식간에 그곳에서 재생산되어 퍼져 나갈 것이다. 생각하기에 따라서는 아주 구미가 당기는 화제인 만큼, 당연하다면 지극히 당연한 일이겠지만, 이런 상황에서는 부엌이가 외출할 수 없게 될 것이라는 생각을 하면서 걷고 있던 이방근은 깜짝 놀라 걸음을 멈췄다. 국민학교 정문 앞에서 오른쪽으로 꺾어드는 순간, 전방의 북신작로에서 검은 치마저고리를 입은 부엌이가 장을 보고 돌아오는 것인지 양손에 짐을 들고 돌처럼 무표정한 얼굴로 고개를 약간 숙인 채 걸어오는 것이 아닌가. 스쳐 지나간 여자들이 부엌이를 돌아보며, 얼굴을 맞대고 무슨 말인지 속삭이고 있었다.

이방근은 부엌이가 눈치 채지 못하도록 옆에 있는 전봇대 그늘로 들어가 담배를 입에 물고 성냥을 그었다. 성냥불이 바람에 꺼져서 좀처럼 담배에 불을 붙이기 어려웠다. 부엌이가 입을 다물고 걸어오고 있었지만, 이제 곧 북국민학교 옆길로 돌아 들어갈 것이다. 이방근은 성냥개비를 몇 개나 버린 끝에 겨우 불이 붙은 담배를 한 모금 빤 다음 천천히 연기를 내뿜고 도로로 나왔다. 부엌이의 모습은 보이지 않았다. 그는 부엌이의 뒤를 따라 같은 길을 걸어서 집으로 돌아가고 싶지 않았다. 왜 몸을 숨기지 않으면 안 되었을까. 별일도 아니다. 그는 길 위에서 부엌이와 마주치는 것을 두려워했을 뿐이다. 적어도 그 순간은 그녀를 못 본 체하고 있었던 것이다. 트림이 올라왔다. 알코올이 스며든 위장 속의 불쾌한 냄새를 발산하면서 트림이 단속적으로 올라왔다. 위장에서 발효한 불쾌한 냄새. 그는 통행인에게 이상한 느낌을 주지 않기 위해 담배를 물고 부엌이가 왔던 방향을 향해 똑바로 걸어갔다. 도중에 왼쪽으로 국민학교의 돌담을 따라 난 도로에 눈길을 보내자 멀리 전방의 모퉁이 부근에 부엌이의 양손에 짐을 든 검은 치마저고리의 뒷모습이 보였다. 이방근은 걸음을 늦췄지만, 그녀의 뒷모습이 돌담 그늘로 사라졌을 때 안심하는 자신을 의식했다. 어젯밤부터 취기 속에서도 자신을 억누르고 있던 일종의 고통스러운 감정을 남긴 채, 어디선가 그것이 편하게 풀려 가는 느낌이 들었다. 그러나 불쾌한 느낌이었다.

다른 길을 돌아온 이방근은 부엌이보다 조금 늦게 집에 도착했다. 지나가던 이웃집 여자가 붙임성 있게 인사를 하는 것도 왠지 속이 들여다보이는 것 같았다. 하루 밤이 지난 지금 부엌이와는 어떤 인사를 나누고 있을까. ……왜 어리석게도 집에 돌아온 것일까. 집과 붙어 있는 골목으로 들어가 왼쪽에 있는 집의 담장과 대문 지붕을 바라보면서 이방근은 자신이 주인집으로 돌아가는 개나 고양이가 된 듯한 기분에 참을 수가 없었다. 그곳이 모든 공격이나 수치심으로부터 도망칠 수 있는 피난처라도 되는 듯이. 그래, 그곳은 내 자신의 집이기 때문에 돌아가는 것이다. 그리고 그것은 마치 야성을 잃은 애완견이나 고양이가 밖에 있다가 일정한 시간이 되면 주인이 있는 곳으로 돌아가거나, 어떤 때는 적에게 쫓겨 그 집으로 도망쳐 들어오는 것과 같은 것이다. 싸움을 하다가 쫓긴 마을의 아이가 집으로 도망쳐 들어와 문을 꼭 닫아 버리는 것과 마찬가지 아닌가. 집이란, 주거란 그러한 기능을 하는 곳일까.

이방근은 집 앞에 멈춰 서서 아직 튼튼한 대문을 바라보고, 그리고 이태수의 커다란 표찰을 올려다보았다. 근년에는 거의 열린 적이 없는 대문이었다. 그가 알고 있는 범위 안의 기억으로는 일찍이 학생 신분으로 올린 결혼식 때 열렸었고, 어머니의 장례식 때 열린 적이 있을 뿐이었다. 아니, 계모가 아버지의 후처로 집에 들어올 때에도 대문을 열고 짐을 옮겨야 했다. 앞으로도 이 집에서 결혼식이든 장례식이든,

혹은 이사라도 하지 않는 한, 이 대문이 열리는 일은 없을 것이다. 이 집은 아버지의 명의로 돼 있었고, 이방근은 이른바 방값도 내지 않고 살고 있었으며, 또 식비를 내는 것도 아니었다. 상속권을 가진 자식이라는 것만으로, 거리낌 없이 붙어 살 수 있는 신분임에는 틀림이 없었다. 타인의 집이라면 식객이라 할지라도 기생충으로 불리기 쉬운 신분. 그리고 조금 거센 풍파에도 몸을 의탁할 수 있는 피난처. 겁 많은 개나 고양이의 피난처. 무한한 공간. 그 우주공간을 경계 짓는 작고 네모난 공간. 주거지는 목탁영감의 동굴이 그러하듯이 네모지다고는 한정할 수 없다. 왜 바보같이 서둘러 집으로 돌아가는가…….이방근은 집 앞에 서서, 이때만큼 대문 옆의 쪽문을 여는 것이 부끄럽게 여겨진 적이 없었다. 음, 2, 3일 안에 서울로 출발해야겠다.

이방근은 젖은 지면에 물웅덩이가 남아 있는 안뜰을 건너 서재로 올라가자마자, 상의를 벗은 와이셔츠 차림으로 소파 위에 벌러덩 드러누웠다. 그렇게 많이 마시지도 않았는데, 취기가 남아 머리가 무거웠다. 아무리 마셔도 숙취 같은 것은 없다고 한 강몽구의 말이 생각났다. 세상에는 그런 인간도 있었다. 강몽구는 사십 대, 나는 겨우 서른을 넘겼을 뿐인데, 설마 벌써 노화현상이 나타난 것은 아니겠지…….2, 3일 안으로 서울에 가야겠다는 생각을 해 본다. 그때까지 그 '해방구'에 다녀왔다는 소문의 결말을 짓지 않으면 안 된다. 계모의 일 따위 2, 3일이 정신없이 지나간 느낌이 들었지만, 이방근은 최상화와 그 이후로 만나지 않고 있음을 깨달았다. ……음, 부엌이의 일이 있는데, 부엌이를 어떻게 해야 하나. 좌우지간 잠시 돌아가는 형국을 살펴볼 필요가 있었다.

툇마루가 삐걱거리더니 부엌이로 생각되는 발소리가 나고, 미닫이 밖에 선 그림자가 노크 대신에, 서방님…… 하고 불렀다.

"음, 들어와도 좋아."

이방근은 이유도 없이 한순간 가슴이 죄어드는 느낌으로 소파에 고쳐 앉은 뒤, 미닫이를 조용히 열고 들어오는 부엌이를 맞이했다. 냄새가 난다. 이 방에 없는 냄새가 난다. 월경 냄새도 아니다. 그러나 월경 때의 그것과 비슷한 뭉클하고 무거운, 위장에, 아니 머리 한가운데로 전달되는 냄새다. 가라앉은 공기를 부채질한 바람이 냄새가 되어, 그것은 멸치젓갈의 단지 안에서 나는 냄새, 깊은 바다의 해초 냄새를 연상시킨다. 그래, 기억에서 되살아나는 냄새가 섞여 있었다.

부엌이는 김이 피어오르는 귤차를 쟁반에서 탁자 위로 옮겨 놓고, 등을 구부린 채 조금 치켜뜬 눈으로 이방근을 보았다. 이방근은 부엌이의 심상치 않은 시선을 느끼면서 담배에 불을 붙이고 있었다. 다시 한 번 문으로 불어 든 바람이 부엌이의 검은 치마 속으로 감겨들어 한순간 낙하산처럼 부풀리더니 그 안에 잠겨 있던 냄새를 싣고 빠져 나왔다. 이제는 과거로부터 불어오는 냄새였다. 이방근의 코는 귤차의 향기에 반응하지 않고 있었다.

"무슨, 특별한 일은 없었나?"

"예……." 서방님은 지금 무슨 말씀을 하시는 거우꽈……라고 말하는 듯한 의아한 표정이, 지금까지와는 달리 작게 보이는 그 얼굴에 떠올랐다가 사라졌지만, 괴로운 듯한 무언가가 확실히 남아 있었다. "저기, 아버님께서 전화를 달라고 하십니다. 전화를 해 주세요. 아버님은 회사 쪽에서, 서, 서방님을 기다리고 계신다고 합니다……." 부엌이의 목소리가 희미하게 떨리면서 목이 메었다.

"무슨 볼일이라도 있다고 하시던가?"

이방근은 냉정하게 말했지만, 시치미를 뗀 대답이었다.

"아버님께서는 어제 저녁부터 기다리고 계셨습니다. 서방님이 어딜 갔느냐고 계속 기다리고 계셨습니다……. 서방님……." 갑자기 부엌이는 손에 들고 있던 쟁반을 바닥에 내던지듯이 놓더니, 양손을 짚고 무릎을 꿇은 채 말없이 고개를 숙이고 있었다. 그러다가 양손으로 얼굴을 가리더니 오열하기 시작했다. "아이구ㅡ, 서방님, 정말 죄송하우다, 저는 죽어서 마땅한 년이우다, 노일저대처럼 가랑이가 찢어져 죽어도 되는 년이우다……."

"그만둬! 다 들린다구." 놀란 이방근은 소파에서 일어나 호통을 쳤다. "그만해, 손님들이 와 있잖아. 부엌이답지 않게 왜 그래."

"……아이구ㅡ, 그 부엌이는 이제 어디에도 없수다." 부엌이는 한동안 엎드린 자세로 있었으나, 목소리를 죽이고 콧물을 닦더니 얼굴을 들었다. 부엌이는 엎드려 있는 동안에 원래의 무표정한 얼굴로 돌아왔지만, 그 낯선 눈빛에 가슴이 철렁하며 차가운 가시를 느꼈다. 부엌이는 천천히 일어나 안뜰 쪽을 돌아보며 주위를 살폈는데, 그러한 동작을 보는 것은 처음이었다. "아버님께 전화를 해 주세요……."

"부엌아ㅡ, 부엌이야……."

환자치고는 의외로 건강한 계모의 목소리였다. 게다가 큰 목소리로 부엌이를 부를 때의, 늘 느껴지던 가시가 없어진 것은 어찌 된 일일까. 툇마루로 나온 부엌이가 서재의 미닫이를 닫았다. 시각은 이제 곧 두 시가 된다. 아버지가 전화를 하라고 하는 이유는 이미 알고 있었다. 부엌이와 관련된 일일 것이다. 이방근은 새로 담배를 물고 아직 꺼지지 않은 담배꽁초의 불을 옮겨 계속해서 뻐끔뻐끔 피우며 미닫이를 열고 방을 나왔다.

그때, 건너편 거실에서 잘 차려 입은 여러 명의 여자들이 수다를 떨면서 밖으로 나왔다. 모두 삼십 대 후반에서 사십 대의 여자들로, 회사의 임원이나 성내 유력자들의 아내였다. 안뜰을 끼고 불시에 이쪽과 얼굴을 마주치는 바람에 놀란 모양이었지만, 두세 명이 동시에 요염할 정도로 우아한 미소와 함께 인사를 하였다. 거기에는 아무렇지도 않은 듯한 냉소의 빛이 감돌고 있었다. 이방근은 무표정하게 고개를 끄덕여 답하고는 응접실을 향해 툇마루를 걸어갔다. 그녀들의 자신을 향한 냉소는 동시에 부엌이를 향한 것이기도 했다.

응접실에 발을 들여놓는 순간, 전화벨이 울리기 시작했다. 시끄러웠다. 아마도 아버지의 재촉 전화일 것이다. 이방근은 불쾌하게 수화기를 들었다.

"여보세요······."

"누구야?"

아버지였다. 아들인 줄 알면서 아버지는 그렇게 말했다.

"아, 아버지시군요. 방근입니다. 지금 막 전화를 걸려던 참입니다."

"어젯밤에는 집에 돌아오지 않았나?"

"돌아오지 않았는데요, 아버님은 알고 계시잖습니까."

"그래서 묻는 것이야. 그리고 네게 할 말이 있다. 음, 대체 무슨 일이냐. 말도 안 되는 소문이 돌고 있어. 같은 소문이라도 좀 더 나은 상대가 있었을 텐데 말야."

"무슨 말씀이세요······?"

"그쪽으로 가서 말하겠다."

"아버지께서 일부러 그런 일 때문에 집에 오실 필요는 없을 것 같습니다. 말씀이 계시다면 지금 제가 그쪽으로 가겠습니다······."

"이쪽으로 올 필요는 없다. 회사에서 느긋하게 할 수 있는 이야기가 아니야. 내가 가마······."

"그렇게 급한 일입니까."

"저녁 때 약속이 있어서 말이지, 지금밖에 시간이 안 나."

"지금 바로 오실 겁니까?"

"곧 갈 거야. 잠시 후에 출발할 거니까, 반 시간 정도 걸릴 거야."

아버지는 전화를 끊었다. 무슨 말도 안 되는 소문이 돌고 있어……. 분명히 수화기로 들리는 목소리는 그렇게 말하고 있었다. 묘한 뉘앙스의 말이었다. 응접실은 어젯밤 굿판의 광란은 흔적도 없고, 원래의 텅 빈 공간으로 돌아와 있었다. 향로에서 기세 좋게 피어오르던 보라색 연기와 함께 퍼져 나던 향이 강한 냄새의 흔적도 없었다.

이방근은 계모가 있는 곳에는 들르지 않고 곧장 서재로 돌아와 문을 닫은 뒤 소파에 드러누웠다. 그렇다 하더라도, 좀 전에 부엌이를 부르던 계모의 목소리는 어땠는가. 마치 사랑하는 여동생이라도 부르는 것처럼 자상한 음색을 띠고 있었던 것이다. 어제부터 하루 밤낮이 걸린 굿판이 제대로 살풀이를 하여, 그녀의 마음속에 있던 응어리를 풀어 주었단 말인가. 선옥은 입신 상태에서 자신이 한 일을, 그리고 말한 것, 전처의 혼백이 내린 '계시'의 내용을 기억하고 있을까…….

다시 전화벨이 울리는 모양이었다. 또 아버지의 전화일지도 모른다……. 곧 부엌이가 유 선생으로부터 온 전화라고 알리러 왔다. 거절할 필요는 없었다. 엊그제 밤에 계모 선옥이 거의 실신 상태로 집에 실려 오고 난 뒤, 유달현은 도중에 이야기를 중단한 채 바로 돌아갔던 것이다.

이방근은 응접실로 나와 수화기를 들고, 엊그제 밤에는 비바람이 몰아치는 데도 일부러 와 주어 고마웠다고 인사를 했다. "……무슨 말인가, 자네. 나야말로 여러 가지로 대접을 받고, 또 좋은 이야기를 많이 해 줘서 고맙게 생각하고 있다네. 어제는 댁으로 전화를 했지만, 벨이 울리기만 할 뿐 아무도 받지 않더군. 두 번 걸었는데 두 번 다 그래서 고장인 줄 알았는데, 모두가 외출을 했던 모양이지?"

"아니야, 그렇지는 않아, 집에 있었지만……, 그래, 집에 있었어. 전화 고장이 아니야. 핫하, 유 동무는 그야말로 거리의 소문을 듣지 못했나 보군. 으-음, 이방근의 집에서 굿을 한다고 난리를 피우고 있다는 소문을 듣지 못했나. 그랬다네, 응접실에 사람들이 잔뜩 모여서 굿을 했으니까, 아마 모두 그에 정신이 팔려서 전화 같은 것은 신경도 못 썼을 거야. 그거 미안하게 됐구만. 조선의 부녀자들, 무섭더라니까……."

아니, 그것만이 아닐 것이다. 전화에 익숙하지 않은 섬 주민들의 대부분은 벨이 울리는 전화기에 놀라고, 어떻게 받는 것인지도 몰랐을 것이다. 부엌이는 멀리 떨어진 곳에서 부엌일에 쫓기고, 한편으로는 굿판이 펼쳐지고 있는 와중이라, 벨이 울리도록 내버려 두었는지도 모른다.

"그런데, 어머님은 괜찮으신가. 그때는 좀 놀랐네. ……아, 그렇군, 그거 잘 됐네……."

유달현은 굿에 대해서는 일절 언급하지 않았다. 그는 본래의 이야기로 돌아와, 여행은 언제쯤 갈 것인지, 그 전에 만나고 싶다고 말했다. 2, 3일 중에라도 출발할지 모른다고 대답하자, 아니, 그렇게 빨리…… 순간적으로 상대의 기분이 변하는 듯한 기색이 수화기를 통해 전해 오더니, 유달현은 오늘 밤에라도 시간을 내서 꼭 만나고 싶다고 말했다. 실은 최상규 씨 그리고 상화 씨와도 만났는데, 일전의 그 건에 대해 이야기가 있었다고 덧붙였다.

"오호, 두 사람을 만났단 말인가. 재빨리 움직이는군, 음, 그 반응은 어떻던가……."

"뭔가 편지가 문제가 된 모양이더군. 자네가 혹시 협박을 하고 있는 것 아닌가? 최상화 선생이 무슨 편지인가 때문에 골머리를 썩고 있더라구. 유력한 국회의원 후보자인 선생이 말이지……. 헷헤, 아닐세, 전화로는 너무 긴 이야기는 할 수도 없고……."

유달현은 곧 전화를 끊었다. 두 사람은 오늘 밤 여덟 시 반, 이방근이 유달현의 하숙집으로 가서 만나기로 약속했다.

반 시간이 아니라 40분 이상 지나서 집으로 돌아온 아버지는, 일단 침실에 있는 계모의 용태를 확인하고 나서 직접 서재로 찾아왔다. 평소 같으면 부엌이를 먼저 보내서 아버지가 돌아왔다고 알렸을 테지만, 아버지는 툇마루에 발소리를 유달리 크게 울리고 어험 하는 기침 소리를 두세 번 내면서 다가왔다. 상의 저고리를 입은 이방근은 아버지가 문을 열자마자 일어나 지금까지 앉아 있던 자리를 아버지에게 권한 뒤, 자신은 안뜰을 등진 소파로 가 앉았다.

아버지는 힐끔 방 안을 둘러보고 나서 소파에 천천히 앉더니 담배를 한 개비 꺼내 입에 물고는 라이터를 켰다. 말쑥한 양복과 넥타이, 혈색도 좋아져서 묵직한 관록이 느껴졌다.

"어머니는 건강하신 모양이죠?"

이방근은 무뚝뚝한 아버지의 얼굴을 보며 말했다.

"하, 하, 하, 묘한 일이야. 병은 병인데, 마음에서 온 병인가 봐. 그러니까, 자신이 하고 싶은 일을 해서 기분이 풀리니, 그래서 병이 나은 거겠지."

"아버지도 건강하신 것 같습니다."

"그럼, 난 건강하고말고, 의사도 깜짝 놀라더구나. 요양도 하지 않고 말이지, 나는 내 자신의 의지로 건강을 되찾은 거야. 음, 그런데, 너는 오늘 선거인 등록을 했다면서?"

"선거인 등록……?" 아아, 그리고 보니, 한 시간 전쯤에 읍사무소에 들러 등록을 한 것은 사실이었다. 순간적으로, 이상한 느낌이었지만,

벌써 한두 달은 된 듯한 기분이 들었다. 그는 쓴웃음을 지으며 말했다. "예, 등록을 마쳤어요. 아버지는 소식이 빠르네요."

"그 정도는 금방 알 수 있어……."

전화를 받을 때는 상당히 기분이 안 좋은 것으로 생각했었는데, 의외로 그렇지 않은 모양이었다.

"전화로 뭔가 하실 말씀이 있다고 하셨는데……."

이방근이 말했다.

"전화만이 아니야, 지금은 기분이 좀 가라앉았지만, 아침부터 네가 오기를 기다리고 있었다. 이야기는 네 자신이 잘 알고 있을 거 아니냐. ……넌 어젯밤에 굿하는 현장에 있었다면서."

"예, 잠깐동안요, 서서 보다가 너무 어이가 없어서 도중에 나왔어요."

"음." 아버지의 볼 근육이 풀어지듯 꿈틀하고 움직였다. "그럴 테지, 네 말대로야. 말도 안 되는 소리야. 그래도 그렇지, 대체가 어떻게 된 일인지 모르겠구나. 하필이면 무식한 여자들이 모여 있는 굿판에서 그런 말도 안 되는 소리가 그럴듯하게, 마치 신의 계시라도 되는 양 당당하게 튀어나오다니……. 음, 그것이 장난으로 끝날 일이라면 또 몰라, 얼굴을 들고 거리를 다닐 수가 없을 정도로 가문에 먹칠을 한 것은 용서할 수 없어. 나는 네 어머니에게는, 아직 환자라서 말을 하지 않고 있지만, 보통 때 같으면 명예훼손으로 그 신방(무당)을 고소했을 거야. 세상에 이런 법이 어디 있단 말이냐."

"명예훼손이라고요?"

이방근은 의아스럽게 아버지를 바라보면서, 농담이라도 받는 것처럼 조금 가벼운 어투로 말했다. 아버지의 이야기는 예상과는 달리 다른 길로 나아가고 있었고, 비난의 화살도 다른 쪽을 향하고 있었다.

"넌 그렇게 생각지 않느냐? 난 이 나이를 먹어가지고 창피해서 거리를 다닐 수가 없다. 사장으로서의 체면은 유지하고 있지만, 회사에서도 마찬가지야. 잠시 파도가 잠잠해졌다고 생각했더니 다시 이 모양이야, 도대체, 내가 뭘 잘못한 것이냐. '설상가상'으로 안 좋은 일만 겹쳐서 일어나고 있어. 우리 집안은 저잣거리의 지게꾼과는 달라. 내 사회적 지위와 명예를 생각해 봐라. 난 정말 세상에 얼굴을 들 수가 없구나……. 명예훼손이라는 것은 예를 들어서 그렇다는 것이지, 누가 무당을 상대로 재판을 할까, 안 그래, 오히려 이쪽이 세상의 웃음거리가 될 뿐이지."

아버지는 담배를 재떨이에 비벼 끄더니, 유리로 된 무거운 재떨이를 손에 들고 입으로 가져가, 캭 하고 담배꽁초 위에 끈적거리는 침을 떨어뜨렸다.

"아버님께는 죄송하게 생각하고 있습니다. 그렇지만, 제가 어린애도 아니고, 아들이라고는 하지만, 아버지하고는 관계없는 일입니다."

"너는 지금 무슨 말을 하고 있는 게냐. 왜 관계가 없어? 많이 있지. 아버지인 나의 명예와, 가족의 명예에 관계되는 일이야. ……너의 지금 이야기는, 세간의 그 말도 안 되는 소문을 사실로서 인정하겠다는 거냐?"

"……" 이방근은 혼자서 가볍게 고개를 끄덕이며, 다리를 모아 자세를 바르게 한 뒤 말했다. "사실이고 뭐고, 부엌이가 그렇게 고백을 해 버렸고……, 솔직히 말씀드려서, 아버지 앞에서 자식이 이런 이야기를 하는 것은 실례가 된다고 생각합니다만, 그건 실제로 있었던 일입니다."

이방근은 눈을 내리깔고, 사실을 인정한다는 듯이 다시 한 번 고개를 끄덕여 보였다. 이러한 순간 그는 말을 잘 듣는 아들처럼 보였다.

"대체 무슨 고백 말이냐. 너는 어린애가 아니다. 부엌이가 고백을 했다는 것이 무슨 문제란 말이냐. 여자라는 존재는 없는 것도 있다고 얼버무리고, 있는 것도 없다고 고집을 부리는 법이다. 자신의 기분에 따라서 말이지. 검고 흰 것을 얼마든지 반대로 말할 수 있는 여자들의 고백이라는 것을 도대체 누가 진실이라고 받아들이겠느냐. 부엌이는 귀신이 씌었던 거야. 그걸 진심으로 받아들인단 말이냐. 선옥도 그렇고 부엌이도 그렇고 굿판에서 귀신에 씌어 그렇게 터무니없는 말을 하고 말았던 게야. 너도 보았듯이 제정신으로 하는 일들이 아니었을 거다. 난 보지 않아도 알 수 있다. 무식한 여자애들이면 몰라도 조금이나마 사리 분별이 있는 사람이라면, 누가 그런 말도 안 되는 굿판에서 튀어나온 어리석은 이야기를 믿는단 말이냐. 네가 만일 그 굿판에서 벌어진 일을 믿는다고 한다면 그것은 미쳐도 보통 미친 짓이 아닐 게다. 그리고 말이다. 만일 그게 사실이라고 한다면……, 만일 사실이라고 한다면, 음, 대체, 그건 어떻게 돼 먹은 여자냐. 하녀 주제에 주인을 홀리다니……. 옛날 같으면 발가벗겨서 채찍을 백 대 때려도 시원치 않을 여자다. 가랑이를 찢어 놓아야 한다구, 도대체가."

아버지는 다시 재떨이를 들고 끈적거리는 침을 뱉고 나서 담배를 물고 라이터를 켰다.

"아버님, 그런 말투는 삼가 주세요."

"으흠, 왜 그러느냐? 그 여잔 우리 집에서 십 년 이상이나 보살펴 주었다. 경우에 따라서는 그 여자의 편을 들어주는 것도 주인으로서는 나쁜 일이 아니지만, 그러나 지금은 사정이 다르다. 너, 설마……." 아버지는 말을 끊고 퉁방울의 눈빛을 바꾸어 아들의 얼굴을 살피듯 보았다. 그리고 자신의 입에서 나올 다음 말을 두려워하듯이, 다시 한 번, 설마……를 반복하다가 다짐을 하듯 말을 이었다. "너 그 여자에게 반한 건 아니겠지? 후후, 말도 안 되는 소리야……."

"아버지, 말도 안 되는 얘긴 하지 마세요. 그런 얘길 하려고 일부러 회사에서 오신 겁니까."

이방근은 자리에서 일어나 소파를 벗어났지만, 순간, 머릿속에 국민학교 담벼락 그늘로 사라져 간 부엌이의 뒷모습이 떠오르며, 깜짝 놀라던 그때의 감정이, 악취가 나는 트림처럼 위 밑바닥으로부터 되살아나는 것을 느꼈다. 그는 창가 책상의 의자에 앉으며 담배 한 개비를 꺼내 물고 조용히 성냥을 그었다.

"……말해 두겠는데, 남자로서 바람을 못 피우면 대장부가 아니다." 아버지는 왼쪽으로 비스듬히 앉아 있는 아들의 뒷모습은 돌아보지도 않은 채, 정면 미닫이를 향해 묘한 말을 하였다. 설마 자신의 과거에 대한 변명은 아닐 것이다. "자신의 집에 있는 하녀와 관계를 해서 애를 배게 하는 수도 있을 것이다. 그러나 같은 하녀라도 경우가 서로 다르다. 가령, 이번 일이 사실이라고 하자, 사실이라고 해도, 넌 그런 여자를 안고 자는 게 부끄럽지도 않느냐? 부엌이가 일을 잘하는 것은 틀림없지만, 그러나 바람피울 상대는 아니지 않느냐. 바람을 피울 거라면 좀 더 나은 상대를 골라라, 내가 다 한심할 정도야. 그걸 여자라고 생각하느냐. 같은 하녀라도 젊고 예쁜 상대와 했다면, 그나마 세간에 체면은 선다. 그런 일이 있어서, 만일 여자가 아이라도 갖는다면 내가 거두겠다. 남자가 바람을 피울 때는 유부녀하고도 하는 법이다. 난 네 생각이 이해가질 않는다. 부스럼영감 같은 걸 집에 데려오질 않나……."

아버지는 라이터를 켜 담배에 불을 붙인 다음 돌아보며, 아들에게 이쪽으로 와 앉으라고 명했다.

"담배를 한 대 피고 나서 갈 테니, 어서 말씀을 계속해 주세요. 듣고 있어요."

"이쪽에 와서 피우면 되지 않느냐……."

이방근은 의자에서 일어나지 않았다. 그리고 말을 삼갔다. 하녀에 대한 잔혹하기까지 한 말투는 그의 감정을 자극하여 뱃속에 무지근한 통증을 불러와 기분이 좋지 않았지만, 그러나 그는 부엌이에 대해 항변하고 싶은 마음이 없었다. 일전에 '해방구' 다녀온 일을 추궁하던 아버지의 입장이 지금은 완전히 거꾸로 돼 있었다. 아버지는 아들이 하녀와 관계했다는 것을 충분히 알고 있었다. 그러면서도 그 사실을 부정하라고 압박하고 있었다.

"잘 들어라, 완전히 귀신이 씌인 여자의 입에서 나온 헛소리다. 실제로는 그런 일은 있을 수 없다. 이태수의 아들이 하필이면 나이 든 하녀 부엌이와……, 하, 하, 핫, 세간의 인간들이 그걸 믿을 거라고 생각하느냐. 소문은 소문이라도, 아무도 그걸 믿는 사람은 없어."

"아버지는 자식이 그렇게 사랑스럽습니까. 자기 아들이 한 일에 대해서는 거들떠보지도 않은 채, 부엌이만을 책망하고 계세요. 그러면 부엌이가 가엾어집니다."

"가엾다고? 후후, 넌 언제부터 그렇게 됐냐. 네가 결국 하녀 같은 것에 반했단 말이냐?" 아버지는 자리에서 일어나, 그 자리에서 몸의 방향을 돌려 아들 쪽을 보았다. "암탉이 울면 집안이 망한다고 했는데, 우리 집안을 어지럽힌 음란한 하녀의 어디가 가엾단 말이냐. 은혜도 모르는 년이. 그리고 내가 지금 자식이 사랑스럽다고 했느냐. 자식이 사랑스럽다느니, 사랑스럽지 않다느니 하는 이야기가 아니다. 우리 집안의 명예가 달린 문제야."

"그럼, 부엌이를 어떻게 하실 건데요?"

"집 안에 둘 수는 없겠지."

"아버지가 그렇게 생각하신다면 어쩔 수 없겠지요. 그러나 집에서 내보낸다면 오히려 사실을 인정하는 것이 되지 않겠습니까. 그렇게 되면 좀에 하신 아버지의 말씀과는 모순됩니다."

"왜 그게 사실을 인정하는 일이란 말이냐. 그렇지 않다. 무당은 병으로 누워 있다가도, 굿을 해 달라고 부탁받으면 귀신이 몸 안으로 들어와 금방 자리에서 일어난다고 하지 않느냐. 그런 굿판에서 말도 안 되는 말을 지껄여 사람을 현혹시키고, 엉뚱한 사람의 얼굴에 먹칠을 한 것만으로도 죄가 크다. 부엌이를 집에 그대로 두어 소문이 난 당사자들을 같은 집에 살게 하는 편이 보다 사람들의 의심을 깊게 만들 것이다. 무엇보다 가문의 명예를 위해서라도 의심스런 소문의 싹을 자르지 않으면 안 돼."

"소파에 앉아 주세요. 저도 그쪽으로 갈 테니까요⋯⋯." 이방근은 책상 위의 재떨이에 담배를 비벼 끈 다음, 소파로 돌아와 아버지와 마주 보고 앉았다. "제가 집을 나가면 어떻겠습니까."

"뭐라. 집을 나가? 네가 말이냐. 지금 분명히 그렇게 말한 것 같은데⋯⋯. 하녀를 두고 주인이 집을 나간단 말이지. 제주도에서는 여자 쪽에서 남편을 내쫓는 일은 있어도, 남편이 아내를 내쫓는 일이 없는 것은 사실이지만, 그래도 이건 너무 이야기가 잘 들어맞고 있어. 처마를 빌려 줬다가 안채를 빼앗긴다더니, 어이가 없어 말이 안 나오는구나. 이 넓은 집을 버려두고 대체 어디로 갈 참이냐?"

"서울에 가서 살아 볼까 생각하고 있습니다. 이미 성내에 소문이 퍼져 있는 것은 사실이고, 이런 종류의 이야기는 과장되어 퍼지게 마련입니다. 자신의 일로 주제 넘는 말이 되겠습니다만, 이른바 추문이라는 것은 그런 겁니다. 아버지로서도 마음고생이 클 겁니다. 이번 기회에 자식과의 인연을 끊는다고 생각하시는 편이 집이나 아버지의 명예를 위해서도 좋을 거라고 생각합니다. 이미 아버지가 그런 생각을 하고 계신다면, 저는 거기에 대해 불복하지 않겠습니다. 감수하겠습니다."

"음, 그렇구만⋯⋯. 부모를 위해 많이 생각했다는 것이로군."

팔짱을 긴 아버지는 쓸쓸하고 엷은 웃음을 입가에 머금고 자식을 노려보듯 바라보았다.

"특별히 그렇게 결정된 건 아닙니다. 그렇게도 생각해 보고 싶다는 것뿐으로, 이 이야기는 아직은 없었던 것으로 해 주십시오⋯⋯."

아버지는 말이 없었다. 팔짱을 풀자 다시 담배에 불을 붙여 피우면서 조용하게 한숨을 토했다. 부엌이는 차를 내오지 않았는데, 아마도 아버지가 아들과 이야기 중에는 방 안 출입을 삼가도록 했음에 틀림없었다.

마주 앉은 아버지와 아들은 한동안 말이 없었다. 아버지가 콧구멍으로 담배 연기를 천천히 내보내면서 손목시계를 들여다보았다. 아버지의 어깨 너머로 보이는 탁상시계는 세 시 반이 다 돼 가고 있었다. 침묵의 물결이 방 안 가득 퍼지면서 이방근은 숨이 막히는 기분이 들었다. 대체로 부자간의 대면은 숨이 막히기 마련이지만, 이방근의 경우에는 그것을 더욱 크게 느껴졌다.

"저어, 이건 다른 이야기입니다만, 최상화 씨로부터 무슨 이야기가 없었습니까. 저에 관한 일로⋯⋯, 문제가 됐던 공산당 조직 지구에 갔다 왔다는 소문 말입니다."

이방근은 아버지가 시치미 떼는 것을 억제하기 위하여 확실하게 자신의 일로⋯⋯라고 화제를 특정지어 말했다.

"⋯⋯있었어. 넌 상화 씨 집까지 찾아간 모양이더구나. 최상화 씨에게 무슨 부탁할 거라도 있었더냐?"

"부탁이라뇨? 핫, 핫하, 왜 제가 그 사람에게 부탁을 해야 된다는 거죠? 최상화 씨가 그렇게 말하던가요."

"그렇게 정색을 할 것은 없다. 내가 그렇게 묻고 있을 뿐이야. 네가 여동생을 데리고 공산당 지구에 다녀온 걸 너는 날조된 소문이라는 식으로 말하고 있는데, 그 소문이 근거 없는 것으로 없어지면 그만이야. 그러나 문제는 내가 아니다. 전부터 말해 왔듯이 입막음은 해 두었다. 문제는 너 자신의 일이라는 것과, 최상화의 일이라는 점이다."

"그건 무슨 뜻입니까?"

"지금 모르겠거든, 나중에라도 천천히 생각해 보면 돼."

"최상화 씨는 뭐라고 하던가요?"

"……" 아버지는 이를 보이지 않고 웃었다. "이 섬의 동란을 수습해서 평화적인 해결을 하지 않으면 안 된다. 폭도 측과 경찰 간에 평화 공작의 알선을 하지 않으면 안 된다고, 꿈같은 소리를 하더구나. 그야 물론 화해를 해서 사이좋게 지내는 것보다 나은 일은 없겠지. 동족 간에는 더 말할 나위가 없는 일이고. 동양인은 화평을 중시하거든. 하물며 우리 백의민족은 문(文)을 중시하고 무(武)를 천하게 여긴다구. 문을 중시한다는 것은 평화주의라는 말이야. 그러나 말로는 누구나 찬성할 수 있는, 겉만 번지르르한 이야기에 불과해. 그래서 국회의원에 당선되고 나서 생각해도 늦지 않은 일이라고 말해 두었어. 튀어나온 못은 얻어맞게 되어 있어. 최상화 씨는 이승만 박사의 국민회 소속이거든. 게릴라가 제법 활발하게 움직이고 있는 것 같은데, 정세는 대국적으로 천천히 판단하지 않으면 안 돼. 총선거가 끝나면, 우리나라의 새로운 대통령이 될 예정인 이승만 세력을 무시해서는 안 돼……" 아버지는 아들의 이야기를 비켜갔다. 그리고는 소파에서 일어나면서 말했다. "나는 또 나가 봐야 돼. 새삼 말할 필요도 없는 일이지만, 너는 여전히 제멋대로야. 나도 생각 좀 해 보마……. 너는 이렇게 말하면 웃을지도 모르겠지만, 나만큼 하는 애비도 흔하지는 않을 게다."

"후후, 제가 웃다니요." 이방근은 가볍게 웃으면서 말했다. "……아버지, 무슨 냄새 안 나세요?"

"냄새? 무슨 냄새 말이냐." 그 자리에 우뚝 선 아버지는 발밑을 내려다보면서 코를 킁킁거렸다. "나한테……, 나한테 무슨 냄새라도 나는 거냐?"

"아니, 그렇지 않습니다. 이건 제 코 탓입니다. 멸치젓 냄새가 나서……."

"나는 그런 거 먹지 않았다. 그건 마늘과 마찬가지로, 먹은 뒤에도 냄새가 나는 게 좋지 않아."

"저는 아침에 먹었어요." 이방근은 먹지 않았지만 그렇게 말했다. "제 기분 탓입니다……."

"아무런 냄새도 안 나는데……."

아버지는 방을 나갔다. 나만한 애비도 그렇게 흔하지는 않아……. 결코 아버지가 일방적으로 내뱉은 말은 아니었지만, 그러나 오랜만에 아버지 입에서 나온 말이었다. 벌써 일 년 정도 지났을까. 이방근이 매일같이 술에 취해 요정에 틀어박혀 있을 때 아버지는 입버릇처럼, 너 때문에 얼굴을 들고 다닐 수가 없다고 말했다. 그런데 때로는 그 뒤에, 생각해 봐라, 이만한 애비도 그렇게 많지는 않을 게다, 라고 내뱉듯이 하는 말이 따라붙었다. 그 말이 서로 간에 잊어버렸다고 생각할 즈음 다시 튀어나온 것이었다. 이방근은 아버지가 나간 뒤에 콧방울을 씰룩거리며 혼자 웃었다.

이방근은 역시 서울에 가야겠다고 생각했다. 그리고 서울에 가는 것은 부엌이로부터 도망치려는 것이 아니라는 결론을 내렸다. 서울에 가는 것은 번거로움으로부터의 하나의 도피임은 사실이었지만, 그렇다고 나름대로 다른 예정이 없었다면, 부엌이의 일로 서울에 도망가지는 않았을 것이다. 아버지의 말대로 분명히 가문과 이태수의 체면을 구겼다. 그리고 부엌이는 부엌이대로 이제 와서 죽을죄라도 지은 사람처럼 황송해하며 '죄'를 자신이 뒤집어쓰려 하지만, 그것은 '죄'가 아니라 비밀이 탄로 난 결과로서 이방근에게는 체면과 관계된 일일 뿐이었다. 그 점에서는 아버지의 견해와 일치하고 있었다. 그러나 이방근은 아버지와는 달리 그 체면이나 명예를 필요하다고 생각하지는 않았다.

유달현과의 통화에서도 말했듯이 2, 3일 안에 서울에 가야겠다고 생각했다. 아버지의 말대로 부엌이를 집에 둘 수는 없을 것이다. 그것이 체면이라는 것이었다. 아버지의 말대로 한다면, 나는 집에 남아 있어야 했다. 이방근은 그 자리에서 보인 여세로 아버지에게 말은 했지만, 서울에서 살 마음이 있는 것은 아니었다. 그러나 아버지와 대화를 하는 동안 이방근은, 지금까지 제주도를 떠나는 일은 없을 것이라고 믿고 있던 자신의 생각이, 어디선가 삐걱거리기 시작했음을 의식하게 되었다.

소문은 온 성내 거리로 퍼져 나갔다. 이방근은 밤에 다시 외출했다가 그것을 실감했다. 연상의 못생긴 하녀와 관계했다는 사실도 그러하거니와, 무엇보다 굿판에서 무당과 계모에게 옮겨 붙은 모친의 혼백이 계시를 통해 비밀을 폭로했다는 사건의 경위가 읍내 사람들의 호기심을 자극했던 것이다. 당연히 모친의 혼백이 왜 자식의 방사를 폭로한 것인지, 그것도 왜 하필이면 후처에게 옮겨 붙어야만 했는지, 이야기는 자꾸만 꼬리에 꼬리를 이어갈 것이다. 이런 종류의 이야기는 술집에서 다시 재생산되기 마련인데, 무당의 목소리를 흉내 낸 이방근과 부엌이의 동침, 그 육체적 교합의 모양을 묘사, 창작하는 자가 나타나게 되고, 그리고 모두 포복절도하게 된다.

이러한 단편적인 이야기를 이방근은 찾아간 유달현에게서 들었다. 그리고 돌아오는 길에 일부러 얼굴을 내밀어 본 C길의 작은 선술집에서도 안주인이 귀띔해 주었다. 이방근의 갑작스런 출현에 놀란 두세 명의 손님은 황송해하며 서둘러 자리를 떠나면서도 그런 기색을 보이지는 않았지만, 만일 간접적으로라도 그런 낌새를 보였다면, 이방근은 '서북'과의 폭력 사태 이후 처음으로 자제심을 잃고 싸움을 시작했을지도 모른다. 이런 상황이라면, 내일부터 부엌이는 밖에 나올 수 없을 것이다. 그렇다 해도, 낮에, 굿이 끝난 직후이긴 했지만, 용케도 시장까지 나왔다는 생각이 들었다. 그러나 그렇게 생각하면서 이방근은, 길 가는 여자들에게 손가락질을 당한 직후에 국민학교 담벼락 뒤로 사라져 가는 부엌이의 뒷모습을 보고 안심했던 것이다.

유달현은 자신의 입으로 말은 하지 않았지만, 소문은 그의 귀에도 들어가 있었다. 이방근이 거의 농담조로 물었다. ……유 동무, 그 '해방구'에 갔다 왔다는 소문 말고, 좀 괴기한 다른 소문이 지금 성내를 바다처럼 적시고 있는데, 어떤가. 아니, 당연한 일이지만, 자네의 귀에도 들어갔을 것이 아닌가. 그 이야기를 좀 해 주지 않겠나. 유달현은 처음에는 조금 망설였으나, 모른다고 시치미를 떼거나 부정하지는 않았다. ……당사자에게는 미안한 이야기지만, 그 소문이라는 것은 실로 가십, 속인의 귀에는 솔깃한 화제가 아니겠나. 그러나 이 동무, 신경 쓸 건 없네. 그게 사실이라 할지라도, 그런 일은 어디에나 흔히 있는 일일세. 후후후, 좀 특이한 취미라고 할 수도 있겠지만, 그런 점이 이방근다운 면모라고 생각하네. 무엇보다 부엌이를 기쁘게 해 준 모양인데, 헷헤, 화를 내진 말게나, 이 동무, 이건 공덕일세. 여자에 대한 흔한 공덕의 하나……. 그게 사실이라고 가정했을 때의 이야기지만. 음, 그런데, 이 동무, 그 소문이 정말인가? 글쎄, 유 동무의 상상과, 그리고 핫핫, 그 판단에 맡기겠네. 판단의 결과에 불평은 않겠네. ……흐-응, 묻는 것 자체가 바보스런 짓이겠지. 그건 이방근 동무에게 그럴 마음만 있다면, '너 좋고 나 좋으면 그만'이지, 뭐가 나쁘냐는 것이겠지. 이 동무 자신이 그걸 괴기하다고 생각한다면, 칠십이 된 주름투성이의 노인 양반이 열 서넛 되는 가련한 하녀를 범한 이야기는 어떻게 되는 건가? 이건 미적이라고 할 수 있다는 건가? 물론, 옛날에는 우리 나이로 열 서넛이면 여자든 남자든 결혼을 하긴 했지. 그러나 한쪽은 칠십이란 말일세. 이쪽이 훨씬 괴기한 것이지. 참새들이 까마귀들과 함께 떠들어 대고 있는데, 나는 자넬 알고 있어서 그런지, 아무렇지도 않게 생각되는군 그래. 만일 자네가 그 열 서넛 되는 소녀를 범해서 주위를 선혈로 물들였다면 내 말투가 지금과는 달라졌을지도 모르지만, 어쨌든 참새들의 입방아는 이제 곧 사그라들 걸세. 어차피 자신들과는 아무런 관련도 없는 이야기니 말일세. 너희 중에 죄 없는 자가 돌을 들어 그 여자를 쳐라…… 아니겠는가. 아니, 애당초 소문을 입에 담고 있는 자네 자신이, 그 소문을 대수롭게 않게 생각하고 있는 걸세…….

성내에 갑자기 퍼지게 된 가십. 그 반갑지 않은 소문에 대해 이야기를 하는 것이 이방근의, 그리고 유달현의 목적은 아니었다. 각자 의도가 있어서 만나는 것이었고, 그렇지 않으면 이방근이 일부러 찾아오지도 않았을 것이다. 그 '해방구'에 다녀왔다는 소문의 근거를 없애는 조건으로서, 유달현은 이방근이 서울에 갈 것을 제안해 왔지만, 이방근은 상대가 최상규나 최상화와 재빨리 만났다는 것에 놀라고 있다. 그리고 이상한 생각조차 들었다. 그런데 유달현과 만나서 다시 한 번 놀란 것은, 상상도 하지 못했던 의외의 사실 하나를 알게 되었기 때문이다.

아버지가 최상화로부터 들은 '해방구'에 들어갔다는 이야기가 최상규에게서 나왔다는 것은 아무래도 이방근의 추측이 들어맞은 것 같았는데, 그 최상규가 유달현을 통해서 당 조직과의 접촉이 있었고, 지금도 계속 접촉하고 있다는 것이었다. 게다가 행상인 박이, 제일은행 이사장이자 조흥통조림공장 사장인 최상규와 만났다는 것을 전해 들었을 때, 이방근은 내심, 낭패에 가까운 마음의 동요를 느꼈다. ……그것이 어쨌다는 말인가, 왜 그만한 일로 동요하는 것인가. 이방근은 스스로 마음속의 쇼크를 비웃었지만, 담배 연기가 충만한 좁은, 유달현과 마주 앉은 방 안에서, 최상규의 불쾌한 대머리의 얼굴이 뇌리에 달라붙어 한동안 떨어지지 않았다. 행상인 박이, 성내의 일부에 그 소문이 퍼져 있는 것 같다고 한 것은, 유달현이 아니라 최상규로부터 들은 이야기일 것이다. 그 오만한 늙은이, 그러면서도 편지 하나에 겁을 내는 소인배. 아니, 그 늙은이가 어쨌다는 것인가. 조직은 성인 군자의 집단이 아니다. 최상규가 조직과 접촉했다고 해서 특별하게 생각할 일은 아무것도 없었다. 그러나 그렇게 생각하면서도 하나의 강렬한 질투의 감정이 가슴을 뜨겁게 문지르고 가는 것은 어찌 된 일인가. ……이건 의외로군, 으흠, 세상에 이런 일도 있다니. ……그렇게 기기괴괴한 일은 아닐세. 그것이 정치이고, 또 정치 공작이니까. 나는 상규 씨의 막내아들 담임이라서 신뢰가 두텁다네. 이번 9월의 신학기에는 꼭 고급 중학교에 입학시켜야 한다네. 상규 씨는 이 동무의 아버님인 태수 씨보다 훨씬 정세를 잘 파악하고 있는 현실주의자일세. 그는 거물일세……. 거물……? 그 살살거리는 아들 자랑에 정신이 없는 소인배 늙은이가 거물이라니. 마누라 자랑하고 아들 자랑하는 것은 팔푼이라는 속담도 있다. 엘리트 아들 자랑을 시작했다하면, 나잇살이나 먹어가지고 멈출 줄을 몰랐다. 유 동무도 적당히 좀

하게나……. 그러나 유달현의 말까지 아니꼽게 들릴 만큼 그 감정의 동요는 한동안 잦아들지 않았다. ……자네니까 이야기하는 건데, 절대로 누설해서는 안 되네. 이건 완전한 협박 재료가 될 수 있으니 말일세. 협박……? 적에게 새어 나갔을 때 말이네, 안 그런가. 정세는 급박하게 돌아가고 있어. 그 혁명적 정세의 발전과 폭발이 그들을 시대에 눈 뜨게 하고, 그리고 애국심에 눈 뜨게 한다네. ……최상규 씨는 자네들 눈으로 보아도 애국자인가. 이 동무, 자네들이라는 말은 그만두게나. 그는 애국자일세, 혁명조직과 계속 접촉한다는 것은 당연한 일이지만, 애국적 행동이니까……. 음, 그렇다면 자금 지원이라도 듬뿍 받으면 좋을 것이다.

어쨌든 그 '소문'은 일단 결말이 났다고 할 수 있었다. 저녁때, 최상화가 전화를 걸어와 아버지를 납득시켰다고 했는데, 어떻게 납득시켰는지는 말하지 않았지만, 유달현도 그 일에 역할을 한 셈이 될 것이다. 그러나 무엇보다도 상대를 곤란하게 만들었던 것은 그 '졸렬한 편지'의 효력이었다. 실물을 눈으로 보고, 그리고 편지 내용의 일부를 이방근의 암송으로 알게 된 최상화는, 사촌 형 상규와의 사이에 끼어서, 유달현이 전화로 말한 대로 머리를 싸매고 있었던 것이다. 공개하지 않기로 약속한 편지였지만, 여동생 유원이 받은 편지가 불쾌한 역할을 훌륭하게 해냈던 것이다.

3

아침부터 선전차가 골목까지 들어와서 선거인 등록을 호소하고 있었다. 이방근은 메가폰 소리에 잠이 깰 정도였다. 시간은 여덟 시 반이었다. 여기는 선거위원회 운운……하며 꽤 사무적으로 들리는 것은, 관공서 일이라서 그렇기도 하였지만, 온 섬이 관여된 무장봉기의 상황이 암암리에 작용하고 있기 때문이기도 할 것이었다. ……읍민 여러분, 오늘은 선거인 등록 마감일. 미등록자는 안 계십니까. 등록은 국민의 의무. 미등록은 기권으로 가는 길, 기권은 국민의 수치. 갑시다, 등록소로! 그리고 나라를 세우는 이 한 표를 행사합시다. 읍민 여러분, 오늘은 선거인 등록 마감일……. 참으로 재미없는 선전문구가 반복되고 있었다.

이방근은 3, 4일 만에 배달된 중앙지의 띠종이를 뜯어 4일분의 신문을 펼쳤다. 오늘 아침, 결항 중이던 연락선이 들어왔던 것이다. 신문은 4월 4일 자로부터 그저께인 7일 자까지였는데, 맨 처음부터 찾은 4·3사건에 대해서는 4월 6일 자 신문 뒷면의 한구석에 2단 표제어로 간단하게 언급하고 있었다. "4일 제주도에서 총선거 반대폭동, 사상자 12명 발생"이라는 표제어로 돼 있었는데, 날짜가 하루 늦게 나와 있었다.

"5일, 시(市) 공관에서 개최된 총선거촉진대강연회 석상에서 있었던 조 경무부장의 연설에 의하면, 4일 제주도에서는 총선거 반대를 위한 좌익분자들의 파괴 행위가 있었고, 그 파괴 상황은 경찰관서 습격이 11개소, 경찰관 사망 네 명, 일반청년 사상 여덟 명, 경찰지서 습격이 5개소나 있었다고 한다."

신문의 선전 문구는 변함없이 '선거인 등록은 국민의 의무', '기권은 국민의 수치', '가자, 투표장으로!'라고, 아직 선거인 등록도 끝나지 않았는데, 아직 만들어지지도 않은 투표장으로 사람들의 마음을 몰아넣었다. 7일 자 신문 뒷면에는 3단 표제어로 상당히 크게 '제주도 폭동

사건 인명사상 53명, 방화·통신 단절'이라고 언급돼 있었고, '조 경무부장 진상 발표'가 실려 있었다. 이 '정식발표' 안에서도 '폭동 발생'이 4월 4일로 되어 있는 것은 어떻게 된 일인가. 발표자가 서울에 있는 남한 경찰조직의 최고책임자인 미 중앙군정청 경무부장 조병옥인 이상, 사실을 알고 있는 사람들에게 그 '진상'의 정확성은 보증받을 수 없을 것이었다. 그런데 왜 하루가 어긋나고 있을까. 의식적으로 4월 4일 일요일로 한 것일까. 혹은 단순한 잘못인가. 잘못이라면 너무나 터무니없는 일이라고 할 수밖에 없었다. 어쨌든 조선 남단의 섬 제주도는 서울에서 보면 먼 곳이라는 것이 그 '4일'이라는 활자에서 느껴지고 있었다. '100%에 육박하는 선거인 등록 5일 현재 73% 돌파'라는 2면 톱기사가 눈을 끈다. 그러나 통계를 보면, 서울시가 47만 명 68%, 전라남도가 84만 6천 명 62%, 기타를 포함한 평균이 73%임에도 불구하고, 제주도는 1만 4천백 명 11%에 지나지 않았다. 5일 현재 집계라고는 하더라도 꽤 낮다고 할 수밖에 없었다. 신문은 80세의 노인이 아픈 몸을 이끌고 선거인 등록을 하러 나왔다는 '선거 미담'을 소개하고 있었지만, 한편으로는 서울 각지에서도 선거인 등록소 습격 사건이 빈발하고 있다고 보도하고 있었다. '범인'은 공산주의자들로 돼 있었는데, 서울에서는 상당히 격렬한 가두 투쟁이 벌어지고 있는 모양이었다.

이방근은 내일 밤 연락선으로 출발하는 것을 생각하고 있었다. 출발은 오늘 밤이라도 상관없었지만, 내일 10일에 본토에서 오는 게릴라 토벌을 위한 증원 경찰대의 모습을 지켜보고 싶었기 때문이다. 그는 여동생에게 서울행을 알리기 위해 속달 엽서에 그 취지를 간단히 썼다가, 생각을 고쳐서 엽서를 찢어 버린 뒤 봉서(封書)로 바꾸었다. 서울에 가는 것이 비밀은 아니었지만, 내용이 다 보이는 엽서로는 성내 우체국에서 속달로 보낼 때 다른 사람의 눈에 띄기 쉬웠던 것이다.

열 시 반쯤에 옆집에 사는 고네할망이 아침식사를 이방근의 방까지 들고 왔다. 선거인 등록 선전의 메가폰 소리에 눈을 떴을 때부터 고네할망 같은 사람이 드나들고 있는 것을 알고 있었지만, 설마 부엌이 대신에 밥상을 들고 오리라고는 생각하지 못했다. 이방근은 멍한 얼굴로 밥상을 껴안듯이 들고 들어오는 작은 몸집에 몸빼 차림을 한 그녀를 보고 있었다. 순간적으로 떠오른 어이없는 생각이었지만, 어느새 부엌이가 자취를 감춰 버려서, 고네할망이 대신 일을 하고 있는 것은 아닌지 지레짐작을 했던 것이다.

"핫하아, 고네할망, 이게 대체 어떻게 된 일입니까?"

이방근은 황송해하며 밥상을 받아들고 웃으며 물었다.

"부엌이가 몸져누웠어. 몸이 안 좋다면서 아침 일찍 집으로 찾아왔더라구."

"⋯⋯어디가 아프답니까?"

"좀 누워 있으면 낫겠지. 열이 있는 모양인데, 감기일지도 모르고, 게다가, 아마 마음의 피로가 한꺼번에 나온 마음의 병이 아닐까. 그래도 참 신기한 일이야. 부엌이가 드러눕다니⋯⋯. 내가 시중을 들어가지고서는 맛이 없을지도 모르지만, 천천히 먹어⋯⋯."

할망은 이방근이 권한 담배를 한 대 피우면서 한동안 이야기를 하다가 방을 나갔다.

선옥은 병석에서 일어나 있었지만, 하얀 그 얼굴은 아직 창백한 기색이 완전히 가시지 않았다. 굿이 끝나고 나서 선옥의 부엌이에 대한 태도가 온화해지고, 주종의 화해가 성립되었다고 한다면(선옥의 일방적인 기분으로 결정되는 것이었지만), 그것도 굿의 신기한 공덕이라고 하지 않을 수 없었다. 선옥은 아버지와는 달리, 부엌이에게 집을 나가라고 명했던 일도 잊어버린 것처럼, 부엌이를 그대로 집에 두고 싶어 하는 것 같았다. 무엇보다 부엌이를 대신할 만한 온순하고 일을 잘하는 사람을 금방 찾기가 어려웠던 것이다. 적어도 부엌이를 대신할 식모가 올 때까지는 쫓아낼 리가 없었다.

뒷마루에 서자, 바람은 있었지만 며칠 만에 파란 하늘이 보이고, 밝은 햇살이 안뜰을 비추어 반쯤 마른 지면이 빛나고 있었다. 이방근은 집을 나오면서 봉투에 백 원짜리 지폐 몇 장을 넣어 고네할망에게 담뱃값이라도 하라며 건넸다. 이게 무슨 일이야, 말도 안 되는 소리, 이웃 간의 정으로 조금 도와주러 온 것뿐인데……. 할망은 한 번은 크게 이방근의 손을 뿌리쳤고, 두 번째는 조금 그 힘을 뺐으며, 세 번째는, 그런가, 그럼 모처럼 주는 것이니…… 하면서 받았다. 부엌이는 나한테 맡겨둬. 노인에게 주는 용돈으로 생각하고 고맙게 받겠지만, 앞으로는 이러지 말라구. 안 받을 테니까……. 부엌이가 방에 누워 있는 것은, 원인이야 어찌 됐든 그 자체는 좋은 일이었다. 한동안 고네할망의 신세를 지면서 외출하지 않는 게 좋을 것이었다.

완전히 봄다운 향기가 나는 집 바깥 길을 걸으며 이방근은 문득, 기묘한 생각, 생각이라기보다는 기묘한 느낌으로, 부엌이가 태도를 바꾸어 계속 눌러앉으려 할지도 모른다고 생각했다. 그녀가 몸져누운 것은 자신을 바꾸려는 전조……. 일이 탄로나 세간에 알려진 이상, 부엌이는 설령 말린다 해도 스스로 집을 나갈 것이라고 거의 의심하지 않고 있었는데, 그것은 어쩌면 이방근의 지레짐작일지도 몰랐다. 계속 눌러앉는다……? 왜 이 일이 기묘한 느낌으로 다가오는가. 그러한 생각을 거의 하지 못했던 것이 기묘한 것이 아닌가. 음, 설마, 그녀가 어떤 식으로 눌러앉을까……. 이방근은 자신도 모르게 머리를 스친 생각에 움찔 놀라며, 그러나 아마도 그런 일은 없을 거라고 고쳐서 생각했다. 그녀는 역시 거역하지 않고 집을 나갈 것이다. 아니, 이방근은 지금 그렇게 생각하고 싶었다.

이방근은 봉서를 손에 든 채 관덕정 광장 쪽으로 걸어가고 있는데, 국민학교 담벼락과 전봇대에 붙은 삐라를 먹으로 칠해 감춰 버리거나, 삐라를 떼어 낸 흔적이 생생하게 눈에 들어왔다. 4·3봉기 이후 한동안 잠잠하던 성내에서 최근 하루 이틀 사이에 갑자기 삐라 활동이 활발해진 것 같았다.

어젯밤에는 열한 시 전에 집으로 돌아왔는데, 그 도중에 이방근은 전방의 인기척이 없는 북국민학교 옆 골목에서 두 남자의 그림자가 획 하고 가까운 골목 안으로 사라지는 것을 보았다. 분명히 한 사람은 작은 양동이 같은 용기를 들고 있었던 것으로 보아 삐라를 붙이고 있었음에 틀림없었다. '매국적인 5·10선거 결사분쇄! 인민을 탄압하는 괴뢰경찰대 상륙 절대반대!'. 그 주변으로 다가가 보니, 어두컴컴한 가로등 불빛이 비치고 있는 국민학교 담벼락 여기저기에 무수한 삐라가 부드러운 풀을 뚝뚝 떨어뜨리며 덕지덕지 붙어 있었다. 어젯밤은 또 두세 시간 지난 새벽 한 시쯤에, 소등을 하고 얼마 지나지 않은 시각이었는데, 아직 잠들지 못하고 있는 이방근의 귀에, 바람 소리에 섞여 사라지면서도 분명히 고무신 소리가 바쁘게 들려왔다. 그리고 말은 알아들을 수 없었지만, 여러 사람이 움직이는 기척이 마치 엄동설한의 긴장된 공기를 흔드는 것처럼 들려왔다. 긴장 속에 삐라를 붙이던 그들도, 의외로 키득키득 서로 간에 눈짓을 하며 웃고 있었는지도 모른다. 이봐, 저기가 굿을 했다는 그 이방근의 집이야……. 이방근은 그 발소리와 인기척이 사라진 뒤에도 곧바로 잠들지 못했다. 한동안 잠잠하던 삐라 활동이 재개된 것이었다. 10일에 상륙이 예정된 증원경찰대 파견을 계기로 한 삐라 활동일 것이다.

그렇다 하더라도, 강몽구로부터 연락이 없는 것은 어찌 된 일일까. 물론 이방근이 그에게 볼일이 있는 것은 아니었다. 강몽구가 이방근에게 '애국적 혁명사업'에 참가시키기 위한 일이 있는 것이고, 그래서 강몽구 쪽에서 성내에 온다는 것이었다. 이방근은 날짜를 약속한 것이 아닌데도 왠지 마음속으로 기다리고 있었다. 상대의 요구에 응하기 위한 것은 아니었다. 상대의 방문을 거부할 의사가 없다는 것뿐이었고(그러나 이것은 상당히 중요한 감정일 것이다. 이방근은 그것을 스스로 인정하고 있었다), 그가 찾아와서 구체적으로 무슨 말을 할지는 알 수 없었지만, 가능하다면 그때, 왜 4월 3일의 성내 봉기 계획이 실현되지 않았는지를 묻고 싶었다. 왜냐하면 보통 사람이 아닌 강몽구니까, 지금이라도 저 어디쯤에서 변장한 모습으로 불쑥 튀어나올지도 모르고, 이미 성내의 어딘가에 와 있다가 부재중에 집으로 전화를 해 오거나, 혹은 직접 찾아올지도 몰랐다. 이방근은 소란스런 국민학교 교정 담벼락을 빙 돌아, 그 정문 앞에서 관덕정 광장으로 나왔다.

그리고 봉투를 손에 든 채 오른쪽 모퉁이에 있는 우체국 건물의 현관을 향해 낮고 평평한 계단을 올라가기 시작했을 때, 갑자기 이유를 알 수 없는 이상한 광경, 돌발적인 격렬한 주먹다짐, 아니 날카로운 외침과 함께 유리문에 부딪히는 젊은이의 필사적인 형상에 압도되어 그 자리에 우뚝 서고 말았다. 필사적인 형상이라고 한 그 얼굴이 제대로 보인 것은 실은 유리문 안쪽에 있는 젊은이였고, 등을 이쪽으로 향하고 있는 젊은이의 얼굴은 유리창에 또렷이 비칠 리가 없었다. 젊은이는 혼자가 아니라, 문을 사이에 두고 안과 밖에서 격렬하게 서로 밀어 대고 있었다. 문의 유리를 상하 두 개로 나눈 두꺼운 틀이 없었다면 유리는 깨져 버렸을 것이다. 젊은이는 두 사람 모두 짧게 깎은 머리에 점퍼를 입고 있었는데, 학생이 틀림없었다.

유리문 안쪽 젊은이의 공포로 치켜 올라간 두 눈의 절망적인 빛과, 절규하는 얼굴 전체가 순간적으로 암흑의 동굴로 변한 것처럼 찢어질 듯이 벌어진 무서운 입.

"열어 줘! 비키란 말이야!"

들리지는 않았지만, 분명히 젊은이는 그렇게 외치고 있었다.

"이런 멍청이, 거기를 비켜! 빨리, 문은 밖에서 미는 거야, 비켜, 비키라구, 빨리 비켜!"

유리로 차단되어 서로의 목소리를 듣지 못하고 있었다. 바깥쪽의 젊은이는 문 한가운데의 나무틀에 몸을 밀어 대며 안쪽으로 밀어서 열려고 했지만, 상대는 그 반동으로 더욱 필사적으로 다시 밀어붙였다. 안쪽의 젊은이는 너무나 당황한 나머지, 우체국의 문이 밖에서 안쪽으로 밀어 열도록 되어 있다는 것을 잊어버리고 만 것이다. 어처구니없는, 그러면서도 조바심이 날 정도로 어리석은, 그리고 바라보면서도 어떻게 해 볼 도리가 없는, 바늘 하나 들어갈 틈이 없는 한 순간이었다. 그때, 뒤에서 달려온 한 남자가 내리치는 곤봉의 일격이 젊은이의 머리 위에서 작렬하는 것이 유리창 너머로 보였다. 젊은이의 비명. 두세 번 곤봉을 내리쳤다. 꺄악 하고 외치는 여자의 비명이 유리창을 뚫고 들려왔다.

"도망가, 내버려 두고, 먼저 도망가!"

우체국 현관의 넓은 계단을 먼발치에서 보고 있던 행인인 듯한 한 남자가 외쳤다. 유리창 반대편에서 또 다른 남자가 젊은이에게 덤벼들었다. 젊은이는 양손으로 머리를 감싼 채 유리창 너머로 무너져 내리듯 웅크리고 앉았다. 바깥쪽에서 문을 안쪽으로 열심히 밀어 동료를 밖으로 꺼내려던 젊은이가 순간적으로 장신의 몸을 돌리더니, 몇 단이나 되는 넓은 계단을 단숨에 뛰어넘어, 자신도 모르게 몸을 돌려

피한 이방근의 옆으로 아수라처럼 바람을 가르며 달려갔다. 그리고 우체국 모퉁이에서 방금 전에 이방근이 걸어왔던 북국민학교 쪽으로 쏜살같이 도망쳐 갔다.

젊은이에게 도망치라고 소리친 행인 한 사람이 재빨리 어딘가로 자취를 감추었다. 바로 근처에 있는 경찰서에서 경비를 서고 있던 무장 경관 세 사람이 달려왔다. 사람들이 몰려들었으나, 경찰이 쫓아 버렸다. '서북'이 틀림없는 다부진 남자 두 사람이 양손으로 머리를 감싸 안은 젊은이의 점퍼 목덜미를 잡고 어이없이 열린 문밖으로 끌어냈다. 젊은이의 양손에 피가 끈적거리는 것이, 머리가 깨진 모양이었다.

"거기 비켜!"

살기등등한 '서북'이 주위를 향해 고함을 쳤다. 경찰 한 사람이 가세하여 셋이 함께 곤봉으로 다시 내리치고, 엉덩이를 걷어차고, 이 빨갱이새끼! 라고 욕을 퍼부으며 경찰서 쪽으로 끌고 갔다. 젊은이의 얼굴 전체가 이미 머리의 피로 붉은 페인트를 칠한 것처럼 물들어 있었다. 밝은 햇살을 받은 선명하게 눈에 스며들 것 같은 피의 색깔로, 그것은 이상하게도 생리적으로 일어날 터인 구토감이나 불쾌감을 불러오지 않았다.

우체국 안으로 들어온 두 사람의 경찰관이 국원들에게 카운터와 바닥, 책상 위에까지 어지럽게 떨어진 삐라를 전부 주워 모으도록 명령했다. 그리고 우체국 안에 있는 일반 손님들을 향해서도 삐라를 소지한 사람은 바로 제출하라고 명령했다. 손님 중에는 일부러 등을 구부려 콘크리트 바닥에 떨어져 있는 삐라를 주워 경찰에게 건네는 사람도 있었다.

이방근은 자신의 몸이 떨리는 것을 느끼고 담배를 꺼내 한 개비 문 뒤 성냥을 그었다. 성냥불을 가까이 대자 입술에 문 담배의 끝이 부들

부들 상하로 떨렸다. 갑자기 찾아온 오한이었다. 지금 무슨 말인가를 한다면, 분명히 목소리가 떨릴 것이다. 정말 말도 안 되는 일이야! 이방근은 불을 붙여 한 모금 크게 빨아들인 연기를 내뿜고는, 그 불행한 문을 밀고 우체국 안으로 들어갔다.

왼쪽 구석의 벽에 전화 상자가 설치되어 있었다. 성내 유일한 공중전화였다. 그 옆 벽 쪽의 카운터에서 속달과 등기우편 등을 담당하고 있었다. 남해자동차 직원의 아들로 안면이 있는 젊은 국원이 긴장된 표정으로 몇 장인가의 우표와 엽서를 앞에 서 있는 두 사람의 손님에게 사무적으로 건네고 있었다. 이방근은 두 사람 뒤에 서서 지켜보고 있었다. 경찰은 모은 삐라를 아무렇게나 움켜쥐고 우체국을 나갔다. 국원은 이방근과 시선이 마주치자 가볍게 머리를 숙여 인사했다. 이방근은 속달을 부탁한 뒤, 좀 전에 무슨 일었던 겐가? 하고 물었다. 국원은 봉서를 저울에 달면서 바로 대답은 하지 않았지만, 이윽고 주변을 힐끗 둘러보더니 이윽고 목소리를 낮춰 말했다.

"두 청년이 저쪽 문에서 서로 밀고 당기는 것을 보지 않으셨습니까?"

"아니, 봤어, 밖에서 보았지만……."

"바로 그거예요. 두 사람이 손님을 가장해서 들어왔어요, 처음에는. 그러다가 갑자기, 5·10단선결사반대라고 외치는가 싶더니, 삐라 다발을 한가운데 천장을 향해 확 뿌리더라구요. 그리고 한 사람이 먼저 문을 제대로 열고 도망쳤는데, 그 두 번째 사람이 당황하는 바람에 문을 안쪽으로 당겨서 연다는 것을 잊어버리고 밖으로 밀었던 거지요. 마침 '서북'이 안쪽 책상의 국장대리가 있는 곳에 와 있었는데, 그 사람이 쫓아오는 것을 보고 더 당황해서……. 무서워서 아직도 몸이 떨려요. 곤봉으로 머리가 깨질 때, 딱 하는 소리가 났는데……."

"음……."

우체국을 나온 이방근은 아무데도 들르지 않고 집으로 돌아왔다. 그리고는 바로 도청에 전화를 걸었다. 정오를 막 지난 시간이라서 양준오가 점심을 먹으러 나갔을지도 모른다는 생각을 하였지만, 이윽고 교환수의 목소리 대신 양준오의 목소리가 들렸다. 내일 밤배로 서울에 갈 예정인데, 오늘 저녁에 일이 끝나면 이쪽으로 와 주겠냐고 말하자, 상대는 갑자기 또 무슨 일이냐고 의아해하면서, 늦지 않게 갈 수 있을 거라고 대답했다. 전화는 평소와는 달리 간단하게 끝났다. 이방근은 좀 전에 우체국에서 목격한 일을 말하지 않았다. 전화는 오늘 저녁에 양준오와 만나기 위해 사무적으로 건 것이었지만, 집에 돌아오고 나서도 우체국의 유리문을 사이에 두고 서로 간에 밀어 대면서 필사적으로 탈출구를 찾고 있던 젊은이의 모습과, 햇살에 빛나던 핏빛이 눈앞에 어른거려 마음이 안정되지 않은 탓에, 어딘가에 전화라도 하지 않으면 견딜 수 없었던 것이다. 상대가 도청에서 일하는 사람이 아니라 개인이었다면 아마도 목격한 일을 상세히 이야기했을 것이다. 유리문 안쪽의 그 절망적이고 공포에 질린 소년의 형상, 생각할수록 참으로 운이 없는 순간이었다. 아마도 먼저 도망친 다른 젊은이는 평생, 유리 한 장을 사이에 두고 뒤에 남은 동료의 얼굴 표정을 잊을 수 없을 것이었다. 둘 다 17, 8세의 아직 소년이라고 할 수 있는 젊은이였다. 도망친 장신의 학생도 금방 신분이 탄로 날 것이다. 학교가 문제가 아니다. 더 이상 집에 들어갈 수도 없기 때문에, 어딘가에 몸을 숨겨야만 할 것이다.

그리고 얼마 안 있어, 한라신문이 4·3봉기 선전삐라 인쇄 혐의로 수색을 당했다. 이방근이 그 사실을 안 것은 양준오가 도청에서 돌아가는 길에 집에 들른 직후였는데, 한라신문 수색이 있고 난 서너 시간 뒤, 바로 한 시간쯤 전에 김동진의 부친도 용담리 자택에서 연행되었다고 했다. 용의자인 김동진의 소재를 확인하기 위해서라는 구실이었다. 한라신문사는 공무부와 편집부, 총무부의 일제 수색을 실시하여, 증거가 되는 활자의 일부와 한라신문 기타를 압수했을 뿐만 아니라, 편집장까지 연행해 갔다. 공무부장은 이미 3, 4일 전부터 본토에 출장 중이라고 해서 신문사에 나오지 않고 있었기 때문에, 연행은 면했다고 했다.

아무래도 경찰 측의 움직임이 빨라진 것 같았다. 경찰은 수동적인 입장이었기 때문에, 본토에서 파견한 증원부대가 상륙하고, 그 태세가 갖추어질 때까지 큰 움직임은 없을 것이라고 생각하고 있었는데, 그 예상이 빗나간 것이다. 그러나 만일 삐라를 한라신문에서 인쇄했다는 혐의가 있었다면, 4월 3일로부터 이미 일주일이 지난 지금, 당연히 그 용의자가 가만히 기다리고 있을 리가 없다는 것을 알고서 하는, 이른바 뒤늦은 수색이었다. 그것은 제주지방 비상경비사령부 설치에 따른 총지휘관 도착 전의 포석일 것이다.

양준오가, 조직이 자기폭로를 한 것이나 마찬가지다. 경찰이 움직이면 삐라 인쇄의 비밀은 간단하게 탄로 나 버릴 것이라고 염려하던 일은 적중했다. 한라신문에 대한 수색은 조직의 계획이 실패했다는 것을 뒷받침하는 결과가 되었다. 성내 동시 봉기의 불발과 필연적으로 연결돼 있었기 때문이다.

이방근은 자신이 직접 관계된 일은 아니었지만, 내일 서울로 출발하는 일정을 앞두고, 무언가 자신의 어깨 위에 짐 하나가 더 얹어진 느낌이었다.

"……내일 10일부터는 여행증명서가 필요합니다. 그것이 없으면 배표를 살 수가 없어요." 양복 차림의 양준오는 컵의 맥주를 한 모금 마시고, 옆에 놓아둔 가방에서 엽서보다 조금 큰 증명서 용지 두 장을 꺼냈다. 소정의 난에 기입한 뒤 도청 서무과에서 증명인을 받으면 되는데, 지금 기입해 주면 내일은 토요일이라서 자신이 퇴근할 때 찾아 주겠다고 말했다. 한 장은 예비라고 했다.

"그런데 이 형은 왜 갑자기 서울에 가신다는 겁니까?"

"여동생의 학교 일도 있고 해서, 전부터 한 번 담당선생님과 직접 만나 봐야겠다고 생각하고 있었어……."

술안주 따위를 늘어놓은 탁자를 사이에 두고 양준오와 마주 앉은 이방근이 말했다. 몸져누운 부엌이 대신에 고네할망이 시중을 들고 있었다.

"여동생이 일본에 유학가고 싶어 한다는, 그 일 말입니까?"

"음, 그 일도 있지만, 한편으로는 내 변덕도 작용하고 있어. 여동생은 이제 일본에는 가지 않겠다고 하지만, 여자의 마음은 알 수가 없지."

"이 형이 이렇게 급하게 여행을 떠나는 것은 변덕도 변덕이지만, 뭐랄까, 단적으로 말해서 식모의 일이 관계된 거 아닙니까. 환영할 만한 소문은 아니지만, 저의 귀에도 여러 가지 이야기가 들어오고 있어요. 너무나 터무니없는 일이라 저는 말하기도 싫지만, 그건 가십으로서는 사람들의 마음을 사로잡기에 충분하거든요. 서울에 가는 것은 이번 일을 피해서 도망가는 거 아닙니까?"

양준오는 이방근의 컵에 맥주를 따르면서 직접적으로 말했다.

"양 동무는 그렇게 생각하나? 도망가는 거라고……. 내가 말이지, 핫하아……."

이방근은 입술 끝에 부정적인 미소를 지으며 말했다. 서울행은 부엌이와의 문제가 일어나기 전부터 예정된 일인 것은 사실이다. 그러나 지금 도피의 기분이 전혀 없다고 한다면 거짓말일 것이다. 서울행을 서두르는 것은 결코 급한 용무가 있기 때문은 아니었다. 번잡함

속에 있고 싶지 않았던 것이다. 저녁 무렵 찾아온 양준오는 고네할망이 식사 준비를 하고 있는 것을 알고, 부엌이는 이미 이 집을 나간 것이냐는 말까지 했는데, 그는 부엌이 문제에 대해서는 아까부터 이방근에게 비판적이었다.

"그렇다고 단정할 생각은 없지만, 너무 갑작스럽고, 식모와의 일이 있고 난 직후라서 말이죠. 하긴, 이 형은 언제든 가고 싶을 때, 서울이든 어디를 가더라도 특별히 이상하지 않아요. 다만 주위에서 보면 그렇게 보인다는 거예요. 읍내 사람들은 그렇게 생각할 겁니다. 그러나 그렇다고 해서 그것을 신경 쓸 필요도 없고, 또 신경 쓸 이 형도 아니죠……."

"그건 그래. 사람들이 그렇게 보는 것도 무리는 아니지. 어쨌든 그 일로 서울에 도망갔다고 생각해 준다면, 오히려 그편이 마음 편할 수도 있어." 이방근은 마음 한구석에서, 과연 그렇군, 이렇게 되면 이번의 서울행을 이상하게 생각하는 사람을 없을 것 같다는 생각을 하면서 말했다. "그런데 서울에 가는 것은 반드시 내일이 아니라도 상관은 없어. 모레라도, 아니면 오늘이라도 상관없어. 내일 10일은 게릴라 토벌을 위한 증원경찰대가 오는 날이지 않은가. 일시에 상륙해 오는 그들의 얼굴이라도 보고 나서 출발할까 생각했을 뿐이야……."

"놈들은 내일 오지 않아요. 파견이 연기됐어요……."

"뭐, 연기라니……."

"2, 3일 연기된다는 전보가 오늘 비상경비사령부로 들어왔다고 지사실에 보고가 있었어요. 증원부대는 일거에 왕창 들어오는 게 아니에요. 수송이 어려워서 각 도경 단위로 몇 회에 걸쳐 파견될 겁니다."

"연기라, 핫, 하아, 특별히 그 일에 좌우될 필요는 없어." 이방근은 맥주잔을 비우면서 뭔가 갑자기 머릿속에서 꿈틀꿈틀 움직이기 시작하는 낌새를 느끼고 있었다. "흐음, 연기라. 나는 뭐든지 다른 사람이 알려 주지 않으면 알지 못하는 인간이로군. ……연기되었다고 한다면, 출발을 내일로 한정할 필요가 없다는 것인데. 그래, 내일로 못 박을 필요가 없어." 이방근은 혼잣말처럼 중얼거리더니 손목시계를 들여다보았다. "여섯 시라, 여섯 시……. 음, 그렇지, 특별히 내일을 기다릴 필요가 없으니까, 오늘 밤배라도 타고 떠날까. 지금부터……."

"지금부터라니요……?"

양준오는 어이가 없는지, 물고 있던 담배를 입술에서 떼어 손가락에 끼우며 말했다.

"지금 여섯 시니까, 아직 네 시간이나 있어. 충분한 시간이야. 달리 여행 준비를 할 것도 없고, 게다가 여행증명서도 필요 없어……, 여행 증명서라는 것은 일종의 도항증명서 아닌가. 일제강점기 같은 일이 시작된 셈이군. 돌아올 일을 생각해서 증명서는 자네가 좀 받아 두었다가 서울로 보내 주지 않겠나. 나는 오늘 밤배를 타겠네. 이건 변덕이라기보다는 좋은 착상이라고 할 만한 것이야. ……음, 연락선이 멈출지도 모르지만, 그건 그때 가서 생각해 볼 일이고……. 그렇지, 잠깐만 기다려 주지 않겠나. 지금 여섯 시 5분을 지나고 있으니까 경찰서에 전화를 좀 하고 오겠네. 경무계장이 있을지 없을지 모르겠지만, 당장이라도 만나서 김동진의 부친 건을 부탁해야겠어. 노인이 심한 고문이라도 당한다면 잠시도 버티지 못할 거야. 그건 그렇고……." 이방근은 소파에서 일어나면서 덧붙였다. "오늘 점심 전이었는데, 우체국 안에서 일어난 삐라 살포 사건을 들었나. 속달을 붙이러 가서 막 우체국 계단을 올라가려는 참에 이 눈으로 보았다네……. 충격을 좀 받았어. 그때는 잘 몰랐는데, 지금 생각해 보면 속이 울렁거릴 정도야."

"……" 양준오는 고개를 끄덕였다. "제가 마침 구내에서 도청 현관을 나올 때, 머리가 깨진 소년이 경찰서 건물 쪽으로 끌려 들어가는 것을 봤어요. 삐라를 뿌렸다는 이야기는 나중에 들었는데, 두 사람 모두 농업학교의 학생이랍니다."

"그것이 정말로 우스꽝스럽다고 할 수밖에 없는 광경이었어. 우스 꽝스럽고, 그리고 보고 있으면서도 손을 쓸 수가 없는, 바늘 하나 들어갈 틈이 없는 잔혹한 광경이었어. 그 결과로 한 사람은 도망치지 못하여 뒤에서 '서북'의 곤봉에 머리를 맞은 거라구……. 한잔하고 있게나. 그 이야기는 나중에 하자구. 전화 좀 하고 올 테니까."

방을 나와 툇마루에 서자, 대문 옆 부엌이의 방에서 새끼 고양이의 가련한 울음소리가 들려왔다. 이방근은 가슴이 덜컹 내려앉을 정도로, 그 울음소리는 바이올린 현이 울리는 소리에 뒤지지 않을 만큼 묘하게 신경을 파고드는 느낌으로 슬프게 들려왔다. 이방근은 고양이의 울음소리를 등 뒤로 들으며 응접실로 가서 경찰서에 전화를 걸었다. 정세용 경무계장은 자리에 있었다. 일곱 시 무렵까지는 자리를 비울 수가 없는데, 무슨 급한 볼일이 있는지, 내일 해결하면 안 되는 일인지 되물었다. 이방근은 오늘 밤에 서울로 출발하지 않으면 안 되고, 용건은 김동진의 부친, 김 훈장의 일로 상담하고 싶다고 단도직입적으로 이야기를 꺼냈다. 상대는 이방근의 서울행을 당돌하게 느낀 모양이었지만, 김 훈장의 연행은 사실이고, 취조는 사찰계에서 하고 있다고 말했다.

"범인도 아닌데 취조라는 것은 말이 안 됩니다. 사찰계에서는 오늘 밤 안에 김 훈장을 돌려보낼 예정이랍니까."

"그건 알 수 없어. 내 권한 밖이야."

"도대체가 말이죠, 김동진이 용의자인지 어떤지도 모르는데, 그 아버지가 연행되는 것은 이상하지 않습니까. 이렇게 말하는 것이 세상물정에 어두워서 그렇다고 한다면, 더 이상 할 말이 없습니다만, 그 사찰계장이라는 사람은 '서북' 출신이지 않습니까. 세상물정에 어두운 소리는 하지 않는 게 좋겠지요, 지금은 오히려 그쪽이 말이 통하니까요. 필요하다면 '애국기금'을 내겠습니다, 물론 내가 냅니다……."

"한 잔 마신 모양이군. 자네는 지금 진심으로 하는 말인가? 왜 자네가 거기까지, 적색분자의 편을 들 필요가 있단 말인가."

맥주 한두 병으로 취할 리는 없었지만, 분명히 이방근의 목소리에는 감정의 기복이 실려 있었다. 정세용은 여전히 차분하고 기복이 없는 목소리였다.

"말도 안 되는 말씀하지 마세요. 김 훈장은 적색분자도 아니고, 김동진도 용의자인지 아닌지 알 수 없지 않습니까. 김동진은 저의 젊은 벗으로서 걱정이 되었을 뿐이고, 편을 드는 게 아닙니다. 안 그렇습니까. 김 훈장이 적색분자라면, 이 섬에서 그 적색분자가 아닌 사람이 어디 있겠습니까……. 저는 이야기를 불성실하게 하기는커녕, 그 '애국기금' 이야기를 꺼낸 것도 제가 솔직하게 그 일을 말하고 있다는 증거입니다. 언젠가 세용 형님은 돈이 힘이라고 말한 적이 있지요. 제가 '서북'과의 폭력 사태로 하룻밤 자고 돌아왔을 때 말입니다. '서북'과의 협상 이야기가 나왔을 때, 제가 그건 거래가 아니냐고 하자, 형님은 거래가 아니야, 돈은 힘이라고 말했습니다. 인상에 남는 말이었습니다. 저와 같이 돈이 좀 있는 사람한테는 오히려 두려움을 느끼게 만들었습니다. 돈, 돈에 무슨 사상이 있습니까? '애국기금'으로서 '서북'에 자금 협력을 하게 되는데, '적색분자'의 가족들과의 사이에 그러한 거래가 거의 공공연하게 이루어지는 마당인데, 신경 쓸 필요가 없다고 생각합니다……. 다만, 이 일은 김 훈장 본인이나 가족들에게도 비밀로 해 주셨으면 합니다."

"그건 가족이기 때문이야. 자넨 가족이 아니잖아. 자세한 이야기는 이쪽으로 와서 하자구."

"그러고 보면, 제 말투가 조용하지 않고, 전화로 너무 노골적이라고 할 수도 있겠습니다만, 그것도 형님이니까 솔직하게 말했을 뿐이고, 좌우지간 이야기는 그쪽으로 가서 말씀드리겠습니다……."

이방근은 일곱 시 반에 경찰서 경무계장실로 가기로 하고, 상대의 전화를 끊는 소리를 듣고 나서 수화기를 전화 상자에 걸었다. 아직 한 시간 이상 여유가 있었다.

이방근은 양준오와 술잔을 기울이며 이야기를 하던 도중에 부엌이를 부탁했다. 자신이 없는 동안에라도 부엌이가 집을 나갈 경우, 아버지가 당연히 적절한 보상을 하겠지만, 일단 이방근이 주는 거라며 1만 원짜리 예금통장을 그녀에게 만들어 주었으면 좋겠다, 언젠가 서울에서 돌아오게 되면 그에 대한 보답을 하겠다고 말했다. 1만 원이라고 해도, 순경 6, 7개월분의 급료에 해당되는, 시골에서는 상당히 큰돈이었다.

"어째서 그렇게 돈이 앞서는 겁니까. 이 형은 그럴 작정은 아니겠지만, 돈으로 일을 처리하려는 것이 부자들에게 자주 보이는 습관이라고나 할까, 발상인 것 같습니다."

"그 부자라든가, 비꼬는 말은 말아 주게. 핫하, 내가 그렇게 부자는 아니지 않는가. 돈으로 처리하려는 게 아니야. 내 마음의 표현으로서 '돈'이 나왔을 뿐이고, 의도는 그렇지 않아. 그걸 이해하지 못하겠나."

"물론 이해하고말고요. 그러나 마음이 있어도 돈이 없어서 표현을 하지 못하는 사람도 많습니다만, 이 형의 경우에는 완전히 그 반대입니다. 역설적으로 말하자면, 돈이 있기 때문에 마음을 표현하지 못하는 것이지요. 게다가 제가 간접적으로 그녀에게 그런 이야기를 했다고 한들, 받을 거라고 생각하세요?"

약간 취기가 돈 양준오의 뾰족한 턱이 밉살스럽게 움직이는 느낌이
들었다.

"후후, 그럼, 서울에 가지 말고 자신이 알아서 하라는 말인가."

"그런 말을 하려는 게 아니고, 왜 지금까지와 마찬가지로 집에 남을
수 있는 방법을 생각하지 않는 겁니까?"

"부엌이가 집에 남는다고?" 이방근은 무심코, 무슨 말을 하는 거야,
라고 말하려다 참았다. "아버지도 용서하지 않겠지만, 그녀도 바라지
않을 거야."

"저는 결코 빈정거리려는 것이 아니고, 왜 이 형은 그 부엌이가 집을
나간다는 전제를 하고 있는 것이냐는 말입니다. 만일, 그 '돈'이 없을
경우에는 어떻게 되는 겁니까. 그대로 추방하든지, 아니면, 예를 들어
하는 얘깁니다만, 죽음에 이르게 하든지 하지 않는 한, 거기에 무슨
새로운 사태가 일어날 수 있다는 겁니까. 이 형이 그녀에게 나갈 필요
없다고 강하게 말하면, 아니, 이 형이 진심으로 말한다면, 그녀는 나
가지 않을 거라고 저는 생각합니다. 아버님이 용서하지 않을 거라는
것은 이 형의 핑계일 뿐이고, 이 형답지 않은 말투입니다. 전 그렇게
생각합니다. 지금까지와 똑같이 하면 되는 겁니다."

"양 동무, 가능한 일이 아니잖아……."

"안 될 거 없다고 생각하는데요."

"어째서 그런가……?"

"극단적인 말일지도 모르겠습니다만, 소문이고 뭐고 무시하면 그만
입니다. 조만간 소문도 연기처럼 공중으로 사라져 버리고, 원래대로
돌아올 겁니다."

"양 동무는 내가 부엌이와 결혼해서 부부 생활이라도 하라고 말할

참인가?"

　"설마요, 그런 말을 하는 것은 아닙니다. 그녀가 집을 나가지 않아도 지금까지와 마찬가지로 같은 집에서 생활할 수 있지 않느냐는 겁니다."

　"나는 부엌이가 집에 그대로 남아 있기를 원하고 있어. 그러나 자네가 말한 것처럼 되지는 않아. 그때는 내가 이 집을 나가겠다는 생각도 하고 있는데, 어쨌든 나는 부엌이에게 말없이 출발할 거야……. 애당초 나는 결혼도, 여자와 함께 사는 것도 원하지 않고, 아이를 갖고 싶은 생각도 없어. 음, 솔직히 말하자면, 부엌이가 집을 나가게 되면 내 마음은 왠지 홀가분해질 것 같아. 그러나 나를 감싸고 있는 짙은 공기가 발산해 버리는 듯한 공허를 느끼고 있어, 예를 들어 높은 산에 오른 것처럼 공기가 희박해지고, 그리고 숨이 가빠지는 산소결핍 현상과 비슷한 느낌이, 그건 분명히 공허감인 것 같은데, 온몸을 감싸고 있어. 그래, 이건 기분이야. 숨이 가빠지는 기분이라구. 핫하, 이런 이야기는 그만하자구. 어쨌든 나는 지금 이 섬에 있고 싶지 않아. 그리고 부엌이의 얼굴도 보고 싶지 않고. 묘한 기분이야. 그 무당들이 옛날부터 해 오던 굿, 그것은 이 집에서 일어난 뭔가의 환상극, 꿈이 아니었던가. 현실보다 현실적인 꿈이 있을 수 있는가. 속이 울렁거리는 묘한 기분이야. 싫은 역할이겠지만 부탁하네. 자네가 나를 비겁자라고 비난해도 상관없어. 어떻게 내가 집을 나가는 그녀를 지켜볼 수 있겠나. 설마 내가 그녀를 데리고 그 풀숲 깊은 시골까지 함께 갈 수도 없는 노릇이고……. 난 오늘 밤 안에 자네가 말하는 도망을 간다네. 조금만 더 있다가 함께 나가자구. 아버진 아직 돌아오지 않았지만, 계모에게도 말하지 않고 집을 나갈 거야. 뒷일은 오늘 밤이나, 아니면 내일이라도 좋으니까, 양 동무가 아버지에게 서울에 갔다고 적당히 전해 줘. 어차피 도망갔다고 생각할 테니까, 그러면 됐어, 양 동무, 제멋대로 구는 날 용서하게나……."

양준오는 불문곡직 뒤처리를 떠맡은 형태로 이방근의 부탁을 들어줄 수밖에 없었다. 그로서도 오늘 밤 서울로 떠난다는 것을 굳이 말릴 이유도, 그럴 필요도 없었다. 이방근은 명함에 위임장을 써서 날인하고, 인감도 함께 양준오에게 건넸다. 식산은행에 보통예금 통장을 맡겨 놓았기 때문에 그것으로 돈을 찾을 수 있었다.

고네할망은 주방이나 혹은 건너편의 침실에서 찾아온 손님들과 함께 계모의 말 상대를 하고 있는지도 모른다. 일부러 부를 필요도 없었다. 게다가 지금부터 서울로 출발한다고 하면, 눈을 동그랗게 뜨고 깜짝 놀랄 것이다. 이방근은 작은 보스턴백에 몇 벌의 갈아입을 옷과 세면도구, 잡지와 책 두 권을 집어넣고, 연지색 넥타이를 매고, 검은 마카오산 옷감의 양복을 입었다. 머리에는 가볍게 기름을 발랐다. 그리고 봄 코트를 옆구리에 낀 채 되도록 눈에 띄지 않도록 집을 나왔다. 방은 그대로 두었기 때문에 외출했다고 생각할 것이다. 그리고 밤에도 돌아오지 않으면 외박하고 있다고 생각할 것이다.

두 사람은 나중에 만나기로 하고 도중에 헤어졌는데, 양준오가 이방근의 보스턴백을 가지고 갔다. 코트를 입은데다가 가방까지 들고 다닌다면, 바로 사람들에게 오늘 밤 배를 탄다고 선전하는 것이나 다름없었기 때문이다.

이방근은 경찰서에서 사무적인 이야기를 끝내자 오래 머무르지 않고 반 시간 만에 나왔다. 일단, 1만 원의 '애국기금'을 약속하고, 이방근이 서울에서 돌아온 뒤에 지불하기로 했다. 그 중개 역할을 정세용에게 부탁한 것이다. 설령 김동진에게 용의가 있다 해도, 김 훈장은 옛날부터 민족주의자로 알려져 있는, 훈장이라는 호칭에 걸맞는 한학자이고, 법적으로는 연행되어 며칠씩이나 구류되어 고문을 당할 근거가 없을 터였다. 그러나 그것은 표면적인 방침에 불과했다. 고외과의 처남과 마찬가지로 '서북' 사무소에 연행되지 않은 것만도 다행이라고 할 것이다. "경찰에 붙잡히면 그래도 희망이 있지만, 테러단에게 연행되었다가는 죽었다고 생각하라."라는 말 그대로였다. ……사람들은 용의자와 친했다고 해도 그 관계를 감추려고 하는데, 자넨 오히려 다가가는 인상을 주고 있어. 너무 자신감이 넘치는 건 좋지 않아. 자신감과는 관계없는 일입니다. 그저 가족 대신 할 수 있는 일을 하고 싶을 뿐입니다. 다만, 전화로도 말씀드렸습니다만, 본인에게는 비밀로 해 주십시오……. 기특한 일이로군……. 정세용은 바보 같은 짓이라고 이방근을 타일렀지만, 결국 그 중개 역할을 맡기로 했다. 돈에는 사상이 없는 것이다.

이방근은 양준오의 하숙에 들러 소주잔을 가볍게 주고받으며 잠시 머물렀다가, 시간이 거의 다 되어서야 양준오와 함께 그곳을 나왔다. 양준오는 전송 역할이었다. 수중에 가진 여비가 적어서 양준오가 가진 돈을 전부 빌리기로 했다. 양준오는 도중에 웃으며, 저는 부엌이가 눌러앉기로 마음을 고쳐먹었으면 좋겠다고 생각하는데, 라고 말했다. 설령 이 형이 집을 나간다고 해도 그래요……. 부엌이가 방 안에 틀어박힌 채 나오지 않는데, 혹시 그대로 눌러앉을지도 모르겠다고, 거의 농담처럼 이야기한 이방근의 말에 대한 반응이었다. 뭣하면, 양 동무가 그렇게 유도해 보지 그래……. 글쎄요, 그건 알 수 없지요, 그녀와 만나고 나서 어떻게 될지는, 하, 하, 하……. 양준오는 부엌이의 하녀 신분에 크게 신경을 쓰고 있었다. 극단적으로 말해서, 그는 철저하게 가난한 자, 학대받는 자, 천대받는 자들은 무슨 짓을 해도 상관없다는, 계급적, 신분적, 경제적으로 모든 인간적인 생활 여건을 박탈당한 자는, 폭동을 일으켜도 그것이 도덕적으로 용납될 수 있다는 사상의 소유자로서, 그런 면에서는 '혁명'에 반발하면서도 상당히 '혁명'에 가까운, 그리고 그 혁명적 요소를 다분히 가지고 있다고 해도 좋았다. 그는 박산봉에게 약간의 관심을 가지고 있었는데, 그 이유는 성장 과정과 사생아라는 점이 자신과 닮아 있다는 것이었다.

이방근은 약간 취해 있었다. 제주해협은 평상시에도 파도가 거칠었다. 3, 4백 톤짜리 배로는 크게 흔들려서 뱃멀미를 하는 승객이 많았다. 이방근은 저녁 때 술안주로 나온 삶은 돼지고기를 되도록 많이 먹으려고 했다. 그 이유는 섬사람들이 옛날부터 몸에 익혀온 뱃멀미 방지를 위한 하나의 습관이었기 때문이다. 어릴 때부터 그것을 먹으면 뱃멀미를 하지 않는다고 들어왔는데, 지금도 확실히 기억하고 있는 것은, 5학년 때 학교에서 쫓겨난 직후에 배를 탔을 때의 일이다. 목포에 있는 어머니 친척 집에 맡겨지게 되어, 아버지와 함께 막 출발하려 할 때, 어머니가 크게 썬 삶은 돼지고기 세 점을 먹여 준 일이 있었다. 잘 씹어 먹어 둬야 한다. 제주의 바다는 바람이 없어도 거칠어지니까, 이걸 뱃속에 넣어 두면 배 멀미는 하지 않을 거야…… 그때 이후로 삶은 돼지고기는 배를 탈 때마다 일단 먹어 두는 습관이 배어 있었다.

만조의 바다 냄새가 온몸을 감쌌다. 부두에 나온 사람들은 대부분 전송 나온 사람들이었다. 4월 3일 밤, 양준오와 함께 여동생을 전송하기 위해 나왔을 때와 같은 혼잡은 없었다. 서로 배 옆구리를 바짝 붙여 부두에 튼튼하게 연결된 어선들이 파도에 흔들리고 있었다. 연락선의 후방에 인기척이 없는 화물선이 옆으로 부두에 계류되어 있었고, 항내 방파제 근처에 빨간 남포등을 켠 경비정이 보였다.

"서두르세요, 서둘러……."

승선을 재촉하는 징 소리가 시끄럽게 울렸다. 굿판의 현장 광경이 기괴한 환상처럼 어둠 속을 달렸다. 흰색과 검은색의, 선옥과 부엌이의 난무……. 열 시 10분 전이었다. 정시에 출발하려는 모양이다.

"이봐, 양 동무, 저길 좀 봐." 연락선 쪽을 향해 걸어가면서 이방근은 눈짓으로 신호를 보내며 말했다. "특고(特高)형사야……, 핫, 핫하, 옛날 특고와 똑같군요, 저건."

연락선의 작은 트랩 입구 주변에 네댓 명의 사복경찰로 보이는 사람들이 눈을 번뜩이며 망을 보고 있었다. 승선을 서두르는 사람들 중에는 불려 가 심문을 당하고, 짐을 확인받는 경우도 있었다.

"음, 오늘의 한라신문 수색과 관계가 있는 모양입니다. 일제 때를 연상시키네요."

"그렇구만."

"이 형은 괜찮을 겁니다. 저쪽에서 알아보고 길을 비켜 줄 테니까요. 해방 전엔 말이죠, 조선에는 주로 일본인 특고경찰이 있었잖아요. 조선인 특고경찰인 경우에는 일본인 이상으로 무섭고 잔인했지요. 예전의 그들이 지금 이 나라의 사상경찰을 지탱하고 있는 거나 마찬가지고요."

"검찰청에도 일찍이 관부(關釜)연락선을 타고 있던 조선인 '특고' 출신이 있잖습니까. 남승지 말로는, 강몽구가 그자에게 상당히 심한 고문을 당했다고 하더군요. 일제 말기 전쟁 중에는 다카키(高木) 경부보(警部補)라는 조선인 고등경찰이 있었는데요, 이 자는 서울 종로경찰서의 일본인 경부 다루야마(樽山)와 함께 악명을 떨치던 자였죠……. 음, 이걸로 봐서는 이전의 특고가 아닌 사복경찰이 선내에 타고 있을지도 모르겠는데……."

두 사람은 선수 쪽에서 좌현 쪽으로 다가갔는데, 양준오는 안벽과 배 사이의 검은 바다에 담배꽁초를 던져 버리고, 이방근은 담배를 물고 불을 붙였다.

"그럼, 부탁하네."

손을 가볍게 들어 올린 이방근은 담배를 문 채 사복경찰 사이를 지나며, 그저 일제강점기의 특고와 헌병, 수상경찰을 총동원한 관부연락선 등의 감시 광경만을 머릿속에 여러 장면을 겹쳐 떠올리면서, 그들을 완전히 무시하는 태도로 짧은 트랩을 올라갔다. 그리고 선원들에게 표를 보여 준 다음 갑판에 섰다. 사복경찰은 그 누구도 이방근을 불러 세우지 않았다. 이방근의 승선이 마지막이었다. 선수의 닻을 올리는 한편으로, 트랩이 철거되었다. 갑자기 기적 소리가 고막을 찢을 것처럼 울려와, 선원들의 고함 소리를 삼키고 밤의 하늘과 바다로 울려 퍼졌다.

배가 천천히 안벽을 떠나기 시작하자, 양준오는 가볍게 손을 흔들고 고개를 끄덕이더니 그 자리를 떠났다. 양준오의 뒷모습 저 멀리로, 성내 거리의 아득히 먼 저편 어둠 속에, 여기저기 불빛이, 봉화가 타오르고 있었다. 4월 3일 새벽에 올랐던 일제 봉화의 화려하기까지 했던 격렬함, 그리고 한순간 황홀감에 빠져들게 했던, 밤하늘에 펼쳐진 환상의 불꽃 무리가 지닌 요염함은 이미 없었지만, 오름마다 불타오르는 각각의 봉화는 투쟁의 명백한 과시이자 의지였다. 섬에서 벗어난 해상에서 본다면, 봉화는 하늘에 떠 있는 고기잡이 불빛의 무리로 착각할 정도였다.

4

연락선은 다음날 아침 8시 전에 목포에 도착했다. 배는 높은 파도의 제주해협을 건너 새벽녘에 다도해에 들어서자, 파도는 호수처럼 잠잠해지고, 아침 연무의 베일을 헤치며 푸른 섬들이 여기저기에 모습을 드러내기 시작했다. 이윽고 목포 시가지의 서북쪽 변두리에 산 전체가 기암 덩어리로 된 유달산이 울퉁불퉁한 바위 표면을 아침 햇살에 씻긴 듯 선명하게 솟아 있는 모습이 보였다. 유달산 정상에 오르면 다도해의 무수한 섬들, 그리고 그 사이를 오가는 작은 배들을 한눈에 볼 수 있었다. 5학년 말에 제주도를 떠나 목포의 소학교로 전교한 이방근에게 이 도시는 도쿄에 있는 대학으로 갈 때까지 6년간 학교생활을 했던 곳으로, 이른바 제2의 고향(이방근은 고향이라는 말을 그다지 좋아하지 않았지만)이라 할 수 있었다. 그 시절에는 유달산에 오르는 것이, 그것은 친구들과 함께일 때도 있고 혼자일 때도 있었지만, 일과처럼 거의 매일 계속되었다. 그러나 바다 건너 저 멀리 부모님이 계신 제주도를 그리워하며 어린 마음에 눈물을 흘리거나 하는 생활은 아니었다. 그런 면에서 이방근은 소년 시절부터 천연덕스러운 구석이 있었던 것이다. 다도해는 아름다웠다. 검푸른 바다에 하얀 빗자루 같은 항적을 남기며 달리는 배의 모습은, 마치 손에 잡힐 듯한 장난감 배였는데, 그것이 크고 작은 섬과 섬 사이로 미로 같은 항로를 오가는 정경을 보는 게 즐거웠다. 눈 아래로 펼쳐진 대자연의 아름다운 모습이 어린 마음을 사로잡았던 것이었다. 그는 어린 학생으로 경찰서 유치장에 들어갔다가 학교를 쫓겨난 자신이, 이렇게 높은 곳에 언제나 앉아 있는 것이 유쾌해서 견딜 수가 없었다. 다도해의 아득한 저쪽은 망망한 수평선. 그때는 학교에서, 교무주임이자 검도 선생이기도 했던 가와시마(川島)라는 일본인 교사가 죽도로 피를 토할 때까지 구타하고, 하반신을 발가벗겨 놓고 시퍼렇게 빛나는 일본도를 작은 사타구니에 들이댄 채, 남근을 잘라 버리겠다고 협박했던 것이다. 이방근은 바짝 움츠러들었지만 울지는 않았다. 아니, 공포로 인해 눈물이 나오지 않았는지도 몰랐다. 이 조선의 꼬맹이가, 조선 놈치고는 머리도 좋지만, 상당히 배짱이 있는 놈이로군. 그냥 두지는 않겠다. 황송하게도 봉안전(奉安殿)에 소변을 갈기다니……. 소년 이방근은 유달산 꼭대기에서 몇 번이나 그때의 일을 생각하였다. 어린 마음에도 죽을 때까지 잊지 않겠다고 맹세하면서, 그러나 넓은 바다가 보이는 산꼭대기 탓인지 울지는 않았다. 아니, 생각해 내고는 때때로 웃음이 터져 나와 참지 못했다. 알 수 없는 불안감은 있었지만, 봉안전에 소변을 갈길 때는 너무나 기분이 상쾌했다. 그는 유달산이 228미터밖에 되지 않는 것이 너무나 유감스러웠는데, 좀 더 높았더라면 끝없이 푸른 바다 저 멀리에 뭔가 보일지도 모르는, 지금보다 훨씬 더 높았더라면…… 하고 크게 발돋움을 하면서 공상을 하곤 했다.

부두에는 아침부터 마중 나온 사람들과, 빈 지게의 지게꾼, 짐꾼 등이 길게 늘어서서, 손님들의 짐을 서로 차지하려 다투고 있었다. 과연 이방근의 작은 보스턴백을 지게로 옮기겠다는 사람은 없었지만, 트렁크나 조금이라도 큰 짐을 가지고 내리게 되면, 그것을 옮겨주겠다고 달라붙어 떨어지질 않았다. 마음 약한 사람은 자신의 힘으로 충분히 들고 갈 수 있음에도 어쩔 수 없이 짐꾼에게 맡기게 되었다. 부두에는 사복경찰로 보이는 사람은 없었으나, 이방근은 배에서 내릴 때, 10미터 정도 앞쪽을 가면서 힐끗힐끗 돌아보는 중절모를 쓰고 콧수염을 기른 남자가 조금 마음에 걸렸다. 서로 시선이 마주친 그 남자는 분명히 어디선가 본 듯한 느낌이 들었다. 이방근은 걸어가면서 남자를 바라보고 있었는데, 상대는 도중에 마중을 나온 듯한 두세 명의 남자와 함께 북적이는 해안도로로 사라졌다.

해안도로는 아침 일찍부터 활기를 띤 채 매우 혼잡했다. 바다 쪽 길가에 포장마차나 텐트를 친 가게가 길게 늘어서 시장을 형성하고,

쌀 등의 곡물류, 어패류와 기타 해산물, 미군이 불하한 커 보이는 의류품, 포장마차 식당의 큰 냄비에서 보글보글 끓고 있는 소고기 내장 등을 삶은 것, 탁주와 소주, 김치, 시루떡 등을 파는 노파들. 떠들썩한 소리가 열기에 말려 올라가는 먼지처럼 날아올랐다. 양 어깨에 물을 담은 석유통을 매단 멜대를 걸치고, 영차 영차 박자를 맞추며 걸어가는 물장수 인부들의 행렬. 떠들썩한 소음 사이사이로 철벅철벅 들려오는 물소리가 아침 생활의 시작을 느끼게 했다. 공동수도에 주부들이 이른 아침부터 양동이를 들고 한 시간이든 두 시간이든 줄을 서지 않으면 안 되었기 때문에, 이와 같은 물장수가 생겨난 것이다. 물이 부족한 목포의 아침 풍경이었는데, 이방근이 이른 아침부터 이러한 생활의 리듬 속으로 들어온 것은 오랜만의 일이었다. 리어카와 달구지가 지나갔다. 머리 위에 커다란 짐을 올려놓고 걸어가는 여자. 제주도에는 없는 본토만의 풍습이었다. 오고가는 빠른 말은 전라도 사투리였고, 제주도 사투리와는 그 분위기가 전혀 달랐다. 이렇게 혼잡한 곳에 작은 트럭까지 밀고 들어오는 판국이었다. 부산항의 아침시장보다는 그 크기나 혼잡함이 덜했지만, 물씬 풍겨나는 사람의 훈기가 자아내는 냄새가 항구에 넘치고 있었다. 바다 냄새에 섞인 중유 냄새. 음식 냄새. 그리고 길가의 소변 지린내가 코를 찌르는 가운데, 개가 킁킁 냄새를 맡으며 지나갔다. 생선의 서덜 등을 노린 갈매기 떼가 해안의 기름이 떠 있는 수면 위로 날아와 시끄럽게 울어 댔다.

이방근은 어젯밤에 뱃멀미는 하지 않았지만, 두세 시간밖에 자지 못했다. 출항하고 한 시간도 지나지 않아 거친 바다가 배를 흔들어 대는 바람에 취기가 점차 깨다가 새벽녘이 돼서야 잠이 들었던 것이다.

좀 전에 본 남자는 사람을 잘못 보고 돌아본 것일까. 어디선가 본 것 같다고 생각한 것은 착각이었을까. 조금 신경 쓰이는 남자의 시선이었다. 이방근은 걸으면서 무거운 머리를 두세 번 흔들고, 해안도로 변에 있는 식당을 찾았다. 생선이든 고기든 상관없이, 뭔가 국물을 마시고 싶었다. 역까지는 걸어서 10분 남짓, 서울행 준특급 발차 시 간인 8시 50분까지는 아직 시간이 있었다. 새끼 고양이 흰둥이는 어 디쯤에서 개에게 쫓기다가 여동생에게 구출되었을까 하고 생각하면 서, 이발소 옆에 있는 식당으로 다가가는 순간 뒤에서, 이방근 동무, 하며 가볍게 어깨를 두드렸다. 이방근은 예상하고 있었던 것은 아니 지만, 예상했다는 듯이 냉연하게 멈춰 서서 뒤를 돌아보았다. 들어 본 적이 있는 목소리였기 때문이기도 했는데, 돌아본 그곳에 설마 강 몽구가 서 있으리라고는 생각지도 못했다. 좀 전에 부두에서 힐끗 뒤 돌아본 콧수염의 남자는 결코 아니었다.

검은 테 안경을 쓰고 사냥모자에 넥타이를 똑바로 맨, 그리고 봄 코트를 입은 남자가 강몽구라고 이방근이 깨닫기 전에 상대가, 고일 대일세, 라고 말했다. ……고일대, 아아, 강몽구, 이방근은 속으로 외 쳤다. 안경과 사냥모자, 그리고 엷게 기른 콧수염, 어디 토건회사 사 장 같은 느낌을 주었다.

"아이고, 이거 어떻게 된 일입니까, 이런 곳에서……. 설마 좀 전에 내린 연락선으로 오신 건 아니겠지요?"

"아니야, 나는 벌써 4, 5일 전에 왔어. 목포에는 어젯밤 광주에서 왔어." 강몽구는 이방근과 팔짱을 끼듯이 붙잡고 식당 앞에서 혼잡한 거리로 끌고 갔다. "식당은 역에서 바로 가까운 곳에 좋은 곳이 있는 데, 이 동무는 이번 기차를 탈 생각인가?"

"예, 8시 50분 기차를 탈 생각입니다만, 핫, 하아, 고 선생님과 만난 김에 필요하다면 하루 늦게 가도 상관없습니다."

"음, 나는 점심때쯤 제주도로 돌아가 봐야 돼서."

"낮에요? 낮에 무슨 배가……."

이방근은 자신도 모르게 어리석은 질문을 했다.

"배는 얼마든지 있어. 다만 작은 어선이라서, 사치스런 생각으로는 탈 수 없겠지만 말이야. 서울에 간다면, 서로 간에 바쁘다는 말이 되겠군. 서울 가는 기차는 하루에 한 편밖에 없으니 내일까지 늦출 필요는 없겠지. 시간이 있다면 내가 개인적으로 알고 있는 집에서 잠시 쉬어가도 좋겠지만, 어쨌든 알겠네. 언제쯤 서울에서 돌아오는가, 그때 만나자구. 설마 한 달이나 두 달씩 있는 건 아니겠지……."

강몽구는 새삼 이방근이 들고 있는 보스턴백에 시선을 던지고 나서 담배를 물고 라이터를 켰다. 그리고는 담배를 권했다. 이방근이 손가락에 한 개비를 끼우자, 라이터의 불을 붙여 주었다. 강몽구와 라이터라는 배합도 이방근에게는 낯설었다.

"글쎄요, 4, 5일이나 일주일 정도 있을 겁니다. 고 선생님은 누군가를 마중 나오신 겁니까?"

"그렇다네. 동지 한 사람을 마중 나왔어. 한라신문의 공무부장이던 장 동무가 이쪽으로 나왔거든. 일행이 있어. 나와 함께 마중 나온 두 사람이 장 동무와 셋이서 뒤를 따라오고 있다구."

"예?"

이방근은 자신도 모르게 움찔하면서 뒤를 돌아보려다가 특별한 이유도 없이 그만두었다.

"호오, 그렇습니까." 이방근은 숨을 천천히 내쉬면서 말을 계속했다. "그러고 보니, 그와 비슷한 사람을 보았습니다, 방금 전에 말입니다. 음, 그 사람이었군요. 짙은 콧수염을 기르지 않았습니까. 저는 친하지는 않습니다만, 공무부장의 얼굴은 알고 있습니다."

그때 마중 나온 듯한 두세 명의 남자 가운데 한 사람이 강몽구였다는 것을 이방근은 눈치 채지 못했던 것이다.

"그건 배를 내리기 전에 붙인 것이야." 강몽구는 주변이 혼잡한데다가, 뒤에서 세 사람의 일행이 따라오고 있어서 그런지 대담하게 말했다. "우린 배 근처까지는 가지 않았어. 개들이 함께 타고 왔을지도 모르기 때문에, 길가의 인파 속에서 부두에서 나오기를 기다리고 있었는데, 설마 이 동무가 승객들에 섞여서 장 동무 뒤를 따라올 줄이야……."

"음, 어젯밤에는 대여섯 명이 망을 보고 있었는데, 용케도 그 사이를 뚫고 승선했군요……."

"핫핫핫, 놈들은 승선 개시 직전에야 배로 오는데, 장 동무의 경우는 점심 전에 하역 인부로 승선하고 있었지. 배 안에서는 나름대로 여러 가지 방법이 있다구. 그는 인쇄 관계 일에는 베테랑인 소중한 사람이야……."

두 사람은 이내 혼잡한 해안가 길을 벗어나 목포극장이 나오는 왼쪽 길로 돌아서 역 쪽으로 향했다. 이 주변은 시의 중심지에서 가깝기 때문에 통근하는 자전거와 사람들이 눈에 많이 띄었다. 강몽구는 도중에 뒤따라오던 일행과 무슨 말인가 한두 마디 주고받다가 돌아오더니, 이방근과 둘이서만 걸어갔다. 둘만 남게 되자 강몽구는 한라신문 공무부장의 일이나 그와 관련된 이야기는 일절 하지 않았다. 이윽고 두 사람은 역으로 가는 도중에 몇 개인가 식당이 늘어선 옆 골목으로 들어갔다. 강몽구는 무전취식을 하는 형사라도 되는 것처럼 그중에서 불고기 냄새가 풍겨 나오는 어느 가게 뒷문으로 들어가자, 말없이 신발을 벗고 이방근을 재촉하여 2층으로 올라갔다. 그리고 계단 옆에 있는 한 평 반쯤 되는 좁은 방에 들어가 탁자를 사이에 두고 앉았다. 생각했던 것보다 작은 가게로, 강몽구가 좋은 곳이 있다고 한 말은 크고 화려하다는 뜻이 아니었던 것이다. 강몽구는 안경은 낀 채로 있었지만, 사냥모자와 봄 코트를 벗자, 지금까지의 강몽구와 상당히 비슷하게 보였다. 그러나 안경 하나 걸친 것만으로도 원래의 인상은 찾아보기 어려웠다. 그리고 옅게 기른 콧수염이 시커멓게 짙어진다면 얼굴의 인상은 완전히 달라질 것이다.

"역까지는 가깝지만, 반 시간 정도밖에 시간이 없군. 오늘은 간단히 식사만 하고 헤어지자구."

강몽구는 바로 계단을 올라온 사십 대의 주인 남자에게 이방근을 소개하여 인사시킨 뒤, 우선 막걸리를 가져다주고, 서둘러서 생선 국물, 뼈가 붙어 있는 갈비를 밑에서 구워 가져오라고 일렀다. 아래층에는 손님이 많이 있는 것 같았는데, 그런 것은 뒤로 돌리라는 말일 것이다. 주인은 동향인이었다. 부부와 도와주는 여자아이 셋이서 일을 하는 모양이었다. 시간은 여덟 시 십 분을 지나고 있었다.

"여기 막걸리는 찹쌀로 만드는데, 마셔 보면 알겠지만 정말 맛있어. 한두 사발 마시면 식사를 충분히 대신하고 남을 거야……."

강몽구의 말이 끝나기도 전에 두 개의 사발에 넘칠 듯이 따른 연한 갈색의 막걸리가 쟁반에 담겨 올라왔다. 소주와는 또 다른 방순하고 새콤달콤한 향기가 느긋하게 코 주위를 쓰다듬듯이 감돌았다. 그야말로 지푸라기 조각을 세워도 쓰러지지 않을 만큼 기름처럼 끈적거리는 향기로운 술을, 강몽구도 이방근도 단숨에 꿀꺽꿀꺽 반쯤 마셔 버렸다. 하아, 하고 큰 숨을 내쉬며 입맛을 다셨다. 마치 한 덩어리 음식물이 깨끗하게 위 속으로, 그리고 어디론가 흘러 들어간 것처럼 상쾌한 기분이 들었다. 안주로 나온 게젓갈과 김치를 먹은 뒤, 다시 두꺼운 사발을 입술에 갖다 대고 술을 흘려 넣었다. 일단 흘러 들어간 액체가 곧이어 뜨거운 것으로 변하면서 만조 때처럼 몸 안에서 너울을 일으키는 그 기대감이 또한 기분 좋았다.

"그런데, 서울에는 무슨 급한 용무라도 생겨서 가는 길인가……?"

강몽구는 안경 안쪽의 빛나는 퉁방울눈으로 이방근을 보면서 담배에 라이터 불을 붙였다. 돋보기 너머 커다란 눈으로 아들을 바라보는 아버지의 눈초리와 너무나 닮아 있었다.

"예, 여동생의 일이 있어서……."

갑자기 재채기를 일으킬 뻔한 이방근은 입가에 미소를 띠운 채 말했다.

"호오, 여동생의 일로……."

"제주도에 가시면 남승지도 만나실 테니, 목포에서 우연히 만났다며 안부 좀 전해 주십시오. 서울에 가는, 그러니까, 용무가 있어서 여동생을 만나러 가는 도중이었다고……. 그런데, 어제는 성내에서 삐라 살포 사건으로 학생이 체포되기도 하고, 한라신문에 수색이 실시되기도 했는데 말이죠. 앞으로 싸움은 쉽지 않은 양상으로 전개될 것 같습니다. 본토에서 증원경찰대라는 것이 여기 목포와 부산항을 통해 들어간다고 하니까요."

"적의 입장에서 본다면 그건 당연한 일 아니겠나, 제주도의 유격 투쟁이 본토에까지 영향을 미치는 것을 가장 두려워하고 있으니까. 우리도 결코 낙관하지는 않지만, 제주도에 있어서의 5·10망국단선의 강행은 반드시 저지, 파괴할 것이고, 하지 않으면 안 돼. 또한 그 투쟁의 힘을 전국적으로 확산시키지 않으면 안 되겠지……. 특히 우리의 경우는 극악한 서북청년회 무리를 섬과 섬의 경찰에서 추방해야 하고. 안 그런가, 이 동무. 음, 경찰대만이 아니라, 군대도 파견된다네. 아니, 어제 부산항을 출발한 제5연대 제2대대가 오늘 중에 제주도로 상륙해서 제9연대에 배속될 예정인데, 이 부대는 아마 토벌에는 참가

하지 않을 거야."

"그건 또 왜 그렇습니까?"

"물론, 여러 가지로 구실을 갖다 붙이겠지만, 대대장인 오(吳) 소령이 우리와 연결되어 있거든. 적은 우리 편을 제주도에 파견해 준 셈이지. 핫, 핫, 하하, ……."

2, 3분도 지나지 않아 취기의 열이 체내를 감돌며 확 올라왔다. 이방근은 잠이 부족한 무거운 머리가 가벼운 취기에 의해 맑아져오는 대신에, 몸이 나른해지는 것을 느꼈다.

커다란 사발에 담긴 옥돔 국물. 그리고 10센티 정도 크기로 자른 살이 많은 쇠갈비가 담긴 큰 접시가 탁자 위에 놓였다.

"자아, 이 동무, 얼른 먹자구. 음, 지금 8시 15분이니까, 여기서 40분에 나가면 될 거야."

기름기로 번들거리는 뼈를 양손으로 잡아 고기를 물어뜯고, 입 주위와 손에 묻은 기름기 등을 휴지로 닦았다. 이른 아침부터 식욕이 있을 리도 없어서 국물 정도만 생각하고 있던 이방근은, 알코올의 자극도 있었지만, 갑자기 식욕이 솟구치는 것을 느꼈다.

"앞으로 몽구 씨가 성내에 출입하실 때는 주의가 필요할 겁니다. 노리고 있는 것 같으니까요."

"핫핫하, 경찰은 3·1절 기념석방을 후회하는 모양이군. 잘 알고 있어……. 그러나 국제연합 조선위원회의 뜻을 받아들인 미군의 지휘에 의한 일련의 석방이 없었다면, 그들은 크게 선정이나 베푸는 듯이 '총선거'의 강행은 할 수 없었을 거야……."

두 사람은 갈비를 물어뜯고, 막걸리를 눈 깜짝할 사이에 비웠다. 강몽구는 자신의 두 번째 잔을 주문하면서, 동무는 기차를 타야 되니까 삼가는 편이 좋겠다고 말했다. 핫, 하아, 그럴 수는 없지요. 이방근은 강몽구와 함께 두 번째 잔을 주문했다.

"8시 50분에 맞출 필요는 없습니다. 몽구 씨 시간에 맞춰 주십시오. 전 하루를 늦춰서 내일 아침에라도 출발하면 됩니다……. 특별히 하루를 다툴 만큼 급한 일이 있는 것도 아니니까요."

실제로 8시 50분 기차를 타려면 슬슬 자리에서 일어나는 것이 좋았다. 아침부터 술에 취해 벌건 얼굴로 황급히 갈 필요는 없었다. 한두 잔 더 마시고, 가능하다면 이곳에서 그대로 한숨 자는 편이 좋을 것 같은 생각이 들었다. 오늘 밤 서울에 도착하게 되면, 내일이나 모레 도착할 터인 여동생 앞으로 보낸 속달보다 본인이 먼저 도착하게 되어, 속달이 나중에 뒤쫓아 오는 모양새가 되는 것이다.

"음, 이거 미안하게 됐네. 모두 나 때문이야. 그럼 오늘 밤은 어디에서 묵을 예정인가, 여관에서?"

"예."

"그렇다면 내가 아는 사람한테 가서, 거기서 천천히 쉬면 어떻겠나."

"아뇨, 그런 걱정은 하지 않으셔도 됩니다. 목포에는 제 친구나 아는 사람도 많고, 게다가 친척도 있습니다만, 여관에서 자고 조용히 출발하는 게 좋을 것 같습니다. 다른 사람 집에서 자면서, 아는 사람들에게 아무 말 없이 그냥 갈 수는 없을 것 같아서요."

강몽구는 이방근의 출발이 늦춰진 것을 기뻐했으나, 그렇다고 그의 승선 예정을 변경할 수는 없어서, 늦어도 10시경에는 여기를 떠나야 한다는 것이었다.

막걸리는 한 되짜리 병으로 가져왔다. 그러나 사발에 세 잔만 따르면 바닥이 날 것이다. 쿨럭쿨럭 하고 막걸리를 따른 사발의 가장자리를 서로 간에 가볍게 부딪치고 혀에 달라붙는 듯한 걸쭉한 액체를 목구멍에 흘려 넣었다.

"그런데, 몽구 씨……." 이방근은 사발을 놓고 말했다. "4·3봉기 때, 성내에서도 호응해서 일제봉기를 일으킨다고 하셨잖습니까. 그리고 성내 경찰과 감찰청 두 곳을 국방경비대원에 의해 점령하기로 되어 있다고 말이죠. 혹시 지장이 없으시다면……."

"으흠, 지장이고 뭐고, 처음 만나는 것도 아니고……. 이 동무라면, 내가 처음 만났더라도 말했을지 몰라……." 강몽구는 웃으면서 크게 고개를 끄덕였다. "그래, 분명히 성내 봉기도 계획에 들어 있던 것은 사실이지만, 음, 정작 중요한 군대에 사정이 생겨 움직일 수 없었던 거야. 원래 국방경비대와의 공동작전은 최초의 계획에는 없었어. 지난 달 말이 되어서야 갑자기 계획에 포함되었으니까, 봉기 자체에는 별다른 영향은 없어. 한마디로 말하자면, 모슬포에 있는 9연대의 야간교육훈련이라는 것이 있었는데, 계획에 참가할 예정이던 병력이 그 시간까지 돌아오지 못했던 거야. 그런 일이 있었을 뿐이야. 어쨌든 성내 경찰서와 감찰청을 급습해 점령하려면, 적어도 2, 30명의 병력은 필요해. 한두 사람도 아니고, 트럭 두 대에 분승해서 위병과 보초가 있는 병영을 나오기 위해서는, 사전에 물샐 틈 없는 준비도 필요하고. 하나가 잘못되면 모든 일이 수포로 돌아갈 테니까. 음, 게다가 말이야, 병력이라고 해 봤자, 인솔자인 소대장이나 분대장 이외에는 모두 17, 8세에서 20세까지의 젊은이라서, 그 한 사람 한 사람 전부에게 목적을 납득시킬 수도 없었다구. 따라서 조직의 선이 들어가 있는 것은 상관 몇 명뿐이고, 그 상관의 명령과 행동력으로 대원들을 결집시키지 않으면 안 되는 것이지……. 아핫하, 세상에 쉬운 일이란 없어……. 그러나 우리는 지금 군대 내에서의 활동은 뒷날을 위해 준비해야겠다고 새삼 생각하고 있어. 지금 만일 성내의 경찰이나 감찰청이 군대의 일부에 접수돼 있다고 한다면, 미군이 가만있지 않을 거야.

미 중앙군정청 통위부 아래에 국방경비대 사령부가 있기 때문에, 공동작전을 펼 가능성도 있어. 우리는 충분히 미국을 의식하고 있고, 그들과 직접 무력대결을 펼치는 것은 현 상황에서는 피해야 될 일이야……."

강몽구는 피우던 담배를 재떨이에 올려놓고 사발의 막걸리를 입으로 옮겼다. 그는 성내 봉기 불발에 대해서는 깊게 이야기하고 싶지 않은 모양이었다. 그렇다 하더라도 그의 이야기에는 애매한 점이 있었다. 역시 계획의 실패가 아닌가. 만일 국방경비대에 의한 경찰서와 감찰청에 대한 접수 점령이 일거에 성공했더라면, 무기고가 개방되고 봉기에 합류한 성내 사람들에게 무기가 주어져(성내에는 학동학예전람회로 온 섬에서 학생들을 인솔하여 모여든 젊은 교사들도 많이 있었다), 무장시민 집단이 생기는 것은 틀림없었다. 그렇게 됐다면, 국면은 지금과는 전혀 다르게 변해 있지 않았을까. 결국, 한라신문에서 인쇄한 선언문이 증명하고 있듯이, 성내 봉기라는 계획 그 자체가 갑자기 계획된 엉성한 것이었다고 할 수밖에 없었다.

두 사람은 천천히 마시고, 다시 생선회 등을 시켜 먹었는데, 식성 좋은 강몽구조차도 지금부터 할 일이 있다고 하여, 둘이서 막걸리 한 병 이상은 주문하지 않았다. 이방근은 며칠 전에 최상화를 찾아갔을 때 여러 번 부탁받은 일을 생각해 내고는, 아마도 강몽구가 일소에 부칠지도 모른다고 생각하면서, 최상화가 몽구 씨와 만나고 싶어 한다고 말했다.

"최상화? 그 남자가 나를 만나고 싶어 한다고……? 이건 또 무슨 바람이 분 걸까, 음……."

익숙해져 버린 것인지 안경을 벗지 않은 강몽구는 웃으면서, 일소에 부치려는 어투로 대답했다.

"꼭 강몽구 씨와 만날 수 있는 기회를 만들어 달라고 말이죠, 이른바 회견 신청인 셈입니다. 저에게 중개 역할을 맡아 달라고 끈질기게 부탁하는 바람에, 아버지와의 관계를 생각해 무턱대고 거절할 수도 없어서, 강몽구 씨에게 전달은 하겠다고 약속했습니다. 상대가 최상화이고 보면 몽구 씨가 일소에 부치고 말지도 모르겠지만 말입니다……."

이방근은 계속해서 최상화의 비현실적이라고 할 수밖에 없는 화평 교섭, 당국과 게릴라 측 사이에서 중개 역할을 하고 싶다는 상대의 생각을 가능한 한 자신의 감정을 섞지 않고 이야기했다.

강몽구는 처음에는 너무 뜻밖의 이야기였는지 퉁방울눈을 크게 뜨고 분명히 웃었다. 그러나 그 웃음 뒤에 황당무계한 이야기라든가, 박쥐 같은 변절자가 무슨 헛소리냐는 식으로 일축하지는 않았다. 강몽구는 뜻밖에도, 음 하며 혼자서 고개를 끄덕였던 것이다. 그리고 사발을 입으로 가져가 막걸리를 천천히 흘려 넣으며 한동안 생각에 잠긴 모습에 이방근은 놀랐다. 강몽구는 사발을 놓더니 다시 웃으면서, 그러나 최상화가 현재 유력한 후보라고는 해도, 안됐지만 본인의 기대처럼 정원 세 사람의 '국회의원' 중의 한 사람이 되기는 아마 어려울 것이라고 했다. 즉 5·10단선의 성립은 곤란할 것이라는 말이었다. 만일 제주도에서 단독선거가 강행되어 그가 당선된다면, 그 안을 검토해도 좋겠지만, 지금처럼 후보자의 단계에서는 무리한 이야기다. 그러나 제주도에서 단독선거가 파탄난 뒤에도 투쟁이 계속되고, 서로 간에 화평 교섭을 해야 할 상황이 온다면, 조건 여하에 따라 교섭에 응할 수도 있을 것이다. 물론 이것은 나의 개인적인 견해일 뿐이라고 덧붙이면서도, 그것은 필요한 일이라고 이방근이 예상하지 못했던 상당히 현실적이고 중요한 생각을 보여 줬던 것이다. 아니, 만일 이것을 현실적인 대답이라고 한다면, 그 당돌하고 돈키호테적이 아닌가 하고 이방근이 생각했던 최상화의 비현실적인 이야기가, 반드시 비현실적인 것은 아니었다는 의미가 되는 것이다. 강몽구는 만일 화평 교섭이 가능하다고 해도, 그것은 민의와 힘이 결집된 상태에서 임해야 하고, 그 경우에는 최상화의 중개에만 한정되지는 않을 것이라고, 이미 게릴라 측이 교섭의 장을 상정하고 있는 듯한 말까지 덧붙였다. 이렇게 다소 뜻밖인 강몽구의 탄력적인 태도의 배경에는, 가능하면 4·3봉기의 투쟁이 일정한 단계에 이르면 수습되어도 좋다는 생각이 있는 것 같았다.

강몽구는 그가 여기에 온 이유를 이방근에게 조금 내비쳤다. 강몽구는 제주도 당 조직의 상급당인 전라남도 도당(島黨)위원회에 당무를 위해 왔던 것이다. 물론 비합법화된 조직에 일정한 사무소가 있을 리도 없고, 개인적인 접촉으로 아지트를 찾아가는 것이지만, 그 당무의 하나로 4·3봉기의 승산 운운하며 의견대립을 일으키다가 '투항주의'로 비판받아, 작년 말에 도당위원회로부터 전남도당으로 이적된 한 사람의 도당 간부의 복귀 문제가 있었다. 총검과 테러에 의한 지배와 탄압에 저항하기 위한 군사조직. 그것은 필요하다. 눈에는 눈을, 이에는 이를. 그러나 승산은? 혁명은 승리할 수 있는가? 모든 주객관적인 정세와 조건. 주관적인 모험주의가 되는 것은 아닌가…… 강몽구 자신도 개인적으로 친한 그 동지와 같은 생각을 가지고 있었지만, 달리 대안이 없었고, 최선의 방법을 총동원해서 폭력 봉기를 일으키지 않을 수 없다는 입장에서 무장봉기를 지지하고, 남승지를 데리고 일본까지 갔다 온 것이었다. 따라서 그가 투쟁의 일정한 단계에서 화평 교섭의 기운이 생겼을 경우 응해도 좋다는 것은 상황 전개를 충분히 계산하고 있었기 때문에 나온 반응이었다.

"……그런데 몽구 씨가 성내에 오시는 것은 저를 만나기 위한 목적도 있지 않습니까. 저는 지금부터 서울에 가야만 되고, 괜찮으시다면 말씀을 해 주시겠습니까?" 이방근은 취기로 붉어진 느낌이 드는 얼굴에 미소를 지으며 말했지만, 아니, 그게 아니지, 이야기는 이쪽에서 하지 않으면 안 된다고 갑자기 얼굴을 붉히며 생각을 고쳐먹었을 때는, 이미 말이 튀어나온 뒤였다. 실제로 이건 묘한 말투였다. 그는 조금 당황하여 스스로가 한 말을 주워 담아 부정하려는 듯이 덧붙였다. "아아, 이것은, 그렇군요, 제가 먼저 뭔가 대답을 해야 될 문제였습니다……. 핫, 하하, 안 그렇습니까. 한 잔 마시다 보니, 아무래도 두서없는 말이 나오고 말았습니다……."

강몽구가 일본에서 귀국한 다음날 찾아왔을 때, 이방근의 의향을 묻고 돌아간 일이 있었다. 자금 협력 이상의 일, 당원, 특별(비밀)당원으로서 당에 참가할 것을 요청해 왔던 것이다. 그것은 그 뒤에 여동생과 함께 강몽구의 선을 통해 '해방구'에 들어갔을 때도, 암묵적인 하나의 전제로 작용하고 있었을 것이다. 물론 그 구체적인 내용에 대해서는 강몽구로부터 듣지는 못했지만, 순서로서는 그때, 생각 좀 해 보겠는가라고 다짐을 받았으므로, 생각해 봤는지 어쨌는지 이쪽에서 대답을 할 차례였다.

"아니 아니야, 그런 건 아무래도 상관없어. 나도 슬슬 가 봐야 되고, 여기는 성내도 아니야. 물론 성내가 아니면 이야기하지 말라는 법도 없지만, 그러나 이 동문 여행을 나온 사람이고, 지금은 그 여정 중에 있어. 서두를 필요는 없는 일야. 난 앞으로 한두 주일 기다리는 것쯤은 아무렇지도 않아. 통일조선의 독립과 해방의 투쟁은 갈 길이 멀어……."

지금 설령 상대가 말을 꺼냈다 하더라도, 이방근은 자신의 생각을 금방 대답할 수는 없을 것이다. 어떠한 내용인지 자세히 알 수는 없다 해도, 액면 그대로 비밀당원으로서 당 조직에 대한 참가를 요구받는 다면, '노-'라고 대답할 수밖에 없었다. 그리고 왜냐고 물어 온다면 대답하기 곤란해질 것이었다. 이유가 분명하다 해도 대답하기 곤란할 것이 뻔했다. 따라서 이러한 유예는 강몽구보다도 이방근 자신이 먼저 꺼냈어야 될 이야기였던 셈이다. 이방근은 그 이야기가 이 자리에서 제외된 것에 새삼 안도하면서, 상대에게 고개를 끄덕여 보였다.

얼마 안 있어 강몽구는 재회를 약속하고 자리에서 일어났다. 이방근은 강몽구를 통해서 정리된 2층 방에서 한동안 쉬겠다고 주인에게 부탁을 했다. 낮술에 취한 느낌에다 피로가 겹쳐서 그 자리에서 움직이고 싶지 않았던 것이다. 이방근이 그냥 바닥에 누워 있겠다고 했지만, 안주인이 이부자리를 펴 주었다. 취기로 눈꺼풀이 닫히고, 그 어둠 속에서 움직이기 시작한 소용돌이 속에 온몸이 현기증을 일으키면서 빨려 들어가는 느낌으로, 이방근은 이상하게도 금방 잠에 떨어졌다. 그리고 점심 무렵까지 푹 잤다.

오후에, 계산은 강몽구가 이미 끝냈기 때문에, 주인 부부에게 인사를 하고 나온 이방근은 역 근처에 있는 여관으로 옮겼다.

저녁 무렵, 짐을 여관에 두고 훌쩍 밖으로 나온 이방근은 제주도 게릴라토벌 증원경찰대의 제1진으로 보이는 검은 제복의 무장집단이 광주 방면에서 임시열차로 목포역에 집결하는 것을 보았다.

다음날 아침 기차로 이방근은 서울을 향했다.

아침의 역 앞 광장에는 이미 제2진인가, 아니면 제4진, 제5진인지 알 수 없었지만, 2, 3백 명에 달하는 경찰관이 집결하여 서서히 항구 쪽으로 이동하고 있었다.

밤 열한 시가 넘어 서울역에 도착하여 이건수 씨 댁에 전화를 걸자, 전화기 앞에서 기다리고 있었던 것처럼 여동생이 받았다. 속달이 도착했다는 말인데, 숙부님 내외도 아직 자지 않고 이방근이 오기를 기다리고 있다고 했다.

장거리 열차에서 홈으로 쏟아져 나온 사람들이 개찰구로 다시 몰려들었다가 역 구내로 흘러넘치자, 아니나 다를까 지게꾼의 공세에 휘말렸다. 아니, 지방에서 올라온 사람들 중에는 혼자서는 도저히 오랜 시간 옮겨 갈 수 없는 짐을 소유한 사람이 많았다. 그래도 공급 쪽이 훨씬 많았다. 지게꾼은 이 사회에 흘러넘치는 실업자, 거지, 부랑자 같은 산업예비군보다 조금 나은 존재였다. 역 앞에 진을 치고 있는 그들 중에는, 지면에 세워 놓은 지게 위에서 팔짱을 낀 채, 그대로 지나가는 이방근처럼 보스턴백에 선물 정도만을 손에 든 손님을 쳐다보기만 하는 사람도 있었다. 조차장의 기관차, 역 앞을 달리는 노면전차, 그리고 택시의 경적. 구내의 오래된 천장에서 흘러넘쳐 떨어지는 밝은 빛. 녹슨 쇠 냄새. 코트가 딱 어울리는 으스스한 밤공기. 역 앞에 늘어선 세브란스 병원과 그 밖의 건물은 거의 소등을 하고 있었다. 역의 오른쪽 대각선 맞은편에 전평(조선전국노동조합평의회) 회관 건물이 있었는데, 작년 3월 서울에 왔을 때는 밤늦게까지 전등이 켜져 있었다. 그러던 것이 작년 8월 해방 2주년 기념일의 좌익 대탄압, 공식 발표만으로도 1만 3천여 명의 투옥자가 나온 일제검거로 폐쇄되고 말았다.

남대문에서 태평로 쪽을 바라보자 아직 네온사인이 깜빡이고 있었다. 잠깐 동안 바라본 네온사인의 명멸(明滅)이 묘하게 서커스 장식이나 완구의 빛처럼 보였다. 제주도는 멀었다. 정말로 이 나라 바다의 끝이라는 느낌이 들었다. 집에만 처박혀 사는 이방근에게는(게다가 섬

에서는 몇 집밖에 없는 전화가 있는 집에 살고 있었다), 시끌벅적한 도회지에
끌릴 이유도 없었지만, 역시 제주도는 고독한 섬, 그리고 벽지였다.
4·3봉기 당일의, 동란의 권역 밖에 있는 것처럼 평온한 거리를 뒤덮
은 커다랗고 투명한 가면 같은 느낌. 그 둥근 천장처럼 투명한 가면에
금이 가고, 깨진 틈으로 빛이 새 나오고 있었다. 서울역 앞에 선 이방
근은 무엇하러 서울에 왔는지 생각해 보았다. 그리고 두터운 공기의
마찰에서 빠져나온 듯한 느낌에 휩싸여 있다는 것을 의식하고 있었
다. 도망친 느낌이었다. 제주에 살든지 서울에 살든지 마찬가지다. 제
주도에 돌아가려는 것은 무슨 이유인가. 거기에 주거가 있고, 서울은
여행지라서 그런 것인가. 의식 안에 있던 성내 거리가, 지금은 의식
바깥에 점으로 존재하고 있다는 느낌이, 심야의 서울 거리를 달리는
택시 안에서 들었다. 안국동 입구에서 언덕길을 올라 숙부의 집까지
십여 분이 걸렸다.

현관의 초인종을 누르자 유원이 나왔다.

"……부엌이와 흰둥이는 건강해요?"

현관 옆이 여동생의 방이었는데, 오빠와 함께 거실로 가면서 유원
이 말했다.

"그럼, 건강하고말고……." 이방근은 깜짝 놀라 자신도 모르게 여동
생의 얼굴을 들여다보았다. 설마 집에서 이상한 전화를 한 것은 아니
겠지. "아니 너는 아버지보다도 고양이와 식모의 안부를 먼저 묻는구
나, 흐응……."

"물론 아버지는 건강하시겠죠. 요전에 전화로 아버지와 통화했어
요……."

"요전이라니……? 네가 서울에 도착한 날 밤에 건 전화 말이냐.
으-음, 조금 냉정한 딸이구나."

이방근은 안심하며 말했다.

둘이 함께 거실로 간 이방근은 숙부 내외에게 인사를 하였다. 이건수는 아버지 태수의 사촌 동생으로 이방근과는 오촌 간이었는데, 조선에서는 상당히 가까운 친척이었다. 건수 숙부는 오십 대 중반을 넘기고 있었고, 당숙(오촌의 숙부)쯤 되면, 오랜만에 뵙는 만큼 장판에 무릎을 꿇고 아버지에게 하는 것처럼 큰절을 해야만 한다. 그는 해방 후에 창간된 중립계 중앙지(그래 봤자 조선의 현실 속에서 그러한 신문은 없었다. 건국일보는 우파에 속하고 있었지만, 남한 단독선거반대의 김구 노선을 지지하고 있는 민족주의 신문으로, 꽤 많은 독자층을 확보하고 있었다)의 업무부장을 맡고 있었는데, 공무부 출신의 그는 자사의 신문 인쇄만 하던 공무부의 일을 일반 외주까지 받아, 특히 특수 캘린더 등의 인쇄제조로 상당한 업적을 올리고 있었다. 장남은 결혼 후에 부산으로 이주했고, 장녀도 결혼해서 집을 나갔기 때문에, 유원은 가족과 같은 대우를 받고 있었다.

이방근이 더운 물을 끼얹는 정도로 목욕을 끝낸 뒤 속옷을 갈아입고 나오자, 밤이 늦었는데도 술상이 준비되어 있었다. 식당차가 있는 것도 아니고, 대전에서 보잘것없는 도시락을 하나 사 먹은 게 전부라서 그런지, 혼잡하고 숨 막히는 차 안에서 열네댓 시간에 걸친 긴 여행은 피곤한데다 공복을 느끼게 했다. 배가 나온 듬직한 체구를 한복으로 감싼 건수와 이방근이 탁자를 마주하고 앉자, 숙모와 유원도 각각 두 사람 옆에 조금 거리를 두고 시중을 들듯 앉았다. 숙모는 얽은 얼굴로 이른바 추녀에 가까웠지만, 과묵하고 사람이 매우 좋았다.

"예나 다름없이 맛있게 마시는군."

컵의 맥주를 한 모금 마신 뒤 담배를 문 숙부가 맥주를 쭉 들이키는 이방근을 보고 말했다.

"어떤가요, 유원이는 숙부님 말씀을 잘 듣고 있나요?"

맥주가 빈 속 전체를 기분 좋게 조이듯 스며드는 것을 느끼면서 이방근은 미소를 띤 채 말했다. 인사말이었지만, 아버지가 숙부에게 전화로 유원의 감독을 부탁하던 것을 의식하고 한 말이기도 했다.

"홋호오, 내가 새삼스럽게 무슨 말을 하겠는가……." 숙부는 유원을 보았다. "유원은 대학생이니 말이야. 이번 6월에 여자전문학교에서 여자대학으로 승격되는데, 그런 대학생에게 내가 무슨 말을 하겠어. 내가 말하기 전에 자신이 알아서 잘 하고 있다구."

"오빠는 서울에 이제 막 도착했는데, 벌써 그런 말을 하다니……. 마치 바다 건너에서 날 감독하러 온 것 같아요……."

"어이쿠, 바다 끝에서 온 시골 사람이 서울 도회지 분을 어떻게 감독하겠어……."

"태수 형님은 올라오시지 않는 거냐?"

"아버지는 아마 무리일 거라고 생각하는데요. 그렇다고 제가 대신 온 건 아닙니다."

이건수는 사촌 형이 딸 문제로 일부러 서울에 오겠다고 말했기 때문에 신경이 쓰였던 것이었다.

이방근도 이 집 주인도 더 이상 유원에 관해서는 언급하지 않았다. 그리고 나서 이야기는 4월 3일의 사건으로 옮겨 갔는데, 내일 할 일이 있으면서도 늦게까지 일어나 있었던 것은, 4·3사건의 진상과 최근의 정확한 정보를 듣고 싶었기 때문일 것이다. 이방근은 공표는 되지 않았지만, 실제로 본토에서 게릴라 토벌군대와 증원경찰대가 파견 중인 상당히 큰 사건이라며, '봉기'라는 말을 피해 '사건'이나 '폭동'이라는 신문에서 쓰는 표현을 사용하여, 심정적으로 게릴라를 편들고 있다는 인상을 주지 않도록 이야기했다. 오빠와 함께 비밀리에 '해방구'까지 다녀온 유원은 오빠의 눈빛을 쫓으며 콧방울 주위에 가끔씩 희미한 웃음을 띠며 듣고 있었다.

"……게릴라가 제주도에 나온다는 게 믿기지 않아. 마치 호랑이가 나온다는 말 같아. 토벌을 위해 군대와 경찰대를 본토에서 파견하지 않으면 안 될 정도의, 그런 무력을 어떻게 게릴라가 가지고 있을까. 앞으로는 어떻게 될 것 같나?"

"본토에서 군경이 동원될 정도니까 곤란하고도 어려운 문제가 될 게 틀림없습니다. 제주도가 현재 전쟁터가 돼 있으니 말입니다. 도대체가……."

"서울도 매일같이 데모나 삐라 살포로 어수선해. 데모라고는 해도, 종로 같은 번화가에서 열 명 정도가 갑자기, 정말로 땅에서 솟아난 것처럼 나타나는데, 갑자기 데모가 사람들 눈앞에서 펼쳐지고, 경찰이 쫓아오면 군중 사이로 파고들어 어디론가 사라져 버린다구. 서울 사람들은 그걸 '5분데모'라든가, '번개데모'라고 하는데, 어제도 화신과 미도파 옥상에서 몇백 장의 삐라가 뿌려졌어. 게다가 선거사무소의 습격이 매일같이 일어나고 있고. 이건 말이지, 애당초 총선거라는 게 무리한 발상이야. 이번 4월 19일부터 이북 평양에서 열리는 남북 정치협상회의 참가를 놓고 서울 장안은 뒤숭숭하다구. 무엇보다 단독 선거를 그만두라고 반대하고 있는 김구 선생과 김규식 선생이 평양으로 가는 걸 미군정청도 이승만 박사도 막을 방법이 없으니까……. 국민들은 국론이 분열되는 선거를 원하지 않는다구. ……김구 선생에게 만에 하나라도 무슨 일이 생기면 큰일이라고, 우리 신문사에서는 걱정하는 목소리가 나오는 판이야……."

유원은 아직 졸리지는 않은 것 같았지만, 그녀도 내일 아침에는 학교에 가야 한다. 두 시가 다 되어 제각각 거실을 떠났다. 여동생 옆방에서 잠자리에 든 이방근은 이불 속에서 머리를 내밀고, 여동생에게 일러둔 위스키를 잠시 마시다가 잠이 들었다.

다음날 아침, 여동생도 누구도 깨워 주지 않았지만, 이방근은 눈을 뜬 일곱 시경에 일단 일어났다. 그리고 출근하는 숙부와 등교하는 여동생의 얼굴을 본 뒤에 아침밥도 먹지 않고 다시 잠자리에 들었다가 점심때가 다 돼서야 이부자리에서 나왔다. 점심때를 지나 식사를 하면서 숙모와 잡담을 나누고 신문을 읽고, 그리고는 슬며시 여동생의 방을 들여다보았다. 여동생은 이제 곧 돌아올 것이다. 수업은 오전에 끝나고, 오후에는 연구 모임이 있지만 그냥 돌아오겠다고 했었다. 오후에 학교에서 돌아오는 길에 종로나 명동에서 만나면 어떻겠냐고 여동생이 말했지만, 이방근은 나가는 게 귀찮아 그만뒀다.

문을 열자 목욕탕에서 나온 여자의 피부에서 나는 냄새가 희미하게 얼굴을 감쌌다. 세 평 정도의 방이었는데, 피아노와 침대, 책상과 책장, 축음기와 레코드앨범, 그리고 옷장, 작은 경대 등이 놓여 있어서 빨간 융단을 간 바닥에는 엉덩이를 대고 앉을 만한 공간이 없을 정도로 좁은 느낌이 들었다. 돌담 쪽으로 난 창의 엷은 보라색 커튼을 열었다. 빨간 꽃모양 융단의 반사가 밝게 눈을 찌르고, 꽃모양이 서로 얽힌 모습이 불꽃처럼 보였다. 악보와 책이 쌓여 있는 피아노 위에는 흔한 것이기는 했지만, 베토벤이나 쇼팽의 작은 상반신 석고상이 놓여 있었다. 벽에도 쇼팽의 초상화 액자가 걸려 있었다. 그밖에도 초상화의 복제, 미술계 학생이 보내온 액자 속의 빨강 색조가 강한 풍경의 유화. 책상과 바닥 위에도 책과 잡지 등이 어지럽게 쌓여 있었다. 책은 음악 관계뿐만이 아니라, 문학과 소설, 역사 등 다양했다. 그중에는 서양 철학서가 몇 권, 그 밖에 해방 전에 일본에서 출판된 책이 상당히 많이 있었다. 침대 머리맡에 사이드 테이블이 붙어 있었고,

거기에도 몇 권의 책이 놓여 있었다. 아마도 침대에서 잠을 자기 전에 읽는 모양이었다. 책상 위를 보아도 왠지 어수선한 것이, 깔끔하게 정돈한 흔적은 찾아보기 어려웠다. 집에 돌아왔을 때는 기특하게도 오빠의 빨래까지 하였는데(그것도 처음에만 그렇지 결국 부엌이에게 맡기게 되지만), 아무래도 자신의 생활공간은 그다지 정돈하지 않는 것 같았다. 벽장이나 옷장 안에는 자신의 빨랫감이 아무렇게나 뭉쳐져 있는 것이 아닌가 하는 생각까지 들었다. 그러나 이방근은 오늘 처음 여동생의 방을 보는 것은 아니었다. 그는 거의 1년 만에 여동생의 방을 대충 둘러보면서 어지럽게 쌓여 있는 음악과 학생답지 않은 책들 속에, 의식적이라고 생각될 만큼 좌익계통 인쇄물이 눈에 띄지 않고 있음을 느꼈다.

이방근은 침대에 깔아 놓은 채로 있는 이불 위에 벌렁 드러누워 베토벤이나 쇼팽의 석고상, 그중에서도 벽에 걸린 쇼팽의 가늘고 긴 얼굴의 단정한 초상을 바라보면서 여동생이 어떠한 기분으로 쇼팽을 접하고 있는지 상상했다. 한민족은 쇼팽에 공감한다. 그 음악과 동시에, 식민지 조선의 비운을 당시 폴란드의 운명과 중첩시켜 그 조국의 독립과 혁명에 뜨거운 열정을 바쳤던 애국자, 혁명가로서의 음악가 쇼팽의 이미지에 공감하는 것이다. 책장만이 아니라, 여기저기 쌓여 있는 책 속에 경향적인 서적이 한 권도 보이지 않는 것은 부자연스러웠고, 아마도 그것은 숙부를 의식한 눈가림일 거라고 이방근은 생각했다.

그는 한동안 침대의 이불 위에서 연한 화장품 냄새가 섞인 여동생의 체취가 코끝을 스치는 것을 의식하면서 반듯하게 누워, 'S여자전문학교 창립20주년기념문화제 실행계획안내……'의 팸플릿 페이지를 넘기고 있자니, 현관에서 구두 소리가 나고 문이 열리며 여동생이 돌아오는 기척이 났다.

"아, 깜짝 놀랐네, 오빠, 거기서 뭐하고 있어요?"

방문을 연 유원이 문지방 위에 우뚝 선 채 웃음과 놀라움이 섞인 목소리로 말했다.

"보시다시피……."

이방근은 침대 모서리에 고쳐 앉은 뒤 감색의 제복에 가죽 가방을 든 학생복 차림의 여동생을 보았다. 투명할 정도로 얼굴색이 하얗지만, 혈색이 나쁘지는 않았다. 이 영양불량의 사회에 살고 있는 사람치고는 굶주림과는 전혀 관계없는 얼굴이었다. 검은 스타킹으로 감싼 하얀 피부가 비치는 다리 선이 아름다웠다.

"오빠, 왜 그래요, 사람의 얼굴을 빤히 쳐다보고……."

"아니 그냥."

방으로 들어온 여동생은 창가의 책상 위에 가방을 놓더니 의자에 옆으로 앉아 오빠를 마주 보았다.

"오빠 와이셔츠, 세탁을 해야겠어요……."

와이셔츠 차림의 이방근이 그 가슴호주머니에서 담배를 꺼내는 것을 보면서 유원이 말했다. 기차여행으로 옷깃에 때가 끼어 있었다.

"음, 나중에 와이셔츠를 하나 사다 줄래. 갈아입을 와이셔츠를 가져오지 못했어."

"아아, 얼른 장가를 가야겠어요. 부엌이는 거기까지 신경을 쓰지 못하나 봐요."

"가서 성냥이라도 좀 가지고 와."

오빠를 지긋이 쳐다보는 여동생의 시선을 이방근은 슬쩍 피하면서 일어나 창문을 열었다. 돌담 사이의 정원에서 꽃이 지기 시작한 서향의 향기가 부드러운 바람에 실려 방 안으로 들어왔다. 제주도청 구내의 벚꽃나무는 요전번 비바람으로 깨끗이 져 버렸는데, 서울 창경원의 벚꽃은 지금이 한창일 것이다. 여동생이 가져온 재떨이를 침대 옆 사이드테이블 위에 놓고 의자에 앉았다.

"날씨가 참 좋구나, 도중에 어딘가에서 만나는 게 좋았을까."

짙은 담배 연기가 이방근의 얼굴 위로 피어올랐다.

"아침에, 오빠 나가기 싫다고 했잖아요."

"아침엔 그랬지. 하루 종일 누워 있으려고 했어. 어제는 온종일 기차 안에서 지냈고……. 그런데 오늘 담임선생은 나오셨든?"

"예."

"오빠가 제주도에서 올라왔다고 말했어?"

"아니, 말 안 했어요."

"말을 안했다고? 말해 두는 게 좋았는데. 내일이라도 상관없지만, 음, 아니면, 오빠가 직접 학교로 전화해서 만나 보는 게 좋을까."

"전화는 하지 않아도 돼요."

유원이 의자에서 일어났다.

"응? 그럼 어떻게 하라는 거냐."

"오빠가 서울에 왔다고 해서 일부러 일일이 인사할 필요는 없잖아요. 내가 일본에 가는 것 땜에 선생님과 만날 거라면, 오빠, 이제 그러지 않아도 돼요……."

유원은 문 옆에 있는 피아노 의자에 가서 앉았다.

"뭐라고? 그럼, 일본에 가지 않겠다는 말이냐?"

"가고 싶지 않아졌어요."

유원은 피아노 위에 있던 악보를 들고 가지런히 모은 무릎 위에 올려놓으며 말했다.

"이유가 뭔데?"

"역시, 여기에서 열심히 해 보겠어요. 그건 하룻밤 꿈이었다고 요즘 생각하고 있어요. 그러니까, 생각 좀 해 보세요. 애당초 갈 수 있는 게 아니잖아요. 그건 오빠도 잘 알고 있다구요. 아버지가 절대 보낼 리가 없고, 아버지의 반대를 무릅쓰고 갈 수 있는 곳이 아니에요. 아버지가 어떻게 생소한 일본에, 그것도 위험한 밀항선을 태워 보낼 거라고 생각하세요……, 말도 안 되는 소리라고요. 괜히 오빠에게 그런 말을 해서 걱정하게 만들었지만, 그때는, 후후후, 혼자서 꽤 흥분해 있었어요. 하지만, 지금은 그 열기가 식었어요……."

여동생의 말투는 단호했다. 그 볼에 희미하게 핏기가 올랐다 사라졌다.

"이해를 못 하겠구나……. 그건 그러니까, 오빠가 아버지에게 말씀 드린다고 했잖아. 아버지가 끝까지 일본에 가는 것을 허락할 리가 없다는 것을 오빠도 잘 알고 있어. 그러나 갈 필요가 있으면 가야 해. 오빠는 네 선생님을 만나 이야기를 듣고 상담을 하고 싶다. 함께 만나도 좋고, 나 혼자라도 상관없어. 그리고 형편에 따라서는, 아니, 형편에 따라서가 아니야. 잘 들어, 오빠가 널 데리고 일본에 간다. 오빠가 널 일본에 보내 준다고. 그리고 아버지가 없더라도 오빠가 학비를 전부 내줄 테니까. 오빠가 함께 간다고 해도 아버지는 찬성할 리가 없고, 결국은 오누이 전부가 아버지를 버리게 되는 셈이지……. 오빠가 함께 가겠다. 그래, 오빠와 함께 가자."

"……" 유원은 피아노 의자에서 일어나자, 악보를 든 채 문 옆의 벽에 등을 기대듯이 섰다. 그리고는 고개를 조용히 그러나 확실하게 옆으로 흔들었다. "무서운 일이에요……. 오빠, 오빠는 이제 선생님을 만나지 않아도 돼요. 그리고 오빠가 제주도를 떠나 산다는 건 상상할 수가 없어요. 오빠가 일본에 가다니, 진심으로 하는 말인가요. 한 달 전에 오빠한테 편지를 받았을 때, 오빠가 나와 함께 일본에 간다고⋯⋯, 정말로 무슨 동화의 세계로 들어온 것 같은 기분이 들었지만, 지금은 그렇지 않아요. 오빠가 일본에 간다는 건 예전의 오빠를 생각할 때 상상하기 어려워요. 어디에 가서 살든 마찬가지기 때문에 제주도에 산다는 오빠의 생각은 역시 오빠를 가장 강력하게 제주도에 잡아 두고 있다고 저는 생각해요. 그리고 지금, 제주도에서는 그런 일이 일어나서 사람들이 총을 들고 싸우고 있잖아요. 이럴 때 오빠가 일본에 가다니⋯⋯. 최근에 많은 사람들이 일본으로 밀항하고 있어요. 제주도만이 아니라, 서울에서도 학생들이 자꾸만 사라져 일본으로 건너가고 있어요⋯⋯. 하지만, 오빠가 제주도를 떠나다니, 제주도를 떠나 서울에라도 사는 것이 아니라 일본에 간다니, 여동생 하나를 위해서 일본에 간다니⋯⋯."

"넌 또 왜 그래. 마치 오빠가 너에게 편승해서 일본에라도 가려는 것처럼 생각하는 건 아니겠지."

이방근은 대답할 말이 없었다. 대체 여동생은 왜 이러는 것일까.

"오빠의 말투도 매우 세속적이어서, 주변 어디 회사의 사장님 같아요. 이방근이 아닌 것 같아⋯⋯."

"뭐라고, 핫하아, 세속적, 즉 속물적이라는 말이지. 음, 그리고 보면 그럴지도 모르지." 이방근은 침대에서 일어나자 창문틀에 앉아 담배에 불을 붙였다. "좋아, 알았어. 좀 더 생각을 해 보자구. 지금 당장 심각하게 결정해야 되는 일은 아니야. 그런 곳에서 악보를 들고 서 있지 말고 좀 앉지 그러냐. 그리고 뭔가 한 곡 쳐 보렴."

유원은 순순히 고개를 끄덕였다. 그리고는 의자에 앉아 피아노 뚜껑을 열었다.

"무슨 곡을 칠까요?"

"무슨 곡이든 상관없어. 네가 치는 걸 듣기만 하면 돼."

"오늘, 조영하와 학교에서 만났어요." 유원이 악보 받침대에 놓은 악보의 페이지를 넘기며 말했다. "그녀에게 오빠가 왔다고 말했더니 꼭 만나 뵙고 싶다고 해서……."

"으—음, 만나 뵙고 싶다니, 꽤나 정중하구나. 무슨 용건이라도 있나?"

"함께 식사라도 하고 싶대요……."

"식사란 말이지. 멀리에서 온 손님에게 대접을 하라는 말이구나."

"그 정돈 못할 것도 없잖아요. 아니면 오빠가 여자에게, 그것도 여동생 친구에게 얻어먹을 수 있어요? 오빠에게 한턱 사 달라는 거예요. 야무진 아이니까요. 아시겠어요?"

"그래서 너까지 오빠에게 제대로 한턱 내게 할 심산이로구나……. 못할 거 없지, 연락이 된다면 오늘 밤도 괜찮고, 내일이라도 괜찮아."

"오늘 밤 일곱 시에 종로에 있는 다방에서 만나기로 했어요."

"뭐라고……?"

여동생이 웃었다. 여동생이 의자에 앉아 자세를 갖추고는 건반 위에서 양손가락을 가볍게 풀더니, 이윽고 도입부의 조용한 곡을 치기 시작했다. 왠지 어려운 곡 같았는데, 이방근에게는 무슨 곡인지 알 수 없었다. 돌담 밖에서는 아이들이 뛰노는 소리가 들리고, 언덕길을 올라가는 짐수레의 단단한 바퀴에 돌멩이가 튀는 소리가 났다.

5

남대문 자유시장 26호 화신상회……. 행상인 박의 지시대로 남대문시장을 찾아갈 것인지 말 것인지는 더 이상 망설일 필요가 없었다.

그것은 이미 행상인 박과의 관계를 떠나 유달현과도 약속한 일이었기 때문이다. 아니, 그와의 약속이 없었더라도, 여동생의 일이 없었더라도 이방근은 서울에 왔을 것이다. 또한 부엌이의 일이 없었다 해도, 이방근은 서울에 왔을 것이 틀림없었다. 양준오의 말대로 분명히 도망치려는 생각도 있었지만, 그것은 이방근의 서울행을 재촉하는 것에 지나지 않았다. 이방근은 성내의 여관에서 행상인 박을 만났을 때, 이 동지는 서울에 올 것이라고 예측한 대로 찾아온 것이었다. ……이 동지는 오늘 밤 이곳에 찾아온 것처럼 서울에도 반드시 올 겁니다. 나는 그걸 확신하고 있습니다……. 이방근은 박갑삼의 말을 떠올리고는 움찔, 하고 놀랐다. ……그것은 애국심의 문제입니다. 이방근 동지가 부정하고, 그러한 말을 좋아하지 않는다는 것을 나는 알고 있지만, 그 애국심이야말로 이방근 동지를 움직이게 한다고 확신합니다……. 핫, 핫하아……, 서울까지 와 놓고 이제 와서 뒤로 물러설 수야 없지. 변덕스런 마음이라고 하기에는 여러 가지 조건이 너무도 잘 정리된 느낌이었다. 점심때까지 이불 속에 있던 이방근은 오후에라도 남대문시장에 가 봐야겠다고 생각했다. 제주도를 떠난 지 4, 5일이 지나고 있었다. 좌우간 행상인 박과 만나고 난 뒤 생각해 볼 문제다. 만나는 것이 그 결과는 아니다.

오늘 아침에는 어제처럼 침상에서 일어나 아침 인사를 하지 않았기 때문에, 여동생은 학교에 가기 전에 이방근의 방을 들여다보았다. 눈을 뜬 오빠가 바라보자, 오늘은 밖에 나가요? 라고 물었다. 그때는 일어나 보지 않으면 모르겠다고 대답했었다. 오빠, 학교 선생님에게 전화는 하지 마세요. 그럼, 다녀올게요, 주무세요. 여동생은 다짐을 하듯 그렇게 말하고 미닫이문을 조용히 닫았다. 이방근은 앞으로 2, 3일 더 기다려볼 생각이었지만, 여동생은 자신이 먼저 꺼낸 일본 유학을 완전히 포기한 것 같았다. 아버지가 허락할 리 없고, 게다가 남매가 함께 일본으로 간다면 가족들은 모두 뿔뿔이 흩어져 가부장적인 가정의 완전한 붕괴를 초래하게 되고, 세간에서 아버지는 무참하게 땅바닥에 내동댕이쳐진 개구리 같은 처지가 될 것이었다. 여동생의 단념은 아버지의 반대를 염두에 둔 것이었지만, 달리 그 단념을 뒷받침하고 있는 이유가 있을 것 같았다. 그렇다 해도, 여동생을 위해 일본까지 동행한다는 오빠의 말에, 육친이라서 그런지는 몰라도, 반응이 너무 냉담했고 감격하지도 않았다. 아니, 감격 운운할 상황이 아니었다. 오빠를 잘못 봤다는 식으로 반론을 펼치고, 비판까지 하는 게 아닌가. 이방근은 쓴웃음을 지었다. 핫하아, 세속적이고 주변의 사장이나 마찬가지라니, 대체 무슨 말인가……. 그러나 그의 마음 한구석에서는 안심하고 있었다. 실제로 남매가 아버지의 반대를 무릅쓰고 간다고 하면, 친족회의가 소집될 것은 자명한 일이고, 그냥 지나갈 일이 아니었다. 친족회의의 소집은 미리 결정이 내려진 것이나 다름없는 회의의 결정에 압력을 가하기 위한 방편에 지나지 않았다. 충돌은 각오하고 있었고, 결과는 오빠가 여동생을 아버지와 집에서 빼앗아 간 것으로 나게 마련이었다. 그리고 세간의 비난. 이방근은 그것을 모르는 바가 아니었다. 그가 여동생과 함께 일본으로 가겠다고 한 것은, 변덕스런 마음으로 그때의 분위기를 맞추려고 한 것이 아니었다. 여동생이 어떻게 해서든 가고 싶다면, 함께 간다, 아니 데리고 갈 작정이었던 것이다.

그렇다 하더라도, 어젯밤 김동진의 이야기가 나왔을 때, 그가 게릴라가 되기 위해 입산했다는 사실을 여동생에게 감춘 이유는 무엇인가. 이방근은 어제 저녁, 여동생이 조영하와 일방적으로 정한 약속에 따라, 여동생이 쳐 준 피아노에 대한 답례를 겸해서 종로로 나갔다.

종로 거리의 YMCA회관 근처까지는 걸어서 3, 40분이면 갈 수 있었다. 두 사람은 봄날 저녁 바람을 맞으며 종로 1가의 교차로를 향해 걸어가면서, 이방근은 남승지와 만났던 일, 그가 일부러 유원을 만나기 위해 성내로 찾아와 양준오의 하숙집에서 만난 일을 여동생에게 이야기했다. 아아, 역시 찾아왔군요. 승지 씨는 언제 성내에 왔어요? 언제였더라, 음, 오늘이 며칠이지……12일이잖아, 벌써 꽤 되었군. 오빠, 확실한 날짜를 생각해 보세요……. 네가 서울로 가고 나서 며칠 지나지 않았을 때였는데……. 그러고 보면, 그때 남승지와 헤어지고 난 뒤, 북국민학교 쪽에서 다가오는 유달현과 우연히 만났었다. 그리고 그날 밤, 비바람 속을 유달현이 집으로 찾아왔다……. 그것이 4월 5일, 월요일이었던 것을 이방근은 묘하게 기억하고 있었다. 그리고 그 다음날부터 굿이 시작되었던 것이다. 음, 그래, 오빠가 만난 것은 5일 점심때였지만, 그 전날 밤 늦게 양준오의 하숙집으로 찾아온 모양이야……. 그럼, 4월 4일 밤에 왔다는 말이네요……. 유원은 오빠에게 쫓기듯이 4월 3일 밤배를 탔지만, 이틀만 출발을 연기했더라면 남승지와 만날 수 있었을 것이다. 그러나 여동생은 그 날짜를 물었을 뿐, 미련이 남는 듯한 말은 하지 않았다. 그때 김동진의 이야기가 나왔다. 지금부터 만나게 될 조영하가 일찍이 김동진의 서울 시대의 '애인' 운운하는 잡담에서 이야기가 그의 근황으로 연결되어 갔다. 그러나 이방근은 김동진의 아버지가 체포되었다는 것도, 한라신문이 수색을 당했다는 것도, 김동진이 인편으로 편지를 보내와 그가 이미 게릴라로서 입산한 것 같다는 사실도 이야기하지 않았다. 그리고 이상하게도 강렬한 영상처럼 눈에 맺혀 있는 하나의 광경. 출발 당일의 우체국에서 목격한, 유리문을 사이에 둔 압도적인, 운명적이라고까지 할 수 있는, 두 학생이 놀라 당황한 모습. 아니, 그 유리문 안쪽의 공포의 절망으로 폭발할 것 같은 얼굴 표정. 그것이 마치 슬로모션 필름처럼 천천히 눈앞에서 반복적으로 되살아나는 것이었다. 그리고 피, 햇빛을 받아 페인트나 에나멜처럼 선명하게 빛나는 피투성이가 된 얼굴. 이방근은 여동생에게 그때 목격한 일을 아무것도 이야기하지 않았다. 그러한 자세한 이야기를 하지 않는 한, 동란의 제주도에서 일어난 일도 여기에서는 망망한 바다 건너편의 일로서 잘 보이지 않는 것이었다.

그런데 이방근은 어젯밤 조영하가 남몰래 전해 온 그 구애라고 할 만한 유혹의 사인, 동작에는 놀랐다. 종로 거리의 YMCA와 같은 편에 있는 음악다방 백조에서 만난 조영하는 밝은 녹색 정장을 입고 있었고(전에는 자주 파란 옷에 파란 신발을 신고 있었다고 들었다. 이번 봄방학에 집에 왔을 때는 제복이었다), 볼과 입술에 연한 진홍색 화장을 하고 있었다. 그녀는 이성과의 교제도 꽤 자유롭게 하고 있는 모양이었는데, 조금 말괄량이 같은 구석이 있는 것이, 그 둥근 얼굴의 어딘지 모르게 귀엽다는 인상과 함께, 얼굴이 긴 편이고 이지적인 느낌을 주는 유원의 인상과는 달랐다. 그러나 이른바 미인 타입에 속하는 유원이 이따금 보이는 범접하기 어려운, 차가운 느낌이 드는 오만함이라고 할 만한 것이 조영하에게는 없었고, 그녀는 남 보살펴 주기를 좋아하는 소탈한 성격이었다. 조영하에게는 여동생과는 달리 상당히 여성스런 구석이 있었다. 커피를 마시면서, 선생님은 결혼은 하지 않으실 거냐고, 친구의 오빠에 대해서 뭔가 의미심장한 말을 물었다. 핫하아, 지금으로서는 그다지……. 하지만, 벌써 상당히 오랜 동안 독신으로 지내고 계시잖아요. 선생님의 독신 철학을 배우고 싶어요……. 우리 오빠는 영하의 술수에 넘어가지 않아요. 유원의 말이었다. 7시 반이 지나 다방을 나온 뒤 택시를 타고 남대문 근처의, 시내 한 복판에 솟아 있는 남산의 산록을 종로 거리와 마찬가지로 동서로 뻗어 있는 충무로 입구의 동화백화점 앞에서 내렸다. 미군 서너 명이 제각각 이곳의 여성들과 팔짱을 낀 채 걷고 있었다. 제주도에서는 볼 수 없는 풍경이었다. 일제강점기에는 종로가 조선인들의 번화가였고, 당시 혼초(本町) 거리라고 불렸던 충무로는 서울의 중심가, 입구에 지금의 동화백화점 자리에 미쓰코시(三越)가 서 있던 일본인 거리로, 하루 종일 나막신 소리가 아스팔트 도로 위에 울려 퍼졌다. 그 네온사인이 반짝이는 거리에 중화요리점과 양식 레스토랑 등의 많은 음식점이 늘어서 있었지만, 세 사람은 어느 조선요리점에 들어갔다. 그곳은 불고기를 주로 하는 일반적인 조선요리점과는 달리, 일본의 전골풍을 도입한 냄비요리를 하고 있었다.

꽤 넓은 가게의 1층은 입구에서 절반이 테이블을 놓은 마루였고, 안쪽은 전에 다다미방이었던 것을 융단을 깔고 탁자를 몇 개 놓고 있었다. 그 한편 벽 쪽에 일본의 이로리(囲爐裏)식으로 바닥을 직사각형으로 파고 긴 테이블을 놓은, 이른바 의자에 걸치는 듯한 요령으로 앉게 돼 있었다. 물론 구두를 벗어야만 했지만, 테이블에 앉는 것보다 그쪽이 편하고 좋았다. 세 사람은 입구 쪽에 비어 있는 자리를 잡아, 벽 쪽에는 이방근이, 그를 마주 보고 유원과 조영하가 나란히 앉았다. 주문은 전골풍의 냄비요리, 그리고 해산물인 회 등을 시켰다. 이방근은 청주를, 유원과 조영하는 맥주를 마셨다. 조영하는 여동생과 함께 남성본위의 유교도덕으로부터 여성해방론을 이방근까지 포함시켜 열심히 이야기했다. 마침내 식사가 진전되고, 이야기가 진행되던 와중에 이방근은, 아니, 하는 의아한 생각이 들었다. 그는 마시려던 술잔을 잠시 허공에 들고 있다가 입술에 대었는데, 왼쪽발 위에 부드럽게 덮여 오는 무언가를 느꼈다. 아니, 그것은 스타킹에 감싸인 여성 발바닥의 감촉이었다. 이방근은 조영하를 바라보던 시선을 바로 돌렸지만, 그녀는 시선을 떨어뜨리고 말없이 맥주를 음미하듯 마시고 있었다. 이방근은 테이블 아래로 뻗은 그녀의 다리 선과 그 발바닥의 굴곡을 의식하자, 부르르하고 몸이 떨렸다. 그것이 아랫배 안쪽에서 주먹을 쥐는 듯한 힘으로 바뀌어 밀고 올라오는 것이 느껴졌다. 테이블 위의 호흡이 흐트러졌는지, 아니면 직감적으로 뭔가 테이블 공기의 이변을 느꼈는지, 유원이 그 오른쪽에 있는 조영하와 오빠의 얼굴을 번갈아 보았다. 이방근은 가슴이 두근거리는 것을 느끼면서 자신의 발 위에 겹쳐진 상대의 발을 그대로 둔 채 움직이지 않았다. 테이블 위에서는 아무 일도 없었다는 듯이 식사와 대화가 조금 답답한 느낌으로 진행되고, 이방근은 담배를 한 대 피웠지만, 테이블 아래 두 개의 다리 사이에서는 가슴이 뛰는 듯한 맥박이 열기를 띤 채 고동치고 있었다. 그녀의 얼굴이, 영하, 너 그렇게 많이 마셨어, 라고 유원이 의심스런 눈초리로 말했을 정도로 갑자기 빨개졌다. 흘낏 이방근을 쳐다본 그 끈적끈적하게 젖은 눈에는 의외로 두려움의 빛이 감돌고 있었다. 그녀는 시선을 돌린 채, 그 발로 상대의 움직임을 유도하듯 서서히 이방근의 발을 문지르며 융단 위에 내려놓았다. 이방근은 3, 4초 정도 사이를 두었다가 그녀의 작은 발등을 자신의 발바닥으로 누르듯이 겹쳤다. 이윽고 게임은 끝났다. 이방근은 그처럼 유혹을 해 오는 상대가, 열 살이나 아래의, 여동생의 친구라는 것이 의아하게 생각되었다. 게다가 이 이방근을 상대로……. 그녀는 학생이었고, 나는 그 동료도 아니었다. 이것은 남자 쪽에서 유혹하는 방법이 아닌가. 남자의 발이 여자의 발등에서 파충류처럼 다리를 기어 올라와, 이윽고 치마의 어둠 속으로, 그리고 허벅지를 열고 가랑이 사이의 어둠 속으로 파고들어 가는……. 이건 흔히 있는 일이었다. 이방근은 희미하게 몸을 떨고 나서 그녀로부터 천천히 발을 떼었다.

게임은 끝났지만, 그러나 이상하게도 여동생이 화장실을 간 그 사이, 조영하는 같은 일을 반복하지 않았다. 어쩌면 이방근으로부터의 시도를 기다리고 있는지도 몰랐다. 여동생이 자리로 돌아올 동안의 몇 분간, 오히려 조금 어색한 시간이 이어졌다. 그녀는 분명히 이방근으로부터 뭔가의 유혹을 기다리고 있었다. 유원에게는 비밀로 만나고 싶다, 그녀가 그렇게까지는 말할 수 없을 것이다. 아니, 혹은 단순한 모험이었는지도 모른다. 이방근은 그녀가 따라 준 술을 마시면서, 화장실에서 하얀 엉덩이를 드러내 놓고 앉아 있을 여동생을 생각했다. 여동생은 어떨까. 우리 나이로 22세, 같은 나이이고, 모두 어엿한 여인이었다. 보통은 이미 결혼을 해서, 아이 두셋은 낳았을 것이다. 유원이 그런 흉내를 낼 수 있을까. 나중에 다시 생각해 보아도 조영하에게 불쾌한 기분이 들지 않았지만 그것은 특별히 여자에게 물러서 그런 것은 아니었다. 아마도 잠시나마 그녀의 유혹에 응해서 그 부드러운 발등을 밟아 주었기 때문일 것이다. 그리고 그 끈적끈적하게 촉촉해진 눈에 감돌던 겁먹은 빛이 왠지 이방근의 마음을 움찔하게 만들 만큼 감동을 자아냈던 것이다. 하지만 만일 이것이 여동생이었다면……, 갑자기 불쾌한 감정이 솟구쳐 오르는 것이 제멋대로 움직이는 판단 기준이라 하지 않을 수 없었다. 조영하의 행동에 대한 혐오감. 순간적으로 놀란 감정이 그 혐오감을 삭이고, 일종의 감동에 가까운 느낌을 갖게 한 것이 이상했다. 그 긴장된 마음 한구석을 콕 찌른다면 크게 소리칠지도 모르는 두려움에 떠는 표정. 이방근은 화제를 바꾸어 조영하에게 여동생에 대해 물었다. 영하 동무, 유원에게는 애인이 없나. 어머, 선생님께서 그런 말씀을 하시다니요. 남승지 동무가 있잖아요. 유원은 오빠의 공인이 끝난 상태라고 하던데요. 뭐라, 공인이 끝나……? 핫, 하아, 그 녀석은 공인을 받지 않으면 아무 일도 못 한다는 건가……. 그때 여동생이 돌아왔지만, 조영하의 입에서 나온 그 오빠의 공인이 끝났다는 말이 이방근의 마음속에 가라앉았다.

이방근은 점심때가 지나, 정확히는 한 시 반경이었지만, 코트를 입지 않고 외출했다. 봄 코트를 입지 않은 것은 맑고 따뜻한 날씨 덕분이기도 했지만, 또 다른 이유로는 남대문시장의 평상복을 입은 사람들이 북적대는 곳에서 양복에 코트를 제대로 차려입고 여기저기 돌아다니는 것은 보다 눈에 잘 띄어 달갑지 않은 생각이 들었기 때문이었다.

이방근은 포장돼 있지 않은 완만한 언덕길을 내려가면서, 서울에는 언덕이 많다는 생각을 했다. 주위를 산이 둘러싸고, 더구나 한가운데에 남산(273미터)이 솟아 있어서, 서울은 상당히 기복이 심하고 언덕이 많은 도시였다. 영하 20도까지 내려가는 엄동, 얼음이 얼고 눈이 얼어붙은 언덕길에서, 비록 서울역에서 남대문까지 완만한 언덕길에서도 사람들은 자주 넘어졌다. 하물며 서울의 언덕에 익숙하지 않은 여행자들의 경우에는 더 말할 나위도 없었다. 그들이 먼저 기차에서 내리는 곳은 서울역인데, 사람들은 대체로 남대문에 이르는 길가에 늘어선 식당으로 하얀 입김을 내뿜으며 걸어간다. 그리고는 서울 땅을 최초로 밟은 역 앞의 길을 조심조심 걸어가다가 넘어지기 시작하는 것이다. 언덕길이 아니더라도 얼어 있는 겨울 길은 미끄러지기 쉽다. 이방근도 겨울의 서울에서 몇 번씩 넘어지곤 했다. 한 번 넘어진 뒤에는 조심스럽게 몸을 일으켜 발을 내딛게 되지만, 전혀 생각지도 못하게 다시 한 번 멋지게 넘어지고, 하루에도 몇 번이나 길에서 벌러덩 미끄러지면서 우스꽝스런 장면을 연출하게 된다. 이 언덕길도 겨울의 얼어 있는 길이었다면, 신중하게 걸음을 내딛어 그 큰 몸을 지탱하며 걸어야 했을 것이다. 이방근은 양쪽으로 지붕이 날카롭게 하늘로 휘어진 조선식 가옥이 늘어선 길을 내려가 큰 길로 나왔다. 오른쪽으로 돌아가면, 일제강점기의 구조선총독부, 지금의 미 중앙군정청 앞으로 나가게 되는데, 그 웅장한 건물은 일찍이 일장기가, 지금은 이 나라의 국기가 아닌 성조기가 옥상에 펄럭이고 있는 곳이었다.

이방근은 택시를 타지 않고 그냥 똑바로 종로 1가 네거리, 화신백화점 옆으로 나오는 길을 걸었다. 국권확립의 총선거 한길로! 5월 10일은 총선거의 날, 가자 투표장으로! 기권은 국민의 수치…… 5·10단독선거를 선전하는 스피커를 부착한 시의 홍보차량이 달리고, 연도의 빌딩과 민가의 벽에, 상점 유리문에, 피선거등록 완료자의 '종로×구 국회의원 입후보자추천'이라는 사진이 들어간 포스터가 덕지덕지 붙어 있었다. 어떤 건물의 벽돌 벽에는, 노인들의 사진에 섞여 서른 전후의 청년 입후보 추천자가 있었는데, 그 소속 정당 및 단체는 '서북청년회', 그리고 추천단체는 이승만이 총재로 있는 대한독립촉성국민회, 대동청년단, 그 밖에도 많은 단체를 나열하고 있었다. 입후보 등록마감은 16일로 다가와 있었다. 종로의 교차로를 건너, 왼쪽 모퉁이의 종각 앞에 있는 전차 정류장에서 남대문을 경유하는 전차를 기다리면서 이방근이 하늘을 올려다본 것은, 무의식중에 비처럼 쏟아지는 삐라가 오가는 군중과 전차의 지붕 위로 떨어져 내리는 것을 기다리고 있었는지도 모른다. 하지만 웬만해서는 경계가 삼엄한 같은 장소에서 삐라를 살포하기는 어려울 것이다.

갑자기 광화문 쪽에서 스피커를 통해 흘러나오는 고함 소리가 들려왔다. ……수도 서울에서 공산분자의 폭동을 허용해서는 안 된다, 매국반동인 공산주의 완전 타도! 민족진영 정객들의 월북 저지! 트럭에 탄 수십 명의 서북청년회였다. 트럭 적재함에 둘러친 슬로건의 현수막이 바람에 펄럭이면서, '민족진영 정객들은 매국노 괴뢰집단이 지배하는 지옥의 땅 이북으로 가지 마라! 우리는 멸공결사행동대, 서북청년회중앙총본부'라는 커다란 글자가 파도치듯 춤추었다. 모두가 핏발이 선 눈빛을 한 스물 전후에서 스물네댓가량의 청년들이었는데, 어깨를 잔뜩 치켜 올린 채 손에 곤봉이나 몽땅한 빨래 방망이를 쥐고 있었다. 트럭은 황색에서 빨간 신호로 바뀐 교차로를, 동대문 쪽에서 전차가 지붕 위의 집전(集電)장치를 가선에 격심한 스파크를 일으키면서 이쪽으로 크게 커브를 틀며 다가오는 사이에, 교통순경의 저지에도 불구하고 경적을 울리며 동대문 쪽으로 달려갔다.

우리는 서북청년군
악마의 원수 쳐 버리자
나아가자 38선 넘어
매국노 쳐 버리자……
우리는 서북청년군
조국을 찾으려는 용사다……

성난 것처럼 소리를 지르는 서북청년회 행진곡이었다. 어디론가 테러습격이라도 가는 모양이었다. 무기는 곤봉만이 아니었다. 트럭에 총이 숨겨져 있다는 것은 말할 필요도 없었다. 방약무인, '서북'의 만행은 제주도만이 아니었다. 교차로를 돌아 전차가 왔다. 조금 전에 교통순경이 트럭으로부터 몸을 피하면서 저지하던 엉거주춤한 자세와 몇 미터인가를 쫓아가던 모습은 익살스럽기까지 했다.

어젯밤 숙부는 신문사의 정보에 의한 이야기라면서, 미 중앙군정청 경무부장 조병옥이 서북청년회 본부에 요청하여 500명의 회원을 경찰관으로 임명한 뒤 제주도에 파견하기로 결정했다고 했다. 이 말은, 현재 파견 중인 증원경찰대 안에도 하룻밤 사이에 경찰이 된 '서북'패들이 포함돼 있음을 의미했다. 그렇다고 해도 태반이 문자도 모르는, 그리고 자기 이름도 제대로 쓸 줄 모르는, 그저 반공에 대한 투지와 앞뒤 안 가리는 폭력을 인정받아, 검은 제복을 입고 제주도로 건너오는 셈이었다. 증원경찰대의 파견이 며칠인가 늦어진 원인 중에 하나가, '서북'을 경찰관으로 편입하는 작업이었는지도 모른다.

전차는 10분도 되지 않아 남대문에 도착했다. 남대문을 뒤쪽으로 빙 돌아가면 바로 근처에 성문에 가려 보이지 않던 남산이 나타난다. 온화한 산자락 기슭은 사방으로 느긋하게 뻗어나가 크고 작은 언덕을 이루면서 시내 한복판에 솟아 있었기 때문에, 그 정상에 오르면 서울 전체를 한눈에 볼 수 있었다. 남산은 옛날부터 시민들에게 알맞은 놀이 장소를 제공해 왔다. 마침 남대문 주변에서부터 남산의 녹음을 뚜렷이 두 개로 나누는 한줄기 하얀 콘크리트길, 정상에 다가갈수록 긴 계단으로 조성된 길이 보인다. 일제강점기에 아마테라스 오미카미(天照大神)와 메이지(明治) 천황을 제신으로 받들던 조선신궁의 참배 길로 만들어진 것이었다. 남산이라고 하면, 누구나 떠올리는 품위 없는 시가 있는데, 조선 말기의 방랑시인 김삿갓의 단시가 바로 그것이었다.

방분남산제일봉(妨糞南山第一峯)
향진장안억만가(香震長安億萬家)

남산 제일봉이 아닌 남산 자락에서, 똥이 아닌 방귀라도 한 방 뀌어 볼까. 그것이 남산 밑을 어슬렁거리는 자에게 걸 맞는 행동일 것이다.

이방근은 담배를 입에 물면서 소리 내어 방귀를 두세 번 뀌었다. 그런데 이 시는 원래 '개성관덕정음(開城觀德亭吟)'이라는 제목으로도 알 수 있듯이, 고도 개성의 남산에 있는 관덕정에 올라 읊은 것이지, 서울 남산이 아니다. 그것이 어느새 서울 남산으로 일반화돼 버리는 바람에 이방근도 소년 시절에 처음 이 시를 듣고 암기했을 때는 그렇게 생각했었다. 사실, 개성의 남산이라는 것은 자남산(子男山, 103미터)을 말하는 것으로, 김삿갓이 시의 형식에 맞도록 사용한 속명일 것이다. 이방근은 일제 말기에 고도 개성을 찾았을 때 자남산을 올라간 적이 있는데, 도저히 시구의 남산제일봉이라고 할 만한 분위기는 아니고 나지막한 언덕이었다. 따라서 김삿갓이 이 시를 지으면서 서울의 남산을 상상하지 않았을 리가 없다고 생각된다. 도읍지 장안을 빗댄 것은 당시의 서울이 그랬었고, 고려시대의 오랜 도읍을 일부러 끄집어낼 필요도 없었다. 하물며 장안억만가는, 개성이 아닌 서울 장안이야말로 그 표현에 어울렸다. 따라서 시에 나오는 남산은 서울의 그것을 빗대고 있다고 할 수 있었다. 그리고 김삿갓의 방분의 향기는 남산과 마주한 북악산록의 왕궁을 진동시켰을 것이다. 이렇게 해석하면, 이 시의 남산을 서울의 남산으로 바꾸어 읽는 편이 한결 재미있기도 하고, 작자의 의도에도 부합하는 것이 아닐까 싶었다.

남대문 로터리 길을 건너자, 방사선으로 갈라진 도로의 하나가 시장 입구였다. 다가가자 열기가 혼잡한 시장골목에서 밖으로 흘러넘치는 느낌이 들었다. 그곳은 시장의 중심부로서 상당히 넓은 도로에 늘어선 집들은 모두가 점포였는데, 길 한가운데에도 노점이 들어서서 시장길 끝까지 죽 이어져 있었다. 사람의 훈김이 뒤섞인 냄새. 바다 냄새는 물론 나지 않았지만, 온갖 음식물의, 채소에서부터 어패류, 그리고 냄새가 눈을 찌를 듯한 새빨간 고춧가루와, 빨간 에나멜처럼 윤

기 나는 고추더미, 소 내장과 돼지머리 등을 삶는 뜨뜻미근한 냄새
가 울컥 얼굴에 휘감겨 왔다. 냄새에 이끌려 가게를 들여다보자, 삶아
져 번들번들 빛나는 여러 개의 돼지머리가 큰 접시에 담겨 가게 앞에
진열돼 있었는데, 눈을 감고 있는 것이 마치 체념한 듯 보였다. 생선
가게에서는 크고 작은 여러 가지 생선을 통째로 진열대 위에 쌓아 놓
고 연신 물을 끼얹고 있었다. 한가운데 노점에 산처럼 쌓여 있는 여러
가지 채소, 과일, 마늘과 대추, 참깨, 소금 등의 조미료. 통째로 털이
뽑힌 닭이 다리를 모으고 진열대 위에 길게 놓여 있었다. 노점의 판매
상은 대부분이 여자, 그것도 중년의 아주머니가 대부분이었다. 혼잡,
사람들이 수런거리는 소리, 판매상이 신명나게 떠드는 소리. 손님과
판매상이 거래하는 소리도 만만치 않았다. 여기는 동대문시장과 함께
전국 유수의 시장인 만큼, 그 규모와 혼잡하기로는 목포의 해안도로
에 비할 바가 아니었다.

이방근은 인파에 뒤섞인 시장 길에서 여러 갈래로 나뉜 옆 골목의
하나로 들어갔다. 그 주변은 도로 폭이 골목 정도로 좁아져 있었고,
주로 옷가지와 잡화 등을 파는 가게가 늘어서 있었다. 잠시 걸어가자,
갑자기 꽃이 핀 것처럼 눈이 확 뜨이는 밝고 화려한 분위기로 변했다.
양쪽으로 치마저고리를 만드는 옷감과 침구 등을 파는 가게가 있었
다. 각종의 짙고 연한 빨강, 핑크, 노랑, 녹색, 파랑…… 마치 원색의
색채가 난무하는 것처럼, 눈부시게 스며드는 그 윤기 나는 비단 옷감
의 광택이 요염했다. 색과 빛의 범람으로 얼굴이 달아오르는 느낌이
었다. 26호 신화상회. 이방근은 골목길을 지나 마침내 신화상회라는
작은 간판을 발견했다. 거짓말이 아니었다. 꽤 큰 종이와 문구점 옆에
있는 그 가게는 안쪽으로 깊이는 있었지만, 입구는 2미터가 채 안 되
는 것이 꽤 좁았다. 이방근은 젊은 남자 한 사람이 가게를 보고 있는

그곳을 지나쳐 잠시 걸어가다가, 혼잡한 인파 속을 다시 돌아와 손님이 없는 그 가게 안으로 들어갔다. 이방근은 점퍼 차림의 운동화를 신은 상대를 힐끗 쳐다보고 가게 안을 둘러본 다음, 손수건 두 장을 사고 싶다고 말했다. 소매를 겸한 도매상이라서 손수건 한 장을 사가는 손님이 없는 것은 아니었지만, 평상복 차림의 인파로 들끓는 시장까지 그것을 사기 위해 일부러 찾아온 이방근에게 상대는 뭔가를 직감한 듯 보였다. 백화점이나 고급 양품점에 가는 것이 어울릴 것 같은 손님이었던 것이다.

"여기가 자유시장 26호 신화상회 맞지요."

이방근은 키가 작은 상대의 역삼각형 얼굴을 내려다보면서 말했다. 나이는 스물네다섯쯤.

"예, 그렇습니다."

"여기에, 황 선생님은 안 계십니까?"

"황 선생? 없습니다만, 댁은 누구십니까."

젊은 남자는 골목의 낌새를 날카롭게 살피면서 말했다. 깨끗한 서울 말투였다.

"제주도에서 온 이라는 사람입니다."

"제주도에서 오신 이 선생님……."

"그렇습니다. 이방근입니다."

"댁이 이방근 씨 되십니까."

"그렇습니다."

상대는 표정을 바꾸지 않고 손목시계를 들여다보더니, 내일 오후두 시에 이곳으로 전화를 해 달라고 말했다. 그리고는 전화번호가 새겨진 가게의 명함을 내밀었다. 이방근은 자신의 명함에 숙부 댁 전화번호를 써넣은 뒤 상대에게 건네고 나서 곧바로 그곳을 나왔다.

서울은 연일 맑은 하늘이 이어져 땀이 날 정도로 화창한 날씨였다. 신문은 벚꽃이 만개한 창경원이 인파로 넘치고 있다며, 가족을 동반한 화기애애한 사진과 기사를 싣고 있었지만, 한편으로는 행락지에서 계속되는 불상사는 어떻게 된 것이냐고 한탄하고 있었다. 봄에 들뜬 시민이 일요일 하루 만에 남산 공원과 서울 근교에 20만 명 이상, 그리고 창경원에는 십만 명의 인파가 몰려나와 문이랑 울타리, 시설이 파괴되고, 많은 부상자와 한 사람의 사망자가 나오는 판국. 한강 주변에는 수천 명이 몰려나와 십여 명이 익사. 서울 근교인 고양군 광장리 하천에서는 뱃놀이를 나온 아홉 명의 여학생이 다섯 명 정원의 배를 타고 백 미터쯤 가다가 침몰하는 바람에, 선원 한 사람만 남기고 전원 익사 등등. 이러한 참사의 속출은 조금 이상할 정도이고, 이것은 민주주의와 자유를 잘못 인식한 데서 기인된 것이 아닌지, 경종을 울리지 않을 수 없다고까지 쓴 신문도 있었다.

다음날, 이방근은 행상인 박과 종로 3가, 영화관 단성사 근처에 있는 대동법률사무소에서 만났다. 이쪽에서 전화를 걸기로 약속이 돼 있는 오후 두 시가 되기 전인 이른 아침, 이방근이 아직 이불 속에 있던 9시 조금 넘어 전화가 걸려 왔다. 숙모가 아직 자고 있다며 일단 거절하였으나, 황이라는 사람이 꼭 통화하고 싶어 한다며 연결해 주었던 것이다. 수화기에는 틀림없는 행상인 박이 나와 있었다. 그는 오늘 밤 여덟 시에 만나고 싶다, 시간은 아홉 시까지 한 시간을 예정하고 있다고 했는데, 바쁜 듯한 말투였다.

이방근은 안국동의 언덕을 내려간 곳에서 반대 방향으로 달리는 택시를 타고, 미군정청 앞에서 좌회전, 세종로를 달리다가 광화문 교차로를, 서북청년회 중앙총본부라고 쓴 큰 간판이 내걸린 밝은 3층건물을 오른쪽으로 보며 건넌 다음, 태평로에서 덕수궁 앞을 다시 좌회전하여 을지로를 동쪽으로 달렸다. 그리고 동심원을 그리듯이 꽤 멀리 돌아 종로 3가 네거리에서 내렸다.

합동법률사무소는 3층짜리 잡거건물의 2층에 있었다. 1층은 다방이고 3층은 부동산업의 간판이 달려 있었다. 관리실 사무원으로 보이는 중년 여성이 안내해 준 어느 방에서 각진 얼굴의 행상인 박이 혼자서 기다리고 있었다. 세 평 남짓한 책상과 로커가 있을 뿐인 작은 응접실풍의 방이었다. 소파에서 일어나, 열린 문으로 다가가는 이방근을 맞이한 박갑삼은 말쑥한 양복을 입고 있었는데, 그때의 엿장수와 같이 구겨진 사냥모자를 쓰고 낡은 점퍼 차림을 한 행상인의 모습이 아니었다. 머리는 7대 3으로 깔끔하게 가르고 있었다. 그는 등을 꼿꼿이 세운 장신의 상체로부터 팔을 의젓하게 뻗어 이방근과 악수를 하고 나서 소파에 앉으라고 권했다. 그리고는 여자에게 커피를 부탁했는데, 다방에서 이쪽으로 직접 가져오지 않도록 하라고 일렀다. 소파에 손님과 마주 앉은 박은, 그때에도 일부러 여관까지 와 주었는데, 이번 먼 여행은 내가 당중앙을 대표해서 진심으로 감사하고 그 노고를 치하한다며, 손님에게 담배를 권했다. 그리고 자신도 한 대 물고, 라이터의 불을 이방근에게 붙여 준 다음 자신 쪽으로 옮겼다. 등을 똑바로 펴고 조각상처럼 몸을 움직이지 않는 자세는 성내에서 만났을 때와 마찬가지였다. 그러나 어찌 된 일인지, 순간적으로 사람을 깔보는 듯한 날카로운 그 눈초리는 변함이 없었지만, 이상한 일종의 밀교적인 분위기 속의 위압감은 그다지 느껴지지 않았다. 오히려 행상인 박 쪽에 어떤 위엄이 감돌고 있는 것 같았다.

대각선으로 마주 보고 있는 방에 사람들의 출입이 있었다. 근처를 달리는 전차의 바퀴가 레일과 맞물리는 쇳소리가 무겁게 전해져 왔다. 창밖 거리의 불빛이 아직 밝았다. 블루스풍의 레코드음악이 아래층에서 울리고 있었다.

"오늘은 옆방에 아무도 없습니까."

이방근은 웃으며 말했는데, 그 웃음을 상대방이 금방 알아챈 모양이다.

"아아, 옆방의 그 일행들 말이군요. 없습니다. 여기는 여행지가 아니라서 말이죠, 아니, 아무도 없습니다. 그런데 저는 아홉 시에는 이곳을 나가야 하는데, 오늘은 모처럼 이 동지와 만났는데도 천천히 함께하지 못하는 게 매우 유감입니다. 본래는 요정이라도 안내해서 술이라도 대접해야 되겠지만, 아시다시피 다소 정세가 긴박해져서 말이죠……. 저는 내일 밤이나 모레에는 38선을 넘어 월북을 해야 합니다. 저는 갈 예정이 없었지만, 갑자기 출발하게 되었습니다."

"……입북이라고 하시면, 4월 19일부터 열리는 남북정치협상회의에 참가하시는 겁니까?"

"그런 셈입니다. 김구나 김규식 등의 우익요인들은 자동차로 공공연하게 개성을 경유하는 신작로를 달려 38선을 넘을 수가 있지만, 우리는 그렇게 할 수 없기 때문에, 미리 출발을 서둘러야만 합니다. 38선을 남몰래 구릉지대를 넘어 입북해야 합니다. 물론 엄중한 경계망을 돌파하여 월경하는 것이기 때문에, 발견되면 경비대의 발포도 각오를 해야 합니다. 우익인사들은 이미 12일, 한국민주당의 조소앙 등이 출발하였고, 가까운 시일 안에 김구, 김규식 두 사람도 출발하게 될 겁니다."

"오늘 신문에는 김규식이 하지 중장의 고문과 요담, 그 요청을 받아들여 갑자기 태도를 변경 입북을 보류했다, 즉 직접 평양회의에는 참가하지 않을 거라고 쓰여 있었습니다만……."

"미군정청과 이승만 일파의 회유, 협박으로 우익요인들이 꽤 동요하고 있는 것은 사실이지만, 김구가 월북하는 한, 김규식도 갈 것이고, 사태는 크게 변하지 않을 겁니다. 남조선 인민의 여론이 용서하지 않을 거구요. 우익진영의 지도자들은 5·10단독선거에 의한 민족의 분열을 저지하고, 남북조선 통일정권을 자신들의 손으로 수립하려는 민족적 염원 위에서, 이 기회에 북조선의 실정을 자신들의 눈으로 확실히 확인하고 싶다는 생각이 강하기 때문에, 많은 남조선 인사들은 어떻게 해서든 이번 기회를 놓치고 싶지 않다고 생각하는 겁니다. 김구 등은 봉건적 민족주의자이지만, 이승만과는 달리 근본적으로 민족의 독립을 원하는 애국자인 것은 틀림없고, 우리와는 세계관도 방법도 다르지만, 그러나 김구에게는 이승만과 같은 매국성은 없습니다……."

노크 소리가 나고 문이 열렸다. 커피향이 관리실 여자보다 먼저 소파에 와 닿고, 그녀는 쟁반으로 받쳐온 커피 잔과 설탕 단지, 밀크를 테이블 위에 놓고 나갔다. 제주도에서는 웬만해서는 마시지 않는 커피가 여기에서는 일상 가까이에서 그 향기를 풍기고 있었다. 이방근은 뜨거운 커피를 한 모금 마셨다.

"개성까지는 기차로 가시겠지요."

"그렇습니다."

"음, 그리고는 도보로, 핫하아, '국경'을 넘는 겁니까. 이건 농담으로도 말하기 싫은 단어입니다. 미군정청은 남북회의에 출석하는 것은 합법적이라서 방해하지 않겠다는 담화를 발표하지 않았습니까. 물론 그건 제스처에 불과한 것이겠지만요……."

"담화를 발표하지 않을 수 없다는 것이 중요합니다, 안 그렇습니까. 공공연히 표면적인 반대를 할 수 없다는 겁니다. 수백 명에 이르는 남북의 민족적인 모임을 지지하는 압도적인 여론이 배경에 있기 때문입니다. 미군정청도 이 민족적인 행사를 파괴할 수는 없다는 것 아니겠습니까……."

4월 19일부터 열리는 남북정치협상회의. 언젠가 유달현이 열을 올리며 말했었는데, 이방근은 지금 서울에서 그 월북자의 한 사람과 직접 만나 그 숨결을 맡고 있었다. 38도선의 월경. 그야말로 국경 아닌 국경을 넘어야만 하는 것이다. 5·10단독선거, 단독정부 수립에 의해 38도선은 완전한 국경이 된다. 이것은 누가 보아도 자명한 일이었다. 일본 제국주의로부터 독립하여 혼란했던 3년, 국토도 민족도 몸통에서부터 두 개로 잘려 국경이 생겼다. 남북정치협상회의는 남북조선제정당 사회단체연석회의의 별칭이었고, 남한 단독선거에 의한 남북 영구분단의 민족적 위기에 임하여, 남북통일의 길을 남북의 당사자가 대화를 통해 헤쳐 나가자는 취지 아래, 북한의 평양에서 4월 23일까지 열리기로 돼 있었다. 지난 3월 8일, 김구(한국독립당수, 대한민국 상해임시정부, 중경임시정부 주석), 김규식(민족자주연맹 주석, 중경임시정부 부주석)이 북한의 김일성 앞으로 남북정치협상회의 개최를 위한 서한을 보내고, 또한 3월 12일에는 김구, 김규식, 김창숙, 조소앙, 홍명희, 조성환, 조완구의 7인의 연명으로 남한 단독선거반대 공동성명이 발표되었다. 남북정치협상회의는 김구 등의 서한에 의한 제의를 북측이 수락함으로써 개최되게 된 것이었다. 김구는 이미 작년 12월, 단독으로 남한 단독정부 수립 반대성명을 발표한 바 있었다. 이 나이 든 혁명가는 3월 10일, '사랑하는 3천만 동포에게 읍소함'이라는 긴 선언문을 발표하고, 그저 오로지 민족의 자주독립을 호소하는데 혼신의 노력을 기울였다. "……나는 우리나라가 세계에서 가장 아름다운 나라가 되길 바란다. 가장 부강한 나라가 되는 걸 바라지 않는다. 내 자신이 외침에 의해 가슴이 쓰라려 본 만큼, 우리나라가 다른 나라를 침략하는 것을 바라지 않는다. 우리의 부력(富力)은 우리의 생활을 풍요하게 하면 그것으로 족하고, 우리의 '강력(强力)'은 외침을 막아낼 수 있는 것으로 족하다. 오로지 바라는 것은 높은 문화의 힘이다. 문화의 힘은 우리 자신을 행복하게 하면서 더 나아가 이웃에 대해서도 행복을 가져오게 하기 때문이다……." 김구는 그를 위해서 오로지 자주독립, 다른 나라의 침략과 간섭을 배제한 조국의 독립, '우리 대한의 완전한 자주독립'을 주장했다. 그는 "나는 남한의 단독정부 수립에 반대한다. 나는 조국을 사랑하는 절대다수의 애국자들과 더불어 통일된 정부 수립을 위해 정의의 항쟁을 이어갈 것이다. 나는 우리 조국을 위한 항쟁에 있어서, 어떠한 위험이 따르더라도 물러서지 않을 것이다……." 그리고 "38선을 베고 쓰러질지언정 평화통일을 완수할 것이다."라고 하며 온몸을 내던진 우익청년들의 방해에도 불구하고 입북을 결의한 것이었다.

말할 것도 없이 미군정청과 이승만 진영은 '5·10총선거'에 중대한 영향을 미치게 될 것을 우려하여, 우익요인들에게 여러 가지 저지 공작, 그리고 서북청년회, 대동청년단 등의 극우 청년단체에 의한 협박, 월북저지 탄원이 행해지고 있었다. 결국에는, 김구, 김규식 등의 나이든 정객이 남은 생애를 버릴 각오로 행한 비장한 성명과 행동을, '봉건적 정치가의 로맨티시즘'이라고 시국에 편승해서 냉소하듯 쓰는 문필가도 나왔다.

한편, 좌익에 대한 체포 탄압이 강화되었다. 지하좌익정당, 사회단체는 공공연히 조직을 대표할 수 없었기 때문에, 중간 정당이나 사회단체, 청년단체 등에 파고들거나, 급조한 단체를 만들어서 그 대표가 되어 많은 사람이 북으로 향했다.

"모처럼, 저의, 아니 당중앙의 요청에 따라 일부러 상경하셨는데,

무책임하게 되어 죄송하지만, 이 동지는 언제 돌아갈 예정입니까. 저는 4월 25, 6일경에는 서울에 돌아올 예정입니다만, 가능하다면 그때까지 서울에 체재하고 계실 수는 없겠습니까……. 그동안 서울에서 천천히 쉬시면 어떨까요."

박갑삼은 상대의 예정을 물어 놓고도, 그 대답을 기다리지 않고 자신의 예정과 희망을 계속해서 말했다.

"예-, 오늘은 14일입니다만……." 이방근은 스푼으로 커피를 젓고 나서 마셨지만, 불쾌감이 그 눈에 날카로운 빛을 발했다. "저는 여동생의 일도 있고 해서 상경한 것이고, 2, 3일 중으로 내려가야만 합니다. 고향에 조금 해야 할 일도 있어서, 24, 5일까지 체재하는 것은 무리입니다."

"아니, 저는 무리하게 강요하는 것은 아닙니다……." 박갑삼의 미소를 머금은 표정이 순간 근육이 뭉치듯이 굳어졌지만, 그는 목소리를 억제하여 말했다. "당으로서 그렇게 하면 어떨까 하는 당중앙의 요청을 제가 말한 것뿐입니다(요청이 아니다. 당의 명령일 것이다. 이 남자는 내가 서울까지 왔기 때문에, 이제는 나를 당원으로서, 내가 그럴 요량으로 있을 거라고 착각한 것은 아닐까. 당원이면 그 명령을 영광으로 생각하고 한 달이건 두 달이건 기다리지 않으면 안 된다)……." 이방근이, 저어……하고 말을 하려는데, 박갑삼은 무시하고 말을 계속했다. "그렇군, 여동생이라면, 그렇지요. 이유원, 그때 칠성다방에서 이 동지와 함께 커피를 마시던 모습을 보았습니다. 매우 훌륭한 아가씨였어요. 음, 함께 제주도의 '해방구'에 갔었다지요. 이제 여동생의 일은 끝났습니까?"

"이제 하루 이틀이면 끝납니다만, 끝나는 대로 서울을 출발할 예정입니다."

상대는 이방근의 말을 돌렸다.

"저는 이 동지가 여동생의, 즉 가족의 용무를 겸해서 왔다고 해도, 당중앙의 요청을 성실히 받아들여 서울까지 온 것에 대해 당을 대신해서 이방근 동지의 혁명적 애국심의 발로로서 높게 평가하는 바입니다……."

"저기, 박갑삼 씨, 말씀 중에 죄송합니다만, 그와 같은 표현, 높게 평가한다든가, 혁명적 애국심이라든가 하는 말투는 삼가 주세요. 저는 좋아하지 않습니다."

이방근은 자신이 하고 싶은 말은 어디로 가 버리고, 아주 진부한 표현이 되어 버린 것을 내심 인정했다.

"그건 저도 잘 알고 있습니다." 박갑삼은 감상적으로 들리기 쉬운 이방근의 말에 즉각적으로 반응했다. "제주도에서 처음 만났을 때, 그와 같은 표현을 좋아하지 않는다고 이 동지가 말한 것을 저는 잘 기억하고 있습니다. 그러나 이것은 그러한 표현의 문제가 아닙니다. 좋고 싫어할 문제가 아닙니다. 안 그렇습니까. 당중앙의 견해입니다. 오늘은 다른 간부들을 소개하지 못하게 되었다는 점과 천천히 이야기를 할 수 없다는 것이 유감입니다만, 제가 갑자기 이번 협상회의를 기회로 월북하는 것은 신문 발행 선전사업과도 관계가 있는데, '북'에서는 이남에 있어서의 합법적인 신문 발행 사업에 깊은 관심을 가지고 있습니다. 오늘은 충분한 이야기를 할 수 없습니다만, 어떠십니까. 일전에 당중앙으로서의 요청을 이 동지에게 전했습니다만, 그에 대해서 생각해 보셨습니까?"

박갑삼은 여전히 몸을 움직이지 않은 채 억양 없는 냉정한 목소리로 말했다. 그리고 이 동지, 동지, 동지. 처음 만났을 때부터 이 말을 연발하여, 지금은 듣고 흘려버릴 수밖에 없는 호칭이 되었지만, 상대의 강요하는 듯한, 당연히 당을 위해 진력하고, 당의 권위와 그 요청에는 무조건 복종해야 한다는 그 자세는 이전과 마찬가지였고 전혀 변하지 않았다. 이쪽에서는 그것을 영예로서 받아들여야만 하는 것이다. 그리고 당중앙, 중앙, 중앙, 당중앙이라고 말할 때의 그 발음에는, 여운이 음악적인 울림을 띠고 들려왔다. ……당중앙위원회, 이 얼마나 주술적인 권위의 분위기를 감돌게 하는 말인가. 이방근은 이렇다 할 구체적인 이야기 없이 흘러가 버리는 이 자리의 시간 속에 자신을 두고 있으면서, 위엄까지 띠고 있는 조금 이상한 톤의 이러한 말들에 반발할 생각도 없이 흘려듣고 있었다. 도대체 나는 무엇 때문에 서울까지 온 것일까. 그리고 왜 여기에 앉아 있는 것일까. 이방근은 한순간 종잡을 수 없는 의문에 휩싸였다. 눈앞에 있는 황도 아니고, 박도 아닌 한 남자. 설령 그 황인지 박이 진짜 성이라고 해도, 정체불명의 사나이…….

"저는 여동생의 일이라는 용무도 겸해서 서울에 왔기 때문에, 따라서 뭔가 그 결론을 가지고 온 것도 아니고, 또 그럴 필요도 없는 일이고, 가지고 올 수 있는 것도 아니지 않습니까. 어쨌든 저는 박갑삼 씨와 만나기 위해 왔을 뿐입니다. 그리고 그 결론은, 서울에서 내야 할 성질의 것이기는 합니다만, 박갑삼 씨의 사정이 그러하다면 그것도 어려울 것 같습니다."

"아닙니다, 저는 뭐 여기에서 이방근 동지의 즉답을 요구하고 있는 것은 아닙니다. 그리고 토의가 계속되어 결론이 나오게 되는 것이지만, 이에 대해서는 이 동지도 알아 두었으면 합니다. 저는 제주에서 동지와 만나 당중앙의 의향을 전했습니다만, 당중앙으로서는 그 이전부터 몇 번이나 검토를 거듭한 결과로서 이 동지를 선택하는 결정을 내렸던 것입니다. 저는 결론을 요구하고 있는 것이 아닙니다. 다만, 이 동지의 의향이 어떤지를 묻고 있는 것입니다만, 당연히 토의는 계속되어야만 합니다. 저는 단지 동지를 신뢰하고 있기 때문에 결론을 서두르는 듯한 말투를 썼습니다만, 진의는 그렇지가 않습니다. 음, 좌우지간 내일 아침이라도 다시 한 번 연락을 하고 싶습니다……."

결국, 이야기는 주제에서 벗어나, 박갑삼의 입북에 관한 것으로 끝난 듯했다. 이방근은 상대에게 묻고 싶었던 말이 있었는데, 박갑삼 씨는 이 법률사무소와 무슨 관계가 있는지 물어보았다. 박갑삼은 웃으면서 의외의 대답을 하였다.

"글쎄요, 솔직히 말씀드리지요. 이 위의 3층은 부동산회사가 있는데, 창원부동산이라고 합니다만, 저는 거기 중역의 한 사람입니다. 다만, 일주일에 한두 번 나오는 비상근이지만 말입니다. 이 변호사사무소는 우리 회사의 고문, 고문 변호사인 셈입니다. 그렇지, 그런데, 제 이름은 여기에서는 박이 아닙니다. 황동성(黃東成)입니다……."

아홉 시 10분전에 임박해있었다. 곧 이방근은 자리에서 일어나 그 방을 나왔다. 3, 4분만 걸어도 종로의 전차 정류장이 나왔다. 그는 일행인 듯한 남녀가 서 있을 뿐인 정류장에서 담배를 피우며 전차를 기다렸다. 여기로 올 때 역방향에서 오는 택시를 타고 우회를 한 것도 있을지도 모르는 만일의 미행을 의식한 행동이었지만, 지금도 담배를 피우면서 넌지시 주변의 기척을 살피고 있었다. 이윽고 동체를 흔들며 달려온 전차를 탄 이방근은 두 번째 역인 종로 1가 화신백화점 앞에서 내려 집으로 걸어갔다.

다음날 열한 시경에 박갑삼이 아닌 제주도로부터 장거리전화가 걸려 왔다. 도청의 양 씨라고 하는 것이 양준오를 말하는 모양이었다. 거실로 가서 수화기를 귀에 댄 이방근은 잡음 속에서 들리는 양준오의 목소리가 반가운 나머지, 대체 무슨 일이냐고 목소리를 높였는데, 상대는 매우 사무적으로 말했다. 지금부터 속달 편지에 동봉해 여행

증명서와 공무위촉 출장증명을 보내는데, 오늘 15일부터 제주도는 외지와의 해상교통이 완전히 차단되어 연락선도 멈춘다. 상당히 험악한 분위기다. 그러나 일반인은 탈 수 없지만 화물선이 수시로 입출항을 하기 때문에 공무 관계자나 특별한 증명이 있는 자는 그것을 이용할 수 있다. 돌아올 때는 목포경찰서에 가서 증명서를 보여 주면 승선지시를 해 줄 것이라고 했다. 그리고 부엌이에 대해서는, 돈은 완고하게 받지 않는다, 이 형이 직접 이야기하지 않으면 안 될 것 같다. 내일이나 모레 시골로 돌아갈 것 같다. 태수 씨가 여러 가지로 신경을 쓰고 있는 것 같다고 덧붙였다. 이방근은 자신도 모르게, 부엌이가 무슨 어린 여자애 모양으로 떼를 쓰는 거냐고 대꾸를 했다. 그런 말투는 좋지 않다, 아주 좋지 않아요. 알았어, 바다 건너에서 설교는 그만둬, 전화비가 아까우니까. 양준오는 좌우지간 편지를 읽어 보길 바라고, 이 형은 언제 돌아올 것인지 물었다. 3, 4일 안으로 돌아갈 예정인데, 2, 3일 지나 이쪽에서 전화를 걸겠다, 여러 가지로 고맙다……. 이방근은 전화를 끊었다. 음, 드디어 해상봉쇄란 말이군, 그러나 예상하고 있었던 일이다……. 이방근이 그 자리를 떠나려하자, 다시 전화벨이 울렸다. 박갑삼이었다. 실은 오늘 밤 출발하게 되었다, 지금 근처에 와 있는데, 바로 그쪽으로 가고 싶다고 말했다. 이방근은 잠시 망설였다. 지금부터 밖으로 나가 어딘가의 다방에서 만나는 것도 이야기의 내용으로 볼 때 위험했고, 또한 호텔이나 요정의 방 하나를 빌리는 것도 과장되고 귀찮은 일이었다. 상대는 종로 1가에 있다고 했는데, 자동차나 전차의 경적이 확실히 들리는 것으로 보아, 옥외의 공중전화 박스인 모양이었다.

약도와 번지를 전해들은 박갑삼은 3, 40분쯤 지나 혼자서 찾아왔다. 그는 바쁘다며 식사를 거절하고 3, 40분 만에 돌아갔는데, 오는 5월에 입북해서 평양에 다녀오지 않겠느냐고 물었다. 서울까지만 오면 그 뒷일은 개성을 경유해서 구릉지대부터는 책임을 지고 38선을 넘을 수 있도록 해 주겠다. 38선을 넘으면 마을의 인민위원회를 찾아가, 신임장을 보여 주면 된다. 거기에서 평양까지 일체의 수속을 밟아 줄 것이다. 내가 입북을……? 깜짝 놀라 상대의 얼굴을 쳐다보았을 정도로 뜻밖의 이야기였지만, 그것은 이방근의 마음을 움직일 만큼 작용은 하지 못했다. 당연히 그 자리에서 즉답을 할 수 없어서 유예를 두었지만, 박갑삼이 재차 2, 3일 안으로 한 사람의 당 간부와 만나 달라고 한 말은 그 자리에서 거절했다. 무엇보다 박갑삼 자신의 정체를 알 수가 없는데(옆으로의 선이 막혀서 상하의 선으로만 연결되어 있는, 이른바 외줄로만 연결되어 있는 조직의 경우에는, 오로지 신뢰만이 요구되고, 아니 전제가 되는 것이었지만), 당사자인 박갑삼이 빠진 자리에서 다른 남자와, 그것이 당 간부가 되었건, 중앙위원이 되었건, 만나는 것은 좋지 않았다. 이방근은 그럴 만한 호기심이나 정열도 없었거니와, 그러한 일에 감동할 남자도 아니었던 것이다.

이방근은 그 신문 발행 사업의 편집내용과 구성, 재정적인 기반, 그 밖의 구체적인 뒷받침이 있다면 일정한 경제적 협력을 생각해 볼 수 있다. 그러나 부편집장이 되는 등의 실제로 신문에 관여할 의사는 조금도 없다고 확실히 말했다. 박갑삼은 그 일에 감사를 표시하고, 좌우지간 어떤 형태로든 5월에 다시 만나고 싶다며 돌아갔던 것이다.

이방근은 박갑삼에게 경제적 협력이라는 언질을 하였는데, 신문 발행이 가공의 것이 아니라면, 실제로 그럴 심산이었다. 그것은 강몽구와의 관계에 대한 대처와도 연결되는 것이었고, 특별당원이 될 생각은 전혀 없었지만, 자금 협력은 생각하고 있었던 것이다. '백 명의 당원보다도 백만 원이 필요하다'라는 조금 비참한 말이 혁명가의 입에서 나오는 상황이었다. 이방근은 자신의 명의로 된 부동산, 전답, 귤밭 등의 자산이 어느 정도의 가치가 있는지는 몰랐지만, 정기예금을 포함한 은행예금과 그 밖에 자산 일체를 조사하여 처분할 생각을 품고 있었다. 그러나 그것은 조직에 자금을 대주기 위한 것만은 아니었다. 이방근은 이윽고 무일푼인 자신이 되는 것, 다른 사람이 들으면 미친 짓이라고 할 수밖에 없는 일을, 특히 서울에 올라와서 생각하고 있었던 것이다.

6

이틀 뒤인 17일 아침, 양준오가 보낸 속달이 도착했다. 편지에 동봉된 공무위촉 출장증명서에는 제주도청 학무과 출장으로 되어 있었다. 위촉내용 사항 란은 공백으로 남겨 두어서 적당히 기입하도록 돼 있었는데, 역사와 미술교육에 참고하기 위해 박물관을 돌아다녔다고 하면 어떻겠냐는 태평스런 말이 쓰여 있었다.

이방근은 내일 아침에 출발하기로 마음먹었다. 제주도에 돌아가더라고 지금까지와는 다른 기분이겠지만, 이대로 서울에 머물러 있을 수도 없었다. 어쨌든 내일은 출발할 것이다. 내일 밤은 목포에서 하룻밤 자고, 월요일 아침에라도 경찰서에 가서 승선을 수속을 하면 될 것이다. 경찰서에 얼굴을 내미는 것은 마음이 내키지 않았지만, 그래도 그편이 보다 안전했다. 다른 방법도 있었다. 강몽구가 데리고 간 식당주인에게 부탁하면, 어설픈 해상봉쇄 정도는 간단하게 빠져나갈 수 있는 어선도 있을 것이다. 아니, 그럴 생각만 있다면, 목포에는 제주도에 갈 수 있는 방법이 얼마든지 있었다.

이방근은 결코 양준오의 편지에 시사나 암시를 받은 것은 아니었지만, 덕수궁의 미술관과 석조전에 있는 박물관 등을 보고 돌아다녔다. 삼국시대의 출토품, 고려청자나 이조백자 등의 전시 세계, 역사가 숨쉬는 어두컴컴한 박물관에서 밖으로 나오자, 햇살에 반짝이며 춤추는 정원의 분수에 걸려 있는 선명한 무지개가 봄기운을 한층 돋우고 있었다. 젊은 여자들의 봄을 치장한 흰색과 핑크, 노랑 등의 치마저고리. 여기저기에서 치맛자락이 푸른 잔디를 스치는 소리가 들렸다. 장난삼아 머리에 꽃을 꽂은 젊은 여자들의 웃음소리. 덕수궁을 나온 이방근은 열두 시 반에 그곳에서 멀지 않은 무교동 음식점 거리에 있는 한 가게로 들어갔다. 춘경원(春景苑)이라는 가게였다. 그곳에서 숙부인 이건수와 점심을 먹기로 되어 있어서, '노란 밤과 대추를 넣은 인삼 영계백숙', 인삼이 들어간 영계 요리를 전화로 예약을 해 놓았었다. 광고에는 실비 식사라고 강조하고 있었지만, 1인분에 5백 원은 월급쟁이에게 적지 않은 돈이었다. 천천히 식사를 마친 두 사람은 헤어지고 이건수는 건국일보사로, 그리고 이방근은 집으로 돌아왔다. 어젯밤에는 시공관(市公館)으로 여동생과 함께 고려교향악단의 연주회를 들으러 갔었다. 제22회라고 하니까, 해방 후 상당한 연주 횟수를 거듭하고 있는 것으로 보였다. 곡명은 드보르작의 '신세계', 보르딘의 '중앙아시아 초원에서', 보케리니의 '첼로협주곡', 지휘 김인수. 6,7백 명이 들어가는 회장은 만원으로, 앙코르곡, 차이코프스키의 '슬라브 행진곡'이 연주되었을 때는 장내가 모두 일어나 열광했다. 오랜만에 생생한 연주를 들으니 몸속에 잠들어 있던 것이 흔들려 깨어나는 느낌이었다. 오늘 밤은 같은 시공관에서 첫 공연을 맞이하는 오페라 '춘희'에 여동생을 데리고 가기로 되어 있었다. 내일은 서울을 떠날 예정이니 마침 잘 된 셈이었다. 그런데, 그 전에 백화점이나 명동 근처의 양화점에라도 가서 여동생에게 신발을 한 켤레 사 주고 싶었다. 몇 켤레인가 신발은 있는 모양이었지만, 학생용 검은 구두는 뒤축이 눈에 띄게 닳아서 난파선까지는 아니더라도 바깥쪽으로 상당히 기울어 있었던 것이다.

토요일이었지만 여동생은 아직 돌아오지 않았다. 이방근은 상의를 벗고, 점심때 가볍게 마신 인삼주의 취기가 햇살 탓에 슬그머니 피부로 배어 나온 몸을 방 안에 누이고 담배를 한 대 피고 있자니, 숙모가 전화라고 전했다. 고영상의 대리라는 사람으로부터 왔는데, 아무래도 조금 이상한 전화라고 의심하면서 바꿔 주었다. 그렇습니까, 고영상이 누구일까. 고영상, 고영상…… 어디선가 들어 본 적이 있는 이름 같았지만, 누군지 기억나지 않았다. 이방근이 거실로 들어가 수화기를 들자, 상대는 아직 젊은 목소리로 이방근 선생이십니까, 라고 선생을 붙여 부르면서도 조잡한 말투를 썼는데, 자신은 서북청년회 사무국의 이봉수이고, 중앙총본부 고영상 사무국장 대리라고 밝혔다. 음, 고영상은 '서북' 사무국장의 이름이었군. 이방근은 불시에 난관에 봉착한 것처럼 움찔하며, 수화기를 귀에 바싹 갖다 대면서 순간, 미행을 당하고 있었단 말인가, 라는 생각이 머리를 스쳤지만 그것은 말이 안 된다, 지레짐작이었다. 그런데 놀랍게도, 계속해서 상대의 입에서 나온 그 용건이라는 것은, 황동성 씨의 참고인으로서 잠시 묻고 싶은 말이 있으니 사무실까지 와 줘야겠다, 그쪽으로 차를 보내겠다는 것이었다. 이방근은 영문을 알 수 없었지만, 황동성이라는 이름이 그를 어떤 불안 속으로 밀어 넣었다. 이방근은 웃으며, 당신은 뭔가 착각을 하고 전화를 한 것이 아니냐, 나는 그런 사람은 모른다고 잘라 말했다.

"황동성은 선생을 알고 있다고 하오. 황동성은 어젯밤에 체포되었단 말이오."

탁음의 발음이 센 '북쪽' 사투리였다.

"당신은 처음 보는 사람한테 전화를 거는 것이니, 말투를 조심하는 것이 좋지 않겠소. 그 누군가가 나를 알고 있다고 해도, 나는 모른단 말이오. 그리고 그쪽은 경찰도 아닌데, 그런 일을 해도 되는 거요?"

미친 사람이 칼을 든 것처럼 위험한 '서북'에 대해서 용기가 필요한 대응이었다. 이방근은 무심코, 체포? 하면서 소리를 높여 반응할 뻔 하였으나, 상대의 점차 무례해지는 말투에 대한 반발이 그 소리를 억제했다. 이방근은 옆방에 있는 숙모를 의식하여 '서북'이라든가 체포 등의 말을 사용하는 것을 피하고 있었다.

"이 선생은 이해심이 있는 인물이라고 들었소이다만, 우리 서북청 년회에 대해서는 잘 알고 있을 거요. 조병옥 군정청 경무부장도, 장택 상 수도경찰청 총감도 인정하고 있듯이, 우리 서북청년회와 경찰은 반공 투쟁전선에서 공조 관계에 있소이다. 체포는 경찰이 하였지만, 우리로서는 이 선생을 참고인으로 부르고 싶다는 생각을 하고 있는 데, 시간은 한 시간이면 끝날 거요."

"고영상 사무국장과 직접 통화를 하고 싶으니 전화를 바꿔 주시오."

상대는 사무국장은 지금 부재중인데 곧 돌아올 것이라고 말했다.

박갑삼의 체포, 고막을 때리는 믿을 수 없는 말의 울림은 갑자기 이방근의 정수리를 때렸지만, 그래도 어젯밤이라는 말은 이상했다. 그것이 마음에 여유를 주었다. 그저께 밤에 출발했기 때문에 그날 밤 안으로 38선을 넘어 입북했을 것이다. 만일 하루 연기해서 어제 출발 했다고 한다면, 아마도 다시 한 번 전화든 뭔가 다른 방법을 통해 연 락이 있었을 것이다. 그러나 실제로 지금 '서북'의 입에서 황동성이라 는 이름이 나온 것이다. 그리고 체포 운운하다니……. 아니, 체포는 거짓일지도 모른다. 설령 어떻게 체포가 되었다 할지라도, 이방근을 알고 있다든가 그런 바보 같은 말이 황동성의 입에서 나올 리가 없을 것이다. 이방근의 머릿속의 공간에 검은 구름이 모여들어 소용돌이쳤다. 그는 성내에서 '서북' 제주지부를 방문했을 때 살기등등하던 공기의 흔들림을 기억해 내고, 일을 어렵게 만들지 않는 편이 좋겠다고 생각했다. 그들이 백주에 당당히 전화를 해 오는 것으로 보아서는 일단 위해를 가한다든가 감금한다든지 하는 일은 없을 것이다. 뭔가 꿍꿍이속은 있는 것 같지만, 그건 가 보면 알 일이다. 버틴다고 될 일은 아니다. 필요하다고 느낀다면 그들 쪽에서 예고도 없이 쳐들어올 것이다. 멸공선봉대라는 낙점을 받은 그들은, 방약무인, 무슨 짓을 저지를지 모른다. 잘못해서 숙부의 댁에 폐라도 끼쳐서는 안 될 일이다. 빨갱이, 그리고 빨갱이 가족이라는 딱지만으로도 뭔가 트집을 잡아서 일방적으로 쳐들어가 테러 행위를 자행해도 어쩔 수 없는 것이 현실이었다. 최근 1, 2년 동안, 서울의 『인민보』, 지방의 『남선신문』, 『전라민보』, 『전북신문』, 그 밖의 좌익계 신문이 현지의 '서북'이나 서울에서 내려온 서북청년회 '남선파견대'의 테러로 폐간이나 휴간을 할 수밖에 없었다. 이건수가 업무부장을 하고 있는 건국일보는 우파 민족진영의 신문이었지만, 5월 단선을 반대하는 김구의 노선을 지지하고 있었기 때문에, 뭔가를 트집잡혀 '서북'의 습격을 유발시킬지 몰랐다. 이방근은 서북청년회의 일방적인 요구에 응했다. '서북' 사무실에 가는 것은 처음도 아니었기 때문에 우선 가 보기로 했다. 그러면 오후 세 시 반에 찾아가겠다고 말하고 상대는 전화를 끊었다. 차로 데리러 가겠다……. 손목시계를 보니 두 시 20분이었다.

유원이 돌아왔다. 이방근은 잠자코 '서북'에 가려고 생각했지만, 그러나 자동차로 집에까지 찾아올 뿐만 아니라, 숙모는 이미 보통 일이 아니라는 것을 전화로 느끼고 있었다. 그리고 생각해 보면, '서북'이라는 정체를 알 수 없는 전화를 받고 혼자서 외출한다는 것은 맹수들이 우글거리는 정글에 맨손으로 들어가는 것과 마찬가지였다. 가서 돌아오지 못하는 경우가 없다고 할 수도 없었다. 허풍을 떨며 너무 조심한다는 느낌도 있었지만, 그는 모두가 두려워하며 걱정할 것임을 알면서도 만일의 경우를 생각해서, 사정은 일절 말하지 않고 '서북' 사무소에 간다고 밝혔다. 그리고 상대는 잠시 묻고 싶은 것이 있을 뿐이라고 하니까 걱정은 필요 없고, 오늘 밤 오페라 관극도 있고 하니 그때까지는 돌아올 예정이지만, 만일 무슨 사고가 생겼을 경우에는 숙부와 상의해서 미 중앙군정청 사법부와 문교부 고급 관리로 일하고 있는 지인이나 친구들에게 연락을 취하도록 조치를 취했다. 유원은 어떻게 '서북'이 오빠의 상경을 알고 있느냐며 놀라 낭패한 얼굴로 '서북'에 대한 분노를 드러내며 이것은 '연행'이라고 말했다. '서북'에 연행되면 어떻게 될 거라고 생각해요? 연행이 아니야, 자동차까지 동원해서 마중을 오는데다, 이전에 제주도에서도 '서북' 사무소에 얼굴을 내민 적이 있는데, 그들은 단지 참고로 오빠에게 물을 것이 있다는 것뿐이야. 오빠가 자동차 같은 것에 속다니요, 그냥 모양새만 갖춘 연행이라구요……. 오빠는 무엇 때문에 서울에 오신 거예요……. 이방근은 거의 꾸중을 하듯 여동생을 타일렀다.

그런데 유원은 오빠가 내일이면 제주도로 출발하는데도, 일본 유학을 단념하겠다는 마음을 바꾸지 않고 있었다. 오빠가 담임교수를 만나는 것도 반대했다. 그리고 여기에서 열심히 해 보겠다고 했다. 그것은 나름대로 좋은 일이었다. 본인이 그렇게 생각한다면 그만이다. 그렇지, 여동생의 말을 따라 하려는 것은 아니지만, 나는 도대체 서울에 무엇 하러 온 것일까. 결국은 부엌이가 집을 나갈 때까지 며칠간을,

그리고 그녀가 집을 떠날 때 그 현장에 입회하는 것을 피하기 위해 서울에서 시간을 보낸 것이 된다. 어제 저녁에 이쪽에서 신청한 장거리전화가 연결되기 전에 양준오 쪽에서 먼저 전화를 걸어왔는데, 부엌이는 점심때가 조금 지나 집에서 나와 시골로 갔다고 했다. 그리고 박산봉이 운전하는 남해자동차 트럭으로 배웅했다고 했다. 부엌이가 집을 나갔다. 부엌이는 집에서 쫓겨난 것이다. 양준오의 말대로 도망을 쳐서 지낸 서울의 열흘간, 이제 안심하고 돌아가도 된다는 것인가. ……그녀의 얼굴에 슬픈 빛이 없었다는 것은 이상하다. 법열이라는 말을 과장된 것이지만, 그녀의 얼굴에는 이상한 웃음마저 감돌고, 지금까지 본적이 없는 깊은 내면의 빛과 강한 의지를 담고 있는 그 눈빛을 쳐다보았을 때는, 가슴을 푹 찔린 것 같은 통증을 느낄 정도였다. ……서방님께도 아가씨께도 인사 없이 집을 나가는 것은 단장의 심정이지만, 이 은혜는 평생 잊지 않을 것이니, 잘 좀 전해 달라고 엎드려 부탁을 했다고 한다. 자신은 유원 동무에게 그녀의 인사를 전할 의무를 진 것 같은 기분입니다……. 양준오는 이러한 내용의 편지를 보내왔다. 마음속에서 수증기처럼 피어오르는 불쾌한 냄새, 추악한 구토의 냄새……. 이방근은 침을 꿀꺽 삼켰다. ……출발 직전이 되어 '서북'으로부터의 '호출', 그러면 어떤가.

오후 세 시 반 정각에 자동차가 마중을 왔다. 검은색 미군 작업복을 입은 27, 8세의 다부진 체구의 남자가 현관에 들어와 그 뜻을 전했다. 전화를 걸어온 이봉수였다. '서북'패들 대부분이 그렇듯이 강경한 표정과 태도를 취하고 있었다. 이방근은 넥타이를 맨 뒤 봄 코트를 걸치고 집을 나왔다. 뜻밖에도 집 앞에 정차한 승용차는 검은색의 고급 외제차였다. 그는 묘한 기분으로 승용차에 올라탔다. 이봉수는 조수석에 중년의 운전수와 나란히 앉았다. 숙모와 함께 현관 앞에 나온 유원이 새파랗게 질린 얼굴을 하고 자동차의 뒷부분을 바라보고 있었다. 번호를 외우고 있는 모양이었다.

자동차도로가 아닌 완만한 언덕을 경적을 울리며 서행하여 큰길로 나온 대형 승용차는, 우회전하여 군정청 앞에서 세종로로 나올 거라고 생각했는데, 그대로 종로 1가 쪽을 향해 달렸다. 종로의 교차로를 우회전해도 '서북' 중앙총본부가 있는 광화문 네거리로 나오기는 했지만, 그 경우에는 다시 교차로를 오른쪽으로 크게 돌지 않으면 안 된다. 조금 이상한 기분이 들었다.

자동차는 교차로 왼편에 있는 화신백화점 옆에서 일단 정차하여 신호를 기다리고 있었다. 어찌 된 일인지 우회전 신호가 켜졌는데도 뒤에 있는 차가 지나가도록 지켜볼 뿐 움직이려 하지 않았다. 그리고 전진하라는 파란 신호가 켜졌을 때 자동차는 천천히 왼쪽으로 커브를 틀며 종로 거리를 광화문과는 정반대인 동대문 방향으로 달리기 시작했다. 이건 이상하다. 전화로는 사무소로 와 달라고 하지 않았던가.

"이 차는 어디로 가는 거요?"

뒷자리에 깊숙이 앉아 있던 이방근은 상반신을 일으켜 오른쪽에 있는 이봉수의 등에 대고 말했다.

"우리 '서북'의 M동 합숙소로 가고 있소."

남자는 돌아보지 않고 등으로 대답했다.

서북청년회 합숙소라는 것은 서울에만 해도 몇십 개소가 있는, 월남한 '북' 출신의 '서북' 회원이 수십 명에서 수백 명 단위로 합숙하고 있는 단체생활의 장이었다. 단신으로 '북'에서 월남하여 의지할 곳도 없는 그들에게 '서북' 합숙소는 의식주를 해결하기 위한 장소만은 아니었다. 북한의 각 출신지별 단위로 합숙소가 설치돼 있었기 때문에, 동향인으로서의 정으로 고독감을 치유하고, 반공에 대한 투지 위에 지연으로서의 연결이 겹쳐지면서 그 단결력을 한층 견고하게 만들었다. 그들은 항상 반공, 멸공 투쟁이라는 표어 아래 단체생활을 하다 보니, 일단 출동명령이 떨어지면, 경찰기동대가 따라올 수 없을 정도의 기동성과 무서운 기폭력으로, 테러 행위에 다른 우익 청년단체에서 볼 수 없는 테러 행위의 맹위를 떨칠 수가 있었다. 따라서 합숙소는 '서북' 청년들의 거처이면서 동시에, '테러 행동 개시를 위한 대기 장소', '기동타격 기지', '기동타격대의 상시 대기소'라고도 불리고 있었던 것이다. 제주도 성내에서는 이방근이 고외과의원의 처남을 위해 찾아갔던 구사카무라 여관의 '서북' 제주도지부가 합숙소를 겸하고 있었다.

자동차는 종로 거리를 동쪽으로 가볍게 미끄러지듯이 내달려, 삼일 전 황동성과 만났던 대동법률사무소가 가까운 종로 3가를 지나, 다시 4가 교차로를 건너 달렸다. 그리고 겨우 동대문에서 가까운 종로 5가의 네거리를 우회전하여, 멀리 전방에 보이는 남산을 향해 달렸다. 아무래도 실제로 맹수들이 포효하는 정글로 끌려 들어가는 모양이었다. 이방근은 혈관에 싸늘한 것이 섞여 흐르며 수런거리는 것을 느꼈다. 좌우지간 '서북'의 본부 사무실은 아니었지만, '서북' 합숙소에도 있다는 남자의 말대로 그 사무소에 가 볼 일이었다. 갈 수밖에 없었다. 이방근은 말없이 담배를 피우며 창밖으로 흘러가는 연도의 풍경을 바라보고 있었다. 강변에 판자오두막의 빈민가가 게 등짝처럼 납작하게 달라붙어 고약한 냄새를 풍기는 청계천 다리를 건넜다. 차는 이윽고 왼편의 민가 지붕 너머로 터무니없이 옆으로 길게 늘어선 느낌을 주는 사범대학 교사를 바라보면서 을지로 5가 교차로를 건넌 뒤 계속 남쪽으로 달렸다. 운전수도 조수석의 남자도 전화로는 끈덕지게 물고 늘어지더니, 합숙소에도 사무소가 있다는 말을 마지막으로 일절 입을 열지 않았다. 사무국장 고영상, 아마도 永相(영상)이라고 쓸 것이다. 고영상……. 이방근은 조수석에 있는 남자의 두꺼운 어깨를 보면서, 어딘가 기억의 저변에서, 고영상, 고영상 하면서 작게 꿈틀거리는 중얼거림에 귀를 기울이고 있었다. 대체 황동성은 정말로 개성까지 가서 그곳에서 38선을 넘으려고 한 것인지 어떤지……. 아니, 혹은 실제로 체포되었는지 어떻게 됐는지도 의문이다. 그런 실수를 할 리가 없다. 창원부동산 황동성은 아마도 이전부터 감시받고 있었으며, 특히 최근 며칠 동안은 미행을 당하고 있었다고 봐야 했지만, 그러나 설사 체포되었다고 하더라도, 이방근이…… 운운하는 그런 말을 할 리가 없었던 것이다.

자동차는 남산의 동쪽 끝자락에 가까운 나지막한 언덕의 기슭에 펼쳐진 주택가로 들어갔다. 한옥이 한 채도 보이지 않는, 모두가 산뜻한 2층짜리 건물이 늘어서 있는 이 일대는 일찍이 일본인 거주지였다는 것을 금방 알 수 있었다. 차는 자갈이 깔려 있는 완만한 언덕을 돌멩이를 튕기며 전진하다가 산자락 끝에 있는 서양식풍 저택의 문을 통과했다. 구조선총독부의 고급 관리나 자본가가 살던 집일 것이다. 차가 문 안으로 들어선 순간, 범람하는 흰색과 홍색에 눈을 빼앗겼는데, 뜰의 정원수로 심은 철쭉이 만개하여 꽃잎을 떨어뜨리고 있었지만, 아직도 흐드러지게 피어 있었다. 이방근의 머릿속에 산천단 벼랑 아래에 밀생하는 녹색의 조릿대를 배경 삼아 흐드러지게 핀 산뜻한 적자색 철쭉의 군락이 되살아났다. 그렇다 해도, 여기가 '서북'의 합숙소라는 것은 이상했다.

"여기가 서북청년회의 합숙소란 말이오?"

차가 멈추자 이방근이 물었다. 시각은 네 시 5분, 차는 서울 시내를 약 30분 정도 달려온 셈이다.

"아니오. 여기는 서북청년회 간부의 숙소요. 합숙소는 여기에서 바로 가까이에 있소. 전화 한 통이면, 5분 이내에 3백 명이 여기에 모일 수 있소."

젊은 남자는 자랑스럽게 말했다. 도중에 왼쪽에 있는 민가 너머로 국민학교 같은 건물의 기와지붕이 보였는데, 거기가 합숙소인지도 모른다.

이방근은 현관을 들어가 바로 왼쪽에 있는 응접실로 안내되었다. 그는 실내로 한발 내딛을 때, '서북' 제주지부 회장 함병호가 기다리고 있던 방으로 들어가던 순간의 긴장감과 동시에, 자신의 출현이 주위를 압도하여 방 안의 공기에 일종의 중화작용을 일으켰던 기억을 떠올리고 있었다.

복도도 그렇고 실내도 마치 호텔처럼 두꺼운 양탄자가 깔려 있었다. '빨갱이'와 붉은 양탄자는 별개일지도 모르지만, 언젠가는 빨간색 그 자체, 뭐든지 빨간색은 적이 되는 날이 오지 않는다고 단정할 수도 없을 것이다. 어렴풋이 수축된 느낌이 드는 양쪽 허파에 천천히 숨을 들이마시고 실내로 들어간 이방근은 정면의 데스크 앞에 앉은 하얀 한복 차림의 남자와, 그 양쪽에 직립부동의 자세로 우뚝 서 있는 여러 명의 젊은이들의 모습, 그리고 그 뒤의 벽에 붙어 있는 구호가 눈에 들어왔다. 그때와 마찬가지였다. 다만 방이 호화롭고 넓은 셈치고는 부하와 경호원의 숫자가 적게 느껴졌다. 그때는 좁은 방에 열 명 정도가 좌우의 벽을 따라 죽 늘어서서, 그 날카로운 시선의 다발로 이방근의 볼을, 등을, 피부를 찌르려 하고 있었다. 그러나 그 힘을 갖고 있지는 않았던 기억이 피부에 확실히 되살아났다.

'멸공보국', '결사멸공애국', '제헌국회의원총선거절대추진', '민족정기고수', '공산주의완전타도'……. 하얀 종이에 먹으로 검게 쓰인 구호의 나열. 그리고 미국의 남한정렴군 사령관 하지 중장과 이승만의 사진.

적당한 키와 몸집을 한 흰옷의 남자가 일어나더니 데스크를 떠나 정원이 보이는 창가의 소파에 앉으며, 푹신푹신한 양탄자의 탄력을 발바닥에 느끼고 있는 이방근에게, 큰 테이블을 사이에 둔 건너편 자리를 권했다. 이봉수는 방에서 나가고 없었지만, 남자들은 민첩하게 움직여 소파가 있는 벽 쪽으로 늘어섰다.

"갑자기 오시게 했습니다만, 고영상입니다."

정중한 말투였다. 남자는 적당한 키와 몸집에 혈색 좋은 둥근 얼굴이었지만, 그 억제된 목소리는 꽤 거칠고 탄력적인 울림을 지니고 있었다. 연령은 34, 5세 정도일 것이다. '서북'의 회원 자격은 북한 출신자로서 만 35세 이하이니까, 꽉 찬 34, 5세가 되었을지언정, 그 이상은 아니었다. 나이치고는 머리숱이 상당히 적었고 이마가 벗겨져 있었다. 고영상, 고영상…… 이방근의 의식이 반복해서 중얼거리고 있었다. 고영상은 테이블 위의 금색도금을 한 금속제 담배 상자에서 양담배 한 대를 꺼내 노랗게 된 손가락에 끼웠다.

코트를 벗어 옆에 놓은 이방근은 상대의 흰 비단 의상의 반사를 얼굴에 의식하면서 자기소개를 하고, 어쨌든 서북청년회의 요구에 응해서 여기까지 왔지만, 도대체 무슨 일인지 물었다. 그리고 대리라는 이봉수 씨의 이야기로는 한 시간이면 일이 끝난다고 했는데, 다섯 시가 지나면 여기를 나가고 싶다, 서북청년회에 올 예정이 없었기 때문에 다른 일이 기다리고 있다고 말했다.

갑자기 벽 쪽에서 웃음이 터져 나오더니, 야이, 하고 한 사람이 고함을 질렀다. 이방근은 반사적으로 인상을 쓰며 주먹을 치켜 올린 그 남자를 바라보았다.

"여기가 어디라고 생각하고 함부로 지껄이는 거야. 네가 돌아가고 안 가고는 이쪽에서 정한다. 네놈들 머릿속에 있는 사상이 바뀌지 않는 한, 열흘이든 한 달이든 돌아가지 못해, 한번 맛을 봐야 알겠나……."

"너는 잠자코 있어. 네가 나설 때가 아니야. 이쪽은 손님이야. 가끔은 주먹을 감출 줄도 알아야지." 고영상은 씩 웃으며 말을 계속했다. "이 친구들은 아직 교양이 부족하다 보니, 그만큼 툭하면 주먹을 앞세웁니다. 하지만, 공산주의의 침략으로부터 조국을 지키겠다는 열정과 애국심만큼은 누구에게도 지지 않습니다. 시간은 한 시간으로 충분하니, 5분이 넘으면 차로 전송하겠습니다. 그런데, 특별한 일은 아니고, 이 선생이 서울에 오신 김에 한번 뵙고 싶어서 모시게 된 것입니다."

그야말로 도대체 어떻게 된 일인가. 옆방과의 벽에 끼어 있던 문이 노크도 없이 조용하게 열리더니 서른 전후의 양장을 한 몸매가 날씬한 아름다운 여성이 커피를 가지고 와 이방근을 내심 놀라게 했다. 추상화 같은 꽃모양을 수놓은 옅은 팥죽색 원피스를 입은 그녀는 가볍게 허리를 숙이고 미소까지 지으며 손님에 대한 인사를 대신했다. 교양이 있어 보이는 이 여성은 도대체 누구인가. 반공 테러단의 소굴에 사는, 자신도 모르게 쳐다보게 만드는 아름다운 여인은……. 이방근은 향기로운 커피와, 희미하게 숨결이 느껴질 정도로 옆에 와 있는 여성의 화장 냄새를 함께 콧속으로 들이마시며, 떠나는 여인의 허리선이 풍부한 뒷모습을 곁눈질로 바라보았다. 저 여자는 애 엄마인가, 아니면 애를 낳지 못하는 여자인가. 피임 용구를 사용하는가. 필요가 없는가. 그야말로 1초의 몇 분의 1에도 미치지 못하는 시간의 빠르기로 생각이 달리고, 그녀의 움직이는 뒷모습에 빨려들었다. 고영상이 남자들에게 나가 있으라고 명령했다. 그들은 여자 뒤를 따라가듯이 옆방으로 사라졌다.

"그 말은 무슨 뜻입니까? 전 납득이 가지 않습니다. 어떻게 제가 서울에 온 것을 알고 계십니까."

이방근은 상의 주머니에서 꺼낸 담배에 불을 붙여 피우면서, 상대의 입에서 황동성의 이름이 나오기를 기다렸다.

"그건 알 수 있습니다."

"알 수 있다니, 어떻게 말입니까, 미행 말입니까?"

나서지 마라, 이방근은 어딘지 하늘을 나는 매라도 되는 것처럼 공격적인 자세가 되어 있는 자신을 의식하고 있었다.

"우리는 미행은 하지 않습니다. 그렇지만 알 수 있습니다. 우리는 경찰은 아니지만, 필요에 따라서는 알 수도 있습니다."

고영상의 가는 눈매의 동공에서 번쩍하는 날이 서며 이방근의 속내를 파고들었다. 형사의 눈이었다. 이것은 형사의 눈, 취조할 때 위압적이고 의심에 찬 눈빛⋯⋯. 이방근은 상대의 표정에 튀어 오를 듯이 깜짝 놀라고, 고영상의 이름이 머리의 내부를 두드리며 성급하게 메아리치는 소리를 들었다. 이 남자는 다카키(高木) 경부보가 아닐까. 그래, 고영상, 이 남자가 해방 후에 수도경찰청의 장택상에게 인정을 받아 다시 경찰 계통에서 일하게 된 그 고영상이다. 이방근은 희미하게 전율을 느끼며 무심코 신발 속에서 발톱에 힘을 넣고 있었다. 소란스럽게 혈관이 파도를 치며 발끝에서부터 전신으로 치달아 올라오는 것을 느꼈다. 만난 적은 없지만, 이 남자가 다카키였다. 고영상의 변신, 아니, '서북' 최고 간부의 지위에 오른 그 경찰로부터의 변신은, 돌이켜 생각해 보면 해방 전 그의 피로 얼룩진 경력과 연결되는 것이었지만, 이방근은 그 현실로서의 역사의 전환이 눈앞에 펼쳐지는 것에 놀라고 있었다. 다시 몸이 가늘게 떨리면서 일종의 전율과 동시에, 몸의 깊은 동굴 속에서 불꽃이 마음을 태우며 타오르는 것을 느꼈다.

"이 선생은 무슨 일 있으십니까?"

"아니요, 아무것도 아닙니다만, 갑자기 생각난 일이 있어서. ……혹시, 댁은 해방 전에 경찰에라도 계셨습니까?"

이방근은 상대를 똑바로 쳐다보았다. 아주 잠깐 동안이었지만, 두 사람의 시선은 서로 자력에 이끌려 부딪히고 충돌하다가 상대의 눈으로 파고들었다.

"그렇습니다."

고영상은 몸을 전혀 움직이지 않고 당당하게 말했다.

"종로경찰서에 있던, 다카키 경부보를 알고 계십니까……?"

"접니다. 제가 그 다카키입니다. (이방근은 천천히 고개를 끄덕였다.) 이 선생은 지금에야 눈치를 채셨습니까……."

고영상은 소파의 등받이에 한쪽 팔을 올려놓고 차갑지만 여유 있는 웃음을 지었다.

이방근은 커피를 마셨다. 혀가 굳어지는 느낌으로 떫고 쓴 맛이 혓바닥 표면에 엷은 막을 남겼다. 커피 잔을 손에 든 이방근의 머릿속에 관부연락선 고안마루(興安丸)에서 내린 부산의 부두에서 다섯 명의 형사에게 포위, 체포되었을 때의 정경이 물속의 탁구공처럼 불시에 떠올랐다. 이방근은 그 정경에 막을 씌워 지웠다. 1939년 봄 도쿄에서 귀성 중에 일어난 일이었다. 이방근은 그대로 오랏줄에 묶여 경성의 종로경찰서로 이송 유치, 그리고 고문에 의한 취조, 조선인 유학생 좌익 연구그룹 관련 사건으로서 검찰에 송치, 검사구류에서 공소, 서대문형무소에 미결로 보내졌지만, 이방근은 종로경찰서 고등경찰계에서 취조받을 때, 다카키 형사의 이름을 처음으로 들었다. 다카키는 그 2, 3년 전에 도쿄에 있는 사립대학 전문부 법과를 나와 경찰에 투신, 종로경찰서에서 유능하다고 소문난 일본인 고등경찰계 다루야마(樽山) 경부 아래서 2년간을 근무한 뒤 출신지인 북한의 원산경찰서에 배속, 조선인으로서는 이례적인 속도로 순사부장에 임명되었던 것이다. 이방근이 종로경찰서로 들어간 것은 다카키가 원산경찰서로 부임하고 나서 몇 개월 뒤였다. 따라서 이방근은 개인적으로 다카키와는 면식도 없었고, 그로부터 취조를 받은 일도 추적당한 일도 없었다.

종로경찰서는 서울에서도 중심적인 조선인의 거주지인 종로를 관할 지구로 하고 있었던 만큼, 조선에서도 가장 유능한 일본인 고등경찰계가 일하고 있는 것으로도 유명했다. 청기와를 올린 그 백악의 세련된 건물. 인상적인 외관과는 달리 그 지하에는 무서운 지옥의 구멍을 가진 건물이었다.

다카키는 종로경찰서에서도 조선인 사상범의 적발에, 당시의 조선만이 아니라 도쿄의 유학생들 사이에도 그 이름이 알려져, 공포와 증오의 대상이 된 다루야마 경부 아래에서 용맹한 도베르만 이상의 충견 역할을 해냈다. 이윽고 그는 반년도 지나지 않아 조선에서 다루야마와 어깨를 나란히 하는 존재가 되었고, 항일 독립운동 지하조직의 적발과 그 멤버의 검거에서 공적을 쌓게 된다. 이방근은 형무소에서도 그 다카키의 소문을 들었지만, 1년 뒤에 출소하고 나서도, 그 뒤에 경부보까지 승진한 조선인 '특고' 다카키의 이름은 조선의 최남단 제주도에까지 들리고 있었다. 순사로 임명된 뒤에 순사부장, 그리고 경부보까지 10년은 걸리기 때문에, 게다가 조선인 경찰관으로서는 이례적이라 해도 너무나 이례적인 승진이었다. 다카키는 일본 제국에 충성을 맹세하고, 냉철한 용맹함으로 수많은 조선의 애국자를 황국의 제단에 바치는 희생물로 매장하고, 그 피로 더러워진 손을 제단 앞에 대고 무릎을 꿇고 절을 했던 것이다. 그러나 1945년 8월, 일본의 패전과 조선의 독립해방이 황국 일본의 융성에 걸었던 그 남자의 운명을 완전히 뒤집어 버렸다. 민중 앞에서 다카키를 단두대에 올려야 할 시대가 온 것이다. 다카키는 처자식을 버리고 단신으로 38선을 넘어 남으로 도망쳤지만, 남쪽에서도 해방 직후의 일제협력자, 민족반역자 추적의 열기가 고조되는 가운데, 공공연히 돌아다니는 것은 위험했다. 그는 전국에서 사람이 모여드는 서울을 피해서, 과거의 부하를 연줄로 삼아 지방 산촌에서 은신생활을 계속했다. 미군의 상륙. 이승만의 미국으로부터의 귀환. 좌우의 격돌, 좌익에 대한 대탄압, 멸공입국이 유일한 대의명분이 된 시대가 도래했다. 남한은 해방 후 1년이 지나지 않은 사이에 파시즘이 판을 치는 무법천지, 테러 사회로 변모하는 역사의 배반이 일어났다. 그리고 '빨갱이' 사냥, 반공 투쟁의 조직화, 반공국시의 확립, 그 주역, 선봉대로서의 서북청년회의 결성(1946년 12월)…… 일제강점기의 고등경찰계에서 공산주의자 적발에 수완을 발휘하던 다카키를 받아들일 토양이 점차 굳어지고 있었고, 그는 남쪽으로 도망친 지 1년이 지나지 않아 다시 경찰로 복귀할 수 있었던 것이다. 과거의 다카키 경부보가 서울의 공안경찰이 돼 있다는 이야기는 당시에도 듣고 있었지만, 그가 어느새 '서북'의 최고지도자의 한 사람으로서, 일제강점기의 망령에게 숨을 불어넣는 존재가 되어 나타났던 것이다.

"제가 왕년의 다카키라서 놀라신 모양이군요. 그렇지만 그건 옛날 일입니다. 다카키 경부보는 이 세상에 존재하지 않습니다."

"깜짝 놀라기는 했습니다만, 그러나 여기에서 만나게 되리라고는 생각지도 못했습니다."

다카키 경부보, 고영상 서북청년회 중앙총본부 사무국장, 머지않아 회장이 될 남자다. 이방근은 새하얀 비단의 여유로운 민족의상을 걸친 평범한 체격의 남자가 커피 잔을 들고 있는 손가락에서 빛나고 있는 네모난 금반지를 보았다. 인감을 새긴 것이었다. 결사, 멸공, 반공,

완전타도……. 비스듬히 오른쪽으로 놓인 데스크의 뒷면에 붙어 있는, 호화로운 장식품으로 치장된 방의 분위기에 어울리지 않는 구호의 한 문장 한 구절의 필적이 살기를 띠고 일어날 것 같은 기분이 들었다. 구호는 단순한 문자의 나열이 아니었다. 많은 말이 필요 없었다. '서북' 제주지부에서와 같이, 조금 우스꽝스럽게 말을 많이 할 필요는 없었다. 그러고 보면, 제주지부 부회장인 마완도도 과거에 북한의 함흥경찰서에서 '특고'를 역임한 남자였다.

"이렇게 서로 간에 마주하고 있는 것도 인연이라고 해야 할 것입니다. 제가 북쪽의 고향을 버렸기 때문에 생긴 인연이군요. 우리는 고향이 그리워 미쳐 있습니다. 이 선생은 그 기분을 알 수 있습니까. 음, 고향을 남쪽에 두고 있는 인간은 모를 겁니다. 우리는 실향자, 저는 고향의 땅을 공산주의자의 학정 아래 남겨 두고 온 이북 출신자 중 한 사람입니다. 저는 고향을 그리워하고, 부모형제를 생각하며 눈물을 흘리고, 언젠가는 반드시 공산독재 지배로부터 조국의 북쪽 땅을 탈환하여, 자유사회 건설에 생명을 바치는 전투적 애국청년을 맡고 있는 사람입니다. 우리는 실향자이기 때문에, 돌아갈 수도 없는 고향에 강렬하게 이끌리고, 그리고 강렬하게 사랑합니다. 이남의 여러분이 고향 땅을 사랑하는 이상으로 말입니다……. 아핫하, 이야기할까요. 아니 아니오, 이건 역시 괴로운 일, 너무 괴로운 일입니다. 장남은 열한 살…… 살아 있는지 어떤지 모르겠지만, 그만 둡시다. 그런 것이지요. 흠, 바다 건너 먼 제주에서 여행을 온 이 선생을 만나니, 저는 고향이 생각나, 아무래도 감상적이 된 모양입니다……." 고영상은 다리를 꼬았다. 오른쪽 바지 자락을 댓님으로 묶은 발목 주위를 왼쪽 무릎에 올린, 구두가 통째로 보이는 건방진 태도로 담배 연기를 내뿜었다. 그 얼굴에 감상적인 기색은 조금도 없었다. 그는 가만히 이방근을 들여다보듯이 말했다. "황동성은 부동산 사기 사건으로 경찰에 체포되었습니다만, 우리는 그가 공산당이라는 것을 알고 있습니다(이방근은 드디어 상대의 입에서 튀어나온 황동성이라는 이름의 날카로운 돌멩이에 조용히 무반응으로 인내했다. 지금은 함부로 도발적인 부정을 하는 것은 좋지 않다고 직감한 것이다. 사기? 정말인가, 도대체 38선 월경은 어떻게 된 건가. 38선에서 잡힌 게 아니란 말인가. 자아, 빨리 말해 봐, 이 순간이여 빨리 지나가라. 이방근은 다리를 꼬고 담배를 천천히 피우면서 잠시 숨을 죽이고, 상대의 시선을 그검게 빛나는 동공의 한 점에 되돌렸다). ……그 남자는, 그 남자는 분명히 남로당원입니다. 나는 이 선생이 황동성 같은 사람과 만나지 않는 게 좋다고 충고하고 싶습니다……."

"그 황동성이라는 게 누굽니까?" 이방근은 순간적으로 부정했다. 역시 잠자코 있을 수는 없었다. "아까부터 황동성의 이야기가 나오고 있습니다만, 그런 남자는 모릅니다."

"그렇습니까? 이 선생은 모릅니까, 만나지도 않았고? 호오." 고영상은 날카롭게 혀를 차더니 담배를 재떨이에 비틀어 껐다. "이 선생, 모처럼 여기까지 와서, 그렇게 해서는 재미없습니다. 나는 당신을 생각해서 충고하고 있는 데도 말이오, 여기는 경찰서와는 다릅니다. 당신은 사기 사건과도 관계가 없고. 으―음, 특별히 이 선생을 용의자 취급을 하려는 것도 아니고, 그렇지 않습니까. 황동성은 정계에 상당한 배경이 있는 것 같으니, 사기 혐의 정도로는 금방 풀려나오겠지만, 그러나 공산당으로서 눈에 띄는 행동을 하면 우리는 가만히 있지 않을 겁니다. 나는 그와 같은 남자와는 만나지 않는 편이 자신을 위해 좋다고 생각하는데, 황동성을 모른단 말입니까? 정말로……, 음."

"모릅니다."

이방근은 볼에 심한 경련이 일어나는 것을 느꼈다.

"모른다? 흥." 고영상이 테이블에 오른손을 뻗어 주먹을 쾅 하고 내려놓더니, 도전해 오듯이 양 어깨가 솟아올랐다. "이 선생은 최고의 인텔리라고 듣고 있는데, 정직하지 않은 것 같군요. 시치미를 떼는 것은 좋지 않아요. 끝까지 잡아뗄 수 있다고 생각하는 겁니까. '서북'이 어떤 것인지, 아직 맛을 보지 못한 모양이군요. 나는 서로 결렬하는 것이 싫어서 참고 있는데, 멀리에서 온 손님을 맞이한 예의로써 참고 있다는 것을 알아주기 바랍니다……." 고영상은 테이블을 두드리며 일어섰다. 이방근은 가슴이 철렁하며 순간적으로 몸을 사리듯 자세를 잡고 문 쪽을 바라보았다. 옆방에서 경호원들이 들이닥칠지도 모른다고 생각한 것이다. 그러나 여기에서 폭력적인 저항이 가능할 리가 없었다. 고영상은 분명히 참고 있는 듯이 거친 숨을 몰아쉬며 실내를 걷기 시작했다. 이방근은 고영상이 자리에서 일어나 한시름 놓고 있었지만, 상대의 입에서 계속해서 황동성의 이름이 튀어나오지 않길 바랐다. 그의 마음은 한순간 주눅이 들었다. 불필요한 일을 해서는 안 된다. 사소한 일이 그의 폭력에 불을 댕길 수 있다. 옆방에서 대기하고 있는 사냥개들을 풀어 놓는다면 반죽음이 되지 않는다고 장담할 수도 없었다.

"이 선생, 보통 때 같았으면, 당신은 이미 그 자리에 앉아 있지 않았을 거요. 거기에 없을 겁니다. 그런데 나는 당신에 대해서 '서북' 제주지부로부터 보고를 받고 있기 때문에 잘 알고 있습니다. 제주지부 함병호 회장으로부터, 그는 일전에 중앙총본부에 왔다가 돌아간 참인데, 이방근 씨가 탁월한 반공이론가라는 말을 들었습니다. 나는 여기에서 다시 한 번 사의를 표하고 싶을 정도인데, 서북청년회 제주지부에 대한 십만 원의 애국기금은 보통의 금액이 아닙니다. 아니, 나는 여기에서 사의를 표하고 싶습니다('서북'과의 폭력 사태로 화해하는 대신에

낸 십만 원의 기부가, 중앙본부에는 폭력 사태라는 내용은 빠지고 애국기금으로만 보고된 모양이었다. 고영상은 뒷짐을 진 채 계속 걸었다). 그런 사람이 무슨 이유인지는 모르겠지만, 황동성을 만난다는 것은 이상한 일입니다. 그 일을 말하고 있는 것인데, 이 선생, 당신은 이중인격자가 아닙니까. 아니 그렇다면, 황동성이라는 남자를 모른다면 모르는 것으로 합시다. 여기는 수사기관이 아닙니다. 나의 목적을 아셨을 테니, 서로 간에 서먹서먹한 이야기는 그만두기로 합시다. 음, 화제를 바꿉시다. 이 선생의 고향인 제주도에서 일어난 공산주의자들의 폭동은 어떻습니까. 아니면, 이 선생은 동향인이기 때문에 빨갱이들에게 동정적인가요. 제주도를 포함한 이남 땅이 빨갱이들에게 빼앗기는 것을 잠자코 보고 있을 수만은 없습니다. 우리 '서북'은 이북 땅을 빨갱이에게 빼앗겨 깊은 슬픔과 분노에 불타고 있습니다. 따라서 우리 서북청년회의 반공 투쟁에는 철두철미, 고지(故地) 회복의 신조가 관통하고 있습니다. 나는 일제시대부터 고등경찰로서 공산주의자들과 많이 접촉해 왔지만, 그들은 이상한 인종으로서 주의라든가 사상이라는 관념 앞에서는, 피와 살을 가진 인간이라는 것을 잊어버리고 맙니다. 흐음, 고문 앞에서는 인간이 되지요. 비명을 지릅니다, 솔직히. 그들은 부모도 처자식도 희생하는 냉혈동물로서, 스스로는 유물론 어쩌고 하는 주장을 하지만, 그 생각은 지극히 관념적인 것으로, 실제로는 있지도 않은, 본 적도 없는 관념을 위해 살아 있는 현실을 부정하거나 합니다. 그들은 구체적으로 사물을 직시하려 하지 않고, 종교처럼 믿으려고 합니다. 교조적이라는 겁니다. 하하핫, 주의라든가 사상이라든가 하는 것에 날개가 돋아나 날고 있는 듯한 거나 마찬가지라고 할 수 있습니다. 남쪽의 공산주의자들은 이북의 현실을 실제로는 알지 못합니다. 공산주의의 본질이 얼마나 무서운지 알지 못하는 자들이, 그저 머릿속에서만 북을 이상사회라고 예찬하고, 남쪽의 공산화를 꾀하고 있기 때문에, 이것은 우리 조국을 멸망시키려는 책동 이외에 아무것도 아닙니다. 이 선생, 우리 서북청년회가 누굴 위해 목숨을 걸고 싸우고 있다고 생각합니까? 무엇 때문에 바다 건너 제주도 끝까지 가서 목숨을 걸고 싸우고 있다고 생각합니까. 공산주의 완전타도, 자유조국 건설, 그리고 남북통일, 우리 서북청년회의 지도 이념은 이 한마디로 압축됩니다……."

말없이 담배만 피우고 있던 이방근은 손목시계를 들여다보았다. 그 동작을 고영상이 보았다. 이제 슬슬 다섯 시가 다 돼 간다. 고영상은 자신이 일찍이 고등경찰이었다고 당당히 말했는데, 그 과거 경력이 현재의 반공 투쟁에서 얼마나 귀중한 무기가 되고 있는지를 명분으로 내세우고 있을 뿐만 아니라, 반공이라는 국시에 충실한 애국자로서의 자부심까지 드러내고 있었다. 과거에 조국과 민족을 팔아먹은 앞잡이들의 피로 얼룩진 반공이, '민족주의'라는 의상을 걸치게 됨으로써, '자유주의'의 건설, '자유조국'의 건설에 강력한 지렛대가 되고 있다는 점에, 이 사회의 이 나라의 가장 깊은 타락과 병의 근원이 있었다. 타락을 뛰어넘는 것이었다. 다섯 시가 다 되었지만 이야기는 끝나지 않았다. 무슨 이야기가 있는지는 모르겠지만, 이야기가 끝난 느낌은 아니었다. 황동성의 이름을 들먹인 것은 분명히 간접적인 협박의 의도가 있었던 것은 분명하지만, 그 일로 입씨름을 할 상황은 아니었다. 시간이 다가오고 있으니, 적당히 이야기를 끝내고 이 자리를 빨리 떠나는 것보다 나은 일은 없을 것이다. 고영상은 이야기를 중단하더니, 소파로 돌아와 담배에 불을 붙였다. 말을 많이 해서 분노의 감정이 수그러든 것일까. '서북'치고는 신사적이라고 하지 않을 수 없다. 십만 원의 '애국기금'이 이런 곳에서 도움이 된다는 것은 얄궂은 일이다.

"내가 너무 말을 많이 했나. 벌써 다섯 시군."

잠시 후 고영상은 앞으로도 제주도 '서북'의 애국사업에 더 많은 이해와 협력을 부탁한다. 조만간 제주지부 함병호 회장이 방문하겠지만, 잘 부탁한다며 자리에서 일어나 악수를 청했다. 벽에 걸린 네모난 전기시계가 다섯 시 10분을 가리키고 있었다. 이방근은 손의 혈관이 격렬하게 역류하는 것을 의식하면서 가볍게 악수에 응했다. 의외로 부드러운 감촉의 작은 손이었다. 핫하아, 악수 같은 형식적인 인사는 그만둡시다, 라고 이 자리에서 말하기는 어려울 것이다. 말할 필요도 없었다. 손, 손……. 그리고 악수에 응한 손. 협력을 부탁한다, 이 아무렇지도 않은 말이, 오늘 이야기의 핵심일 것이다. 이방근은 제주경찰 정세용 경무계장으로부터 전화가 있었던 '서북' 제주지부 회장의 회식 권유를 거절했던 일을 생각해 냈다. 아무렇지도 않은 인사를 빙자한 협력의 요청, 황동성의 이름에 결부시킨 간접적인 협박, '갈취'였고, 황동성은 그 협박 재료인 것이다. '서북'은 특히 이북 출신의 자본가나 부자들을 직접 찾아가 '갈취'하는, 즉 협박해서 돈을 뜯어내곤했다. 처음에는 반공 투쟁의 최전선에서 싸우는 우리 '서북'인데 활동자금이 부족하니……라며 기금을 요청하지만, 적은 금액으로는 물러나지 않았다. 상대가 응하지 않을 경우에는 단도를 들이대고서라도 '갈취'한다. ……선생, 우리가 누구를 위해 목숨을 걸고 이런 일을 하고 있다고 생각하시오. 잘 들으시오, 공산당에게 먹혔다가는 그걸로 끝장, 선생이나 우리나 모두 끝장이라는 것을 알아야 할 것이오……. 이승만이 '서북'에게 금일봉을 전달하고, 수도경찰청 총감이 반공 투쟁의 노고를 치하하며 은밀히 '서북'에게 금일봉을 보내는 세태니까, '서북'의 기금 요청, 그리고 결국에는 손을 뻗치는 '갈취' 앞에서는 응하지 않을 수 없었다. 이방근에 대한 아무렇지도 않은 듯한 협력 요청은, 완곡하게 부담을 지우는 '갈취'의 한 방법일 것이다.

　고영상은 이방근을 문 앞까지 전송했다. 어느 틈에 다시 나타난 이봉수가 이방근을 뜰에서 대기하고 있는 승용차로 안내했다. 현관 앞으로 남자들이 나와 있었다. 커피를 가져다준 왠지 이상한 느낌의 아름다운 여인의 모습은 보이지 않았다. 주변의 공기가 마치 화재 현장의 반사라도 되는 것처럼 붉게 물들어 있었다. 저녁노을이었다. 자색빛을 머금은 새빨간 구름의 무리가 여러 개로 쪼개졌다 연결되면서 거대한 불꽃의 웅덩이처럼 서쪽 하늘을 붉게 칠하고 있었다. 이방근은 자신의 얼굴과 손이 석양에 붉게 물들어 가는 것을 의식했다. 그는 붉은 손을 보았다. 주변은 인간도 자동차도 건물도 정원의 꽃들도, 물속에 있는 것처럼 짙은 빨강의 베일을 뒤집어쓰고 있었다. 왜, 커다란 분노가 하늘을 태우는 불기둥이 되어 이 몸을 꿰뚫고 나가 불타오르지 않는 것일까. 어디선가 트럼펫이 울리고 있었다. 꽤 멀었지만 분명히 그 긴장된 울림이 석양의 공기를 흔들며 들려왔다. 아무래도 뒷산 쪽, 남산의 중턱 부근인 모양이다. 서울 시내를 내려다보며 힘껏 불어 연습하고 있는 것은, 학생이나 악단의 단원일지도 모른다. 트럼펫이여, 남산의 숲에 메아리치며 울려 퍼져라……. 중년의 운전수가 일부러 뒷좌석의 문을 열고 차 밖에서 대기하고 있었다. 귀빈 취급을 하겠다는 것인가.

　이봉수는 조수석에 탔다. 이방근을 태운 승용차는 천천히 뜰에서 문밖으로 나와, 한 시간쯤 전에 왔던 언덕길을 내려가기 시작했다. 차는 약속대로 안국동으로 갈 것이다. 이방근은 등에 식은땀이 단번에 솟아나는 것을 느꼈다. 스스로도 놀랐지만, 흠뻑 젖은 와이셔츠가 차갑게 피부에 들러붙는 땀이었다.

제12장

1

이방근은 목포에서 야간 화물선을 타고 대체로 예정된 계획과 큰 차이 없이 제주에 돌아올 수가 있었다. 승객은 모두 일반인이 아니라 뭔가 증명서를 지니고 있어서, 그런 면에서는 몇 명 섞여 있는 여자 승객들도 오히려 배편 여행의 안전이 보장되고 있었다.

성내의 축항에 도착한 것은 오전 열한 시 전이었는데, 부두의 동쪽 끝에 빈 수송함이 계류되어 있었다. 아마도 증원경찰대의 수송에 사용되었음에 틀림없었다. 축항의 방파제 근처에 접어든 배 위에서 보이는 알코올 공장의 넓은 부지에 이전에는 없었던 이상한 느낌을 주는 텐트가 몇 개나 쳐져 있는 게 눈에 띄었다. 아무래도 그곳이 상륙한 경찰대의 주둔 장소의 하나인 모양이었다. 검은 제복의 집단이 움직이고 있었다. 천 7백 명의 경찰대 파견은 지금도 각 도 단위로 계속되고 있을 것이었다. 그 안에서 5백 명의 '서북'이 각각 배분되었다. 백주의 해상에서 바라보는 성내 거리의 전체 모습에는 4·3봉기 당일의 동란권 바깥에 있는 듯한 평온한 가면은 더 이상 느껴지지 않았다. 그것은 어디까지나 성내에 있는 이방근의 의식 속에 있는 거리 감각이었다. 그 성내 거리에 금이 가고, 우체국에서의 삐라 살포에 실패한 학생의 머리가 곤봉으로 선혈과 함께 깨진 것처럼 갈라진 곳이 벌어져, 그곳에서 불이 뿜어져 나오기 시작한 것이다. 아니, 이미 금은 가 있었다. 김동진의 입산……. 게릴라 한 사람의 탄생이라고 양준오가 말했었다. 우체국의 유리문 안에 동료를 두고 도망친 학생이 찾아갈지도 모르는 제2, 제3의 게릴라의 탄생……. 거리를 행진하는 경찰대. 이미 상당한 인원이 상륙해 있을 것이다.

이미 해는 높이 떠 있었고, 이방근은 서울의 흙먼지 날리는 거리를 떠나 아름다운 햇살 속에서 코트를 벗어 손에 들고, 산지천의 냇가를 따라 집을 향해 걸었다. 파란 잎이 무성한 냇가의 버드나무 가로수가 부드러운 해풍에 흔들리고, 냇물의 잔물결에 녹색의 그림자를 드리우고 있었다. 서울 이상으로 섬에도 봄이 한창이었다. 목욕이라도 하고 한숨 자야겠다. 특별히 한 일도 없이 그냥 여행을 했을 뿐인 열흘 동안이었지만, 출발 전날 서북청년회에서 생긴 일이, 갑자기 서울의 체재를 바쁘게 만든 것 같은 인상을 주었다. 행상인 박의, 아니 부동산업자 황동성의 체포(38도선을 월경하다가 잡혔는지, 사기 사건으로 잡혔는지, 아니 체포 그 자체가 사실인지 아닌지 이방근은 의심스러웠다). 아니, 그것보다도 '서북' 중앙총본부 사무국장 고영상이 일찍이 수완을 발휘하던 '특고' 다카키 경부였다는 것이, 그리고 그, 추상화 같은 꽃모양을 수놓은 옅은 팥죽색 양장을 한 이상한 느낌의, 석녀 같은 느낌을 주던 아름다운 여인. 불꽃 같은 색으로 하늘을 불태우던 석양과 트럼펫 소리.

거리는 16일의 입후보 마감으로 선거활동이 활발해진 것 같았지만, 그러나 여기저기 눈에 띄는 입후보자의 포스터는 모두 무참하게 뜯겨져 있어서, 아무런 쓸모가 없었다. 이방근은 사람 눈을 의식하며 도중에 만난 몇 명인가의 지인과 인사를 나누며 돌아왔다. 그런데 집의 쪽문이 잠겨 있어서 열리지 않았다. 초인종을 눌러도 반응이 없었다. 순간 이상하다고 생각했으나, 자물쇠가 밖에서 걸려 있는 것을 보니 아무도 없는 모양이었다. 판자문 너머로 텅 빈 느낌을 주는 안뜰과 넓은 건물이 빈 공간이라는 느낌이 전해져 왔다. 지금껏 없었던 일이다. 지금 이 큰 집이 텅 비어 있고, 한 사람의 기척도 없는 것이다. 새끼 고양이 흰둥이의 울음소리도 들리지 않았다.

이 섬은 옛날부터 삼다도(바람, 돌, 여자가 많다고 해서)라 불리고, 또

삼무도라고도 불렸다. 그것은 도둑이 없다, 거지가 없다, 그리고 문이 없다. 문이 없다는 것은 도둑이 없어서 문단속, 이른바 자물쇠를 채울 필요가 없다는 말에서 유래된 것이었다. 지금도 섬사람들은 특히 농촌에서는 문단속에 거의 관심이 없었다. 선옥은 어디로 나갔는지 알 수 없었지만, 아마도 멀리 가지는 않았을 것이다. 이방근은 자신의 집에 들어가지 못하고 한동안 목각인형처럼 우뚝 서 있었다. 핫, 핫하아, 그렇지, 부엌이가 없구만. 목욕을 하고 한숨을 자겠다니……. 도대체 지금 바로 누가 장작을 지펴서 목욕물을 데운단 말인가.

여행을 갔다가 집을 비운 지인 댁을 찾았을 때의 조금 어색하게 허탕을 친 이방근은 자기 집 앞에서 발길을 돌려 관덕정 광장에 있는 우체국으로 향했다. 근처에 사는 고네할망이 아직도 집안일을 거들고 있는지도 모르지만, 거기에 들르고 싶은 기분은 들지 않았다. 할 일 없는 작자들이 모여 있는 다방에도 갈 마음이 나지 않았다. 명선관에라도 갈까 생각했지만, 여행에서 돌아온 당일의 백주 대낮부터 사람 눈에 띈다면 이것도 달가운 일이 아니다. 먼저 공중전화로 아버지에게 전화를 거는 게 좋을 것이다. 식산은행은 광장을 사이에 두고 우체국 맞은 편에 있었고, 남해자동차도 관덕정 바로 옆이었기 때문에, 직접 아버지를 찾아가면 될 것도 같았지만, 그는 일단 전화를 걸기로 했다.

이방근은 우체국 창문 너머로 맞은편 식산은행 건물의 2층 창문을 바라보면서 전화를 걸었다. 아버지는 그 옅은 커튼이 쳐져 있는 이사장실에 있었다. 이방근은 여행에서 돌아온 인사를 하고 나서(자물쇠가 채워져 있지 않아 그대로 집에 들어갔다면, 전화 따위는 하지 않았을 것이다), 집에 갔더니 자물쇠가 채워져 있어서, 라고 말했다. 자물쇠가 채워져 있어서 집에 들어가지 못했다는 마지막 말은 이상하게 입에서 나오지 않았다.

"지금 어디냐?"

"맞은편 우체국입니다."

"뭐, 맞은편 우체국이라고, 창문을 열면 얼굴이 보이는 곳이야. 왜 여기로 오지 않는 거냐."

"아버지도 일하고 계시고, 여행에서 돌아오는 길에 가방을 들고 찾아가는 것도 이상하지 않습니까. 게다가 안 계실지도 몰라서요."

"여행에서 돌아오는 길에 아버지한테 들르는 게 뭐가 이상하단 말이냐……."

아버지 이태수는 그 이상 아들을 추궁하지 않았다. 아버지의 말투는 퉁명스럽기는 했지만, 가시는 없었다. 결코 기분이 나쁜 것은 아니었다. 아버지는 계속해서, 너에 대해서는 양준오로부터 들었다. 선옥은 일이 있어서 아침부터 나갔는데, 네가 오늘 돌아오는 것을 알고 있었기 때문에 열쇠는 고네할망에게 맡겨 두었을 거라고 말했다.

"어머니는 건강해지셨나요?"

"음, 묘한 일이지만, 건강해졌다."

"그런데 제가 오늘 돌아오는 것을 어떻게 아셨어요?"

이방근은 서늘한 것이 등줄기를 타고 내려가는 것을 느끼며 말했다.

"그저께 일요일에 이쪽에서 전화를 했었다. 그랬더니 아침에 출발했다고 하더라……."

"전화?" 이방근은 왠지 이유도 없이 움찔하면서 되물었다. "무엇 때문에 일부러 서울까지 전화를 하신 겁니까?"

"건수에게 용무가 있었기 때문이야. 게다가 네가 돌아오는 것도 늦어지고 해서……."

네가 돌아오는 것이 늦어져서……. 지금까지 없었던 아버지의 말투였다.

"네가 돌아오는 것이 늦어져서라니요……, 어린애도 아니고, 도대체 무슨 일이십니까. 뭔가 급한 일이라도 생겼습니까……."

찾아온 손님이 있는 듯, 아버지는 한두 마디 더 이야기하고는 전화를 끊었다. 이건수에게 볼일이 있어 전화를 했다가도 반드시 여동생을 전화로 불러내는 아버지였는데, 설마 유원에게 부엌이의 일을 말하지는 않았겠지……. 이방근은 옆에 있는 카운터에 작은 보스턴백과 코트를 놓은 채 담배에 불을 붙이면서, 정세용 경무계장에게 김동진의 아버지 건으로 전화를 걸어 볼까 하다가 그만두었다. 이미 석방되었는지, 아직 유치 중인지. '서북'에의 '애국기금' 일만 원으로 해결된 것인지, 더 보탤 필요가 있는 것인지……. 지금부터 경찰서로 직접 찾아가는 것은 본인의 사정도 있을 것이고 좋지 않았다. 또 공중전화로 할 이야기도 아니었다. 우선 집에 돌아가서 하기로 하자. 양준오에게도 돌아왔다는 것을 알리지 않으면 안 된다. 만날 사람이 많은 느낌이다.

우체국을 나와 돌계단을 내려간 이방근은 오른쪽으로 경찰들이 대열을 맞추어 드나들고 있는 돌문 근처의 소란스런 분위기에 이끌려 가 보았다. 일단 광장을 한 바퀴 돌아 집으로 갈 요량으로 돌문 안쪽을 들여다보자, 2백 명은 됨직한 무장 경찰들이, 도청의 정문으로 곧장 통하는 벚꽃 가로수 통로만을 남기고, 대부분의 구내를 새까맣게 메운 채 웅성거리고 있었다. 아마도 좀 전에 축항에서 본 수송선에서 오늘 아침에 나온 파견 경찰대의 일부로, 각각의 주둔 장소에 배치될 것이었다. 말이나 생활습관이 상당히 다른 섬 출신이 아닌 외래 경찰들의 도래였다. '멸치도 생선이냐, 제주도 것들이 인간이냐'라고 거드름을 피우는 본토 출신 경찰들이 속속 도착하고 있었다.

이방근은 다시 C길의 사람 통행이 보이는 우체국 주변으로 돌아왔다. 그리고 집으로 곧장 돌아가기 위해 북국민학교 쪽의 길로 들어가려고 할 때, 뒤에서 누군가 부르는 소리와 함께 쫓아오는 큰 발자국 소리가 가까이서 들렸다.

"아이고, 선배님, 이 선배님, 안녕하세요⋯⋯. 겨우 만났네요."

쫓아와 이방근 옆에 선 술 냄새를 풍기는 검게 그을린 청년은 남방에서 돌아온 한대용이었다. 언젠가 최상화의 집에서 돌아오는 길에 북신작로의 옥류정에서 나온 그의 뒤를 잠시 따라간 적이 있었는데, 그때와 마찬가지로 새로 장만한 말쑥한 갈색 계통의 모직 양복을 걸친 위에 넥타이까지 똑바로 매고 있었다. 구두를 보자, 이 또한 깨끗하게 닦아서 검게 빛나고 있었다. 그러나 상의 포켓에 가장자리를 수놓은 색깔 있는 손수건을 끼워 넣은 것도 아니고, 최용학처럼 건들거리지도 않는 것이 호감을 갖게 만들었다. 오히려 토속적인 구석이 있었다. 새로 맞춘 양복 한 벌도 7, 8년 만에 남방에서 살아 돌아온 아들을 위해 부모가 장만해 준 것이었다.

"아, 한 동무군요⋯⋯."

이방근은 귀찮은 친구를 만났다는 생각을 하면서 말했다.

"이 선배님, 오랜만입니다. 지금 돌아오시는 길입니까. 선배님이 돌아오시는 게 늦어져서 말이죠, 저는 걱정하고 있었습니다. 해상봉쇄로 연락선은 끊기고, 어쨌든 선배님이라면 어떻게든 돌아오실 거라고 생각하고 있었습니다만⋯⋯."

한대용은 숱이 많은 검은 머리에 손가락을 넣어 뒤로 쓸어 넘기며 말했다.

돌아오는 게 늦어져서⋯⋯. 뭐야, 이건 조금 전에 아버지와 똑같은 말을 하고 있군. 게다가 백주에 노상에서 해상봉쇄 운운하다니⋯⋯. 너무 목소리가 컸다. 남방에서 돌아와 아직 제정신을 차리지 못한 것은 아닐까.

"한 동무는 어떻게 내가 여행 중이라는 것을 알고 있었습니까?"

이방근은 걸으면서 말했다.

"저는 3, 4일 전에 댁으로 찾아갔었습니다만, 안 계셔서 실망했습니다. 언젠가, 벌써 두 달 전쯤에 그쪽 C길의 선술집에서 만났을 때, 그때는 제가 남방에서 돌아온 뒤 처음 만났습니다만, 그때 꼭 찾아뵙겠다고 말하고 가지 못하고 있었습니다만, 이번에 찾아갔더니 안 계셨어요. 어제도 댁에 갔었습니다만, 이 선배님은 안 계시더군요."

이방근은 말없이 계속 걸었다.

"지금부터 어디로 가십니까? 선배님."

"집에 가는 중입니다. 여행으로 지쳐서 말이죠. 빨리 돌아가서 한숨 자고 싶군요."

"어떻습니까, 제가 알고 있는 요릿집에 가서 간단하게 한잔 쭉 하고 나서 주무시면 어떻겠습니까……."

"아니, 오늘은 안 되겠어요. 다음 기회에 합시다. 그럼, 나는 이만 실례할 테니."

이방근은 멈춰 서서 말했다. 두 사람은 북국민학교 앞을 오른쪽으로 돌아 북신작로 쪽으로 들어가, 학교의 외곽을 왼쪽으로 도는 곳까지 와 있었다. 한대용은 곁을 떠날 기색을 조금도 보이지 않았다.

"이 선배님, 저는 어제도 댁을 찾아갔습니다만, 안 계셨기 때문에, 저는 선배님에게 드리고 싶은 말씀이 있어서 말이죠, 그래서 꼭 좀 후배의 상담에 응해 주셨으면 하는데요, 잠시라도 좋으니, 선배님, 저와 말씀 좀 나눠 주시겠습니까. 부탁드립니다."

한대용은 가볍게 머리를 숙이며 치켜뜬 눈으로 이방근을 보았다. 그러나 남방의 전쟁터를 뚫고 살아 돌아온 남자의 시커멓게 탄 납작코의 괴이한 용모 안에서 빛나는 그 눈빛은 진지했다. 이방근은 우뚝 선 채 마땅한 대답을 찾지 못하고 있었다. 술을 좋아하는 이방근으로서도 대낮부터 열지도 않은 요정에 뒷문으로 들어가 술을 마실 기분은 나지 않았다. 그러나 충혈된 눈으로 대낮에 알코올 냄새를 풍기는 한대용에게 특별한 혐오감은 없었다. 그것은 과거의 자신 정도는 아니라 할지라도, 술에 빠진 남자의 얼빠진 상태, 게으른 상태에 대한 이방근의 상상력은 남에 뒤지지 않았기 때문이다.

"잠시만 같이 있어 주십시오, 선배님. 술을 원치 않으시면 커피라도 한잔 드시지 않겠습니까."

상대의 요구를 거절할 수는 없었다. 이방근은 그럼, 우리 집에라도 함께 갈까요, 라는 상대가 상상도 하지 못한 말을 하여 한대용을 기쁘게 했던 것이다.

두 사람은 나란히 이방근의 집으로 향했다.

집 앞까지 온 이방근은 손님을 기다리게 해 놓고 몇 집 건너에 있는 고네할망에게 열쇠를 받으러 갔다. 돌담에 둘러싸인 보통의 초가집이었다.

고네할망은 집에 있었다. 그녀는 연락선이 끊겼는데도 용케도 돌아왔다. 역시 자네는 보통사람이 아니라며 상냥하게 이방근을 맞이했다. 그리고 자신의 볼일은 끝났다며 이방근과 함께 걸어오는 길에, 부엌이가 건강하게 시골로 돌아갔다는 것, 이방근의 부친이 여러 모로 마음을 써 주었다는 것까지 이야기했다. 아직 부엌이 대신 일할 사람이 오지 않아서 고네할망이 계속 거들고 있다는 것이었다. 부엌이의 검은 치마 속으로 쏙 들어갈 것 같은 작은 체구의 할망은 쪽문 앞에 서자, 허리에 찬 보라색 비단 염낭에서 열쇠를 꺼내 등을 구부리고 열쇠구멍에 꽂았다.

자신의 서재에 돌아온 이방근은 할망에게 목욕물을 데워 달라고 할 수도 없었기 때문에, 손님을 기다리게 해 놓고 목욕간으로 가서 물로 몸을 닦고 나왔다. 점퍼로 갈아입은 그는 응접실에서 경찰서의 정세용 경무계장에게 전화를 걸었는데, 김 훈장은 이미 석방되었다고 하였다. 그러나 자네의 부탁도 있고 해서 그러한 사정은 일절 이야기하지 않았다고 말했다. 그러면 된 것이다. 이방근은 고마움을 표시했다. 약속한 일만 원에다 더 보태 달라는 요구가 있을지도 모른다고 생각했지만 그러한 요구는 없었던 모양이다. '서북' 제주지부 함병호 회장의 회식 요청을 거절할 수 없게 되었다고 생각하면서, 내일이라도 '애국기금'을 준비하겠다고 말하고 전화를 끊었다.

"그런데, 고네할망, 새끼 고양이는 어떻게 된 건가요. 고양이가 없는 것 같은데."

이방근은 맥주와 김치, 그 밖에 안주가 될 만한 것을 가져온 할망에게 말했다. 분명히 울음소리도 목걸이의 방울 소리도 들리지 않고 모습도 보이지 않았지만, 그렇다고 고양이가 없다고는 단정할 수 없었다. 어딘가 양지바른 곳에서 잠들어 있을지도 모르는 일이고, 그것을 찾으러 다닌 것은 아니지만, 이웃집 할망이 일을 거들어 주러 온 이 집의, 텅 비어 메아리라도 울릴 것 같은 분위기 속에서 새끼 고양이의 기척은 느낄 수 없었다.

"아아, 새끼 고양이는 부엌이가 데리고 갔어, 이상한 일도 다 있지, 틀림없이 무슨 계시가 있는 모양이야. 새끼 고양이는 사정을 잘 알고 있는지, 가엽게도 슬프게 울며 부엌이 곁을 떠나지 않더라구. 부엌이도 고양이를 안고 우는 바람에 나까지 울고 말았지. 그래서 부엌이는 고양이를 자루에 넣어 데리고 갔어. 자루에 넣었더니, 거기가 어두우니까, 더욱 울어 댔지만……. 나는 많은 것을 해 줄 수는 없었지만, 부엌이에게 전별금을 조금 주었어. 부엌이는 좋은 여자였거든……."

"자루……? 부엌이가 고양이를 자루에 넣어서……."

"고양이는 개와 달라서, 그대로 안고 갈 수는 없어. 도중에 뭔가에 놀라기라도 하면 뛰어내려 어딘가로 도망쳐서 미아가 되고 만다구. 그래서 자루에 넣어 염낭처럼 입구를 묶어서 함께 데리고 갔어."

"그렇군요……." 이방근은 흰둥이가 부엌이와 함께 집을 나갔다고 생각하기 전에, 고양이를 운반하려면 자루가 필요하다는 사실과 그 지혜에 감탄하고 있었다. "그렇습니까……. 부엌이와 함께 있는 편이 흰둥이한테도 좋겠지요."

"선옥도 쓸쓸하지만 그편이 새끼 고양이를 위해서도 좋다, 어딜 가도 부엌이만큼 고양이를 보살펴 줄 수 있는 사람은 없을 거라고 했어. 부엌이가 유원이 맡긴 고양이라며 자꾸 신경을 썼지만, 선옥이, 유원은 서울에 있어서 고양이를 보살펴 줄 수 있는 것도 아니니 괜찮다고 하면서 함께 보냈지."

고네할망은 지금부터 밥을 지어 점심을 준비하겠다며 방을 나갔다. 이방근은 할망의 뒷모습을 바라보면서, 좀 전에 염낭에서 열쇠를 꺼내 등을 구부리고 쪽문을 열던 모습을 떠올렸다.

"자아, 한 동무. 맥주로 가볍게 합시다. 대낮부터 정종이나 소주로는 몸이 힘들 겁니다."

"선배님, 감사합니다."

두 사람은 팔을 뻗어 맥주를 따른 컵을 마주쳤다. 이방근은 차갑지 않아 거품이 이는 조금 쓴 맥주가 위로 떨어진 뒤의 자극을 목구멍에 의식하면서 한대용이 등지고 있는 밝은 안뜰을 바라보았다. 소리 없이 텅 빈 양달이었다. 이 집안 전체의 가라앉은 분위기 속에 생긴 양지의 구멍. 이 집에서 사라진 것은 부엌이 혼자만이 아니고, 새끼 고양이와 함께 두 사람인 듯한 느낌이 든다. 새끼 고양이는 가라앉은

이 집안 공기에 흐름을 만들어 주는 작은 도랑 같은 느낌이 든다…….
이방근은 내심 부엌이가 눌러앉기보다는 나가기를 바라고 있었지만,
부엌이는 고양이만이 아니라, 이 집안이 텅 빈 느낌이 들 만큼의 무언
가를 그 큰 몸에 빨아들인 다음 사라져 버린 것 같았다. 아니, 새끼
고양이는 작은 도랑 같은 존재가 아니다. 부엌이가 아니라, 새끼 고양
이가 부엌이를 데리고 사라진 것이다. 이방근은 희미하게 전율을 느
꼈다. 그는 무의식중에 움직인 손으로 컵을 들어 입술에 대고 맥주를
다 마셨다. 그리고 상대의 컵에 맥주를 따랐다.

"자아, 한 동무, 쭉 들이키세요. 그리고 이야기를 들어 봅시다. 좀
전에 무슨 이야기인지, 상담할 일이 있다고 말한 것 같은데."

"이 선배님……" 한대용은 담배에 불을 붙이고 말했다. "저는 오늘
선배님을 만나서 무척 기쁩니다. 저는 아까 상담하고 싶은 것이 있다
고 했는데, 선배님, 중요한 상담거리가 있습니다. 제 머리와 가슴은
여러 가지로 꽉 차 있어서 지금 무슨 이야기부터 꺼내야 좋을지 모르
겠습니다. 모르겠어요……, 저는 세상의 움직임이, 이 세상의 움직임
을 전혀 모르겠어요. 그저 목숨이 붙어 있다는 실감은 있습니다만,
장님이나 벙어리와 마찬가지로 알 수가 없습니다. 고향의 인간들은
자기 멋대로 생각하고 멋대로 행동하면서, 나 같은 인간은 상대를 하
지 않습니다. 일본의 우라시마 다로(浦島太郞, 일본 전설 속의 인물)처럼
돼서 돌아와 보니, 이게 무슨 일입니까. 누구나 할 것 없이 애국자뿐
이고, 저만 비애국자 취급을 하는 겁니다. ……이 선배님, 저는 선배
님에 대해서는 전부터 잘 알고 있습니다. 제가 일제 때 소학교에 입학
했을 때, 선배님은 육지에서 학교를 다니고 있었습니다만, 봉안전의
소변사건은 전통 있는 우리 모교의 자랑이었습니다. 큰 소리로 말할
수는 없었지만, 소곤소곤 그런 학생이 있었다고 들어 왔던 겁니다.

어린 마음에도 무서운 괴물 같은 인간이 있다는 생각을 했습니다. 국민학생이면서 유치장에 들어갔다면서요. 나중에 선배님이 사상 문제로 형무소에 들어갔다는 걸 알았습니다. 그러나 그때는 말이죠, 지금 이렇게 말하는 게 부끄럽습니다만, 당시에는 우리 모두가 일본 국민이었기 때문에, 저는 군속으로 지원을 했던 겁니다⋯⋯."

한대용은 피다 남은 담배를 재떨이에 올려놓고, 맥주를 마셨다. 얼굴이 검기 때문에 취기의 정도를 알 수는 없었지만, 쌍꺼풀로 크게 빛나는 눈도 목소리도 촉촉이 젖어 있었다.

"남방으로 간 것은 언제입니까?"

"⋯⋯1942년 8월로 또렷이 기억하고 있지요. 8월 19일 밤에 부산항을 출발해서 약 한 달 뒤에 우리는 자바 섬의 자카르타에 도착했습니다. 그 전에 부산의 훈련소에 입영을 했는데요. 3천 명 정도의 조선 청년이 군대와 마찬가지로 맹훈련을 받았습니다. 그러니까, 노구치(野口) 부대, 군속이라고는 해도 군인과 마찬가지였습니다⋯⋯. 그러나 대부분은 50엔의 급료가 목적이었지요. 현지 군인들이 7엔이었기 때문에, 50엔이라면 그 몇 배나 되는 돈입니다. 군대 안에서는 조선인이라고 업신여기고 차별을 받았습니다. 도대체가 우리는 이등병을 만나도 경례를 해야 했습니다. 아이고, 이거 미안합니다, 선배님, 이제 이런 이야기는 입에 담고 싶지 않은 무서운 악몽 같은 것이고, 용케도 살아 돌아왔다고 생각하고 있습니다⋯⋯. 그⋯⋯." 한대용은 잔을 기울인 뒤, 담배를 두꺼운 입술에 물고 위로 들린 콧구멍으로 짙은 연기를 뿜어냈다. 이방근도 천천히 맥주를 마시면서 가만히 듣고 있었다. 그 과거 이야기가 비교적 정직한 느낌이 들었다. "그러니까, 그 뭐였더라, 무슨 이야기를 하려고 했지⋯⋯. 헷헤에, 제가 말입니다, 며칠 전인가 경찰에게 잡힌 적이 있습니다. 이 녀석이 글쎄, 너 게릴라지, 얼굴이 새까맣게 탄 걸 보니 산의 폭도임에 틀림없어, 너는 산에서 내려온 게릴라라고, 얼간이 같은 말을 하는 겁니다. 게릴라를 잡아서 공을 세우고 싶었던 모양입니다. 그래서 제가, 이봐, 눈을 크게 뜨고 잘 봐, 백주대낮부터 술에 취해 이런 훌륭한 양복을 입고 거리를 돌아다니는 게릴라가 어디 있나, 라고 말해 주었습니다. 경찰서장에게 한대용에 대해 물어봐. 김 서장은 우리 아버지의 농업학교 후배라서 잘 알고 있어. 나는 남방에서 돌아온, '적'을 여러 명 사살한 적이 있는 사격의 명수라서, 김 서장으로부터 꼭 경찰에 들어와 달라고 부탁받은 몸이라고 말해 줬습니다. 그런데 전 말예요, 이 섬에서 4·3폭동이 일어난 것을, 봉기가 일어난 것을 며칠이나 모르고 있었습니다. 매일 술만 마시고 요릿집에 처박혀 지내다 보니, 헷헤헤, 노래를 부르기도 하고, 춤을 추기도 하고, 언제나 여자들과 함께 있다 보니, 세상이 어떻게 돌아가고 있는지를 전혀 몰랐습니다. ……그, 우체국의, 성내 우체국에서 배달부를 하는 강 동무가 우리 집에서 세 들어 살고 있습니다만, 그가 부친의 제사가 있다고 해서 말이죠, 그 대문 옆에 있는 방에 사람들이 몰려왔습니다. 저도 제사에 참석했다가, 그 자리에서 처음으로 4·3봉기 사실을 알게 됐습니다. 사람들은 목소리를 낮춰서, 그러나 당연한 것처럼 이야기를 했습니다만, 저는 놀랐습니다……."

"후후, 그 강 동무가 한 동무의 집에 세를 살고 있단 말입니까."

강 동무라는 것은 김동진의 편지를 우편을 배달하면서 이방근에게 전해 준 강삼구를 말하는 것이었다.

"그렇습니다. 강 동무는 훌륭한 남자입니다. 제 입장을 이해해 주는 몇 안 되는 한 사람입니다. 그의 아버지 제사 덕분에 저는 4·3봉기를 알게 되었습니다만, 경찰에 붙잡힌 것은 그 전이었기 때문에, 선배님,

우스갯소리가 아니라, 저는 게릴라라든가 산의 폭도라는 말을 듣고도 그게 무슨 소린지 전혀 몰랐습니다. 아니, 여기가 제주도가 아니라, 두 번 다시 기억하고 싶지 않은 자바 섬의 일인가 하는 착각을 일으켰을 정도입니다. 자바에서 인도네시아의 독립을 위한 게릴라 투쟁이 있었는데요, 그 게릴라를 말하는 줄 알았습니다……. 아니, 제가 거기에서 게릴라였던 건 아닙니다. 조선 청년 중에는 인도네시아의 독립 투쟁을 위한 게릴라가 되어 죽은 사람도 있지만 말입니다. 일본인 군인 중에도 현지에 남아 게릴라로 참가한 사람도 있습니다……. 저는 세상이, 이 세상이 어떻게 돌아가는 것인지 알 수가 없습니다. 세간의 사람들은 저를 일제협력자라고 백안시하고 있습니다만, 음, 제 부친의 친구인 경찰서장 역시 해방이 될 때까지는 일제의 앞잡이였던 것이 틀림없고, 게다가 게릴라의 지도자들은 어떻습니까. 그들은 일찍이 일본 군인이었습니다. 그러나 그럼에도 지금은 어엿한 인민군이 되어, 일본 군대에서 몸에 익힌 군사지식과 기술을 인민을 위해 사용하고 있지 않습니까. 일제협력자라든가 민족반역자는 이 섬에 많이 있습니다. 그리고 도청이나 경찰 등의 높은 사람이 되어 있고요. 물론, 그중에는 그렇지 않은 사람도 있습니다만, 대부분이 그렇습니다, 그렇지 않습니까, 선배님, 그렇다니까요. 저는 남방의 형무소에 있었기 때문에 고향에 돌아올 때까지 아무것도 모르고 있었습니다만, 8·15로 해방된 조선은 과거와 완전히 다를 것이라 생각하고 있었습니다. 이 선배님처럼, 당연한 것이지만 일제시대부터 애국자가 중요한 역할을 하고 있을 거라고만 생각하고 있었습니다. 그런데 이번 1월에 8년 만에 돌아와서 말이죠, 처음에는 고향에 돌아오자마자 멍해져서 아무것도 몰랐지만, 점차 멍한 머리로도 사태가 보이기 시작하자……, 그러자, 이게 어떻게 된 건지, 이게……. 저는 위축이 돼 있었습니다만, 이놈 저놈 모두 일제협력자가 아닙니까! 도대체가 말이죠, 이 나라는 일제협력자의 천국입니다. 저는 혼자 웃었습니다. 저에게 일제협력자라며 백안시하는 놈들에게 총을 쏴 버리고 싶을 정도로 말입니다. 정말입니다, 선배님, 정말로 제 기분은 그렇습니다……."
한대용은 돼지고기 같은 안주는 먹지 않고 맥주만 계속 마셨다. "하고 싶어 한 게 아닙니다. ……음, 그러나 솔직히 말해서, 저로서도 영국의 포로 두세 명은, 그들의 엉덩이를 걷어차기도 했습니다. 포로수용소의 감시요원으로서, 언제나 포로들과 말단에서 접하고 있다 보면, 말을 듣지 않은 자들과 반항하는 자들을 때로 때리는 일도 있습니다. 안 그렇습니까. 일본인들은 우리들 뒤에서, 상부에서 명령만 할 뿐입니다. 우린 일본인 상관의 명령에 따라서 행동했을 뿐입니다. 그러나 일본인은 전쟁이 끝나자, 몇 명인가의 전범 용의자만을 남겨 놓고, 모두 재빨리 돌아가 버렸습니다. 우리 조선인은 그렇지 않았습니다. 그건 완전히 앞뒤가 바뀐 상황으로, 2년 계약기간이 끝나도 귀국하기는커녕, 전쟁이 끝나고 조국이 독립하여 이제는 돌아갈 수 있다고 생각하던 참에, 어떻게 된 일인지, 조선인 군속은 모두 체포되어 이곳저곳에 있는 수용소에 수감됐습니다. 3천 명 전원이 포로감시원이었기 때문에, 전범용의와 전범의 추궁을 위해……. 결백이 증명될 때까지, 전쟁이 끝난 그 다음 해 4월부터 2년 가까이 조선인 전원이 인디아 비스킷 한 개와 몇 숟가락의 수수죽, 하루에 천 칼로리도 안 되는 음식물로 굶주림을 참으며 형무소 생활을 이어 가야 했습니다. 영국군 감시병이 우리들에게 가한 폭력 사건은 일상다반사였습니다. ……도대체가, 죽을 뻔한 일도 여러 번 있었습니다. 영국군은 신사적이기는커녕 야수였습니다. 적도 아래 이국땅에서 놈들에게 학대를 받으며 개죽음을 할 수는 없었습니다. 죽더라도 해방된 우리 조국의 고향을 한 번이라도 보고 나서 죽자는 각오로 살아남았습니다, 선배님. 그래도 저처럼 고국에 돌아올 수 있었던 것은 다행입니다. BC급 전범이 되어 아직도 싱가포르나 자바의 자카르타에서 형무소 생활을 하고 있는 동포들도 있고, 현지에서 많은 조선 청년이 죽었습니다. 조선 독립운동을 하다가 죽기도 했습니다……. 아아, 선배님, 벌써 맥주가 없네요."

한대용은 병을 들어 이방근의 컵에 따른 뒤 자신의 컵에 따르며 말했다. 세 병째 맥주가 비었다. 안뜰에 밝은 양달의 반사가 부드럽게 돌기 시작한 취기의 자극으로 칼날처럼 따끔따끔 눈을 찔러 왔다. 황혼이나 밤의 색깔은 취기의 확산에 녹아들어, 취기를 적시며 외계와의 벽을 없애 주지만, 낮술은 외계와의 단절을 두드러지게 만든다. 외계를 덮은 빛의 피막의 반사가 취기를 안쪽으로 밀어 넣기 때문에, 한층 취기를 의식하게 된다. 한대용은 이미 한 잔 걸친 뒤 해장술로 먹은 맥주였기 때문에, 다소 취한 느낌이 들었다. 상반신을 좌우로 가볍게 흔들고 있었는데, 그 취기에 촉촉해진 눈빛은 점차 안정되더니 사람을 지그시 쳐다보았다.

"술은 얼마든지 있으니 사양할 건 없지만, 대낮부터 마시는 것이니 어떤가, 슬슬 점심이 다 되어 갈 텐데."

이방근은 그렇게 말하면서, 자신의 과거가 생각나 약간 씁쓸한 미소를 지었다. 취하면, 취기가 깊어지기라도 한다면, 이윽고 외계를 덮은 빛의 막을 벗겨 내고, 그것을 취기의 흐름에 띄울 수도 있지 않는가.

"전 밥은 필요 없습니다만, 한 잔만 더 술을 마시면 안 되겠습니까. 그래요, 저는 딱 한 잔만 더 마시고……, 그리고 나서 이 선배님께 중요한 상담을 하겠습니다. 헷헷헤, 깜빡 잊을 뻔했습니다……."

이방근은 자리에서 일어나, 자신이 직접 나가 맥주 세 병을 들고 왔다. 컵에 세 잔만 따르면 한 병은 없어진다. 성인 남자 두 사람이 맥주 여섯 병으로 어떻게 될 리는 없었다. 한대용은 그 사이에 화장실로 갔다.

"한 동무는 현지에서 조선인의 항일 비밀결사에 참가한 적이 있습니까?"

"……아니요." 이방근의 질문이 당돌했는지, 순간적으로 말문이 막히면서 고개를 옆으로 흔들었다. "조선 독립운동 조직에 저는 참가하지 않았습니다. ……참가한 게 아닙니다. 처음에는 그런 조직이 있다는 것도 몰랐고, 그렇게 간단하게 참가할 수 있는 게 아니지 않습니까. 그 고려독립청년당의 존재를 알고 나서, 그 뒤 거기와 관계된 한 사람의 동지와 접촉을 시도하던 도중에 모두 체포되면서 조직이 해체되고 말았습니다. 그 조직은 결성되고 나서 3월 1일의, 전쟁이 끝나는 해의 3월 1일에 전원 체포될 때까지 2개월 밖에 버티지 못했어요……. 선배님, 잠깐 실례하겠습니다." 한대용은 양복 상의를 벗어서 옆에 놓더니, 넥타이를 조금 느슨하게 풀고 나서 맥주잔을 기울였다. "으―음, 당원은 30명 남짓으로, 두세 명을 제외하면 전부 군속이었습니다. 당수는 이활인(李活人)으로 멤버들 중에 가장 나이가 많은 서른네 살의 훌륭한 남자였습니다. 전쟁이 끝난 뒤 그의 영향을 여러 가지로 받았습니다만, 이방근 선배와 어딘지 모르게 닮은 구석이 있습니다. 지금 생각해 보니 그런 느낌이 듭니다. ……그는 1935년경에 서울의 서대문형무소, 그러니까, 이 선배님이 계시던 그 서대문형무소에서 간수를 하고 있었습니다. 선배님이 들어가셨을 때는 이미 이활인이 없을 때입니다. 이활인은 간수를 하면서 조선의 독립운동 투사와 접하고 그 영향을 받아, 마침내 항일의 길로 나가게 됩니다. 사상범과 외부와의 연락이나 그 밖의 활동을 하면서 여러 가지로 수

감자의 편의를 꾀하던 중에, 이번에는 자기 신변에 위험이 닥치고 있다는 것을 알고 중국으로 도망쳐, 상해에서 독립운동에 관여했던 것 같습니다. 그러던 중에 다시 관헌에 쫓겨서 조선으로 돌아왔습니다만, 으-음, 그런 사람과 비교하면, 웃후후후, 저 같은 거야 벌레나 다름없죠……. 조선으로 돌아온 그는 말이죠, 남방 파견의 군속 모집이 있다는 것을 알게 됩니다. 그는 일본군 군속이 돼서 관헌의 눈을 속이고, 신변의 안전을 꾀하면서 동시에, 남방 파견 조선인 군속 안에 항일 비밀결사를 조직할 계획을 세웁니다. 그리고 자카르타에서 겨우 1944년 12월 말에 혈서로 쓴 혈맹단 조직인 고려독립청년당을 결성하고 활동을 시작한 겁니다. 그러나 1월이 되면서 당원 세 사람이 일본인을 살해하는 반란 사건을 주도하기도 했고, 싱가포르행의 포로수송선 탈취 계획을 영국의 장교들과 세우기도 했지만, 그것이 탄로나 버려서 말입니다. 조직의 비밀이 일본군 헌병대에 포착되고 말았습니다. 반란을 일으킨 세 사람은 자결해 버렸고……. 저는 조직에 참가하지 않았기 때문에 체포는 면했습니다만……." 한대용은 담배에 불을 붙이더니 한 모금 깊게 들이마신 뒤, 눈을 감고 술 냄새 나는 커다란 한숨과 함께 연기를 토해 냈다. "선배님, 저는 전쟁이 끝나고 나서 석방된 이활인 등에게 여러 가지로 배웠습니다. 전후에 역시 당은 해산되었고, 그는 비밀결사의 당 활동에 협력하고 있던 중국인 통신기사의 여동생과 결혼하여, 현지의 재자바 조선인민회의 일을 하기도 하였습니다만, 그 후 어떻게 되었는지 소식을 모릅니다. 저는 1월에 고향으로 돌아오고 나서, 서너 달 동안 하는 일도 없이 술과 여자에 빠져 지내는 생활을 해 왔습니다만, 이제는 그런 생활에도 진력이 나서, 선배님, 이 선배님, 저도 적도 바로 아래 남방에서 사선을 헤치고 나온 남자입니다. ……지금은 정말로, 피가 끓고 힘이 넘치는 정열이 전신을 감싸고 있습니다. 지금까지는 남방이라는 꿈속에서 헤어나지 못했지만, 고향 땅에서 4·3폭동의 게릴라 투쟁이 일어나고 나서, 제 머리의 회전이 바뀐 듯한 느낌이 듭니다. 선배님, 이건 정말입니다. 전 일제 때는 나이도 젊고 어리석었습니다만, 지금까지의 인생에서 겪었던 여러 가지 경험을 살려서, 이번에야말로 민족과 우리 고향을 위해 제 청춘의 나머지를 바쳐 마음껏 날뛰고 싶습니다⋯⋯."

"날뛴다고⋯⋯?" 이방근은 웃으며 말했다. "청춘의 나머지라고는 하지만, 한 동무는 우리 나이로 스물일곱 정도일 텐데, 아직 멀었지 않습니까. 그런데, 그 마음껏 날뛴다는 건 무슨 뜻입니까?"

이방근은 어쩌면, 이 남자가 게릴라가 되려는 것은 아닐까 하는 생각을 했다. 안뜰을 등진 한대용은 소파에 기댄 상반신을 돌려 주위를 살폈다.

"주방에는 할망이 있을 뿐이니까 괜찮아요. 너무 큰 소리로 말하지 않는 한, 거기까지 들리지는 않을 겁니다. 할망이 이쪽으로 올 때는 기척으로 금방 알 수 있으니, 어서 이야기를 계속하세요."

예상대로, 한대용은 이참에 섬의 인민군에 참가해서 도민과 함께 싸우고 싶다⋯⋯고, 그 이야기를 꺼냈다. 더 이상 이런 시골 마을에서 어물쩍거리며 술에 취한 생활을 계속하는 것도 재미없다. 자신은 개죽음을 면하고 살아남은 인간이다. 군속으로서의 남방 체험은 반드시 제주도의 인민 게릴라 투쟁에 도움이 될 것이다. 그런데, 한대용의 상담이라는 것은, 그가 그 선에 가까운 어떤 개인을 통해서 조직에 타진해 본 결과, 일본군 군속으로서 남방의 형무소에서 돌아온 자를 조직에 참가시킬 수 없다는 회답이 있었다는 것이다. 한대용은 분노 섞인 목소리로 이야기를 계속했다. 조직이 남방에서 겪은 조선인 군속의 비참한 사정도 모른 채, 자신의 애향적, 나아가 애국적인 정열을 무시한다면 그것은 유감천만이지만 어쩔 수 없는 일이다. 그런 조직에 들어갈 필요도 없을 것이다. 부모와 동생들도 여기에 살고 있지만, 더 이상 성내에서 살고 싶은 기분은 없다. 기회를 보아 일본에 밀항할 생각이다……. 그리고는 취한 눈에 눈물을 머금고 창기형무소에서 체험한 조선인 군속에 대한 학대의 실상을 이야기하기 시작했던 것이다. 그는 얼굴을 숙이고 오열까지 했다. 지금의 한대용은, 말하자면 무의식중에 지내 온 7, 8년간의 청춘의 암울한 기분을 게릴라에 참가하는 것으로 폭발시키고, 그리고 과거를 보상받으려 하고 있었다.

결론은 일본으로 가야 하는가, 아니면 게릴라에 참가해야 하는가의 둘 중의 하나였지만, 문제는 그 게릴라에 참가하는 것이 생각처럼 되지 않는다. 어떻게든 이방근이 그 중개 역할을 해 줄 수 없겠느냐는 것이었다.

"음……."

이방근은 자신도 모르게 신음소리를 내었다. 이것은 어려운 문제였다. 섬을 떠나 일본을 갈지 말지의 문제가 아니었다. 그리고 또 조직에 줄을 댈 것인지 말 것인지의 문제도 아니었다. 한대용이 경찰의 스파이가 아닌 이상, 일반적으로 말해서 그의 게릴라 지원을 무턱대고 배척할 일은 아니지 않는가. 당의 규칙이 그렇게 엄격한지 어떤지는 모르겠지만, 현재의 상황하에서 신뢰할 수 있는, 그리고 힘이 있는 자는 그야말로 한 사람이라도 많이 조직에 끌어들일 필요가 있을 것이다. 적잖은 영웅주의도 있겠지만, 그 정열로 보아, 그는 과거의 군사교육과 남방에서의 군대 내의 체험을 게릴라 활동에도 충분히 활용할 수 있을 터였다. 예를 들어, 인편으로 편지를 전해 게릴라에 참가한 김동진의 행동에 이방근이 일종의 감동을 느끼는 것은 사실이었고, 또 일본에 갔다 온 남승지가 이 땅에서 '혁명'을 하는 그 모습을 그는 부정하는 것도 아니었다. 부정은커녕, 마치 바위에 물고 늘어지듯이 이 땅에 머물며 혁명의 영역으로 확고하게 발걸음을 내딛는 것을 보여 주는 남승지에게, 이방근은 어떤 위협조차 느끼고 있었다. 그것은 이방근의 존재를 뒤흔들 만한 그 파괴력을 지니고 있었다. 그러나 김동진도 그렇고 남승지도 그렇고 그들은 자신들의 의지로 행동하고 있는 것이지, 특별히 이방근이 그렇게 유도한 것은 아니었다. 그러나 가령 한대용을 위해 조직에 연줄을 댄다고 한다면, 그것은 그에게 게릴라가 되도록 책임을 지고 추천하는 일이 될 것이다. 아니, 그렇게 된다. 게다가 이방근은 자신이 조직원이 되는 것을 거부하고 있는 인간이기도 했다.

"이 선배님, 선배님이 말이죠, 저를 일본에 보내기 싫으시거든, 어떻게 좀, 선배님의 힘으로 줄을 대어 주시지 않겠습니까……."

말도 안 되는 난제, 아니, 이건 트집이 아닌가. 이 남자는 무슨 말을 하는 것인가. 일본에 가든 말든 내가 알 게 뭔가. 아니, 이방근은 결코 화를 내고 있는 것은 아니었다. 내가 언제부터 이런 중개 역할을 청탁받게 되었단 말인가. 여러 가지가 거미줄처럼 얽혀 드는 느낌이다. 그는 내심 쓴웃음을 지으면서 소리 내어 웃었다. 게릴라는 일종의 '유행'이 되었나. 한대용은 유리그릇을 통째로 집어 들고 물김치를 숟가락으로 몇 번이나 떠먹었다.

이방근은 나는 그런 일을 할 수 있는 힘이 없다고 거절했지만, 아니, 그렇지 않습니다, 꼭 선배님의 힘을 빌리고 싶다며 일방적으로 밀어붙이는 것이, 상담이라기보다는 전적으로 부탁을 하는 것이었다. 어찌 되었든 즉답할 수 있는 문제는 아니었다.

고네할망이 식사를 한 사람분씩 두 번에 걸쳐 들고 왔다. 이방근은 황송해하며 쟁반을 받아들고, 직접 음식을 탁자 위에 옮겨 놓았다.

빈 맥주병은 치워졌지만, 탁자는 음식이 담긴 식기로 가득했다. 지금 고네할망은 말하자면 부엌이 대신 일을 하고 있는 셈이었다. 돼지고기를 썰어 넣은 미역국과 생선조림에서 부드러운 수증기가 피어오른다. 탁자 한가운데에 있는 접시에 수북하게 쌓은 파랗게 윤기 도는 상추 잎은 막 씻어 왔는지 물방울이 떨어지고 있었다. 그리고 멸치젓갈. 미묘하고 복잡한, 순간적으로 입안에 침이 고이는 달콤하고도 씁쓸한 썩은 듯한 냄새. 이방근도 손님도 밥이 담긴 사발 뚜껑을 열지 않았다. 한대용은 콧물을 흘리며 맥주를 마시고, 안주 대신에 물김치를 전부 다 먹어 치웠지만, 한 병 남은 맥주는 뚜껑을 따지 못하게 했다. 술은 이 정도로 됐다고 했다. 그렇다고 식사를 하는 것도 아니었다. 그러는 사이에 그는 소파에 기댄 채 코를 골며 잠을 자기 시작했다. 그러다 중심을 잃는 바람에 일단 눈을 떴지만, 소파에 눕더니 잠들어 버렸다.

목욕을 하고 나서 한숨 자려고 생각하며 집에 돌아왔으나, 손님이 선수를 치는 바람에 그는 혼자서 식사를 했다. 사발 뚜껑을 열고, 향기로운 수증기가 얼굴을 감싸며 올라오는 따뜻한 밥과 멸치젓을 상추 잎에 크게 싸서 입에 넣고 우물거렸다. 그는 음식물이 씹히는 입 안에서 서서히 멸치젓갈 맛이 퍼지는 것을 음미하면서, 아니, 탁자 위의 멸치젓 용기에서 피어오르는 냄새에 움찔했다. 그것은 여체 안에서 심해의 해초처럼 발효하는 두꺼운 냄새, 검은 치마 속의 멸치를 삭힌 젓갈 냄새를 떠올리게 했던 것이다. 이방근은 코를 씰룩거렸다. 아니, 이것은 머릿속에 펼쳐지는 추상적인 냄새에 지나지 않았다.

이방근은 상의할 것이 있다며 찾아와서는 눈앞에서 잠들어 버린 한대용에게 불쾌한 감정은 일어나지 않았다. 술을 더 내오라고 조르고, 술기운으로 혀 꼬부라진 소리를 하는 것보다는, 이렇게 잠들어 버리는 편이 왠지 순진하고 귀엽다는 생각이 들었다. 술버릇치고는 다른 자리에서는 어떤지 몰라도, 괜찮은 편에 속할 것이다.

이방근은 손님의 코 고는 소리를 들으며 식사를 계속했다. 흑인까지는 아니라 해도, 그 흑갈색의 얼굴과 목, 그리고 손등의 피부색은, 몇 년이나 적도 바로 아래의 태양에 노출돼 있었다는 뚜렷한 증거였다. 머릿기름으로 가볍게 눌러 붙이기는 했으나 그래도 풍부하게 부풀어 오른, 마치 정글처럼 빽빽하게 자란 검고 빳빳한 머리털……. 그는 베개 대신 베고 있는 오른팔 와이셔츠에 침을 흘리며 잠들어 있었다. ……내가 게릴라가 되라고 권하는 것은 아니다. 본인이 열망하고 있기 때문에, 만일 내가 힘이 될 수 있다면, 그것은 단지 약간의 도움을 주는 것에 불과한 일이 아닌가. 한대용은 어쩌면 일본 제국주의보다도 영국의 제국주의에 대한 증오 쪽이 큰 것 같았다. 그리고 상당히 제멋대로라는 느낌이 들기도 하였지만, 그것이 간접적으로 미 제국주의와 이승만 일파를 공격하는 원인으로 작용하고 있는 듯했다. 한대용은 영 제국주의자의 식민지 지배의 탄압 기구의 하나인 창기형무소의 광대한 규모와 그 견고한 건물의 구조를 설명하면서, 1년쯤 전에 일어난 하나의 사건에 대해 이야기했다. ……전 일본에 속았습니다. 선배님, 들어 보세요. 같은 '일본인'일 터인데, 현지에서는 툭하면 '조센징(조선인)', '반도 놈'이라고 했습니다. 우리는 일본인이 아닙니다. 그런데도 그들 일본 놈들이 저지른 죗값은 모두 '일본인'인 우리 3천 명의 조선인에게 돌렸습니다. 영국군은 우리를, 영국 자신들이 서명한 카이로 선언과 포츠담 선언에서 독립을 보장한 해방 조선의 국민으로서가 아니라, '일본인'으로서 취급했던 겁니다. 우린 '일본인'이었기 때문에, 전후에도 작렬하는 형무소에서 2년이나 처박혀 있었고, 혹은 전범이 되기도 했습니다. 저는 일본 제국주의도 밉지만, 영

제국주의자 놈들을 훨씬 증오하고 있습니다……. 한대용은 취한 눈
을 한층 붉히고 눈물을 떨어뜨리며 이야기했던 것이다. 그의 이야기
는 이러했다.

싱가포르의 창기형무소는 4천여 명의 전쟁범죄 용의자를 인종별로
ABCD의 네 블록으로 나누어 수용하고 있었는데, 조선인 6백 명은
B블록에 속해 있었다.

작년 1947년 1월 1일, 열 시를 지나 B블록의 조선인은 전원 운동장
에 나왔다. 그들은 작렬하는 태양을 피하기 위해 거대한 콘크리트 벽
그늘에 영양실조 기색이 완연한 몸을 이끌고 모여들었다. 그리고 누
구나가 이국에서 맞이하는 설날에 고국을 그리워하며 몇 년이나 전에
먹은 고향 요리의 진미, 이런저런 음식 이야기에 흥을 돋우고 있었다.
이것은 설날이라서 하는 이야기만은 아니었다. 음식 이야기는 매일같
이 반복되었는데, 그러면서도 굶주린 위장은 지겨움을 몰랐을 뿐만
아니라, 생에 대한 강렬한 의욕을 북돋우는 힘이 되었다. 갑자기 '차
렷!'이라는 호령이 들려왔는데, 돌아보니 순찰장교가 와 있었다. 운동
장의 단상에 올라간 장교는 통역을 통해 다음과 같이 말했다.

"오늘은 일본인인 너희들에게 있어 가장 경사스런 설날이다. 따라
서 본관은 지금부터 너희들에게 멋진 선물을 주려고 생각한다."

조선 청년들의 얼굴에는 오랜만에 희색이 감돌았다. 아아, 드디어
전쟁이 끝나 1년 여 만에 전원이 무죄 석방되는구나, 어쩌면 우리를
조국까지 태우고 갈 배가 싱가포르 항에 입항한 것은 아닐까. 그게
아니면, 그들은 기독교 신자이니까, 크리스마스 선물을 동양인인 우
리에게 맞춰서 설날을 기다렸다가 잔뜩 주려는지도 모르지…….

계속해서 선물의 내용을 전하는 장교와 통역의 목소리. 전원이 한
마디도 놓치지 않고 새겨들었다.

"……원래 일본인에게 있어, 일장기의 원조이자 신이신 태양을 엄숙하게 예배하는 것이 소중한 습관이라고 본관은 듣고 있다. 그래서 본관은 너희들 일본인이 지금부터 30분간, 태양을, 태양 속에서 태양을 예배시키도록 하겠다. 만일 눈을 감거나, 혹은 소리를 내어, 이 신성하고 엄숙한 예배 의식을 어지럽히는 자는 엄중하게 처벌하겠다. 차렷! 태양에 주목……."

청천벽력 같은 명령이었다. 잠깐 사이의 꿈은 산산이 부서져 흩어졌다. 섭씨 40도를 넘는 적도 아래서 작렬하는 태양을 육안으로 30분이나 똑바로 바라볼 수는 없었다. 게다가 영양실조와 극심한 더위로 쇠약해져 있는 그들에게는 그야말로 사형선고나 다름이 없었다. 그러나 그들은 직립부동의 자세로 중천에 빛나는 하얀 태양을 주목했다. 5분도 지나지 않아서 동료들은 픽픽 쓰러졌다. 영국군 감시병들이 쓰러진 그들 위에 곤봉을 내리치고, 군화로 그 누더기 같은 육체를 걷어찼다. 한대용은 꽤 건강한 편이었지만, 그래도 10분을 견디지 못했다. 그가 쓰러질 때까지 아직까지 버티고 서 있는 사람은 2, 30명 정도였고, 운동장은 5백 명 남짓한 살아 있는 시체로 메워졌다. 전원이 쓰러지는 것을 지켜본 장교는, 감시병들에게 큰 소리로 뭔가 명령을 내렸다. 그러자 이번에는 영국 병사들이 빈사 상태로 쓰러진 육체를 짓밟으며 그 위를 달리기 시작했던 것이다.

오장육부를 찢는 듯한 비명, 절규, 그리고 신음소리, 아비규환의 목소리가 운동장에 울려 퍼졌다. 튼튼한 편인 한대용의 몸도 뼈가 산산이 부서질 정도로 무수한 군화에 짓밟히고 채여, 얼굴도 몸도 살이 찢겨나가 피투성이가 되었다. 그때 한대용은 독립을 잃고 방황하는 민족의 슬픔과 분노에 가슴이 찢어지고, 눈물이 흘러넘쳐 작렬하는 태양에 그을린 동공을 적시고, 피와 땀으로 범벅이 된 얼굴에 한없이 흘러내렸다. 나는 결코 죽어서는 안 된다, 겨우 조국이 해방된 지금, 여기서 개죽음을 당할 수는 없다. 부모형제와 그리고 친구가 있는 아름다운 고향 땅을, 고국의 땅을 밟을 때까지 죽어서는 안 된다……, 그는 계속 참았다. ……선배님, 어떻게 된 일입니까. 남방의 염천 아래에서 얼마나 조국을 그리며 북쪽 하늘을 쳐다보고, 조국에 돌아갈 날을 단 하나의 희망으로 살아남았는데 말입니다. 그런 뜨거운 마음을 조직에서는 모른다는 말입니다. 앗핫하, 제가 매일 요정에 처박혀 있는 타락분자라니……. 그럴지도 모르지요. 하지만 말입니다. 헷헤에, 이 한대용을 게릴라에 넣지 말라는 법은 없습니다. 안 그렇습니까, 이방근 선배님……. 어떤 때는 '일본인'이 아닌 조선인이 되어서, 너희들 조선인은 인간이 아니니까 알몸이 되라고 명령을 하더니, 네 발로 기는 자세로 엉덩이를 걷어차이며 걸어가기도 했습니다. 도저히 참을 수 없어서 독거미를 죽여 먹었지만 죽지도 않았습니다. 선배님……. 한대용은 깊은 잠을 자고 있었다. 개죽음을 모면한 사나이……. 벌떡 일어나, 선배님, 술 한 잔 더 주세요, 라고 말을 할지도 모른다, 아니, 한동안은 일어날 것 같지도 않았다. 한 시간 정도 자는 게 좋을 것이다. 이방근은 옆방에서 베개를 가져와 손님의 머리 밑에 살짝 대주었다. 희미하게 코 고는 소리가 들려오지만 전혀 일어날 낌새는 보이지 않았다. 이방근은 서재 미닫이를 닫자, 탁자 위를 내버려둔 채 소파에 발을 뻗고 누웠다. 고네할망도 문이 닫혀 있으면 들어오지 말라는 신호라는 정도는 눈치 챌 것이다. 한숨 자야겠다, 잠이 안 오면 그만이고, 잠이 오기를 기다려 보자.

2

이방근은 자신도 모르게 잠이 들었다. 소파 팔걸이를 베개로 삼아 드러누운 조금 불편한 자세 탓일까, 한대용 못지않게 코를 골고 있었다. 옆에서 사람의 기척이, 아니 뭔가 움직이는 기척이 눈꺼풀을 뚫고 들어와 잠이 깬 느낌이었지만 시간은 이미 세 시가 다 되어, 어차피 잠을 깰 시간이었다. 나른한, 그리고 봄바람에 흔들리는 듯한 뒷맛이 좋은 잠이었다. 한대용은 이미 일어나 소파에 앉아 담배를 피우고 있었다. 상의를 걸친 데다 넥타이까지 똑바로 매고 있었다. 이방근이 깨어나기를 기다렸다가 돌아가겠다는 생각인 듯했다. 그는 하얗게 빛나는 이를 드러내고 웃으며, 선배님 코 고는 소리에 잠이 깼다고, 남이 할 소리를 하고 있었다. ……이봐, 자네 코 고는 소리가 나보다 컸다고. 이방근은 웃었지만, 아무 말도 하지 않았다.

선옥이 돌아왔는지, 응접실 쪽의 안뜰 근처에서 고네할망과 이야기하는 소리가 들려왔다.

한대용은 아까 자신이 말한 내용을 잘 기억하고 있었고, 그것은 결코 취중의 농담이 아니니, 어떻게든 선배님의 힘을 빌리고 싶다…… 고 다시 한 번 이방근에게 부탁했다. 이방근은 즉답할 수 있는 문제가 아니니 한동안 생각할 여유를 달라고 했다. 그로서는 골치 아픈 문제를 부탁받아 곤란한 입장이 되었지만, 한대용이 게릴라 지원을 할 수 없다는 것은 뭔가 불공평하다고 하지 않을 수 없었다. '남은 청춘'을, 즉 목숨 바치는 것을 두려워하지 않는다고 하지 않는가. 이방근이 조직원이라면 이런 남자를 뻔히 보면서 놓치지는 않을 것이다. 손님은 이방근의 대답에 완전히 부정적이지는 않은 다소 긍정적인 의사를 확인한 뒤 고마움을 표시하며 돌아갔다.

"어머니가 건강하신 것 같아 무엇보다 다행입니다."

한대용을 대문 밖에까지 배웅하고 나서 응접실 쪽 안뜰로 돌아온 이방근이 말했다.

"이제 완전히 이전의 선옥으로 돌아온 거나 마찬가지야."

고네할망이 맞장구를 쳤다. 이게 다 굿으로 살풀이를 한 덕분이라고 선옥이 할망의 말을 받아, 이방근을 향해 아버님과 방근이의 이해가 있었기 때문에 가능했다며 감사의 말을 했다. 쫓겨난 것은 액신이 아니라, 액신을 쫓아내기 위해서 희생된 부엌이였지만, 선옥은 진지한 얼굴로 굿 덕분에 액신이 이 집에서 떠났다는 말을 반복하여, 굿을 강하게 권했던 고네할망을 만족시켰다. 열흘 정도 계모와 얼굴을 마주하지 못했는데, 이미 병석에서 일어난 기색은 없었다. 그러나 볼이 엷은 곤지를 바른 것처럼 붉어져 있었고, 병석에서 일어난 인상과는 다른 뭔가 병적인 그림자가 있었다. 이방근은 문득, 계모는 폐결핵 증상을 보이고 있는지도 모른다는 생각을 했다. 엄하게 노려보는 듯한 검은 눈, 그것은 결코 노려보는 것이 아니라 한 점을 응시하는 눈의 검게 촉촉해진 표정이었는데, 거기에 볼의 홍조가 더해져서 움찔하게 만드는 요염함이 있었다. 이방근은 시선을 돌리고 자신이 본 색을 마음에서 지웠다.

이방근과 선옥이 서서 이야기를 하고 있는 사이에, 고네할망이 서재의 탁자 위를 치웠다. 선옥은, 자신으로서는 굿도 무사히 끝났고, 부엌이가 그대로 있었으면 했지만, 아버지와 부엌이 자신이 완고하게 응하지 않았다는 것, 그리고 부엌이에게 2만 원과 비단 옷감 한 필을 주고, 그녀의 시골집 근처까지 회사 트럭으로 전송했다는 것 등, 부엌이에 대해 형식적인 이야기를 했다. 새끼 고양이까지 함께 보내는 바람에 갑자기 쓸쓸해졌다며, 유원의 일을 걱정했으나, 실제로는 고양이에 대한 애정은 자신만큼도 없을 거라고 이방근은 생각했다. 장판이나 기둥을 발톱으로 할퀸다며 이미 방 안 출입을 금지할 정도였으니까. 부엌이가 없는 상황에서는 아무도 친근하게 고양이를 보살펴 주지 않을 것이다. 살아 있는 동물은 귀찮은 존재이지만, 생각해 보면 묘한 새끼 고양이의 존재이기도 했다……. 고양이가 부엌이를 데리고 간 것일까. 아니, 부엌이를 내쫓은 것은 다른 사람이 아닌 선옥이었다. 결과적으로는 그렇게 말할 수밖에 없었다. 그러나 역시 부엌이와의 관계를 끊을 적절한 시기였다는 생각이 든다. 그녀가 같은 집에 살고 있다고 해서 관계를 끊지 못할 것은 없지만, 역시 떠날 때가 돼서 떠났다는 느낌이 들지 않는 것도 아니었다.

"부엌이가 없어서 여러 가지로 불편하지 않습니까."

"고네할망이 앞으로도 한동안 와 줄 것이고, 뒷집 양숙이도 이따금 도와주러 오고는 있지만……. 그러고 보니, 매일은 아니더라도 괜찮으니, 부스럼영감을 고용해서 장작이라도 패달라고 할 수는 없을까. 이전처럼 들어와 사는 건 아니니까, 아버님도 반대하시지 않으실 텐데……. 방근이 생각은 어떤지 모르겠네."

불결한 오물 취급을 하며 집안 출입을 금하고, 노인이 주방에 들어왔다고 무당을 불러 살풀이까지 한 선옥의 말이었다.

"특별한 의견은 없어요. 아버지나 제 문제가 아니라, 노인은 이미 성내에 없을 겁니다."

"성내에 없다니……, 방근이는 그걸 어떻게 알고 있어? 읍내에 없다면 어딜 갔을까."

"어디에 갔는지는 모르겠지만, 핫하아, 저어, 일전에 아버지가 화가 나셔서 말이죠, 부스럼영감을 경찰이 체포해서 감옥에라도 쳐 넣도록 조치를 취해야겠다고 하셨잖아요. 그런 노인은 이상하게도 그런 기색을 금방 알아차리거든요. 마치 동물이나 귀신처럼 말이죠. 우리에게는 없는 뭔가 직감 같은 것을 가지고 있습니다."

이방근은 입에서 나오는 대로 그러나 그럴듯하게 말했다. 그는 부스럼영감이 와도 좋고 오지 않아도 좋다고 생각했다. 집안일을 관장하는 선옥이 노인을 필요로 하고, 그래서 집에 데려오고 싶다면 굳이 반대할 것까지는 없었지만, 이방근 개인으로서는 부엌이가 집을 나간 지금, 설령 날품팔이라 하더라도 노인을 집 안에 출입시키며 가까이 하고 싶지는 않았다. 부엌이는 그녀 자신만이 아니고, 무언가를 이 집에서 가지고 떠났기 때문이다. 특히 이방근에게는 부엌이가 있을 때 부스럼영감이라는 존재도 그 의미를 가질 수 있었다.

"어머나, 그런 이상한 일이……. 그게 사실이라면, 그 늙은이는 신이나 다름없네. 안 그래요, 고네할망……."

"응, 그러나, 그렇다면 말이지……." 할망이 그렇게 말하면서 툇마루에서 마당으로 내려섰다. "세상에는 이상한 일이 많이 있어. 방근이처럼 학문을 많이 한 사람도 모르는 일이 많다구. 눈에 보이지 않는 것, 귀에 들리지 않는 것에 영기가 있다는 것을 무시하고 믿지 않을 뿐이지. 지금 방근이가 그 이상한 일을 직접 말했다는 것은 좋은 일이야. 그래, 방근이, 자네가 서울로 간 뒤 2, 3일 동안은 읍내에서 이따금 부스럼영감을 보았는데, 그 뒤로는 도무지 눈에 띄지 않더라구. ……그렇지, 부엌이가 장을 보고 돌아오는 길에 개구쟁이들에게 습격을 당해서……."

"뭐라구요, 습격을 당해요? 개구쟁이들에게……."

이방근은 움찔하며 말했다. 도무지 낯선 순간적으로 혼란을 일으키는 말이었다.

"그렇다니까, 대여섯 명의 개구쟁이들이, 좀 더 있었나, 중학생도 섞여 있었다고 하니까, 그놈들에게 놀림을 당하고 얻어맞았다는 거야. 막대기와 돌멩이로 얻어맞아서……."

"고네할망, 이미 끝난 일인데, 그런 말은 하지 않는 게 좋겠어요."

할망은 순식간에 낯빛이 변하며 움츠러드는 듯했으나, 이방근이 이야기하면 어때서 그러십니까, 어서 말씀을 계속해 주세요, 라고 할망을 재촉했다.

"으─응, 그렇구만, 벌써 반절이나 이야기해 버렸으니……. 그래서 부엌이가 길가에 주저앉아, 양손으로 머리를 감싼 채 얻어맞는 대로 가만히 있었다는 게야. 그때, 어디서 보고 있었는지, 지나가던 길인지도 모르겠지만, 부스럼영감이 튀어나와서는 개구쟁이들을 쫓아 버렸다더군. 그리곤 부엌이를 집 근처까지 바래다주었대. 부엌이는 좋은 여자야. 얻어맞아도 부처님처럼 가만히 참고……."

"음, 그렇습니까." 이방근은 마음이 삐걱거리며 달리는 소리를 들었다.

"아이들에게 습격당하는 것을 지나가던 사람들은 가만히 보고만 있었답니까?"

"별로 사람들이 다니지 않는 골목이라서 말이지."

"후후, 부스럼영감도 다리를 절면서 대단하군요, 정말 대단해요. 아니, 고네할망, 말씀 고마웠습니다. 어머니도 신경 쓰실 거 없습니다. 제가 이 말을 들었다고 해서 달라질 것은 없으니까요……. 핫하, 하아, 부엌이도 굿도 다 끝난 일 아닌가요."

이방근은 웃었다. 그는 가볍게 웃으며 안뜰을 가로질러 서재로 돌아왔다. 그는 서재로 돌아와서도 자신이 마치 떼다 붙여 놓은 것처럼 무의미한 미소를 짓고 있음을 알았다. 이게 뭔가, 무슨 얼굴을 하고 있는 거야. 그는 미간을 찌푸려 그 바보 같은 표정을 지웠다. 그는 굿하던 날 밤의 일이 생각나 불쾌한 기분이 들었다. 뭐가 다 끝난 일이란 말인가, 작위적인 말을 다하고……, 그러나 그렇다 해도 어머니의 혼백이 내린 이상한 '계시'였다……. 이방근은 문을 닫고 소파에 앉아 담배를 입에 물었다. 노인의 하찮은 무용담이었지만, 읍내의 불량배가 아니고 소년들이어서 다행이었다. 아니, 소년들이 부엌이를 놀렸다고 하니까, 더 잔혹한 짓을 했을 것 같은 기분이 든다. 놀렸다는 것은 고네할망이 만들어 낸 이야기일지도 모르지만, 굿하던 날 밤의 그 외설스런 '계시'의 소문이 동기가 되어 소년들이 습격을 했다고 한다면, 그와 비슷한 이야기들이 쏟아져 나왔을 것이 틀림없다. 어떤 말을 해서 놀리고, 그리고 어떤 욕을 한 것일까……. 서방님이라든가, 이방근의 이름도 나왔을 것이다. 뉘집 자식들인가. 그놈들을 한 줄로 세워 놓고 힘껏 따귀를 때리고 싶다.

이방근은 잠시 후에 양준오와 유달현에게 전화를 하여, 서울에서 돌아왔음을 알렸다. 양준오는 도청 업무가 끝나고 돌아가는 길에 들르겠다고 했다. 이방근은 집에서 같이 식사를 하기로 했다. 유달현은 이방근으로부터 전화를 받고 기분이 좋아진 모양이었다. 오늘 밤 여덟 시경에 그쪽으로 가겠다는 말을 했을 때는, 지금까지 없던 일이라며 감격하기까지 했다. 상대는, 어떤가, 여행의 목적은 성과가 있었나…… 하고, 에둘러 행상인 박과의 일을 물어 왔다. 글쎄, 오늘 밤 만나서 이야기하자구. ……. 만났나? 음, 만났어. 아아, 그렇군, 그거 잘 됐네……, 그럼, 오늘 밤 기다리고 있겠네. 실망하고, 혼란을 일으키겠지만, 어쨌든 박갑삼의 '체포'에 관한 이야기는 할 필요가 있었다. 체포가 사실이라 해도, 유달현 나름대로 뭔가의 루트가 있을 터였다.

양준오는 저녁 여섯 시가 좀 지나서 찾아왔다. 그는 이방근이 맡긴

예금통장과 인감을 내놓았다.

"말없이 서울로 '도망'을 쳤으니, 나를 원망하고 있었을 거야. 그래서 돈을 받지 않았을 거고. 고양이를 데려가면서 울었다고 하던데."

이방근은 탁자를 사이에 두고 마주 앉은 양복 차림의 양준오를 오랜만에 만나는 느낌으로 눈부신 듯이 바라보며 말했다.

"고양이를 데리고 나간 일은 잘 모르지만, 떠날 때는 슬퍼서 울기도 하고 그렇겠지요. 그건 당연한 일입니다. 그러나 제가 만났을 때는 그렇지 않았습니다. 그녀는 전혀 슬픈 표정도 원망스런 감정의 빛도 얼굴에 보이지 않았습니다. 핫하하하, 그녀를 설득해서 이 집에 남아 있도록 생각을 바꾸겠다는 것은 도저히 가능할 것 같지 않았습니다. 편지에도 조금 썼습니다만, 법열의 빛, 표정이라면 조금 과장된 표현일지도 모르겠습니다만, 그 얼굴에 이상한 웃음이 있고, 그 눈에 속이 깊은, 아니 아예 속이 없는 것 같은 깊은 빛이 있어서 저를 움찔하게 만들었습니다만, 적어도 그녀는 만족하고 있었으며, 그 큰 몸을 빠져나갈 틈새 바람도 없을 것 같은, 이상한 느낌을 받았습니다. 예전에 저는 부엌이를 집에 남겨 두어야 한다고 이 형에게 말한 적이 있습니다만, 그녀를 만나고 나서는 아무래도 그것이 이상하게, 잘못된 생각이라는 느낌이 들었습니다. 자신은 변소의 신인 노일저대처럼 가랑이가 찢기는 것이 당연한 나쁜 여자이지만, 돌아가신 주인마님이 죄를 용서해 주셨다……며, 그 굿 이야기를 반복해서 하더군요. 그러나 단지 그 때문만은 아니었습니다. ……뭐라고 하면 좋을지 모르겠지만, 부엌 씨가 이 집에 그대로 남는 것은, 그녀에게 고통, 으—음, 글쎄요, 불행이라든가 고통이라기보다도, 혹시 불행이나 고통이 아닐지도 모르는, 그러나 집을 나온다는 것 자체가, 집을 나오는 그녀 자신은 아주 행복한 듯한 느낌을 받았습니다……. 왜 그런지는 전혀 알 수가 없고, 의외였습니다, 정말로. 마치 정신적인 마약, 아니 일종의 종교 신자와 같은 상태였습니다……. 그런 의미에서는 이상한 이야기입니다만, 이 형은 그녀에게 행복을 가져다주었다고 할 수 있을지도 모르겠습니다. 다만 역설적이긴 합니다만……."

"후후, 그랬군, 좀 이상한 이야기인 것 같기도 하군, 자세히 얘길 해 줘서 고맙네. 그러나 그 역설적이라는 것은 불필요한 말이 아닌가."

이방근은 웃었다.

"역설적이라니까요." 양준오는 웃으며 물러나지 않았다. "결과가 그렇게 되었다는 것이지, 이 형이 의도해서 그렇게 된 것이 아니니 말입니다. 이 형은 원한을 사거나 하지 않았어요."

"핫하, 하지만, 원망을 받는 편이 좋다구, 그게 마음이 편하거든……." 툇마루에 음식을 가지고 오는 소리가 들렸는데, 신중한 발걸음으로 보아 선옥인 모양이었다. 이방근은 자리에서 일어나 미닫이를 열었다. 선옥이 쟁반에 담아 온 맥주와 안주 등을 이방근이 함께 탁자 위에 올려놓았다. 큰 접시에 담긴 해산물 냄새가 코를 간질였다. 전복 회에 내장이 두 점 곁들여져 있었다. 선옥은, 일전에는 부엌이의 일로 많은 폐를 끼쳐 미안해요……라고 상냥하게 인사를 한 뒤 양준오의 잔에 맥주를 따르고, 그리고 이방근의 잔에도 맥주를 따른 뒤 방을 나갔다. 맴, 맴, 맴……, 갑자기 매미의 울음소리와 같은 울림이 고막 속에서 울리고, 주변의 공기가 순식간에 투명한 핑크빛으로 물든 느낌이 들면서, 커다란 부엌이의 모습이 귀 안쪽에서, 아니 더 깊은 머릿속 공간에 나타나는 것을 보았다. ……큰 도끼를 힘껏 치켜들고 인왕처럼 우뚝 선 그녀의 주위는 피바다였다. 길바닥에 나뒹구는 참살된 사체. 사람을 어지럽게 만들며 황홀경에 던져 넣는 도끼의 빛과 피의 바다. 장작처럼 정수리를 두 개로 쪼개는 도끼는 없는가. 부엌이의 손에 큰 도끼는 없는가……. 오랜만에 머릿속에 떠오른 환상이었지만, 이전과 같은 박력과 현실감은 없었다. "……부엌이가 게릴라 측에 서서 큰 도끼를 치켜들고, 힘껏 도끼를 치켜들고, 장작을 팬다……. 핫, 핫하, 나는 무슨 말을 하고 있는 것일까. 큰 도끼가 아니지, 그래, 죽창, 죽창을 꽉 쥐고 이 가슴을 푹 찔러 주면 좋을 텐데……. 음, 죽창, 이건 좀 폼이 안 나는군. ……장작처럼 정수리를 두 개로 쪼개는 큰 도끼가 발하는 빛은 어떤가? 그리고 피바다, 사람을 어지럽게 만들며 황홀경에 던져 넣는 큰 도끼의 빛……."

"이 형, 도대체 무슨 일입니까? 뭔가 시의 단편이라도 됩니까."

"이런 시가 있을까. 아무것도 아니야, 그저 환상일 뿐이야. 이미 이 환상도 4월 3일로 끝났지만 말일세……. 자아, 가볍게 한잔하고, 밥을 먹도록 하지. 전복에 맥주는 잘 안 맞는 것 같은데, 내장이 있군. 이건 역시 소주야……."

나중에 소주를 마실까, 이방근은 혼잣말처럼 중얼거렸다.

"4월 3일……?"

이방근이 잔을 든 손을 상대 쪽으로 뻗었지만, 의아한 눈초리로 이방근을 응시하던 양준오는 순간, 잔을 드는 것을 잊고 있었다. 그는 당황하여 잔을 들고 공중에 뻗은 채로 있는 이방근의 잔과 마주쳤다. 두 사람은 잔을 비웠다. 맥주는 미리 찬물에 담가 놓았는지 적당히 시원해져 있었고, 목구멍을 넘어가는 그 무수한 기포가 터지는 듯한 자극이 기분 좋았다.

"이 형, 지금 말한 그 환상이라든가, 4월 3일이라는 것은 무슨 뜻입니까?" 양준오는 잔을 내려놓고 웃는 얼굴로 말했다. "……조금 마음에 걸립니다, 부엌 씨의 이름이 나왔는데요, 뭔가 그녀와 관계된 일입니까?"

"그건 그냥 유희야. ……성내에서도 모두 동시에 봉기해서 민중이 폭동을 일으켜, 이태수 일가는 습격을 받아 불타고, 참살된다…… 그런 유쾌한 환상의 유희였다구."

"정말로 형님 집안이 습격을 받을 거라고 생각하셨어요? 그래서 부엌이도 참살하는 측에……."

"그러니까 유희라고 했잖아."

"부엌 씨가 죽창을 들고 게릴라가 된다는 상상은 재미있지만, 그녀는 사람을 죽이지 못합니다. 일전에 만났을 때, 저는 감탄하면서도, 솔직히 말해서 조금 실망을 했거든요……." 양준오는 웃으며 말했다. "그처럼 깨달은 모습을 하고 있으면, 하녀의 신분으로서 오랜 기간 사회적으로도 경제적으로도 계급적으로도 억압받고, 안으로 축적되었을 원한의 감정 그 자체가 거세되어 버려서 말이죠. 남자 같으면 고환을 제거당한 것처럼 말입니다. 후후, 이래서는 '혁명'의 성취는 어렵다고 봐야겠죠. 저는 부엌 씨가 아니, 부엌 씨만이 아닙니다만, 피압박자가 그와 같은 존재가 되는 건 불만입니다. 계속해서 원한을 지니고 있지 않으면 안 된단 말입니다, 하하, 우주적 규모의 원한을……. 그것이 모든 '혁명'을 향한 기폭제가 되지 않으면 안 되는데, 알맹이가 빠져 버린 거나 마찬가지입니다. 목탁영감도 아니고, 헷헤에, 이 형은 그녀에게 행복을 가져다주었는지는 모르지만, 동시에 그 근성을 없애 버린 거나 다름없습니다. 흔히 있을 수 있는 일이긴 하지만요."

양준오는 농담 섞인 어투로 말했다.

"이상하게 말을 돌리는군. 그녀에게 원망을 받고 싶을 정도라니까. 그러나 양 동무는 그렇게 말하지만, 알 수 없는 일이라구. 힘센 그녀가 창을 들고 곰처럼 무표정하게 '적'을 죽일지도 모르지. ……죽인다? 아니, 죽이다니, 뭐가 죽인다는 거지, 말도 안 되는 소리를 하고 있었군. 기분이 좋지 않아. 핫하하, 내가 이상한 말을 했어. 화제를 바꾸자구. ……그런데, 그동안 이쪽의 정세는 어떻게 돌아가고 있었 나. 서울에서도 꽤 자극적이었지만, 역시 제주도는 시골, 그보다도 여 긴 국토의 맨 끝이야. 저쪽에서는 이쪽 일 같은 거 잘 모른다고. 도대 체가 중앙군정 당국이 발표한 4월 4일 폭동이라는 건 어떻게 된 일인 가. 지금도 4월 4일이라고 날짜를 하루 늦게 발표하고 있어. 그건 신 문의 오식이 아닌 것 같은데…….”

“……” 양준오는 말없이 고개를 끄덕이고는 맥주를 마셨다. 그리고 는 손가락으로 집어 든 담배 끝을 가볍게 문지른 다음 불을 붙여 한 대 피우며 말했다. “지금 군이 중간에 서서 쌍방의 화해 교섭을 추진 하는 움직임이 있습니다.”

“뭐라, 화해?” 이방근은 손에 들고 있던 잔을 탁자 위에 내려놓으며 앵무새처럼 말을 되받았다. “쌍방의 화해라면 경찰 측과 게릴라 간의 화평 공작을 말하는 것인가(이방근은 최상화를 떠올렸다. ‘화평 공작’은 그가 사용한 말이었다. 이게 도대체 어떻게 된 일인가). 말을 계속해 주게. 군이 중개 역할을 한다고 했는데, 거기에 최상화 씨도 일을 거들고 있는 가…….”

“최상화 씨 말인가요, 그러고 보니, 그가 한 지사에게 게릴라와의 화해가 필요하며, 그를 위해 뭔가의 조치를 취해야 한다고 얘길 한 것 같기는 합니다만, 그와는 직접 관계없이, 국방경비대가 독자적으 로 움직이고 있는 모양입니다. 저는 지사와 함께 도청을 찾아온 김익 구 연대장을 만났습니다. 그는 서른 미만의 청년 장교입니다. 일본 유학 중에 학도병으로 징집되었다가, 포츠담 선언 당시에 소위로 임 관, 해방 뒤에는 육사를 나왔습니다. 본토에서 부임해 온 지 아직 4개 월밖에 지나지 않았지만, 매우 성실한 사람으로 강하게 동족 간의 투쟁을 염려하고, 이런 일이 있어서는 안 된다고 강조하면서 경찰의 조치를 비난하고 있었습니다. 격정적이지만 온후한 사람이었습니다. ……이 형 같다고 할까요."

"사람을 웃기지 말게나."

이방근은 웃었다. 낮에도 한대용이 그런 말을 했었다.

"아니, 김익구는 그런 느낌을 주는 사람이었습니다. 그는 경찰로부터 출동 요청을 받고, 서울의 경비대 사령부에 방침을 타진한 결과, 제주도사건은 치안상으로 볼 때도 경찰이 진압해야만 하고, 군이 개입할 성질의 사건이 아니다. 신중을 기해야 한다는 지시를 받았다고 합니다. ……이것은 9연대가 뿌린 삐라인데, 표면적으로는 나타나 있지 않지만, 한 지사의 의향을 반영하고 있는 셈입니다. 무기를 버리고 하산하라는 권고 삐라입니다만."

양준오는 옆에 놓아둔 사무용 가방에서 한 장의 삐라를 꺼내어 이방근 쪽으로 내밀었다.

"무기를 버리고 하산……? 그렇다면 항복하라는 것인가?"

이방근은 활자로 인쇄된 삐라를 손에 들고 말했다.

"결과적으로는 그렇습니다만, 그와 동시에 화평 교섭을 제안하고 있습니다. 김 연대장은 동족 간의 살육은 절대로 피하지 않으면 안 된다. 평화적인 방법으로 해결해야 한다고, 경찰과 게릴라 쌍방에게 화해를 호소하고 있지만, 원래 군대와 견원지간인 경찰은 철저한 진압을 주장하며 응하지 않을 뿐만 아니라, 군에 대해 비판을 하고 있습니다. 그래서 군이 독자적으로 움직여서 삐라를 뿌리고, 게릴라 부대는 서둘러 하산하여 질서유지에 협력하라……라며, 즉 게릴라의 무장해제를 요구하고 있습니다. 군대 측의 조건으로서."

"음, 그러나 무장해제라고 하면 어떻게 되는 건가. 화평 교섭은 말할 것도 없고, 종국적으로는 무장해제를 동반하지 않으면 안 되겠지만, 그걸 게릴라 측이 받아들일 수 있는 여지가 있겠는가. 어쨌든 군대가 제삼자의 입장에 서 있다는 말이지……."

이방근은 게릴라 측이 응할지도 모른다고 생각하면서 그렇게 말했다. 그는 목포에서 만난 강몽구를 떠올리고 있었다. 최상화의 화평 교섭 이야기와 회견의 요청을 전해들은 강몽구는, 황당무계한 말이라고 일소에 붙이기는커녕, 개인적인 견해라고 하면서도 그 필요성이 있다, 조건 여하에 따라 응할 수도 있다고 말했던 것이다. ……국토방위와 외적과의 전투에 임하는 것이 군의 주된 임무이고, 우리는 동족 간의 분쟁을 원하는 것이 아니다. 제주도민을 적으로 간주하는 것이 아니고, 평화적인 방법으로 해결해 가고 싶다고 생각하는 것이다. 무기를 버리고 하산한 자에게는 안전과 생업을 보장한다. 요구 조건이 있다면 쌍방의 회담을 통해 해결해 가지 않겠는가……. 국방경비대 제9연대장 김익구 소령 명의로 된 삐라는 하산의 권고와 화평 교섭을 호소하고 있었다. 이방근은 삐라를 양준오에게 돌려준 손으로 잔을 들고 맥주를 마셨다. 그리고는 음 하며 혼자 신음소리를 내었다. 목포에서 만났을 때 강몽구가 최상화의 이야기에 응하는 자세를 보여 이방근을 놀라게 했지만, 지금 최상화와 직접 관계가 없는 곳에서 화평 교섭의 움직임이 현실로서 진행되고 있다는 것에 새삼 놀랐던 것이다. 그러나 모처럼 의욕을 보인 일인데, 최상화가 나설 기회는 없어진 것 같았다.

"삐라를 챙겨 두시는 게 어떻습니까." 양준오는 반사적으로 받아 든 삐라를 이방근에게 건네주며 말했다. "부산의 5연대에서 제2대대가 파견되어 모슬포 9연대의 지휘하에 들어가 있지만, 오 대대장은 게릴라 토벌을 위해 파견되었으면서도 경찰의 출동 요청에 대해, 아직 부대가 정비되지 않았고, 상황 파악이 덜 되었다는 이유로 응하지 않고 있습니다. 묵살하고 있는 겁니다(이방근은 고개를 끄덕였다. 양준오의 이야기에 고개를 끄덕인 것처럼 보였지만, 이방근은 강몽구가 목포에서 한 말을 생각하고 있었던 것이다. 5연대의 제2대대가 제주도에 상륙해서 9연대에 배속되지만, 이 부대는 아마도 토벌에 참가하지 않을 걸세. 대대장인 오 소령이 우리와 연결되어 있거든……). 사건은 경찰과 민간인의 충돌이기 때문에 경비대가 말려들 필요가 없고, 군은 엄정 중립을 지켜야 한다며 병사를 출동시키지 않고 있습니다. 결국 4·3 이후에 군대는 전혀 움직이지 않고 있는 셈입니다. 게다가 경찰 토벌대는 여전히 수동적인 자세로 고전을 면치 못하고 있습니다. 원래 군과 경찰이 대립하고 있다는 점도 있지만, 기본적으로는 미 중앙군정청의 의향이 있는 것 같습니다. 미국의 극동정책의 중요한 일환으로서, 반공의 보루를 남한에 구축하기 위해서는 5월 단독선거를 성공시켜서, 이승만을 대통령으로 만들지 않으면 안 될 겁니다. 그러나 제주도의 동란이 이대로 계속된다면 전국에 미치는 영향이 클 수밖에 없습니다. 게다가 이 상태로는 제주도에서의 선거는 아마도 성공하기 어렵다고 보고 있을 겁니다. 선거인 등록은 최종적으로 60퍼센트가 되었다고 하지만, 그래 봤자 전국에서 최하위이고, 그 등록 중에는 이 형이나 저 같은 사람도 많이 있습니다. 후후, 어쨌든 이것이 투표는 아니니까요. 성내에서 선거운동이 열기를 띠지 않는 것도 당연한 일이고, 소란을 피고 있는 것은 후보자 자신보다도 우익단체입니다. 이번 16일의 마감으로 성내를 포함한 북제주군 갑구(甲區)는 정원 한 명에 네 명의 후보자가 출마했지만, 그 중에서 최상화와 다른 두 사람이 성내 거주자로, 그들은 거의 선거운동다운 일을 하지 않고 있습니다. 포스터를 붙이고 나서 텅 빈 연설회를 개최하는 정도밖에 할 수가 없습니다. 어떻게 될지 도무지 짐작하기 어려운 실정입니다. 한편으로는 선거사무소와 입후보자의 자택 등이 게릴라에게 습격을 당하기도 하는 판국이라서, 사실상 선거사무도 운동도 정지된 상태입니다. 그래서 어떻게든 질서를 회복해서 제주도에서의 선거를 평화리에 성공시키고 싶은 것이 미군정 당국의 의도입니다. 그를 위해서는 가능하면 화평 교섭을 해야겠지요. 게릴라 측으로서도 교섭이 결과는 아니기 때문에, 교섭의 장에 나올 여지가 있다고 생각합니다. 만일, 만일이 아니고 말이죠, 군으로서도 언제까지나 방관만 하고 있을 수 없을 것이니, 본격적으로 토벌 전에 참가한다면 사정은 간단하지 않습니다……." 양준오는 단지 3, 4초 동안 시선을 떨어뜨리고 생각에 잠긴 듯 말을 끊었다. "4·3봉기 당일, 제주도 전체 15개 지서 중에서 14개 지서가 습격당하고 모슬포 지서만 남았는데, 게릴라는 9연대가 있는 모슬포 주변에는 전혀 공격을 가하지 않았습니다. 나름대로 배려를 하고 있는 것이지요. 다만 경찰이 말이죠, 경찰 측이 강경합니다. 천 7백 명 증원파견경찰대의 대부분이 상륙을 완료하였고, 경찰대는 많은 '서북'의 살인마들과 혼성부대로 되어 있습니다. 어쨌든 중앙군정청 경무부장 조병옥이라는 자가 아주 악질적인 놈입니다……."

양준오는 내뱉듯이 말하고는 술잔의 맥주를 기울였다.

"서울에서 들었는데, 5백 명의 '서북'이 벼락치기 훈련으로 경찰대에 편입되었다고 하더군. 조병옥이 '서북' 중앙총본부에 요청을 했다는 거야."

"음, 5백 명이란 말이죠. 세 사람에 한 사람이 '서북'인 셈이군요. 상륙한 경찰대는 알코올 공장과 방송국, 농업학교 등에 주둔하고 있지만, 실제로 '북'쪽 사투리가 그대로 드러나는 자들이 많이 섞여 있습니다. 어쨌든 곤란하게 생겼습니다. 자기 이름도 제대로 쓸 줄 모르는 자들이니까요. 여자 혼자서는 이제 살 수 없을 겁니다……. 그런데……."

양준오가 급하게 목소리를 낮추고 상반신을 탁자 쪽으로 내밀며 이야기를 시작하려 할 때, 저녁식사가 들어왔다. 한대용이 왔을 때 점심도 그랬지만, 탁자는 음식을 담은 식기로 가득 찼다.

"어떤가, 역시 식사 전에 가볍게 소주를 한잔할까. 나는 오늘 밤 사람을 만나야 하지만, 함께 조금 마시자구, 그편이 좋을 것 같아. 맥주는 배가 불러."

이방근은 선옥에게 소주를 부탁했다.

양준오는 선옥이 방을 나가고 나서, 좀 전에 하려다 만 이야기를 계속했는데, 우체국의 삐라 살포 사건으로 도망친 농업학교 학생은, 실은 양준오가 하숙하고 있는 집의 친척으로, 안주인은 학생의 숙모가 된다고 했다. 머리가 깨져서 체포된 학생은 중태로 일단 석방되어 도립병원에 입원중이고, 경찰은 도망친 학생을 쫓고 있다고 한다. 그 학생 한 사람을 잡으려고 수상쩍은 곳은 전부 가택수색을 하였는데, 하숙집에도 찾아와 고방까지 이 잡듯이 찾다가 철수했다. 그런데 막상 그 학생은 그 고방 안에 숨어 있었던 것이다. 고방에는 쌀과 보리, 좁쌀 등의 곡물을 담아 놓은 큰 질그릇 항아리가 여러 개 놓여 있었는데, 가장 안쪽의 빈 항아리 안에 숨어 있었다고 한다. 그러나 그곳은 일시적인 피난처가 아니었다. 어두운 고방에서 한 발자국도 밖으로 나가지 않고 뚜껑을 덮은 위에 다시 짐을 얹어 놓은 그 안에서, 겨울잠을 자는 동물처럼 작게 웅크리고 하루하루를 보내고 있다고 한다. 식사는 집밖의 기척에 주의를 기울이며 고방까지 가져온 것을 먹고 있다고 했는데, 소변은 그렇다 하더라도 대변을 고방 안에서 볼 수는 없다. 그래서 밤이 되면 살며시 안채에서 떨어진 변소로 가야만 하는데, 그것은 꽤나 위험한 일이었다. 처음에 사정을 알지 못한 양준오는 밤에 변소에 갔다가 그 학생과 딱 마주쳤던 것이다. 그 일로 하숙집 안주인이 사정을 털어놓았다고 한다. 지금은 3, 4일에 한 번씩 밖에 보지 않는 대변도 고방 안에서 요강에 걸터앉아 본다고 했다.

"음, 완전한 어둠의 세계로군……."

이방근은 수저를 들 마음이 나지 않았다. 우체국의 유리문을 사이에 두고 두 사람이 몸을 서로 밀치듯이 부딪치며 절망적인 몸싸움을 하는 광경이 떠올랐다. 얼굴 전체를 물들인, 햇살에 에나멜처럼 빛나는 선명한 핏빛. 그는 선옥이 가져다준 좁쌀 소주를 따른 잔을 입술에 대고 단숨에 쭉 목구멍 안으로 떨어뜨렸다. 목이 뜨겁게 타들어 갔다.

"처음에 도망간 곳은 친구 집이었는데, 그날 밤에 숙모의 집으로 왔다고 합니다. 그러니까 그게 이 형이 서울로 출발한 그날이었기 때문에, 벌써 열흘간이나 그런 생활, 아니 생활이 아니지요, 그 상태를 계속하고 있습니다. 물론 양친도 만나지 못하고 있습니다. 양친은 어떻게든 일본으로 도망 보낼 준비를 하고 있다는 이야기가 있습니다. 저는 하숙집 아주머니에게 일본으로 보내는 게 좋겠다는 말을 했습니다."

양준오는 잔에 든 소주를 단숨에 비웠다. 그리고 숟가락을 들고 갈빗국물을 떠먹었다.

"음, 일본에 말이지……"

이방근이 손님의 술잔에 소주를 따랐다.

"아직 17, 8세의 소년입니다."

"……양친이 자식을 떠나보내야 할 정도니 말이야. 그는 무사히 일본에 도착하면, 자신의 눈앞에서 '서북'에게 머리가 쪼개져, 지금 도립 병원에 입원해 있다고 하는 친구의 일을 잊지 못하겠지."

"나는 매일 밤 잠을 잘 때, 안뜰 하나를 사이에 두고 안채 고방의 항아리 안에서 태아처럼 웅크리고 있는 소년을 생각하면 잠이 오지 않아서 말이죠. 물론 체포되는 것보다는 낫겠지만, 언제까지나 그렇게 있을 수는 없겠지요……. 그런데 이 형은 이번의 화평 교섭의 움직임을 어떻게 생각하십니까?"

"화평 교섭의 움직임이라고는 해도, 나는 방금 들었을 뿐이잖나. 세상의 움직임에 둔한 탓이기는 하지만, 조금 당돌한 느낌이 들지 않는 것도 아니야." 이방근은 소주를 두세 번 핥듯이 흘려 넣은 뒤 잔을 놓으며 말했다. "거기까지 나 자신은 생각이 미치지 못했기 때문에, 솔직히 말해서 의외였지만, 나도 이 섬의 인간이니 화평 교섭에 반대하는 건 아니야. 하물며 제주도 주둔군의 책임자가 진지하게 움직이고 있다고 한다면 더욱 그렇지. 나는 그 당사자가 아니어서 화평 교섭이 진행되는 것을 기다릴 뿐이지만."

"아니……." 양준오는 숟가락을 놓고 씹고 있던 국물의 건더기를 삼킨 뒤 말을 계속했다. "그건 아닙니다, 이 형은 이참에 한 역할을 하셔야 합니다."

"뭐? 한 역할을 하다니, 무엇을 말인가?"

이방근은 얼이 빠져 있는 것이 아니었다. 양준오의 말이 당돌했기 때문이었다.

"화해 교섭 말입니다."

"말도 안 되는 소리 하지 말게. 핫하아, 자네답지도 않구만. 그런 일이 가능할 리도 없지 않은가. 나는 한 개인에 불과해. 그리고 또 그런 일에 흥미도 없고."

"이 형은 한 역할을 하실 수 있습니다." 양준오는 상대가 흥미가 없다고 한 말을 무시하고 말했다. "결과 여부는 별도로 하고, 어쨌든 교섭의 실마리는 찾지 않으면 안 됩니다. 경찰 측은 응하지 않지만, 군은 적극적인 자세를 보이고 있는 때문입니다. 적어도 현재, 그에 응할 것인지 응하지 않을 것인지는 게릴라 측의 태도에 달려 있습니다. 뿌려진 군의 삐라는 어떤 형태로든 조직의 손에 들어갈 것이고, 그리고 게릴라 지도부에도 전달될 겁니다. 그저께 일요일에 뿌려졌으니까, 지금쯤은 게릴라 측에 전달되지 않았을까요. 군을 그 반응을 기다리고 있습니다만, 게릴라의 내부에서도 화해 교섭의 문제를 둘러싸고 토의가 이루어지고 있으리라는 것쯤은 상상할 수 있습니다. 따라서 이미 대응을 요구받고 있는 게릴라는 어떤 형태로든 회답을 내놓지 않으면 안 됩니다. 교섭을 해야 합니다. 군을 적으로 돌려서는 안 됩니다. 그렇게 생각하지 않으십니까? 이 형은 강몽구 씨와 만나, 한 개인이면 어떻습니까, 섬 주민의 입장에서 이 기회를 놓치지 말고 교섭의 자리에 나오도록 설득하고, 강몽구 씨는 조직이 그 방향으로 움직여 가도록 해야 합니다."

"강몽구⋯⋯?"

이방근의 눈이 빛을 발했다. 강몽구에게는 이쪽에서 연락할 방법도 없었지만, 그보다도 양준오의 이야기 그 자체가 너무나 뜻밖이었다. 그는 잠자코 술잔을 기울인 뒤 젓가락을 들고 안주를 먹었다. 그리고 손님에게 이제 슬슬 식사는 하는 것이 어떠냐고 권하고 나서 한동안 식사를 계속했다. 시간은 일곱 시로, 유달현과 약속한 여덟 시까지는 시간이 있었다. 이방근은 맥주를 마신 뒤에 연거푸 소주 두세 잔을 들이켠 탓일까 몸이 뜨거워지면서 갑자기 땀이 배는 것을 느끼고 상의를 벗었다. 반쯤 열어 둔 뒤쪽 창문으로 향기를 풍기듯 불어 든 초저녁 바람이 목덜미를 싸늘하게 감쌌다. 양준오도 상의를 벗었다. 그리고 군은 삐라를 살포한 이상 교섭의 자세를 유지할 겁니다, 라고 마치 다그치듯이 말했다.

"좌우지간, 당치도 않은 일이야. 자넨 나를 잘 알고 있잖아." 이방근은 웃었다.

"그런데, 내가 한 역할을 맡는다 하더라도, 사람을 보낸다든가 전화를 한다든가, 속달이라도 보낼 수 있는 상대가 아니야. 군조차도 삐라를 뿌려서 상대로부터 연락을 기다리고 있는 형편이잖나."

"내일쯤 강몽구가 성내로 올 겁니다."

양준오는 미소를 띠고 말했다.

"뭐라고……, 강몽구가 온다고?"

이방근은 거의 괴성을 지르다시피 했다. 도대체 어떻게 된 일인가. 그러나 강몽구가 오는 것은 특별히 이상한 일도 아니었다. 목포에서 만났을 때, 이방근이 돌아올 때쯤에는 성내를 찾아올 것이라고 말하지 않았던가.

"자네에게 무슨 연락이라도 있었나?"

"남승지가 지난 주말에 다녀갔습니다. 강몽구 씨가 목포에서 이 형을 만났다는 이야기도 들었습니다. 어쨌든 내일쯤에는 올 겁니다. 모레는 옵니다. 흥미가 있고 없고의 문제가 아니라, 지금 이 시기에 이형은 움직일 필요가 있습니다. 저는 지금까지 이런 이야기를 이 형에게 한 적이 없지만, 게릴라 측은 이번 기회를 놓치면 안 되고, 그를 위해 우리로서도 할 수 있는 일을 해야 합니다. 산악부의 게릴라 지도부가 어디에 있는지 알 수 있다면, 위험을 무릅쓰고서라도 이쪽에서 찾아가고 싶을 정도입니다. 저는. 우리는 뭔가를 잘못해서 비극의 등장인물이 되어서는 안 됩니다."

"비극이라……." 이방근은 담배를 피면서 가볍게 고개를 끄덕이고, 상대의 뾰족한 턱을 한 예각적인 얼굴을 보았다. "음, 그건 그렇고, 언제 한번 느긋하게 이야기를 나누어야 한다고 생각하고 있었는데, 양 동무는 게릴라 투쟁을 지지하고 있겠지만, 정말로 지지하고 있는가?"

"정말로, 라니 무슨 말씀입니까?"

양준오는 의아한 표정으로 되물었다.

"뭐가 정말이냐고? 흐음, 그것은 그러니까, 내가 정말로 게릴라를 지지하고 있다고 자네는 생각하나. 그러나 게릴라를 지지하지 않는 것도 아니야. 그렇다고 합법이건 아니건, 당 조직에 참가할 생각은 전혀 없어. 이건 농담이지만, '서북'이 아닌 내가 탁월한 반공이론가가 되어 있다구. 즉, 단적으로 말해서 양 동무에게 조직에 참가할 용의가 있는지 없는지 하는 거야. 내가 말하는 것은 조금 주객이 전도된 느낌이 없는 것도 아니지만."

"조직의 참가와 관계없이 현 상황하에서 게릴라 지지는 가능하지 않습니까."

양준오는 도대체 이 형은 무슨 말을 하고 싶은 거냐는 표정으로 말했다.

"나는 그런 말을 하고 있는 게 아니야. 양 동무에게 조직원이 될 의사가 있는지 없는지를 묻고 있는 거야. 같은 지지라도 당사자가 된다는 것은 비당사자와는 다르잖아."

이방근은 자신이 말이 조금 들떠 있다는 것을 느꼈다. 안뜰을 대문 쪽으로 걸어가는 기척이 났다. 계모였다. 아버지가 돌아온 모양이다. 아버지의 헛기침 소리가 들렸다. 손님이 양준오라는 것을 알면 이쪽으로 찾아올지도 모른다.

"……"

양준오는 한동안 말이 없었다. 그는 잔을 손에 들고 소주를 두세 모금 반복해서 목구멍에 흘려 넣은 뒤 이방근의 빛나는 눈을 바라보며, 저는 조직에 들어갈 의사가 있어요, 라고 짧게 말했다. 뾰족한 얼굴이 의지적으로 보였다.

"음, 과연 그렇구만……." 이방근은 낮은 신음소리를 내었다. 과연은 불필요한 말일 것이다. 띵…… 하고 뒷머리에 취기로 마비되는 듯한 감각이 스치는 것을 느꼈다.

"그 점이, 그러니까, 나와는 다른 점이로군."

"헷헤헤, 저는 프롤레타리아거든요."

양준오가 웃으며 말했다.

"아, 그랬었나, 지사의 비서역할을 맡고 있는 사람이 프롤레타리아라는 건데. 핫, 핫하, 나에 대한 협박이잖아, 내가 부르주아라는 말이지."

이방근이 웃자, 두 사람의 웃음은 겹쳐졌다.

양준오는 주발 뚜껑을 열고 아직 김이 피어오르는 뜨거운 밥을 숟가락으로 퍼서 국물에 넣었다. 그리고는 고추장을 듬뿍 풀더니 거기에다 김치를 몇 조각 넣어서 새빨갛게 된 밥을 먹기 시작했다. 그 빨간색과 코를 톡 쏘는 고추장 냄새가 식욕을 자극했지만, 머리의 모근 전체가 얼얼하게 찌르듯이 근질거리기 시작했다. 이방근도 식기의 뜨거운 뚜껑을 열고 밥을 갈빗국물에 넣은 뒤 빨갛게 될 때까지 고추장을 풀었다.

"이 형, 마침 좋은 시기라고 생각합니다. 내일 강몽구와 만나거든 화해 교섭에 응하도록 적극적으로 권해야만 합니다……."

"음……. 만나면 여러 가지 이야기가 나오겠지." 두피 전체가 땀이 배어나는지 근질거린다. "고추장 때문에 갑자기 머리가 근질거리기 시작했어. 자넨 아무렇지도 않나?"

"지금은 아무렇지도 않지만, 때에 따라 달라요. 그 파랗고 매운 고추를 먹었을 때의, 두피가 움츠러드는 듯한 가려움은 참기가 힘들죠."

그렇게 말하면서 양준오도 머리에 손을 대었다.

아버지가 이쪽으로 다가오는 기척이 났다. 툇마루가 희미하게 삐걱거리고, 선옥이 아닌 아버지라고 생각되는 발소리가 나더니, 서재 앞에 다다랐을 때, 어험 하고 헛기침을 두 번 반복하는 아버지의 목소리가 들렸다.

3

어젯밤 이방근은 유달현과 만났지만 오래 있지 않고 한 시간 정도 지나 곧장 집으로 돌아왔다. 아버지 이태수는 아들의 귀가를 기다리고 있었던 모양이었다. 아버지는 점심 때 전화를 했을 때부터 그러했듯이 기분이 나쁘지 않은 것 같았지만, 그것은 아무래도 여동생과 관련이 있어 보였다. 아들이 말없이 서울에 간 일에 대해서도 책망하지 않았다. ……너는 모처럼 서울에 갔으면서도 유원이 다니는 학교의 선생과도 만나지 않았다면서……. 모처럼이라고는 했지만, 아버지는 아들이 그 선생과 만나지 않은 것을 오히려 기쁘게 생각하고 있었다. 예, 만나지 않았습니다……. 음, 그 일은 유원으로부터 들었는데, 그건 그 애가 선생님을 만날 필요가 없다고 해서 그런 거냐, 아니면 네가 만나지 않은 거냐? 예, 그렇습니다, 그러니까, 부엌이 일도 있었지만, 전부터 서울에 한번 가서 선생을 만나 이것저것 물어보는 김에 유원의 일본 유학에 대해서도 상담하려고 생각했었습니다. 그런데 유원이 만날 필요가 없다고 버티는 바람에……. 음, 일본에 가지 않겠다는 것이겠지, 나에게 전화로 그렇게 말했는데, 그게 진심인지, 설마 임시방편으로 거짓말을 한 건 아니겠지. 부모도 모르는 사이에 일본으로 가 버리고 반년쯤 뒤에 불쑥 편지를 보내오지는 않겠지. 앗하하하, 어쨌든 그 애는 일단 말을 꺼냈다 하면 물러나지 않아, 여자애가 너무 그래서는 안 되는데……. 음, 하지만 그 애는 나쁜 짓을 하지 않는 아이야, 안 그러냐……. 이태수는 아들의 이야기를 듣고 딸의 기분을 재확인하자, 그 애는 부모를 생각하는 효녀야……라고 매우 기분이 좋아져서, 눈물을 글썽이며 만족스러워했다.

어젯밤 유달현을 만나러 가기 전에, 양준오가 없었다면 아버지는 아마 서재로 직접 오지 않고 거실로 아들을 불렀을 것이다. 아버지는 양준오가 집에 출입하는 것을 환영하고 있었다. 때로는 아들에게도 한 적이 없는 농담을 아들보다도 어린 청년에게 하는 경우도 있었다. 가족도 없이 오로지 혼자의 몸으로 일본에서 고학을 하고, 군정청 통역을 거쳐 지금은 지사 비서 격인 도청의 경리과장이 돼 있는 양준오를 아버지는 출세 코스를 탄 견실한 사람으로 인정하고, 또 그 인물을 마음에 들어 했는데, 그렇다고 사윗감으로는 전혀 생각하지 않았다. 즉 가문의 배경이 없는, 오로지 혼자만이라는 것이, 이번에는 반대로 인물평가와는 관계없이 이태수의 마음을 충족시키지 못했던 것이다.

이태수는 소파에 아들과 나란히 앉아 담배를 피우면서, 어떠냐, 서울은 모두 편하더냐……라는 흔한 말을 던졌을 뿐, 다른 사람이 있어서 그랬겠지만, 그 뒤의 이야기는 잡담으로 일관했다. 이방근은 아버지가 서울로 전화를 했다고 해서 내심 두려워하던 일이 있었다. 아버지가 유원에게 부엌이의 일을 말하지 않았을까 하는 생각을 했던 것이다. 그래서 아버지는 그저께 서울 건수 숙부에게 전화를 하셨을 때 유원은 집에 있었습니까, 하고 물어보았다. 이태수가 전화를 했을 때는 이미 이방근이 아침 기차로 서울을 출발한 뒤였던 것이다. 그래,

있었고말고, 집에 있었어……. 아버지는 이번 일에 대해서 무슨 말씀이라도 하셨나요? 이번 일이라는 게 뭐냐? 집안 일 말예요, 부엌이를 내보낸 일 같은……. 부엌이를 내보낸 일……? 앗하하하, 부엌이 말이구나, 음, 그 말을 해서는 안 된다는 것이로구나. 되고말고 할 것도 없이, 내버려 두면 자연히 알 게 될 일이잖아, 그건. 그러나 그런 말은 하지 않았다. 그런 말까지 할 필요는 없겠지. 그래서 하지 않았어……. 작게 뜬 아버지의 눈이 교활하게 빛나고 있었다. 이방근은 아버지의 부정에 재차 확인하지는 않았지만, 그 말을 곧이듣지도 않았다. 아버지는 깜짝 놀라며 무엇을 생각한 것인지 안색을 바꾸더니, 아무렇지도 않다는 듯 웃는 얼굴로 표정을 얼버무렸던 것이다. 그래, 아버지의 말대로 언젠가는 알 게 될 일이지만, 알았을 때의 여동생은 어떻게 나올까. 그러나 만일 이미 부엌이의 일이 여동생의 귀에 들어갔다고 한다면, 그대로 잠자코 있지는 않을 거라고 이방근은 생각하고 있었다. 아버지에게는 딸이, 딸의 마음이 거의 보이지 않는 모양이었다.

모처럼 만의 일이었지만, 아버지는 그 자리에 20분도 함께 앉아 있지 못했다. 이방근은 곧이어 유달현과의 약속을 한 터라 양준오와 함께 밖으로 나왔던 것이다.

양준오와는 도중에서 헤어지고 몇 분 늦게 도착했지만, 유달현은 간단한 안주와 막걸리를 준비하여 기다리고 있었다. 그는 이방근이 서울에서 돌아오자마자 연락을 하고 찾아와 준 것에 감사하고, 먼 길 여행의 노고를 위로하고 싶다며 주전자에 든 찹쌀막걸리를 사발에 따랐다. 주전자 주둥이에서 기분 좋은 소리를 내며 흘러 떨어진 갈색의 끈적끈적한 액체가 사발 주위에 부딪치며 달콤새콤한 향기를 가득한 그릇 위로 풍겼다. 주전자에는 두세 사발 정도의 막걸리가 들어 있었는데, 그것이면 충분할 것이었다. 이방근은 그 이상 마시고 싶은 생각이 없었다. 그는 행상인 박과 만난 일을 이야기하고, 그리고 '서북' 본부의 전화를 받고 머물던 곳에서 '서북' 사무실까지 마중 나온 차를 타고 갔는데, 그곳에서 박갑삼, 아니 부동산업을 하는 황동성이 사기 혐의로 체포되었다는 말을 들었다고 이야기했다. 유달현은 박갑삼의 체포 운운에 반신반의하면서도 분명히 놀라고 있었는데, 이방근이 '서북' 본부로 불려 간 일에 보다 놀란 것 같았다. '보다'라고 하는 것은, 유달현은 박갑삼의 체포를 결국은 적의 모략으로 거짓말이 틀림없다고 부정하면서도, 이방근이 '서북' 본부로 '연행'된 사실은, 본인의 말이 거짓말이 아닌 한 현실로서 부정할 수가 없었기 때문이다. 유달현은, 만일 박갑삼의 체포가 사실이라고 해도 조직의 루트는 무너지지 않는다, 그 같은 사람은 어지간한 사건이 아닌 한 곧 석방될 것이라고, '서북' 본부의 고영상과 같은 말을 했다. 그는 조직의 선은 도마뱀 꼬리처럼 잘려도 금방 생겨서, 신문 발행 사업의 수행은 변함이 없다고, 자못 이방근이 동요하고 있는 것을 달래는 듯한 말투를 했는데, 그만큼 유달현 자신이 동요하고 있다는 말이나 다름없었다. 어쨌든 이번에 서울에서 있었던 일은 유달현에게 충격을 준 모양이었다. 유달현은 '서북'에 대해 자세히 듣고 싶어 했지만, 이방근은 더 이상 많은 말을 할 필요도 없었고, 특히 총본부 사무국장이 일제 때 고등경찰 다카키 경부보였다는 것도 말하지 않았다. 일찍이 도쿄에서 공부를 하였고, 장차 조선총독부의 고급 관리를 목표로 하고 있던 유달현도 다카키 경부보의 존재를 모를 리가 없었다. 비록 조선인 '특고' 다카키에 혐오감을 지니고 있었다 해도, 일본에 자신을 맡긴 황국신민 유달현이 충분히 인식하고 있던 존재였음에 틀림없다. 유달현을 앞에 두고 바로 과거를 상기시킬 수 있는 말은 하고 싶지 않았다. 이방근은 언젠가 이 남자는 행상인 박이 말했듯이 조직을 배반하게 될 것인지 생각하면서, 상대의 얼굴 표정의 움직임을 주시하고 있는 자신을 깨닫고 움찔했다. 이미 조직에 잠입해 있는 스파이도 아니고, 살아 있는 인간이 언제 어디서 배반할 것인가를 예견할 수 있는 것도 아닐뿐더러, 또 알 수 있는 것도 아니었다. 그것은 한 인간에 대한 불손한 생각, 이쪽의 머릿속에 제멋대로 생겨난 관념이지, 배반 행위 같은 것은 일어나지 않을 것이다. 아니, 그렇지 않아, 그렇지 않다, 그런 일은 나를 포함한 그 누가 어떻게 될지 알 수 있는 게 아니다. 설령 고난이 있더라도 '혁명'이 유리하게 움직이고, 그 승리가 보장되어 있는 한, 누가 '혁명'을 배반하겠는가. '혁명'에 대한 배반은 그 사상이 아니라, 현실의 패배에서 온다. '혁명'의 좌절이여 오라. '혁명'의 겨울이여 오라……. 이방근이 움찔한 것은, 그저 유달현이 배반하는 현실을, 그가 유다가 되는 것을 그 눈으로 보고 싶어서, 그때의 큰 무대를 제공하고 싶어서, 그것은 순간적이고 정신의 사소한 장난에 지나지 않았지만, '혁명'의 좌절과 패배를 바라고 있는 자신의 마음속 움직임을 보았기 때문이었다. ……나는 병보석이긴 했지만, '전향서'를 써서 출소한 인간이다. 그래, 1940년 봄에 서대문형무소에서 보석으로 풀려나 폐결핵의 요양에 힘을 썼지만, 그 밖에 또 무슨 일을 했던가. 일체의 사상운동, 민족운동에 관계하지 않겠다고 '서약'을 썼던 것처럼, 아무 일도 하지 않았던 것이다. 보호감찰 아래, 뭔가의 구실을 만들거나, 한라산 관음사에 요양을 겸해 몸을 숨기거나 하면서 전쟁에 협력하는 모든 기관과의 관계를 계속 거부하기는 했지만, 그 정도의 일에 지나지 않았다……. 유다, 지금 어디에 유다가 있다는 말인가.

양준오가 이쪽이 거의 강요하다시피 한 결과로 그 답을 했다고는 해도, 입당을 하겠다는 확실한 의사표시는(그것은 결심을 밝힌 것이기도 했지만), 김동진이 입산하여 게릴라가 된 사실에 못지않은 무게로 이방근의 내부에 파고들어 가라앉았다. 대체로 예견했던 일이기는 하나, 한편으로는 그가 웬만해서는 움직이지 않을 것이라는 일종의 기대 섞인 감정이 꿈틀대던 것도 사실이었다. 그렇다고 해서 양준오가 조직원이 되는 것에 반대할 기분은 없었다. 미국의 앞잡이로서 좌익으로부터 멸시당하고 그 자신이 그들을 증오하고, '혁명'이 일종의 풍속인 것처럼 공산주의에 가담하여 무슨 주의자나 되는 양 거드름을 피우는 것은 액세서리라며, 그 '유아독존'의 행태를 조소하고, 공산당 단세포 동물이라며 독을 품던 그가, 지금 조직의 요청을 받아들여 당원이 될 의사가 있다고 한다. 즉 이방근 자신도 요청받은 바 있는 비밀당원이 되는 것이 틀림없었다. 한때는 군정청 통역을 하루라도 빨리 그만두고 이 나라를 떠나고 싶다, 일본에라도 밀항하고 싶다고 하던 양준오였다. ……이 형 말대로 어디를 가든 마찬가지예요. 일본에라도 가 버리고 싶은 생각이 없는 것은 아니지만, 그러나 반드시 그럴 필요가 있는 것도 아닙니다. 이 말은 반드시 일본에 가지 않으면, 즉 이 땅을 떠나야만 하는 건 아니라는 겁니다. 저는 남승지처럼 이 땅에 물고 늘어지듯이 조직에 들어가는 건 아닙니다. 싫어지면 바로 떠날 겁니다……. 핫하아, 말하기는 쉬워도 그렇게는 안 될 거야. 자네, 안 그런가. 음, 하긴, 그럴 수도 있겠지……. 그러나 이 땅에 물고 늘어지듯이 하고 있는 남승지가 아마도 그와 조직의 선을 연결한 것이 틀림없었다. 어쨌든 이 나라의, 이 섬의 현실은 이처럼 확실하게 이분화되어 간다. 그리고 목포에서 헤어질 때 재회를 약속한 것처럼 강몽구에 대해서, 이번에는 이쪽에서 대답을, 즉 자신의 태도를 확실하게 해야만 한다. 강몽구도 유달현도, 남승지도 김동진도, 그리고 결국은 양준오도, 아니, 많은 사람들이 이 섬의 바다가 한라산의 밀림이 조직에 참가하도록, 혁명에 가담하도록 압박할 것이다. 이방근은 조직의 바다 '진리'의 바다에 떠돌고 있는 '일엽편주'와 같은 입장의 자신을 바라보았다.

오늘쯤, 그게 내일이 될지도 모르지만 강몽구가 성내로 찾아온다. 어떤 모습으로 찾아올 것인지, 이방근은 목포에서 만났을 때의 사냥모자에 안경, 옅은 콧수염을 기른 강몽구의 모습을 머리에 떠올리며 미소를 머금었는데, 그 모습에 조금 기대를 하고 있었다. 이방근은 한대용의 집에서 세를 살고 있다는 김동진의 편지를 전해 준 우편배달부 강삼구를 떠올리고, 어쩌면 예고로서, 강몽구가 성내로 오기 전에 어떤 신호가 있을지도 모른다고 생각했다. 아마 성내에 와도 직접 집으로 찾아오는 일은 없을 것이다. 그러나 점심때가 되어 우편물이 배달되었으나, 배달부는 그대로 지나쳤다.

이방근은 부엌이의 후임이라는 형태로 들어온 고네할망에게 한 시간쯤 뒤에 돌아올 테니, 만일 고라는 사람으로부터 전화가 오면 다시한 번 연락을 하도록 전해 달라고 부탁을 해 놓고 집을 나왔다(고네할망은 늦은 아침부터 저녁 식사 때까지 일을 거들고 있었다. 영화관의 촬영기사를 하고 있는 아들 부부와 함께 사는 그녀는, 손자를 돌보는 정도의 일밖에 할 일이 없었기 때문에, 여기에서 하는 일은 용돈을 벌기에 안성맞춤이었다). 은행에 들러 돈을 찾아서, 오전 중에 전화를 해 둔 경찰서의 경무계장을 통해서 '서북'에 '애국기금'을 내지 않으면 안 된다. 또 서울로 급히 출발하면서 있는 돈을 다 빌린 양준오에게도 2천 원의 빚이 있었다.

이방근은 정세용이 바쁜 것을 다행으로 생각하며 백 원짜리 지폐로 두툼해진 일만 원의 봉투를 건네고는 바로 경무계장실을 나왔다. 이방근은 혹시 서울의 '서북'으로 동행했다는 정보가 이미 '서북' 제주사무소에 전해지고, 동시에 행상인 박, 아니 부동산업자 황동성과 만난 사실도('서북'에서는 그 사실을 강하게 부정했지만) 알려진 것이 아닐까 하고 걱정했지만, 적어도 정세용의 귀에는 들어가지 않은 것 같았다. 정세용은 이방근이 말을 꺼낸 군의 화해 교섭의 제안에 대해서는 부정적인 답을 했지만, '서북'지부 회장과의 회식 이야기를 다시 꺼냈다. 이방근은 이미 생각하고 있던 일이라서, 알았다고 기분 좋게 대답을 하고, 가까운 시일 안에 그가 자리를 마련하겠다는 약속을 했다.

구내의 벚나무 가로수는 완전히 꽃을 떨어뜨리고, 바람에 살랑거리는 무성한 잎이 햇살에 반사되어 신록처럼 밝고 선명하게 느껴졌다. 어제 광장에서 들여다보았을 때 구내를 가득 메우고 있던 검은 제복의 집단은 없었는데, 오늘은 아직 증원경찰대가 상륙하지 않은 모양이었다.

이방근은 곧장 집으로 돌아왔다. 최상화에게서 전화가 왔다고 한다. 아마 서울에서 돌아온 것을 알고 전화한 모양이다. 화평 교섭의 이야기일지도 모르지만, 현실적으로 군이 움직이기 시작했으니까, 적어도 지금의 최상화에게는 특별히 할 일이 없을 것이다. 반 시간쯤 지나자 응접실 쪽에서 전화벨이 울렸다. 이방근은 응접실로 성큼성큼 걸어가 서둘러 수화기를 들었는데, 상대는 최상화였다. 오늘 저녁에라도 만나고 싶은데 이 동무의 사정은 어떤가, 내가 그쪽으로 들르겠다고 한다. 이방근은 일부러 최상화 씨가 오실 필요 없이 자신이 찾아뵐 수도 있겠지만, 마침 용무가 있어서 나가는 길……이라며 거절했다. 틀림없이 최상화는 이전과 마찬가지로 강몽구와의 회견 이야기를 꺼낼 것이다. 강몽구가 하루 이틀 사이에 찾아온다고는 해도, 이제서 '회견'을 한들 무슨 소용이 있을까. 게다가 별다른 준비도 없이 만나본들 잡담의 수준을 벗어나지 못할 것이다. 아니, 그보다도 현실은 이미 그의 구상을 넘어 움직이고 있었다. 화평 교섭의 당사자로서 군이 전면에 나서고 있는 판국이고, 강몽구로서도 그저 단순한 이야기라면 몰라도, 지금은 현실의 문제로서 최상화를 신경 쓸 여유는 없을 것이다.

　저녁 무렵, 이라기보다는 저녁 식사를 끝낸 초저녁 일곱 시를 조금 지나서 이방근은 밖으로 나왔다. 최상화에게 저녁에 볼일이 있다고 말한 것은 거짓이 아니었다. 아니, 그렇게 말하고 나서 외출을 생각했는지도 모른다. 이방근은 얼른 도청에 전화를 하여 빌린 돈을 갚을 겸 양준오의 하숙집에 가기로 했던 것이다.

　C길의 다리를 건너 왼쪽에 있는 기상대의 바다 쪽으로 난 길을 택했다. 벼랑 아래로 나 있는 그 작은 길을 올라가면 산지의 언덕이 나오는데, 동문교를 건너가는 것보다 그편이 지름길이었다.

　양준오의 하숙집의 작은 문은 이미 안쪽에서 빗장이 걸려 있었다. 밀어도 열리지 않았다. 음, 그렇지, 이방근은 순간 서늘한 기운이 등줄기를 타고 내려가는 것을 느끼며, 안채 고방의 큰 항아리 속에 웅크리고 있을, 그때 우체국의 계단을 비호처럼 뛰어넘어 도망간 키 큰 학생의 모습을 떠올렸다.

　"양 동무 있나."

　이방근은 일부러 소리를 내어 사람을 부르고, 가볍게 두세 번 나무로 된 문을 두드렸다. 파도 소리가 꽤 가까이 들려오는 어둠 속에서 작고 메마른 노크 소리가 잘 울려 퍼졌다. 곧 스웨터를 입은 양준오가 나왔다.

　"음, 집 안에 있는 사람에게 실례가 되었겠군……."

　이방근은 중얼거리듯 목소리를 낮춰 말하고는, 정신이 번쩍 들었는데, 이 말은 역시 경솔했던 것이다. 어쨌든 그 사실을 암시하는 듯한 말을 입 밖에 내는 것 자체가 좋지 않은 일이었다.

　"……"

양준오는 대답을 하지 않았다. 뜰을 지나 방으로 올라간 뒤, 손님이 올 거라고 말해 두었기 때문에 괜찮다고 했다.

"음, 그렇군, 좀 전에는 역시 내가 경솔했어. 아직 같은 곳에 있겠지."

이방근은 자신도 모르게 목소리를 죽여서 말했다.

"있을 겁니다. 그 사이 일본에라도 갔다면 안주인이 나에게 뭔가 말을 했겠지요."

두 사람은 그 이야기는 그만두었다. 이방근은 밤의 파도 소리밖에 들리지 않는 주변의 공기가 갑자기 몸을 옥죄어 오듯 팽팽하게 긴장되어 있는 것을 느꼈다. 전적으로 심리적인 반응에서 오는 현상이었지만, 실제로 공기 자체가 그처럼 움직여서 긴장하고 있는 느낌이 들었다. 왠지 기분 나쁜 느낌이었다.

둥근 밥상 위에 네모난 위스키 병과 유리로 된 물병, 그리고 치즈와 파란 완두콩 같은 간단한 안주가 놓여 있었다. 두 사람은 밥상을 사이에 두고 앉았다.

"저녁은 먹었나?"

이방근은 봉투에 넣은 2천 원을 양준오에게 건네면서 말했다.

양준오는 조금 빨리 먹었다고 말하고, 각자의 잔에 위스키를 따랐다. 소중히 여기던 스카치 위스키였다.

"……강몽구는 오지 않는군."

"확실히 오늘이라고 날짜를 정한 것은 아니지만, 내일이라도 찾아올지 모르지요. 지금, 여기에 와 있는 도중에 불쑥 나타날지도 모르고요."

양준오는 위스키를 천천히 입에 머금고 있다가, 튀어나온 울대뼈를 두세 번 오르락내리락하며 목구멍 안으로 흘려보냈다. 이방근도 잔을 손에 들고 단숨에 들이켜 위 속으로 떨어뜨렸다. 강하지만 감칠맛 나는 그 향기가 발산하면서 목구멍 안쪽에서 콧구멍을 통하여 숨결과 함께 밖으로 밀려 나왔다.

"우리 집에 직접 찾아오는 일은 없을 거야. 아버지가 그를 경계하고 있는 것을 알고 있거든. 뭔가 연락이 있을 거라고 생각하지만, 일곱 시를 넘기자 아무런 전화도 없어. 의외로 군이 뿌린 삐라를 놓고 이미 조직에서 토의를 거듭하고 있는 것이 아닐까. 양 동무가 말했듯이, 그건 분명 중요한 제안이니까. 그런데 낮에 잠깐 볼일이 있어서 경찰 서로 정세용을 만나러 갔다가, 그에게 군의 요청으로 지금 화해 교섭 의 움직임이 있는 것 같다며 물어보았지. 그랬더니, 정세용은 군은 독선적이라고 비판하더군. 경찰 측의 통일적인 견해로서 겉으로만 그 렇게 말했는지는 모르지만, 교전의 당사자인 경찰을 제쳐 두고 화해 교섭은 있을 수 없다, 경찰이 군의 지휘하에 들어갈 일은 없지 않느 냐. 군은 아무런 인명의 손상도 입지 않았지만, 경찰은 이미 많은 사 상자를 내고 있는 당사자다. 군은 그러한 경찰을 무시하고 있을 뿐만 아니라, 그것은 애당초 비현실적인 생각으로, 경찰과 군을 이간질시 키고 반목시키려는 공산당의 책략에 말려들 위험이 있는 행동이다, 라고 말하더군."

"그건 일반론입니다, 철저히 진압하기 위한……. 이미 군에 대한 여 러 가지 비판이 나오고 있습니다. 김 제9연대장은 게릴라를 옹호하고 있는 것이 아니냐는 의견, 의견이라기보다는 확실한 중상이 경찰 관 계에서 나오고 있습니다. 그러한 사정을 생각해 봐도 저는 게릴라 측 이 이번 기회에 제안에 응해서 화해 교섭의 실마리를 찾지 않으면 안 된다고 생각합니다."

"음." 이방근은 고개를 끄덕였다. 그는 담배에 불을 붙이고, 어젯밤 유달현이 군의 제안은 게릴라를 함정에 빠뜨리려는 계략일지도 모른 다고 한 말이 생각났다. "아마도 게릴라 측은 교섭에 응하지 않을까.

내가 일부러 강몽구에게 그 말을 꺼내 설득할 것도 없이 말이지, 적어도 강몽구 개인은 화해 교섭에 응할 거야. 나는 그렇게 생각해."

"이 형이 그렇게 말하는 무슨 근거라도 있습니까……?"

"특별히 근거라고 할 만한 것은 없어." 이방근은 위스키를 목구멍에 흘려 넣고 그 강한 자극의 반동처럼 고개를 옆으로 흔들었다. 문득, 숨이 막힐 것 같은 느낌이 들었다. 이야기하는 도중에 머리 한구석의 어둠 속으로 홀연히 하나의 상이 스쳐 지나갔다. 고방에 있는 큰 항아리의 칠흑 같은 어둠 속에 몸을 웅크린 채 잠겨 있는 소년의 괴로운 숨소리가 들려오는 듯했다. 그것은 이방근의 가슴속 고방에 항아리가 있고, 그 안에서 억제된 숨결이 희미하게 들려오는 것이었다. 그는 물을 마셨다. "……음, 목포에서 강몽구를 우연히 만났을 때, 시간이 없어서 두 시간 만에 헤어졌지만, 화평의 기운이 있다면 그때는 당연히 응할 것이라는 식의 말을 했어……. 이 말은 게릴라 측은 뭔가 정전의 시기, 즉 계기가 있다면, 그것을 놓치지 않고 잡겠다, 군경을 상대로 끝까지 장기전을 펼쳐갈 생각은 아닌 것 같아. 결론부터 말하자면, 단기전에서 유리한 정세로 만들어 놓지 않으면 승산이 없다는 것이겠지. 지금은 게릴라가 우세해. 군과도 적대관계는 아니야. 그러나 잠재적인 적대관계인 것은 사실이야. 그렇잖아. 어젯밤에 자네는, 우리가 자칫 비극의 주인공이 되어서는 안 된다는 말을 했는데, 그렇게 돼서는 안 되겠지. 연극으로 끝날 일이라면 또 몰라도……." 이방근은 일단 말을 끊고, 음, 그런데……하며 화제를 바꾸었다. "양 동무는 어제, 조만간 조직에 참가할 예정이라고 말했는데, 이제는, 그러니까, 일본에 갈 생각은 완전히 버린 셈인가. 특별히 일본이 아니라도 상관없겠지, 자네의 경우에는 마음만 먹는다면 미국에도 갈 수 있잖아. 통역으로 일하면서 생긴 연줄도 있을 테고. 이전에 미국에 와서 공부하지 않겠냐고 권유받은 일도 있지 않나?"

"……" 양준오는 놀라서 멍한 얼굴로 상대를 보며 웃었다. "왜 또 갑자기……. 연줄은 있어요. 작년에 재무국을 그만둔 동부의 시골 출신으로, 보스턴 대학의 연구자가 있었는데, 머더 중위라고 합니다만, 지금은 연구실로 돌아갔습니다. 극동언어문화연구소의 조교수를 하고 있고요. 여기에 있는 동안에도 조선어와 일본어 문헌을 수집해 연구하고 있었으니까요. 그런 미국인도 있습니다. 그러나 이야기가 나온 김에 말하는 것이지만, 제가 미국에 가서 도대체 무얼 하겠습니까. 차라리 일본이라면 몰라도 미국에 가게 되면 바로 먹고살 길이 없어요. 접시를 닦으며 고학을 하다니, 하하핫, 그렇게까지 하면서 미국에 갈 정열은 없습니다."

"만일 양 동무가 갈 생각이 있다면 약간의 돈은 내가 낼 수도 있어. 통장에서 2, 3년 정도 먹고살 돈은 찾아도 된다구. 정말이야. 다만, 자네가 가지 않겠지만 말야, 핫, 하아, 이런 이야기를 한다고 해서 내가 일부러 어젯밤에 말한 양 동무의 결의에 찬물을 끼얹으려는 것은 아니야. 그저 해 보는 이야기일 뿐이야……."

"이 형, 도대체 무슨 일입니까? 무슨 이야긴데요……."

양준오는 종잡을 수 없는 이야기에 멍한 표정으로, 이방근의 얼굴을 들여다보면서 담배를 물고 불을 붙였다.

"아니, 아무 일도 아니야. 특별한 이야기는 아니지만, 충분히 이성적인 이야기라서 말이지, 엉뚱한 이야기로 들릴지는 모르지만, 농담도 웃자는 이야기도 아니야. 음, 그래, 자네에게 상담할 게 있어. …… 상담이 아니고, 그야말로 웃자는 이야기일지도 모르는, 그런 이야기를 하고 싶어, 그리고 자네의 의견도 듣고 싶다는 생각을 하고 있어."

"무슨 일이 있었습니까?"

깊이 들이마신 담배 연기를 크게 품어낸 양준오의, 그 의아한 표정이 사라지지 않았다.

"아무것도 아니야. 지금 우스갯소리라고 했는데, 그러나 매우 진실한 이야기라고도 할 수 있어. ……인간의 힘이라고 하는 것은, 어떤 것일까. 아니, 복잡한 이야기가 아니야. 힘이라고 하면, 권력, 뭔가 추상적인 니체와 같은 철학적인 느낌이 들어……. 나치즘처럼 '힘'의 신봉자가 되기 쉽지만, 이른바 일반적인 의미로, 그 개인이 가지고 있는 능력에 걸맞은 실력이라고 해도 좋아. 내 경우는, 내가 생활하는 데 있어서 전제가 되고 있는 하나의 위치, 혹은 사회적 위치라는 것이 있지 않은가. 단적으로 말해서, 나에게는 부동산을 포함한 일정 정도 재산이 있어. 나는 예술가도 아니고 학자도 아니야. 그렇다고 장사꾼도 아니고 노동자도 아니야. 만일 내가 재산을 전부 탕진해서 무일푼이 된다, 즉 내가 알몸이 된다는 것인데……." 이방근은 씩 웃고 나서 위스키 잔을 입술에 갖다 댔는데, 그 눈이 날카롭게 빛났다. "양 동무, 그런 일도 있을 수 있겠지. 그래도 여전히 이방근이 있을 수 있을지, 존재할 수 있을지……."

그때, 갑자기 주변의 조용한 밤공기를 깨고 자동차의 엔진 소리가 들려왔다. 가까이 다가오고 있는 것 같았다. 이 주변의 좁은 골목까지 자동차가 들어오는 일은 거의 없었다. 탄력 있는 엔진의 폭발음으로 보아 지프인 것 같았다.

"이 형!" 양준오가 한 손으로 이방근을 제지하며 벌떡 일어섰다. "경찰이다, 여기로 오고 있어요. 가택수색이에요. 이 형은 가만히 계세요."

양준오의 가는 얼굴 양볼에 씰룩씰룩하며 경련이 일어나는 것이 보였다.

골목으로 들어온 지프가 집 앞에서 급브레이크를 밟아 차량이 삐걱거리는 소리가 확실히 들렸다. 계속해서 엔진 소리가 들려오더니 지프가 집 앞에서 멈추었다. 지프는 두 대 같았다. 복수의 거친 구둣발 소리가 들렸다. 문을 밀어 열려는 것 같았지만, 열리지 않자 몸을 부딪쳐 밀기 시작했다.

"문을 열어라!"

두세 명이 몸으로 부딪치면 작은 문은 금방 부서지고 말 것이다.

양준오는 뜰로 내려가 고무신을 걸치자, 문 앞으로 달려갔다. 안채 마루방의 판자문이 열리고 사람이 나왔다.

"지금, 엽니다."

양준오의 떨리는 목소리가 들리고, 계속해서 빗장을 푸는 소리가 들렸다. 이방근은 열린 미닫이 바깥에 있는 작은 툇마루에 우뚝 서서 문 쪽을 주시했다. 몸이 와들와들 떨려서 견딜 수가 없었다.

문이 열렸다. 몇 명의 총을 든 경찰이 회중전등을 비추며 안뜰로 들어왔다. 대장인 듯한 자가 양준오를 알고 있는지 몇 마디 승강이를 벌이다가, 경찰은 두 패로 나뉘어 두 사람이 이방근이 우뚝 서 있는 별채 쪽으로, 세 사람이 안뜰을 가로질러 안채로 향했다. 신발을 신은 채로 안채에 들이닥친 경찰들은 가족 전원을 마루방 한 곳으로 모아 놓고 난폭하게 가택수색을 시작했다. 뒤따라온 지프의 대원들은 집 주위를 에워싸고 있는 모양이었다.

별채를 향해 달려온 경찰 한 사람이 이방근에게 총을 들이댔다. 방에서 나오는 불빛에 비친 경찰은 두 사람 모두 젊었다. 용모로 볼 때 이 섬의 출신은 아니었다. 북쪽의 평안도 사투리였다.

"당신은 누구요!"

밤공기가 땀에 찌든 악취에 젖어 들며, 순간 이방근의 머릿속에 어느 동물원 우리 안의 소변 냄새가 내달렸다. 이방근은 자신을 겨냥한 총구의 검은 구멍을 보면서, 이상하게도 몸의 떨림이 멈춘 것을 의식했다.

"이방근이라는 사람이오."

"이방온…… 여기 가족인가?"

"내 친구로, 손님이오."

방 앞에까지 온 양준오가 옆에서 말했다.

"이방온이 아니라, 이방근. 서북청년회 중앙사무국장 고영상의 친구이자, 제주지부 함 회장의 친구요."

"뭐라고……. 고영상 중앙사무국장의 친구? 당신은 이북 사람이오?"

"아니오, 제주도 사람이지만, 내일이라도 함 회장에게 이방근에 대해 물어보면 될 거요."

상대는 기가 꺾여서 이방근에게 들이댄 총구를 옆으로 돌렸다. 경찰은 이방근을 제치고 방으로 들어가더니, 주위를 둘러보고 나서 밥상 위의 위스키 병을 보고 혀를 찼다.

"쳇, 이것 좀 봐, 진짜 양주 같은데."

총을 들이댔던 경찰이 병을 들어 입에 대고 나발을 불었는데, 바로 목이 막히자 기분이 상해서 뒷문을 박차고 밖으로 나갔다. 두 사람의 경찰은 옆에 있는 고방으로 들어가 수색을 했지만, 책장 등이 있는 그곳에 학생이 있을 리가 없었다. 그곳은 원래 고방이었지만 지금은 양준오가 방의 일부로 사용하고 있었기 때문에, 사람이 숨을 만한 곳은 없었다. 그들은 '범인'을 찾지 못해도 쓸 만한 물건이 있으면 채뜨려 갔다. 방에서 나온 경찰은 손전등을 비추며 돌담 구석구석까지 뒤지며 돌아다니고, 돌담 밖에서도 경찰들이 망을 보고 있어서, 손전등 불빛이 돌담 틈 사이로 반짝반짝 빛나고 있었다.

갑자기 총성이 울렸다. 안채 쪽에서 울린 총성은 한 발이 아니었다.

두 발 세 발…… 마치 카빈총처럼 연발적인 총성이었는데, 뭔가가 깨져서 그 파편이 주위에 흩어지며 부딪치는 소리가 총성 사이로 들렸다. 사람의 외침이나 비명도 들리지 않았다. 총성이 멎었다. 거짓말처럼 멎었다. 아마 열 발은 쏘았을 것 같은 그 열 발째가 마지막이라는 것처럼 총성은 딱 멎었다.

방 안에서 양준오와 이방근은 얼굴을 마주 보았다. 양준오의 얼굴에서 핏기가 가시고, 이방근은 갑자기 불쾌해지면서 뱃멀미를 하는 것 같은 느낌이 몸을 흔들기 시작했다.

양준오가 먼저 방을 뛰쳐나가고, 이방근이 그 뒤를 따랐다. 아니, 어떻게 된 일인가. 고함을 지르면서 경찰들이 안뜰로 뛰어나왔는데, 안채 한가운데에 보이는 판자문이 열린 마루방에는 일고여덟 명의 가족 전원이 어깨를 마주대고 한 덩어리가 돼 모여 있었다.

"아, 아닙니다. 아니에요……."

양준오가 어느새 쉬어 버린 작은 목소리로 괴로운 듯 말했다. 이방근도 성대가 말라붙은 것처럼 목소리가 나오지 않았다.

경찰이 철수했다. 두 대의 지프가 액셀을 밟아 엔진 소리를 높이며 후진을 하더니 어두운 골목에서 모습을 감췄다.

양준오가 문을 닫고 다시 빗장을 걸었다. 골목에는 아무도 나오지 않았다. 한동안 무거운 침묵이 흘렀다. 경찰이 한 사람도 남지 않고 철수했는지, 이 주변에 없는지 확인을 해야 했다. 그리고 외부로 집안의 이상한 분위기가 조금이라도 새어 나가는 일이 있어서는 안 된다.

갑자기 소녀의 울음소리가 들렸으나, 놀란 어머니가 딸을 꾸짖었다. 양준오가 안채로 올라가는 것을 보고, 이방근은 방으로 돌아와 미닫이를 닫았다. 몸의 떨림이, 다시금 몸의 떨림이 오한이 나듯 도졌다. ……소년이 죽었다. 총성은 아마도 고방 안에서 난 것이 틀림없었다. 고방에 있는 학생이 발견된 것일까. 발견되어 저항이라도 했던 것일까……. 아니, 알 수 없다. 이방근은 밥상을 앞에 두고 경관의 구둣발로 더러워져 꺼칠꺼칠해진 장판에 앉아, 손에 든 잔의 위스키가 무기력하게 잔물결을 일으키며 떨리는 것을 보다가, 쭉 하고 단숨에 들이켰다. 액체 모양의 칼날이 목을 가르며 떨어져 내렸다. ……소년은 죽은 것일까? 왜 내 뒤를 쫓듯이 습격을 해 온 것일까. 아니, 그런 문제가 아니다. 죽은 게 아니다, 만일 부상을 당했다면? 날카롭게, 머리의 내부를 스치고 지나간 섬광이었다. 음, 이방근은 잔을 소리 내어 밥상 위에 내려놓고는 자리에서 일어섰다. 병원으로 옮길 수는 없다. 고외과에게 부탁하면 와 줄 것이다. 아니, 그라면 온다. 이방근은 안채로 가는 것이 내키지 않았지만, 그럴 정황이 아니었다. 뜰로 내려서 안채 쪽을 보자, 마루방의 판자문도 그리고 온돌방의 미닫이 바깥쪽에 있는 덧문도 모두 닫혀 있고, 문 틈새로 전등의 약한 불빛이 새어 나오고 있을 뿐이었다. 이방근은 안뜰을 지나 안채 앞까지 가자, 가볍게 헛기침으로 신호를 했다. 두 번 반복할 필요도 없이, 신발 소리를 들었던 것인지, 바로 양준오가 판자문을 열고 나와 다시 꼭 닫은 뒤뜰로 내려섰다. 의외였지만, 긴장으로 굳어져 있는 양준오의 얼굴 표정이 밝았다. 아주 밝다고 해도 좋을 정도였다. 집 안에서 여자의 작게 흐느껴 우는 소리가 들려왔다.

"방으로 가시죠, 괜찮습니다, 살아남았습니다……."

양준오가 속삭이듯 말했다.

"뭐라고? 고방이 당한 거 아니었나."

"……"

양준오는 걸으면서 고개를 끄덕였다. 두 사람은 방으로 들어와 미닫이를 닫았다.

"살아 있어요. 기적입니다. 상처 하나 없어요. 이 형."

"호오……."

이방근은 신음소리를 내었지만, 순간적으로 빈혈을 일으킨 것처럼 어지러운 현기증을 느꼈다.

"놈들은 천장과 몇 개나 되는 항아리를 향해 총을 마구 쏘았습니다. 아아……." 양준오는 웃으며 한숨을 토했다. 그리고 두 개의 잔에 위스키를 아무렇게나 콸콸 따르더니, 이방근이 아직 잡지도 않은 잔에 가볍게 부딪치고는 입으로 옮겼다. "어느 항아리나 곡물이 들어 있어서 말이죠. 학생이 숨어 있던 가장 안쪽의 항아리도, 머리 쪽이 깨져 떨어져 나갔지만, 탄환에는 맞지 않았어요. 그는 짐과 곡물에 깔린 채 바닥에 엎드려 있었습니다……. 아이고, 이거 기독교인이 아닌데도 신에게 감사드리고 싶은 마음입니다."

이방근은 말없이 고개를 끄덕인 뒤, 손에 잔을 들고 양준오를 재촉해 위스키 잔을 부딪쳤다.

"죽었다고도 생각했는데, 만일 부상이라면……, 의사가 필요하잖아. 그래서 고외과에게 부탁하려고 생각하고 있었지."

"고외과, 그러면 왔을까요?"

"오지, 그 남자라면 온다구. ……그러나 이건 어떻게 된 일인가, 응."

"빨갱이 가족이라는 거지요. 아마 더 이상 경찰은 오지 않을 겁니다. 서둘러 2, 3일 안에라도 섬을 떠나는 것이 좋겠습니다. 일본의 오사카에도 숙모가, 여기 숙모의 여동생이 있다고 하니까, 하루라도 빨리 도일하는 것이 좋겠지요. 만일 발각된다면, 숙모 가족 전체에게 폐가 될 테니까요."

"……괴로운 시대야. 이것이 제국주의에서 해방되어 독립된 나라의 상황이라니. 어쨌든 다행이야. 내가 다시 살아난 느낌이 들어. ……이게 무슨 일이란 말인가. 서울로 출발하던 날 낮에, 우체국에서 목격한 광경, 아니, 그것은 무서울 정도로 처참한 운명적인 광경이었어. 그저 보고 있을 수밖에 없었던, 바늘 하나 들어갈 틈도 없는 순간이었지. 유리문을 사이에 두고, 양쪽 모두 문을 열기 위해 온몸으로 부딪치고 있었어. 공포의 절망이 폭발하던 문 안쪽 소년의 얼굴……. 뒤쪽에서 달려드는 '서북'의 곤봉. 그 광경으로부터 오늘의 일까지, 나는 사건의 자초지종을 무슨 운명이라도 되는 것처럼 보고 있었던 느낌이야. 가슴이 뜨거워. 위스키 탓도 있지만 가슴이 뜨겁구만. 나는 돌아갈 테니, 문까지 함께 가서 열어 주지 않겠는가. 양 동무는 안채로 가서 같이 상의를 해야 되겠지. 내가 할 수 있는 일이 있다면 도와주겠네. 그렇게 전해 주게나. ……놈들이 마치 나를 미행한 것처럼 습격을 해 오다니, 아무래도 기분이 좋지 않아. 오해 없도록 말 좀 해 주게."

이방근은 자리에서 일어났다. 양준오도 그 뒤를 따랐다.

"이 형은 또 무슨 말도 안 되는 생각을 하시는 겁니까. 이 형답지 않습니다. 도대체, 왜 그러세요."

두 사람은 방을 나왔다.

주위는 조용했다. 정원을 밟는 두 사람의 발소리 이외에 들리는 것이라고는, 바다와 그리고 횃불을 스치며 지나가는 바람 소리뿐이었다. 안채는 고요한 침묵의 창고처럼 아무런 소리도 들리지 않았다.

"그건 그렇고, 좀 전에 하던 이야기는 무슨 뜻입니까? 좀 이상했어요. 재산을 탕진하여 무일푼이 된다는 둥, 권력이 아닌 힘이라든가……."

"아아, 그 이야기는 이제 됐어. 잠시 변덕스런 기분이 발동했을 뿐이야. 그런 것은 놈들의 습격 덕분에 다 날아가 버렸어. 음, 그래, 언젠가 기회가 되면 다시 이야기하자구."

양준오는 빗장을 풀고 문을 열었다.

"조심하세요."

"난 괜찮아. 무슨 일 있으면, 오늘 밤 중에라도 연락을 하라구."

두 사람은 악수를 하고 헤어졌다. 양준오는 문을 닫고 빗장을 걸었다.

다음날, 강몽구로부터는 아무런 연락도 없었다. 강삼구는 여느 때와 마찬가지로 우편물만을 배달하고 그냥 지나쳤다. 강몽구가 우편배달부에게 뭔가를 부탁한다고 정해진 것은 아니었지만, 김동진의 비밀편지를 전달받은 뒤로는 그러한 연락 수단도 있다는 것을 생각하고 있었던 것이다. 이방근은 특별히 강몽구를 애타게 기다리고 있는 것은 아니었다. 군과의 화해 교섭 문제에 있어서도, 이쪽에서 양준오가 강조하고 있는 것처럼 이러쿵저러쿵 설득조로 말할 필요는 없을 것이라 생각했다. 그 자신은 화해 교섭의 요청에 응할 게 틀림없었다. 그러면 용건은 강몽구 쪽에서 이방근을 찾아와서, 이른바 최후의 압박을 가하는 일만 남게 되는 것이다. 그리고 남은 것은 이방근의 대응뿐이었다. 따라서 이방근은 강몽구를 특별히 기다리고 있는 것은 아니었지만, 상대가 자신을 만나기 위해 성내로 찾아오는 것이기 때문에, 연락이 없는 것을 신경 쓰고 있었다. 만일 체포되었다면, 어떤 형태로든 이방근의 귀에 들어오게 돼 있어서, 그리 걱정하지 않았다.

밤이 되어도 강몽구로부터 연락은 없었지만, 마치 강몽구를 대신하는 것처럼 여동생 유원이 나타나 이방근을 놀라게 만들었다. 그것은 갑자기 밤의 어둠 속에서 나타난 것이나 마찬가지였다. 오후 여덟 시 반. 만일 부엌이의 일이 여동생의 귀에 들어간다면, 어쩌면…… 하는 생각이 들지 않는 것도 아니었지만, 내심 두려워하고 있던 일이 현실로 된 것이다. 여객선은 운행정지가 되었다 하더라도 이방근 자신이 화물선으로 왔듯이 다른 수단이 없는 것은 아니었지만, 그러나 그렇다 하더라도 도대체 어떻게 된 일인가. 너무 빨랐다. 일의 진행 속도가 너무 빨랐다. 유원의 갑작스런 귀성은 해상봉쇄가 계속되고 있었던 만큼 아버지와 선옥도 놀라게 만들었다.

초인종을 누르지 않고 쪽문을 통해 살짝 들어온 유원은 먼저 오빠의 서재 앞 툇마루에 여행 가방을 놓았는데, 방 안에 있던 이방근은 그 기척을 알아차리고 있었다. 누구야? 하고 소리를 지르려는 순간에 미닫이 저쪽에서, 오빠 계세요? 라고 조심스러운 느낌으로 오빠를 부르는 유원의 목소리가 들렸던 것이다. 순간 자신의 귀를 의심한 이방근은 놀란 나머지 소파에서 일어나 미닫이를 연 서재에서, 쏟아지는 불빛에 씻겨 나온 듯이 홀연히 나타난 듯한 제복 차림의 여동생을 보았다. '하늘에서 떨어졌는지, 땅에서 솟아났는지' 하는 느낌을 주는 유원의 출현이었다.

"도대체, 어떻게 된 일이냐."

이방근은 툇마루 앞에 우뚝 서 있는 여동생을 쳐다보면서 어이없다는 듯이 말했다.

"오빠, 놀랐어요? 화났나 봐요."

밝은 불빛 속에서 여동생이 쌩긋하고, 약간은 쑥스러운 듯 미소를 지었다. 살짝 들어온 것은 마침 쪽문이 닫혀 있지 않은 탓도 있었지만, 오빠를 두려워했다기보다는 장난기가 발동한 모양이었다.

"화내고 말고 할 일은 아니지. 음." 이방근은 불쾌한 듯 말했다. "대체 어떻게 온 거야……? 자아, 올라와. 아니, 아버지가 계시니까, 그쪽에 먼저 가서 인사를 하는 게 좋겠다."

"예, 그렇게 할게요. 그리고 배가 고파서 간단하게 밥 좀 먹고 올게요. ……오빠, 부엌이는 집에 없지요?"

"아, 그래." 이방근은 확실하게 대답했다. 유원은 부엌이가 집을 나간 이유까지 알고 있는지 어떤지……. 당장은 모르더라도 곧 알게 될 일이다. "어떻게 그 일을 알고 있지. 누구한테 들었어?"

"오빠가 서울을 출발하던 그 날, 아버지로부터 전화가 왔었어요. 그때 부엌이도 집에 없다고 아버지가 말씀하셨어요. 흰둥이도 함께 부엌이가 데려갔다면서요."

"음, 그랬구나. 그래, 말 그대로야, 부엌이도 고양이도 없어졌어. 자아, 아버지한테 들렀다 오는 게 좋겠다. 고양이 일로 어머니에게 다른 말은 하지 않을 게 좋을 거야."

"새끼 고양이는 부엌이가 데리고 가서 잘 됐어요."

유원은 가방을 들고 안뜰을 지나 맞은 편 안채의 거실로 올라갔다.

이방근은 미닫이를 닫자, 소파에 앉아 담배를 물고 불을 붙였다. 그는 적잖게 당황하고 있었다. 부엌이가 집을 나간 이상, 언젠가는 그녀의 일도 여동생에게 들킬 것이라고 각오는 하고 있었지만, 일의 진척이 조금 빨랐다. 좀 더 유예가 있길 바랐다. 그러나 어차피 맞을 매라면 일찌감치……라는 말도 있지 않은가. 모교 창립 20주년 기념문화제로 19일부터 25일까지 수업이 없다며, 여동생이 이전부터 집에 돌아가고 싶다고 했던 것은 사실이었다. 그리고 이방근이 서울에 갔을 때도 함께 돌아오고 싶어 했지만, 해상봉쇄라는 비상사태가 발생하기도 했고, 또 제주도에 도항허가를 받기 위한 적당한 증명서도 없었기 때문에, 이방근은 여동생을 데리고 오지 못했다. 그러나 무엇보다 휴일 때마다 반복해서 돌아올 필요는 없었다. 그런데 대담하게도 혼자서 돌아온 것이었다. 여동생의 거듭된 귀성은 지금까지 없었던 일이고, 달리 뭔가 목적이 있겠지만, 아마도 아버지로부터 받은 전화가 큰 자극이 되어, 그리고 그 목적을 위한 구실이 되었을 것이다.

탁자에는 빈 찻잔이 두 개 놓여 있었다. 두꺼운 유리 재떨이는 손님인 최상화와 이방근이 피운 담배꽁초로 지저분하게 더럽혀져 있었고, 옆에 있는 나전 세공의 검은 옻칠을 한 담뱃갑에는 가는 재가 비듬처럼 내려앉아 있었다. 최상화는 유원이 오기 십여 분 전에 막 돌아간 참이었다. ……이 동무, 나는 예전에 이 동무에게 강조했듯이 지금이야말로 화평 철학이 필요한 때야. 나는 4·3폭동 발생 이래 지금까지 괴로운 시간을 보내고 있는데, 우리 동포들끼리 서로 다투고 죽이는 어리석은 짓을 반복하고 있는 것은 어찌 된 일인가. 보라구, 군의 선무 삐라 문구는 나의 사상 그대로라구. 다행히 나의 생각이 세상에 받아들여져, 현실적으로 군이 화평을 게릴라에게 제한하기에 이르렀다는 것은, 그야말로 함께 기뻐해야 할 일이지……. 그러나 최상화는 군의 이번 화평 교섭의 제안에 낭패하고 있었다. 군이 삐라를 뿌린 것은 게릴라와의 연락 방법이 없어서 그 실마리를 찾으려 한 일이었고, 군은 게릴라와의 접촉을 비밀리에 진행하려 하고 있었다. 감이 될지 고욤이 될지 알 수 없는 화해 교섭의 제안과 그 진행과정이 공공연히 알려지게 되면 주로 경찰 측의 여러 가지 방해와 혼란을 불러올지도 모른다는 우려가 있었다. 그런데 최상화는 합동연설회에서 화평 교섭의 필요성을 강조하고, 자신에게 선견지명이 있다는 것을 한바탕 선전했던 것이다. 자신은 4·3폭동 발생 직후부터 화평 교섭이 절대로 필요하다고 통감하고 있었으며, 역사적인 총선거를 성공리에 추진하기 위해서라도, 경찰과 군, 그리고 게릴라의 삼자가 교섭의 자리에 앉지 않으면 안 된다 운운……이라고 말하여, 경찰과 '서북' 등의 우익 청년단, 게다가 본인이 소속돼 있는 정치단체인 대한독립촉성국민회로부터 비난 공격을 받았을 뿐만 아니라, 군으로부터도 화평 교섭에 관한 일은 일절 공개되어서는 안 된다. 그것은 현 단계에서 화평 교섭에 지장을 초래하는 행위다. 국회의원 입후보자라고는 해도 당사자가 아닌 사적인 개인에 불과하다. 사적인 개인이 무책임하게 화평 교섭에 관한 발언을 하는 것은 삼가야 할 일이라고 엄중히 항의를 받는 난처한 입장에 빠졌다. 최상화는 자신이 해야 할 중요한 일을 남에게 빼앗겼다는 듯이, 한편으로는 경찰을 뺀 군의 교섭 제안에 화를 내고, 또 군이 중개에 나선 3자회담에 응하지 않은 경찰에 대해 불만을 표출하였다. 그리고 종국에는 당국과 게릴라 측의 중개라는 자신의 역할이 없어짐으로써, 이방근에게조차 돈키호테 같다고 생각하게 만든 그 '화평 철학'의 뜻하지 않은 '현실화'에도 불구하고, 그 현실의 어디에도 빌붙을 곳이 없다는 자신의 처지에 안절부절못하고 있었다. 어쨌든 향토 출신 국회의원 후보자 최상화 개인으로서 강몽구와 만나고 싶으니, 서둘러 수고를 좀 해 주지 않겠느냐고 이방근에게 거듭 부탁하는 것이었다. 그러나 그것은 불가능한 이야기였다. 도대체 만나서 무슨 이야기를 한다는 것인가. 군이 제안을 하고 있는 현재, 강몽구가 응할 리가 없었고, 또 응할 필요도 없었다. 따라서 지금은 일단 군의 제안에 대한 게릴라 측의 움직임과, 쌍방의 교섭의 진행 상황을 지켜보는 편이 좋겠다며 완곡히 거절했던 것이다. 애당초, 거절이고 뭐고, 군조차도 삐라를 뿌려서 호소하고 있는 판국에, 산속에는 있겠지만, 그 어디에 있는지도 모르는 상대와 만날 방법이 없지 않은가. ……이 동무, 강몽구와 은밀히 만날 방법은 없는가? 언제 나타날지도 모르는 유령 같은 존재라서, 만나는 것도 상대의 사정에 맡길 수밖에 없습니다. 그가 성내에라도 찾아와서, 불쑥 연락이라도 해 온다면 몰라도, 그렇지 않으면 상대가 어디 있는지 알 수 없기 때문에 연락을 취할 방법이 없습니다. 안 그렇습니까……. 그야 그렇겠지만, 으—음, 도대체가 요즘 공산당이나 게릴라는 정체불명의 유령 같은 존재로구만, 소리는 나는데, 어디선가 총성은 울리는데, 모습이 보이지 않는다는 것이지…….

이방근은 최상화가 돌아간 뒤에, 이미 여덟 시를 지나고 있어서 강몽구로부터 전화가 올 시간이 아니었는데도, 그러나 오늘쯤은 어쩌면 무슨 연락이 있는 것은 아닐까(최상화와 그와 같은 이야기를 한 탓도 있었지만) 하는 생각을 하고 있었다. 그때 이방근은 결코 강몽구가 아닌, 누군가 조용한 발소리가 서재의 툇마루 앞으로 다가오고 있다는 것을 알아차리고, 그리고 무언가 짐을 툇마루에 놓는 소리를 들었던 것이다.

이방근은 꽁초로 파묻혀 더러워진 재떨이에 재를 떨고 담배를 피우면서 어떻게 하면 좋을지 망설였다. 어차피 알려질 일이니, 부엌이가 집을 나간 것은 자신의 탓이라고, 여동생 앞에서 '고백'을 해야 하나 말아야 하나. 그러나 어차피 내일은 알게 될 거라면 미리 자신이 이야기할 필요는 없을 것이다. 여동생 쪽에서 비난해 올 것이다. 방금 전에는 갑자기 돌아와 계면쩍은 웃음으로 얼버무렸지만, 부엌이의 일로 비난해 올 것임이 틀림없었다. 아마도 아버지나 계모가 부엌이를 내보낸 원인을 그 자리에서 확실히 이야기하지는 않겠지만, 그래도 사실을 알면 여동생은 잠자코 있지 않을 것이다.

유원은 20분쯤 지나 옷도 갈아입지 않고 제복 차림 그대로 서재로 들어왔다. 세수를 했는지 맨얼굴에 윤기가 돌았다.

"그렇게 빨리 밥을 먹었어?"

"예, 간단하게 먹었어요. 아버지하고 이야기하고 있는 사이에 어머니가 독상을 차려 와서……."

그녀는 더러워진 탁자 위를 보더니, 아이고, 이렇게 더러워져 있네……, 오빠는 부엌이가 없으면 불편해서 곤란할 텐데, 라고 중얼거린 뒤, 소파에 앉지 않고 방을 나갔다. 유원은 아직 부엌이를 내보낸 원인을 모르고 있는 것 같았다. 유원은 젖은 행주와 쟁반을 들고 오더니, 탁자 위를 정리하고, 다시 부엌을 왕래하며 재떨이를 씻고, 차를 내왔다.

"언제 배를 탔어, 오늘 아침이야?"

이방근은 여동생이 소파에 무릎을 가지런히 모으고 앉는 것을 본 뒤 말했다.

"예, 아침 아홉 시에 탔어요. 어젯밤은 목포의 숙모 집에서 잤어요. 어제 아침에 서울을 출발했으니까. 내가 돌아오지 않는 게 나았을까……."

"그건 또 무슨 소리야, 아버지나 누가 뭐라 하든?"

"아니요."

유원은 오빠를 똑바로 바라보며 가볍게 고개를 옆으로 흔들었다.

"돌아온 게 나쁘다는 것은 아니지. 어차피 지금은 여기에 와 있으니까. 그러나 서울과 여기는 옆에 있는 마을은 아니야. 게다가 바다가 가로막고 있어. 특별한 일이 없는 한 자주 왕래하기는 어렵다는 것이지. 너와 헤어진 것은 사흘 전이야. 음, 그러나, 용케도 배를 탔구나. 어디 증명서를 손에 넣은 거야. 오빠의 흉내를 내면서까지……. 비상사태가 발생했는데 무슨 일이라도 있으면 어쩌려구, 도대체……."

"무슨 일이 있을 리가 없잖아요." 유원은 자신의 앞에 있는 찻잔을 양손으로 들고 말했다. "제대로 된 여행증명서를 지참하고 배를 탔다구요. 오히려 보통 때보다도 안전했어요. 증명서는 그저께 아침부터 뛰어다녀 만든 거구요. 같은 반 친구의 아버지가 중앙군정청의 국장으로 있는데, 친구에게 부탁해서 그 아버지가 직접 수도경찰청을 소개해준 덕분에, 아버지가 위급해서 귀향해야 한다는 여행증명서를 만들었어요. 친구가 계속 같이 돌아다녀줘서……."

"음, 너도 제법이구나. 아버지를 환자로 만들면 정말로 병이 난단 말야. 그건 그렇고, 무엇 때문에 돌아온 것이냐."

"……" 여동생은 양손에 든 찻잔에 시선을 떨어뜨린 채 잠시 말이 없었다. 그녀는 차를 한 모금 입에 머금어 마신 뒤 탁자 위에 내려놓고 나서 말했다. "부엌이의 일이 신경 쓰여서……, 아버지는 전화로 불쑥, 부엌이가 집을 나가게 되었다고만 하시고, 이유를 물어도, 그녀의 시골에 사정이 생긴 것 같다고만 하셨단 말이에요."

음, 시골 사정으로 부엌이가 집을 나갔다는 말인가. 급한 불을 끄려고 변명을 한 셈이다.

"그 일이라면 일부러 올 필요는 없었을 텐데. 전화를 걸어서 사정을 자세히 물어볼 수도 있잖아."

이방근은 차를 홀짝였다.

"저는 부엌이를 데리러 가야겠다는 생각으로 온 거예요. 아무도 데리러 가지 않는다면……."

유원의 눈빛이 파도를 치며 흔들렸다.

"뭐라고…… 부엌이를 데리러 가?" 이방근은 허를 찔린 느낌으로 펄쩍 뛰며 소리를 질렀다. "너는 그 일 때문에 일부러 서울에서 왔단 말이냐?"

"그 말은 서울에서 일부러 올 만큼의 필요나 가치가 없다는 말인가요."

"으흠, 건방진 말을 다 하는구나……."

돌아온 것은 단지 그 이유 때문이란 말인가……. 이방근은 호통을 치지는 않았지만, 여동생을 노려보며 거의 나올 뻔한 말을 삼켰다.

유원은 두려워하듯이 크게 뜬 눈에 오빠의 시선을 흡수하였지만,

이내 시선을 떨어뜨리고 상대의 입술 끝에 살짝 보인 차가운 웃음을 느꼈다.

"오빠, 화내지 말아요……. 건방졌다면 용서해 주세요, 그럴 생각은 없었으니까……." 유원은 굳어진 무릎 위에서 양손을 비볐다. "저는 납득이 가지 않아요, 뭔가의 이유가 있어요, 안 그런가요. 시골에 어떤 사정이 있어서, 돌아가지 않으면 안 되었을까요. 지금까지도 설날과 추석 때는 언제나 돌아갔잖아요. 부엌이는 하녀이긴 했지만, 우리 가족의 한 사람이에요. 어머니가 살아 계셨다면 이런 일은 절대로 없었을 거예요. 어머니가 병으로 누워 있을 때도, 그리고 돌아가시는 순간까지 꼭 붙어서 수발을 들고 간호를 했던 부엌이란 말이에요……."

"돌아가신 어머니 이야기는 하지 마."

"……오빠, 부엌이는 시골에 무슨 일이 있어서 돌아간 거예요. 이 집에서 나간 이유가 뭐예요?"

유원의 볼이 그늘지며 굳어지고, 양 눈에 반짝이는 것이 밀려 나오듯 촉촉하게 번졌다.

이방근은 여동생의 하얀 이마와 한쪽의 헝클어진 머리칼을 보면서 잠자코 있었다. 대답할 필요도 없이 답은 이미 나와 있었다. 그는 담배를 들고 끝을 부드럽게 문질러 불을 붙였다. 담뱃잎이 흘러나올 정도로 너무 문질렀는지, 담배 끝이 순간적으로 불꽃을 올리며 타올랐다. 이방근은 웃으며 담배를 잠시 입에서 떼어 불어 껐다.

"거짓말이죠. 진짜 이유가 또 있는 거죠. 오빠, 오빠는 유원에게 말해 주세요. 아버지와 같은 말은 하지 말고, 사정을 말해 주세요."

"너에게 거짓말을 해서 뭐 하겠어. 거짓말은 안 해. 아버지로서도 특별히 너에게 거짓말을 한 건 아니야. 다만 그 사정은 내일까지 기다리면 알 수 있을 거야. 아니, 알 수 있어. 오늘은 늦었고, 내일이 되면 저절로 알게 될 테니까, 그렇게 하렴……"

여동생의 두 눈에서 참았던 눈물이 흘러 떨어질 것이다. 이방근은 소파에서 일어나 담배를 문 채 뒤쪽 창가로 가서 투명한 소리를 내는 탁상시계의 차가운 대리석 표면을 쓰다듬으며 어두운 밖을 바라보았다. 시각은 아홉 시를 지나 있었다. 그는 내일이 되어 거리에 나가 보면 알게 될 것이라고까지는 말하지 않았다. 그는 부엌이의 일도, 그리고 굿판의 현장에서 일어난 일도 여동생에게 이야기할 각오가 되어 있었지만, 그렇다고 그것을 여동생 앞에서 자신이 먼저 말할 생각은 없었다. 여동생이 거리의 소문을 듣고 그것을 오빠에게 따지고 들기를 기다리면 되는 것이다. 그러면 나는 대답할 것이다. 그리고 사실로서 인정하면 그만이다. 어두운 밤공기 속으로 갑자기 총성이 되살아나 가슴을 찔렀다.

"내일이 되면 저절로 알게 된다는 게 무슨 말이에요. 아버지도 계모도, 오빠까지 모두 한통속이 되어 미리 짠 것 같은 느낌이에요." 유원은 창가에 서서 담배를 피우고 있는 오빠의 두꺼운 등을 향해 말하고, 이방근은 충분히 그 이야기하는 시선의 끝을 느끼고 있었다. 유원은 오빠의 빙빙 돌리는 듯한 말투에 더욱 수상하다는 생각을 하는 모양이었다. "내일이 되면 뭘 알 수 있다는 건가요. 내일이 되면, 누군가가 그 이유를 알고 있는 사람이 나타나서 저를 위해 이야기해 준단 말인가요. 오빠, 내일이 되면 무슨 일이 일어나는 거예요. 내일이라는 말 그 자체가 불안해져서 견딜 수가 없어요. 내일까지 불안을 기다리고 있어야 하다니, 싫어요……"

"허풍 떨지 마. 나까지 불안해지는 말은 하지 말고, 그 이야기는 내일 하자구. 가서 소주라도 두세 잔쯤 가지고 와 줄래."

이방근은 여동생에게 등을 돌린 채 부드럽게 말했다. 머릿속에 울린 총성의 메아리가 아직까지 사라지지 않고 있었다.

"……그렇게 하라면 그렇게 할게요." 유원은 오빠의 말을 거역하지 않았다. 거역한다고 해서 내일이 빨리 오는 것도 아님을 알고 있는 것이다. "예, 소주를 가져올게요. 오빠, 나도 함께 조금만 술을 마시면 안 될까요? 부엌이 이야기는 일절 하지 않을게요……."

그때 이방근은 움찔하며 전화벨이 울리고 있다는 생각을 했다. 분명히 전화였다.

"전화가 아닌가……." 이방근은 미닫이 쪽을 돌아보며 말했다. "너는 거기에 앉아 있으면서 전화벨 소리도 못 들어."

유원은 오빠의 무서운 얼굴에 놀라 소파에서 일어났다.

"아니야, 내가 갈게."

이방근은 멍해 있는 여동생을 제쳐 두고 황급히 미닫이를 열고 서둘러 응접실로 향했지만, 전화벨 소리가 더 이상 나지 않는 것을 보니 선옥이 받은 모양이었다. 이방근이 응접실로 막 들어가려 할 때 선옥이 나왔다.

"고 선생으로부터 전화야."

"고 선생? 어떤……."

"고 선생 말이야, 외과의원을 하는……. 방근이 무슨 일 있어?"

"아니요, 아무 일도 없고요, 제주도에는 김씨나 이씨처럼 고씨가 많아서……."

이방근은 한순간 고 선생이, 고일대, 강몽구라고만 생각하고 있던 것이다. 그는 기대에 어긋난 느낌이 들기도 했지만, 그러나 선옥이 받은 전화인 만큼 그편이 나았다. 이방근은 여보세요…… 하고 통 모양의 수화기를 귀에 대고, 외과의사인 고원식의 목소리를 들었다. 그런데, 그 전화의 내용이 이방근을 놀라게 했다. 고일대가 집에 와 있다는 것이었다. ……그게 정말입니까? 상대는 웃으며 그렇다고 대답했다. 그리고 옆에 있던 강몽구를 바꿔 주었다. 강몽구와의 이야기도 사무적으로 그저 1분 정도로 끝났지만, 내일 아침 열 시에 이방근이 고외과로 찾아가기로 하고 전화를 끊었다.

4

이방근은 아침 열 시 전에 집을 나와 고외과의원으로 향했다. 어제와 그저께, 강몽구로부터 어떤 형태의 연락이 올 것인지 생각해 보았지만, 어젯밤 아홉 시를 넘겨서, 게다가 고외과가 전화를 걸어온 데는 적잖이 놀랐다. 지금까지 상상도 못했는데, 고원식이 있는 곳도 강몽구의 아지트의 하나가 되어 있었던 것이다.

관덕정 광장을 나온 이방근은 영화관이 있는 거리로 나와, 아직 열려 있지 않은 명선관 앞을 지나 남쪽으로 완만한 언덕길을 올라갔다. 그리고 보면, 명선관에도 한동안 얼굴을 내밀지 않았다는 생각이 들었다. 언제였던가, 일전에 부엌이와의 관계가 세상에 알려지면서 서울로 가기 전후였는데, 단선을 유혹해 어딘가 멀리 여행이라도 떠날까 하는 철없는 생각을 하던 자신을 생각해 내고 이방근은 혼자 웃었다. 철없는 생각이었지만 그렇다고 불가능한 것은 아니었다. 그것은 꿈을 훑듯 달콤한 상상이었지만, 상상 그 자체가 일종의 변덕스런 마음에서 나온 것으로 어느새 사라져 버리고 말았다. 여자를 데리고 여행을 떠난다? 핫하하, 도대체가……. 상대인 여자가 상상도 하지 못할 일을 혼자서 머리에 그려 보고, 거기에 혐오가 아닌 달콤한 꿀의 향기를 맡았다는 사실에 이방근은 웃었다. 자, 어디, 서울에라도 함께 데리고 가서 거기서 살아볼까……. 이방근은 길을 가면서 계속 웃다가 담배를 물고 성냥을 그었다. 마담인 명선, 그리고 단선의 귀에도 굿판에서 생긴 일과 관련된 소문이 귀에 들어갔을 것이다. 그리고 이 선생님이 소같이 추한 하녀와 정을 통하다니……라면서 어이없어 하고 놀랐을 것임에 틀림없다. 그것은 또 사람들의 상상력을 즐겁게 자극하는 재료이기도 했다. 이 괴기한 소문의 재료가 이번에는 유원의 상상력을 도발시키는 상황이 되었다. 서울에서 단선과 동거를 한다……. 아니, 서울이 아니면 안 될 아무런 이유는 없다. 그녀를 데리고 섬을 떠나 어딘가에 정착한다……. 이런 변덕스런 상상은 그것이 금방 사라져 버릴 일과성을 지니고 있었기 때문에 이방근의 마음을 즐겁게 했다. 그러나 이방근은 의식의 밑바닥에서 이제 곧 만나게 될 강몽구에 대한 대응을 어떻게 할 것인지를 생각하며 긴장하고 있었다.

오늘은 강몽구에게 스스로가 답을, 뭔가의 의사표시를 할 차례였다. 비밀당원으로서 조직에의 참가 요청에 대한 답은 이미 정해져 있었지만, 그렇다고 이방근은 긍정이 아닌 부정의 대답을 자신이 먼저 꺼내는 것이 과연 타당한 것인지 망설였다. 이야기의 성질은 전혀 달랐지만, 어젯밤 양준오의 입당 의사표시도 이방근이 상대를 거기까지 몰고 가, 하나의 계기를 만들었기 때문에 나온 것이었다. 예스인지 노인지, 상대로부터 대답을 요구받는 편이 노라고 고개를 옆으로 흔들기 쉬울 것이다. ……당중앙, 중앙, 중앙, 당중앙, 중앙위원회……. 박갑삼이 서울에서 반복한 그 말의 여운이 되살아나는 주술적인 권위의 울림. 장엄한 종소리와 그 여운을 비교하는 것은 오버하는 것일까. 아니, 당 조직은 모든 것을 뛰어넘는 절대 진리의 종각이고, 당이 발하는 메시지는 그 종의 울림이며 장엄한 여운이다. 왜 이렇게도 당조직에의 참가 거부가, 반정의, 반민족, 반진리와 같은 어떤 떳떳하지 못한 감정의 함정에, 스스로를 떨어뜨리려고 하는가. 그 조직의 투쟁에 참가하지 않는 자는 정의의 벼랑에서 떨어질 수밖에 없는 것이다. 왜 조직이 정의인가. 적어도 현실에 있어서, 정의롭지 못한 것과 근본적으로 대립을 하고, 투쟁하고 있는 것이 조직임에는 틀림없는 사실이었다. 그 정의가, 절대정의가 정의 그 자체의 자유를 빼앗는다.

고외과의원의 부엌 출입구로 들어간 이방근은 고원식의 아내가 안내하는 대로 여러 개의 방 중에 하나로 들어갔다. 목련의 큰 꽃송이가 가지가 휘어질 만큼 피어 그 향기가 툇마루까지 전해 오는 뒤뜰에 접한 온돌방이었다. 탁자 앞에 앉아 일본 녹차를 마시고 있던 체구는 작지만 다부진 체격의 강몽구가, 아이구, 잘 와 주었습니다 하고 웃는 얼굴로 일어나 상대를 올려다보듯이 하며 악수로 맞이했다. 이방근은 지금 들어온 마루방의 입구를 등지고 탁자 앞에 앉았다.

강몽구의 얼굴에는 목포에서 보았던 안경은 없었다. 그 두꺼운 입술 위에 옆으로 뻗은 짙은 콧수염을 기르고 있었지만 특별히 변장은 하지 않았다. 낡은 작업복 차림에다 벽에 걸린 그의 것으로 보이는 패랭이를 쓰면, 흔한 섬 주민의 모습, 수염을 기른 농부라는 인상을 주었다. 남승지가 평소 갖추고 있던 복장이기도 했다. 언젠가 양준오와 함께 찾아갔던 S리의 남승지 고모부를 떠올리고 이방근은 웃음을 흘렸다. 콧수염을 기른 다부진 체격의 그는, 양지 바른 곳에서 짚신을 삼고 있다가 잠에 빠졌는지, 흙벽에 기대어 코를 골다가 찾아온 손님의 기척을 느끼지도 못했던 것이다.

안주인은 녹차를 내려놓은 뒤 방을 나가면서 공손하게 마루방 쪽의 문을 닫았다.

"콧수염이 잘 어울립니다. 그건 진짜겠지요."

이방근은 뜨거운 녹차의 떫은맛에 미각이 조여드는 것을 느끼며 웃는 얼굴로 말했다. 그러나 강몽구의 콧수염이 어울리든 말든 그것은 지금부터 이야기할 본론과는 관계없는 일이었다.

"이 동무는 눈이 제대로 달려 있는 건가. 이게 진짜가 아니라면 붙인 것이라는 말인데, 당치도 않은 소리야." 강몽구도 웃으며 코 밑에 난 거친 수염 다발을 잡고 세게 잡아당겨 보였다. 그리고 퉁방울눈을 크게 뜨고 상반신을 탁자 위에 내밀듯이 목을 빼고 상대에게 잡아당겨 보라고 말했다. 아무래도 자신의 코 밑에서 생명을 갖기 시작한 콧수염에 애정을 느끼고 있는 모양이었다.

"아이고, 잘 알았습니다. 얼굴을 원래의 위치로 되돌려 주세요. 훌륭한 진짜 수염입니다."

"핫하, 핫하아." 강몽구는 여전히 수염을 만지작거리며 자세를 원래의 위치로 되돌렸다. "수염은 일주일만 깎지 않고 내버려 두면, 곧 자라서 말야. 이 수염은 벌써 보름이나 되어서 지금이 한창 자랐을 때야. 수염은 분명히 사람의 인상을 바꿔 놓곤 하지. 산의 유격대원들은 모두 얼굴 전체가 시커먼 수염투성이라서, 그대로 자신의 마을로 돌아가도 목소리로 판단하지 않는 한 아무도, 가족이라도 금방 알아보지 못하지."

"언제 오셨습니까?"

"엊저녁 늦게, 고 동무에게 부탁해서 댁으로 전화를 하기 얼마 전이었으니까, 여덟 시경에 성내에 도착했을 걸세."

"여기라면 괜찮을 거라고 생각합니다만, 주의해 주십시오. 노리고 있으니까요. 저희 집에는 오시지 않는 게 좋을 겁니다……."

이방근은 부엌이도 없고……라는 말이 나오려는 것을 억눌렀는데,

어쩌면 상대는 이미 그녀가 집에 없는 것을 알고 있지 않을까 하는 생각을 했다.

"특별히 필요한 경우가 아니면 성내에서는 돌아다니지 않을 작정일세. 초저녁부터 열 시쯤까지가 가장 안전하다고나 할까. 그런데 서울에 있는 여동생은 건강하게 지내고 있나? 분명히 여동생의 일로 서울에 갔다 오셨지 아마……."

강몽구가 말했다.

이방근은 고개를 끄덕이고, 서울에서의 볼일은 끝났다고 대답했지만, 지금 여동생이 집에 돌아와 있다고는 말하지 않았고, 말할 필요도 없는 일이었다. 이야기의 범위가 좁혀져 본론의 바로 코앞에 와 있었다.

"그런데……." 이방근은 담배를 재떨이에 가볍게 두드려 재를 떠는 상대의 뼈마디가 굵은 손을 보면서 말했다. "경찰 측은 증원부대를 보내면서도 어떻게 손을 쓰지 못하고 있는 모양입니다."

이방근은 이야기를 본론에서 슬쩍 돌렸다. 그런데, 예의 건 말입니다만…… 하고 단도직입적으로 이야기가 나오지 않았기 때문이다.

"군이 출동하지 않고 있기 때문에 '게릴라 토벌계획' 그 자체에 지장을 초래하고 있는 셈이지. 제주도의 지리에 익숙하지 않은 본토에서 파견된 경찰대만으로는 어쩔 수가 없을 거야."

"군에 대해서도 게릴라 토벌의 명령이 떨어졌지 않습니까."

"명령이 떨어지긴 했지만, 그것이 결정적인 영향력을 갖지 못하고 있어. 부산 주둔 제5연대 제2대대가 이미 제주도에 파견되어 제9연대의 지휘 아래 들어가 있을 정도니까 명령은 실행되고 있는 셈인데, 아직 실전 단계에 들어가지 않았기 때문에……. 음, 그러니까, 군 자체가 움직이지 않고 있는 것이지. 오균 대대장도 교육훈련만 하고 있고, 경찰의 출동 요청에는 응하지 않고 있어. 일전에 목포에서 잠시 이야기한 적이 있지만, 그는 우리와 연결되어 있어서, 이건 비밀이지만, 나는 그를 만나 유격대 지도부와 연결을 시켜 주고 있다네. 오균은 김 연대장과 마찬가지로 아직 서른이 안 된 청년 장교야……. 음, 그런데 이 동무, 이번에 돌아오고 나서 유격대와 군의 화해 교섭 이야기를 들었는가. 아핫하, 다만, 목포에서 만났을 때 이 동무가 말하던 그 최상화의 화해 교섭과는 다른 이야기야……."

강몽구가 웃으며 말했다. 이방근은 아까 말을 돌렸지만, 화평 교섭에 관한 이야기부터 시작하려던 참에, 강몽구 쪽에서 예의 건에 대해 언급하지 않고 먼저 말을 시작했다. 먼저 시작했다기보다도, 그것은 솔직한 자세에서 나온 것이었다. 강몽구 역시 본론으로 바로 들어가기에 앞서 이방근이 말을 꺼내기를 기다리고 있는 것 같았다. 서로가 상대의 말을 기다리고 있었지만, 바로 본론으로 들어가면, 처음부터 부정적인 대답을 하지 않으면 안 될 것이다. 역시 조금 간격을 둘 필요가 있었다.

"예, 들었습니다. 군이 게릴라 측에 화평 교섭을 호소하는 삐라를 뿌렸다고 하지 않습니까. 저는 그걸 읽었습니다. 게릴라 측의 반응을 주목하고 있는 참입니다."

"으흠, 주목한다고 하면, 그러니까, 이방근 동무는 화평 교섭의 제안, 군 측의 '선무' 공작에 대해서 어떻게 생각하고 있는가. 이 동무의 솔직한 의견을 듣고 싶군. 우리는 개인이 아니라서 조직적으로 지금 검토, 논의를 진행하고 있는 중인데, 그 문제는 복잡하고 상당히 어려워. 배경과 군의 솔직한 의도를 파악해야만 하는 등 간단한 문제가 아니야."

"저 같은 일개 서민이, 말하자면 전투에 대해 전혀 모르는 사람이 말하기는 조금 주제 넘는 것 같습니다만, 만일 군이 말이죠, 경찰과 공동으로 보조를 맞춰 '군경 일체'로 게릴라 토벌작전을 벌인다면, 이것은 상식적인 판단으로도 상당히 어려운 국면에 처하게 되지 않겠습니까. 군대와 경찰이 사이가 나쁘다고는 하지만, 어차피 두 조직 모두 미군정의 지배 아래 있습니다. 강몽구 씨도 목포에서 말씀하셨지만, 4·3봉기의 승산 운운……하다가, 즉 그 승산이 있는지, 혁명은 성공할 수 있는지, 주객관적인 정세와 조건은 어떤지, 주관적인 모험주의가 되는 것은 아닌지……와 같은 의견대립을 초래하여 '투항주의'라고 비판받은 어느 간부의 당 조직에의 복귀 문제가 있다고 하시지 않았습니까. 바로 그 문제라고 생각합니다. 물론 교섭의 조건 여하에 달린 문제이긴 하지만, 군을 적으로 돌려서는 안 될 겁니다. 그게 적어도 온 섬을 통째로 전쟁의 참화 속에 빠뜨리는 것을 피하는 길이겠지요. 저는 세상일에 어두운 사람입니다. 4·3봉기가 일어난 뒤, 적어도 군이 지금까지는 경찰과 통일적인 행동을 취하지 않고 있는 사실 앞에서, 저는 처음에 그것을 이상하다고까지 생각하고 놀랐지만 지금은 안심하고 있는 중입니다. 군이 투입되어 전투가 본격화되면, 이 섬 전체가 지금도 이미 그렇긴 합니다만, 정말 아수라장으로 변하는 것은 불을 보듯 뻔한 일입니다. 저는 그것이 조건 여하에 달린 문제이긴 하지만, 군의 제안을 거부해서는 안 된다고 생각합니다."

이방근은 차를 홀짝거려 목을 축였다.

"으―음." 강몽구는 고개를 끄덕이고, 이방근이 입당을 할 것인지 아닌지, 그 마음의 움직임까지 꿰뚫어 보려는 듯이 날카로운 눈으로 상대의 얼굴을 살피면서 말했다. "무엇보다 실전부대인 인민유격대지도부, 즉 도당 군사부의 방침이 중요한데, 우리는 어쨌든 교섭의 장에 임하는 방향으로 움직여 가고 있어. 지금이 하나의 시기라는 것도 사실이고 보면, 거기에서 눈을 돌리면 안 되겠지. 양쪽 모두 경찰 측의 방해를 경계하며 현재 비밀리에 교섭을 위한 연락을 주고받는 상황이야…….”

“그렇습니까. 그게 현실적인 대응이라고 저는 생각합니다. 개인으로서 저는 크게 찬성합니다.”

“이방근 동무가 조직의 방침을 그처럼 지지하고, 평가해 주는 게 고맙군.”

강몽구는 담배를 재떨이에 비벼 끈 손으로 주먹을 쥐더니 탁자 위에 올려놓고 심각한 표정을 지었다.

“혁명은 승리했을 때 비로소 영광이 있는 것이고, 그 성과를 내 것으로 만들 수 있는 것입니다. 패배한 혁명의 비참함은 역사가 여실히 증명하고 있습니다. 반혁명의 승리와 그 보복은 잔혹합니다. 물론 투쟁은, 투쟁이라는 것은 완전한 승산이 있을 때만 하는 것은 아니지만 말입니다. 어쩔 수 없는 투쟁이라는 것도 있으니까요……. 침략자와의 싸움이 그렇습니다. 일본의 도요토미 히데요시(豊臣秀吉)에 대항하여 싸운 임진왜란이 그렇고, 조선 말기, 한말의 일본의 식민지 병탄, 조국의 멸망에 저항한 의병 투쟁도 그러하고, 또 4·3봉기도 그러한 성격을 지닌 싸움입니다……. 음, 그런데…….”

이방근은 조용히 숨을 깊게 들이마시고 침을 천천히 삼킨 뒤 화제를 본론으로 옮겼다. “몽구 씨, 일전에 목포에서 우연히 만났을 때, 스쳐 지나가듯이 서둘러 헤어지는 바람에, 예의 ‘숙제’가 그대로 남아 있습니다만, 즉, 강몽구 씨가 성내에 오신 그 용건에 관한 겁니다. 그건 제 자신이 확인하는 의미에서 말씀드리자면, 당 조직에 들어가는 것, 비밀당원으로서 남로당에 입당하는 것이 아니겠습니까?”

“그래요, 방근 동무, 그 말대로요.”

강몽구가 조용하게 대답하고, 이방근의 이야기를 기다렸다.

"예, 그 일에 대해서 저는 지금 여기에서 원하시는 답을 드릴 수가 없습니다. 즉 입당 권유에, 지금 강몽구 씨의 기대에 부응할 수 없다는 것을 말씀드려야만 하는 제 입장을 용서해 주십시오. 여동생과 함께 '해방구'까지 안내해 주셨는데, 그 신뢰와 기대에 대한 긍정의 대답을 할 수 없는 것이, 저로서도 매우 유감스럽습니다……."

이방근은 가슴에 통증을 느끼며, 마음속에 끼－익 끼－익 하고 이를 가는 듯이 삐걱거리는 소리를 들으며 말했다. 아니, 그것은 양준오의 하숙집 작은 판자문이 삐걱거리는 소리였고, 우체국 현관의 유리문이 삐걱거리는 소리였으며, 그리고 총성이 울린 뒤의 적막한 밤공기에 상처가 벌어져 욱신거리며 이를 가는 소리였다. 이방근은 담배를 입에 물고 성냥을 그어, 그 빨간 불꽃이 발하는 빛을 코끝으로 강하게 느끼며 불을 붙였다. 그 성냥불의 뜨거운 빛은 시선이었다. 유다를 응시하는 신으로서의 눈. 2, 3일 전날 밤, 유달현의 방에서, 이 남자는 언젠가 조직을 배반하게 되는 것인가라는 생각을 하면서, 말하는 상대의 얼굴 표정을 보고 있던 자신의 눈……. 그 눈이 지금 자기 자신을 응시하며 찌르고 있다. 아니, 그것은 탁자를 하나 사이에 두고 눈앞에 앉아 있는 강몽구의 눈빛이었다.

"……"

강몽구는 아무런 말도 하지 않았다. 굳은 표정이었지만, 이방근의 이야기를 듣고 갑자기 변한 것은 아니었다. 강몽구는 막힌 목을 뚫으려는 듯이 가벼운 기침을 두 번 반복하고 나서 담배에 불을 붙였다. 그리고 좌선을 하듯이 다리를 겹치며 고쳐 앉았다. 아무런 말이 없다. 상대의 말이 계속되기를 기다리고 있었지만, 이방근은 강몽구의 무언 앞에 말문이 막혔다.

"다만, 다른 일로……, 예를 들어, 경제적인 협력을 할 생각은 있습니다."

이방근은 재떨이에 담뱃재를 떨어뜨렸다. 자신이 생각해도 어지간히 속된 느낌이 드는, 불쾌한 냄새를 발하는 말이었다. 조직에 대한 경제적 협력, 그것은 중요한 일이었지만, 지금 그것은 불쾌한 말이었다. 그 말을 내보낸 감정의 움직임이 불쾌했다. 무슨 이유인가, 왜 입당 요청을 거부하는 것인가, 그 이유를 말하지 않으면 안 된다. 그것이 거부하는 자의 도리이고, 상대도 그 이야기를 듣고 싶어 할 것이 틀림없었다. "이방근 동무." 강몽구가 입을 열었다. "조직에 대해서 경제적인 원조를 해 주는 것은, 그것은 대단히 고마운 일이지만, 이 동무에 대한 나의, 물론 나 개인이 아니기 때문에 조직의 본래 요청은, 이방근 동무 자신이 이 민족의 일대 위기의 시대에 당 조직의 투쟁을 지지하고, 애국전선에 참가해 주는 것일세. 우리는 그것이 또 이방근 동무의 민족적인 의무라고도 생각하고 있고." 강몽구의 목소리는 부드러워지고, 이상하게도 조금 전에 보였던 굳은 표정이 사라져 있었다. 그는 재 있는 부분이 길어져 떨어질 것 같은 담배를 손가락에 끼운 채 말을 계속했다. "이방근 동무가 특별당원으로서 입당해도, 이방근 동무의 생활에 조직이 간섭하지는 않을 걸세. 물론 당원인 이상, 일정한 조직적 임무는 지게 되겠지만, 이 동무가 직접 어딘가의 세포 조직에 속해서 일상의 조직적인 일에 관계되는 일은 없을 것이고, 이 동무의 생활은 동무의 마음대로 자유롭게 하면 된다네. 지금 필요하다면, 이것은 현실적인 문제로서 지금 확실히 정해진 것은 아니네만, 참고로 이방근 동무가 입당 후에 하게 될 일정한 조직적 임무에 대해, 큰 틀에서 이야기를 해도 좋겠나."

강몽구는 시선을 떨어뜨리고 재떨이에 담배를 든 손을 뻗었지만,

손가락이 움직이는 순간에 긴 재는 무너지며 탁자 위로 떨어졌다. 그는 담배를 재떨이에 비벼 껐다.

"아니, 그러실 필요는 없습니다." 이방근은 바로 대답을 했다. 강몽구는 아직 이야기를 진심으로 받아들이지 않고 있는지도 모른다. 그건 아니다. "그럴 필요는 없습니다. 거듭해서 말씀드리면 몽구 씨는 저에게 실망을 할 것입니다. 그리고 너는 왜 이럴 때 조직에 참가해서 함께 싸우지 않으냐고 물으시겠지요. 아직 그런 질문은 하지 않으셨지만 이제 곧 나오겠지요. 저는 그 물음에 답을 해야만 합니다. 그러나 저는 지금 대답을 하기가 곤란합니다. 정말 그렇습니다." 이방근은 상대가 묻지도 않은 것을 혼자 떠들기 시작했다. "곤란하다는 것은, 제대로 답을 할 수가 없다, 입당할 의사가 없지만, 지금 말로 제대로 설명할 수가 없어서 말입니다……. 이것은 제가 도망가려는 것인지도 모르겠습니다만, 어쨌든 저는 노―라는 대답밖에 할 수가 없습니다. 핫, 하하, 이것이 어떻게 된 일인지. 음, 이것은, 저의 이른바 출신 성분의 계급적 한계, 제약에서 오는 것인지도 모르겠습니다만……."

자신이 생각해도 불쾌한 기분이 드는 추잡한 말이었지만, 이방근은 입당 거부의 이유를 이야기하면서, 강몽구와 이런저런 언쟁을 하고 싶지 않았다. 강몽구에게는 그런 이야기는 통하지 않을 거라는 생각이 이방근에게 있었다.

"이 동무, 그것은 농담이라고 해도 말이 안 되는 소리야. 육지(본토)에서는 대지주의 아들이면서도 입당한 동지가 있어. 제주도에는 애당초 대지주라는 게 없지만 말이네."

"그 대지주의 아들이라는 사람은, 어디 소작인에 대한 동정이라든가, 속죄 의식, 아니 자신의 생활 그 자체에서 오는 보상 의식을 가지고 있을 겁니다. 그런 일은 옛날부터 조선만이 아니라, 일본이나 다른 나라에도 있었습니다. 저에게는 그러한 속죄 의식이라는 게 없습니다……." 이방근은 움찔하며 말을 끊었다. 이 얼마나 말도 안 되는 소리를 강몽구 앞에서 하고 있단 말인가. 강몽구의 표정은 굳어져 있었지만, 이방근의 말은 상대의 이야기를 피하고 있었다. 이런 이야기는 강몽구에게 통하지 않는다…… 이방근은 의식 속에서 중얼거리며 자신이 한 말을 지웠다. "아이고, 이거, 그런 게 아닙니다. 그런 게 아니라, 잠시 제 말이 탈선한 모양입니다." 도대체 입당 사퇴의 의사 표시 외에, 그 이유를 어떻게 설명하라는 것인가.

"음, 나는 이해가 안 가는군. 이방근 정도 되는 사람이 이런 시기에 애국전선에 참가하는 것을 망설이다니 말이야, 핫핫하, 나는 납득이 안 가. 무슨 큰 고민이라도 있나?"

"큰 고민? 저에게는 그렇게 사치스런 것은 없습니다."

"사치, 고민이 사치? 핫하, 핫하, 이 동무의 말은 재미있군……." 강몽구는 웃었지만, 그 웃음에 실망의 빛이 배어 나왔다. "좀 전에 이 동무는 군이 전투에 참가하면 이 섬이 아수라장으로 변해서 큰 참화를 불러올 것이라고 말했는데, 만일 그와 같은 사태를 두려워해서 그러는 것이라면 나로서도 납득이 가네. 이유를 알 수 있다는 것이지. 나는 이방근 동무를 그렇게는 보지 않고 있어. ……설마, 이 동무가 그 일을 경계하여 조직에 들어오는 것을 꺼리고 있을 거라고는……."

"뭐라고요? 그 일을 경계해서……. 즉, 지금부터 이른바 기회주의적인 생각을 하고 있다는 것입니까." 이방근은 소리 내어 웃었다. 그 웃음 밑바닥에서 지금까지 강몽구에게 느끼지 못했던 분노의 감정이 이글이글 불타오르는 것을 느꼈다. 그 눈빛에 독기가 불을 뿜었다. 이것은 마치 유달현에 대한 자신의 시선이, 강몽구를 통해 자신을 향하는 것과 마찬가지였다. "강몽구 씨가 그런 말씀을 하시다니 놀랐습니다. 물론 저로서도 '개인주의'에 빠져 자신의 보신을 생각하지 않는 건 아닙니다. 제가 이유를 분명히 말하지 않은 이상, 그렇게 생각해도 무리는 아닙니다만. 그러나 강몽구 씨답지 않은 건 사실입니다. 강몽구 씨는 제가 '해방구'에 다녀왔다고 해서, 영광스런 당 조직의 요청이라고 해서, 그렇게 간단하게 입당할 거라고 생각하셨다면, 그건 너무 낙천주의적이라고 할 수밖에 없습니다. 어째서 조직활동을 하고 있는 사람들은 모두 독선적이고 자기주장만 하는지 모르겠습니다."

"이 동무, 그건 오해일세. 그런 게 아니야……." 강몽구는 상반신을 내밀고, 그 왼손으로 탁자 위에 놓여 있는 이방근의 오른손을 잡았다. "이 동무에 대한 기대는 크지만, 아무도 그런 일을 간단하게 생각하지는 않아. 좀 전에 한 말은 비유로서 했을 뿐인데, 내가 실언을 했어. 나는 이 동무를 처음 보았을 때부터 그렇게 생각한 적이 없어. 그 정도는 알고 있겠지. 나는 이 동무가 그렇게 생각한다는 것은 죽는 것보다 괴로워. 지금 한 말은 내가 부족했다고 생각하고 용서해 주게. 아이구, 이거 무슨 실수를 한 것인지, 핫하, 핫핫." 강몽구는 이방근의 손에 다시 오른손을 겹쳐서 양손으로 감싸듯이 잡아 가볍게 흔든 다음 손을 놓았다. "어쨌든 이방근 동무의 의향은 내 나름대로의 판단으로 받아들이고 싶네. 지금 여기서 결론을 낼 필요는 없겠지……."

방 밖에서 쾌활한 웃음소리가 나더니 사람이 다가오는 기척이 툇마루를 따라 전해져 왔다. 고원식인 모양이었다. 지금 여기서 결론을 낼 필요는 없지가 아니었다. 내 마음속에서는 이미 결론을 내리고 있었다. 다음에 다시 물어도 결론에는 변함이 없을 테니까……. 이방근은 강몽구의 뼈마디가 굵은 것치고는 따뜻한 손의 감촉이 채 가시지 않은 손으로 담배를 집어 입에 물면서, 목구멍 아래까지 올라와 있는 말을 삼켰다.

고원식은 옆의 마루방으로 들어오더니, 어험 하고 노크 대신 헛기침을 하면서 다가와 문을 열고 기름기 없는 푸석푸석한 머리의 마른 몸을 드러냈다. 담배를 문 채 그는 문지방 앞에 서 있을 뿐 들어오지 않았지만, 그 낡은 백의에서 약용 알코올 냄새가 강하게 풍겼다. 이방근은 뒤를 돌아보며 인사를 했다.

"말씀 중이시군요……."

고원식은 담배를 손에 들고 말했다.

"아니, 괜찮아. 방으로 들어와서 한 대 피우는 게 어떤가."

강몽구가 말했다.

"어서, 계속 말씀을 나누세요……. 지금 마침 환자가 끊겨서 잠깐 쉬고 있습니다만, 곧 진찰실로 돌아가야 합니다. 제가 온 건 이 동무에게 인사를 해 두고 싶어서요. 모처럼 찾아왔는데 손님에 대한 예를 갖춰야 될 것 같아서……."

고원식은 이방근에게 편하게 있다가 점심 때 식사라도 같이 하자며, 잠깐 얼굴만 내민 채 진찰실로 돌아갔다.

시간은 열한 시가 가까웠다. 이방근의 입당에 관한 이야기는 중단되었지만, 조직에 대한 경제적인 협력, 자금 지원 문제에 대해서는 이야기를 나누었다. 화해 교섭의 진행 상황에 따라 달라질 수도 있겠지만, 5월에 들어서서 다시 한 번 자금 협력을 얻기 위해 재차 일본에 갈지도 모른다고 강몽구는 말했다. 이방근은 단적으로, 지금 당장은 무리지만 5월 중순에는 10만 원을 기부하겠다는 약속을 했다. 그러나 그는 그 뒷일에 대해서는 언급하지 않았다. 재산을 정리하겠다는 생각에는 변함이 없었지만, 그것은 그렇게 간단하지 않았고, 시간이 걸리는 일이었으며, 또 갈등이 없는 것도 아니었다. 그저께 밤에 양준오에게 그 이야기를 꺼낸 것도, 물론 자신이 결정해야 될 일이긴 하지만, 실제로 그의 의견도 들어 보고 싶었기 때문이었다. 과장되게 말한다면, 인생에서의 위험한 모험, 10년, 20년이 아니라, 가령 1년, 2년이라 하더라도 인생을 살고 있는 생활의 국면에 위기처럼 찾아오는 모험에 스스로가 몸을 드러내는 것이나 마찬가지였다. 10만 원은 '서북'과의 협상금에 맞춘 것은 아니었지만, 그와 같은 금액이었다. 조만간 '서북'에도 얼마인가 돈을 주지 않으면 안 될 것이다. 보통예금으로는 충당할 수가 없기 때문에 정기예금을 허물어야 할 것이다. 찾아가는 돈이 많다는 것을 아버지가 알게 될 것이고, 비록 아버지와는 관계없는 일이라고는 해도, 이상하게 생각할 우려가 있었다. 미친 짓 이외에 아무것도 아닌 재산 처리에 있어서도, 아버지와의 대응도 문제가 될 것이다. 아니, 아버지만이 아니었다. 문제는 많다. 그러나 일은 문제의 유무 여하의 위에 있었다.

이방근은 점심때가 되기 전에 자리에서 일어났다. 진찰실에 얼굴을 내밀고 진찰중인 고원식에게 가벼운 인사를 하고 헤어졌다.

강몽구는 밤을 기다리지 않고 오후에라도 성내를 떠나겠다고 했다. 의원 앞으로 난 길을 남쪽으로 올라가, 위쪽 마을인 O리 쪽으로 갔다가, 거기에서 시골길을 동쪽으로 갈 거라고 했다. 즉 걸어간다는 것이다. 이방근은 한대용의 일을 강몽구에게 말하지 않았다. 쌍방이 화해 교섭의 실마리를 찾고 있는 마당에 게릴라 지원자가 있다고 말을 꺼낼 필요는 없을 것이다. 자신은 입당의 의사가 없었지만, 화해 교섭의 기운이 없었다면, 강몽구에게 한대용의 이야기를 할 생각이었다.

밖은 바람이 불어 메마른 먼지를 감아올리고 있었는데, 중천에 뜬 태양은 이글이글 이마를 내리쬐는 것이 땀이 밸 정도였다. 그는 길을 걸어가면서 고개를 젖히고 태양을 올려다보았다. 차렷 자세로 조선인 청년들이 적도 바로 밑에서 작열하는 태양을 계속 바라보았다는 창기

형무소의 이야기를 떠올린 것은 아니다. 이마에 내리쬐는 밝은 태양 빛의 감촉이 왠지 모르게 신경이 쓰였던 것이다. 태양은 소리 없이 폭발하는 섬광이었다. 그는 파란 하늘에 투명한 구멍이 뚫린 것처럼 작열하는 빛의 중심부에서 눈을 돌리고 머리를 흔들었다. 지면이, 건물이, 통행인이 하얀 빛 속으로 떠올랐다. 머리가 울렸다. 머릿속에서는 잡동사니가 덜그럭 덜그럭 소리를 낸 모양이었다. 머리 구석의 잡동사니가 쌓여 있는 것 같은, 거미줄이 쳐진 헛간의 2층에서 잡동사니의 합창 소리가 들린다. 아니 이건, 내가 백일몽을 꾸고 있는 건 아니겠지……. 헛간 2층의 더러운 벽 쪽에 아는 인간들이 서 있군. 남승지와 김동진, 그리고 양준오까지 함께 서서 가만히 나를, 머리 바깥으로 난 밝은 길을 걷고 있는 나를 차가운 눈빛으로 바라보고 있었다. 아니, 입당 거부를 했을 때, 실망의 웃음 속에 빛나던 퉁방울눈으로 나를 가만히 쳐다보던 강몽구의 모습이 겹쳐졌다. 꺼져라, 꺼져 버려라, 이방근은 구두 발끝으로 돌멩이를 걸어찼다. 그는 다시 머리를 흔들었다. 시원한 바람이 식은땀 섞인 땀이 배어 나온 넓은 이마와 목덜미를 차갑게 쓰다듬고 지나갔다. 분명히 땀이 배어 나오는 햇살이긴 했지만, 등에 흐르는 땀의 절반은 식은땀인 것 같았다.

명선관은 청소라도 하고 있는 것인지, 2층의 창문도 현관의 문도 열어 놓고 있었다. 여자들의 얼굴이 보이지 않는 것을 다행으로 생각하고 이방근은 얼른 그냥 지나쳤다. 여자들이 그를 발견하기라도 하면, 아이고, 이 선생님, 하면서 종종 걸음으로 달려올 것이다. 그러나 단선은, 깜짝 놀라 숨을 죽인 채 말을 걸지는 않을 것이라고 이방근은 생각했다.

내일이 되면 알 수 있다. 부엌이가 왜 집을 나갔는지, 내일이 되면 저절로 알게 될 것이다. 그 내일이라는 날을 이방근은 걸어서 집으로 향하고 있었다. 점심때쯤에는 돌아올 거라고 말해 두었는데, 유원이 집에 있을지 없을지는 알 수 없었다. 유원은 읍내에 나갔을까. 그리고 누군가 친구라도 만나고 있을까. 학교가 쉰다고는 하지만 해상봉쇄가 이루어지고 있는 상황에서 갑자기 그녀가 돌아왔다는 것만으로도 사람들의 관심을 끌 것이다.

유원은 집에 있었다. 뒤뜰에서 오빠의 것과 자신의 속옷과 스타킹 따위를 빨래하고 있었다. 감색 바지에 앞치마를 두르고 있었는데, 흰 반소매 블라우스에 부풀어 오른 가슴 언저리가 햇살을 반사하며 밝게 빛났다. 머리에 감은 녹색 실크 스카프의 끝이 바람에 살랑살랑 여동생의 목덜미를 간질이고 있었다.

"오빠, 빨리 오셨네요."

유원은 앞치마로 손을 닦으며 말했다.

"음, 직사광선 밑에서 빨래를 하고 있으면 햇볕에 탈 거야. 초여름이나 마찬가지구나."

이방근은 자신을 바라보는 여동생의 눈빛이 집을 나올 때와 달라지지 않은 것을 느끼며 말했다. 저절로 알 수 있는 그 내일이 되었는데도, 여동생은 빨래 통을 앞에 두고 하얀 비누거품을 일으키고 있었다. 그는 난잡하게 어지럽혀져 있던 서울의 여동생 방을 생각하며 웃음을 흘렸다.

"오빠는 자상한 사람이에요. 이건 금방 끝나요. 바람이 있어서 금방 마르겠어요. 식사는 아직 하지 않았죠. 다 끝났으니까, 이제 널기만 하면 돼요……."

"밥은 천천히 먹어도 돼. 너는 밖에는 안 나갔어?"

"예, 왜요, 무슨 일 있어요?"

"아니, 아무 일도 없어. 돌아왔으니까 어디 친구라도 만나고 왔나 생각했지."

무슨 일 있어요가 아니지 않는가. 오늘은 저절로 알게 된다는 그 내일이라는 날……. 밖으로 나가서 거리의 참새들이 떠드는 소문을 듣고 왔어야 하는데…….

"별로 돌아다니고 싶은 생각이 없어요……. 이런 때 왜 돌아왔느냐는 둥 일일이 귀찮게 할 거예요."

"음, 그래, 돌아다니지 않는 게 좋겠지."

아아, 이방근은 내심, 한숨이 나왔다. 일이 귀찮게 돼 가는군. 부엌이의 일을 알 수 있는 그 내일이 되었는데도, 이래가지고서는 내 자신이 거리의 참새들을 대신해서 말하지 않으면 안 될 것이다.

"있잖아요, 오빠, 김동진 씨는 신문사를 그만뒀어요?"

"뭣이" 이방근은 이유도 없이 움찔하며 여동생의 마음속 움직임을 탐색하듯이 거의 그녀를 노려보며 말했다. 뭣이, 라고 놀라서는 안 되는 것이었다. 이것은 오히려 여동생에게 의심을 살 수 있는 어리석은 반응이었다. "……아, 그는 그만뒀어. 그는 신문사를 그만두었지. 누구한테 들었어?"

"신문사에 전화를 했더니 그렇게 말했어요. 왜 그만뒀어요?"

유원은 의아한 표정으로 말했다.

"최근에 만나지 못해서 몰라. 서울에 갔다 오고 나서도 만나지 못했어."

"그만두고, 뭘 해요?"

"후후, 그러니까, 모른다고 하잖아. 그 사람이 하는 일이니, 집에 틀어박혀서 소설이라도 쓰고 있는 것이 아닐까……."

"틀어박혀서 소설을……?"

금방 탄로 날 수밖에 없는 엉터리 같은 대답이었다. 밖에 나가 친구들에게라도 물어보면, 집에도 없고 다른 곳으로 직장을 옮긴 것도 아니고, 즉 김동진은 행방불명이 되었다는 대답이 돌아올 것이다. 그리고 그 부친인 김 훈장이 일시 체포되었다는 것도. 왜 김동진이 게릴라가 되었다는 사실을 여동생에게 감추는 것일까.

"얼른 빨래라도 말리는 게 어떠냐. 나중에 할 이야기가 있어. 밥을 먹고 나서 할 말이 있다구."

"이야기라면……? 부엌이의 일인가요."

유원은 크게 뜬 아름다운 눈을 기대로 반짝이며 조심스럽게 말했다.

"음, 그 일도 있고……."

그 일도 있고가 아니었다. 이야기는 그뿐이었다. 그래, 부엌이의 일은 내가 이야기하면 된다. 말도 안 되는 소문을 듣고 놀라, 새빨간 얼굴을 해가지고 집으로 뛰어 들어와 오빠에게 확인하는 것보다는 직접 본인에게 듣는 편이 수고를 덜할 것 같았다.

이방근은 안뜰로 나와 서재로 올라오자, 상의를 벗고 와이셔츠 차림 그대로 소파에 벌렁 누웠다. 그리고는 한동안 눈을 감았다. 강몽구의 얼굴이 떠올랐다. 입당을 거절했을 때, 분노는 없었지만, 핏기가 가시듯 기대감이 싸악 사라지고, 순간적으로 경멸을 동반한 실망의 빛으로 변한 얼굴 표정이 떠오르면서 개운 찮은 뒷맛이 가슴을 쓰리게 만들었다. 왜 당원이 되기를 거부한 것일까, 그 이유를 말하지 않은 채 거부한 사실만이 남았다. 그 사실은 어차피, 동조자 이상으로는 깊이 들어가지 않는 인텔리의, 그리고 출신 성분의 계급적 제약의 결과로 수용될 것이다. 계급적 혁명성이 아닌, 부르주아적인 개인의 이기주의. 내가 노동자도 농민도 아닌 것은 틀림없는 사실이기 때문에, 노농(勞農)계급의 입장에서 내가 객관적으로 그러한 존재로서 인식된다면, 그것으로 만족한다. 있는 그대로 판단해 주면 된다. 나는 프롤레타리아트를 붉은 비단 천으로 덮은 진리의 제단을 받들고 그 앞에서 절을 하지는 않을 것이다. 해방 직후 좌익만능 시절의 일인데, 제주도에서도 서울에서도, 좌익계열의 집회에는 반드시 누더기 같은 노동복을 입고 참가하는 프티부르주아 인텔리 당원들이 있었다. 그들에게 프롤레타리아트는 현실적인 노동자, 농민들이라기보다도, 하나의 관념적인 실태, 머리 위로 솟아오른 절대 진리의 신이었던 것이다. 왜 프티부르주아들은 이렇게까지 '프롤레타리아트'에 비굴한 것일까. 살아 있는 노동자, 농민에 대한 것이 아니고, 그 관념에 비굴한 것이다. 당중앙, 당중앙은 프롤레타리아트의 심장부, 신의 심장부, 신 안의 신……. 어리석기 짝이 없는, 뭐가 신이란 말인가. 이방근의 머릿속을, 동굴 속에 사는 목탁영감의 그림자가 스쳐 지나갔다. 그는 후유, 하고 사유의 상태에서 깨어난 것처럼 벌떡 일어나, 소파에 고쳐 앉았다. 그리고 탁자 위의 담배 상자에서 담배를 꺼내 물고 성냥의 흔들리는 불꽃을 보면서 불을 붙였다. 쳇, 나는 무슨 말도 안 되는 공상을 하고 있었단 말인가, 단선을 데리고 여행을 하다니……, 구토가 나오려 하는군. 음, 그 사팔눈을 가진 이상한 흡인력. 단선의 얼굴 어딘가에 백치 같은 공백의 표정, 아니 공백이 아닌 사람을 빨아들이는 깊은 구멍의 표정. 그 육체의 어디에 사시와 같은 큰 눈이 박혀 있는 것일까. 그녀의 성기는 사시의 표정을 지닌 깊은 구멍인가. 사팔눈의 표정을 한 여자의 육체. 그녀를 하룻밤 안지 않으면 안 될 것이다. 왜, 의무적으로 안지 않으면 안 되는 것일까. 욕정이 움직이는 대로 안으면 된다. 왜 욕정이 움직이는 대로 손을 대지 못하는가. 그녀를 사랑하지 않는 것이 두려워서, 그녀가 날 좋아하는 것을 알고 있기 때문에. 헷헤에, 나는 여자를 사랑하는 법을 잊어버린 것은 아닐까……. 이방근은 머릿속이 뒤죽박죽 완전히 뒤집어져 흔들리는 느낌으로 생각이 정리되지 않았다. 이런저런, 여러 가지 상념이 한꺼번에 뿜어져 나와 잡념으로 뒤엉키고, 마치 만취한 머리와 같은 느낌이 들었다. 서울의 서북청년회에서 얼핏 본 아름다운, 이상한 느낌의 여자 얼굴과, 그 석녀일지는 모르지만 뚜렷한 허리선이 움직이던 뒷모습. 조영하의 유혹과 두려움에 젖어 빛나던 눈, 그 탁자 밑 다리의 움직임……. 다카키 경부보. 관부연락선. 굿판의 징 소리, 선옥과 부엌이, 신들린 여자들의 희고 검은 난무. 총성. 우체국의 유리문이 깨지며 흩어졌다……. 아이고 이런, 이방근은 어느새 소파에서 일어나, 방 안을 빙빙 돌고 있었다. 이대로 망상이 계속 부풀어 오르면 두개골이 쪼개져 버릴 것이다. 미닫이가 열린 채로 있어서 안뜰이 다 보이고 있다는 것도 방 안을 돌면서 알아차렸다. 나는 절름발이가 아닐까. 갑자기 한쪽 다리의 관절에 저리듯 이상한 감각을 느꼈다. 부스럼영감처럼 절름발이가 아닐까. 그는 걷다가 절름발이가 아닌 멀쩡하게 뻗어 있는 다리를 멈춰 세우고, 통통 발을 굴러 본 뒤 다시 걷기 시작했다. 나는 절름발이가 아닐까……. 이방근은 적어도 뒤뜰에서 서재로 올라올 때까지는, 어떻게 부엌이의 이야기를 꺼낼지 생각하고 있었던 것이다. 그리고 소파에 앉아 그 일을 계속 생각하려고 했었다. 그런데 서재로 올라오자 갑자기 벌렁 누워 한동안 눈을 감고 있는 사이에, 전혀 관계없는 일들을 생각하기 시작했던 것이다. 우글거리는 구더기 떼가 뇌에 구멍을 뚫고 파고 들어오는 듯한 느낌이었다. 쉬파리가 머릿속 공간을 붕붕 떼 지어 날아다니는 날개 소리가 뜨겁다. 이방근은 머리를 몇 번이나 흔들며 방에서 나와 툇마루에 섰다. 이유도 없이 그저 충동적인 큰 목소리로, 여동생을, 유원아— 하고 불러볼까 생각했다. 아니, 여동생이 나오면, 점심은 어떻게 됐어……라고 재촉할 것이다. 그때 부엌 쪽에서 유원이 식사를 담은 쟁반을 양손으로 들고 나왔다.

"으, 으, 음……, 여동생이 온다."

이방근은 의미를 알 수 없는 신음소리처럼 중얼거렸다. 음, 식사 전에 가볍게 소주를 한 잔 마시자. 뇌수를 알코올에 적셔 구더기 떼를 퇴치하면 그만이다.

이방근은 툇마루에 서서 여동생이 다가오기를 기다렸다.

"오빠, 배고프죠. 늦어져서……."

서재 앞에까지 온 유원이 말했다.

"아, 조금 그렇긴 하네. 소주를 한 잔, 식사 전에 마실 테니, 가져다주지 않을래."

이방근은 여동생과 함께 서재 안으로 들어가면서 말했다.

유원은 거역하지 않았다. 다만, 가볍게 마셔야 한다는 말은 잊지 않았다.

이방근은 식사를 마치자, 공복에 마신 술의 취기 탓도 있었지만, 갑자기 졸음이 쏟아져서 견딜 수 없었다. 여동생이 탁자를 치우고 간 뒤에 소파에 앉아서 10분 정도를 졸았다. 졸음에서 깨어나자 마치 수면 중에 누군가 지혜라도 전해 준 것처럼, 여동생에게 부엌이의 일을 이야기하는데 이것저것 망설일 필요가 없다는 생각이 들었다. 사실을 그대로 말하면 된다. 다만 오빠로서 과년한 처녀에게 자신의 정사를 드러내는 것이 마음 내키지 않을 뿐이었다.

시각은 한 시 반이었다. 응접실에서 나는 피아노 소리에 겹치듯이, 아까부터 종달새의 투명한 울음소리가 들리고 있었다. 점점 작아져 가는 것은 열심히 상승을 계속하기 때문일 것이다. 상승을 계속하면서 한시도 울음소리를 그치지 않는 그 소리는, 도대체 무슨 말을 계속

외쳐 대는 것일까. 땅을 박차고 날아오르는 비상의 환희와 태양에 대한 찬가인가. 피아노를 치고 있는 여동생의 귀에는 새의 울음소리가 들릴 리도 없었지만, 이방근은 여동생과 둘이서 '해방구'에 갔을 때의, 보리밭 여기저기에서 날아오른 종달새가 작은 점이 되어 가는 비상을 떠올렸다. 그때부터 벌써 한 달이 다 되어 간다. 그때 안내해 준 강몽구의 뜨거운 기대에, 나아가서는 남승지의 기대에 부응하지 못했다. 지금의 생활을 바꿀 필요는 없다. 조직은 이 동무의 생활에 간섭하거나 하지는 않아……. 도대체 나에게 당에 입당해서 무얼 하라는 말인가. 이방근은 쓴맛 나는 담배를 피우면서 피아노 소리가 멈추기를 기다렸다. 여동생은 이제 곧 이쪽으로 올 것이다.

이방근은 용변을 겸해서 세면장으로 세수를 하러 갔다. 그리고 응접실에 얼굴을 내밀고 피아노 연주를 마친 여동생과 함께 서재로 돌아왔다.

안뜰을 등진 쪽의 소파에 여동생이 앉고, 맞은편에 이방근이 앉았다. 흰 블라우스와 감색 바지를 입은 여동생의 모습은 청초한 느낌을 주었다. 화장기가 없는 민낯이었다. 이방근은 역시 첫마디를 꺼내기가 어려웠다. 그는 고개를 숙이다시피 담배를 피우고 있던 얼굴을 들고, 너는 이 집에서 굿, 굿판이 있었다는 것을 들었냐고 물었다.

"예, 들었어요. 어머니한테 들었어요. 어머니의 몸이 좋지 않았다면서요."

"그렇군, 그 굿에서 무슨 일이 있었다는 말을 듣지 못했겠네."

이방근은 계모의 일은 언급하지 않았다.

"무슨 일이라니……."

유원은 이상하다는 듯이, 이를 조금 드러내며 마치 누나처럼 자상하게 웃었다. 웃는 얼굴이 아름다웠다.

"음, 듣지 못했구나. 으흠, 그렇겠지, 들었다면 부엌이의 일로 오빠가 이야기를 할 필요도 없겠지……" 이방근은 일단 말을 끊고 혼자서 고개를 끄덕였다. "꽤 크게 굿을 했는데, 밤에 여자 신방(무당)이 묘한 '계시'를 했다. 그 일은 고네할망이 여기로 이야기를 해 주러 와서 알았는데, 오빠는 현장을 보지는 않았다. 그 '계시'라는 것은 너무나 우스꽝스러운 것이었는데, 그러나 이상한 일이기도 했다(이방근은 말을 얼버무리며 웃음을 흘렸다). 즉 입신 상태가 된 신방에게, 신방들은 자주 입신 상태가 되잖아, 그거 말이야, 그 신방에게 돌아가신 어머니의 혼백이 옮겨 붙었다는 거야. 그리고 어머니가 신방의 입을 빌려서, 이 집 식모와 아들이 잠자리를 같이 하고 있다고 '계시'를 했다."

"부엌이와 오빠가……."

호기심으로 눈을 크게 뜨고 있던 유원이 반사적으로 말하고, 이내 볼을 붉히며 시선을 떨어뜨렸는데, 그것은 자신이 한 말의 의미를 알아챘기 때문이었고, 오빠가 하는 말의 의미를 이해한 것은 아니었다.

"그래, 부엌이와 오빠가 관계를 했다는 거야."

이방근은 개의치 않고 여동생의 붉어진 볼을 찌르듯이 확실히 말했다.

"어쩜, 말도 안 되는 소리예요. 그걸 모두가 믿었단 말이죠. 돌아가신 어머니의 계시라니……."

유원은 오빠의 말을 완고하게 튕겨냈다. 전혀 생각지도 못한 일이고 너무 황당한 이야기가 그녀의 마음속에 의혹이 생길 여지를 주지 않았던 것이다. 그 볼에서 홍조가 사라졌다.

"조금만 기다려, 오빠가 다 얘기할게. 그리고 이것은 오빠가 직접 굿판의 현장에 가서 목격한 일인데, 이번에는 신이 들려 미친 듯이 춤을 추고 있는 계모에게 돌아가신 어머니의 혼백이 옮겨 붙어서 좀 전에 신방과 똑같은 말을 하기 시작했어. 그리고 계모가 춤을 추면서 어머니 목소리를 흉내 내서 부엌이를 부르더구나. 어머니의 혼백이 춤추고 있는 본인과 부엌에 있는 부엌이를 향해, 신 앞에서 두 사람이 함께 춤을 추라고 명령을 하는 거야. 불려나온 부엌이는 조심스럽게 제단 앞으로 나가 계모와 함께 춤을 추기 시작했다. 황당무계, 말도 안 되는 이야기지만, 장구와 징 소리에 맞춰 두 사람은 미친 듯이 춤을 추더구나. 계모는 흰색, 부엌이는 검은색 치마저고리, 희색과 검은색의 난무였다. 이윽고 계모는 주위에 침을 뱉으며 빙글빙글 돌더니 털썩 그 자리에 쓰러지고 말았는데, 바닥에 엎드린 채 움직이지 않았어. 곧 부엌이도 춤을 멈추더니 계모 옆에 무릎을 꿇고 큰 소리로 울기 시작했다. 아이고ー, 큰마님, 돌아가신 큰마님이라고 했다. 돌아가신 어머니를 말하는 거지. 큰마님을 연신 부르면서, 자신은 하녀인 부엌이입니다, 천한 계집입니다, 부디 자신의 죄를 용서해 주세요……라는 말을 하기 시작했다. 오빠는 바로 방을 나왔어……."

"……" 유원은 얼굴을 붉히지도 않고 말을 잊은 듯 멍하니 오빠를 바라보았다. 굿판의 현장에서 생긴 일이 믿어지지 않는 모양이었다. 그러나 오빠와 부엌이의 관계는 사실인 것 같다고 직감한 모양이다. "……부엌이는 어째서 자신의 죄를 용서해 달라고 울면서 사죄한 건가요. 무슨 죄를 진 건가요?"

"그러니까, '계시'가 사실이라는 걸 인정한 셈이지."

"계시라니요, 어째서 말도 안 되는 소리에 어른들이 휘둘리는 건가요. 쨍쨍 울려 대는 징과 장구 소리 속에서 부엌이도 신이 들려 춤을 추고 있는 사이에 암시에 걸려 그때만 정신이 이상해지는 수도 있잖아요."

유원의 목소리는 떨리고 있었다. 그녀는 오빠에게 직접 부엌이와의 관계에 대한 사실 여부를 따지고 드는 듯한 말투는 하지 않았다.

"물론 네 말대로야. 대개 그런 장소의 분위기 속에서는 구경하고 있는 여자들까지 그렇게 되기 쉬운 법이지. 그러나…… 다만, 부엌이와 오빠의 관계는 사실이다. 그걸 부엌이 스스로가 인정했을 뿐이야."

여동생을 바라보는 이방근의 눈에 일종의 잔인한 빛이 스쳤다.

"……"

유원의 안색이 갑자기 새파랗게 굳어지고, 그 눈빛이 흔들렸다. 그녀는 말없이 자리에서 일어나 방을 나갔다. 그리고는 툇마루 끝에 등을 이쪽으로 돌린 채 우뚝 섰다.

"오빠는 왜 그래요?"

유원은 흰 블라우스의 등을 보인 채, 갑자기 목소리가 변하기라도 한 것처럼 굵은 목소리로 내던지듯 말했다.

"……"

이방근이 잠자코 재떨이에 재를 떨고 나서 담배를 피웠다.

"그래서 부엌이를 이 집에서 내쫓았다는 말이군요."

"내쫓은 게 아니야. 그녀 쪽에서 나가겠다고 고집을 부렸어. 어쨌든 세간에 알려진 일이고, 사정이 사정인 만큼 어쩔 수 없었어……. 여기에 와서 앉아. 등을 보면서 이야기를 할 수는 없잖아."

"남자들은 어찌 그렇게 멋대로 행동하는 걸까요. 오빠는 어째서 세간이라든가, 사정이라든가, 요즘에는 그런 세속적인 말을 하세요. 이방근은 어디로 간 걸까요." 유원은 머리를 흔들고, 양손으로 앞머리를 쓸어 올리더니 뒤로 쓰다듬어 내렸다. "……그때부터예요. 어머니의 제사로 돌아왔을 때, 나를 보는 부엌이의 눈매와 태도가 이상했어요. 서먹서먹한 것이……. 지금까지 움직임이 없었던 눈이 갑자기 빛을 내며 움직이더라구요. 정말 부엌이도 뜻밖이에요. 하녀

주제에 나를 의식하다니, 무슨 그런 여자가 다 있을까……. 오빠,
저, 나중에 올게요."

유원은 돌아보며 말했다. 그 표정은 대리석처럼 싸늘했지만 의연했
다. 이방근이 주눅이 들 정도로 눈이 번쩍번쩍 빛나고 있었다. 이방근
은 고개를 끄덕여 보인 뒤 나중에라도 괜찮으니 차를 가져오라고 일
렀다.

움직임이 없는 눈이 갑자기 빛나며 움직였다……. 그때의 여동생은
부엌이의 태도에 불신감을 품고 나에게 말했었는데, 용케도 잊지 않고
기억하고 있었다. 하녀 주제에 나를 의식하다니……. 눈이 빛나며 움
직였을 정도로만, 의식했을 뿐이다. 그 정도의 일일 뿐이었다…….
손톱만큼 의식했을 뿐이었다. 오빠에게 크게 실망하고 화를 내면 된
다. 이방근은 어디에 갔을까요, 가 아니다. 이방근은 여기에 있다.

유원은 반 시간 정도 지나 자신과 오빠 두 사람의 차를 가지고 서재
로 들어왔다. 마음을 고쳐먹은 표정이었다. 이방근은 그동안 미닫이
가 열린 채로 있는 방의 소파에 가만히 앉아 바람이 지나가는 촉촉이
젖은 안뜰을 바라보고 있었다.

이방근은 부엌이가 떠나고 나서, 이 집에서 냄새가 없어진 것을 알
아차렸다. 물론 집 안 전체가 무취의 진공 상태로 되어 있는 것은 아
니었지만, 그런 느낌이 들었다. 여전히 건너편 안채에서는 한약 냄새
가 풍기고 있었고, 코를 자극하는 일상생활의 냄새는 의식하면 번거
로울 정도로 넘쳐 나고 있었다. 그러나 후각만이 아니라, 콧구멍 안쪽
으로 침투하여 이윽고 머릿속 공간으로 퍼진 뒤, 심해처럼 검은 치마
가 되어 몸 전체를 푹 감싸는 압도적인 냄새는 이 집에서 공기가 빠지
듯이 사라져 버렸다. 부엌이의 큰 몸피를 감싼 검은 치마가 사라져
버렸다. 그것은 무한대의 냄새 자루. 새끼 고양이의 울음소리도 방울

소리도 사라졌다. 부엌이가 사라진 순간, 이방근이 서울로 여행을 떠난 탓도 있었지만, 이상하게도 부스럼영감마저 성내에서 자취를 감추었던 것이다.

용암처럼 울퉁불퉁하고 추한 부스럼영감의 얼굴 모습. 일찍이 이방근이 취기 속에서 몇 번이나 쓰다듬은 그 손바닥에, 노인의 많지 않은 한 방울, 두 방울의 뜨거운 눈물을 느끼게 했던 얼굴. 미적인 것과는 인연이 없었지만, 이방근의 마음속에서, 그것은 추악한 것으로서 적어도 혐오의 감정을 불러일으키지는 않았다. 부스럼영감이 말도 안 되는 구실로 선옥에게 쫓겨났고, 부엌이도 이 집을 나갔다. 지금 이방근은 부스럼영감과, 언제나 마르는 일이 없는 냄새를 안에 간직한 부엌이가 자신의 내부에 함께 존재함으로써, 자신의 어떤 안정감을 유지하고 있었다는 것을 알았다. 부엌이 한 사람과 새끼 고양이가 떠난 것이 아니었다. 이방근의 주위에서 냄새의 베일을 전부 벗겨 가 버렸다. 부엌이의 치마 속에 여름철 풀의 훈김처럼 가득 찬 냄새. 냄새의 심해 속에서 엉키는 물고기. 그 추상적이고 농후한 냄새가 이방근의 감각을 가득 채우고 있었던 것은 사실이었다.

이방근은 밝은 안뜰에 적막감을 느끼고, 구멍을 메우고 있던 것이 빠져나가면서 공허함을 느꼈다. 이방근은 소파에 앉은 다리 관절이 아무 일이 없는데도, 쿡쿡 찌르듯이 저려 오는 것을 의식했다. 조금 전의 꿈속처럼 빙빙 방 안을 돌다가, 갑자기 내가 절름발이가 된 것은 아닐까 하며 한쪽 발이 저리는 것을 의식하고 있었다. 그 기묘한 감각은 이방근의 내부에서 두 사람이 나간 뒤의 공허감과 연결돼 있는 것 같았다.

서재로 들어온 유원은 쟁반에서 뜨거운 차의 향기 나는 찻잔을, 오빠 드세요, 라며 탁자로 옮겨 놓고, 아까와 같은 자리에 앉았다. 그녀는 양손으로 찻잔을 들고 차를 홀짝이고 있을 뿐, 한동안 아무런 말도 하지 않았다.

"너는 오빠에게 화가 난 거지? 실망했겠지. 오빠는 사실을 말했을 뿐이야. 그 일에 대해서 변명, 주석은 달지 않겠어."

이방근은 혀를 달구는 뜨거운 차를 한 모금 마시고 말했다.

"……" 유원은 양손에 든 찻잔을 조용히 탁자 위에 내려놓으며 고개를 옆으로 가볍게 흔들었다. "화 같은 건 나지 않았어요. 여동생 주제에 이러쿵저러쿵 이야기하고 싶지 않아요. 다만, 오빠는 책임을 져야 돼요."

"무슨 책임을?"

"저는 혼자 부엌이를 데리러 가려고 생각했지만, 오빠도 함께 가서 부엌이를 데려와요. 오빠, 부엌이는 너무 불쌍한 여자예요." 여동생의 태도는 예상과는 달리 의외로 담담했고, 입가에 약간 비꼬는 듯한 미소까지 보이고 있었지만, 조금 전과는 전혀 다른 말을 했다. "부엌이에 비해서 선옥 어머니는 안주인이니까 그렇겠지만, 얼마나 잘나셨는지. 어째서 부엌이에게 어머니의 혼백이 옮기지 않았을까요. 그게 정말 어머니의 혼백이었다면, 이 집안을 위해서, 돌아가신 어머니가 병이 났을 때도 끝까지 최선을 다한 부엌이에게 옮겨졌을 거예요. 그리고 부엌이의 나쁜 일을 계시했을 리가 없어요. 이치적으로 따지면 그렇잖아요. 계모에게 옮겨 붙은 어머니의 혼백이 부엌이의 일을 다 털어놓고, 부엌이는 크게 울면서 선옥 어머니를 큰마님으로 부르며 그 죄를 용서해 달라고 빌다니, 이 얼마나 불쌍한……. 이 얼마나 이상한 굿판이냐 말이에요. 어딘가 좀 이상하지 않아요? 오빠는 모르겠어요? 뭔가 있어요."

"아니, 이런……." 이방근은 움찔하며 대답했다. 여자의 직감이 작용하고 있다는 것을 느꼈다. "있기는 뭐가 있어, 그런 억측은 그만둬."

"억측이 아니에요. 도대체가 이상하잖아요. 아무리 굿판에서 신이 들렸다고는 해도 돌아가는 일이 너무 이상해요……."

"그러니까 굿이지. 한심한 일이야."

"오빠는 당사자라서 보이지 않는 거예요. 서울에서 돌아온 제 눈에는 꽤 확실히 보여요. 그러니까 굿이라니요, 굿으로 멀쩡한 사람이 희생을 당해도 된다는 건가요."

"이미 끝난 일이야. 게다가 이건 이상한 일이지만, 그 황당무계한 것이 사실이니까……."

이방근은 다리를 꼬고 담배에 불을 붙였다. 이 녀석은 무슨 냄새를 맡은 거지. 마치 탐정 같은데…….

"설령 사실이라 해도, 그것은 선옥 어머니가 뭔가 사정을 알고 있거나 해서, 부엌이를 쫓아내기 위해 계획적으로 꾸민 일이라고 생각해요. 일전에도, 월초에 한 번 그만두게 한 적이 있으니까. 오빠를 찾아온 부스럼영감에 관한 일로, 오빠는 그때 외출 중이었지만……."

아까부터 선옥 어머니라고 이름을 붙여서 계모를 부르고 있던 유원은, 검고 총명하게 빛나는 눈으로 오빠를 바라보며 말했다. 절반은 맞았고, 절반은 맞지 않은 셈이다. 그렇다 하더라도 무당이 아닌 점쟁이를 무색하게 만드는 직감적인 판단이었다. ……어둠 속의 눈, 어둠에서 어둠을 지켜보던 침묵의 눈.

"무슨 말을 하는 거야. 말도 안 되는 소리를 아버지나 어머니 앞에서 해서는 안 돼. 너는 분쟁의 불씨를 만들려고 서울에서 내려온 건 아닐 테지."

"어쨌든 부엌이를 데리러 가요. 가능하다면 지금이라도 출발해서 하룻밤 자고 오면 되니까." 유원은 양손으로 찻잔을 감싸듯이 들고는 아직 식지 않은 차를 홀짝였다. "부엌이가 돌아오면, 아니죠, 만일 돌아오지 않더라도 오빠는 이 집에서 나가는 편이 좋다고 생각해요. 저는 그렇게 생각해요."

유원의 깜빡이지 않는 눈이 한순간 무례한 빛을 발했다.

"뭐라고……? 그건 무슨 소리야."

이방근은 꿈틀하고 상반신을 소파의 등받이에서 앞으로 움직이더니 여동생을 노려보았다. 이방근은 심장의 고동이 부정맥처럼 가슴 안쪽에서 세차게 두드리듯 울리고 숨이 차는 것을 느꼈다. 그리고 순간 머리를 스친 불쾌한 상상의 여파로 거의 자리를 박차고 일어날 뻔했지만 충동을 억제했다. 부엌이가 만일 돌아오지 않더라도……. 문득 떠오른 생각에서 오는 상상이라 할지라도, 여동생이 계모와 오빠 사이에 만일의 일이 일어날 것을 생각해서 한 말이라면, 무서운 말이라고 하지 않을 수 없었다. 그것은 있을 수 없는 일이었다. 그러나 이방근의 상상 속에 계모가 하나의 여체로서 나타나는 것은 있을 수 없는 일은 아니었다. 여동생이 만일 선옥의 이름을 들먹이기라도 하면서 좀 더 구체적인, 금방 알아들을 수 있는 말투를 했다면, 이방근은 분노가 폭발해서 여동생을 가만두지 않았을 것이다.

"……단지, 문득 그런 생각을 했을 뿐이에요. 하지만 오빠는 언제까지나 이런 생활을 계속할 수는 없다고 생각해요." 오빠의 분노의 기색에 압도된 유원의 눈빛에 잔물결이 일었다. 여동생은 순간적으로 말을 돌렸지만, 그러나 이방근은 그것을 나무라지 않았다. 이방근 자신이 현실적으로 있을 수 없는, 그런 꺼림칙한 일을 언급하고 싶지 않았기 때문이다. "오빠, 부엌이를 데리러 가요. 저와 함께 가 주세요. 부탁이에요." 여동생이 애원하듯 말했다.

"흐음……." 이방근은 크게 숨을 내쉬었다. 그리고 담배를 가볍게 한 모금 빨고는 두 개의 콧구멍으로 천천히 연기를 내보냈다. 우글우글 머릿속에서 꿈틀거리는 것, 머릿속이 근질근질하고 쿡쿡 쑤시기 시작하는, 뇌 주름의 골짜기마다 또 구더기가 들끓어 구멍을 뚫고 있는 느낌이 들었다. 우―, 어둠 속의 눈, 어둠 속에서 어둠 속을 가만히 지켜보던 고양이 같은 눈빛. 부엌이와 함께 잤던 바람이 강했던 밤의, 안뜰로 헤매어 나온 새끼 고양이의 울음소리……. 이방근은 가볍게 머리를 흔들고, 자신도 모르게 튀어나온 상념에 떠밀린 것처럼 자리에서 일어났다. 좀 전에 자리에서 일어나려던 것을 억제하고 있던 충동이 기회를 엿보고 있었던 모양이다. 유원아, 잘 들어……. 이방근은 방 안을 천천히 걸으며 말했다. "생각 좀 해 보렴. 너는 공상의 세계에 살고 있는 것이 아니야. 여기엔 아버지도 있고 계모도 있어. 그것은 이미 다 끝난 일이야. 이제 와서 다시 데려올 필요는 없어. 게다가 부엌이 자신이 돌아오지 않아. 그녀는 다시 이 집에 돌아오지 않겠지만, 만일에 말이지, 만일에 돌아온다고 치자. 그러면 어떻게 될까, 이태수의 딸이 서울에서 돌아와 부엌이를 데리고 온 것이 되겠지. 그것을 세간에서는 어떻게 받아들일까. 안 돼, 갈 필요가 없어. 이미 끝난 일로 내버려 두면 돼. 무엇보다 아버지가 허락하지 않으실 거야. 부엌이의 앞으로의 일에 대해서는 오빠도 생각하고 있으니까……."

이방근은 아버지가 부엌이를 내보낼 때 일정한 금품을 제공한 것, 그리고 자신도 양준오를 통해 일만 원을 건넸지만, 그녀가 받지 않았다는 것 등을 이야기했다.

유원은 세간의 평판과 아버지의 반대, 그리고 부엌이 자신이 돌아오지 않을 것이라는 것은 오빠의 변명이라고 반발했다. ……이 얼마나 슬픈 일인가요. 돌아가신 어머니에게 뭐라고 말할 참인가요. 13년이나 함께 살다가 나간 가족의 한 사람을 그대로 방치하다니……. 오빠가 싫다면 저 혼자 가겠어요. 이 얼마나 꺼림칙한 굿판인가요…….

소파에 앉은 채로 등을 구부린 유원은 눈에 반짝하고 빛나며 떨어질 것 같은 눈물을 머금고 있었다. 다시 한 번, 안 돼, 가지 말라고 단언한 오빠를 향해, 데려오는 게 안 된다면, 부엌이를 만나러 가겠다, 새끼고양이 흰둥이도 만나러 가겠다, 만나러 가는 것은 상관없지 않느냐, 아버지와 계모, 그리고 오빠가 반대해도, 누가 뭐라 해도 부엌이를 만나러 갈 것이라는 불꽃같은 말을 토해 내고, 유원은 서재를 나갔다.

이방근은 그것을 억제할 수가 없었다.

5

어딘지 알 수 없는 사람의 왕래가 많은 거리의 한가운데였다. 유원이 수십 미터 전방을 남승지의 눈을 피하면서 달려가고 있다. 뒤돌아보고는 들키면 안 된다는 듯이 인파 속으로 숨기도 하면서 종종걸음으로 달려간다. 성내에서 헤어질 때 그렇게 굳은 악수를 나눈 그녀가 내 눈을 피해서 어디를 그렇게 급히 가는 것일까. 정체를 알 수 없는 불안과 질투심이 수압처럼 사방팔방에서 압박해 오고 있었다. 그는 안팎에서 자신을 옥죄어 오는 압박감의 피막을 수중에서 떠오르는 듯한 감각으로 벗어던지며 인파 속을 서둘러 쫓아갔다. 아니? 그녀와의 거리는 상당히 좁혀졌지만, 어느새 한 마리 작은 개가 유원과 함께 가고 있었다. 그 개는 도중에 나타났는지, 처음부터 그녀가 그 귀여운 개를 데리고 있었는지는 알 수 없었는데, 앞선 개는 목줄을 팽팽하게 전방 왼쪽 방향으로 유원을 안내하듯이 끌고 간다. 이윽고 도심의 혼잡한 거리를 빠져나왔지만, 거리는 아무래도 일본의 오사카 같았다. 아아, 유원이 일본에 와 있었나. 오사카라면 어머니와 여동생이 있는 곳인데, 나는 왜 그곳에 들르지 않는 것인가 하고 의아해하면서 남승지는 유원의 뒤를 따라갔다. 그때 그녀는 도로에 접한 대문이 있는 어느 집으로 들어가 자취를 감추었다. 가까이 다가가 보니, 작은 개는 쇠사슬에 묶인 채 밖에서 기다리고 있었다. 그런데 그 집 앞에 큰 개 한 마리가, 인간에 비유한다면 우둔하고 무표정한 것이, 어떤 잔인함을 풍기는 표정을 한 갈색 털의 개가 서 있는 것이 아닌가. 그러나 그 개는 퉁방울눈으로 남승지를 가만히 쳐다볼 뿐 무시하고 있었다. 그리고는 작은 개에게 접근해서는, 갑자기 상대의 쇠사슬 목줄을 덥석 물고 나서 으득으득 날카로운 소리를 내며 끊어 버리고 말았다. 작은 개는 슬픈 듯이 그 자리를 벗어나 어디론가 사라져 버렸다. 남승지는 큰 개에게 호통을 치고는 목소리를 높여, 이봐요, 유원 동무, 유원 동무…… 하면서 계속 불렀다. 문이 열리고 유원이 얼굴을 내밀었다. 도대체 무얼 하고 있는 겁니까, 큰일 났어요, 지금 유원 동무의 개가 목줄이 끊겨 어디론가 가 버렸단 말이에요……. 그러나 그녀는 마치 모르는 사람을 만난 것처럼 남승지를 힐끗 쳐다봤을 뿐 대답도 하지 않았다. 그래도 두 사람은 제각각 좌우로 나뉘어 개를 찾으러 다녔다. 그녀의 모습은 사라지고, 남승지는 혼자서 휘파람을 불며 열심히 찾았다. 그리고는 도시 변두리의 낙엽이 떨어진 숲 속에 있는 개를 발견했다. 옆으로 다가가자 개는 도망가지도 않고 뭔가 미안한 듯이 남승지의 얼굴을 바라보았다. 은색으로 빛나는 긴 털로 몸이 덮인, 여기저기 옅은 갈색의 큰 반점이 섞인 작은 몸집의 세터였다. 남승지는 무엇보다 그 얼굴의 표정에 끌렸다. 거기에는 사람처럼 깊은 사색과 뭔가 숨길 수 없는 깊은 우수가 감돌았다. 그리고 그 눈! 그 투명하고 깊은 눈은 사람의 마음을 도려낼 것처럼 쓸쓸하게 빛나면서 밑바닥으로부터 금색의 강한 빛줄기를 발하고 있었다. 개라고는 생각되지 않는 그 이상한 눈과 표정……. 이윽고 개는 조용히 어디론가 사라졌다. 남승지는 다시 유원의 모습을 찾아 걷기 시작했다. 어둠 속에서 감미로운 피아노 소리가 들려왔다. 아아, 그 대문이 있는 집에서 유원은 음악 선생에게 안겨 있는 것이다. 남승지는 전신이 불꽃에 휘감기는 느낌으로 땀을 흠씬 흘리며 그녀를 찾아 헤맸다. 그러나 그 대문이 있는 집은 어디에도 없었다. 어디를 어떻게 헤매고 다녔는지, 영상이 없는 막막한 안개 속을 빠져나온 곳에 펼쳐진 공원의 인파 속에서, 팔각정이 있는 그곳은 서울의 파고다공원이었다. 그곳에서 한 사람의 모르는 젊은 여자를 우연히 만났다. 꼭 끼는 빨간 색 치마가 잘 발달된 엉덩이를 바싹 조이고 있었다. 아아, 행자……라고 생각했는데, 그렇지가 않았다. 행자인 것 같으면서 그렇지 않은 그녀는 남승지에게 누군가를 찾고 있는 것이 아니냐면서 뭔가를 암시하듯 말을 걸어왔다. 그렇다, 금색의 숭고한 눈을 가진 아름다운 개를 찾고 있다고 남승지는 대답했다. 그러자 그녀는 사람의 속마음을 훤히 들여다보듯이 웃으며, 그런 개는 없다, 그건 유원을 지키고 있는 흰 고양이로, 이미 어딘가로 모습을 감춰 버렸다, 자신은 유원을 알고 있는데, 그녀의 오빠가 저 언덕에 있는 병원에 입원해 있고, 그녀는 지금 그곳에 있다며, 마치 예언자 같은 위엄을 풍기며 말했다. 남승지는 고맙다고 말하고 납빛으로 빛나는 바위산 위의 옛 성 같은 병원으로 향했다. 제주도의 산길과 같은 돌투성이의 길을 올라가면서 남승지의 마음은 기쁨으로 흘러넘쳤다. 이미 질투심도, 수압처럼 자신을 옥죄고 있던 압박감도 사라져 있었다. 아아, 그녀는 내가 가난하기 때문에, 오빠의 문병에 필요한 돈을 마련하기 위해 뛰어다니는 것을 염려해서, 일부러 오빠의 입원을 알리지 않았던 것이다. 그렇게 생각하자, 좀 전에 미련이 남는 듯 뒤돌아보고 또 돌아보며 종종걸음으로 달려가던 그녀의 표정이 전혀 다른 모습으로 되살아났다. 남승지는 질투에 눈이 멀어 그녀가 누군가 다른 남자의 품에 안겨 있다고 망상을 눈물겹도록 후회했다. 그는 바위산 위의 병원 대합실에서 기다리고 있었다. 갑자기 '승-지 동-무' 하고 승과 동에 힘을 준 간호사의 맑은 목소리가 남승지를 불렀다. 그런데 그 목소리는 유원이었다. 그가 설레는 마음으로 병실에 들어서자, 병상은 텅 비어 있었고 유원이 혼자서 꽃바구니를 안은 채 기다리고 있었다. 오빠는? 오빠는 이미 퇴원했는데, 이거, 당신에게 드릴게요. 유원은 그렇게 말하고 검은 갈색의 등나무 줄기로 엮은 커다란 꽃바구니에 가득 담긴 빨갛고 짙은 보라색 두 종류의 꽃을 내밀었다. 남승지는 환희에 떨리는 손으로 그것을 받아 들었다. 그의 마음은 유원에게 꽃을 받아 든 행복감으로 가득했다. 꽃은 여자 손바닥 정도의 큰 송이로 모양은 국화 같았지만, 줄기와 잎이 전혀 보이지 않고 바구니에 꽃만이 가득 담겨 있었다. 그리고 색도 모양도 요염한 것이 조금 음란한 느낌마저 불러일으키고 있었다. 남승지는 꽃바구니를 껴안고 한동안 바라보고 있었다. 그런데 알고 보니, 이상하게도 꽃은 완전히 변해 있었다. 그리고 바구니도 노란 대나무로 엮은 원형에 가까운 것으로 바뀌어 있었고, 바구니 안에는 물이 가득, 투명한 물이 가득 채워져 있는 게 아닌가. 이건 이상하다, 물이 새는 것은 아닌가 하고 바구니의 주위를 손으로 쓰다듬어 살펴보았지만, 젖어 있지는 않았다. 그 물 위에 아까의 절반 크기의 꽃이 일고여덟 송이 떠 있었다. 떠 있었다기보다는 물 위에 피어 있었다고 하는 편이 좋을지도 몰랐다. 이 꽃들도 흰색과 투명하게 엷은 보라색의 두 종류로, 모양은 시크라멘을 닮은 것 같았다. "이거 국화꽃이에요!" 유원이 말했다. "앗, 이게 국화꽃……." 남승지는 고개를 끄덕이며, 그렇군, 이게 크면 국화꽃이 되는구나 하고 생각했다. 이상한 바구니 속의 맑은 물에 피어 있는 국화꽃……. 기묘한 모양의 국화꽃이었다. 두 사람은 병원을 나왔다. 병원의 현관을 나오자, 주위는 바위산이 아니라 넓디넓은 녹색의 초원이 펼쳐져 있었다. 아득히 먼 곳에 빨간 치마를 입은 여자의 뒷모습이 보이고, 그 옆에 막 퇴원한 이방근 같은 모습이 보였다. 남승지는 이방근의 이름을 불렀다. 그러나 아득히 먼 곳을 가고 있는 이방근은 들리지 않는 것인지, 돌아보지 않았다. 남승지는 계속해서 이방근을 불렀다…….

이상한 꿈이었다. 줄거리가 있는 듯 없고, 뭔가 복잡한 듯하면서도 이야기의 줄거리가 연결되어 있는 꿈이었다. 꿈속에서 유원의 뒤를 쫓으며 실망과 질투심에 휩쓸렸다가, 그리고 그 결말에 얻은 기쁨의 감정이 비록 꿈이기는 했지만, 남승지의 마음을 크게 만족시켰다. 아아, 나는 역시 유원을 좋아하는구나. 언제나 마음 한구석에서 그녀를 생각하고 있었다. 국화꽃, 대바구니의 물속에 핀 묘한 꽃을 유원은 나에게 주었다. 그 인간적인 표정을 지니고 아름다운 금빛 눈을 한 작은 개는 무엇이었을까. 숭고할 정도로 깊은 우수의 빛을 띤 개의 눈. 어쩌면 유원은 오빠의 병으로……. 아니, 어제 강몽구는 이방근과 만나지 않았던가. 그러나 뭔가 다른 급한 일로 그녀는 섬에 돌아온 것이 아닐까……. 그럴 리는 없었다. 학교가 쉬는 시기도 아닌가 하면, 해상봉쇄로 정기선이 멈춰 있기 때문에, 그렇게 쉽게 올 수 있는 게 아니었다.

오늘 아침 일찍, 아직 새 울음소리도 들리지 않는 이른 새벽에 꿈에서 깬 남승지의 귀에, 골목을 지나가는 복수의 운동화 발소리가 들렸다. 그것은 이 마을의 망을 보는 민위대원이었다. 변소의 돼지들도 깊은 잠에 빠진 모양이었다. 남승지는 한동안 흙냄새 나는 어두운 움막 같은 방에서, 지금 막 빠져나온 꿈속에 일어난 일을 더듬으며 꿈 전체를 돌이키고 있었다. 지난 4월 2일 밤, 성내에서 헤어질 때, 다시 한 번 '해방구'에 가고 싶다던 진지한 그녀의 말과, 그리고 뜨거운 악수를 반복해서 떠올리는 사이에 다시 잠에 빠져들었을 때는 새벽이 밝아 오고 있었다.

남승지는 보름 전부터 이방근 남매가 '해방구'에 왔을 때 처음 마중했던 봉조촌으로 옮겨, 강몽구의 처가에 몸을 의탁하고, 노부부의 방 옆에 있는 움막처럼 작은 방에서 지내고 있었다.

4·3봉기 이후, 조직 지도부의 아지트는 Y리를 떠나, 일부는 봉조촌의 위쪽에 있는 태흘촌으로 잠시 옮겼는데, 그곳에 도당 부위원장이자 조직부장인 강몽구가 있었다. 그리고 봉조촌에도 남승지를 포함한 세 명의 조직부원이 각각 개인의 집을 아지트로 삼고 있었다. 남승지의 일은 주로 성내 지구 주변 조직과의 연락을 겸한 조직 관리자였는데, 거기에는 특수한 임무로서 양준오를 조직으로 포섭하는 일이 있었고, 강몽구가 이미 공작에 임하고 있는 이방근에 대한 포섭이 있었다.

아침에 연락부원의 연락을 받고, 태흘촌에서 있는 조직부 관계회의에 참석하기 위해 출발하려는 참에, Y리에서 구두 수선공인 손 서방이 숨을 헐떡이며 찾아왔다. 그리고는 한의사인 송진산의 명령으로 왔다고 전제를 한 뒤 히죽거리며, 동무는 어젯밤에 좋은 꿈이라도 꾸었냐고 말해 남승지를 놀라게 만들었다. 그런 다음, 실은 말이지, 승지 동무, 대단한 손님이 오셨어. 그러니까, 언젠가 성내에서 온 예쁜 아가씨가 그 오빠와 함께 Y리에 왔다는 거야. 그래, 그 두 사람이 왔다구……라는 말을 해서 남승지를 놀라게 했던 것이다. 남승지는 지금 이방근 남매가 Y리에 와 있는 것으로 생각했는데, 그것은 손 서방이 마치 자신이 두 사람을 만난 것처럼 말하는 바람에 일으킨 착각이었다. 이야기를 차분하게 잘 들어 보니, 송진산이 사람을 보내 손 서방을 집으로 불러서, 두 사람이 열 시경에 집에 들렀다는 말을 했다. 그리고는 남승지와 만나고 싶은데 그 방법은 없겠는가, 지금부터 안쪽 마을에 일이 있어 가는 중인데, 돌아오는 오후 세 시경에 다시 한번 Y리에 들르겠다…… 운운했다는 것이었다(손 서방이 송 한방의가 있는 곳으로 갔을 때는 이미 이방근 남매는 출발한 뒤였다).

이게 대체 어떻게 된 일인가. 뭔가 이상한 예감이 들지 않은 것도 아니었지만, 이것은 너무나 뜻밖의 소식이었다. 아니, 이런 일도 있을 수 있다. 실제로 그것이 사실이라고 알려 오지 않았는가. 그렇다 해도 그 현실이 꿈과 연결되어 일어난다는 것은 이상한 일이다. 나만이 아니다. 나만이 그녀를 생각한 것은 아니다. 그녀도 나에 대해 생각하고 있었던 것이 틀림없다. 이 생각은 남승지 자신의 가슴을 뜨겁게 달궜다. 그는 약간의 불안감이 없는 것은 아니었지만, 자존심을 만족시키는 한편으로, 그것이 그녀에 대한 애정으로 겹쳐져 부풀어 오르는 것을 의식하자 행복했다. 그는 자신이 그녀의 꿈을 꾸고, 그것이 현실이 됨으로써 두 사람의 마음을 연결하는 끈이 점점 강해지는 기분이 들었다. 적어도 그 자신은 그렇게 느꼈다. 음……. 그러나 이방근을 만나는 것은 기분이 조금 무거웠다. 어젯밤, 강몽구가 이 마을을 지나 태흘촌으로 갔는데, 어제 낮에 이방근을 만난 이야기를 들었던 것이다. 역시 이방근은 이 조국과 민족의 운명이 걸려 있는 중대한 시기에도 확실하게 혁명의 측에 가담하려 하지 않는단 말인가. 일본에서 돌아온 직후, 산천단에 있는 목탁영감의 동굴에서 이방근과 우연히 만나 함께 성내로 내려오는 도중에 있었던 토론을 생각해 내고 마음이 움츠러들었지만 잠자코 있을 수는 없을 것 같았다. 그래요, 그렇군요…… 하고,

이방근이기 때문에 더욱 잠자코 있을 수 없다는 생각이 들었다.

남승지는 손 서방에게 감사한 뒤, 지금부터 위쪽 마을에 갔다 와야 하는 관계로 Y리에 도착하는 것은 아무래도 네 시 가까이 되어야 할 것 같으니, 아무쪼록 그 시간까지 기다려 줬으면 좋겠다는 말을 남기고 태흘촌으로 떠났다.

봉조에서 태흘까지는 강몽구와 함께 이방근 남매를 안내한 길이었다. 쨍쨍 내리쬐는 한낮 고원의 햇살을 받으며 남승지는, 벌써 한 달 가까이 지난 그때에도, 마침 지금과 같은 시각으로 햇살이 강했던 것을 떠올렸다. 그랬다, 유원에게 자신의 밀짚모자를 쓰라고 말하고, 그녀가 턱 끈을 잘 매지 못해 쩔쩔매는 것을 보고 내가 매어 주었다. 그 날의 일을 떠올리는 것은 유쾌했다. 유원을 생각하면 몸의 밑바닥에서 힘이 솟구쳐 오르는 것을 느꼈다. 남승지는 산자락을 향해 점차 높아져 가는 고원 길을 서둘렀다.

태흘촌의 회의에서는, 어젯밤 지도부 회의에서 군 측의 화해 제안을 받아들여 교섭에 임한다는 기본방침을 결정한 일이 강몽구에 의해 전해졌다. 그것이 회의의 주된 내용이었다. 교섭 장소와 그 외의 구체적인 내용은 정해지지 않았지만, 상대방이 전권위임 대표에 의한 일대일 교섭을 원하고 있기 때문에, 아마도 국방경비대 제9연대장 김익구 소령 자신이 교섭에 임할 것이다. 그런 경우 이쪽에서는 유격대 지도부의 군사부장 김성달 동지가 담판에 임할 것이라고 했다.

조직부 관계의 회의에서도, 화해 제안은 적 측의 모략에 우리가 농락당하고 있는 것이 아니냐, 무장해제를 하고 하산하라는 권고는 우리의 애국적 의거에 대한 모독이니, 철저한 저항을 계속해야 한다는 목소리도 나왔지만, 강몽구가 제지했다. 화해 교섭이 무슨 투쟁의 포기도 아니고, '투항주의'를 의미하는 것도 아니다. 그것은 전투의 새로운 형태, 다른 국면으로서, 쌍방의 견해, 조건이 일치하여 교섭이 성립되면 좋지만, 또 교섭이 반드시 성립된다고는 한정할 수 없기 때문에, 그 경우 결렬에 대비한 투쟁 자세를 무너뜨려서는 안 된다. 그것이야말로 '투항주의'라고 해야 할 것이다. 군 측으로부터의 화해 교섭 제안은 4·3봉기의 커다란 성과이고, 그 기회를 놓쳐서는 안 된다. 우리는 조국의 평화와 통일, 외래 침략자의 철수, 그리고 아름다운 고향섬의 평화와 행복을 위해 4·3봉기를 일으킨 것이므로, 우리의 폭력은 적의 폭력에 대항한 평화 실현을 위한 수단이다. 따라서 기회주의가 되어서는 안 되겠지만, 동시에 화평의 기회에서 결코 눈을 돌려서는 안 된다. 적어도 군을 적으로 돌려서는 안 된다. 우리의 적은 경찰이지, 군대는 아니다……. 강몽구는 대체로 그와 같은 이야기를 했다. 또한 교섭에 임하는 것은 조직의 기본방침이자, 상부의 결정이라고 반복해서 강조했다.

남승지는 강몽구에게 이방근 남매가 세 시경에 Y리의 송진산 댁에 올 것이라는 사정을 설명하고, 강몽구의 보고가 끝나자마자 바로 태흘촌을 떠났다. 강몽구는 어젯밤에도 언급했지만, 아직 이방근을 단념하지 않고 있었다. 혁명사업은 장기에 걸친 투쟁이다. 그 사이에 혁명 전선에서 떠나는 자도 있는가 하면, 또 새롭게 혁명 전선으로 들어오는 자도 있다. 우리 편을 한 사람이라도 더 많이 만들고, 새로운 동지를 확보하지 않으면 안 된다……. 남승지는 기복이 많은 중산간지대의 지면이 고르지 않은 돌투성이 길을, 아득히 먼 곳에 옆으로 누워 있는 부동의 바다를 바라보면서 파발꾼 못지않게 서둘렀다. 내려가는 길이어서 편했지만, 계속 내달려도 두 시간은 족히 걸릴 것이다. 두 시가 넘었으니까 네 시까지 도착하는 것은 어려울 것이다.

바다, 망망하게 펼쳐져 있는 바다. 바다 저편에서 바람을 타고 아름다운 노랫소리가 들려왔다. 밤의 바닷가에서 노래하는 유원의 목소리였다.

이어도 사나 이어도 사나
떼구름 피어오르는 바다로 배가 간다
이어도 사나

이어도 사나 이어도 사나
내 사랑하는 님은 이어도로 갔나
이어도 사나

이어도 사나 이어도 사나
돛을 편 저 배는 이어도로 가는가
이어도 사나……

봉조촌을 한 시간 뒤에 통과하고, 남승지는 땀투성이가 되어 동쪽으로 난 길을 Y리를 향해 서둘렀다. 시각은 이미 상대가 지정한 세시였고, 손 서방에게 전해 달라고 부탁한 네 시까지도 도저히 도착할 수 있을 것 같지 않았다. 손 서방에게 사정은 말해 두었으므로 약간 늦어지는 것은 기다려 줄 듯도 싶었지만 그러나 상대에게 다른 예정이 있다면 그렇게는 안 될 것이다. 게다가 Y리를 지나 성내로 가는 버스는 다섯 시 반이 마지막이었다. 걷는 일에는 익숙해져 있지만, 이때만큼 앞으로 갈 길과 자신이 낼 수 있는 속도 사이의 메우기 힘든 절망적인 간극에, 남승지는 깊은 슬픔을 동반되는 조급함을 느낀 적이 없었다. 오로지 피스톤처럼 번갈아 움직이는 두 개의 다리였지만, 어차피 쇠로 된 피스톤이 아닌 인간의 다리였고, 지금 가혹한 시간과 다투어 그것을 이겨낼 수 있는 대용물도 아니었다. 그는 수건으로 땀을 닦고 거의 체념한 듯한 기분으로 점차 해가 기울어져 가는 하늘 아래 아무도 없는 시골길을 서둘러 걸었다. 하늘 전체가 기울어져 가며, 서쪽 하늘에 커다란 비틀림이 눈에 보이지 않는 주름이 되어 나타나는 듯한 괴롭고 무거운 느낌이, 바람이 불어 가는 머리 위를 덮고 있었다. 더 이상 바다는 보이지 않았다. 주위는 열기로 숨이 막힐 것처럼 파란 보리밭의 바다 너울이었고, 저 멀리에 나무와 숲이 있었다. 숲 저편으로 유원의 얼굴이 떠올랐다.

이방근이 입당을 거부했다는 어젯밤 강몽구의 이야기를, 남승지도 그렇게 간단하게 흘려들을 수는 없었다. 역시 충격이었다. 너무나 완고하여 이 나라를 떠나겠다고까지 말하던 양준오가 조직의 요청에 긍정적인 반응을 보이고 있던 때인 만큼, 그리고 이방근을 존경하고 있던 만큼, 그 확실한 의사표명에는 역시 유감이라는 생각이 사라지지 않았다. 그 틈새를 파고들 듯이, 4월 2일 오후, 호소문인 삐라를 받으러 유달현의 하숙집으로 갔을 때, 이방근에 대한 그의 증오와 경멸이 섞인 듣기 괴로울 정도까지의 비판이 머리에 되살아났다. ……그의 타락한 생활을 보면 알 수 있지 않느냐. 우리의 혁명과 무슨 관계가 있는가. 이방근의 본질은 부르주아 민족주의자라는 것이다……. 그는 현실적인 혼돈의 저편에 빛나는 수평선이 보이지 않고, 반혁명적인 역할을 짊어진 인간이다. 그 남자가 반제국주의 투쟁, 계급투쟁에 몸을 바칠 것이라 생각하는가? 부패한 부르주아 사상의 소유자, 철저한 프티부르주아적인 이기주의자……. 사회의 기생충 외의 아무것도 아니다……. 그런 자와는 관계하지 않는 것이 좋다. 다만, 자네가 말이지, 이방근을 진실한 공산주의자로 개조할 수 있다면, 이야기는 다르지만. 그것은 어차피 불가능한 일이니까, 말하고 있는 거야…….

남승지는 이방근과 얼굴을 맞대면 무슨 말을 해야 할지 생각하고 있었다. 그리고 그 문제를 언급해야 하나 말아야 하나. 아니, 언급해야만 할 것이다. 그러나 그럴 시간도 없는가 하면, 또 그런 장소도 아닌 것 같은 기분이 들었다. ……음, 어쩌면 두 사람은 이전과 마찬가지로 Y리의 송진산 댁에라도 머무는 것일까. 어쨌든 두 사람을 만나고 나서 할 이야기다.

간신히 길은 신작로 너머로 Y리 부락의 모습이 보이는 지점까지 왔다. 남승지는 신작로를 따라 심어진 관목의 그늘에 몸을 감추고 부락의 동정을 살폈다. 세 사람의 일행이, 등에 외출용 대바구니를 짊어진 여자들이 신작로를 동쪽으로 걸어가고 있었다. 이제 여기까지 온 이상 안심이었다. 두 사람이 이미 더 이상 기다리지 못하고 출발해 버렸다면, 그것은 어쩔 수 없는 일이다. 그렇지 않고 혹시 이 순간에 부락에서 나온다고 한다면 지금 이 눈으로 두 사람의 모습을 확인할 수 있다. 일단 안심을 한 남승지는 신작로에서 갈라지는 두 개의 마을로 가는 길 입구를 주의 깊게 살폈다. 가벼운 근시와 난시의 눈을 가늘게 뜨고 응시한 맨 앞의 초가집에 신호를 위해 세워 놓은 각각의 가는 대나무가 아무렇지도 않은 듯, 똑바로 세워져 있었다. 마을 안에 경찰 없음, 안전하다는 신호였다. 남승지는 밀짚모자를 벗고 작업복 상의와 땀에 흠뻑 젖은 셔츠를 벗어 상반신을 바람에 쐬면서 수건으로 땀을 닦아냈다. 과연 다리가 아팠다. 그는 더 이상 쉬지 못하고 관목의 그늘에서 나와 신작로를 건너 서쪽으로 난 마을길을 향해 걸었다.

남승지는 두 사람이 기다려 줄 것을 기도했다. 두 사람이 아직 있다고 해도 아마 천천히 이야기할 시간은 없을 것이다. 마을길을 오른쪽으로 돌아 마침내 마을로 들어가, 서동의 송진산 댁에 도착했을 때는 네 시 20분이었다. 오래된 팽나무 그늘 아래 문이 없는 돌담 사이의 출입구를 통해 넓은 정원으로 들어가자, 우측의 헛간 너머에 있는 안채에서 사람이, 아니 유원이 나오고 있는 중이었다.

"아아, 유원 동무……."

남승지는 심장 고동이 쿵쾅거리는 것을 의식하면서 한쪽 손을 들어 올린 채 달려갔다.

"아아, 승지 씨……."

하얀 운동화를 막 신은 유원이 이쪽을 향해 다가오는 그 탄력에 응하듯이 남승지는 상대의 손을 잡았다. 자연스럽게 위장을 하고 있었지만, 용기가 필요한 의식적인 악수였다. 땀 냄새 나는 더러운 손에, 흰 물고기처럼 부드러운 손가락이 달린 손을 잡은 것이다.

"아아, 다행이다, 살았습니다. 이미 돌아간 것은 아닐까 하고, 절반은 포기하고 있었습니다……. 서둘러 오긴 했지만, 역시 늦어 버려서……."

"힘들었지요." 유원은 남승지에게 손을 맡긴 채 말했다. "어찌 된 일일까 하고 걱정은 했지만, 그래도, 그, 일전에 함께 갔었던 태흘촌에서 온 거잖아요."

남승지는 고개를 끄덕여 보이고는, 오빠는……? 하고 물으며 손을 놓았다. 순간적인 반동으로 그녀의 손을 잡았을 뿐이지만, 두 사람의 거리가 훨씬 가까워진 느낌이었다. 남승지는 눈부신 듯이 긴 소매의 하얀 블라우스와 감색 치마 차림의 유원을 보았다. 일전에 왔을 때와 같은 복장이었다.

"거실 쪽에서 송 선생님과 바둑을 두고 있어요."

"바둑……?"

이 얼마나 태평한……이라는 생각을 하였지만, 이방근으로서는 보기 드문 일이었다.

남승지는 안채로 올라가 바둑판에 마주 앉아 있는 송진산과 이방근에게 인사를 했다. 마루방과 안뜰에 면한 미닫이를 제외한 두 개의 벽 가득히 한약재를 넣은 무수한 서랍이 달린 가구가 늘어서 있었다. 머리 위 천장에는 한약재가 들어 있는 종이봉지가 마치 벌집처럼 빽빽하게 매달려 있었다. 아니, 용케도 한약재의 냄새가 충만한 밀폐된 방에서 바둑을 두고 있다는 생각이 들었다. 남승지는 고원의 공기를 가득 들이마시며 찾아온 만큼 순간적으로 머리가 어지럽고 기분이 나빠지는 듯했다. 유원도 이 냄새를 피해서 안뜰로 나온 것은 아닐까. 아니다. 자신의 땀 냄새 나는 몸, 땀이 절은 양말에서 풍기는 냄새는 어떨까. 방의 두 사람이 고개를 돌리지 않는 것이 이상할 정도라고 할 수 있을 것이다. 남승지는 일본의 오사카를 떠난 지 벌써 한 달이 지났다는 것을 떠올렸다. 가슴이 찌르듯이 욱신거렸다. 어머니가 오사카를 출발할 때 준 보약의 환약을 대개 하루에 한 알씩 먹고 있는데, 이제는 몇 알 남지 않았다. 언제나 공복이라는 느낌에서 벗어나지 못하고 있었는데, 그러나 몸 상태는 매우 좋았다. 약의 효과가 상당하다는 생각이 들었다.

"오랜만이군. 송 선생님에게 한 수 배우고 있는 중인데, 이제 조금만 있으면 끝나⋯⋯."

이방근이 얼굴을 조금 들고 말했다.

"어험, 배우다니 말도 안 되는 소리. 이 형은 만만치 않아요. 도저히 몇 년 만에 둔다고는 믿어지지 않아⋯⋯."

송 한방의는 커다랗고 붉은 얼굴에 웃음을 지으며 말했다.

"아까부터 이 형이라니요, 손아래 사람에게 그런 황송한 말투는 삼가 주십시오. 그건 오히려 젊은 사람에게 창피를 주는 것이나 마찬가집니다. 이 동무라고 불러 주십시오."

"아니, 그렇지 않아요. 젊은 사람이라도 존경하는 경우에는 형을 붙이는 법. 선생이라고 불러도 어울릴 겁니다."

송 한방의는 이방근이 매우 마음에 드는 모양이었다.

"잠시 둘이서 이야기를 나누는 게 어때."

이방근이 말했다.

"아직 성내에 돌아가지 않으십니까?"

"여섯 시에 트럭이 마중오기로 돼 있어."

"트럭……? 아, 예, 알겠습니다."

남승지는 반사적으로 이 마을에서 일본으로 출발하던 날 밤의, 신작로에서 기다리던 군용 트럭을 떠올렸다. 설마 군용 트럭은 아닐 것이다. 아무튼 자동차 회사를 가지고 있으니까, 화물부의 트럭이 오겠지. 음, 어쩌면 박산봉이 운전수일지도 모르겠군……. 어쨌든 살았다. 여섯 시, 여섯 시까지는 아직 한 시간 반이나 남았다…….

남승지는 안뜰로 내려왔지만, 그렇다고 유원과 함께 집밖으로 나갈 수는 없었다. 일전의 밤처럼 해안의 바위가 있는 곳으로 가 보고 싶었지만, 낮에는 사람 눈에 너무 띄어서 좋지 않았다. 그렇다고 넓은 안뜰에 둘이 우뚝 서 있을 수도 없었다. 안채의 작은 툇마루에라도 함께 앉아 있으려는 생각에서, 사방으로 크게 뻗은 녹색 가지가 바람에 흔들리고 있는 팽나무 그늘로 눈길을 돌리자, 그곳의 헛간 앞에 대나무로 된 긴 걸상이 놓여 있었다.

"……있잖아요, 어제, 꿈을 꾸었는데 말이죠. 그래요, 유원 동무의 꿈을 꾸었어요. 아주 긴 꿈이었어요. 그게 이상하게도, 이상하다기보다도 기분 나쁠 정도로 맞는 꿈이어서 깜짝 놀랐어요……." 두 사람이 나무 그늘의 걸상 쪽으로 걸어가면서 남승지가 말했다. 그곳이라면 문이 없는 출입구에서도 보이지 않았다. 가슴이 조여드는 느낌으로 어젯밤 꿈속의 일들이 되살아났다. 걸상 앞에까지 온 두 사람은 조금 거리를 두고 앉았다. "설마, 유원 동무가 Y리로 오빠와 함께 나를 찾아오다니……. 뭔가 묘한 예감 같은 것이 들기는 했지만, 구둣방을 하는 손 서방이 일부러 봉조촌까지 알리러 왔는데, 왠지 무서운 느낌조차 들었어요." 남승지는 오른쪽에 앉은 유원의 옆얼굴을 보았다. 그 얼굴 표정이 움직이더니 미소가 떠올랐다.

"글쎄, 어찌 된 일일까요. ……내가 승지 씨를 만나고 싶다고 생각했기 때문일까."

유원은 장난기 가득하게 웃는 얼굴로 대담하게 말하고는 볼을 붉혔다. 그 거리낌 없는 한마디가 남승지의 마음을 크게 자극했다.

"내가 만나고 싶다고 생각해서 그렇죠. 내가 꾼 꿈이니까……."

아무래도 말이 잘 나오지 않는 느낌이다.

"어떤 꿈을 꿨어요. 그 긴 꿈이라는 건……?"

"으-음, 꿈이라 그런지, 뒤죽박죽이 돼 가지고, 간단하게 말하기는 어려워요. 계속 여러 곳을 함께 돌아다닌 꿈이었어요. 하지만 꿈이라는 건 뭐랄까, 그러니까, 인간의 의식 밑에 있는 비밀이기도 하고……."

남승지는 말을 얼버무렸다. 꿈속의 일을 창피하게 일일이 이야기할 수 있는 것은 아니다. 그야말로 여자에게 얕잡아 보이기 십상이다.

"그럴까요, 내 꿈을 꿨으니 공유해야 하는 것 아닌가……. 그건 승지 씨가 비밀로 할 수 있는 일인가요?"

유원은 웃었다. 아름다운 도발적인 말, 멋진 수사법이다.

"아니, 그런 뜻이 아니고요." 남승지는 얼굴을 붉히며 부정한다. "모처럼 만의, 공유해야 할 꿈이 뒤죽박죽이 되어, 즉, 제대로 생각해 낼 수가 없어서……. 하지만, 꿈을 공유해야 한다는 말은 멋지네요."

이 얼마나 서툰 흥을 깨는 말인가. 이래서는 모처럼의 이야기를 망쳐서 흥을 탈 수 없게 되고 만다.

"그럴까요. 그래도 승지 씨는 건강한 것 같네요." 유원이 화제를 바꿨다. "그때, 그렇지, 4월 3일 봉기 전날에 승지 씨는 성내에 왔잖아요, 4월 2일에 말이에요. 그때 만나고 처음인데, 세상이 정말 어수선하게 변했어요. 서울도 뒤숭숭한 게, 매일같이 번개데모라든가 선거관리사무소의 습격이 일어나고 있어요. 서북청년회 등의 우익 테러도 매일같이 일어나고 있고요. 요 전날 밤에는 북안산(北鞍山), 중앙군정청의 뒷산이 있잖아요, 그 정상에 봉화가 올랐어요. 정말로 조선은 혁명의 진통에 괴로워하고 있어요……." 유원은 말을 끊고, 앞을 응시한 채 혼자서 고개를 끄덕이더니, 말을 바꾸어 계속했다. "나는 승지 씨와 만난 다음날, 4월 3일 밤에 갑자기 서울로 출발했어요. 오빠가 서울에 와서 말해 줬는데, 승지 씨가 그 뒤에 나를 만나기 위해 성내로 왔었다면서요. 미안해요."

"그 일은 괜찮습니다. 유원 동무의 마음은 알고 있으니까요. 4일 밤에 성내에 갔었는데, 양준오로부터 유원 동무가 서울로 가 버렸다는 말을 들었을 때는, 솔직히 말해서, 크게 실망했었죠. 핫하하, 어찌나 화가 나던지……. 양준오의 집에서 잤는데, 성내에 생긴 시커먼 구멍에라도 빠져드는 느낌이 들더군요. 창피한 이야기지만……."

"아니요, 그렇지 않아요."

유원은 불안한 듯이 뭔가를 엿보는 듯한 표정으로 남승지를 보았다.

"하지만 나중에 방근 씨로부터 사정을 들었습니다. 게다가 오늘 이렇게 만나러 와 주다니, 완전히 꿈같은 이야깁니다. 뭔가 그때의 보답을 받는 듯한 느낌이 들어요……. 그건 그렇고 이렇게 어수선할 때 무슨 일로 제주도에 돌아왔는지……."

유원은 집에 잠깐 급한 일이 생겼다고만 말했다. 그리고는 부엌이가 사정이 있어 자신의 시골집으로 돌아갔는데, 마침 학교 창립기념제로 25일까지 학교가 쉬어 돌아온 김에 오빠와 함께 만나러 갔다 오는 길이라고 했다. "25일까지 쉰다면……, 내일이 25일인데, 서울에는 언제 가려고……."

남승지는 이유도 없이 내심 당황하며 말했다. 뭔가 커다란 시간의 문에 등을 세차게 떠밀리는 느낌이 들었다. 잠깐 생긴 급한 일……. 아니, 그 당황하는 마음에는 갑자기 그의 머리를 스친 생각, 유원이 다시 새로운 맞선이라도 보러 온 것이 아닌가 하는 망상 같은 생각이 얽혀 있는지도 모른다. 새로운이라는 것은 이전에 최용학이라는 남자의 프러포즈를 알고 있기 때문이었다. 그 남자의 편지를 오빠 앞에서 다른 사람에게 보여 주며 마음껏 조소했을 정도니까, 그 남자와 관계를 회복했다고 보기는 어려웠다.

"……음, 그러네요." 유원은 고개를 숙이고 잠시 생각에 잠긴 듯하다가 불쑥 한마디 했다. "내일."

"내일……?" 남승지는 유원 쪽을 바라보며 말을 받았다. 어쩌면 그녀는 맞선을 보는 김에 나에게 이별을 고하러 온 것은 아닐까. 그는 작업복 상의 주머니를 뒤적였지만, 담배가 떨어졌다는 것을 알았다. 그래, 다음에는 언제 만날지 알 수 없다. 그는 갑자기 떠오른 섬광처럼 스쳐 지나가는 생각에 마음이 쓰렸다. "저기, 이런 것을 묻는 것은 좋지 않다는 생각이 들긴 하지만, 그 급한 일이라는 것은, 누군가와 맞선이라도 봤다는 말인가요……? 있는 그대로 사실을 말해도 괜찮아요." 남승지의 목소리는 떨리고 있었다.

"어머나, 승지 씨도 참……." 유원은 갑자기 얼굴을 들고, 희고 반듯한 목덜미를 비틀듯이 남승지를 바라보더니, 불쑥 자리에서 일어났다. 그리고는 2, 3미터 정도 떨어져 있는 팽나무의 커다란 줄기로 다가가 등을 기대듯이 서서, 깔깔깔 하고 주위에 독을 품어 내듯이 소리 내어 웃었다. 그 두 개의 눈이 반짝반짝 조소의 빛을 띠며 빛났다. "승지 씨는 이상한 생각을 하고 있네요. 내가 그런 여자로 보인단 말이죠……. 결혼이 뭐고 맞선이 뭔가요, 물론 맞선을 보는 일도 있겠지요. 과년한 처녀니까요. 하지만 승지 씨도 꽤난 세속적인 말을 하네요……. 자아, 가요. 바다 쪽으로라도 가요. 여기는 너무 답답해요. 노인들처럼 그런 곳에 앉아서……. 승지 씨, 가자구요."

"잠깐만 기다려 봐요……." 남승지는 반사적으로 상대의 움직임을 제지하며 걸상에서 일어났지만, 말이 없었다. 그는 유원의 태도에 압도당하면서, 순간 가슴을 먹처럼 시커멓게 적시고 있던 절망감 속에서 휘청하고 현기증이라도 일으킬 것 같은 쾌감이 엄습해 왔던 것이다. "아, 유원 동무, 그런 곳에 기대어 있으면 송충이가 목덜미에 달라붙어요……."

남승지는 결코 농담이 아니라 진지하게 한 말이었지만, 그 순간 유원은 목덜미에 손을 대고 비명을 지르더니 튀어나가듯 줄기에서 떨어졌다. 그리고는 분하기 짝이 없다는 듯이 울음과 웃음이 섞인 표정으로 남승지를 흘겨보더니, 발밑의 돌멩이를 집어 들고 상대의 발을 향해 던졌다.

"심술쟁이!"

남승지는 우뚝 선 채, 그 뜻밖의 동작과 매력적인 표정에 넋을 잃고 있었으나, 돌멩이는 멋지게 빗나갔다. 아니, 일부러 빗나가게 한 것인지도 모르지만, 제대로 맞는 편이 좋았을 것이다.

"심술궂은 게 아닙니다. 정말이에요. 자, 봐요, 거기에 송충이가……."

남승지는 한 아름이 넘는 줄기로 다가가, 실제로 3센티 정도의 송충이를 손가락으로 집어 보였다.

유원은 다시 한 번 낮은 신음소리 같은 비명을 지르더니, 발을 동동 구르며 걸상에 앉더니 양손으로 얼굴을 가리고 몸을 웅크렸다. 울고 있는 것인지 웃고 있는 것인지 알 수가 없다.

"아아, 미안, 미안해요. 이제 송충이는 없어요." 남승지는 송충이를 버리고는 웃으며 말했다. 약간 도가 지나친 모양이었다. 이건 비둘기가 옆에만 와도 기분 나쁘다며 도망가는 말순이와 똑같았다. 좀 전에 깔깔거리며 웃던 모습을 어디로 간 것일까. "그런데 말이죠, 유원 동무, 바다에는 갈 수 없어요. 두 사람이 함께 가서 너무 사람들의 눈에 띄는 것은 좋지 않아요. 나는 지금 Y리를 떠나 있어야 될 때이기도 하고……."

유원은 걸상에 앉은 채 얼굴을 들었다. 눈이 촉촉해지고 볼이 상기된 것처럼 희미하게 물들어 있었다. 그녀는 미소를 지으며 일어나더니 걸상을 떠났다.

"음, 그렇지, 뒤쪽의 대나무 숲을 지나 저쪽으로 나가면, 거기는 방파제 변두리의 바위가 있는 곳이라서 사람이 없겠어……."

남승지는 그렇게 말하고 나서 금방 후회했다.

"대나무 숲? 큰 대나무 숲 말이죠, 죽창을 만들고 있던 오두막 옆에 있는……."

남승지는 죽창용 대나무를 자르기 위해 드나들고 있었기 때문에 대나무 숲에서 길을 잃을 염려는 없었지만, 그러나 낮이라도 어두웠고 그리고 발 디딜 곳이 마땅치 않았다.

분명히 이런 시골에서 도시의 여자와 해안을 걷는다는 것은 사람 눈에 너무 띄었다. 그리고 유원과는 직접 관계는 없었지만, 조직 내의 이성 관계에 대한 규율은 매우 엄격해서, 유격대의 경우, 남녀의 아지트는 별도로 있었고, 결코 혼숙을 하는 일도 없었다. 만일 잘못을 저지르면, 엄중한 처벌——처형을 당하게 되어 있었다.

"역시 대나무 숲을 통과하는 것은 좋지 않아요. 시간이 벌써 다섯 시나 되었고——. 우리는 자유롭지 못해요, 모든 게 옹색하고 불편해요, 모든 게……. 그래서 자유와 해방을 위해 싸우고 있는 거죠……."

"혁명을 위해서겠죠……."

유원이 말을 받았다.

"혁명? 그래요, 혁명을 위해서……. 방근 씨 앞에서 이런 말을 하면 얼굴을 찌푸리겠지만요."

"왜요……?"

"왜라니요……. 그러니까, 오빠는 보통사람이 아니니까요……. 저어, 유원 동무……." 남승지는 그 자리의 답답한 공기를 밀어내고 싶은 기분도 작용하여, 알맞은 화제를 꺼낼 심산으로 화제를 바꾸었다. "유원 동무는 김동진이 유격대원이 된 이야기를 들었어요?"

남승지는 아마도 유원이 오빠로부터 이야기를 들었을 것으로 생각하고 있었다. 김동진과 산에서 만났을 때, 입산 직전에 이방근과는 만나지 못했지만, 성내에서 작별의 인사를 편지로 써서 전했다는 말을 들었기 때문이다.

"김동진 씨가 게릴라가 되었다구요……?" 유원은 얼굴에서 핏기가 가신 것처럼 표정을 바꾸며 말했다. "그게 사실인가요?"

"아직 몰랐어요?"

남승지는 당황하며 말했다.

"몰랐어요, 신문사를 그만둔 것은 알고 있었지만……, 몰랐어요. 그것도 어제 신문사로 전화를 해서 알았으니까. 오빠는 집에서 소설이라도 쓰고 있는 것이 아니냐고 했는데……."

유원의 표정이 괴롭게 어두워졌다.

"소설을 쓰고 있다……?"

남승지는 어떤 의혹에 휩싸이면서 생각했다. 이방근은 여동생에게 김동진이 유격대원이 된 것을 숨기고 있는 것이다. 서울에 갔을 때도 김동진에 대해서는 여동생에게 아무 말도 하지 않은 것이 틀림없다……. 그때 마침, 김동진의 이름을 듣기라도 한 것처럼 이방근이 안채에서 안뜰로 내려왔다.

"아, 미안, 기다리게 해서 미안해." 이방근은 안뜰을 팽나무 그늘 쪽으로 걸어오면서 말을 걸었다. 그는 걸상 앞에까지 와서 멈춰 섰다. "일부러, 먼 곳까지 오게 해서 미안해. 건강하게 지내고 있는 모양이군. 핫하아, 이런 말을 하면, 제삼자적이라고 혼날지도 모르겠지만. 여동생이 서울에서 갑자기 돌아왔고, 볼일은 또 있었지만, 그 돌아가는 길에 만일 가능하다면 승지 동무를 만나고 싶어서 말이지. ……거기에 우두커니 서 있지 말고, 딱 알맞게 걸상이 있군. 여기에 와서 앉는 게 어때……."

머리 위에서는 무성한 팽나무 가지에 모여든 참새들이 저녁을 알리는 것인지 요란하게 지저귀기 시작했다. 부엌 쪽에서 생선 굽는 냄새가 어렴풋이 풍겨 왔다.

"예, 저야말로 연락을 받고 감사하게 생각하고 있습니다."

"앉지 그러나."

이방근은 삐걱거리는 소리와 함께 걸상에 앉으며 말했다.

"저는 괜찮아요, 지금까지 거기에 앉아 있었으니까요. 저는 혼자 바닷가에 갔다 올게요."

"왜 그래, 무슨 일 있었나……." 이방근은 당황하는 남승지 쪽을 바라보며 말했다. "바닷가에는 가지 않는 게 좋아. 너무 돌아다니지 않는 게 좋다구. 안 그래. 그렇지 않아도 일전에 Y리에 갔다 왔다고 아버지의 의심을 샀으니까. 말없는 소문이 천 리를 간다고 하잖아. 아버지는 오늘 부엌이 있는 곳에 간다는 데도 미행을 붙였을지도 몰라. 물론 트럭을 미행하기 위해서는 자동차나 트럭이 필요한데, 이런 시골에서는 그것은 금방 눈에 띄지. 박산봉에게도 그 일에 대해서는 잘 말해 두었으니까 일단 미행은 없다고 해도 좋겠지. 그러나 아버지는 반드시 박산봉을 사장실로 불러서 오늘의 우리 행동을 보고 시킬 게 틀림없어. 그러나 박산봉이 바보 같은 짓을 할 리가 없지. 그는 사장에게 거짓 보고를 하겠지만, 이것은 회사의 영업상 문제와는 관계가 없는 일이야…….”

“아버지는 내가 부엌이를 만나러 간다는 것만으로도, 벌써 의심을 하고 계시니까요. 그래서 저는 오빠, 제 자신의 의지로 결정해서 온 거예요. 부엌이를 만나러 가는 일에 아버지는 어젯밤부터 매우 반대하셨어요. 하지만 전 인형이 아니에요. 손돌촌은 게릴라 지구에 속한다면서, 오빠는 여동생을 걱정하여 따라왔지만, 저는 혼자라도 갈 생각이었어요. 오늘 Y리에 들른 일이 아버지에게 알려져도 상관없어요. 각오는 돼 있어요. 언제까지나 감출 수 있는 일도, 그리고 부모를 끝까지 속일 수 있는 것도 아니고…….”

남승지는 유원의 말을 듣고 멍하니 서 있었다.

“이제 됐어, 그 얘긴 그만두자구. 어쨌든 바닷가에는 가지마. 시간도 없어. 다섯 시 40분에는 여기를 나서야만 돼. 앞으로 반 시간 밖에 없어. 이 마을 변두리에 서 있는 한 그루의 소나무 있는 곳까지 20분은 잡아야 돼. 트럭은 정시에 올 거야. 정차하면 바로 올라타고 출발이야…….”

그때 안쪽 부엌에서 판자문이 삐걱거리더니 초로의 뚱뚱한 안주인이 나와서, 슬슬 식사 준비가 끝나가니까 방으로 올라오라고 했다. 이방근은 이제 가 볼 시간이 다 됐다면서 사양했지만, 그렇게는 되지 않았다. 안주인은 이미 준비가 다 되었고, 이제 저녁때가 다 되었는데, 그렇게 돌아간다면 그것은 오히려 우리를 무안하게 만드는 것이라고 말했다. 그도 그럴 것이다. 이방근이 감사를 표하며 응하자, 안주인은 커다란 몸을 흔들며 부엌으로 돌아갔다.

남승지는 다시 부엌의 삐걱거리는 문 소리를 들으며 마음이 초조해져서는 이를 갈듯이 뿌드득거리는 것을 의식했다. 천천히 식사 같은 것을 할 시간은 없었다. 송 한방의도 함께 둘러싼 밥상을 앞에 놓고, 더 이상 유원과 이야기할 기회는 없을 것이다. 공복으로 배에서 소리가 나고 있었지만, 그래도 식사 시간은 번거로웠다. 그 시간에 유원과 둘이 있는 편이 훨씬 나을 것 같았다. 남승지의 머릿속 공간에 어젯밤에 꾼 꿈의 전체가 구름처럼 피어올랐다. 꿈이 현실의 단편이 된 이 남겨진 순간을, 지금 이 식사의 장에서 녹여 버리고 싶지는 않았다. 인간이 밥을 먹는다기보다는, 이것은 식사 쪽이 인간의 시간을 잡아먹는 것이다.

"어험……"

헛기침 소리가 들려오는가 싶더니, 안채의 마루방에서 송진산이 안뜰로 나와, 그 커다랗고 붉은 얼굴을 내밀었다.

"자아, 여러분, 이쪽으로 오세요. 막걸리라도 한잔합시다."

"예, 곧 가겠습니다. 그럼 가서 식사를 하자구."

이방근을 한가운데에 둔 세 사람이 안채를 향해 안뜰을 걸어갔다. ……식사는 무슨 식사란 말인가. 드디어 막다른 곳에 몰린 기분이 들었다. 무성한 팽나무 가지에서 참새들의 노랫소리가 소나기처럼 쏟아져 내린다. 남승지는 순간 유원의 모습이 안뜰에서 환상처럼 휙 하고 멀리 사라져 버릴 것 같은 착각에 빠졌다. 다리에서 힘이 빠지는 느낌이 들었다. 도대체 무엇 때문에 유원은 여기에 온 것일까. 그저 순간적인 악수를 하고 이야기를 조금 나누었을 뿐. 이 얼마나 불확실하고 종잡을 수 없는, 연기처럼 사라져 버리는 시간인가.

"저어, 방근 씨……."

남승지가 기침을 하며 말했다.

"……"

이방근이 남승지 쪽을 보았다.

"앞으로 2, 3일 안에 조직의 일로 S리에 가게 될 것 같습니다만, 그때 성내에 들리려고 하는데, 방근 씨의 형편은 어떠신지 모르겠습니다."

"음, 2, 3일 안이라……. 무슨 용무라도 있나?"

"아니요, 특별히 용무는 없지만, 여러 가지로 말씀드리고 싶어서……."

"이야기……란 말이지. 그건 그렇고, 성내 출입은 괜찮은가? 무슨 이야긴지는 모르겠지만, 난 괜찮아, 자네가 좋다면 말이지. 그러나 집에는 들르지 않는 게 좋을지도 몰라, 부엌이도 없고. 후후, 아니야, 자네는 강몽구가 아니니 괜찮을지도 몰라. ……그건 식사를 하면서 생각해 보기로 하지." 이방근은 문득 멈춰 서서 말을 덧붙였다. "참, 그렇지, 어쩌면 2, 3일 안에 집을 잠시 비울지도 몰라……."

"어디 가십니까? 또 본토에라도……."

"아니, 그렇게 자주 본토에 갈 수는 없지. 2, 3일이 아니라, 3, 4일 안이 될지도 몰라. ……음, 어쨌든 그건 식사를 하면서 생각해 보자구."

앞뒤 두 개의 판자문을 열어젖힌 마루방에 두꺼운 돗자리를 깔고 밥상이 차려져 있었다. 뒤뜰의 돌담 너머로 무성한 대나무 숲을 빠져 나온 바람이 마루방을 지나 안뜰 쪽으로 빠져나간다. 사발에 막걸리를 가득 부어 마시기에는 딱 좋은 장소라고 할 수 있었다. 대나무 숲이 바람에 울고, 그 바람을 탄 대나무 숲 너머 해변의 바위에 부서지는 파도 소리가 마루방으로 전해져 왔다. 안뜰의 팽나무 위에서는 새들의 합창이 한창이었는데, 그러나 그것은 점차 다가오는 황혼의 정적을 깨지는 않았다. 그 황혼에 감싸인 시간은 남승지가 두려워했던 것처럼 어이없이 지나가 버리고 말았다. 그 사이에 남승지는 막걸리를 한 사발 마셨고, 이방근도 송진산도 각각 두세 잔씩 마셨다. 보통 사람의 두 배는 됨직한 붉은 얼굴의 송진산은 보기에도 주객 같았다. 이방근은 몇 분 늦은 다섯 시 45분경에 자리에서 일어났다. 넓은 얼굴이 시뻘건 금속제 대야처럼 번들거리는 송진산은, 모처럼 만인데 조금만 더……라면서 유감스러워했지만, 그 말을 따를 수는 없었다.

남승지가 S리에 가는 것은 모레가 될지, 그 다음 날이 될지는 오늘밤을 지나지 않으면 알 수 없다고 했다. 그리고 이방근의 집으로 가는 것은 그만두고, 그 이틀 중 어느 밤인가 저녁 일곱 시경에 남승지가 양준오의 하숙집으로 가기로 했다.

이방근은 송진산 부부에게 심심한 예를 표하고 그곳을 떠났다. 조금 있다가 떠나기로 한 남승지는 송진산과 함께 입구까지 전송했는데, 이방근과 그리고 감정을 담아 유원과 악수를 했다. 남승지에게 완전히 손을 맡긴 그녀는 같이 손을 꽉 쥐지는 않았지만, 그 방심한 듯한 손의 감촉이 오히려 그의 악수에 적극적으로 반응하고 있다는 느낌이 들었다.

이방근은 집들의 돌담에 둘러싸인 길을 서둘러 걸었다. 여동생은 조금만 더 천천히 걸어요……라며 작은 손가방을 들고 쫓아왔다. 가능하면 남해자동차라는 회사 이름이 들어간 트럭을 도로에서 기다리지 않게 하는 것이 좋다. Y리에서 동쪽으로 벗어난 길가에 큰 바위가 있었고, 그 옆에 한 그루의 오래된 소나무가 있었다. 그곳이 약속 장소였다. Y리에 트럭을 장시간 세워 두는 것은 눈에 띄기 때문에, 박산봉은 다른 곳에서 시간을 벌고 있을 것이다.

Y리의 모습은 일전에 왔을 때와 별반 다르지 않았다. 처음에는 마을의 민위대가 죽창이라도 들고 마을 입구와 중요 지점을 지키고 있는 것이 아닐까 하는 생각도 했다. 그러나 스쳐 지나는 마을 사람 그 누구도 죽창을 들고 있지 않았고, 외부 인간의 출입도 자유로웠다. 다만, 마을로 들어가기 직전에 마을 입구 주변의 집들을 살펴보니, 역시 하나의 대나무가 똑바로 세워져 있는 것이 아닌가. 마을 안에 경찰이 없으니 안전하다는 신호로(이것은 이전에 중산간 부락에 갔을 때 강몽구가 알려 준 것이었다), 이방근은 안심하고 마을로 들어갔다. 그러나 동시에, 집들의 돌담 그늘에서 잠자코 마을을 출입하는 사람들을 감시하고 있는 보이지 않는 시선의 움직임을, 이방근은 걸으면서 피부로 느끼고 있었다.

어젯밤, 아버지 이태수와 유원 사이에 언쟁이 있었던 것은 사실이었다. 그녀가 남승지에게 말했듯이 아버지는 부엌이를 집에 데려오기는커녕, 딸이 단순히 만나러 가는 것조차 허락하려 들지 않았다. 그러나 유원은 아버지의 의중을 따르지 않았다. 최용학과의 약혼을 정면으로 거부하여 아버지와 대립한 적도 있었지만, 마치 반기라도 들듯이 당당하게 아버지의 명에 따르지 않은 것은 이번이 처음이라고 할 수 있었다. 분명히 부엌이를 데리러 가는 것이 아니고 그저 만나러 간다, '가족의 한 사람'을 그리고 새끼 고양이를 만나러 간다는 그녀의 의사를 억누르고 행동을 저지하는 것은 그녀 자신이 주장하듯이 이치에 맞지 않았다. ……그 아이는 일단 말을 꺼내면 뒤로 물러나지 않아, 여자애가 너무 그래가지고서는 좋지 않아……. 그래도 그 애는 옛날부터 나쁜 짓은 하지 않는 아이야, 안 그렇냐……. 일본에 가는 것을 그만두었다는 유원의 말에, 그 애는 효성이 지극한 딸이야…… 라며 이방근 앞에서 촉촉해진 눈으로 만족해하던 아버지는 '불효자'로 변한 딸에게 분노하고, 역시 여자는 학문을 시켜서는 안 된다는 말까지 하며 슬퍼했다. 그러나 어린애도 아니고, 기둥에 새끼줄로 묶어 놓을 수도 없고, 집에 가둬 놓을 방법도 없었다. 어쨌든 부엌이만 만나고 바로 돌아오는 것을 조건으로 묵인하는 형태가 되었다.

이방근도 혼자서라도 부엌이를 만나러 가겠다는 여동생을 반대할 근거는 없었다. 그러나 Y리에서 동쪽으로 몇 킬로 떨어진 해안 마을에서 한라산 기슭 쪽에 가까운 손돌촌은, 이른바 '게릴라 지구'이기 때문에 여동생을 혼자 보낼 수도 없었다. 버스편은 신작로에 있는 마을의 정류장까지였고, 거기에서 시골길을 걸어간다고 하면 서너 시간은 족히 걸릴 것이었다. 트럭은 길이 좁고 나빠서 마을까지 들어갈 수가 없으니 도중에 내려서 걸어가야 한다. 이방근은 유원이 부엌이를 만나러 가는 이상 동행하지 않을 수 없었다. 그녀는 거부하지 않았지만, 설령 싫다고 해도 혼자 보낼 수는 없었을 것이다.

그런데 트럭의 이용에는 이유가 있었다. 부엌이를 산간오지인 시골까지 데려다준 박산봉이 지리에 밝다는 사정도 있었지만, 회사의 자동차를 이용하는 것보다는 오히려 트럭이 안전하다고 생각했기 때문이다. 만일 게릴라의 목표가 된다고 하면, 경찰 트럭이 아닌 이상 자동차 쪽이 그 확률이 높을 것이다.

Y리에 유원을 데리고 간 것은 이방근이었다. 그러나 중산간 부락인 손돌촌까지 가는 것이라면 내친김에 남승지를 만나 보고 싶다고 말을 꺼낸 것은 유원 쪽이었다. 이방근은 남승지가 봉조촌으로 옮긴 것은 몰랐다. 따라서 어딘가 멀리 게릴라 지구까지 발길을 옮기는 하루가

꼬박 걸리는 일이라면 몰라도, 만일 Y리에라도 들러 만날 수 있다면 군이 반대할 생각은 없었다. 그는 유원이 갑자기 서울에서 내려온 표면적인 이유 외에, 이전과 마찬가지로 남승지도 만나고, 가능하면 게릴라 지구에도 가 보고 싶어 한다는 것을 눈치 채고 있었다. 아마도 그녀 혼자 부엌이를 찾아갔다고 해도 역시 도중에 Y리에 들렀을 것이다. ……남승지 동무가 그렇잖아요. 유원은 오빠도 공인한 상태라고 하던데요……. 서울에서 여동생과 함께 만난 조영하의 말이었다.

이방근은 손돌촌까지는 가지 않았다. 박산봉에게 여동생과 함께 가도록 하고, 자신은 1킬로 정도 앞에서 정차한 트럭 안에서 기다리고 있었던 것이다. 그는 부엌이를 만나지 않았지만, 그녀는 여동생에게 맡긴 일전의 일만 원을 눈물을 흘리며 무릎을 꿇고 엎드려 받았다고 한다. 부엌이를 직접 만난 유원은 아무래도 그녀를 집에 데려오는 것을 단념한 것 같았다. 오빠가 주는 돈을 받았으니, 일단 이것으로 일은 끝났다고 판단했을 것이다. 부엌이는 굴속에 틀어박힌 수도사처럼 하루 종일 어두컴컴한 흙벽의 작은 방에 계속 앉아만 있는 것 같다고 했다. 그것은 죽창을 들고 선 부엌이의 이미지와 상당히 거리가 있었다. 설마 그녀는 그렇게 계속 앉아 있다가 돌하르방이 되는 것은 아니겠지…….

"있잖아요, 오빠……, 김동진 씨 일인데요……."

길을 가면서 유원은, 김동진이 게릴라가 되어 산에 있는 것이 아니냐, 남승지가 그렇게 말하더라며 오빠에게 따지듯 물었다.

"……김동진이 게릴라가 되었단 말이지……. 음, 그래, 그러고 보니 그럴지도 모르겠군."

이방근은 취기가 배어 나온 볼의 열기를 의식하면서 동요하는 빛도 없이 담담하게 말했다.

"오빠는 집에 틀어박혀서 소설이라도 쓰고 있을지도 모르겠다고 했잖아요……."

"실제로는 잘 몰라. 서울에서 막 돌아왔으니까. 그가 하는 일이니 그럴지도 모르고, 남승지가 그렇게 말했다면, 혹시 게릴라가 되었을지도 모르지."

"……"

유원은 오빠의 조금 냉담한 어투에 말을 계속할 기분이 사라져 버린 듯했다.

신작로로 나온 두 사람은 동쪽으로 향했다. 저녁 무렵 상쾌한 바람이 이방근의 볼을 쓰다듬으며 지나갔다. 겨우 올라오기 시작한 막걸리의 취기에 땀이 배어 나오는 것을 느꼈다. 마신 직후에 계속 걸은 탓도 있겠지만, 막걸리가 다시 한 번 뜨거운 위장 속에서 발효라도 하고 있는 것처럼 계속해서 트림이 나왔다. 두세 번 연거푸 나왔다. 조금 지나자 저쪽 한 그루 소나무 근처에 쉬고 있는 트럭 한 대가 보였다. 여섯 시였다. 이윽고 두 사람을 알아본 듯한 트럭이 이쪽을 향해 달려왔다.

트럭이 멈췄다. 두 사람을 운전석 옆에 태운 트럭은 다시 흙먼지를 일으키며 달리기 시작했다.

6

……젊은 후배들의 뜻하는 바를 깊게 헤아리셔서, 우리들에게 지도력을 발휘해 주십시오. 우리에게는 단연코 투쟁만 있을 뿐……. 우편

배달부 강삼구의 상의 호주머니에서 나와 전해진 김동진의 꽤 긴 편지의 말미 내용이었다. 적당히 편지의 처리를 부탁한다는 추신 내용도 있고 하여 재떨이에서 동봉한 삐라와 함께 태워 재로 만들어 버렸지만, 이방근은 이 말미를 정확하게, 그리고 편지의 내용 전체를 잘 기억하고 있었다. 그는 웃으며 이런 나를 비꼬는 것이다……라고까지 생각했던 것이다.

유원에게는 김동진의 게릴라 참가가 꽤나 충격이었던 모양이다. 그럴 것이다. 이방근 자신조차도 적잖이 놀랐으니까, 지금 유원에게 그것은 충격이 아닐 리 없었고, 그 정도가 깊으면 깊을수록 그만큼 그녀의 의식 상황, 사상을 알 수 있게 되는 것이다. 남승지가 지하조직의 활동가라는 것은 그녀도 이미 알고 있었지만, 그러나 김동진의 경우는 달랐다. 남승지보다 오래된 친구이면서도, 김동진이 문학청년으로 신문기자라는 것 이상으로는(유원은 서울 시절부터 남승지의 사람을 싫어하는 내향적인 성격에, 김동진보다도 문학적이라고 생각하고 있었지만) 그녀의 생각이 미치지 못하고 있었다. 그러한 정황이 유원의 경악함에 한층 박차를 가했을 것이다. 어쨌든 그 일은 그녀에게 꽤 자극적인 재료가 된 것은 사실이었고, 유원은 내심 적잖이 흥분하고 있는 것 같았다.

그녀는 오빠가 김동진의 게릴라 가담 사실에 대해 꽤 냉담하게 나오는 것을 개의치 않고, 게릴라가 된 김동진을 오빠는 어떻게 생각하냐고 말을 꺼내 대답을 곤란하게 만들었다. 그것은 동시에 오빠에 대한 비판을 포함하고 있었다. ……어떻게 생각하고 말고 할 것도 없이, 너도 꽤 놀란 모양인데, 오빠도 마찬가지다, 좀 의외라는 생각이 들어서 말이지……. 오빠는 왠지 김동진 씨에 대해 냉담한 것 같아요, 오빠는 김동진 씨가 게릴라가 된 것이 마음에 들지 않아서 비판적인 건가요? 그런 말은 하지 않았어, 생각 좀 해 봐, 마음에 들고 안 들고의

문제가 아니야……. 하지만 그런 느낌이 들어요, 김동진 씨의 경우에
도, 물론 남승지 씨도 마찬가지지만, 모두 오빠를 존경하는 사람들이
잖아요……. 저는 조직의 중요한 문제인 만큼 비밀이 필요하다고는
생각하지만, 동진 씨가 오빠에게 말없이 성내를 떠났다는 것이 왠지
이해가 안 가고, 솔직히 말해 불만이에요. 하지만 동진 씨가 게릴라가
되었다니 놀라워요. 동진 씨가 오빠에게 아무 말 없이 성내를 떠난
것은 좀 쓸쓸한 기분도 들지만, 그래도 젊은 후배가 게릴라가 되어
총을 들고 있다는데, 오빠의 태도는 뭔가 차가운 느낌이 들어요…….
오빠도 그게 의외라서 여러 가지 생각을 하고 있는 중이야, 김동진에
대해서 네가 특별히 불만을 가질 필요는 없어, 신문사를 그만두고 성
내에서 게릴라에 참가했을 때는 그만한 사정이 있을 거야. 그가 하는
일이니 조만간 어떤 형태로든 오빠에게 연락이 있을 거라고 생각해.
동진 동무에 대해 결코 서운하게 생각하거나 할 필요는 없어……. 유
원은 자신도 그렇게 생각은 한다고 말했다. 그리고 만일 연락이 있거
든, 그때는 여동생이 안부를 묻더라는 말을 꼭 전해 달라고 뜨거운
어조로 오빠에게 부탁을 했다. 머리 구석의 잡동사니가 쌓여 있는 것
같은 헛간 2층의 더러운 벽 쪽에 나란히 서 있던 군상……. 남승지와
김동진, 그리고 양준오가, 강몽구와 헤어져 돌아오는 도중에 이방근
을 싸늘하게 내려다보고 있었는데, 지금은 거기에 유원까지 가세한
느낌이 들었다. 여동생이 머릿속에 파고 들어온 것이다. 설령 지원을
한다고 한들 유원이 바로 게릴라가 될 수 있는 것은 아니었지만, 이방
근의 머릿속에 있는 헛간의 그녀는 분명히 게릴라 편에 서 있었다.
지금의 이방근은 여동생이 게릴라가 되는 사태를 두려워하고 있다고
할 수밖에 없었다.

저는 서울에 돌아가요. 하지만 우리 생활은 도대체 뭔가요. 조국이

두 개로 나뉘어 영원히 분열되려고 하는 시기에, 많은 사람이 희생되고 있는 때에, 우리들의 이 기생충 같은 생활은 뭔가요. 지금까지의 생활을 파괴하여 새로운 생활을 창조한다……. 저는 우리의 생활이 결코 정의가 아니라는 것을 알고 있어요. ……급우 한 사람이 경찰에 체포되어, 우리들은 자금 지원도 하고 있어요……. 최근에 자주 입에 담고 있는 말이었는데, 유원은 경제적으로 혜택받은 가정에서 자라난 자신의 처지를 성찰하면서, 오빠의 '무위도식'하는 생활에도 비판적인 시선을 보내기 시작한 것도 사실이었다. 물론 제주도민에 의한 4·3 봉기의 충격이 그녀의 계급적인 눈을 뜨게 만든 큰 계기가 되었다고 할 수 있었다. 이방근은 여동생에게 한 장의 삐라를, 양준오가 놓고 간 군의 게릴라 측에 대한 화해 교섭의 호소가 담긴 또 다른 삐라 한 장을 보여 줬다. 그리고 현재 군과 게릴라 측과의 화해 교섭을 위한 접촉이 이루어지고 있다는 것, 게릴라는 무장해제를 하고 하산하게 되리라는 것을, 김동진의 문제에 대한 여동생의 비난의 화살을 피함과 동시에, 간접적으로는 여동생 자신의 게릴라에 대한 관심을 누그러뜨릴 목적으로, 어제 볼일이 있어서 강몽구와 성내에서 만났던 일까지 함께 이야기했다. 그러나 여동생은 그 이야기에 별다른 흥미를 보이지 않았다. 새로운 사태의 진전에 놀라면서도, 만일 화해 교섭이 성공한다면 그것은 멋진 일이지만, 그처럼 될 것인지, 도저히 그럴 것 같지 않다고 말했다.

밤 아홉 시를 지나 돌아온 아버지는 유원을 불러 이야기를 듣더니 귀가가 늦었다며 나무랐다. 일곱 시 전에 돌아왔으니 결코 늦은 것은 아니었지만, 아버지는 이미 딸의 행동에 의심을 품고 있었던 것이다. 아버지는 또 서울에 돌아가더라도 절대로 좌익사상에 접근해서는 안 된다, 결혼을 생각해서 가까운 시일 안에 맞선을 보라는 말까지 해서 딸의 반발을 샀지만, 술기운이 작용한 탓인지, 여자에게는 학문을 시키는 게 아니었다고 엊저녁과 같은 말을 쏟아 냈던 것이다. 유원은 원한다면 학교를 그만둬도 상관없다, 스스로 살길을 찾아보겠다……고 응수했다. 너희 남매는 한통속이 되어 가지고, 저절로 혼자 자랐다고 생각하는 모양인데, 이렇게 성장한 것이 누구 덕이냐, 한 사람이라도 부모의 마음을 이해하는 자식이 없다……. 아버지는 딸을 비난하면서, 어차피 돌아온 것이고, 네가 그만둬도 된다고 생각하는 학교라면 3, 4일은 결석해도 상관없을 테니, 일단 천천히 시간을 두고 네가 무엇을 생각하고 있는지 이야기를 들어 보자, 특별히 서둘러 내일 서울에 갈 필요는 없지 않느냐고까지 말했다.

그러나 그녀는 자신이 정한 대로 다음날 25일 밤 일곱 시에 출발하는 화물선을 탔다. 이렇게 가면 학교의 결석은 하루로 끝난다. 아버지는 그 말과는 반대로 딸을 며칠씩이나 집에 묶어 둘 생각도 없었지만, 또 그럴 힘도 없었다. 유원은 더 이상 성내의 집에 머무를 필요가 없다는 듯이 미련 없이 서울로 향했다. 봉기가 일어난 4월 3일 당일 밤은 오빠가 억지로 돌아가도록 했다면, 이제 그녀는 자진해서 돌아가는, 서울로 가는 것이 아니라, 문자 그대로 '돌아가는 것'이었다.

선옥이 부두까지 나가겠다는 것을, 이방근은 번거롭게 두 사람씩이나 갈 필요는 없다며 혼자서 여동생을 전송했다.

도대체 유원은 무엇 때문에 제주도로 돌아온 것일까. 그리고 정말 아주 잠깐 바람처럼 눈앞을 스쳐 지나가, 지금은 검은 바다로 사라지고 말았다. 남은 것은 바다에서 불어오는 바람과 파도 소리뿐이었다. 어젯밤 꿈속의 제주도 바다는 이루 말할 수 없이 거칠어서, 마치 시커먼 화산처럼 바다가 여기저기에서 폭발하여 하늘을 찌르는 검은 파도가 솟구쳐 오르고 있었는데, 이런 시기에 여동생으로 하여금 바다를 건너오게 한 정열은 무엇이었을까.

부엌이를 집에 데려오기 위해 돌아온 것은 틀림없었다. 그리고 남승지도 만나기 위해서……. 남승지를 만나 무엇을 어떻게 하겠다는 것인가. 그리고 무엇을 할 수 있단 말인가. 남승지를 만나기는 했지만, 결과는 너무나 어이없는 이별이 되고 말았다. 서울에서 돌아온 그 정열의 보상으로서는 조금 허무하다고 하지 않을 수 없었다. 그리고 이 허무함이 또한 여동생으로 하여금 서둘러 서울로 돌아가게 만들었는지도 모른다. 그러나 유원의 표정이나 태도에는 그러한 공허나 감상적인 그림자는 티끌만큼도 찾아보기 어려웠다. 새삼스럽게 말할 필요도 없는 것이지만, 그녀의 정신은 이미 홀로 자립하고 있었다. 그녀는 결의한 인간이 앞으로 한 걸음씩 내딛듯이, 결의한 인간만이 가질 수 있는 일종의 여유를 그 확고한 표정에 담은 채 야간 화물선에 몸을 실었던 것이다.

이방근은 가슴이 욱신거리고, 부두 위에서 지금까지 없었던 쓰라린 기분에 휩싸였다. 여동생은 결국은 오빠와 부엌이의 관계에 대한 전말을 알기 위해 왔다고 할 수 있었다. 그것을 오빠로부터 직접 듣기 위해서. 그리고 오빠는 이 집에서 나가는 것이 좋다, 건방지게 들릴 수도 있는 이 한마디를 남기기 위해서 온 것은 아닐까…….

유원의 귀성은 언제나 창고같이 가라앉은 이 집의 공기를 상쾌한 공기로 바꿔 넣는 작용을 하였지만, 이번에는 그렇지 않았다. 오히려 가라앉은 공기만 휘저어 불쾌한 냄새를 발산시키고 말았던 것이다. 그리고 그녀는 아버지와 대립하고, 오빠에 대해서도 석연치 않은 것을 마음 한구석에 간직한 채 떠났다. 그것은 이방근이 자기 내면의 생각을 밝히지 않았고, 여동생은 충분히 그러한 오빠를 이해하지 못한 탓이었지만, 그러나 이방근 자신도 여동생에 대해 취한 자신의 태도에 마음이 편하지는 않았다. 그는 게릴라 중에는 김동진과 같은 청년들만이 아니고, 산악부의 군사훈련장에서도 목격한 바와 같이 소년들도 섞여 있었고, 또 부녀자들도 게릴라 대원이 돼 있음을 알고 있었다. 그는 그것을 알고 있으면서도 게릴라에 대한 여동생의 관심을 돌리려 했고, 또 김동진에 대해서도 일부러 알리지 않았던 것이다. 만일 유원이 게릴라에 참가해서 고향의 청년들과 함께 투쟁하겠다고 고집을 부렸다면 어떻게 할 것인가. 너는 음악과 학생이니까 안 된다고 할 것인가. 너는 미술과 학생이니까, 너는 무용가가 될 사람이니까……. 너는 물리학을 전공 중이니까……. 여동생의, 아니, 머릿속의 공간 한구석에서 비웃는 소리가 들려왔다……. 이방근은 대답을 갖고 있지 못했다.

그는 집 바로 근처에서 양준오를 만났다. 길모퉁이 담뱃가게 앞을 지나가고 있는데, 담배를 사고 있던 양준오가 불러 세웠던 것이다. 이방근은 전혀 눈치 채지 못하고 있었는데, 버스가 다니는 큰길도 아니고, 골목 같은 좁은 길을 걸어가면서 그의 눈은 밖을 보면서도 아무것도 보지 않고 있었던 것이다. 양준오는 지금 이방근의 집에 들러서 오는 길이라고 했다.

"……부두에 가 봤자, 거기에 가만히 있을 리도 없고, 어떤 길을 어떻게 지나 돌아올 것인지, 돌아오는지 아닌지도 알 수가 없어서요……. 마침 잘 됐습니다."

양준오는 가게에서 몇 걸음 떨어진 곳에서 방금 전에 산 담배에 불을 붙이며 말했다.

"무슨 볼일이라도 있었나?"

이방근은 입에 문 담배에 양준오의 불을 빌려 붙인 뒤 말했다.

"아니, 특별한 볼일은 없습니다. ……일전에 뭔가 이상한 말씀을 하셔서, 조금 신경이 쓰여서 말이죠."

"일전이라니……. 아아, 이상한 말이 뭔가……, 자네야말로 이상한 말 하지 말게나. 음, 집에 돌아가도 재미없는데……."

"이 형은 지금 집에 돌아가시는 길이 아니었습니까."

"발길을 돌리기로 할까." 이미 발길을 돌려서 몇 발자국이나 북국민학교 쪽으로 접어들면서 이방근은 그렇게 말했다. "요릿집에 가서 한잔하기로 하지. 그게 좋겠어. 요즘은 부엌이가 없어서 말이지, 역시 눈치를 보게 돼. ……뭘 웃고 있나. 정말이라구, 핫하아……."

"음, 과연 그렇구나 하고 생각했을 뿐, 웃지는 않았습니다. 그것은 좋은 현상입니다……. 요릿집은 일요일에도 문을 여나요?"

"그럼, 명선관에라도 가 볼까."

"……이 형, 하숙집에 숨어 있던 그 학생 말인데요, 어제 S리의 방파제에서 출발했습니다. 배가 만원이라서 수십 명이 콩나물시루처럼 빽빽이 앉아 있더라고 하더군요."

"으흠, 그래, 그거 잘 됐군, 잘 됐어……. S리까지는 양 동무가 데리고 가지 않았나?"

고방에 퍼부었던 총성. 두개골을 강력한 전기인두로 지지는 듯한 순간이었다. 무서운 기억이 이것으로써 사라진다. 기억이 사라지는 것은 아니지만, 그 탯줄이 끊어진다. 기억의 탯줄로 연결된 그 학생이 이 땅에서 사라지는 것이다.

"사람이 많으면 오히려 눈에 띄기 쉽다고 해서요. 특별히 따라가지는 않았습니다. 양친이 먼저 S리의 아는 사람 집에서 기다리고 있었는데, 학생은 하숙집 주인이 데리고 갔습니다. 일단 제주의 바다는 무사히 통과할 수 있겠지만, 일본 상륙이 문제입니다. 어쨌든 밀항자가 많아서……."

아직 일곱 시를 막 지난 초저녁이라서 관덕정 광장으로 나오자 통행인의 왕래가 눈에 띄었다. 도청과 경찰서 구내 입구의 돌문에는 무장 경찰이 보초를 서고 있었는데, 경찰과 검찰청 건물은 일요일인데도 전등이 밝게 켜져 있었다.

"경찰은 뭘 하고 있나."

광장을 지나가면서 이방근이 말했다.

"그들은 지금 군과 게릴라의 접촉에 신경을 곤두세우고 있어요. 이른바 큰 사건의 수습을 목표로 하고 있는 중대한 교섭에, 당사자의 한 축인 경찰은 따돌림을 당하고 있는 형편이니까, 무리는 아니죠." 양준오는 점퍼의 양쪽 호주머니에 손을 집어넣어 불룩하게 만들면서 말했다. "이 형, 어제 오후 한 시가 좀 지나서 정 경무계장이 도청으로 저를 찾아와서는, 요즘 군과의 접촉은 없는가, 군과 게릴라와의 접촉에 관한 정보는 없는가 등을 묻더군요. 현재 완전히 비밀리에 교섭을 위한 쌍방의 접촉이 이루어지고 있는 모양입니다. 이 형, 정세용 씨는 섬 출신 경찰 간부치고는 '서북'과 가장 가까운 사이가 아닌가요? ……그는 뭔가를 생각하고 있는 것 같았습니다."

"생각하고 있다고? 뭔가를 꾸미고 있다는 말인가."

"대책을 세우고 있겠지요, 경찰에서. 그도 함께 대책을 세우고 있을 겁니다."

두 사람은 관덕정 옆에 있는 신작로를 걸어가면서 이야기를 하고 있었다. 주위에 대한 경계도 늦추지 않았다.

"그가 '서북'에 가깝다는 말은 틀린 것이 아니지. 그 말은 본토의, 즉 중앙경찰의 신뢰를 받고 있다는 말이 될 거야. 나도 그 혜택을 보고 있기는 하지. 그는 외가 쪽 친척이지만, 솔직히 말해서, 그다지 믿음이 가질 않아. 그는 경찰 임무에는 충실한 남자인데, 충실하다기보다 그는 현실주의자야. 양 동무도 조심하는 게 좋아. 친척과는 별개의 문제야. 그러나 상관에게 굽실거리지 않는 것은 그의 장점이기도 하지. 그는 크게 출세하지 못할 거야. 핫하, 하아, 그러고 보니 '서북'의 함 회장과 세용 형님이 함께하는 회식 약속을 잊고 있었구만……. 아니고, 이방근도 이제는 세상일로 바빠졌다니까."

이방근은 웃었다. 지나가던 남자가 자신을 비웃는 줄 알고 돌아볼 정도로 소리를 내어 웃었다.

명선관에 다가가자 장구 소리가 들려왔다. 이방근은 조금 침착성을 잃고 마음속에 잔물결이 이는 것을 느끼며 속으로 웃었다. ……이건 좀 이상한데, 말도 안 돼. 두 사람은 2층으로 올라갔다. 2층은 모든 방이 비어 있었지만, 두 사람은 길가 쪽에 있는 양탄자가 깔린 세 평짜리 방으로 안내되었다. 언젠가 이방근이 최용학의 아버지 최상규와 분쟁을 일으키고, 그에게 아들의 졸렬한 편지를 공개할 수도 있다……고 '협박'을 했던 장소였다.

단선은 여느 때와 마찬가지로 흰색 비단 치마저고리를 입고 있었다.

"단선이는 흰 나비 같군……."

이방근은 농담 삼아 오랜만에 손님으로서의 인사를 하였지만, 단선은 그의 말 한마디에 움츠러들 듯이 당황해 버렸다. 잔혹할 만큼 감미로운 말. 농담이라는 것을 알면서도 농담으로 받아들이지 못하는 것이다.

크고 둥근 탁자를 둘러싸고 마담인 명선과 단선이 시중을 들었지만, 이윽고 마담 대신에 젊은 여자가 양준오 곁에 와 앉았다.

두 사람은 맥주를 마셨다. 식민지 시대의 유물인 도코노마(床の間, 장식 공간)를 뒤로 하고 앉은 이방근은 단선이 눈을 내리깔고 나서 자신이 그 아름다운 사시 눈의 흡인력에 이끌려 그녀의 얼굴을 계속 보고 있었다는 것을 느꼈다. 그 어긋난 초점이 이쪽에 위화감을 주는 시선이, 요상한 빛을 발하며 사람의 마음을 휘저어 무심코 움찔하게 만드는

눈이었다. ……그 일종의 백치 같은 표정으로 나타나는 도발적인 관능의 그늘과 유아(幼兒)성……. 자신도 모르게 그 하얀 가슴에 손을 집어넣고 싶은 충동이 몸속을 뚫고 올라와 뜨거운 마찰을 일으켰다.

10분 정도 지난 뒤, 이방근은 여자들에게 할 이야기가 있으니 잠시 자리를 비켜 달라고 일렀다. 특별히 비밀스러운 이야기가 있는 것도 아니었다. 그러나 이야기는 완전히 주색에 관한 것으로 한정하지 않는 한, 여러 가지로 나올 터였다. 이방근은 어제 유원과 함께 Y리에서 남승지와 만난 이야기를 하고, 그리고 그가 자신을 만나고 싶다고 말한 것, 그를 위해 내일이나 모레 S리에 오는 김에 성내에 올 것이라는 내용을 전한 뒤, 그 장소는 양 동무의 집이 될 것이라고 이야기했다. ……음, 양준오는 상관없다며 고개를 끄덕였다. 다만, 이 형을 만나고 싶다는데, 제가 동석을 해도 되는 것인지 모르겠지만, 어쨌든 그것은 그렇게 하지요…….

"핫하, 하아, 두 사람이 만나든 세 사람이 만나든 얼굴을 마주하는 것은 똑같지 않은가."

"두 분께 지장만 없다면……." 양준오는 가볍게 웃고는 화제를 바꾸었다. "그건 그렇고, 일전의 밤에, 그 이야기는 뭡니까. 조금 신경이 쓰입니다만, 재산을 전부 사용해 버리고 무일푼이 되고 싶다든가, 도대체 무슨 일입니까?"

"아아, 신경을 쓸 것까지는 없을 텐데. 어린애도 아니고……. 그건 말이지, 단적으로 말하겠네, 그때는 경찰이 발포하는 바람에 이야기가 날아가 버렸는데, 어차피 꺼낸 이야기니까. 그리고 솔직히 말해서 자네 의견도 듣고 싶어." 이방근은 탁자 위의 맥주잔을 양손으로 감싸듯이 쥐고는 자신도 모르게 미간을 찡그렸지만, 빙긋 웃으며 말을 계속했다. "……그러고 보면, 남의 의견을 경청하려는 나는 결코 미친 사람이 아니라는 걸 알 수 있을 거야. 이야기인즉, 내가 가진 재산을……, 자네도 어느 정도 알고는 있겠지만, 나에게는 어머니의 유산으로 물려 받은 부동산이 있어. 서귀포 근처의 귤 밭이라든가 말이지. 어쨌든 그 모든 재산을 팔아 버리고, 그리고 그걸 써 버리겠다는 거야."

"……" 양준오는 담배를 손가락에 낀 채 주의 깊게 냉담한 시선을 이방근에게 보내면서 미친 사람이 아니라는 것은 인정하지만, 그러나 미친 이야기 같다는 듯이 냉정하게 말했다. "그렇게까지 해서 대체 어 디에 쓰시려구요?"

"어디에 쓰다니……, 그야, 쓸 데야 얼마든지 있겠지. 쓸 데를, 즉 사용할 목적이 있어서 재산을 처리하려는 게 아니야. 재산을 처리하 는 일 그 자체가 목적이니까, 쓸 곳은 저절로 생길 것이고, 그건 나중 문제야……."

"……" 양준오는 취한 사람처럼 깊게 가라앉은 차분한 시선으로 이 방근을 바라보았다. 이방근에게는 양준오의 가늘고 뾰족한 턱이 한층 그렇게 비쳐졌다. 그는 양손으로 마치 데우기라도 하듯이 감싸 쥐고 있던 잔의 맥주를 마셨다. 양준오가 입을 열었다. "그때는 무일푼이 된다든가, 알몸이 되어 버린다든가, 다른 사람이 들으면 성격파탄자 로 의심받을 수 있는 말을 했지만, 이 형 생각은 어쨌든 자신의 재산 으로부터 자유로워지고 싶다는 거지요?"

"음, 그렇지, 과연 양준오야. 그 말이 생각 안 났어. 그래, 내 재산으 로부터, 나의 경제적 소유로부터 자유로워지고 싶다는 말이지……. 나에겐 권력 같은 것은 없으니까. 양 동무는 눈치가 빨라."

"눈치의 문제가 아닙니다. 도대체 왜 그러십니까? 무슨 일이 있었나 하는 생각이 들 정도입니다. 뭔가 이해할 수 있을 것 같기도 한데, 그것은 이치적이고 일종의 사상이기도 합니다만, 조금 현실과 동떨어져 있습니다. 그래서 이 형은 '부잣집 도련님'인 겁니다. 게다가 그런 말은 '가진 자'만이 할 수 있겠지요."

반격을 당한 느낌이었다. 부잣집 도련님이 뭔가, 이방근은 화가 치밀어 오르는 것을 느꼈지만, 그러나 이상하게도 이내 그 감정은 수그러들었다.

"음, 그 부잣집 도련님 같다는 말은 자네의 무슨 입버릇이 돼 버린 것 같은데, 그다지 듣기 좋은 말은 아냐. 좋지 않은 말버릇이라구. 내가 생각해도 잘 참으며 듣고 있다는 생각이 드는데, 그것은 언제부턴가 내게 주술같이 작용하면서, 화를 돋우는 게 문제가 아니라, 나를 마치 저항력이 없는 얼간이로 만들어 버리고 있어. 핫하, 그 말에는 분노를 삭이는 독이 담겨 있거든. 앞으론 가급적 사용하지 말게나……. 음, 양 동무도 내 기분을 모르는 모양이야. 일전에도 말했듯이, 이건 결코 장난이 아니야. 으-음, 자넨 알고 있겠지, 그때, 힘이라든가 권력이라는 말이 나왔는데, 내가 도대체 무얼 근거로 존재하고 있느냐는 거야. 현재의 이방근을 이방근답게 만들고 있는 게 무엇이냐는 말이지. 그건 돈이야, 별거 아닌 돈의 힘이라구. 재산 말야. 안 그런가. 그것도 자신의 재능이라든가 자신의 뭔가로 번 돈이 아니야. 부모……, 돌아가실 때까지 아버지와 사이가 좋지 않았던 어머니가 남긴 재산이지. 여기까지 이야기하면 알 수 있을 거야. 나 같은 사람은 일찍이 방탕도 했지만, 무일푼이 되면 어떻게 될까? 그리고 또 뭘 할 수 있나. 여동생이 건방지게 나를 포함한 우리 집이 기생충과 같은 생활을 하고 있다고 했는데, 아니, 건방지다고 해서는 안 되지……. 어쨌든 돈이 없어지면, 무서운 일이지만, 주위에 있는 목각 인형과 뭐가 다른가. 그러고도 여전히 이방근으로 남아 있을 수 있을까. ……내 재산으로부터, 소유로부터 자유로워지는 것, 즉 모든 것에서 자유로워지는 거야. 돈이야말로 만능, 절대적인 것, 그야말로 근대 부르주아 사회의 성립 과정에서 본다면, 자유의 상징이라고 할 수 있는 것이지. 특별히 부르주아 사회가 아니더라도, 돈이 없어지면 굶어야 하고, 당장 불편하게 되지. 내가 문제로 삼고 있는 것은 그 불편함이야. 이 나에게 있어서……. 그것이 과연 불편한 것일까……."

"그것은 철학적인 문제이지만, 현실적, 즉 생활적인 문제는 아니겠지요."

양준오는 조바심이 나는 듯 담배를 뻐끔뻐끔 계속해서 피우며 말했다.

"철학적이라든가 그런 가당찮은 문제와는 다른, 현실적인 문제야. 이걸 철학적인 문제라고 한다면, 이런 문제는 너무나 흔한 일이야. 옛부터 이런 사상을 가진 사람은 많이 있어. 부처님을 예로 드는 건 죄송스런 일이지만, 그는 왕위와 궁전, 가족까지 모든 거 버린 인간이야. 그러나 현실의 문제라는 것은, 나 개인의 사적인 욕구에서 나온 것이고, 성인군자와 같이 인류 구제라든가 세계 구제 같은 위대한 사상이나 이념과는 관계가 없는 것이야. 동무는 내가 어디 미친 사람처럼 보이나. 현실의 문제이기 때문에 혹은 그렇게 보일지도 모르겠지만, 그걸 자신이 의식하고 있다는 것은, 전적으로 나는 제정신이고 지극히 성실하다는 증거가 아닐까. 헷헤헤, 그렇지 않나……."

양준오는 한동안 말이 없었다. 그는 맥주병을 든 손을 생선회나 전복 등의 안주 접시 너머로 뻗어서 이방근의 잔에 따른 뒤, 자기 잔에 든 맥주를 단숨에 비웠다. 그리고는 씩하고 의미 없는 웃음을 흘리더니 탁자 위에 오른쪽 팔꿈치를 괴고는 엄지와 인지를 콧방울과 콧구멍 주위에 대고 코털이라도 뽑듯이 한동안 만지작거렸다.

"……사상이 아니라 현실의 문제가 되고 보면, 그 실현까지는 여러 가지로 복잡한 일이 생길 겁니다. 그러나 그 실현은 그야말로 진정한 사상입니다. 그래도 저는 아까운 생각이 듭니다. 그걸 내던지지 말고 자신의 소유를 지키면서 좀 더 힘으로 전화해서 사용할 수 있는 길이 있지 않을까 생각하는데요. 소유로부터의 자유가 아니라, 소유한 채로의 자유…… 어쨌든 실제 문제에 있어서는 간단하지 않습니다, 시간이 걸리는 문제일 겁니다. ……도대체 왜 갑자기 그런 생각을 하시는 겁니까? 뭔가 사정이라도 있는 건가요. 설마 모든 걸 버리고 이 형이 절로 들어가는 건 아니겠지요."

"절? 말도 안 되는 소리 말게나. 나는 그런 은둔적인 생활은 하지 않아. 설사 길바닥에 쓰러져 죽더라도 항간에서 살다가 죽겠네. 모름지기, 이건 예를 들어 하는 이야기인데, 절에서 수행하다 죽는 일이 있는가. 그런 일은 없겠지만, 만에 하나 있다고 하면, 그야말로 이웃에 폐를 끼치는 게 아니라, 절에 폐를 끼치게 되겠군……"

"절에서 자살……?"

"이를테면 말이 그렇다는 거야……. 그래, 자네는 지금, 소유로부터의 자유를 소유한 채로의 자유라고……, 변증법을 이야기했는데, 그건 훌륭한 논리야. 그러나 그 점이 나와 다른 점이기도 하지. 그럼, 다른 것은 당연하지, 자네는 '갖지 못한 자'이니까. ……속된 말로 하자면, 무일푼이 되어 마지막으로 남은 내 머리만, 아니 알몸에다 불알만으로 살아간다는 것이지. 당연한 일이지만 그때는 지금과 같은 이방근은 존재할 수 없을 거야. 그러나 모든 인간이 그렇지 않은가. 부스럼영감도 어엿하게 살고 있잖아. 그러니까, 거슬리는 말로 하자면 무(無)라고나 할까, 그에 대한 실천의 첫걸음, 물질적인 무의 실현, 출가하지 않고 실천할 수 있는 하나의 방법이라고나 할까……. 하긴 자네도 말했듯이 현실적으로는 여러 가지 문제가 생기게 마련이고, 꽤 시간도 걸릴 거야……." 이방근은 탁자에 양 팔꿈치를 괴고 담배를 문 뒤 불을 붙여 피우면서 말을 계속했다. "……그러고 보면, 이번에 서울에 올라가서 갑자기 실천 의지가 솟아난 것은 사실이야. 자네에 게 싫은 역할을 떠맡긴 형태로 나는 자네 말대로 서울로 도망을 갔는 데, 부엌이와의 작별을 의식했을 때부터 그런 생각을 하기 시작한 것 같아. 부엌이는 집을 나갔어. 나는 나가게 내버려 두었고 잡지도 않았 지만, 그러나 말로 표현하기 어려운 공허감이 있어. 마치 내 피부에 달라붙어 있던 두꺼운 공기층이 완전히 떨어져 나가, 갑자기 숨쉬기 힘들어진 듯한 느낌과 닮은 공허감이 내 안에 남아 있다구. 이상한 일이지. 이건 질식할 것 같은 느낌을 동반한 공허감인데, 그러나 이 상태는 또 자유로운 감각이 달무리처럼 그 공허감 주변에 떠돌고 있 지. ……그런데, 뭐랄까, 좀 현학적인 냄새가 나는데. 아니면 이건 좀 너저분한 센티멘털리즘의 극치로서 사치스런 생각일까. 양 동무는 그 렇게 생각하지 않나?"

"아니, 전혀 그렇게 생각하지 않아요. 그러나 분명히 조금 사치스런 생각인 것만은 사실입니다." 양준오는 당혹스런 웃음을 띤 채 말했다. "즉, 그건 '가진 자'의 생각이라고도 할 수 있으니까요. ……마치 도통 한, 깨달음 같은 거지요. 어쨌든 저로서는 이 형이 너무 깨닫지 않았 으면 좋겠어요. 핫하하하, 어려운 문젭니다. 물론 여기서 결론 낼 수 있는 문제는 아니지만요. ……이건 허무주의입니다. 그런 의미에서 는 종교적이라기보다는, 혁명적이지요……."

양준오는 문득 고개를 숙이더니, 갑자기 뭔가 고통에 괴로워하는 듯한 표정을 지으며 눈앞의 약이라도 집듯이 맥주잔을 들고 입술에 갖다 댔다. 허무주의……. 이방근은 움찔했다.

"음, 허무주의……." 이방근의 눈빛이 순간 그 형상이 바뀔 정도로 독을 뿜었지만, 그는 양준오를 바라보지 않는 척하면서 말했다. "허무……, 핫, 핫하, 이건 반동적인 사상이야. ……아니지, 요정에서 이런 쓸데없는 말을 지껄이면 술과 여자가 울 거야. 자아, 양 동무, 한잔하자구, 오늘 밤 이야기는 이걸로 마치고…….”

이방근은 팔을 뻗어서 상대의 잔에 맥주를 따랐다. 아래층에서는 장구 소리와 여자의 노랫소리가 계속되고 있었다. 시각은 여덟 시를 지나고 있었다. 이방근은 등 뒤의 기둥에 있는 벨을 눌렀다.

이내 단선과 조금 전의 젊은 여자가 2층으로 올라와 두 사람 옆에서 시중을 들었다. 곧 맥주를 청주로 바꾸었다. 양준오는 취기가 돌자, 이 형, 이 형은 위대해요. 위대하다구요……라고 조금 촉촉해진 목소리로 중얼거리듯 몇 번이나 반복해서 말했다. ……이봐, 낯간지러운 소리 하지 마, 양준오답지 않은 감상적인 말이잖아, 그만둬, 그만두라고, 이야기는 끝났어, 미인 앞에서는 아름답게 술을 마셔야지……. 여자들은 멍한 표정을 짓다가 두 사람의 대화를 웃는 얼굴로 받아들였다…….

다음날 남승지가 2, 3일 중이라고 한 그 첫째 날이 되어도 양준오로부터 연락이 없었다. 남승지가 오면 양준오가 알려 주기로 돼 있었던 것이다. 이방근은 남승지와의 약속을 크게 신경 쓰지 않을 작정이었지만, 첫째 날이 그 다음 날로 미루어지자, 내심 남승지를 강하게 의식하고 있는 자신을 느꼈다. 그는 양일 중 어느 하루를 위해 ‘서북’과의 회식 일정을 연기하고, 이틀간의 밤을 비워 둬야만 했다. ……아뇨, 특별한 용무는 없지만 여러 가지로 이야기를 나누고 싶어서……. 가까운 S리까지 아마도 조직의 일로 온다고는 해도, 성내까지 일부러 찾아와 나를 만난다는 것은 어찌 된 일인가. Y리에서는 거의 이야기를 나눌 시간이 없이 헤어지고 말았지만, 도대체 무슨 할 말이 있다는 것인가. 강몽구와의 일과 관계가 있을지도 모른다는 생각을 했지만,

남승지가 그 일에 참견할 계제는 아니었다.

　언젠가 꾼 꿈의 아무것도 없이 텅 빈, 어디를 보아도 좌우상하가 구분이 되지 않는, 그리고 끝을 알 수 없는 모래와 같은 엷은 갈색의 원구 속. 그것은 형태도 없고 소리도 없는, 공간 감각조차 의미를 갖지 못하는 곳이었지만, 그 속에서 토막 난 시체로 있던 자신이 어느새 다시 연결된 몸으로 뒹굴고 있었다. 그곳은 지옥이었다. 끝을 알 수 없는 원구 속에서 허공에 매달린 듯 종잡을 수 없는 곳. 그 아무것도 없는 텅 빈 곳에 꿈속에서 되살아난 사자처럼 말이 없는 남승지가 있었다. 이 꿈은 묘하게 머리에 남아 있어서(2개월쯤 전에 고외과의 남동생 결혼식에 참석하기 전날 밤의 꿈이었다), 툭하면 되살아나, 어느새 그 선명한 이미지가 이방근의 가슴속에 심장처럼 자리를 잡고, 그곳으로 남승지가 들어와 이따금씩 웃음소리를 내며 위협한다. 남승지는 텅 빈 지옥의 투명한 원구 속에 있으면서, 그곳에서 발을 내밀고 혁명의 영역으로 확고하게 전진해 갈 것 같았다. 그리고 강몽구와 헤어진 직후에 백주의 길거리를 걷고 있던 이방근에게, 그의 머리 구석의 잡동사니가 쌓여 있는 헛긴 벽 쪽에 우뚝 선 남승지가 차가운 시선을 던진다. 김동진과 양준오, 그리고 여동생 유원 등과 함께……. 2개월 전에 꾼 그 꿈의 예감은 아무래도 맞아떨어진 것 같았다. 그 뒤에 일본에 다녀온 남승지는 사람이 변한 것처럼 염세주의의 우중충한 표정을 버리고 혁명의 영역으로 힘차게 발을 내딛었다. 남승지는 더 이상 꿈속에 나타난 아무것도 없이 텅 빈 지옥의 구조 안에 있던 두 인간 중의 한 사람은 아니었다.

　그 다음날 밤, 여덟 시가 다 돼서야 양준오가 남승지의 도착을 알리러 왔다. 도회지라면 전화 한 통이면 끝날 일이지만, 일부러 찾아와야만 한다. 남승지는 오늘 밤 여기에서 자고 내일 아침에 돌아간다고 했다.

"이 형은 그에게 집에 없을지도 모른다는 말을 했습니까? 남 동무는 이 형을 만날 수 있을지 신경을 쓰고 있는 것 같았습니다."

"음, 실은 산천단에라도 갔다 올까 생각하고 있었는데, 특별히 그쪽과 약속을 한 것도 아니니, 꼭 오늘 내일이 아니더라도 상관없어."

"산천단……? 목탁영감한테 갔다 올 생각이십니까? 이런 때는 너무 멀리 가지 않는 것이 좋습니다. 게릴라전에라도 휘말리면 어떻게 하시려구요. ……음, 산천단이라면 저도 가 보고 싶군요……."

양준오는 이방근에게 목탁영감에게는 왜 가는지 묻지 않았다.

"괜찮아. 산천단의 절까지 여자들이 부처님께 공양을 드리러 갈 정도니까. 2, 3일 전에도 근처의 노파들 셋이서 갔다 왔어. ……음, 부스럼영감이 아마도 산천단 동굴에 있지 않을까 하는 생각이 들어. 그렇다고 노인을 데리러 가는 건 아니고, 산천단에 간 김에 부스럼영감을 만날 수 있다면 만나 보려고……."

두 사람은 담배를 두세 대 피고 난 뒤 자리에서 일어나 함께 밖으로 나왔다.

밤길을 걸으며 아득히 먼 하늘 가득한 별빛 아래 산악지대 쪽을 바라보자, 봉기 당일 밤의 하늘을 불태우던 환상의 불꽃같던 봉화가 여전히 여기저기에 피어오르고 있었다. 오름 정상의 봉화를 둘러싸고 앉은 게릴라들의 불꽃에 발갛게 익은 얼굴. 많은 마을에서 어느 날 갑자기 행방불명이 된 청년들의 얼굴, 얼굴들. 귀중한 동백기름을 짚더미에 끼얹어 봉화를 올린 여자 게릴라 대원……. 수염을 기른 얼굴들 사이에, 이방근은 김동진의 모습을 상상하면서 말했다.

"휴전은 아직 먼 것 같군."

"휴전이 그렇게 쉽게 성사될 리는 없지요. 너무 큰 사건이라서. 오늘 지사실로 들어온 정보에 의하면, 우여곡절 끝에 군과 게릴라 쌍방의 선이 꽤 접근해 있다고는 합디다만……." 짚으로 지붕을 엮은 집들의 돌담 사이로 난 좁은 골목에는 사람들의 통행이 없었지만, 양준오는 갑자기 목소리를 낮추며 말했다. "이미 일부에서는 모략적인 정보가 떠돌고 있는데요, 이건 경찰 측에서 흘리고 있는 건데, 김 연대장에 대한 중상비난입니다. 폭도의 두목과 내통하고 있다는 식으로 말입니다. 아직 잘 모르겠지만, 국면은 꽤 심각한 것 같습니다. 경찰 측에서 화해 교섭을 파괴하기 위한 모략이 있을지도 모릅니다……."

"음……, 그렇구만."

이방근은 고개를 끄덕이며 말을 끊었다. 양준오도 걸으면서 그 이상 말을 하지는 않았다. 냇가로 나온 두 사람은 C길의 다리를 건너 기상대 쪽 벼랑 아래로 난 오솔길로 접어들었다.

남승지는 양준오의 방에서 기다리고 있었다. 그는 작업복이 아닌, 일전에 이곳에서 만났을 때와 마찬가지로 풀어진 실밥이 보이는 낡은 소매의 점퍼를 입고 있었다. 두 사람이 돌아온 기척에 바깥에서 미닫이가 열렸을 때는 이미 자리에서 일어나 있었고, 수고가 많다며 내민 이방근의 손을 굳게 잡았다. 기름기 없는 머리, 무성하게 자란 다박수염 속에서 빛나는 눈이 열기를 띤 것처럼 촉촉해 보였다. 세 사람은 둥근 밥상에 둘러앉았다. 한 되들이 소주와 유리잔, 그리고 김치와 삶은 돼지고기를 담은 접시, 잘게 찢은 마른 낙지가 밥상 위에 놓여 있었다.

양준오가 각자의 앞에 잔을 놓고 소주를 따랐다. 주위의 공기를 정화하듯 도수 높은 소주의 향기였다. 반투명한 젖빛의 표면에 반짝반짝 기름이 뜬 것 같은 쌀 소주였다.

"남 동무는 피곤한 거 아닌가?"

이방근은 상대의 촉촉해진 눈에 어두운 그림자가 드리워진 것을 보고 말했다. 남승지는 아무렇지도 않다고 대답한 뒤, 일부러 불러내듯 연락을 드려 죄송하다고 말했다.

"그런 것은 상관없어. 같은 성내인데다, 나는 자유로운 인간이야. 우리 집에는 오지 않는 것이 좋다고 말한 것은 내 쪽이니까, 그런 건 상관없어……. 뭔가, 여러 가지로……." 이방근은 후후후……하고 입속에 웃음을 머금으며 말했다. "Y리에서 만났을 때, 여러 가지로 할 이야기가 있다고 했는데, 어떤가. 양준오 동무가 있어도 괜찮은가?"

양준오는 웃으며 소주잔을 기울였다. 그리고 그 일은 이미 남 동무와 이야기를 끝냈는데, 적당히 자리를 피해 주겠다고 말했다.

"이야기라고는 해도 무슨 비밀이야기도 아니고……, 준오 형이 자리를 피할 것까지는 없습니다. 게다가, 뭐랄까, 특별히 이야기를 준비해 온 것도 아닙니다. 그저, S리에 가는 김에 들르고 싶은 마음도 있었고……."

남승지는 말끝을 흐렸다. 그는 눈도 깜박이지 않고 자신을 쳐다보는 이방근의 시선을 피했지만, 이방근이 이야기의 내용을 이미 간파하고 있는 듯한 기분이 들어서 조금 주눅이 들었다. 이야기라고는 했지만, 회담이나 담판이 아니니 격식을 차릴 필요는 없었다. 그러나 그 때문에 일부러 여기까지 왔다는 것 자체는 역시 말에 무게가 실릴 수밖에 없다. 언젠가 이방근과 함께 산천단에서 내려올 때처럼, 뭔가를 계기로 이야기가 나오는 것이 바람직하다. Y리에서 이방근에게 성내에 갔을 때 만나고 싶다고 갑자기 말한 것은, 제대로 이야기할 기회도 없이 헤어지게 된 초조함이 작용한 탓도 있었다. 그러나 역시 이방근에게, 상대가 이방근이기 때문에 할 말이 있었다. 장소에 상관없이 말할 것은 해야 한다.

"모처럼 성내까지 왔으니 할 말이 있다면 부담 없이 하는 게 어때.

우리는 언제라도 만나고 싶을 때 만날 수 있는 입장은 아니야, 남 동무의 입장이 바로 그렇잖아." 이방근은 독하고 감칠맛 나는 소주를 입에 살짝 머금은 뒤 삼켰다. 그리고 담배에 불을 붙이더니 웃으며 말을 계속했다. "……뭣하면 내 쪽에서 말을 꺼내 볼까. 이건 어쩌면 나의 감일지도 모르는데, 그 일과 관계가 있는 게 아닐까. 음, 양 동무(뒷문 쪽으로 등을 돌리고 앉은 이방근은 오른쪽 대각선에 있는 양준오를 바라보았다), 일전에 동무는 강몽구 씨가 가까운 시일 안에 성내에 온다고 했었지. 나는 그와 만났다네. 성내에 온 그로부터 연락이 와서 만났어. 음, 여기에서 두 사람 앞이니 분명히 말해 두겠네. 그때 한마디로 말하자면, 강몽구 씨로부터 조직에 참가할 것을 요청받았지만, 이미 요청받아 놓고 있었다고 하는 편이 보다 정확할 것 같은데, 나는 그걸 거절했어. 즉 입당 거부한 거지. 분명히 거부했어……. 덧붙여서, 다만 경제적인 협력은 하겠다고 말했어. 이런 이야기를 처음부터 해 버리면 남승지 군이 말하기가 어렵게 될지도 모르겠지만, 만일 지금 말한 것과 관계있는 이야기라면, 피할 필요도 없고 주저할 필요도 없어. 혹시 다른 이야기라도 상관없으니 여기서 말하면 돼. ……가볍게 한잔하는 게 어때, 맛있는 술이야, 그 쌀 소주는 돼지고기와 아주 잘 어울려, 어차피 오늘은 여기서 잘 테고……."

남승지는, 예, 하고 고개를 끄덕인 뒤 반사적으로 손에 잔을 들고 입으로 가져갔지만, 너무 마시지 말아야겠다고 생각했다. 취한 기분으로, 취한 자극으로 튀어나오는 학생들 간의 토론이 아니다. 그래, 이방근의 말대로 이야기를 꺼내면 된다. 그는 내가 성내에 온 목적을 알고 있으니까.

"……저는 솔직히 말해서, 이 자리에 양준오 형도 있습니다만, 잘 모르겠습니다. 이방근 씨를 알 수가 없습니다. 저는 이방근 씨를 진심으로 존경하고 있습니다. 그래서 더욱 이해하지 못하는지도 모르겠습니다만…….."

역시 남매는 닮아 있었다. 남승지는 이방근의 얼굴에서 유원의 모습을 보고 움찔했다. 그녀는 예정대로 25일에 돌아갔을 것이다. 부질없는 일이지만, 어쩌면 아직 그녀가 성내에 있는 것은 아닐까 하고 한 가닥의 희망을 걸고 S리까지 온 것은 사실이었다.

"핫하, 모르겠다는 건 무슨 말인가, 입당을 거절한 이유를 말하는 것인가……?"

"단적으로 말하면 그렇습니다만, 이것은 저의 솔직한 의문입니다. 지금 이방근 씨가 말씀하셨듯이, 왜 이 조국의 운명을 좌우하는 중대한 시기에 방근 씨 같은 분이 애국전선의 전열에 서지 않는 것인지. 방근 씨는 언젠가 저에게, 자네는 행복하다, 지상의 혁명을 꿈꾸는 자는 행복하다고, 아마도 비판을 담아 말씀하신 적이 있습니다. 반문은 아니지만, 어째서 방근 씨는 그 행복에, 불행한 자가 행복하게 되려고 하는 혁명 측에 가담하지 않는 것인지. 조직이나 활동가에게 여러 가지 문제가 있다고 할지라도, 이것은 단순한 원리, 무엇보다 대전제가 되는 일이라고 저는 생각합니다…….."

양준오는 말없이 잔을 기울이더니, 팔짱을 끼고 상반신을 좌우로 가볍게 흔들기 시작했다.

"……" 이방근은 자신과는 달리 농촌의 청년처럼 햇볕에 까맣게 탄 남승지의 얼굴을 보면서, 난처하게 됐다는 생각을 했다. 옆에 앉아 있는 것만으로도 쉰 듯한 땀 냄새가 코를 찌르는 젊은 청년을 앞에 두고 화는 나지 않았지만, 곤란하다는 생각이 들었다. 이방근은 미소 띤 얼굴로, 눈을 반쯤 뜬 채 몸을 흔들고 있는 양준오를 힐끗 쳐다보며 말했다. "나를 생각해 주는 것에는 고맙게 여기고 있네, 승지 동무.

그러나 동무처럼 말을 한다면 대답할 여지가 없게 돼. 어떤 대답을 해야 할지 말야……. 조직활동을 하다 보면 대의명분만 내세우게 되지, 즉 그것밖에 자신이 의지할 곳이 없는지는 모르지만, 지금 한 말은 말이지, 너는 인간의, 인류의 행복을 원하지 않느냐, 지상의 평화를 원하지 않는 것이냐는 말과 마찬가지로, 마치 무조건 몰아세우는 듯한 말투야. 대답할 여지를 주지 않고 있어. 어지간한 사람이 아닌 한, 그래, 나는 인간의 불행을 원하고, 인류의 파멸을 바라는 사람이다, 라고 문학에서처럼 말을 하는 사람은 없을 거야. 그렇게 당연히 출발점으로 돌아와 버리는 말을 해서는 이야기의 진전이 없을 것 같은데?"

"……" 남승지는 이방근의 독을 품지 않은 부드러운 시선의 끝이 자신의 눈 깊숙이 파고드는 듯한 느낌에 움찔하면서 말문이 막혔다. 이방근의 입가에는 미소가 남아 있었는데, 입술이 뒤틀리듯이 나오는 평소의 엷은 웃음은 아니었다. "예, 저는 결코 그럴 작정으로 말한 것이 아닙니다. 방근 씨 같은 분이 어떻게 이런 시기에 혁명 측에 서지 않는가 하는 소박한 의문입니다. 진심으로 존경하는 분인 만큼, 그 점을 이해하기 어렵고, 가만히 있을 수 없을 것 같습니다, 솔직히 말해서……."

"존경, 존경이라는 말이 듣기 괴롭군, 그 말은 그만두게." 이방근의 뒷머리를 지글지글 지지는 말이었다. ……김동진 씨로서도, 그것은 남승지 씨도 마찬가지지만, 모두 오빠를 존경하는 사람들이잖아요. 오빠를 존경하는 사람들이라구요……. "……자네의 심정은 이해해, 흐음, 말하자면 나에 대한 기대겠지, 과분한 기대야. 그 기대가 어긋났다는 것이겠지. 강몽구 씨의 경우도 그랬지만 나는 그 기대에 응할 수 없었어……. 지금 '존경'이라는 말이 나왔지만, 그 말을 역이용해서 말을 하면 말이지, 혁명 측에 서지 않는 자, 공산당, 구체적으로는 남로당원이 되지 않는 자는, 그것이 반드시 이방근이 아니더라도 상관없지만, 남 동무 개인의 입장에서 본다면, 그런 인간은 '존경'할 만한 가치가 없다는 뜻이 되겠지. 물론 하나의 역설이야. 즉 '당'은 절대적이고……, 본래 여러 정당이 있음에도 불구하고, '당'이라고 하면, 일반적으로 공산당을 떠올릴 거야, 실제로 '당'은 공산당과 같은 의미가 돼 있어. 그런 의미에서 당 조직의 이미지는 공산당이 독점하고 있는 게 사실이야. 당이야말로, 공산주의자야말로, 절대 진리의 구현자라고 하는 인식. 그걸 인정하지 않는 자는 이단, 정의가 아닌 악이라는 사고. 언제가 산천단에서 자네와 우연히 만나 성내까지 함께 돌아오는 도중에 이야기한 적도 있지만, '혁명'이라는 관념 앞에서는 아무 생각을 하지 않아도 되는, 그리고 자신을 용서할 수가 있는, 그 자율적이지 못한 정신을 말하는 거야. 공산주의는 종교가 아니야. 이상한 이야기지만, 가령 혁명의 사령부인 당이 잘못이 없고 절대적이라면, 그 당의 중앙은 어떻게 되나. 당중앙, 당중앙, 남 동무, 이 말의 울림 앞에서 자네는 지금 긴장과 전율을 느끼지 않나. 당중앙…….그것은 절대 속의 절대, 신이 아니고 무엇인가. 신성불가침. '공산주의자'들은 자신의 관념과 조직에 대한 관념 안에 신을 만들어 내지. 그리고 그 당중앙의 정상에 자리하는 자가 있어……(이방근은 희미하게 자신의 몸과 목소리가 떨리고 있는 것을 느꼈다). 음, 이런 말을 남 동무에게 하는 게 가혹한 건지도 모르겠군. 그만 입에서 튀어나온 말이기는 하지만, 이런 말을 남 동무에게 해 본들 결말이 나는 것도 아니고……."

"괜찮습니다. 이야기해 주십시오. ……." 남승지의 뜨거운 눈빛이 흔들렸다. "다만, 저로서는 방근 씨의 이야기는 현실적인 문제를 회피하고 있다고 생각합니다. 저는 그런 말을 하려는 게 아니라……, 미군정 아래에서 일어나고 있는 현실적인 문제, 현실의 투쟁을 말하고 있습니다. 많은 사람이 목숨을 걸고 싸우고 있는 투쟁을 말하는 겁니다. 방근 씨는 혁명 투쟁을 부정하는 겁니까? 그렇지는 않겠지요?"

"핫하아……, 그렇지는 않겠지요, 라니." 평소 같으면 이러한 퉁명스런 말투에 화를 냈겠지만, 이방근은 웃으며 대답했다. "나는 그런 말투가 싫어. 자네도 점점 활동가다워지고 있다는 증거일지도 모르지만, 입당을 하지 않으면 바로 그것이 혁명 투쟁을 부정하는 것으로 이어지나?"

"……"

남승지는 말문이 막혔다. 아까부터 왠지 말이 잘 나오지 않는 느낌이다. 그는 김동진의 게릴라 참가를 여동생에게 감추고 있었던 것으로 보이는 이방근에게 뭔가 명료하지 못한 것을 느끼고 있었다. 그것이 입당 거부라는 사실과 얽혀서 마음을 답답하게 억누르고 있었다.

"나는 말하자면 혁명의 한가운데에 있지 않은 게 사실이지만, 그렇다고 혁명 투쟁을 부정하지는 않네."

고개를 숙인 남승지로부터 시선을 돌린 이방근은 잔을 들어 소주를 마신 뒤, 목구멍을 시작으로 식도를 태우고 위장으로 퍼지는 전율을 느끼고 있었다.

"당원이 아닌 동조자들도 혁명을 위한 당의 활동을 부정하지 않지만, 방근 씨의 말씀은 당에 대한 철저한 비판입니다. 그 당이 지도하는 혁명 투쟁을 부정하지 않는 것은 역시 모순이 아닌가요?"

"과연 그렇군……, 논리로 따지자면 그렇게 되는군. 그러나 그건 억지 논리이기도 하지. 동무는 그런 모순이 있으면 안 된다는 건가? 현실적으로는 자주 그런 모순이 있기 마련이고, 그래서 또 현실은 발전해 가는 거지. 분명히 전적으로는 부정하기 어려운 일이니 자네의 말에도 일리는 있어. 그러나 현실의 투쟁에, 전투의 현장에 철학적인 의미 같은 건 없어. 있는 거라곤 피차간의 역학적인 관계뿐이야. 어느 쪽이 이기고, 어느 쪽이 지느냐는 문제지. 그래서 나는 게릴라 투쟁 그 자체를 부정하지 않는 것이고, 게릴라가 적보다 조금이라도 강력해지기 위해서라면 그 나름의 협력은 할 수 있다는 거야. 다만, 남 동무는 내가 당 안으로 들어오지 않는 것에 큰 불만이 있겠지만."

"불만이라기보다는, 이해하기 어렵다. 어째서 방근 씨가 입당하지 않는 것인지, 저로서는 알 수가 없습니다……."

남승지는 한 손으로 밥상 모퉁이를 쥐고 정말로 모르겠다는 듯이, 고개를 설레설레 반사적으로 흔들며 말했다.

"흐음……."

양준오가 한숨 섞인 날숨을 토하고 나서 담배를 물고 불을 붙였다.

"양 동무는 아까부터 거기 앉아 있지만 말고 뭔가 이야기 좀 하지 그러나. 나에 대한 비판도 괜찮아."

이방근이 웃으며 말했다.

"비판이라니요, 그렇게 한정시킬 필요는 없습니다. 승지 동무에 대한 배려겠지만, 그렇게 토라질 필요는 없어요." 양준오는 웃으며 대답했다. "자리를 비켜 줄까 하다가 결국은 끌려 들어가는 형국이 되었습니다만, 여기서 결론이 날 문제는 아닙니다. 이것은 상당히 원리적이고 추상적인 문제라서 말이죠. 단시간 내에 해결될 문제가 아니라는 겁니다. 다만, 이 형에 대한 현실적인 요청이 있다는 것이고, 이에 대한 현실적인 대응이 필요하다는 겁니다. 이 형은 그에 대한 대답을 했지만, 승지 동무는 단적으로 말해서, 그 회답에 승복을 하지 못하고 있는 겁니다. 존경하는 이방근이기 때문에 그렇게 나오는 것도 사실입니다. 이건 조직의 문제를 넘어, 아니 조직과는 관계없는 문제입니다. 의식의 어딘가에서 이방근을 사상적인 지도자로서 모시고 싶다는 소망도 있습니다. 그래서 방근 씨를 이해하지 못하겠다는 표현이 나오고 있습니다만, 어쩌면 승지 동무가 아직 이 형의 내면을 이해하지 못했기 때문일 수도 있습니다⋯⋯."

"물론 이방근 씨의 깊은 내면세계를 저는 잘 모릅니다. 저는 아까부터 현실의 문제로서, 현실 상황 속의 실천 문제로서 이야기하고 있는 것입니다⋯⋯." 남승지는 양준오의 이야기에 답하는 형식으로 이방근을 향해 말했다. 양준오가 이야기에 합류하면서 밥상 위의 공기가 움직였다. 남승지는 그 움직임을 놓치지 않으려는 듯이 이야기를 이어 갔다. "지금 우리들의 눈앞에서⋯⋯, 우리 조선에서, 고향인 제주도에서 혁명적인 사태가 발생했어요. 이것은 관념이 아니라 현실입니다. 미 제국주의와 이승만 파시스트 권력의 지배에 저항하는 인민이 피를 흘리며 들고 일어선 것이 바로 현실입니다. 지금 이 섬에서 게릴라 투쟁이 진행되고 있으니까요. 우리는 그 속에 있습니다. 그러니까⋯⋯, 제가 아까부터 말씀드리고 있는 것은 이방근 씨 같은 분이 같은 전열에 참가해 주시면 우리들에게 큰 용기를 주게 될 것이라는 점이고, 그러한 이방근 씨가 참가하지 않는 이유는 무엇일까 하는 소박한 의문이 있을 뿐입니다⋯⋯."

"⋯⋯"

이방근은 소주잔을 기울이면서 가볍게 한 번 고개를 끄덕였지만, 아무 말도 하지 않았다.

"⋯⋯전 말이죠, 방근 씨⋯⋯." 남승지는 이방근을 향해 말했다. 이방근은 천천히 고개를 들어 남승지를 들여다보듯이 가만히 응시했다. 시선과 시선의 끝이 얽히면서 상대의 동공 속으로 파고들어 찔리는 듯한 느낌으로 시선을 피했다. "저어, 저는 방근 씨가 참으로 자유로운 사람이라고 생각합니다. 너무나 자유로울 정도입니다. 건방진 말이 될지도 모르겠습니다만, 이건 하나의 비유로서 하는 말인데요, 너무나 자유로운 나머지 살해당해도 좋은 경우가 있을 거라고 생각합니다. 너무나 자유롭지 못한 사람은 그 사람을 살해할 권리가 있는 것이 아닐까 하고……."

"뭐라고, 핫, 핫하……." 이방근은 웃었다. "심상치 않은 말을 하는군. 내가 너무 자유롭단 말이지. 자유롭다기보다는 결국 모든 걸 내 마음대로 한다는 것이 아닌가. 그래, 분명히 너무나 자유로운 인간은 살해당할 '자유'를 갖지 않으면 안 될지도 모르지. 이건 충분한 역설이 될 수 있겠지만, 그러기 위해서는 살해당하는 것이 자유라고 의식할 수 있는 위대한 정신과 감정이 필요하겠지. 너무나 자유롭지 못한 인간이 있고, 내가 너무나 자유로워서 살해한다고 한다면, 나는 살해당해도 좋아. 그건 앞뒤가 맞는 이야기야. ……그러나 인간은 다른 사람을 살해하기 전에 자신을 죽이지 않으면 안 돼. 즉 자살할 수 있는 인간은 살인을 하지 않아. 따라서 가장 자유로운 인간은 다른 사람을 죽이지 않겠지. 살해하기 전에 스스로를 죽이는, 즉 자살할 것이기 때문에. 이야기가 이상하게 흘러가고 있는데, 예를 들어 극빈자의 혁명봉기는 지금 남 동무가 말한 것 같은 성격을 지니게 되겠지. 모든 혁명전쟁은 그와 같은 성격을 띠게 마련이고……."

이방근은 담배를 문 채 불을 붙이지 않고 남승지를 보았는데, 그 눈이 강한 빛을 띠기 시작했다.

"그것은 혁명 측만이 아닐 겁니다. 지배자 측은 보다 가혹한 방법으로 민중을 살해, 학살하고 있습니다. 일전에 S리의 경찰관 부친이 게릴라에 살해당한 일이 문제가 되었습니다만, 이미 경찰과 '서북'은 섬사람들에 대한 살해와 무서운 폭행을 마음대로 자행하고 있습니다. 지금 방근 씨가 말씀하신 것처럼 모든 혁명이나, 아니 반혁명에서는 그것 이상으로 인간이 인간을 '법'을 뛰어넘어 살해하고, 혹은 '법'이라는 이름 아래 살해하고 있습니다. 그런 일들은 문제가 되지 않고, 개별적인 일이 크게 문제되는 것은 역시 이상하다는 생각이 듭니다. 한 사람을 죽이면 살인이지만, 천 명을 죽이면 영웅이라는 논리가 그대로 통하는 듯한 느낌이 들어서……. 방근 씨는 혁명의, 동란의 와중에, 그 현실 속에 발을 담고 있는 경우에도 절대로 사람을 죽이지 않으실 겁니까?"

"그건 당치도 않은 이론이야. 전투를 하면서 살인을 하지 않는다는 것과 마찬가지야. 어떻게 그런 논리가 성립할 수 있겠나, 음……." 문채로 불을 붙이지 않은 담배를 손에 든 이방근은 거칠어진 목소리와 함께 순간적으로 남승지를 노려보았다. "자네는 아까부터 그런 식으로 문제 제기만 하고 있어. 자네가 조직에 들어가 조직활동에 충실하고 현실의 투쟁에 매진하고 있는 것은 정말로 대단하다고 생각해. 그러나 자네가 당의 활동가로서 몸에 익힌 사고법이란 게 그런 것인가. 실망했네. 아까부터 현실이라든가 실천이라는 말을 하고 있는데, 현실의 민중 속으로 들어가 실천 활동을 하고 있으면서 어찌 그러는가, 이상하구만. 현실은 관념이 아니니까 교조를 부숴 버릴 수 있는 힘이 있어. 현실 속에서 싸우고 있으면서 왜 좀 더 탄력적인 사고를 하지 못하나? 내가 보기에 자네는 오히려 퇴화하고 있어. 동무 자신이 이미 뭔가 절대적인 것을 전제로 문제를 제기하고 이야기를 꺼내고 있어, 절대적인 것이 있을 수 있는가, 어디에 절대자가 있는가. 자네는 조직 내부의 정신적인 모순을 나에 대한 비판으로 돌리고 있는 게 아닌가. S리의 경찰관 부친의 문제도 그렇지만, 자네는 조직의 결정에 충실하려고 하면 할수록 나에게 비판의 화살을 돌리게 될 거야……."

"방근 씨……." 고개를 숙이고 숨을 죽이듯이 담배를 피우고 있던 남승지가 상대를 가로막고 말을 꺼냈다. "그렇지 않습니다. 그건 오해이고, 지나친 말씀입니다. 저는 특별히 방근 씨를 비난하고 있지 않기 때문입니다……. 다만 서로의 이야기가 왠지 맞물리지 못하고 겉도는 느낌이 드는 것은 사실입니다……."

"겉도는 게 아니야. 그건 오만한 말이군. 남 동무의 말은 즉 조직의 의향에 맞지 않으면 겉돈다는 것 아닌가. 어쨌든 알았네, 내가 자네 말꼬리나 잡으려는 것은 아니니까. 자네가 말을 꺼냈으니 다시 원점으로 돌아가 이야기하자면, 예를 들어 S리의 노인 살해는 당의 방침이라서 정당하다는 것인가. 당원은 당의 결정에 복종하는 것이 원칙이겠지만……, 나는 그 이상은 말하지 않겠네. S리만의 문제가 아니야. 반동의 가족이라고 해서 다른 곳에서도 같은 일이 벌어지고 있어. 내가 무슨 '서북'이나 경찰이 하는 일을 인정하겠다는 것은 아니야. 같은 선상에 놓지 말라는 거지. 나 같으면 적어도 S리의 노인 살해와 같은 짓은 하지 않을 걸세. 나는 그런 치사한 살해는 자신을 위해서라도 용인할 수 없어. 동란 때에는 사람을 살해할 명분이 충분하고 대의명분을 내세우기가 쉽지. 사소한 원한이나 개인적인 감정, 증오 같은 것조차, 증오에도 계급적인 경향이 있어, 그런 것이 명분에 결부되어 살인에 해당되지 않는 살인 행위가 성립된다네. 전쟁에는 광기라는 것이 따라다니기 마련이야. 그러나 지금은 그 광기 이전의 일을 말하고 있어. 적어도 혁명을 위한 싸움 아닌가. 그것이 위대한, 혁명의 위대한 목적을 위한 것이라면서, 아주 소심한 심정적인 행위가 일어나고 혁명의 이름으로 정당화되고 있어. 너무나 치사한 살인이야. 그것이 조직의 결정이고 방침이라는데, 그렇게 되면 군대와 뭐가 다른가. 물론 인간이 하는 일이니, 분위기에 휩쓸려 관계없는 인간을 살해하는 일도 있겠지. 그러나 그런 경우에는 그것을 정당화할 것이 아니라, 잘못됐다고 하는 것을 확실히 하지 않으면 안 돼. 내가 하고 싶은 말은 나의 행위에 명분을, 그리고 구실을 붙이지 말라는 거야……. 특별히 남 동무를 가리켜 하는 말은 아닐세. 음, 이런 발언은 반동들과 같은 사상을 지니고 있다는 말을 듣기 쉽겠군……. 요즘에는 이승만 등의 우익이 좌익에 대해 반동분자라는 둥 좌익 용어를 사용하고 있지만 말이야. ……이야기는 이쯤에서 그만두자구. 일방적인 말이 될지도 모르겠지만, 오늘은 이쯤에서 그만두고 싶군. 또 언젠가 이야기할 기회가 있을 거야. 나는 남 동무의 심정을 이해해. 남승지가 아니었다면, 오늘 밤, 이야기가 이렇게까지 계속되지는 않았을 걸세. 나는 이미 이 자리에 있지 않겠지. 이 방에 없었을 거야. 자아, 한잔하게나, 음……."

이방근은 왼손을 뻗어 대각선 왼쪽에 앉아 있는 남승지의 어깨를 툭 치고 나서 상대의 잔과 마주쳤다.

남승지는 기름처럼 떠서 빛나는 소주에 시선을 던지더니, 한 모금 꿀꺽 마신 뒤 성대를 태우는 소주의 강한 자극이 채 가시지도 않은 상태에서 목이 멘 소리로 말했다.

"누, 누가 방근 씨를 반동으로 생각한단 말입니까. 그렇게 생각하는 건, 다른 의도가 있든가, 상당히 악질적인 사람일 겁니다. 그런 말씀은 하지 말아 주십시오. 저는 뭔가 방근 씨에게 하고 싶은 말이 너무 많은데도, 그런 느낌으로 머리가 가득한데도 나오지 않는 것입니다. 제 공부가 부족한 탓입니다만, 그래도 여전히 모르겠습니다. 방근 씨는 제 심정을 이해할 수 있다고 하시지만, 저는 방근 씨를 모르겠다는 것이 지금 저의 솔직한 기분이고, 그런 만큼 제 자신이 원망스러워 견딜 수가 없습니다……."

남승지는 최근 2, 3일 전의, 그야말로 유원과의 재회를 예견했다고 할 수 있는 꿈의 마지막 부분에서, 푸른 초원의 아득히 먼 곳에 빨간 치마를 입은 여자와 함께 가고 있는 이방근을 생각해 내고는, 쓸쓸한 감정이 가슴 가득 솟아오르는 것을 느꼈다. 그 이름을 불러도, 아마 들리지 않았겠지만, 이방근은 뒤돌아보지 않았다. 계속 불러도 돌아 보지 않았다. 상대의 이름을 부르는 자신의 목소리에 잠을 깼다……. 말도 안 되는 꿈이다. 그러나 한순간의 착각이었지만, 눈앞의 이방근 이 앉은 채로 바람처럼 방 저편으로 멀어져 가는 느낌이 들었다. 말도 안 되는 소리, 꿈일 뿐이다. 남승지는 고개를 흔들고 손을 뻗어 한 되들이 병을 들어 이방근과 양준오의 잔에 따랐다.

"자아, 자네도 마셔, 돼지고기도 많이 먹고……." 양준오가 병을 남 승지로부터 받아들고 그의 잔에 따라 주었다.

"승지 동무, 오늘은 그만하면 됐어. 자네는 이 형을 알 수 없다고 반복해서 말하고 있는데, 자꾸 반복을 하다 보면 상대에게 실망감을 지니고 있다는 것을 강조하는 것밖에 되지 않는 거야. 이제 곧 알게 되겠지. 이방근 형이 우리의 투쟁에, 섬 주민의 투쟁에 등이라도 돌릴 거라고 생각하고 있나. 그렇게 쓸쓸한 얼굴은 하지 마……. 나 같은 사람도 이 나라를 떠날 생각을 접고 섬에 남기로 했지 않나. 이방근 형이나 남승지가 없었다면 일찌감치 일본에라도 가 버렸을지 몰라. 아니, 도청 같은 곳으로 갔을까, 지금쯤은 재일조선인의 한 사람이 돼 있겠지. 나는 이 땅에 남아 있고, 앞으로도 남을 거야. 이방근 형 역시 이 섬을 떠나는 일은 없을 걸……."

남승지는 얼굴을 들고 웃었지만, 웃으면서도 갑자기 눈물이 솟구치는 걸 억지로 참았다. 코끝이 찡하게 눈물이 맴돌았다. 그는 목을 태우는 소주로 입을 축이듯이 한 모금 마신 뒤, 겨우 입 밖으로 말을 내었다.

"저는 뭐 별로 쓸쓸한 얼굴을 하고 있는 게 아닙니다. 게다가 제가

방근 씨께 실망감을 느낀다는 것도 말이 안 되고……, 같은 말을 되풀이해서 방근 씨께 꾸중을 들을지도 모르겠습니다만, 방근 씨를 존경하고 준오 형을 존경하는 마음도 변함이 없습니다……."

세 사람은 한동안 잠자코 술을 마셨다. 바다 소리가 또렷이 들려왔다. 바람이 불었다. 바람이 머리 위의 초가지붕을 스치고, 이 집의 작은 문을 덜거덕거리며 지나간다.

"이 형——." 양준오가 갑자기 생각났다는 듯이 말을 꺼냈다. 말없이 얼굴을 돌린 이방근을 보고, 그리고 남승지를 본 양준오는 말했다. "건배를 하시죠, 세 사람이 잔을 마주쳐 건배를 하자구요."

세 사람은 손에 잔을 들어 서로 마주치고 나서 각자의 입으로 가져갔다. 시간은 아홉 시를 넘기고 있었다.

이방근은 열 시가 다 돼서야 양준오의 하숙집을 나왔다. 조금 취한 기분이었다. 달빛이 겨울 하늘처럼 맑고 하얗다. 시원한 밤바람에 달아오른 볼을 식히면서 사람 통행이 적은 길을 걸어가다가, 이방근은 남승지의 양 눈에 반짝하고 빛나며 떨어져 내릴 것 같던 눈물을 떠올리자 가슴이 쓰렸다. 취기가 천천히 몸 안에서 너울거리며 머리를 뜨겁게 달궜다. ……우리가 살고 있는 곳은 '병든 조국'이 아니라, 미친 조국입니다. 우리들에게 절망밖에 가져다주지 않는 조국의 상황입니다. 우리 청년들은 괴로움에 몸부림치고 있습니다……. 재회를 굳게 믿고 있습니다……. 젊은 후배들의 뜻을 깊이 헤아리셔서, 우리를 인도하는 힘을 빌려주십시오. 우리는 단연코 싸울 뿐입니다. K선배……. 젊은 후배들의 뜻을 깊이 헤아리셔서……. 젊은 후배가 게릴라가 되어 총을 들었다는데도, 오빠의 태도는 뭔가 차가운 느낌이 들고……. 오빠, 김동진 씨로부터 연락이 오거든, 그때는 여동생이 진심으로 안부를 묻더라고 잘 좀 전해 주세요. 꼭 전해야 돼요……. 젊은 후배……. 이방근은 김동진의 편지 내용과 여동생의 말 하나하나가 머릿속에서 바람처럼 울리는 것을 들으며, 가슴이 답답할 만큼 격한 감정이 거꾸로 소용돌이치는 것을 느꼈다. 그는 화가 난 사람처럼 큰 걸음으로 빠르게 밤길을 걸었다.

7

밤새도록 거센 바람이 불어 대더니, 바다가 거칠어졌다. 다음 날도 바람은 멈추지 않았고, 하얀 이빨을 드러내고 포효하는 바다는 절벽을 도려내려는 듯이 파도로 부딪치고는 산산이 부서져 흩어졌다. 비는 내리지 않았지만 납빛 구름이 무겁게 섬 위를 뒤덮었고, 본토와의 유일한 연락 통로인 화물선의 입항과 출항도 없었다. 몇백인지 헤아릴 수 없는 돌고래의 큰 무리가 최근 2, 3일간 계속해서 사라봉의 절벽 아래 바다로 떼 지어 와서는, 검은 섬처럼 뾰족한 등지느러미를 파도 사이로 치켜세운 채 헤엄치고 있었다. 그 모습도 거친 바다 밑으로 사라지고 검은 바다는 거친 파도만이 하얬다.

섬에서는 밤부터 일부 지역에서 경찰지서 등에 대한 게릴라의 습격이 멈췄다. 그리고 전야까지 오르고 있던 봉화도 일부에서 사라졌다.

4월 28일 오후, 게릴라 측 대표 김성달과 김익구 국방경비대 제9연대장의 회담이 성립되어, 일단은 협상의 내용대로 정전이 실행되었던 것이다.

제9연대는 그때까지 게릴라 측이나 경찰 측을 편들지 않고 중립을 견지하고 있었는데, 그것은 군에 대해 게릴라 진압 명령이 떨어지지 않아서 그런 것이 아니었다. 사태의 진전을 지켜보고 있던 9연대장 김익구는, 이미 사건 해결의 실마리를 잡기 위해 경찰 측과 게릴라 간의 정전 협상을 위한 삼자 간의 회담을 제안해 놓고 있었다. 그러나 미 중앙군정청 경무부장 조병옥은 이것을 거절했고, 경찰 측은 국제 공산주의의 책동으로서 '적색폭동'의 철저한 진압을 강경하게 주장하여 삼자회담을 거부해 놓고서, 경찰대만으로는 게릴라를 상대하기 어렵다며, 거듭해서 군대의 출동을 요구하고 있었다.

"일본군이 철수할 때 한라산 중에 매장한 많은 무기와 탄환을 발견한 폭도들은 이것으로 무장했다." "군사훈련은 중국의 팔로군, 조선의용 군 출신자들이 담당하고, 중국식 유격전을 개시했다." "……북한에서 군사적으로 훈련받은 파괴분자들이 비밀리에 파견되어 제주도에 잠입 해서는 공산주의분자를 훈련 무장시키고, 북한과 내통·연락을 취하 며, 한라산의 천연적으로 험준한 지형을 근거지로, 구일본군이 유기한 무기를 이용하여 폭동을 계속하고 있다." "국제공산주의의 책동. '조선 출신의 소련인'이 국제공산주의——모스크바의 의도를 충실하게 실행 하고 있다……." "일본인 무장병 3백 명이 게릴라 부대에 섞여 있다." "소련의 기관총이 제공되고, 제주 근해에 소련의 잠수함이 출몰하고 있다." 이러한 주장이 당국에 의해 이루어지고, 또 신문 등에서도 그럴 듯하게 보도되었지만, 이것은 사실무근이며 억측이었다. 오히려 게릴 라가 얼마나 강대하고 무서운 적인가를 인식시킴으로써, 경찰대의 무 력함을 벗어나기 위해 의도적으로 만들어 낸 유언비어였다.

김익구는 서울경비대 총사령부의 의향을 타진한 뒤, 신중을 기해 군을 움직이지 않았다. 그러나 증원경찰대까지 파견했으면서도 게릴 라의 활동에 맞서지 못하는 상황을 방치할 수도 없었기 때문에, 결국 미 중앙군정청으로부터 경비대에 진압 명령이 떨어졌다. '5·10총선거'를 앞두고 동란의 격화에 당황한 미군정청은 선거에 미칠 중대한 영향을 우려하여, 일방적인 경찰의 정보와 철저한 진압의 건의를 바탕으로 제주도의 초토화작전을 동반한 게릴라의 조기진압 명령을 제9연대에 내렸던 것이다. 그러나 김익구는 제주도의 초토화작전은 국내에서 동족을 대상으로 실시되어서는 안 된다며 거부했다. 그리고 국면 타개책을 모색, 오균 대대장의 제안을 받아들여 게릴라와의 단독접촉을 꾀하게 되었던 것이다.

부산에서 게릴라 토벌을 위해 1개 대대를 인솔해 온 청년 장교 오균 소령은 경찰의 출동 요청을 받고서도 계속 묵살했다. 제주도에 막 상륙한 탓으로 부대의 정비가 되어 있지 않다는 점, 그리고 현지의 상황 파악이 불충분하다는 점을 이유로 들었다. 게다가 오균은 군대의 엄정 중립을 강조하여, 장병들에 대해서는 훈련과 정신교육만을 실시하고 있었다. 제9연대의 정신교육을 담당하고 있던 그는, 사건은 경찰과 민간의 충돌이라서 거기에 군이 휘말려 들어서는 안 되고, 이전부터 경찰은 국방경비대를 경시하여 어떻게든 이용만 하려 한다는 주장을 장병들 앞에서 공공연히 펼치면서, 경찰 토벌대와 테러 집단의 횡포를 비난했다.

군경 간의 불화와 알력의 뿌리는 깊었다. 그 원인을 살펴보면, 해방 직후인 1945년 말로 거슬러 올라간다. 미군은 일본의 경찰 기구를 그대로 이어받아 남한 경찰을 미군의 무기로 무장을 시켰는데, 그것이 경찰과 경비대 사이에 반목을 낳는 원인이 되었다. 그 이유는 창설된 당초의 국방경비대가 구일본군의 38식, 99식 소총으로 무장한 반면에, 경찰은 보란 듯이 신식의 M1소총과 카빈총을 지급받았던 것이다. 이래서는 어린애가 보아도 경비대는 촌스럽고, 스마트한 경찰에 비해 열악해 보이는 것은 당연한 일이었다. 특히 아직 청소년들인 경비대원의 불만은 컸다. 이로써 일반인들에게 경비대는 미군식 장비를 갖춘 경찰의 아래에 위치하는 보조기관이라는 인상을 강하게 주었다. 게다가 경비대의 울분을 더욱 자극한 것은, 당사자인 경찰들이 경비대를 멸시하고 그 풍조를 조장하는 일이었으며, 이것이 한층 쌍방의 반목을 깊게 만들었던 것이다.

오균은 강몽구가 이방근에게 암시한 것처럼 남로당원이었다. 강몽구는 목포에서 돌아오자 곧 군대 안의 세포조직을 통해 오균과 '접촉'하고, 또 오균과 게릴라 지도부와의 '접선'의 길을 열었다. 오균은 군대의 훈련교육을 계속하면서 군대 안의 세포조직 활동을 추진하고 있었는데, 게릴라 지도부의 김성달과도 만나고, 김익구 연대장과 게릴라 측의 양자가 직접 만나 이야기를 해야 한다며 양측에 협상을 제안하여, 쌍방의 회담을 위한 간접적인 중개 역할을 했다.

김익구는 게릴라와 경찰대 간의 교전 상황을 관찰하고 있었는데, 돌담이 많은 제주도에서 돌담을 사이에 둔 총격전은 적합하지 않아 경찰 측에 피해가 큰 반면 효과가 없다는 것을 알았다. 그래서 포격전이 효과적이라고 생각한 그는 서울에 박격포를 보내 달라고 요청하여 그 도착을 기다리는 중이었다. 즉 게릴라 측과의 교전 태세를 갖추어가고 있었던 것이다. 그러나 그는 군으로서는 보다 실전적인 무기를 갖추는 것도 필요하지만, 한편으로 막대한 피해가 예상되는 무장 토벌은 가급적이면 피해야 한다고 생각했다. '선(先) 선무 후(後) 토벌'. 먼저 '선무' 공작을 전면에 내세운 그는 게릴라 측과의 대화를 모색하여, 제9연대 고문 M대령(제주 미군정청 장관)의 동의 아래 교섭에 관한 일체의 권한을 위임받아 게릴라 지도자와의 회담에 임하게 되었던 것이다.

김익구는 단독결정권을 가진 게릴라 측 대표자와의 양자회담에서 즉석 결정을 내릴 것을 조건으로 내세웠는데, 게릴라 측도 이에 동의,

다만 장소와 시간은 게릴라 측의 결정에 맡겨 달라고 요구했다.

우여곡절 끝에 게릴라 지도부의 김성달과 제9연대장 김익구의 회담이 실현된 것이다. 4월 28일 오전 열한 시, 게릴라 측과의 비밀 교섭을 계속해 온 연대 정보보좌관 이 중위가 게릴라 측의 마지막 통보를 가지고 연대로 돌아왔다. 통보의 내용은, 오후 한 시부터 회담을 시작하고 싶으며, 회담 장소는 일단 지정한 장소까지 김 연대장이 도착하고 나서 게릴라 측이 안내할 것이라고 했다.

김익구는 상사와 가족, 그리고 친구에게 유서를 남긴 뒤, 연대의 장병들 앞에서 게릴라와의 회담에 임한다는 사실을 밝히고, 만일 '반도'들이 자신을 살해하거나 하는 일이 일어날 경우에는, 그것은 민족 반역 행위인 까닭에, 제군은 게릴라 소탕에 철저히 임해서 연대장의 복수를 해 달라는 말을 남겼다. 또한 오후 다섯 시까지 연대에 돌아오지 않을 때는 살해된 것으로 간주하라며 시간을 정해 놓고, 부연대장의 지휘 아래 즉각 전투에 돌입하도록 지시를 했다.

김익구는 열두 시에 장병들을 사열한 뒤, 이 중위와 함께 운전병이 운전하는 지프로 모슬포의 구일본군 오무라(大村) 부대였던 제9연대의 정문을 출발했다. 지프는 지정된 방향으로 몇 개의 마을을 지나 북동쪽으로 진행하여, 연대 본부로부터 15킬로 정도 떨어진 한라산 기슭 돌투성이의 좁은 길을 덜컹거리며 올라갔다. 그 부근부터는 거친 바다가 보였다. 바다는 수평선 한참 앞에 드리운 검은 구름으로 그 형태를 알 수 없었고, 바다와 하늘의 경계도 확인해 볼 수 없었다. 전방에 솟아 있는 한라산도 중턱까지 짙은 구름에 덮여 그 모습을 볼 수 없었는데, 구름이 빠르게 움직이는 것이 적란운 같았다. 그때, 전면 유리창을 때리는 강한 모래바람 속에 맨발의 목동 하나가 소를 몰고 오더니 지프의 앞길을 막아섰다. 경적을 울려도 좁은 길 한가운데에 멈춰 선 소는 움직이지 않았다. 소년은 소 곁을 떠나 정차한 지프로 다가오더니, 정중하게 인사를 하고는 연대장이십니까 하고 물었다. 김익구는 그렇다고 대답했다. 그러자 소년은 뭔가 손에 들고 있던 것을 펼쳤다. 그것은 노란 깃발이었다. 소년은 그 깃발을 높이 흔들며, 앞에 보이는 국민학교 쪽으로 가 주세요, 라는 말을 남기고 다시 소를 몰기 시작했다. 깃발은 신호였던 것이다.

지프가 도착한 국민학교 정문에는 누더기 옷을 입은 두 명의 소년선봉대가 보초를 서고 있었다. 소년들은 부동의 자세로 '받들어총'을 하여 연대장 일행에게 예를 표했다. 두 소년의 씩씩한 태도에 감복한 김익구는, 정전이 성립되고 평화가 찾아와 각자의 마을로 돌아가거든 조국 건설의 전사가 되기 위해 힘쓰자며, 진심 어린 격려의 말을 그들에게 전했다.

국민학교는 대정면의 K리 국민학교로, 그곳에 게릴라 본부가 있었다. 그곳에서는 모슬포의 마을도, 그리고 제9연대의 건물도 한눈에 볼 수 있었다.

김익구 일행은 네 평짜리 다다미방으로 안내되었다. 큰 탁자가 하나 놓여 있는 그 방에서 몇 명의 게릴라 지도자가 김익구를 맞이했다. 거기에는 구일본 군복 차림의 김성달, 그리고 강몽구 등, 나이가 있는 제주도당 조직 간부가 있었다. 양담배인 럭키스트라이크와 일본 녹차가 놓여 있는 탁자를 둘러싸고 두 사람은 이야기를 시작했다. 이때 기묘하게도, 일본의 학도병이었던 김성달과 김익구는 모두 교토후(京都府) F육군예비사관학교 출신의 일본군 소위였다는 것을 처음으로 알았다. 그때까지는 '동기동창'이라는 것을 서로 몰랐던 것이다. 이 사실은 장내에서 폭소가 터졌을 만큼 그 자리의 분위기를 부드럽게 만들어 두 사람의 회담 진행에 일정한 호재료를 제공했다고 할 수 있을 것이다.

그러나 회담은 김익구의 다섯 시 귀대가 빠듯할 정도로 난항을 거듭했다. 서로의 입장이 다르다는 것은 당연하다고 해도, 정전을 위한 조건 그 자체에 협의가 이루어지지 못했다.

정식 회담에 들어가자마자, 김익구가 4·3봉기를 폭동이라 부르며, 공산주의의 음모에 속지 말고, 무기를 버리고 자수하여 함께 조국 건설을 위해 협력하자……고 말한 것에 대해, 김성달이 탁자를 치며 격노하고, 폭동이라니 무슨 소리냐며 거친 말로 맞받아쳤다. 우리는 제주도민의 의거이지 폭도나 반도가 아니다. 폭동이라는 것은 말도 안 되는 폭언이다. 지금까지 나는 김 연대장을 정의감이 강하고 선악을 분별할 줄 아는 사람이라고 생각했는데, 김 연대장도 민족반역자들이나 악질 경찰들과 마찬가지로, 자신들의 죄상을 은폐하는 수단으로 우리 제주도민의 의거를 이용하고, 그것을 공산주의의 음모 탓으로 돌리려 하고 있다. 당신이 정말로 그렇게 생각하고 있다면, 더 이상 회담을 계속할 필요는 없다. 우리는 최후의 한 사람까지 싸울 뿐이다……. 가까이에서 회담을 지켜보던 강몽구 등의 지도부도 제주도민의 존재와 그 의사를 무시하는 것으로서 김익구와 관헌 측에 대한 격한 비난 공격에 집중하면서 회담은 거의 중단 직전의 상황까지 갔다.

잠시 휴식 시간을 가졌다.

김익구는 회담이 이대로 결렬되는 것은 우리 쌍방에 불행을 초래하는 일이라면서, 당신들이 공산주의자가 아니라면 불행과 비참함을 회피하기 위해 회담을 속개해야 한다며 적극적인 자세로 대응하여, 회담은 다시 얼마 남지 않은 시간 속에서 타협을 목표로 계속되었다.

계속된 회담에서 게릴라 측 대표 김성달은 제주도민과 인민유격대의 타도 대상은 경찰이지 경비대가 아니다. 따라서 서로 적대시하지 않고 공격하지 않는 협약을 맺을 것을 전제로 김익구에게 네 가지 조건을 제시했다.

하나, 남조선 단독선거, 단독정부 수립 반대.

하나, 제주도민에 의한 경찰 업무의 수행, 악질 테러 단체 및 서북청년회의 즉시 철수.

하나, 제주도민에 의한 경찰이 재편성될 때까지의 기간은, 군이 치안을 맡아 경찰의 무장해제와 해체를 추진한다. 그리고 그들의 섬 밖으로의 철수.

하나, 의거 참가자 전원을 불문에 붙이고, 그 안전과 자유의 보증. 피검거자의 즉각 석방.

김익구는 게릴라 측에 다음의 세 가지 조건을 제시했다.

하나, 오늘 현재로서, 경찰지서 등에 대한 일체의 전투 행위 중지를 요구한다.

하나, 즉각 무장해제를 할 것.

하나, '범법자' 명부의 제출과 전원 즉시 자수.

서로 간에 즉각적인 타협점을 찾기에는 쌍방이 내놓은 문제가 너무 컸다.

김성달은 김익구의 전투 중지 요구에 대해, 연락 관계상 즉시 전투를 중지하는 것은 곤란하고, 섬 전 지역에 연락이 닿기까지는 닷새 정도의 시간이 필요하다고 했다. 그리고 무장해제의 문제에 있어서도, 부락으로부터 올라온 피난민인 비무장 주민을 먼저 하산시키되, 군에 의한 약속 이행 여부의 확인이 필요하다면서, 자유와 안전이 보장된다는 조건 아래 3개월 후에 무장해제를 하겠다고 답했다. 그러나 '범법자'의 명부 제출 요구에는 언어도단이라고 반발, 게릴라 전투에 있어서의 살상, 방화는 정당방위였고 당연한 행위였다며 응하지 않았다.

이리하여, 72시간 이내에 전투를 완전히 중지하지만, 산발적인 충돌이 일어날 경우에는 연락이 도달하지 않은 것으로 간주하고, 5일 이후에도 여전히 전투 행위가 계속될 경우 약속 위반의 배신행위로 간주한다. 무장해제는 순차적으로 이행하겠지만, 군 측이 약속을 위반할 경우에는 즉각 전투를 개시하는 것으로 쌍방의 합의를 보았다.

게릴라 측의 요구에 대해서 김익구는 5·10단선의 실시는 군의 소관을 넘는 고도의 정치 문제라서 이 자리의 의제로는 맞지 않으니, 합의할 수 있는 문제로 내용을 좁힐 것을 요구했다. 또한 경찰의 문제에 언급하여, 그들의 민족 반역 행위, 악질적인 행위가 입증된 경우에는, 해직, 추방, 처벌을 하겠다. 제주도민에 의한 경찰 기구의 구성은, 이것 또한 군의 소관을 넘는 문제이지만, 그 실현을 위해 노력하겠다. 경찰의 해체에 대해서는, 이 회담이 성공하면 필연적으로 군대가 치안을 담당하게 되고 경찰은 자신의 지휘 아래로 들어오기 때문에 그럴 필요는 없고, 인원을 점차 바꾸어 가는 방식으로 경찰을 개편하겠다. 그리고 마지막 요구 조건에 대해서는, 교전과는 관계없는 살인, 방화의 행위 이외는 전원 불문에 붙인다. 군의 권고에 따라 자수하면 생명과 재산, 안전, 자유를 보증한다. 살인과 방화를 행한 '범법자'라 하더라도 자수하면 극형을 면하게 하겠다고 김익구는 대답했지만, 김성달은 그 '범법자' 명부의 제출 요구를 거절했다. 그때, 이미 시각은 네 시 반이었지만, 회담은 쌍방의 마지막 요구에 대한 타협이 이루어지지 못하고 있었다. 김익구는 귀대를 서두르지 않으면 안 되었다. 그는 다섯 시까지 귀대하지 않는 경우에는 연대장이 게릴라에게 살해된 것으로 간주하여 부하들이 즉시 전투를 개시할 것이라는 사정을 설명한 뒤, 오늘은 이것으로 회담을 마치고 다음 기회에 다시 만나 결론을 내자고 했다.

이미 박격포의 배치를 중앙에 요청해 놓았다는 것까지 이야기가 나온 뒤였기 때문에, 회담장의 분위기는 일종의 살기를 띤 채 긴장돼 있었다. 단층건물의 유리창을 두드리는 바람 소리가 탁자 위의 긴장된 공기를 흔들어 초조하게 만들었다.

김성달은 오늘 결론이 나지 않을 경우에는 결렬되어도 어쩔 수 없다는 태도로 김익구를 제지하면서, 남아 있지 않은 압축된 진공 같은 시간의 진행 속에서, 쌍방 모두 일단의 정전 타협에 이를 수 있었다. 그리고 김익구는 군 측의 약속이 이행될 때까지 그 보증으로서 가족 전원을 게릴라 측에 인질로 보내겠다고 제안했다. 그 성실한 태도에 게릴라 측도 성의를 가지고 상대의 제안에 응했는데, 노모와 부녀자를 불편한 게릴라 지구에서 보호할 수는 없으니, 대신 게릴라 측이 지정한 민가로 이주시킬 것을 요구했다. 그리고 가족 전원은 게릴라 측이 책임질 테니, 그 근처에 군인이나 경찰을 출입시키지 않는 것을 조건으로, 네 시간에 걸친 비지땀 나는 즉결 회담은 시간에 빠듯하게 일단 합의를 보았던 것이다.

연대 장병의 환성과 함께 무사히 돌아온 김익구는 연대 고문 겸 제주 미군정청 장관 M대령에게 경과보고를 하고 다시 그 승인을 얻었다.

그런데, 경찰은 군정청에 의해 경찰 토벌대의 출동 중지와 그 소관 건물만의 경비를 명령받고, 경찰 건물 외에 제주도 치안 책임은 전적으로 국방경비대가 지게 되었다. 모처럼 만의 정전 성립도 애초부터 경찰이 바라던 바는 아니었던 것이다. 따라서 아닌 밤중에 홍두깨식의 이 갑작스런 정전협약의 성립과, 더구나 미군정청에 의한 경찰에 대한 제한 조치는 따돌림을 당하고 있던 경찰에게는 큰 충격을 주었다.

이렇게 양자회담이 끝난 그날 밤부터 일부 지역에서 게릴라에 의한 지서 습격이 중지되고, 삼일 후에는 제주도의 거의 모든 지역에서 전투가 멈추어, 동란의 섬에 평화가 찾아온 것으로 착각할 만큼 총성이 들리지 않게 되었다. 아니, 착각이 아니라, 평화를 향한 첫걸음을 내딛기 시작했던 것이다. 다만 성내는 우체국에서의 삐라 사건과 같은 일이 산발적으로 일어나긴 했지만, 원래 동란의 권역 밖에 있는 것처럼 평온이 지속되던 터라, 성내에서 들리지 않던 총성이 멎었다고는 해도 정전을 바로 실감할 수 있는 것은 아니었다.

이방근은 바람이 강하고 비까지 내릴 것 같은 스산한 날씨에 산천단에 가려던 생각을 미루고 있었다. 산천단에 간다고는 해도, 그냥 훌쩍 가고 싶다는 생각이 들었을 뿐이지, 특별히 급한 용무가 있는 것도 아니었다. 오랜만에 목탁영감을 만나는 일, 그리고 어쩌면 있을지도 모르는 부스럼영감을 만날 수 있다면, 그것으로 동굴은 시끌벅적해질 것이다. 비록 짧은 시간이라 해도 두 사람의 동굴생활에 접해 보고 싶었다. 부스럼영감이 거기에 있을지 없을지는 알 수 없지만, 가능하면 어떻게든 만나 보고 싶다고 생각했다.

이방근은 남승지의 예정에 맞춰 2, 3일 늦추고 있던 '서북'과의 회식을 떠올리고, 2, 3일 남은 회식 결정은 상대에게 맡기겠다는 뜻을 정세용에게 전화로 이야기했다. 그런데 정무계장은 모처럼 전화했는데 바빠서 시간을 낼 수 있을 것 같지 않고, '서북' 회장도 아마 시간을 내기 어렵지 않을까, 조만간 날짜를 다시 잡기로 하자며 그다지 마음이 내키지 않는 대답을 했다.

이방근은 정전의 성립을 남승지와 헤어진 그 다음날 양준오로부터 들었다. 출동중지 명령으로 경찰 측이 일종의 혼란을 일으키고 있는 것은 사실이었다. 그러나 실제로는 경찰 관계의 건물 경비에만 한정된 관계로, 회식할 시간을 낼 수 없을 정도로 바빠졌다는 것은 조금 이상했다. 회식의 기회를 재삼 요구한 것은 상대방이었다. 서울에서 '서북' 본부의 고영상이, '서북' 지부 함 회장이 가까운 시일 안에 방문

할 것이라고 말했을 정도니까, 역시 이상했다. 이방근은 뭔가를 느끼고 있었다. 당연한 일이지만 정전 성립의 사태에 대한 경찰의 대책이 있을 것이다. 그 대책은 아마도 부정적인 내용이 될 것이다. 그리고 거기에 정세용이 가담하고, '서북' 간부도 얽혀 있을지 모른다고 생각했다. ……아직은 잘 모르겠지만, 국면은 상당히 중대한 느낌을 주고 있어요. 경찰 측에서 화해 교섭의 파괴를 위한 모략이 있을지도 몰라요. 어젯밤에 양준오가 흘린 말이었다. 더 이상 화해 교섭이 아니었다. 어느 틈엔가 화해는 성립돼 있었다. 이 형. 정세용 씨는 뭔가를 꾸미는 듯한 느낌이 들었어요……. 도청으로 정세용이 찾아왔을 때 느낀 양준오의 인상이었지만, 이방근은 새삼 그 말이 신경 쓰였다.

실제로 경찰이 군정청의 조치에 만족하고 가만히 있을 리가 없었다. 군이 움직임에 따라 게릴라와의 일단의 협상이 성립되고, 협상 실현의 전제로서 현실적으로 정전이 이루어졌을 뿐만 아니라, 경찰의 권한이 제한되어 섬의 치안 업무에서 제외된 상태가 되고 보니, 모략이 있을지도 모른다는 것은, 양준오의 말이 아니더라도 자명한 일처럼 여겨졌다. 이대로는 끝나지 않을 것 같은 기분이 들었다. 정전이 성립되었다고는 하지만, 현실적으로는 많은 경찰대원이 성내의 요소요소에 주둔하고 있었기 때문에, 성내의 사람들은 경찰이 움직임을 멈춘 것에서 오히려 음산한 기운을 느끼고 있었다. 솔직하게 받아들일 수 없는 것, 솔직하게 기뻐할 수 없는 뭔가의 움직임, 폭풍전야의 조용함이라 할 기척을 느끼고 있었는지도 몰랐다.

이윽고 정전을 둘러싼 유언비어가 뒤섞여 퍼지기 시작했다. 그 일부는 이미 화해 교섭 중에 경찰 측에서 흘린 것으로, 김익구 연대장에 대한 중상비방이었지만, 거기에 더욱 과장된 유언비어는 자못 진실한 것인 양 탈바꿈하기 시작했다. 정전은 경찰 토벌대에 쫓긴 '반도'들의 시간벌기 술수에 김익구 연대장이 말려들었을 뿐만 아니라, '반도'의 두목들과 접촉하여 내통한 중대한 이적 행위라는 것으로, 이것이 경찰의 정보로서 미 중앙군정청에 보고되었다. 예상외로 급속하게 이루어진 정전은 날개를 꺾인 경찰에게는 알맞은 유언비어의 재료가 되었던 것이다.

한편, 게릴라 측에서도 정전 성립의 사태에 괜한 의심의 눈초리를 보내는 경향이 없지 않았다. 김익구가 술책을 써서 하산하는 사람들을 한곳에 모아 모두 죽이려는 계획을 세운 것이 아닌가 하는 소문이 바로 그것이었다.

한대용의 귀에도 이런 식의 소문이 들어갔다. 그는 일전에 이방근과 만난 뒤 5, 6일이 지난 저녁, 그러니까 유원이 서울로 출발한 다음 날, 예의 게릴라 참가의 건에 대해 다짐을 받으러 이방근을 찾아온 일이 있었다. 그때 이방근은 여동생에게도 보여 준 군의 화해 교섭을 호소하는 삐라를 한대용에게도 보여 주고, 현재 군과 게릴라 간에 교섭이 진행 중인 것 같으니, 조금 더 돌아가는 형편을 지켜보는 게 좋겠다며 타이른 적이 있었다. 정전이 성립되고 이틀이 지나 그 사실을 알게 된 그는, 다소 흥분된 모습으로 이방근을 찾아왔다. 그리고 게릴라 측의 소문을 들은 탓도 있겠지만, 정전 성립에 대해 경찰 못지않게 발을 구르며 상대 권력의 책략에 게릴라 측이 넘어간 게 아닌가, 내가 게릴라의 간부라면 이런 짓은 하지 않을 것이다, 이건 뭔가 이상하다는 가설을 개진한 뒤, 부디 게릴라에 참가할 수 있도록 다리를 놓아 달라는 어려운 부탁을 해 왔다. 한대용은 게릴라의 해체, 그 무장해제라는 것을 믿지 않았다. 믿지 않았다기보다는 그 같은 사태를 상상하지 못했다. 으흠, 이방근은 상대의 열의에 곤혹스러워하면서, 이건 상당한 영웅주의라는 생각을 했다.

정전은 3일간 서서히 진행되어 섬 전체에 걸쳐 실현되었는데, 게릴라 측은 하산자를 보내는 데 매우 신중했다. 양자회담의 석상에서 강조한 대로, 부락으로부터 피난한 비무장 주민을 하산시키면서 군 측의 대응을 확인하려 했다. 협상 성립 다음날 소년과 부녀자 몇 명이, 사용할 수 없게 된 오래된 총을 들고 하산자를 위해 텐트로 만들어진 O리의 수용소에 찾아갔을 뿐이었다. 즉 관측기구를 띄운 것이다. 그러나 하산자는 그곳에서 희망에 따라 자신들의 마을로 돌아갔고, 마침내 비무장 주민의 하산은 늘기 시작했다.

그런데 협상 성립으로부터 4일째인 5월 1일, 이른바 메이데이 당일 오전 열한 시, 수용소 텐트가 있는 O리에서 정체불명의 청년집단이 부락을 습격하여 방화하고, 다수의 사상자를 내는 사건이 일어났다. 부락이 불타는 검은 연기가 성내에서도 보였는데, 경찰 측에 전해진 정보는 백여 명의 폭도가 O리 부락을 습격 중이라는 것이었다. 오후 두 시를 지나 감찰청 소속의 경찰관 1개 소대가 트럭 두 대에 분승하여 '폭도' 진압을 위해 출동했다. 경찰 측은 하산자를 배신지라고 난정한 게릴라 측의 동료들에 대한 보복 행위라고 공표했다. 그러나 주민들의 증언에 의하면 기괴한 청년집단이 섬사람이 아니라는 것은 그들의 말에 섞인 '북'쪽의 사투리를 보더라도 확실하고, 또 하산자가 비무장 주민이라는 점에서 설사 보복 행위가 있다 하더라도 게릴라가 아닌 그들이 그 대상이 될 수는 없었다. 게릴라 측은 경찰 측이 협상 성립을 파괴하기 위해 '서북'과 짜고 하는 모략 행위라고 보았지만, 사실, 경찰의 전적인 부정에도 불구하고 '서북'들의 짓인 것만은 분명했다.

이방근은 정체불명이라는 청년집단에 의한 O리 부락의 습격 사실을 알았을 때, 이건 틀림없이 경찰과 공모한 '서북'들의 행위임에 틀림없다고 생각했다. 이 사실을 인정하는 것은 그에게 기분 좋은 일이 아니었다. 사건에는 아마도 정세용이 관계하고 있다고 보았기 때문이다. 그것도 상당히 깊게 관련되어 있을지 몰랐다. 만일 그렇다면, 용서해서는 안 된다는 분노의 감정보다도 매우 불쾌한, 묘하게 슬픈 감정을 동반하는 것이었다. 익숙하지 않은 수술 현장에 입회했을 때의 구토를 일으킬 것 같은 불쾌한 감정에 이방근은 휩싸였다. 원래 일제 강점기부터 경찰 관계의 일을 하였으며, 도쿄에서 고학하던 시절에 조선인 학생을 팔아 목포경찰서 순사부장으로 임명되었다는 소문이 있던 사람이고, 그 나름의 권력 측에 몸을 담고 있는 사람으로서 일종의 '신념'을 가지고 살고 있는 것도 사실이었다. 그 일에 왈가왈부할 필요는 없었지만 그래도 역시 집안이 모두 친하게 지내고 있는 외가쪽 친척의 한 사람이었던 것이다. 게다가 이 섬 출신의 경찰관이기도 했다. 아니, 섬 출신과는 관계없이, 경찰이기 때문에 그것은 당연하다고 해야 할 것이다. 그렇다 하더라도 '서북'들의 행위에 책략을 제공한 것이 정세용이라면, 다시 한 번 눈을 크게 뜨고 사태를 주시할 필요가 있었다. 언젠가 정세용이 뭔가 그럴듯한 관념적인 말투로 언급한 적이 있었다. 자네는 그렇지 않겠지만, 그들의 사상, 그 빨갱이의 사상은 우리와는 달라. 이것만은 어쩔 수 없어……. 이것만은, 이 차이만은 어쩔 수 없어……. 무겁게 울리는 말이었지만, 그에게 그럴 만한 사상이 있는지 없는지. 아니 그건 사상의 문제가 아니다. 권력인 것이다. 4·3폭동은 3·1석방에 대한 강몽구 등 공산주의자의 배신행위라고 한 정세용의 말이 섬뜩하게 되살아났다.

그런데 다시 O리 부락 습격보다 더 큰 사건이 일어나, 정전 성립의 사태는 예상하지 못했던 의외의 국면을 맞이하게 되었다. 사건은 O리 부락 습격 사건의 여파가 채 가라앉지 않은, 그 이틀 후인 5월 3일 오후 세 시경, 약 백 명의 게릴라 측 하산자가 비행장에 설치된 수용소로 향하던 도중에 일어났다.

산천단을 지나 성내 쪽을 향해 산길을 내려오던 하산자들은 도중에 제주 미군정청 고문관 D중위 이하 두 명의 미군, 일곱 명의 제9연대 병사들과 합류하여, 그들의 인솔로 호송되면서 O리 가까이 왔을 때, 갑자기 일부 경찰관 같은 무장대의 습격을 받았던 것이다. 무장대는 카빈총과 중기관총으로 무장하고 있었는데, 무차별 난사로 하산자의 일부가 사망하고, 다른 사람들은 모두 다시 산으로 도망쳐 버렸다. 미군과 9연대 병사들의 반격으로 무장대 다섯 명을 사살, 부상자들을 D중위가 군정청으로 데리고 돌아와 치료를 하면서 심문한 결과, 그들은 제주경찰서 소속이라고 대답했다. 군정 당국은 경찰에 진위를 따졌다. 그러나 경찰은, 사건은 경찰을 미군과 경비대로부터 이간질시키기 위해 폭도들이 경찰대를 가장해서 벌인 악질적인 모략이라며 전적으로 부정했다. 하지만 부상 경관의 증언으로 볼 때 모략은 경찰 측이 꾸민 것이었음을 감추기 어려웠다. 군정 당국의 입장에서도 사태는 심각했다. 경찰의 모략 행위를 공공연히 인정할 수도 없었기 때문이다.

이방근은 그날 밤, 신장이 풀리지 않은 험악한 표정으로 찾아온 양준오로부터 사건을 들었지만, 다 듣고 나서도 몸의 떨림은 멈추지 않았다. 가까운 시일 안에 다녀와야겠다고 생각하면서도 계속 늦어지고 있는 산천단으로 올라가는 길에서 경찰에 의한 하산자의 학살이 자행되었던 것이다. 양준오가 뭔가를 예감하고 있었던, 일어날지도 모른다던 경찰의 모략이 무서운 방식으로 현실화되었던 것이다. 양준오는 두 사건 모두 면밀하게 짜인 경찰 측의 협상 파괴의 음모라고 보고 있었다. 그는 정세용의 이름은 거론하지 않았지만, 그 앞에서 이방근은 얼음처럼 차가운 분노의 불꽃이 척추를 내달려 솟아오르는 것을 느꼈다. 정세용에 대한 분노였다. 서울의, 저녁놀에 물든 '서북' 사무소의 현관 앞으로 나왔을 때도 느끼지 못했던 분노의 불꽃이었다. 이방근은 정세용이 모략의 장본인인지, 아니면 어느 정도 음모에 가담했는지를 규명해야 한다고 생각했다.

다음날인 4일, 사태를 중시한 미 중앙군정청 장관 딘 중장이 시찰여행을 목적으로 국방경비대 총사령관 송호성 중장, 중앙군정청 경무부장 조병옥, 동 민정 장관 안재홍을 대동하고 서울에서 제주비행장에 도착했다.

경찰대의 난사 사건뿐만 아니라, O리 부락에 대한 정체불명의 집단에 의한 방화와 습격이 계속되고, 하산자와 마을 사람들까지 살해되자, 사람들은 난을 피해 산으로 들어갔다. 양자회담에 의한 4·28협상이 완전히 깨지면서 게릴라의 경찰지서에 대한 습격이 재개되었다. 게릴라 측은 김익구를 약속을 위반한 배신자라고 비난했지만, 6일 날짜로 발령된 김익구의 제9연대장 해임, 서울로의 송환 사실이 알려지자 그에 대한 오해는 완전히 해소되었다.

6일 정오, 성내 서문교 밖에 있는 J중학교에서 딘 장관 이하 미 중앙군정청 최고수뇌, 그리고 제주 미군정청 장관 M대령, 한 제주지사, 김익구 제9연대장, 최 제주감찰청장 등이 모여 긴급대책회의를 열었다. 이방근은 전날 밤에 집에 들른 양준오로부터 그 소식을 들었는데, 그는 한 지사의 통역으로서 동행한다고 했다.

이방근은 회의의 모습을 당일, 양준오로부터 괴로운 심정으로 들었다. 회의장은 시작된 지 한 시간도 채 지나지 않아 난투극의 아수라장으로 변했고, 회의는 중지, 해산되었다. 결과적으로는 조병옥이 이끄는 경찰의 의도대로 되었다고 했다.

긴급대책회의는 딘 장관의 주재로 열렸지만, 처음부터 군경 쌍방이 대립하여, 쌓이고 쌓인 감정이 폭발했고, 급기야 회의의 진행 도중에 격돌하기에 이르렀다.

회의는 먼저 경찰 측 대변자로서 최 감찰청장이 교실 정면에 있는 단상으로 올라가 4·3봉기의 성격과 금후의 진압대책을 설명했다. 그 설명에 의하면 제주도 폭동은 모스크바의 지령을 토대로 국제공산주의자들이 사전에 조직, 훈련, 계획한 것이고, 군대와 경찰이 대병력을 투입해서 합동작전을 전개하여, 철저하게 토벌 소탕하는 길 외에는 없다고 했다.

이에 대해 군을 대표하여 상황 설명을 하게 된 김익구는, 제주도 폭동은 본래 제주도민이 가지고 있는 육지(본토)인에 대한 배타성에다가, 생활 수단인 일본과의 밀수에 대해 경찰의 과도하고도 부정한 단속, 그 밖에 치안상 잘못을 불만으로 생각하는 도민의 반항과 폭동에, 공산분자, 불평분자가 편승한 것이라고 말했다. 그리고 경찰의 풍기, 기강이 문란하고, 진압 작전에서는 경찰의 방해에 의한 지장이 많기 때문에, 제주도 전 경찰의 지휘권을 자신에게 달라고 요구했다. 이것은 게릴라 측 지도자 김성달과의 협상에 들어 있던 약속 사항이고, 미군정청의 승인을 일은 일이기도 했다.

이때, 지명을 받지도 않은 조병옥 경무부장이 분연히 자리를 박차고 일어나 단상으로 향했다. 그는 김익구의 이야기는 언어도단, 용서할 수 없는 폭언, 경찰을 중상모략에 빠뜨리려는 날조된 내용이라고 반박하고는, 자리로 돌아온 김익구를 손가락으로 가리키고 노려보면서, 잘 보시오, 저기에 공산주의 청년이 한 사람 앉아 있소! 라고 큰소리를 질렀다. 즉, 김익구는 게릴라와 내통한 자라는 것이었다.

격노한 27세의 청년 장교는 자리를 박차고 교단으로 뛰어올라가, 내가 어째서 공산주의자란 말이오, 라며 오십 중반이 다된 연장자 조병옥의 와이셔츠 깃을 잡고 다그쳤다. 두 사람은 단상에서 얽혔다.

사이에 끼어든 최 감찰청장이 김익구를 비난하고, 상사인 조병옥을 옹호하면서 두 사람을 떼어 놓았지만, 이에 기세를 더한 조병옥이 상대에게 예의를 모르는 개만도 못한 놈이라며, 네가 공산주의자가 아니면 뭐란 말이냐는 등 온갖 욕설을 퍼붓자, 세 사람은 치고받는 싸움을 시작하였다. 회의장은 순식간에 뒤숭숭한 난투의 아수라장으로 변했다. 국방경비대 총사령관 송호성은 젊은 김익구를 향해, 자네, 연대장, 자네는 지금 누구를 폭행하는 건가, 자네는 죽어도 싼 놈이라고 호통을 쳤다. 원통하기 그지없는 청년 장교는 난투극이라는 소란 속에서 마지막까지 조병옥을 그 손에서 놓으려 하지 않았다.

딘 장관이 미군 헌병을 투입해서 난투극은 막을 내렸다. 딘 장관은 불쾌한 어조로 회의의 해산을 선고하고 교실을 나가 버렸다. 안재홍 민정 장관은, 외국인 앞에서 이게 무슨 짓인가! 민족의 비극이야……라면서 눈물을 흘리며 울었다고 한다.

조병옥과의 난투가 '장유유서', 노인을 존경하는 이 나라에서 어떤 결과를 초래할 것인지, 김익구가 모를 리는 없었다. 게다가 상대는 중앙 정계의 거물, 남한 경찰의 총책이었다. 그러나 그렇게 되었다. 김익구는 그렇게 하지 않을 수 없었다. 그는 보기 좋게 상대의 계략에 걸려든 것이었다. 조병옥의 한마디, 김익구를 공산주의자라고 규정한 것이, 모든 상황을 뒤집어엎었던 것이다. 이리하여 미국 유학을 한 노회한 반공 정치가의 앞에서 혈기왕성하고 정의감 넘치는 청년 장교는 오히려 공산분자와의 내통을 의심받아 추방을 당하는 쓰라린 처지에 놓이고, 후일에 국방경비대 사령부에서 조사를 받게 되었다. 공산주의, 빨갱이. 그것은 이 나라에서 모든 불상사, 악의 근원이 되었다. 긴급대책회의에서 최초로 이야기한 경찰 측 대표 최 감찰청장도, 제주도 폭동을 국제공산주의, 모스크바의 지령에 의한 것이라 했는데,

여기에는 선례가 있었다. 남한 미점령군사령관 하지 중장의 거듭된 '총선거' 추진성명 속에서, 남한 인민의 5·10단선 반대 투쟁을 국제공산주의, 즉 소련의 책략에 의한 것이라고 규정하고 있었던 것이다.

이방근은 5월 7일 자 중앙지에 실린 외전기사 '소련, 테러 전술로 선거 파괴를 기획, 미국신문 제주 폭동 평가'를 읽고 웃음을 터뜨렸는데, 이에 의하면 제주도 폭동은 스탈린의 지령에 의한 것이라고 돼 있었다.

"'뉴욕 6일 발 UP조선' S·하워드계 신문은 그 사설에서 제주도 폭동 사건에 대해 다음과 같이 논평했다.

스탈린은 국제연합 감시하의 조선에서 5월 10일 선거의 방해 공작에 유격전까지 동원하고 있다. 공산당은 조선에서 적색 군사 단체가 그리스 및 기타 지역에서 사용한 것과 같은 테러 전술을 사용하고 있다. 조선의 소련제도화는 소련 점령지 내에서 열린 적색 회의에서 논의, 결정된 것이고, 만일 스탈린이 남한 인민의 자유 투표를 두려워하지 않았다면, 그는 이 문제와 관련하여 국제연합을 무시하는 극단적인 태도는 보이지 않았을 것이다. 스탈린은 국제연합 조선위원회와 미 주둔군에 대한 위협에 실패한 것이고, 그 결과 그는 남한의 민주주의 선거를 살인 공포 수단으로 파괴하려 하고 있다……."

중앙지는 4·3봉기를 공산 살인 집단의 소행으로 보도하였다. 그리고 그 잔학성을 강조하는 한편, 공산분자에 대한 공포심을 부채질하는 기사를 연일 내보내면서, 그것이 '5·10총선거' 참가로 민심을 유도하는 하나의 캠페인이 된 듯한 느낌이 들었다. 예를 들면, 게릴라를 살인 집단으로 규정한 연재 르포 기사인 '제주도 폭동 현지답사'에서는, 5월 1일에 일어난 '서북'에 의한 O리 부락 수용소 습격을 '폭도'에 의한 것으로 쓰고 있었다. 물론 김성달·김익구의 양자협상 성립, 정전 실현 등에 관한 것, 그리고 하산자 수용소에 대해서도 언급하지 않은 이 기사는, '5월 1일 메이데이에도 농민 살해의 비극, 불바다로 변한 O리 부락'이라는 표제어로, 하필이면 노동자 농민의 축제일인 5월 1일에, 노동자와 농민이 폭도들에 의해 집이 불타고, 학살되고, 가정을 파괴당했다고, 그럴듯하게 쓰여 있었던 것이다. "……과연, 누가 피해를 보고, 누구의 손해가 되겠는가? 깊이 생각해 보면, 결국 그것은 그들 자신의 손실이고, 그들 자신의 손해는 결국 조선의 손해가 되는 것이 아닌가? 아아, 이 얼마나 비통한 일인가……"라는 식으로 특파원은 써내려 가고 있었다.

4·28협상 파괴, 그리고 '5·10단선'을 3, 4일 앞두고 게릴라 측은 맹공격을 전개했다. 군대 내에서는 이미 3월말 김성달 등 조직 측 간부와의 봉기 계획 회의에 참가한 현상일 중위의 지도 아래 경비대원의 지서 습격, 게릴라에의 합류, 무기 제공 등의 의거가 일어나고 있었지만, 김익구 연대장의 해임 후에도, 군 전체로는 파급되지 않았지만, 부분적인 게릴라와의 협력이 진행되고 있었다. 게릴라에 대한 합류의 의거는 계속되고, 군 토벌대가 있는 장소를 게릴라 측에 예고하는 등, 가능하면 군과 게릴라와의 접근전을 피하도록 하였다. 농촌부에서는 게릴라에 호응하여 마을의 민위대원이 마을 주민들과 함께 움직여, 군경 토벌대의 습격을 저지하기 위해 다리와 도로를 파괴했다. 전선을 자르고, 새로운 전신주를 톱으로 잘라내어 통신망을 절단하고, 중요 도로에는 암석을 쌓아 올려 벽을 만들거나 혹은 깊은 도랑을 파서 기동대의 이동을 저지했다. 게릴라는 경찰지서나 주재소만이 아니라, 각지의 선거사무소, 투표소를 습격하여 선거인명부, 투표용지, 투표함 등을 탈취, 소각하였으며, 나아가 선거위원회, 입후보자의 자택, 경찰 토벌대 주둔지, 서북청년회 숙소, 대동청년단 간부의 자택

등을 습격했다. 이리하여 선거위원만이 아니라, 선거 관계 공무원의 반수가 사임하고, 입후보자의 사퇴가 계속되었다.

군정 당국은 게릴라 측의 무조건 항복을 호소하는 삐라를 공중에서 살포하는 선무 공작을 하는 한편, 국방경비대, 경찰대의 증원을 추진하면서, 서북청년회, 대동청년단, 민족청년단 등 모든 우익단체를 총동원하여 선거인의 강제동원을 꾀했다. 그러나 이미 대부분의 지구에서는 선거사무소, 투표소의 파괴 등으로 선거기관의 기능이 마비되었고, 투표일을 기다릴 것도 없이 선거는 사실상 불가능하게 되었던 것이다. 많은 해안 부락에서는 투표 전날 밤, 주민들이 일제히 마을을 비우고 떠나, 주먹밥 등의 식량을 준비하여 중산간 부락으로 이동했고, 5·10 당일에는 마을 전체가 노인만을 남긴 채 무인의 상태로 만들라는 조직의 방침에 따르는 등, 섬 전체가 한 덩어리가 되어 5·10 단선 반대 투쟁의 태세를 갖추고 있었다.

하지 중장은 투표일이 다가옴에 따라, 다시 한 번 남한 전역에 확산되고 있는 단선 반대 투쟁에 대해서 조선의 입국을 뒤흔드는 것이라는 경고했고, 서울에서도 비상경비사령부를 설치하여, 여덟 시 이후 야간통행 금지, 투표일에는 경찰기동대를 총동원한다고 발표하여 완전히 총검 아래에서 선거를 강행할 태세를 굳혔다. 실제로 길 가는 사람은 잠시 멈춰 서는 것도 허락되지 않았고, 두세 사람이 한 장소에 모여 이야기하는 것조차 금지되었다. 하지 중장이 애국자는 선거에 참가하라고 호소하자, 경무부장 조병옥은 "선거는 국시인 까닭에 반대하는 자는 엄벌에 처한다"는 탄압 방침을 분명히 했다. 미군정 당국 안에서는, 예를 들어 경상남도 미군정 장관 질렛트처럼 "총선거에 반대하는 자는 모두 공산주의자이다."라고 공언하기에 이르렀다. 서울에서도 연일 단선 반대 투쟁이 계속되었고, 주변의 산에서는 봉화가 오르고 있었다. '북한산 잠복 인민청년군 일당 체포 무기탄환을 압수' 등의 표제기사가 5월 7일 자 중앙지의 머리기사로 나와 사람들의 주목을 끌었다. 바야흐로 투표일을 가까이 앞둔 남한 전체는 뒤숭숭한 가운데 요동치고 있었다.

한편, 북한의 평양에서 4월 19일부터 열린 '남북조선 정당 사회단체 대표자 연석회의(남북협상회의)'는 예정을 넘겨 28일까지 계속되었고, 30일에 공동성명을 발표, 김구, 김규식 등의 남측 대표들은 5월 5일에 서울로 돌아왔던 것이다. 그리고 같은 날, 김구, 김규식은 연명으로 공동성명을 발표했다. 그것은 "……이번 회의는 조국의 위기를 극복하고 민족의 생존을 도모하기 위한 것으로, 이를 위해 주의, 당파를 초월하여 단결할 수 있다는 것을 행동으로 증명하였다. 지금은 자주적, 민주적 통일 조국을 건설하기 위해서, 남조선의 단선과 군정에 반대, 미소 양군의 철수를 요구하는 것에 의견이 일치했다……", 그리고 통일을 위해 남북의 접촉을 심화시켜 나가야 한다고 했는데, 그것은 남북협상회의의 공동성명을 재차 지지하고 추인하는 것이었다.

56개의 남북 정당 사회단체(정당 16, 사회단체 40), 대표 총수 695명(남한대표 395, 북한대표 300)이 참가하여 채결한 남북협상회의 공동성명은, 1. 외국 군대의 즉각적인 철수야말로 조선 문제 해결을 위한 올바르고 유일한 방법이다. 2. 외국 군대의 철수 후에 내전 혹은 무질서를 발생시키지 않는다. 3. 외국 군대의 철수 후에 전조선 정치회의를 소집하여 민주주의 임시정부를 수립한다(임시정부는 통일민주 정부를 수립하기 위한 조선의 입법기관 선거를 실시한다). 4. 남조선 단독선거는 기만 선거인 만큼, 그 결과를 승인하지 않는다…… 등이 주된 내용이었다. 이에 대해 남조선 미점령군 사령관 하지 중장은 5월 5일에 성명을 발표, 조선에서 철수하지 않을 것임을 언명하면서, "……평양회담에서 자칭 대표자들이 남조선 선거가 조선을 영구히 분열시키는 것이라는 궤변 자체, 유치하기 짝이 없는 이론에 불과하다……. 이른바 남북협상이라는 것은, 그들이 만들어 낸(소련의) 연막에 지나지 않고……", 공산 괴뢰정권 수립의 전제가 되는 것으로, 5·10총선거야말로 조선을 구하는 유일한 길이다……라고 반박하여, 오로지 남조선 단독선거의 강행 돌파, 이승만을 수반으로 하는 단독정부 수립이라는 자세를 굽히지 않았다.

어지러울 정도로 시간의 진행이 빨랐다. 현실과 가상이 뒤섞여, 정신을 차리고 보니 원래 상태로 돌아온 것 같은 시간의 착각. 마치 심한 숙취에서 깨어날 때의, 겨우 주위에 대한 감각과 인식을 되찾아가는 듯한 의식 상태. 지금 일어나고 있는 사태는 이방근의 의식 속에 일어난 드라마나 사건이 아니었다. 분명히 꿈처럼 정전이 성립하고, 정전에 의해 생긴 새로운 상황이 꿈처럼 어이없게 완전히 뒤집어져 버렸다. 그리고 원래대로의, 아니, 보다 무서운 현실로 변해 이 섬의 인간을 옥죄기 시작했다. ……저는 말이죠, 앞으로 이 섬이 정말로 평화로워지면, 일본에 있는 어머니와 여동생을 불러서 함께 살고 싶어요. 조국의, 고향 땅에 어머니와 여동생을 부르는 겁니다. 강몽구 형님 가족에게 맡겨 둔 밭이 있어요. 밭을 경작하면 먹고 살 수는 있어요……. 남승지가 언젠가 한 말이었는데, 지금은 환상 속의 목소리처럼 되살아났다.

김익구의 해임을 계기로 본토로부터의 증원, 제11연대를 창설하여 제9연대를 흡수, 본래의 연대 규모의 병력을 갖추기로 결정함으로써, 지금은 토벌 대상이 게릴라로 한정되는 것이 아니라, 그 보급원이자 후방기지인 도민 전체로 그 공격의 방향을 돌리게 되었던 것이다.

이방근은 할 일도 없이 거의 매일 아침 일어나면 식전의 술을 조금 마시고 식사를 했고, 조금 있다가 낮술을 홀짝홀짝 마시면서 저녁을 맞이하고, 초저녁의 술로 이어 갔다. 그러나 술을 많이 마시지도, 또 만취하지도 않았다. 그저 소파에 앉아서 그야말로 하루 종일 계속 마시는 것이었다. 어쩌면 산천단에는 당분간 갈 수 있을 것 같지도 않았다. 밤에 산천단 근처에 솟아 있는 삼의양 오름으로 보이는 주변에서 봉화가 오르고 있었기 때문에, 양준오의 말대로, 게릴라전에 휘말릴 위험도 없지 않았다.

이방근은 가만히 지켜보고 있을 뿐이었지만, 실제로 시간이 정신없이 빠르게 흘러갔다. 그러나 할 일이 없는 탓도 있었지만, 이방근은 매우 차분해져 있었다. 아니, 요즘 들어서는 드물게 소파에서 움직이는 것이 귀찮을 만큼, 종일 마셔대는 술 덕분에 차분해진 모양이었다. 그는 소파에 앉아 팔걸이에 한쪽 팔을 올려놓고, 안뜰과 탁자 사이에 놓여 있는 소파를 바라보고 있었다. 머릿속을 헤집고 다니는 것, 헛간의 2층에 잡동사니와 함께 웅크리고 있는 것, 잡동사니 그 자체. 그것들을 머리 바깥으로 끄집어내어 눈앞의 소파에다 고물시장처럼 늘어놓고, 하나하나 상념이 들러붙어 있는 그것들을 보고 있었던 것이다.

전투 재개 후, 한대용이 찾아와 게릴라 지도부의 '안이함'을 지적하면서 재삼 게릴라 가담에 다리를 놓아 달라고 강하게 부탁했다. 이방근이 처음으로 약속다운 약속을 하자, 한대용은 소파에서 일어나 방 주인의 손을 양손으로 잡았는데, 감사와 아마도 동지적인 의미를 담은 인사였겠지만, 다시 한 번 상대의 손을 한 손으로 바꿔 잡고 흔들며 굳은 악수를 했다. 그리고 나서 지금까지는 조금 신중을 기하느라 입에 대지 않던 술을 꽤나 마시고 돌아갔던 것이다. 이방근은 강몽구에게 한대용에 대해 이야기하고, 그의 게릴라 가담의 길을 열어 주도록 추천할 결심을 굳히고 있었다. 한대용의 영웅주의가 신경 쓰이지 않는 것은 아니었지만, 그것은 조직원이라면 누구나 마찬가지였고, 청년의 패기로 보면 될 일이었다. 그렇다, 한대용을 권력 측에 붙으려는 사람으로 보는 것은 너무 생각이 깊었기 때문일 것이다. 이방근은 적어도 그 일에 대해서는 충분히 생각했다.

유달현도 전투 재개 직후에 찾아왔는데, 그는 행상인 박이 진작 석방되었다고 전하면서, 정전 파기에 대해서는 원래 정전 성립에 비판적인 입장이었던 탓인지, 당연한 일이라는 식으로 말했다. 우리는 일시적인 기회주의에 빠져 있었던 것이고, 그것은 앞으로 도민 모두가 총궐기하는 투쟁에 의해 극복되어야 한다고 했다. 유달현은 5·10단선 분쇄에 의해 진정으로 위대한 혁명적 상황이 열린다고 강조하면서, 이방근의 결의를 재차 촉구한 다음 돌아갔다.

지금은 스스로의 힘에 의지할 수밖에 없을 것이다. 군정 당국과 경찰 측이 반복해서 강조하듯이, 만일 제주도 봉기가 모스크바의 지령에 의한 국제공산주의의 음모라면, 과거의 스페인전쟁과 비할 바는 아니라 하더라도, 뭔가 국제적인 연대나 원조가 있어도 좋으련만, 그렇지 않다는 것은, 재일동포로부터의 자금 지원 조직 하나만 보더라도 명백한 일이었다. 국제적인 원조는커녕, 북한으로부터도 원조는 없었다. 평화의 실현이 무너진 지금, 게릴라가 세력을 한층 보강하는 것이야말로 도민이 살고, 관헌과 그 앞잡이의 강압으로부터 도망가는 길이었다. 강몽구는 요즘 한동안 모습을 보이지 않고 있었는데, 일전에 말한 바와 같이, 그는 다시 재일동포의 원조를 얻기 위해 일본으로 가게 될 것이었다. 그 전에 강몽구와 약속한 10만 원의 자금을 건네야만 했다.

투표일을 내일로 앞둔 9일 오후 저녁때가 다 돼서야 양준오가 찾아왔다. 일요일이었다. 아침부터 우익 청년단의 투표를 호소하는 고함

소리가 계속되었다. 그리고 할 말이 없어지자, 중앙지에 매일같이 커다란 활자의 슬로건이 반복되어 나왔다. '기권은 숭고한 권리의 포기', '귀중한 내일에의 한 표, 애국심의 결과', '귀중한 한 표가 국가의 기초', 그리고 '남북통일은 5·10총선거로부터', '5·10총선거는 남북통일의 시작'……

양준오는 맥주를 달라고 하여, 소파에 마주 앉은 이방근과 잔을 마주쳐 건배를 했다.

"……어떤가, 양 동무는 내일 투표를 하는가?"

이방근은 웃으면서 야유하듯이 말했다.

"으-음, 참 어려운 질문입니다만, 그러나 대답은 간단합니다. 둘 중 하나니까요." 양준오는 웃으며 이방근의 말을 받았다. "저는 투표하러 갑니다. 이것은 그야말로 민족 반역적인 행위입니다만, 저는 한 지사의 비서 격인 계장이기도 하고, 일전에 그 조병옥이라는 자에게 완전히 이용당한 난투의 현장에도 참가한 사람이라서 말이죠. …… 어차피 투표해도 무효, 선거는 성립되지 않을 겁니다. 어쨌든 내일이 되지 않으면 알 수 없지만, 성내에서조차 투표를 할 수 있을지 없을지 알 수 없습니다……."

양준오는 담담하게 말했지만, 그러나 굳게 결의한 바가 있다는 것은, 여유조차 엿보이는 그 태도와 표정에 잘 나타나 있었다. 말할 필요도 없었지만, 그는 이미 비밀당원으로서 조직에 참가할 결의를 확실히 굳힌 것이 틀림없었다. '협상' 파괴에 의한 화평 교섭의 붕괴, 그리고 그 뒤에 일어난 상황이 그의 결의를 재촉했을 것이다. 이방근은 마음속에서 조용히 그리고 깊게 고개를 끄덕였다.

"이 형은 어떻게 하시게요? 핫하하하, 이건 어리석은 질문이긴 합니다만, 이 형의 짓궂은 질문에 대한 보복입니다."

"글쎄, 미안하지만 나는 '기권'할 자유가 있어. 나는 싫은 것을 무리해서 하지는 않아. 일전에 선거인 등록은 하였으니, 그 이상으로 협조할 이유는 없어. 남은 일은 나의 심경 변화 여부에 달렸다고나 할까……. 핫, 핫하, 좌우지간 양 동무, 수고가 많아……."

"제주도에 있어서의 단선은 실패, 남조선에서 제주도만이, 이 조국 분단의 매국, 매민족적인 선거를 막게 됩니다……. 힘으로 밀어붙여 가능한 한 단선 심사의 길을 모색하면서도, 이미 군정 당국이 그렇게 보고 있습니다. 그러나 그래도 강행한다. 이것이 강대한 권력의 위력입니다. 도대체가……."

양준오는 한 시간 정도 있으면서 맥주 두 병만 마셨지만, 이 형, 너무 많이 마셨어요라고 한마디 남기고는 다른 용무가 있다며 돌아갔다. ……정세용. 정세용은 도경의 계장급, 혹은 그 이상으로 승진할지도 모른다. 그가 어느 정도로 경찰 측의 음모에 가담했는지, 지금으로서는 알 방법이 없었다. 그러나 제주도에서 경찰 기수의 충실화와 기능화를 도모하기 위해 제주감찰청이 6월부터 제주도경찰국으로 승격하게 되는데, 그새 계장 한자리에 정세용의 이름이 이미 올라가 있는 것 같다고 양준오가 이야기한 것은, 그 무언가를 암시한다고 할 수 있었다. 아니, 암시가 아니었다. 그게 사실이라면 확실한 논공행상이라 해야 할 것이다. 유다는 유달현이 아니라, 아무래도 친척의 한 사람인 정세용이라는 모습으로 나타났다는 느낌이 들었다. 아까부터 이방근의 머릿속 공간을 박산봉과 부스럼영감의 그림자가 서로 얽히면서 둥실둥실 떠돌고 있었다. 그리고 그것이 묘하게 정세용의 주위를 나비나 나방처럼 휘감으며 날고 있는 것을 이방근은 우연히 보고 있었다. ……어찌 된 일일까. 춤추는 방식이 기묘했다. 마치 굿판의 박수와 같은 춤. 신칼을 휘두르며 살풀이를 하는 춤이었다. 아니, 이방근은 자기 몸 안에 부스럼영감과 박산봉의 모습을 빌려 들어앉은 악귀의 움직이는 기적, 검은 짐승의 그림자를 느끼며 움찔하였다. 그것은 완전히 '하인'이 된 박산봉이 검은 날개를 단 모습이었다. 이방근에게 호통을 당하고 목을 졸리면서 오히려 희열을 느끼던 남자. 이방근은 그때 등줄기에 가벼운 전율이 스치는 것을 느끼며, 필요하다면 그 필요한 것을 해낼 수 있는, 그런 남자로 박산봉이 변했다고 생각했었는데, 박산봉은 어쩌면 그 '혁명'을 위해 필요한 표적을 찾아낸 모양이었다. 표적을 확인한 그가 지금 눈앞에 떠오른 것이다.

이방근은 그것을 못 본 척했다. 외면한 채 계속 소파에 앉아 있었다. 급히 마시지 않은 탓도 있었지만, 대양처럼 피아의 경계를 흘려보내는 느긋한 취기 속에서, 이방근의 술기운으로 붉어진 눈은 차분히 가라앉아 준엄한 빛을 띠고 있었다.

황혼이 찾아들면서, 방의 구석이, 소파의 발밑이, 방 전체의 공기가, 그리고 안뜰이 옅은 갈색으로 물들어 어슴푸레 어둠이 깔리기 시작했다. 이윽고 주변은 정신이 번쩍 들게 만드는 색으로 멋진 저녁놀이 비치기 시작했다. 저녁놀의 색은 마치 붉고 투명한 액체처럼 안뜰에서 서재로 흘러들어와 방 안의 공기를 물들이기 시작했다. 맞은편 건물의 기둥과 툇마루의 직선 윤곽도 저녁놀의 베일에 둘러싸여 집 전체가 물속, 붉은색을 띤 물속 깊이 가라앉은 느낌……, 이방근은 온몸에 붉은색의 수압을 느끼고 있었다. 꿈속 공간의, 피가 뚝뚝 떨어질 듯한 새빨간 태양, 거대한 동물의 생간. 아니, 이것은 언젠가 꿈에서 보았던 고래 뱃속일지도 모른다. 이방근은 소파에 등을 기댄 채 눈을 감고 있었는데, 거의 잠들었던 모양이다. 그 수염을 게릴라의 죽창으로 대신 써도 될 것 같은 거대한 고래의, 내장을 도려낸 듯 빨간 벽의 동굴 같은 뱃속. 분명히 이전에, 목탁영감과 부스럼영감이 함께 살고 있었고, 부엌이로 생각되는 여자의 그림자가 부엌일을 하고 있던 고래의 동굴 같은 뱃속……. 빨간 벽에 종소리가 메아리치며 울리고 있었다. 피를 토할 것처럼 종이 울린다, 멀리서 울린다, 너무나 시끄러워서 찾아온 것이다, 아아, 숲 속의 올빼미여……. 머나먼 광야에서 피를 토하며 종이 울리고 있다. 종소리를 쫓아가면, 종은 더욱 멀어지면서 세차게 울린다. 누가 치고 있는지 알 수 없는 종이다. 스스로의 힘으로 울리는 종……. 이방근은 감겨진 눈꺼풀 속의 공간에 한라산의 먼 정경이 펼쳐지고, 그 정상 부근에서 좌우로 깊게 파인 두 개의 계곡에 끼이듯이 솟아난 거대한 돌출부의 끝단과, 마치 여음을 들이대고 있는 형상으로 마주 보고 있는 원추형의 삼의양 오름의 등 부분이 보였다. 산천단 동굴. 그리고 광대한 고원. 종은 그 바람이 스쳐 지나가는 광야에서 울리고 있었다. 피를 토할 듯이 종이 울린다, 멀리서 울린다, 너무나 시끄러워서 찾아온 것이다, 아아, 숲 속의 올빼미여, 청상과부의 슬픔을, 너야말로 알겠지……. 아니, 종소리는 시간의 저편에서, 8·15의 경계를 넘어, 역사 지편 일본에 청춘을 빼앗긴 조선의 광야에서, 젊은 과부의 모습을 한 조선의 광야에서 들려온다. 종은 꿈속의 광야에서 울리고 있었다. 아니, 꿈의 바깥에서도 울리고 있었던 것이다. 뜨거운, 뜨거운, 살갗을 비비는 것 같은 뜨거운 공기의 떨림……. 이방근은 꿈에서 깨어나, 꿈의 바깥에 있었다. 그는 술이 깨지 않은 묵직한 머리를 천천히 흔들며 소파에서 일어났다. 그리고는 방을 나와 툇마루 끝에 서서 저물어가는 저녁놀의 하늘을 올려다보았다. 살갗을 문지르는 뜨거운, 저녁놀에 물든 하늘의 뜨거운 공기의 떨림. 이방근은 머리 위를 달리는 바람을 보았다.

제13장

1

대전에서 갈아탄 급행열차가 서울역에 도착한 것은 오후 네 시가 넘어서였다. 지붕이 도중에서 끊어진 플랫폼 끝으로 넘쳐 나듯 북적거리는 승객들을 비추는 석양은 사람들의 몸과 짐 위에서 이글이글 불타는 모양으로, 아직 작열하는 열기를 잃지 않고 있었다. 6, 7월에 두 번에 걸친 중, 남부 지방을 덮친 폭풍우와, 며칠 전까지 한 달이나 계속된 장마 뒤에 본 맑은 햇살인 만큼, 태양은 자신을 온전히 드러낸 채 용서 없이 내리쬐고 있었다. 아이들의 울음소리와 뒤섞인 만원 승객들은 그 절반가량이 도중에 정차한 역에서 머리에까지 가재도구 등을 이고 올라탄 풍수해의 이재민이었다. 구내의 혼잡함이 자아내는 도시의 마른 먼지와 농촌의 퇴비 냄새가 뒤섞인 듯한, 아니, 코를 찌르는 것은 어젯밤에 방뇨한 오줌 냄새일지도 모르지만, 그러한 냄새와 열기가 소란스러움과 함께 돔 형태의 높은 천장을 향해 솟구쳐 나갈 것처럼 가득했다.

감색 포럴 상의와 보스턴백을 한 손에 든 노타이셔츠 차림의 이방근은 연신 손수건으로 목덜미의 땀을 닦아가며, 역 앞에서 승객들과 몸싸움을 하듯이 무리를 지어 인파의 소용돌이를 만들고 있는 지게꾼들 사이를 간신히 빠져나오자, 느닷없이 열 살가량 된 부랑 소년이 앞을 가로막고 빈 깡통을 내밀었다. 조그만 주제에 건방진 얼굴을 하고 있었다. 그는 바지 호주머니에서 나온 50원짜리 지폐 한 장을 아무렇게나 건네고 나서, 노면전차 궤도를 가로질러 광장을 건넜다. 인도에 일단 멈춰 선 그는 역 건물을 돌아보고, 역사의 돔 오른쪽에 걸려 있는 태양을 잠시 올려다보았다. 안구에 파고들어 망막을 태우는 듯한 통증을 느끼면서, 여전히 새우등 자세로 구부정하게 선 채로 2층짜리 역 건물 너머로 기울어 가는 태양을 똑바로 계속해서 쳐다보았다.

창공에 수은 같은 불꽃이 끓어오르는 둥근 구멍이 생기고, 그 투명한 구멍에 양쪽 눈이 빨려 들어갈 기세로 새까만 빛의 파열이 일어났을 때, 눈이 감겨졌지만, 격렬한 아픔이 퍼지면서 머리 중심부에 부딪혔다. 양 눈꺼풀을 손가락으로 누른 뒤에 떠 보았지만, 눈에 이상은 없었다. 그가 작렬하는 태양을 한동안 직시한 것은 무슨 이유가 있어서가 아니었다. 역의 정면을 돌아본 순간, 눈에 들어온 8월의 석양을 올라다 보았을 뿐인 거의 무의식적인 반응이었다. 내가 뭘 하고 있나 하는 의식조차 없었다. 그저 넓은 이마를 달구는 폭염에 휩싸인 몸속에서 내장 전체가 얼음물에 잠기는 것을 의식했지만, 이것도 갑자기 경련이 일듯 찾아든 설사의 예고와 같은 일종의 복통일지도 몰랐다.

오랜만에 와 보는 서울이다……. 그렇지 않다. 일전에 왔던 것이 사건이 일어난 뒤의 4월 중순이었으니까 4개월 만에 온 것이다. 그래, 섬에서는 볼 수 없는 인파가 오랜만이었다. 풍수해는 서부뿐만이 아니라, 경상도 등의 동부 지방에도 미쳤기 때문에, 이재민은 그 지방에서도 올라오고 있을 것이다. 실업자들과 가재도구를 잃은 사람들. 또 역전의 지게꾼이 늘어날 것이다. 1948년 8월 15일, 대한민국 정부 수립. 역의 현관에서 쏟아져 나오는 이 많은 군중은 이틀 뒤로 다가온 8월 15일을 기해서, 이승만 대통령 각하의 대한민국 정부 수립 식전에 참가하기 위해 전국 방방곡곡에서 모여든 '민초'의 모습이 아니었다. 오랜만이라고 느끼는 것은 인파와 혼잡, 어수선함 탓은 아닐 것이다. 제주도에서 빠져나와 이곳에 도착하자 문득 찾아온 슬픈 해방감 탓인가. 역 건물 위의 태양을 올려다본 것도 결코 무의식이 아닌, 그 반동이었던 것이다. 음, 종로경찰서라, 재수 없군. 이렇게 더운데 서울까지 오게 만들고······. 그러나 그는 결코 여동생 유원에게 화를 내고 있는 것은 아니었다.

인도 옆의 플라타너스 그늘에 서서 팔고 있는 석간신문을 두세 종 샀다. 눈에 띈 톱기사는 모두 이틀 앞으로 다가온 정부 수립에 대한 기사로 채워져 있었다. 어차피 오늘은 면회가 안 될 테고, 내일 석방이라고 하니까, 먼저 당숙(오촌 숙부)을 만나고 나서 결정해야 한다. 그는 남대문로의 완만한 언덕길을 올라가다가, 남대문 옆 전화가 있는 다방을 찾아 들어갔다. 숙부는 집에 있을 리가 없었다. 건국일보사 쪽으로 전화를 할 생각이었다. 그는 꽤 넓은 가게 안의 도로와 접한 창가에 앉으며, 특별히 예민하게 경계를 하고 있는 것은 아니었지만, 설마 재빨리 내 뒤를 미행하는 것은 아니겠지, 하면서 출입구 쪽으로 시선을 던졌다.

천장에 매달린 선풍기 바람에 양손을 벌려 펼쳐 든 앞뒤 두 쪽짜리 얇은 신문이 펄럭였다. 이방근은 가슴이 덜컹하며 한곳에 시선을 집중했다. 뒷면에 이단짜리 표제어로 '여학생이 주동한 진영에서 대규모 데모와 봉화', 그리고 다른 기사의 일단짜리 표제어는 '인천에서 검거 바람', 또한 '부산에서도 삐라 사건', 다시 기사는 아래로 이어지면서 '여학생 등 35명, 종로경찰서에 검거'······. 뭐라고? 이방근은 신음을 토했다. 종로경찰서······. 내일 석방 예정인 여동생은 종로경찰서에 구류돼 있었다. 도대체 이건, 나하고 교대해서 들어간 모양새로군. "종로경찰서에서는 지난 10일, D고등여학교 학생 수명을 포함하는 남녀 35명을 검거하고, 계속 검거 중에 있는데, 8·15를 전후한 신정부 전복 음모의 혐의자들을 검거한 것으로 추측된다." 가장 먼저 눈에 띈 여학생이 주동 운운하는 기사는 "지난 7월 29일 밤 아홉 시 반을 기해서 경상남도 김해군 진영읍 부근의 5개소에서는 근래에 없이 대규모의 봉화가 올랐다. 그것을 발견한 경찰 당국이 총동원하여 현장으로 급히 달려가 포위했으나, 범인은 한 사람도 체포되지 않았다. 한편, 같은 날 정오, 다수의 여학생이 주동하여 대규모 시위행진을 벌이고, 다량의 삐라를 뿌렸다. 시위 현장에서는 모 학교 교원 한 명과 모 여학교 학생 여섯 명이 경찰에 검거되었다……"는 내용이 이어지고 있었다.

다른 신문을 뒤적이자, '정치범 제외? 특사령 초안 16일 상정'이라는 커다란 기사가 눈에 들어왔다. 유치장에 구금된 사람들의 석방과는 직접 관계는 없겠지만, 경찰 측의 기분에 따라 어떻게 변할지 알 수 없었다. 방화, 강도 살인, 강간, 마약 등의 악질범으로 복역 중인 자들이 신정부 수립의 선물로서 특사령을 받고 있는데, 정치범이 제외된다……. 덧붙여, 현재 남한에는 이른바 파렴치 관계범이 약 2만 명, 정치범이 약 7천 명, 그밖에 미군정의 재판에 회부된 자가 2, 3천 명에 달한다고 신문의 해설기사에서는 쓰고 있었다. 음, 정치범에다 군정재판 관계자를 합치면, 약 1만 명 가까이 된다. 그중에는 일제강점기에 정치범으로서 투옥되어 일본 패전 후에 출소했다가 다시 투옥된 사람들도 많이 있을 것이다.

그는 가져온 아이스커피를 한 모금 마시더니 갑자기 자리에서 일어나 출입구의 카운터 옆에 있는 전화를 향해 걸어갔다. 다섯 시 전이었다. 업무부장 이건수를 부탁했다.

"방근입니다."

"서울에 도착했나 보군. 용케도 빠져나왔군. 태수 형님은 건강하시겠지……. 음, 지금 거기는 어디야?"

제주도의 장거리전화와는 달리 숙부의 목소리가 크게 잘 들렸다. 동란이 일어난 고향에 대한 배려가 목소리의 울림에 묻어나고 있었다.

"남대문 옆에 있는 다방입니다만, 이번 일로 여러 가지 걱정을 끼쳐 드렸습니다. 시간은 언제가 괜찮으세요, 정시에 퇴근하시는 거라면 도중에 어디서 만날까요. 식사는 밖에서 하는 것으로 하고."

"그게 좋겠지……."

이건수는 지금 당장 나갈 수는 없지만, 여섯 시는 어떠냐, 무교동의 춘경원에 가서 '영계백숙'이라도 먹지 않겠느냐고 말했다. 춘경원은 일전에 왔을 때 숙부와 들렀던 조선요릿집이었다. 이곳의 '노란좁쌀, 큰 대추, 인삼을 넣은 영계백숙'은 인삼이 들어간 특별요리로서 신문에도 자주 광고가 실리고 있었는데, 과연 다른 가게와는 달리 뭔가 다른 풍미가 있었고 몸에도 좋았다. 이방근은 뭔가 차가운 것, 냉면에 식초와 고추장을 듬뿍 풀어 땀을 흘리며 먹고 싶었지만, 그것도 괜찮을 듯싶어서 그렇게 하자고 답했다.

"거기는 예약해야 될 겁니다."

"그건 내가 해 놓을게."

"뵙고 나서 다시 말씀을 여쭙겠습니다만, 유원은 내일 예정이지요. 틀림없는 건가요. 석간신문을 보니, 이쪽도 여러 가지로 상황이 험악한 것 같습니다."

"글쎄, 괜찮을 거야. 내일 오전 열 시야."

"알겠습니다."

이방근은 자리로 돌아와 담배를 피우면서, 아직 일몰이 남아 있는 남대문로의 사람과 자동차, 노면전차의 빈번한 왕래를 바라보았다. 내일 오전 열 시 석방……. 그것도 연줄을 통해 뒤에서 공작을 한 결과였다. 일단 고문은 없었겠지만, 알 수 없는 일이다. 어쨌든 숙녀가 아닌가. 그러나 유원 자신이 그것을 부탁하지는 않았다. 그건 그랬다. 그렇다고 일이 해결되는 것은 아니다. 여동생이 석방된 뒤에는 오늘도, 그리고 내일도 여학생을 포함한 청년들이 체포되어 갈 것이다. 한편으로, 강도, 강간 살인범들은 신정부 탄생의 선물로 석방된 것이다……. 손님을 잡은 행운의 지게꾼이 이삿짐만큼이나 큰 짐을 짊어지고 알몸의 상반신을 두 개로 접은 채 온힘을 다해 걸어갔다. 땀으로 번질거리는 강철 같은 육체라면 좋겠지만, 그렇게 팔팔한 사람은 거의 없다. 무거운 짐에 헐떡이는 두 개의 마른 다리를 가진 당나귀였다. 지게와 작대기 하나, 그리고 체력만으로 성립되는 간단한 직업이었지만, 공급이 수요를 크게 초과하다 보니, 거기에 신참이 파고들기란 쉽지 않았다. 그들은 거의 길거리에 넘쳐 나는 실업자나 다름이 없었지만, 그저 어깨에 지게 하나 걸친 정도의 차이밖에 없었고, 하루에 국밥 한 그릇이라도 먹을 수 있다면 실업자보다는 낫다. 굶주림은 면할 수 있다고 생각하고 있었다.

이 나라의 근대 역사에 서울역 주변에서 지게꾼의 모습이 단 몇 시간만이라도 사라진 적이 있을까. 기차가 완전히 멈추고 역이 폐쇄되지 않는 한, 지게꾼은 역에 모일 것이었다. 그랬다, 설날이든 축제일이든 역전에는 지게꾼이 모이지 않는 날이 없었다. 이건 재미있는 퀴즈가 될 수도 있을 것 같다. 이방근은 한쪽 볼에 웃음을 흘리며 입술 끝을 일그러뜨렸는데, 느닷없이 귓속에서 군중의 웅성거리는 듯한 소리가 부풀어 올라 밖으로 흘러넘치고, 넓은 남대문로가 갑자기 크게 솟아올라 흔들리며 움직이더니, 바다와 같은 인파가 환성과 함께 밀려드는 광경이 그곳에 투영되었다. 1945년 8월 15일, 해방의 날이었다. 그래, 그날, 서울역 앞에도 남대문로에도 지게꾼은 한 사람도 없었다. 그들은 지게를 어깨에서 내리고 인파의 작은 파도로 흡수되었다.

십만 군중이 서울역 앞 광장에 쇄도한 것은 정확히는 다음날인 8월 16일의 일이었다. 8·15 당일 정오, 일본이 무조건 항복했다는 소식을 접한 서울의 거리는 이윽고 흥분의 도가니로 변했다. 빌딩과 그 밖의 크고 작은 건물에는 조국의 해방과 독립을 구가하는 플래카드와 현수막이 바람에 나부끼고, 그때까지 굳게 닫혀 있던 집들의 모든 창문이 일제히 열렸다. 일장기를 이용하여 급히 만든 태극기를 손에 든 사람들은 만세를 외치고 환성을 지르며 서울 거리를 활보하다가, 결국에는 거의 뛰다시피 하면서, 느긋하게 이야기하는 것을 잃어버린 듯 큰 목소리로 뭔가를 소리쳐 묻고, 큰 소리로 대답하다가 마침내 함께 외치기 시작했다. 사람들은 울고, 춤을 추고, 끊임없이 거리를 줄지어 행진하고, 꽃전차가 달리고, 하루 종일 주렁주렁 열린 과일처럼 노면전차에 매달려 만세를 외쳤다.

다음날인 16일 낮, 서울 시민은 앞을 다투어 서울역으로 향했다. 건국준비위원회 여운형의 연설회장인 H중학교 교정에 모여든 5천여 명의 군중도, 어디로부턴가 '소련군 입성'이라는 소식이 전해지자마자, 환성을 올리며 모두 일어나, 연설 도중에 급히 만든 '해방의 소련군 오다!'라는 플래카드와 태극기, 적기(赤旗)를 손에 들고 서울역으로 향했다. 그 밖의 열성자 대회 등 모든 집회장에도 소련군 입성이라는 소식이 전해지자, 군중은 연설회를 내팽개치고 서울역으로 쇄도했다. 몇천, 몇만의 군중이 사방에서 서울역으로 몰려들어, 좁은 도로는 인도든 차도든 구분할 것 없이 가득 메워졌다. 전차도 자동차도 자전거도 인파에 묻혔다. 군중의 머리 위에는 소련 군대 환영이라는 플래카드, 적기, 태극기가 나부꼈다. 꼼짝 못 하게 된 전차의 지붕 위에 올라간 청년이 적기를 높이 흔들면서, '해방의 소련군 만세! 위대한 소비에트 러시아 만세!'를 외쳤다. 역전 광장은 사방에서 끊임없이 몰려드는 군중으로 점차 꼼짝도 할 수 없는 상태로 변해 갔다. 치마저고리를 입은 젊은 여자가 벗겨진 고무신을 그대로 둔 채 맨발로 걸었다.

질서가 무너져 서로 밀치고 닥치며 한발이라도 앞으로, 광장으로 몸을 내밀어 보려 하지만, 더 이상 앞쪽에서 움직이지 않았다.

"소련 군대가 온다면서?"

"김일성 장군이 소련 군대와 함께 오는가 봐."

"오오 '축지법'을 쓰는 김 장군이잖아."

"소련 군대는 몇 시에 도착하는데."

"한 시래."

"아니, 두 시라고 하던데."

아무도 도착시각을 확실히 말할 수 있는 사람은 없었다. 와ㅡ, 와ㅡ, 천둥과 같은 울림이 인파 위를 크게 파도치며 요란하게 울려 퍼졌다.

"어디까지 왔을까?"

"복계까지 왔다는군."

"아니, 바로 그 앞 평강까지 왔다지 아마."

"이미 벌써 철원에 도착했다던데."

뒤범벅이 된 말들이 난무했다. 군중들의 몸이 땀으로 끈적이는 저고리와 셔츠를 통해서 직접 맞닿고, 손은 흘러내리는 이마와 목덜미의 땀을 연신 훔치면서, 염천의 하늘 아래, 언제 도착할지도 모르는 소련군을 기다렸다. 어느 틈에 생겼는지 여러 곳에 통나무로 망루 같은 것을 세워서 그 위에 카메라맨과 기자들이 서 있었는데, 그곳에 기어오르려는 시민들과의 사이에 분쟁이 일어났다.

십만의 군중이 운집한 역전 광장의 혼란은 수습되지 않았다. '조선 독립 만세! 해방의 소련 군대 만세!' 만세의 함성과 떠들썩한 울림이 뜨거운 하늘을 뒤덮었다.

"몇 시에 도착하는 거지?"

사람들의 입에서는 같은 질문이 반복되었다.

"이제 곧 오겠지."

사람들은 웅성거리고, 파도처럼 흔들리며, 그래도 변함없이 기다렸다. 계속 기다렸다. 그러나 소련군은 도착하지 않았다. 한동안 망루에 기어오르려는 사람들과 실랑이를 벌이며 촬영 준비를 하던 카메라맨들이 체념한 듯이 촬영 기구를 정리해서 망루에서 철수하기 시작했다. 뭔가의 소식이 전해진 모양이었다. 이윽고 광장의 한 모퉁이가 무너지는가 싶더니 군중들이 조금씩 흩어지기 시작했다. 결국 그날 소련군은 서울역에 나타나지 않았다.

소련군 입성이라는 소문이 어디에서 시작되었는지 분명치 않았다. 8월 9일 북한의 나진에 상륙, 13일에 청진에 상륙한 소련군이 8월 15일에는 철원까지 남하한 것은 사실이었고, 경원선(서울-원산)이 연결되어 있을 때였으니까, 그곳에서 다시 남하하여 서울에 입성한다고 하면 서너 시간으로 충분했을 것이다. 미국과의 약속을 지킨 셈일까. 어쨌든 오지 않는 손님의 환영 준비로 서울은 난리법석을 떨었지만, 이것은 하나의 추측이 그리고 소원이 거대하게 부풀어 올라 만들어 낸 환영이었다. 소련군이 아직 사실상 존재하지 않았던 38선을 넘어서 서울까지 온다고 하는 추측에 지나지 않는 이야기가, 독립으로 흥분의 도가니가 된 서울 시민의 마음에 불을 붙이고, 그것을 확신으로 전환시켰던 것이다. 그리고 소문은 천리를 달려갔던 것이다. 환영이 여름의 하늘로 사라지고, 서울 역전의 광장이 텅 빈 지면을 드러내기 시작했을 때, 그 결과를, 누가 헛소문을 퍼뜨렸는가, 누가 근거 없는 소문을 흘렸는가와 같은, 다른 이를 탓하는 사람은 없었다. 각자가 납득하고 있었다. 그것은 바로 자기 자신들이었기 때문이다.

이방근은 당일에 서울역 광장에 모여든 군중 속에 있었던 것은 아니었다. 그는 제주도의 자택에서 8·15해방을 맞이했다. 서대문형무소에서 병보석으로 나와, 그리고 2년마다 보호감찰을 갱신하면서 벌써 5년을 지나고 있었다. 전날부터 일본군의 진중(陣中)신문 『제주신보』가 중대 발표로 호외를 발행하여, 전 섬의 중요한 지점에 붙였는데, 그것을 일본의 항복이라고 예측하고 여름방학에 귀성 중인 여동생과 아버지에게 귀띔을 한 그였지만 매우 차분한 상태였다. 라디오가 있는 그의 집 안뜰에 모여든 수십 명의 이웃과 함께 이방근은 알아듣기 힘든 일본 천황의 목소리를 끝까지 들었다. 순간 숨을 죽이고 서로의 얼굴을 바라보고 있던 사람들의 침묵 속에서, 한 사람이 '일본이 항복했다! 패했다!'라고 외쳤다. 이윽고 조국 독립과 해방의 환성이 폭발했다. 청년들 중에는 무슨 말인지 큰 소리로 외치며 감격해서 우는 사람도 있었다. 흥분이 전체를 이끌어 갔지만, 청천벽력의 역사가 뿌리째 뽑혀 버리는 사태 앞에서 당황하고, 공포와 절망이 뒤섞인 공기의 전율이 안뜰을 메운 군중들 속에 없었다고는 할 수 없었다. 이방근의 아버지 이태수도 그러한 사람들 중의 하나였다. 그때까지 오빠의 영향을 남몰래 받아온 여동생 유원도 참지 못하고 오열하듯 소리를 지르더니, 흥분하여 맞잡고 있던 양손으로 상기된 얼굴을 감쌌다. 이방근은 흥분도 감격도 밖으로 드러내지 않았다. 그의 냉정한 태도는 옆에 있던 여동생과 다른 사람들을 놀라게 했다.

나중에, 어째서 오빠는 그렇게 기다려 온 날인데도 냉정할 수 있었던 것이냐는 의심에 찬 질문을 받았지만, 다른 사람들에게는 조금 이상하게 보였던 것이 틀림없었던 것 같다. 다만, 희미하게 자신의 내부를 향해 계속해서 미소를 띠고 있었다는 것을 여동생은 놓치지 않았다. 그는 적어도 전날에 이발을 하고, 밤에는 목욕을 한 뒤 속옷을 갈아입고 그 시간을 기다리고 있었던 것이다. 누군가가, 이방근! 하고 큰 소리로 부른 뒤, 오늘 조국 광복의 감격과 기쁨을 우리와 나누기 싫다는 것인가, 그렇다면 민족반역자야! 라고 외치는 소리를 듣고 나서야 겨우 밝은 미소를 보였다. 방근 씨, 한마디 하세요, 말씀해 주세요, 마침내 세상은 변했습니다. 지금부터는 이방근의 시대이자 우리의 시대란 말입니다. 그 소리에 여기저기에서 발언을 요구하는 목소리가 커지자, 응접실 앞 복도에 선 이방근은, 이 역사적인 조국 독립의 날에, 다시 한 번 만세를 제창한 다음, 한마디, 일본이 패전에 직면했지만 아직 멀쩡한 5만인지 10만인지 알 수 없는 일본의 대군이 제주도를 지배하고 있기 때문에, 아직은 경거망동을 삼가는 게 좋겠다는 말을 덧붙이면서 이야기를 끝냈다.

이방근은 서울역 앞을 메운 군중의 한 사람은 아니었지만, 그가 그때 서울에 있었다고 해도 그 군중 속에 있었을지는 알 수 없었다. 소련군을 크게 환영하면서도 그는 그저 집에 가만히 있었을 것이다. 그런데 서울에 있는 이방근의 친구나 아는 사람 중에서도 그날의 군중속에 끼어 있지 않았던 사람은 없었다. 신문이나 잡지 등에 기사가 실려 있기도 했지만, 이방근은 몇 명인가의, 아니 훨씬 많은 사람들로부터, 그중에는 서울에서 바로 제주도로 돌아온 사람으로부터도, 당일의 풍경을 꽤나 과장된 형태로 듣고 있었다. 우스꽝스럽다고 생각될 만큼 어이없는 결말의, 허탈감이 컸던 만큼, 참가자들의 이야기는 그에 대한 보상이라도 받으려는 듯이 더욱 열기를 띠었고, 마치 소련군을 실제로 본 것처럼 허세를 부리는 모습이 인상적이었다.

당일 오전, 조선 전역에서 석방된 3만 명의 정치범 중에는 서대문형무소에 있던 나영호도 포함돼 있었다. 이방근의 도쿄 유학 시절 학우인 나영호는 전향 후 집행유예로 도쿄의 형무소를 출소하여 전향자 조직인 제국갱신회에 가입하여 표면적으로는 전향자로 생활하면서, 다시 서울에서 민족주의 그룹과 접촉했다가 재차 투옥된 남자였다.

그때 당한 고문으로 그는 왼손의 자유를 잃었다. 문학청년인 나영호는 출소 뒤 이방근에게 보낸 장문의 편지에서 서울로의 상경을 권하고, 8월 16일 수많은 군중이 북적이던 서울역 광장의 광경을 감동을 담아 상세하게 쓰고 있었다…….

아, 아니, 저게 뭐지. 이방근은 가볍게 춤을 추듯 시야를 스친 하얀 것이 환영이 아닌가 생각했는데, 아니, 그렇지 않고, 분명히 건너편 인도를 남대문 쪽으로 재빨리 걷다가 인파 속으로 사라진 흰 원피스의 늘씬한 여인을 보았다. 아니, 어쩌면……, 그렇다 해도 이상한 일이었고, 기분 탓인지도 모른다. 여인의 하얀 모습을 쫓기 위해 허리를 들어 올리는 순간, 같은 테이블 앞자리에 털썩 주저앉은 뚱뚱한 중년의 남자에게로 시선이 향했다. 넥타이를 매고 저고리까지 입은 남자는 앉자마자 말없이 손에 들고 있던 두세 종류의 석간 중에 하나를 앞뒤로 뒤집어 가며 바쁘게 읽고 있었다. 경제신문이었는데, 모리배 같다는 느낌이 들었다.

다섯 시 반이 다 됐으니 이제 슬슬 자리에서 일어나야만 했다. 여름이라 바깥은 아직 밝았고, 여름의 먼지가 낀 것처럼 하얗게 펼쳐져 있었다. 가게 안은 블루스 음악이 흐르고 있어서 왠지 황혼의 기분을 부추기고 있었다. 문을 여닫는 간격이 짧아지면서 손님으로 혼잡해진 듯했다. 그는 보스턴백과 상의를 손에 들고 새로 들어온 사람과 교대하듯 자리를 떠났다. 이방근은 그때 뚱뚱한 남자가 신문을 펼친 자세로 흘낏 곁눈질로 올려다보는 것을 볼에 느꼈다. 모리배일 것이다.

환영은 아닐지라도, 그것은 사람을 잘못 본 것이다. 모습이 뚜렷이 보인 것도 아니다. 게다가 아무튼 그 여인을 본 것은 그때 한 순간이었기 때문에(벌써 4개월이나 전의 일이다), 기억조차도 모호했다. 아니, 그게 아니야, 그게 아니라는 목소리가 머릿속 공간에서 들리고 있었다. 그는 천천히 걸어가려는 생각으로 태평로 쪽으로 발길을 옮겼다. 남대문로를 종로 쪽으로 가는 것보다는 지름길이었다. 슬쩍 본 것이 영원히 기억되는 일도 있기 마련이야, 핫하, 하하, 말도 안 되는 소리. 그래도 그렇지, 왜 또 날고 있는 새 같은, 한 순간 보았을 뿐인 여자를 신경 쓰고 있는 걸까. 아니 신경 쓰고 있는 게 아니다, 이방근은 자신이 우스워서, 스쳐 지나가는 통행인들이 뒤돌아보는데도 불구하고 소리 내어 크게 웃었다.

하늘은 아직 밝았지만, 태양은 기울어 작열하던 기세는 사라졌다. 무교동의 음식점이 늘어선 일대는 음식 냄새가 거리로 흘러나오고, 주객들의 왕래가 저녁의 가까워졌음을 알렸다. 여섯 시를 조금 지나고 있었다. 가게에는 벌써 이건수가 먼저 와 있었고, 15, 6세쯤 돼 보이는 여종업원이 좌우로 일곱 여덟 개가 놓인 테이블 사이의 통로를 지나 안쪽 계단을 올라간 2층의 여러 방 중의 하나로 안내했다. 상의를 벗어 와이셔츠 차림의 이건수는 커다란 배를 앞으로 내밀듯이 앉아 담배를 피우고 있었는데, 가까운 거리의 전화에서 울리던 목소리의 인상과는 달리 표정이 밝지 않았다. 한 평 반 남짓한 좁은 방으로 들어간 이방근은 보스턴백을 옆에 놓고, 상의를 다시 입지는 않았지만, 무릎을 꿇고 아버지에게 하듯이 인사를 했다.

"인사는 됐어." 이건수는 담배를 끄고 절을 받으며 말했다. "음, 거기 앉아. 뭘 마시겠나."

"저는 우선 맥주를 마시고 싶습니다만, 숙부님은 뭘로……."

"나도 같이 맥주를 조금 마실까."

이건수가 손뼉을 쳐서 점원을 불러 맥주를 시켰다.

"그런데 태수 형님은 힘드시겠구만. 아버님 대신 참 잘 왔어. 나는 태수 형님을 뵙는 게 괴로워서 말야, 책임을 느끼고 있어. 형님이 그렇게 당부를 하며 맡기셨는데 말이지. 유원의 감독, 감시라는 말은 조금 안 어울리는 표현이지만, 태수 형님은 감시하라고까지 했을 정도였고, 나는 일체를 책임지겠다고 약속했는데, 설마 이런 일이 일어날 줄이야. 내가 어떻게 할 수 있는 방법이 있는 건 아니었지만, 그래도 변명은 할 수 없어. 이런 문제를 일으켜 놓고 이제 와서 유원은 제가 다루기에 버거우니, 어디 다른 곳에 하숙이라도 시키시라고 할 수 있는 것도 아니고, 물론 이건 말이 그렇다는 것이지만, 좌우지간 큰일 났다는 생각이 들어. 연락이 늦어진 것도 처음에는 2, 3일이면 석방될 거라고 생각했는데 생각처럼 되질 않아서 열흘 이상이 지나고 말았는데, 그 탓이야. 삐라를 붙인 것만으로도 12일이야, 글쎄. 음, 제주도 같으면 12일로 끝날 일이 아니었을 텐데……. 유원의 친구 연락으로 그날 밤에 체포된 사실을 알았지만, 본인이 입을 열지 않아서 이쪽이 움직여 신원이 탄로 난 셈이 되었어. 아니, 결과적으로는 그편이 더 잘 되었지만. 그렇지 않았다면 꽤 당했을 거야. 3일 전에, 10일 화요일에 겨우 변호사와 함께 면회를 갔는데, 전혀 기가 죽지 않은 건강한 모습이더라구. 놀랐다니까. 기가 죽어 울기라도 한다면 앞으로 마음을 바꿀 가능성도 있겠지만, 그런 자세로는……. 아니, 나는 유원을 훌륭하다고 생각하면서도 솔직히 말해서 어떻게 하면 좋을지 모르겠구나. 설마 음악을 하는 그 애가 정치 활동을 하리라곤 생각지도 못했다구. 더군다나 피아노라는 것은 하루라도 연습을 게을리 하면 손가락이 무뎌진다고 하잖아. 조금 늦게 돌아와도 빼먹지 않고 제대로 연습을 하고 있었고……. 어떻게 하면 좋을지, 심지가 굳은 아이라서 웬만한 수단으로는……. 아버님 마음대로도 안 되고, 나도 자신이 없고. 어떻게 수습을 할 수 있는 것은, 방근이, 너 밖에 없어……."

맥주와 함께 영계백숙이 들어와 식탁 가운데에 놓였다. 내장을 뺀 뒤에 인삼과 좁쌀, 대추를 넣고 푹 고운 것으로, 피어오르는 김에서 달콤하고도 쌉쌀한 감칠맛이 나는 한약 냄새가 코를 찌르며 위에 도달했다. 예닐곱 종류의 반찬이 따라 나왔는데, 김치가 두세 종류, 무와 미나리를 띄운 물김치가 있는 것이 좋았다. 고사리 등의 산채 무침, 고추장에 절인 도라지, 게와 명태 내장 젓갈, 잡채 등으로 식탁이 가득 찼다. 물김치를 숟가락으로 연거푸 떠먹었다. 이건수는 즐기듯이 맥주잔을 기울이고 나서 담배에 불을 붙였다. 열린 창문틀을 넘어서 부드러운 바람이 미끄러져 들어왔다. 남산 숲의 검게 그늘진 북쪽 산록이 보였다.

"건수 숙부님, 전혀 숙부님의 책임이 아닙니다." 이방근은 잔에 가득 따른 맥주를 연거푸 입에 가져다 대며 말했다. 입을 열자마자 숙부가 이렇게 우는 소리를 할 줄은 생각지도 못했다. 목소리로 보아 분명히 그랬다. 그 어두운 표정은 이야기의 도중에 애원에 가까운 빛까지 띠었다. "문제를 일으킨 것은 유원 본인이니까요. 석간신문에 여학생들이 체포되었다는 기사가 실려 있었습니다만, 그 애는 어엿한 한 사람의 여대생입니다. 음악을 한다곤 해도 대학생에는 틀림없습니다. 게다가 그 애가 한 일이라고는 삐라를 붙인 정도입니다. 정치 활동이라고 할 만한 게 아닙니다. 안 그렇습니까. 그런 정도는 이 나라에서 예부터 국민학생도 했습니다. 숙부님도 일전에 말씀하셨지 않습니까, 새삼스럽게 대학생인 유원에게 할 말은 없다고. 얘기하기 전에 자신이 생각해서 잘 하고 있다고 말입니다. 그 자신이 잘 생각해서 한다고 한 일이 숙부님의 기대와는 정반대로, 안 좋은 결과가 되었다는 겁니다." 이방근은 웃었다. "그뿐입니다. 건수 숙부님의 탓이 아닙니다. 숙부님이 여러 가지로 고생하신 것만 해도 죄송스럽습니다. 그렇지 않았다면, 한 달이든 두 달이든 처박혀 있을 수도 있었으니까요. 후후,

좀 전에는 그저 단순하게 삐라를 붙인 것이라고 했습니다만, 생각해 보니, 그저 단순하게라는 말은 정정해야 할 것 같습니다. 아버지가 할 수 있는 일은 압력을 넣든가, 울며 매달리는 정도 밖에 없습니다. 아버지는 딸을 잘 모릅니다. 무리도 아닙니다만, 이른바 딸에 대해서 '한밤중'인데 어떻게 길을 찾을 수 있겠습니까?"

"흐음, 아버님을 가리켜 '한밤중'이라는 말을 사용하는 건 좋지 않아. 그 '한밤중'인지 뭔지, 오히려 내가 그 '한밤중'이나 마찬가지라고, 내가 아버님에게 부탁을 받아 맡고 있었으니까……."

"잠깐만 기다려 주세요. 맡다니요, 유치원생이나 국민학생도 아니잖아요. 전 일제 때 소학교 5학년 시절 일본의 천황과 황후의 사진을 받들어 놓은 어진(御眞)이라는 게 있잖습니까, 그게 들어 있는 운동장 옆 봉안전에 소변을 갈겨서 큰 소동을 일으킨 일이 있습니다. 숙부님도 그 사건은 알고 계시겠지요(이건수는 물론이라는 듯이 크게 고개를 끄덕였다. 그리고 먼 과거를 떠올리듯이 다시 한 번 고개를 끄덕였다). 불경죄로 '할복'을 해야 하는 죄였으니 말입니다. 3일간의 구류 생활과 함께 퇴학 처분이라는 '최소한'의 조치로 저는 제주도의 양친 곁에서 추방당했고, 그래서 목포의 외가 쪽 친척 집에 갔습니다만, 그럴 경우에는 맡았다고 해도 좋겠지만, 무슨, 여느 때 같으면 결혼해서 아이를 두셋은 낳았을 처녀를 맡는다는 말씀입니까. 어쨌든 내일 오전, 그 애가 나오고 난 뒤 생각해 볼 문제입니다. 저는 한동안 머무를 생각이니까요……."

이방근은 여동생과 천천히 이야기해 보겠다는 말을 하려다가 그만 두었다. 무슨 이야기를 한단 말인가. 무슨 말을 해서 여동생으로부터 정치 운동에는 일절 관여하지 않겠습니다라고 부모에 대한 서약서를 받아 낸단 말인가. 아버지 이태수는 그것을 기다리고 있었다. 이건수의 말대로 더 이상 아버지가 어떻게 할 수는 없을 것이다. 학비를 끊고, 학교에서는 퇴학 처분, 이렇게 하면 여동생이 고집을 꺾을까. 학비라면 이 오빠라도 낼 수 있다. 이방근 자신, 올봄에 내려온 여동생이 사회적 문제에 관심을 가지고 있다는 것을 알고 내심 놀랐는데, 실제로 '삐라를 붙인 정도'가 아니었다. 남한만의 5·10선거 결과로 탄생한 대한민국 정부의 수립에 반대하는 투쟁은 국가 전복죄가 적용되었고, 지금 제정을 준비하고 있는 국가보안법이 성립되면 최고 사형이 적용될 수 있는 성질의 것이었다. 여동생이 체포당한 것을 알게 된 아버지는 사촌 동생인 건수를 책망하고, 그 아내에 대해서도, 아마 유원의 거동을 알고 있으면서도 모르는 체했을 것이라며, 본인이 없는 곳에서 비난을 거듭했다. 이번에 서울로 올라가, 앞으로는 절대 정치 운동에 관계하지 않겠습니다, 라고 부모에게 서약을 시킨 후에, 강제로 선을 보게 해서 약혼에 이르게 하겠다는 생각도 하였지만, 딸과 직접 부딪치는 것은 역효과가 날 수 있다는 점을 우려해, 이방근의 의견을 받아들여 아들에게 맡기기로 했던 것이다. 처음에는 구두약속만으로는 안 되고 서약서를 받아 오라고는 말까지 했지만, 실제로는 곤혹스러워하고 있었다. 그 애가 언제부터, 도대체 알 수가 없어, 알 수가 없다니까, 이게 도대체 어떻게 된 일이야……, 네 탓이라는 듯이 말을 하면서도, 그 아들에게 맡기지 않을 수 없었던 것이다. 일 때문에 며칠씩이나 회사를 비울 수 없다는 것도 사실이었지만, 그것은 또 이방근에게 맡기기 위한 구실이 되기도 하였다. 이리하여 이태수는 아들에게 일임하고, 좋은 결과를 가지고 돌아오기를 기다리고 있었다. 헤헤헤, 서약서라니, 마치 전향성명식이라도 하는 것 같잖아, 도대체…….

"네가 그렇게 말하니 내 마음은 한결 가볍구나. 그렇다고 내가 책임을 느끼지 않을 수는 없어. 유원은 우리 부부에게 있어서 친딸이나 다름없이 살아 왔다구. 그 애가 내일 나오면 방근이를 중심으로 여러 가지 이야기를 하고 싶구나. 지금은 내일 무사히 석방되는 것만으로, 그것만으로도 나는 솔직히 한시름 놓는다. 2, 3일이면 나올 거라고 생각했는데, 꽤 시간이 걸려서 말이지……. 자아, 영계백숙을 들어, 이건 여름철에 딱 맞는 음식이야."

이건수는 와이셔츠의 단추를 풀고 팔뚝을 걷어 올린 양손으로 큰 접시에 담긴 닭의 다리부터 뜯어 먹었다. 이방근도 닭다리를 맨손으로 들고 먹었다. 파고드는 이빨을 깊숙이 감싸며 부드럽게 뜯어지는 입속의 감촉과 맛은 달콤하고 쌉쌀한 맛이 배어 있어서 단순한 닭찜보다는 훨씬 맛있었다. 그는 닭다리 하나를 해치우고는 남은 닭에는 거의 손을 대지 않았다.

"숙부님은 술을 거의 드시지 않으시니, 밥이라도 드시는 게 어떠십니까. 저는 차가운 것이 먹고 싶어서 청주를 한 잔 마신 뒤에 냉면을 먹겠습니다."

"냉면? 그거 좋지. 나는 국물에 밥을 먹어 볼까. 술안주로 생선요리는 어때. 조기찜이라도……. 음, 그런데 이건 좀 다른 이야기지만, 고향의 상황은 어때. 걱정이구나. 신문에선 간단하게만 언급하고 있고, 일반인의 도항이 금지돼 있어서 전혀 소식이 들어오질 않으니 더욱 신경이 쓰여서 말이지. 이건 비극이야, 어떻게 우리 고향 땅에서. 용케도 도항증명서를 구해서 와 주었다. 일전에 김구 선생님 계열의 한국독립당과 민주독립당 등 20여 정당 사회단체가 모여서 제주도사건 대책위원회를 구성해서 성명서를 발표했다. 진상조사단을 현지에 파견하기로 돼 있었는데, 이미 제주도로의 도항이 불안해지고 있어. 성명서에는 사건의 직접적인 원인이 작년의 3·1절 기념 데모에 대한 경찰의 발포에 있다며 경찰 측의 책임을 추궁하고, 게다가 수백 명의 사설단체원에 의한 난폭한 공권력 행사, 그 사설단체라는 것은 서북청년회를 말하는 건데, 그에 대해서도 언급하고 있지. 또한 성명서에서 현지 사람들을 관공서 같은 공직에서 추방한 것 등이 원인이라고 지적하여 경찰 당국과는 다른 견해를 확실하게 언급하고 있기 때문에, 이미 방해가 시작되고 있는 것 같아. 제주도 현지파견단의 도항은 어려울 거야. ……참 그렇지, 이걸 꼭 네게 보여 주고 싶었다." 이건수는 소식을 알 수 없는 제주도의 상황을 알고 싶다고 해 놓고 상대가 말할 틈도 주지 않고 사무 가방을 옆으로 끌어당겼다. 그리고 그 안에서 한 장의 문서를 꺼내 펼치더니, 음, 이거라며 이방근에게 건넸다. 활자로 인쇄된 8절지 크기의 그 문서는 재경제주도출신학생회의 학우회가 미군정청 등 각 방면에 넣었던 청원서였다. "서울의 제주도 출신 학생들은 경제적으로도 정신적으로도 불안에 빠져 힘든 상황이야. 교통이 끊기면서 송금도 끊기고, 여러 가지 소문으로 친척 가족들의 비참한 소식을 듣고서도 확인도 못 하니 차분히 공부할 처지가 못돼. 어떤 학생은 부모가 살해당했다는 소식을 듣고 어떻게든 제주도로 돌아가려고 목포까지 갔지만, 배를 타지 못해 우왕좌왕하는 사이에 제주도에 잠입을 꾀한 불온 적색분자로 체포되기도 했다는구나. 학우회 멤버들도 삐라 사건으로 상당수 체포된 상황이고. 나한테도 돈을 빌려 달라며 울고 매달리는 학생이 있어. 나로서도 일개의 월급쟁이에 불과한데 말야. 그에 비하면 우리 유원이 경운 좀 낫다고 할까……."

이건수는 말을 끊었지만, 많은 혜택을 받고 있다는 뜻일 것이다. 그래, 혜택을 받고 있다. 그것을 유원 자신도 충분히 의식하고 있을 터였다. 오빠가 모르는 어느 틈에 그런 것을 의식하게 되었고, '무위도식'하는 오빠에게도 비판의 눈초리를 보내고 있었다. 그러나 청원서를 보고 있던 이방근은 이건수의 말에 반응을 보이지 않았다.

"……작년 3·1절을 맞이하여, 데모대에 대한 경찰의 발포에 의해 십여 명의 사상자가 나온 불상사가 제주도민의 격분을 불러일으킨 근본적인 원인이다."라고 쓰여 있는 청원서는, 학우회가 제주도를 고향으로 하는 재경 유학생 5백여 명의 친목 단체라는 입장에서, 사건에 대한 견해를 밝히고 그 평화적인 수습을 강하게 호소하고 있었는데, 당연한 일이지만 비통한 논조를 띠고 있었다. "……그 후, 항의를 위한 관민 총파업 사건에 있어서는, 경찰의 책임자를 처벌하는 것이 아니라, 오히려 섬 출신 공무원들을 추방하고, 대신에 제주도의 특수한 실정에 어두운 서북인(서북청년회)을 그 후임으로 앉혀서 폭력과 고문 등, 참기 어려운 강압이 도민들을 짓눌러 왔다. 도민들은 점차 심해지는 불안과 공포를 참다못해 산속으로 피신을 하게 되었고, 마침내 이번의 유혈 사태가 일어나게 된 것이다. 지난 4월 3일에 사건이 폭발하여 이미 4개월 남짓 지나고 있는 데도 불구하고, 섬 전체가 유혈의 전장으로 변하는 사태가 수습되지 않고 있는데, 많은 사상자는 모두가 가족, 친척, 지인이 아닌 경우가 없으며, 당장 수습되지 않으면 동족상잔의 아수라장이 제주 섬 전체를 뒤덮게 될 것은 자명한 일이다. 수습책은 먼저 서북인 등의 섬 이외 출신 공직자들을 추방하고 섬 출신자로 교체하여 원상을 회복할 것, 또한 무장 경찰대와 국방경비대의 신속한 본토 소환 등, 어디까지나 평화적인 수단이 강구되어야 할 것이다……." 대체로 이러한 내용이었다.

수신처는 미점령군 사령관 하지 중장, 딘 미군정청 장관, 미군정청 사법부, 통위부(국방부), 경무부, 그리고 각 신문사, 정당 사회단체 등으로 되어 있었다. 청원서를 다 읽은 순간, 이방근은 여동생에게 아버지가 말한 서약서를 받을 생각은 애당초 없었지만 서약서는커녕, 여동생과 무슨 이야기를 나누어야 할지, 그것조차 완전히 막혀

버린 듯한 느낌이 들었다. 오로지 음악을 향한 길, 전문적인 길을 권한다……, 본인도 잘 알고 있는 일이다. 이방근은 여동생이 그와 같은 운동에서 손을 떼기를 바라는 당숙인 눈앞의 이 남자가, 왜, 일부러 챙겨 왔을 청원서를 꺼내어 보여 주는 모순을 범하고 있는지, 이상하게 여겨졌다.

"흐음." 이방근은 한숨을 토한 뒤, 이미 밋밋해진 맛이 없는 맥주를 마셨다.

"이 청원서는 각 신문사에도 보낸 것 같은데, 신문에는 실렸습니까?"

"우리 건국일보는 물론, 많은 신문이 보도를 해 주었어. 일주일쯤 전 신문인데, 제주도에는 아직 도착하지 않았을 거야. 우리 재경 제주인들도 의견서를 각 방면으로 보내고는 있지만, 학생들 쪽이 훨씬 명확하게 견해를 표명하고 있어서 좋다고 생각해. 부산과 대전, 광주 등 각지에 있는 제주인이 총궐기해서 평화적인 해결을 위한 진정운동을 펼치고 있어. 벌써 한 달이 다 돼 가는데, 광주에서는 신문기자단을 조직해서 변호사 두 명과 함께 정확한 진상 파악을 위해 현지에 파견하려 했지만, 목포에서 경찰에게 도항을 거부당했지. 그건 방근이도 들어서 알고 있잖아. 어때. 고향은 어떤 상황이고, 사태의 평화적인 해결 방법은 가망이 없는 거야?"

이방근은 대답이 나오지 않았다. 다만, 학우회의 청원 내용이 사건에 대한 분석도 정확하고, 조금 전에 이건수가 이야기한 제주도사건 대책위원회의 견해와 같은 것이고 용기 있는 의사표시였던 만큼 감동을 주었다. 주문한 청주가 왔다. 이방근은 사발을 양손으로 받쳐 들고 가득 따라 준 술을 쭉 한 모금 마셨다.

"이대로 동족상잔의 살인이 계속되어 가족이나 친척, 지인들이 죽어가는 것을, 여기에서는 그저 바라보고만 있을 수밖에 없는 것일까,

으-음."

이건수는 침통한 목소리로 거의 혼잣말처럼, 그리고 상대에게 다짐을 하듯 말한 다음에 참았던 한숨을 조용히 내쉬었다.

"내일 모레가 8월 15일인가요. 8·15, 해방된 지 3년, 이렇게 많은 자기 민족의 유혈과 시체를 초석으로 삼으면서 무슨 정부 수립이고 건국 축전입니까. 아니지요, 원래 괴뢰정권이라는 게 그런 식으로 만들어집니다. 해방이고 나발이고, 패전국인 일본과 독일에서 진행되고 있는 전후 민주주의 같은 것은 이 나라와는 관계없는 일입니다. 무엇보다 자력으로 독립과 해방을 달성한 것이 아닙니다. 그 주제에 일제 때의 왜놈의 앞잡이와 구더기들이 바야흐로 세력을 얻어 더욱 세 불리기를 시작했습니다. 제주도에서 선거가 실패로 끝나 국회의원이 한 사람도 선출되지 못했지만, 정부 수립이 확실해졌기 때문에 아버지도 원기를 되찾고 있습니다. 아버지는 일제강점기에도 원기 왕성했지요. 대한민국 정부라는 건 일찍이 친일파, 민족반역자들을 기반으로 해서 생겼으니까요. 친일파, 민족반역자들의 온존과 육성, 그러니, 이걸 어떻게 설명하면 좋겠습니까. 최근 3년간, 미국은 그 일을 해 왔습니다. 8월 15일, 민족반역자들……, 이 나라는 대체 누구의 것입니까, 치욕스럽기 그지없는 일입니다. 이북은 최소한 그렇지는 않습니다. 소련은 미국처럼 민족반역자를 온존하게 하고, 그들을 통치 기반으로 삼지는 않았습니다. 항일 민족해방 무력투쟁을 계속해 온 김일성 등이 구친일 세력을 몰아내고 중핵이 돼 있습니다. 꽤나 황당한 사태가 벌어지고 있고, '서북'들의 '반공'에도 근거가 없는 건 아니지만, 그러나 친일파 청산은, 그 점에 있어서는 정통이고, 민족정기의 회복이라고 할 수 있습니다. 우리는 해방된 지 3년 만에 최악의 8·15를 맞으려 하고 있습니다. 우리 민족의 자주독립이 아닙니다. 엿가락처럼 비틀려서,

아니, 철봉이라도 비틀려 버릴 만큼 강력한 힘을 가진 외세입니다. 우린 비틀린 철봉이 아니라, 엿가락입니다……. 전 건수 숙부님 이야기를 무시하려는 것이 아니고, 모두 새겨듣고 있습니다. 아플 정도로, 찔릴 만큼 마음속에 새기고 있습니다. 다만, 8·15가 눈앞에 다가와 있다는 게 너무나 불쾌해서 말이죠. 8·15에서 한참 떨어진 1월이나 12월이었으면 좋겠다는 생각을 할 정도입니다. 제주도 이야기는 집에 돌아가서 천천히 하기로 하시지요. 사태는 어렵습니다. 엄청난 군경을 투입하고 있으니까요……. 모레 탄생하는 정부에 그 의사가 없다는 겁니다. 특히 경무부에는 말입니다. 현지에서는 '빨갱이'를 살육하는 건 국가 건설을 위한 필요악이 아니라, 신성한 사업, 정의라는 대의명분이 생겨나고 있습니다. 그 선두에 서북청년회가 서 있고, 저는 그 '서북'과도 게릴라와도 교류가 있습니다. 저는 게릴라 방식에 비판과 의문을 가진 사람입니다만, 이렇게 현지에서 떨어져 있으면 그 기분이 묘하게 사라져 버리고 맙니다. 해방 이후 좌익만능주의의 흐름에 편승해서 영웅주의적으로 다들 폼을 잡고 무책임하게 행동한 점도 없지 않지만, 이렇게 사태가 심각해지고 보면, 그들은 애국자입니다……."

"애국자……?"

이건수가 사이에 끼어들었다.

"……문제는 이 나라가 미군정 아래에 있고, 신정부라는 것이 우리 조선인 자신들에 의한 것이 아니라, 미국에 의해 억지로 만들어졌다는 점에 있겠지요……. 왠지 말하는 것도 허무한 일입니다만."

이방근은 이건수를 신경 쓰지 않고 계속하던 말을 멈췄다. 그는 지금까지 너무 정치적인, 게다가 게릴라를 편드는 발언을 한 적이 없었던 자신에 대해서, 상대가 조금 의아하게 생각하고 있다는 것을 느끼고 있었다.

"음, 그런데." 이건수가 화제를 바꿨다. "이야기를 처음으로 되돌리는 것 같은데, 유원이는 이대로 가면 음악을 계속하기가 어렵지 않을까 걱정돼. 그 애는 음악을 그만둘 생각이 전혀 없고, 학교에서도 성적이 우수하여 담임교수도 기대하고 있어서 이번에도 보증인이 되었다는데, 선생을 배신할 수는 없지, 안 그래. 이대로라면 학교 당국으로서도, 아직 정식 처분을 내리진 않았지만, 석방 후에 본인의 태도 여하에 따라 정학이나, 아니면 퇴학 처분까지 내릴 수 있으니 말야. 그런 점을 생각해서라도 방근이가 잘 타일러 줬으면 좋겠어……. 이런 경우엔 양립이 불가능해, 당연한 일이잖아."

이건수는 맥주 두세 잔에 아버지와 마찬가지로 퉁방울눈을 취기로 적시고 있었다. 술은 아버지만큼 세지는 않았지만, 형제가 아닌 사촌까지도 꽤나 닮는 모양이었다.

"예, 그건 그 애 자신이 잘 알고 있을 겁니다. 그 담임선생을 만날 작정입니다만, 예전에도 그 선생으로부터 여동생이 일본행을 권유받은 적이 있어서……, 그러니까, 밤낮 없이 시끄러운 서울에서는 공부하기 어려우니, 조국을 떠나 도쿄의 음악학교에 들어가 공부를 계속하는 게 장래를 위해서 도움이 된다는 건데, 본인도 그럴 생각이 있었지만 도중에 포기한 적이 있습니다. 과거의 은사가 학장을 하고 있어서 소개장과 학교의 추천서를 써준다고 했습니다. 이번 봄에 여기 왔을 때는 그 선생님을 만날 예정이었습니다만, 유원이가 갑자기 마음이 변해서 강경하게 거절하는 바람에……."

"그건 또 왜?"

"나름대로 여러 가지 생각이 있었겠습니다만, 이쪽에서도 할 수 있다, 하겠다는 겁니다. 이런 시기라서, 특히 고향에서 4·3사건이 발발한 것에 대해 꽤 충격을 받은 모양입니다만, 이런 때에 자기만 편안한 곳으로 가고 싶지 않다……, 어쩌면, 젊은 사람의 순수한 기분이라고나 할까요. 물론 아버지도 허락하지 않으실 거라는 이유도 있었습니다만."

이방근은 유원이가 그럴 마음이 있다면 어떻게든 아버지를 설득해서 여동생을 데리고 자신도 일본에 갈 예정이었다는 말은 하지 않았다. 백자의 사발 밑바닥을 황갈색으로 바꾸어 놓은 청주 맛이 꽤 좋았다. 한 잔으로 취기가 전신을 도는 느낌으로, 이마 부근이 햇살을 받고 있는 것처럼 뜨거워졌다. 그는 저녁 무렵 서울역을 정면으로 바라본 순간, 눈에 들어온 작렬하는 태양을 한동안 똑바로 쳐다본 일을 생각해 내고, 이제 와서 왜 그런 짓을 했는지 생각해 보았다. 그때 오장육부 전체가 얼음물에 잠긴 느낌이 들면서, 그것이 설사의 전조로서 자주 있는 복통에서 온 경련일지 모른다고 생각했으나 그렇지가 않았다. 그 전조와 연결되는 증상은 나타나지 않았고, 나타날 기색도 없었다. 적어도 그것은 생리적인 현상이 아니었다. 머릿속에 역 구내의 혼잡함이 펼쳐지고, 지게꾼이 짐을 옮기려고 짐과 보스턴백을 강제로 빼앗아 가려는 것을 호통 쳐 보낸 일을 생각해 내었다.

"그건 몰랐군. ……하지만, 학생들은 일본으로 많이 밀항하고 있어. 학우회 학생들 중에도 상당수가 일본으로 건너가고 있다고. 아버님은 알고 계셨나."

"아뇨, 그렇게까지 확대시킬 필요는 없었어요."

냉면, 그리고 각각 모양이 다른 그릇에 담긴 밥과 국이 들어왔다. 이건수는, 왜 그래, 드문 일이군, 청주를 한 사발 더 마시지 그래, 하며 권했지만 이방근은 더 이상 마시지 않았다. 냉면에 식초를, 면의 맛을 빼앗아가 버릴 정도로 듬뿍 넣고, 고추장, 빨갛게 담근 김치를 섞어 넣은 다음, 입안에 군침이 돌 정도로 빨갛게 된 냉면에 젓가락을 대었다. 그리고는 목을 얼얼할 정도로 기분 좋게 자극하면서 흘러 들어가는 매운 국물을 뱃속에 떨어뜨렸다. 이건수가 숟가락으로 밥을 먹으며 말없이 그 모습을 바라보았다. 이방근은 마치 강한 술이 스며들어 퍼져 가듯 냉기가 내장 전체를 적시는 것을 의식했다. 이 냉기에 섞인 강한 신맛과 매운맛이 마침내 가벼운 취기가 불러일으키는 열과 합쳐지면서, 이마와 코끝, 그리고 목덜미까지 식은땀 같은 땀을 분출했다. 머리의 피부가 단번에 수축되는 것 같고, 모든 털구멍이 간지럽고 아플 정도로 일제히 소란을 피우기 시작했다.

식사가 끝나자 두 사람은 자리에서 일어났다. 시간은 여덟 시가 다 돼 있었다.

"죄송하지만, 숙부님보다는 제가 더 '부자'예요."

"무슨, 말도 안 되는 소리를."

아래층으로 내려간 이건수는 이방근이 음식 값을 지불하려는 것을 제지하고 계산을 끝냈다.

"아직 이른 시간이긴 하지만 곧장 집으로 가는 게 어때."

"예, 그렇게 하죠. 보스턴백을 들고 어슬렁거릴 수도 없고, 게다가 숙부님은 술을 많이 드시지 않으니까요. 제가 다른 곳으로 모실까요?"

"아니, 난 마시지 않아도 술자리를 같이 할 수는 있어. 하지만 내일 일도 있고, 오늘 밤은 이대로 돌아가는 편이 좋겠지."

가게는 꽤 혼잡했다. 좌우로 늘어선 거의 만석의 테이블 사이로 난 통로를 빠져나온 이방근은 비스듬히 먼저 나간 손님이 열린 문 밖으로 발을 내딛는 순간의 뒷모습을, 시선을 빼앗겨 이끌려 가는 느낌으로 보았다. 상의 소매 안에서 왼쪽 팔이 덜렁거리는 것처럼 보였다. 저건, 나, 나영호가 아닌가, 이방근은 서둘러 뒤를 쫓듯이 밖으로 나왔다.

이방근은 남자의 뒤쪽 어깨 너머로 길 한가운데쯤에서 이쪽을 향해 선 채, 나영호를 기다리고 있는 듯한 하얀 양장 차림의 한 여자를 보았다. 이방근은 움찔하며, 자신도 모르게 발이 떨어지지 않는 것처럼, 나영호의 뒷모습이 한순간 시야에서 사라져 버릴 만큼 여자에게 시선이 고정되었다. 발이 떨어지지 않는다는 것은 과장이겠지만, 분명히 이방근은 크게 놀라 나영호를 불러 세우는 것조차 잊고 있었다. 그 여자다. 어디선가 본 적이 있는, 아니, 그것은 거짓말이고, 시선이 못 박혔을 정도니까 어디선가 본 적이 있는 정도가 아니었다. 확실히 기억하고 있었다. 그 여자였다. 그때 커피를 들고 온 묘한 느낌의 아름다운 여자. 그건 역시 환영이 아니었다. 남대문 옆 다방의 창문을 통해 건너편 인도의 통행인 속에서 순간적으로 보였던 하얀 그림자의 여자였다. 사람을 잘못 본 것도 환영도 아니었다. 물론 그렇다, 왜 내가 저 여자의 환영을 본단 말인가. 그러나 거의 얼핏 본 모습을 확실히 기억하고 있음을 지금 눈앞의 여자가 증명하고 있었다. 이방근은 그러한 자신에 상당히 당황하고 있었다. 으−음, 이방근은 신음소리를 낸 뒤, 혹시 나 동무가 아닌가? 하고 겨우 등 뒤에서 말을 걸었다. 갑자기 멈춰 서서 이쪽을 돌아본 상대가 이방근을 알아보고는 놀라서 소리를 지르며, 다소 휘청거리듯 큰 걸음으로 다가왔다.

"아이고−, 이방근 동무 아닌가. 이거 대체 어찌 된 일인가?"

입가에 엷은 미소를 머금은 젊은 여자는 약간 비스듬히 선 자세로 이방근을 계속해서 바라보다가 옆으로 얼굴을 돌리고, 핸드백에서 담배를 꺼내 입에 물었다. 반지가 빛나고, 백금색의 가는 목걸이가 반짝였다. 3, 4미터 떨어진 거리에서 딱딱하게 울리는 라이터 소리가 들렸다.

두 사람은 악수를 했다. 나영호는 양손을 벌려 포옹을 했는데, 이방근은 한 손에 짐을 든 채 순간적으로 몸의 중심을 잡으며 포옹에 응했다. 문득, 일제강점기의 고문으로 상대의 왼쪽 팔이 부자연스럽다는 사실을 떠올린 것이었다.

"이거 오랜만이군. 도대체 어떻게 된 건가. 그 행장을 보니, 이 종말적인 세상 속으로, 지금 서울에 막 도착한 것인가. 제주도에서……? 이제 어디로 가나."

나영호는 이방근보다 나중에 가게를 나온 이건수를 일행으로 보고 말했다.

"당숙과 함께야. 돌아가려던 참인데, 하긴 자네도 일행이 있잖아."

"아아핫, 일행이란 말이지. 그녀는 지금 돌아가야만 해. 마침 잘 됐어. 내가 혼자 달랑 어두운 서울 한복판에 남겨질 판국에 자네를 만난 셈인데, 자넨 말이지, 서울에 와도 전혀 연락을 하지 않아. 도대체가……. 그렇지, 문난설(文蘭雪)을 소개하지. 있잖나, 조선시대의 여류시인 허난설헌(許蘭雪軒)과 같은 한자야. 아니 잠깐만, 그 전에 자네 숙부님께 인사를 드려야지, 그게 일의 순서가 아니겠는가."

나영호는 이방근의 소개로 이건수에게 인사를 하고 나서, 친구를 같이 온 여자와 대면시켰다. 이 남자는 도쿄 유학 시절의 학우로, 같은 서대문형무소 출신이라고 이방근을 소개하고, 여자를 소개하면서 자신의 문학 팬이자 이해자라고 말했다. 문난설은 과분한 말씀이세요……라는 듯이 가볍게 웃어 넘겼지만, 입가에 희미한 미소가 사라지지 않는 그 표정과 한순간 이상하게 빛난 눈의 움직임은 이방근을 확실히 의식하고 있었다. 그러나 그녀는 첫 만남인 것처럼 행동했고, 이방근도 그랬다. 실제로도 첫 대면이나 다름없었던 것이다.

"한잔하자구. 용케도 좋은 곳에서 만났어. 어떤가, 숙부님도 함께 가시는 게……."

문난설은 가볍게 인사를 하고 나서, 하얀 하이힐의 굽 소리를 도로 위에 떨어뜨리며 네온이 깜빡이는 거리 저쪽으로 사라졌다. 그 뒷모습. 추상화 같은 꽃모양을 수놓은 팥죽색의 얇은 양장을 한 그녀의, 볼륨 있는 허리선의 뒷모습. 곧 이건수도 두 사람과 헤어졌다. 이방근은 황송하긴 했지만, 숙부의 말대로 보스턴백을 맡겼다. 두 사람은 이건수가 사라진 종로 쪽으로 어슬렁어슬렁 걸었다. 시원한 바람이 불었다. 이방근은 최근 만나지 못한 1, 2년 사이에 나영호의 거동이 상당히 과장되게 변했다는 것을 느꼈다.

2

　"정말 오랜만일세, 아니, 도대체, 무슨 일이 있었던 거야. 오늘, 그리고 이 시간에 이방근 군이 서울 한복판에 모습을 드러내다니……. 남해의 고도 제주도에서는 지옥의 형상이 펼쳐지고 있을 텐데, 서울까지 올라오고……."

　긴 머리에 마른 몸, 도중에 머리를 뒤로 쓸어 올리는 동작을 반복하는 나영호의 목소리는 가벼운 취기로 촉촉이 젖어 있었지만, 말투는 정확한 편이었다.

　"지옥의 형상? 음, 그럼 지옥 같은 곳에서 도망쳐 나왔다고 하면 되겠구만. 그런 느낌이 들기도 해."

　"도망쳐 나왔다고? 그렇다면 자네는 이제 제주도에는 돌아가지 않을 작정인가."

　"아냐, 그런 뜻이 아니야." 이방근은 고개를 좌우로 흔들며 가볍게 웃었다. "너무 심각하게 받아들일 건 없어. 거기가 지옥이라면, 설령 일시적이라고는 해도 수도인 서울에 있는 것 자체가 도망 나온 것이나 마찬가지 아닌가. 말이 그렇다는 걸세, 말이. 하지만, 그건 또 사실일지도 모르지. 그건 그렇고, 어디로 갈까."

이방근은, 지옥의 형상…… 하며 속으로 중얼거리고 있었다. "……이미 4개월 남짓 지나고 있는데도, 섬 전체가 유혈의 전장으로 변하는 사태가 수습되지 않고 있는데, 많은 사상자는 모두 가족, 친척, 지인이 아닌 경우가 없고, 당장 수습되지 않으면 동족상잔의 아수라장이 제주 섬 전체를 뒤덮게 될 것은 자명한 일이다……." 지옥의 형상, 분명히 그건 그랬다. 지금까지 이러한 말이 그의 머릿속에 떠오른 적은 없었다. 지옥의 형상은 만화경의 변화에 뒤지지 않을 만큼 다양하겠지만, 이것은 이 남자의 문학적인 상상력에서 나온 말이다. 지옥의 형상은 지금부터 시작된다, 지금부터 시작될 것이다. 이방근은 한 실업자풍의 취객이 혼잣말을 중얼거리다가 웃고 비틀거리며 스쳐 지나가는 것을 피했다. 코를 찌르는 것은 러닝셔츠 한 장뿐인 상반신이 풍기는 강렬한, 부랑자 같은 냄새였다. 독한 소주가 밴 때와 땀을 버무려 스스로가 발효시킨 것 같은, 속이 울렁거리는 불쾌한 냄새였다.

"어디로 갈까, 우리는 어디로 가는 게 좋을까. 쿼바디스, 쿼바디스 도미네. 아, 주여, 기생관이라도 가라는 말씀이십니까……."

불고기와 내장 등을 삶고 있는 듯한 묵직한 냄새가 낮과는 전혀 다르게 시원한 밤바람을 타고 코끝을 간질였다. 대중식당과 선술집, 바 등에서는 취객의 떠드는 소리와 여자의 웃음소리가 흘러나왔다. 네거리를 지나자 장구의 마른 울림이 가까이에서 들려오는 요정과 기원, 맥주홀, 게다가 선술집과 탁구장, 여관 등이 어수선하게 늘어서 있었다. 이 일대는 실업자로부터 지게꾼, 그리고 모리배, 고급 공무원까지 뒤섞여 출입하는 서민적인 분위기의 거리로서, 이차 삼차를 간다고 해도 부족함이 없는 장소였다. 하반신을 감싼 치맛자락에 바람을 안은 두세 명의 기생들이 바쁘게 기원을 드나들고 있었다. 남은 지분 냄새가 무겁게 감돌았다.

"그렇다면ー, 지금 몇 시야." 나영호가 잠시 멈춰 서서 왼팔을 조금 부자연스럽게 들어 올려 손목시계를 들여다본 다음 걷기 시작했다. "어디 보자, 여덟 시 반이 다 됐군. 동화백화점은 틀림없이 여덟 시 반까지인데, 이방근 동무, 자네는 우동, 우동을 먹고 싶지 않은가?"

나영호는 이방근 쪽으로 고개를 돌리고 느닷없이 묘한 말을 했다.

"우동? 우·동이라면, 뭐냐, 그 일본말의 우동 말인가?"

"그래, 그 우동 말야. 그리고 이 또한 일본어로, 사·시·미, 또 덴·뿌·라……"

이방근은 한순간, 이 남자는 어떻게 된 거 아닌가 의심하면서, 뾰족한 삼각형의 턱을 내밀듯이 하고 있는 입가를 보았다.

"자네는 뭔가 일제강점기에 관한 소설이라도 쓰고 있는 건가?"

"으ー흠, 겨우 나를 작가로 취급해 주는 건가. 이래 봬도 신인의 틀은 벗어났다구. 헷헤에, 그런데 여기는 서울, 일국의 수도 서울이야. 일식집이든 뭐든, 음식은 인터내셔널한 것이지. 자네는 동화백화점을 모르지는 않겠지? 3년 전까지는 미쓰코시(三越)라고 하던 그 서울지점 말이야. 그 지하에 식당이 개업해서, 일종의 지하식당인데, 요 며칠 전에 개업을 했다구. 그럴듯한 식당가인 셈인데, 먼저 서양요리, 그리고 다방, 조선요리, 중국요리, 그리고 일본이야, 일본요리의 순이지. 안내판에 그렇게 돼 있어. 그밖에 케이크라든가 과일가게, 꽃집까지 다양한 가게가 지하식당가에 모여 있어서 감탄할 정도인데, 아니 그렇지, 중요한 걸 잊고 있었군. 거기에 그럴듯한 우동집이 있어. 대자본가가 공공연히 일본요리를 들고 나온 건 해방된 지 3년 만에 처음 아닐까."

"음, 그런가. 나 동무는 거길 가 보았는가? 작가는 무엇이든 봐 둘 필요가 있겠지."

이방근은 입에 문 담배에 불을 붙였다.

"그럼, 가 봤지. 우동 맛도 나쁘지 않아. 관서(關西)풍의 연한 맛이었는데, 나쁘지 않더군. 핫하, 뭔가, 유쾌한 것은 아니지만, 이유를 알 수 없는 웃음이 나오는군. 지금도 생각나는데, 도쿄 일대의 우동은 시커먼 간장 국물에 말아 놓은 것 같아서, 먹기는 하지만 썩 내키지는 않았어. 자네와 마찬가지로 나는 도쿄에 오래 있었는데도 말야. '시장이 반찬'이라는 속담이라도 들이대지 않으면 먹고 싶지는 않았지. 하긴 나는 꾸미가 없이 삶은 우동에 뜨거운 국물만 부은 것을 먹어온 탓도 있을 거야. 정말 오랜만에, 거의 10년이 다 돼 가는데, 사시미(생선회)를 와사비(고추냉이) 간장에 찍어 먹어 봤네. 그게 처음에는 너무 낯설더군. 지금까지 고추에 눈물을 흘린 적이 없는데도, 와사비를 먹고는 울고 말았으니까, 이건 역시 원수라는 생각이 들었어. 사시미는 와사비보다는 조선식 초장 쪽이 훨씬 맛있거든. 이 선생은 먹어 보고 싶지 않나?"

"핫하아, 맛있을 것 같은 얘기군. 다른 사람들은 어떤 얼굴을 하고 먹던가?"

"어떤 얼굴을 하고 있더냐. 무슨 독을 탄 것도 아닐 테고 묘한 질문이지만, 그러나 꽤 좋은 질문이야. 그러고 보니, 무엇보다 혼자 온 사람은 없더군. 모두가 두세 사람이나 일행이 몇 명 있었는데, 대체로 우동집은 다르다 해도, 일본요릿집은 돈 없는 인간은 갈 수 없는 곳이니 말이야. 마치 무슨 특이한 것이라도 먹고 있는 것처럼, 아니 그게 아니고, 육식을 하는 수도승처럼 죄지은 얼굴로, 별 대수롭지 않은 이야기를 떠들면서 먹고 있더군. 다른 사람들의 안색을 살피면서 말이지. 그러면서도 오랜만이라는 생각으로 맛있게 먹고 있자니 어느새 시간이 지나, 사람들의 얼굴에 주눅 든 기색이 사라지고 느긋한 표정으로 바뀌더군……. 아니, 당당하기까지 했어. 물론, 음식에 죄가 있는 건 아니지만 말야."

"그렇구만……, 필시 맛있었을 게 틀림없어. 동화백화점에 일본요리점과 우동집이라. 재빨리도 일본풍이 조선에 상륙한 셈이군. 친일파에 기반을 둔 정부 수립과 관련된 것은 아니겠지만, 화신 경우는 원래가 그렇다고 해도, 동화의 경우는 '적산(敵産)'의 불하로 미군정에서부터 구친일파의 매국적 자본에 걸쳐 있지 않은가. 어떻든가, 우동과 사시미를 먹어도 일본이 그리워지지 않던가. 으-음, 이건 농담이야, 과거의 반일투사에게 하는 말이니 말일세. 세월이 흐르면 형무소까지 그리워지는 법이야. 나도 그리워질 거야. 사시미를 먹고 일제 때의 형무소를 떠올려 볼까. 무엇이든 수요가 있어야 생산이 있게 마련이고, 그래야 장사가 성립되지. 나로서도 음식에 원한은 없어. 그걸 좀 먹으면 어떤가. 그런데 지금 나에겐 모레의 8·15가 겹치는구만. 815와 일식이라니. 게다가 정부 수립인지 뭔지가 아닌가. 동화의 일본요리는 그렇다 쳐도, 이제는 오로지 일본 앞잡이였던 자들, 일본이 그리워 어쩔 줄 모르던, 일본과 운명을 함께했어야 할 자들에 의해, 이 나라가 건설되고 있다는 입장에 처해 있어."

"이방근 동무." 나영호는 잠깐 멈춰 서서, 조금 의아하다는 듯이 말했다. "음, 자네에게 무슨 일이 있었나. 자넨 변했군, 예전엔 이렇지 않았는데, 변한 느낌이 드는군. 일체의 사회적인 일에는 무관심하여, 그러한 속세계, 속물 세계에서 눈을 돌리고 있던 자네였는데……."

길거리 전방의 시야를 한순간 가로막으며 통과한 전차 차량의 울림이 차창의 불빛과 함께 사라져 갔다.

"일부러 눈을 돌리고 있는 것은 아니지만, 그건 지금도 변함이 없어. 그러나 이렇게는 말할 수 있겠지. 그저 보이는 것, 느끼는 것을 말해 봤을 뿐이네. 사시미와 우동……, 이건 오랜만에 들어 보는 일본어로군. 음, 우·동……."

이방근은 무심코 후통(이불)이라는 말이 나오려는 것을, 그 첫 발음을 두들겨 약화시켰다.

"그러나 자네는 보지 않았을지도 모르고, 보았어도 자네가 본 것은 자네의 내부에서 사라져 느끼지 못했을지도 몰라. 느꼈다 해도 그 느낌은 자네 안에서 사멸할 수밖에 없다고 나는 생각했다네. ……그랬구만, 그랬어, 가만히 양손에 올려놓고 달래 주고 싶은 내 마음. 아아, 꺼림칙한 세상이야. 속물들의 냄새로 숨이 막힐 것 같은 서울, 병든 서울이란 말인가. 썩어가는 냄새가 나는 반신불수의 서울, 기생의 잠옷처럼 더러워진 서울이야. 한낮의 태양 아래선 이 마음이 부끄럽고, 밤에는 꿈에 가위눌려 몸부림치는……."

두 사람은 남대문로의 전찻길로 나와 있었다. 왼쪽 종로 네거리에 화신백화점의 땅딸막한 건물이 보였다. 모레를 위해 일찌감치 육층 옥상에서 늘어뜨린 '경축 대한민국 정부 수립'이라는 큰 현수막이 바람에 나부끼고 있었다. 오른쪽으로 가면 명동, 남대문 방향이었다.

"나 동무도 변한 게 아닌가. 자네 눈에 내가 변한 것처럼 보이는 것도, 어쩌면 그 탓일지도 몰라."

"뭐라고, 내가 변했다고? 후후, 이방근의 눈에 그렇게 보이는가. 난 정치 세계에서 멀어졌을 뿐이야. 그런 면에서는 확실히 변했다고 할 수 있겠지. 문학도 그래. 좌익의 정치주의, 교조주의에는 따라갈 수가 없어. 문학은 곧 정치의 시녀라는 시각에서 벗어나지 못한다면 어떻게 해 볼 도리가 없어, 그러니까, 아니, 됐네. 동무, 어딘가 여자가 없는 조용한 곳에 가서 한잔할까. ……왜 웃나, 오오, 신이여, 신께서는 기생이 있는 곳에 가라고는 명하지 않으셨어. 오랜만에 친구와 만나자마자 그렇게 되면 제대로 이야기도 못할 거야. 먼저 천천히 옛 우정을 다독이고 나서 가야지."

"그럼, 일단 가 보기로 할까."

걸음을 멈추고 택시를 기다리는 사이에, 이방근은 무심코, 후통……이라고 중얼거리다 웃음이 나왔다. 그는 아까부터, 우·동을 한 음절씩 혀에 올려 중얼거리는 사이, 우동이 후통으로 변해 흘러나왔던 것이다. 일찍이 조선에서 일본으로 막 건너온 일본어를 모르는 남자가 추운 밤중에 이불을 얻으려고, 후통을 우동으로 잘못 알고 밤새도록 우동을 찾아 헤맸다는 이야기가 생각났던 것이다. 그러나 잘못 알고 있는 동안에는 그나마 나은 상태. 틀릴 수가 없는, 그 자체로 말이 부드럽게 의식되었을 때, 그것이 자신의 말을 대신하는 침략자의 말일 때, 말 그 자체의 정체는 어디로 가는가. 우동, 후통……. 이러한 일본어 음절의 울림은 피가 흥건한 태반처럼 조선어가 모체로부터 떨어져 나가는 소리를 대신하는 것이었다. 그걸 생각하면, '8·15'는 자신의 말을 되찾았다는 것으로, 그것만은 해방의 가치라 할 수 있었다……. 기-미-가-아, 요-오-와……. 친오모우니코 우소코우소우, 친친오모우니……(일본의 천황을 칭송하는 국가 기미가요를 남자 아이의 성기와 연관 지어 비하하고 있음-역자). 일본도의 시퍼렇게 번뜩이는 칼날을 하반신이 발가벗겨진 소년의 성기 밑동에 바짝 들이대고, 잘 들어, 불알까지 통째로 잘라 버리겠다, 이 조선인 꼬맹이 녀석이……. 일본도를 꽉 움켜쥔 국민학교 검도 교사의 다부진 팔에 파란 혈관이 분노에 떨며 두껍게 부풀어 오르고, 그리고ㅡ, 오메코시 요토시요토 요코카라미레바친친 구와에테히모친친……(남자와 여자의 성기를 빗댄 아이들의 속된 노래ㅡ역자). 일본 노래 알려 줄게. 국민학교 동급생인 일본인 아동, 식민지로 건너온 일본인 애송이, 히모친 친……. 봉안전에 소변을 갈겼다고 해서 일본인 교사가 죽도로 구타한 후 얼음장 같은 일본도를 성기에 갖다 댔다. 오마에노 오카상노 오메코……(네 어머니의 ○○ㅡ역자). 보쿠모 오시에테 야루요(나도 알려 줄게ㅡ역자). ……그 이상한 느낌의 아름다운 여자는 누군가.

택시는 남대문로를 종로와는 반대 방향으로 달려, 이미 문이 닫힌 동화백화점 앞을 네온사인이 반짝이는 충무로 쪽으로 좌회전했다. 나영호가 안내한 곳은 결코 조용하지 않았다. 어느 큰 맥주홀로 들어갔다. 깃을 세운 제복을 입은 보이가 정중하게 인사를 했다. 아래층은 거의 만석, 게다가 안쪽 무대에서는 악단이 연주를 하고 있어서, 입구 옆에 있는 계단을 삐걱거리며 2층으로 올라가 열린 창가의 테이블을 마주하고 앉았다. 아래층 천장을 타고 엉덩이를 올려놓은 의자에 악단의 연주가 울려왔다. 이방근은 특별히 미행의 기척을 느낀 것은 아니었지만, 손님이 아래층의 절반쯤 앉아 있는 방의 계단 입구 쪽으로 슬쩍 시선을 던졌다. 올봄에 서울에 왔을 때도, 이쪽이 전혀 눈치 채지 못하는 사이에 미행을 당했기 때문이었다.

"그런데 서울에는 무슨 용무라도 있어서 왔는가. 아니면 실제로 쫓겨서 탈출이라도 한 것인가?"

나영호는 중간 크기의 조끼 두 잔을 주문하고 나서 상의를 벗었다.

"무슨 말인가, 내가 쫓길 일이 뭐가 있겠나. 핫, 하하, 좀 전에도 말했지만, 다시 한 번 확인을 해 두자면, 정치적인 일에는 일절 관여하지 않고 있으니까. 하긴, 관계가 없어도 그들 쪽에서 쫓아오는 경우도 있지만 말이야. 용무라고 한다면, 아까 헤어진 당숙 집에 사정이 있어서 그 상담을 위해서 왔는데, 그걸 핑계로 삼은 일종의 도피행일지도 모르지. 그런데 나 동무, 좀 전에 일행이라던 젊은 여성은 누군가?"

이방근은 탄산가스가 가득 차 있던 것 같은 숨을 겨우 토해 내며 말했다. 그는 아까부터 나영호보다도 그 여자와 우연히 마주친 일에 더 정신을 빼앗긴 상태였다. 등을 보인 나영호의 어깨 너머로 길 위에 있는 여자를 보았을 때의, 나영호를 불러 세우는 일조차 잊어버린 놀라움과, 어둠 저쪽으로 사라진 그 하얀 뒷모습이 눈 안쪽에 들어붙어 사라지지 않았다. 그 여자는 누구인가……

"아, 그녀, 문난설 말이로군, 젊은 여자는 아니지. 서른은 되었어. 우리와 별 차이가 없다구, 나보다 두세 살 아래지만, 나와는 그렇게 특별한 관계는 아니야. 하지만, 꽤 괜찮은 여자 같지 않나. 후후, 그렇게 이상한 눈초리로 쳐다보지 말게나."

나영호는 이방근의 노려보는 듯한 시선을 밀어내며 말했다.

"아니, 그런 말을 하고 있는 게 아니야."

이방근은 웃었지만 말문이 막혔다. 이쪽은 그녀에 관한 일을 묻고 있는데, 상대가 자신과의 관계를 들고 나오면, 뭐하는 사람이냐 어떤 여자냐고 묻는 것은 극히 개인적인 영역으로 발을 들여놓게 된다는 것을 느꼈던 것이다.

"왜? 그녀에 대해 뭔가 신경 쓰이는 일이라도 있나."

"아니, 특별히 자네와의 관계에 대한 개인적인 일을 알고 싶다는 게 아니야…… ."

이방근은 곧바로 가져온 맥주 조끼를 한 손에 들고, 윗입술을 감싸는 거품의 속삭임을 의식하며 차가운 맥주를 흘려 넣었다.

"그러니까, 아까 막 만난 여자에게 관심이라도 있는가. 이건 어리석은 질문이로군, 관심이라는 건 처음에 만났을 때부터 생기는 것이지. 사랑은 흘낏 보았을 때부터 생긴다고 하잖나. 그야말로 밤길에서 흘낏 보았다는 것이겠지."

나영호는 긴 얼굴에 잔물결 같은, 흔들리는 듯한 웃음을 한동안 띠고 있었다.

"이봐, 무슨 말도 안 되는 소리를 하는가. 작가라는 것은 그런 식으로 상상력을 낭비한단 말야." 이방근은 웃었지만, 내심 움찔하는 것을 느꼈다. 흘낏 보았다고 한다면, 좀 전의 그런 태도가 아니었다. 이미 4개월 전에 서북청년회 간부숙소에서 처음 만났을 때, 그야말로 바람처럼 순간적으로 시야를 스쳐 간 것에 불과한 그때부터 분명히 관심은 싹트고 있었다. ……추상화 같은 꽃모양을 수놓은 얇은 팥죽색 양장을 한 여자의, 육감적인 허리선이 흐르는 뒷모습. 기억하려고 해서 기억하고 있는 게 아니었다. 이상하게도 또렷하게 눈에, 불길할 만큼 확실하게 떠오르는 것이었다. "……관심이라고 한다면, 관심이 없는 것은 아니야. 아니, 알고 있다기보다도, 이전에 만난 적이 있어. 한번, 어떤 곳에서……."

"오, 호오……." 나영호가 묘한 소리를 내며 막 입에 갖다 댔던 조끼를 탁자 위에 내려놓았다. "뭐라고? 그 여자를 만난 적이 있다니……. 정말인가, 아니, 이건 처음 듣는 소리군. 그런 낌새 전혀 느끼지 못했는데. 흐-음, 서로 간에, 내 눈앞에서 두 사람을 소개했는데 말이야……. 그녀는 자네를 알고 있는가?"

"아니, 아마 모르겠지." 그것은 거짓이었다. 그래, 그녀는 분명히 나를 기억하고 있었고 의식하고 있었다. 춘경원 앞 노상에서 만났을 때 이상한 빛을 발하며 반짝이던, 그녀의 강렬하게 사람을 의식하던 눈의 움직임, 그리고 조금 떨어진 곳에서 몸을 옆으로 돌려 담배를 물고 라이터 소리를 내던 그녀의 의식적인 모습이 떠올랐다. "만나긴 했지만, 그야말로 힐끗 보았을 뿐이니까. 내가 말을 하겠네. 처음 듣고 말고 할 것도 없어. 관심, 분명히 그녀에 대해 관심은 있어, 좀 전에 그곳에서 우연히 만났으니까 관심이 생겼다고 해도 좋을 거야. 그녀와 처음 만난 건 올봄이었네. 그때 서울에 와 있었는데, 우연히 '서북' 사무소에서 만났지. 광화문 네거리에 있는 중앙본부 말고. 남산 자락에 있는 M동의, 사무소가 아니라 합숙소라고 해야 하나, 아니 간부숙소, 그곳에서 처음 만났어……."

"'서북'? 아아, 서울에서 말하는 '서청'을 가리키는군."

나영호는 놀란 목소리로 되물었다. 그녀가 '서북'의 간부숙소에 있었다는 것보다도, 분명히 이방근이 그곳에 있었다는 것과 중첩시켜 놀라고 있었다.

"그런 일이 있었다네."

이방근은 상대의 놀람을 의식하고, 의자의 딱딱한 등받이에 상반신을 기대며 말했다.

나영호는 천천히 묵직한 맥주 조끼를 기울이고 나서, 접시에 놓인 치즈를 들고 한 입 물더니, 그야말로 관심이 솟아나는 듯, 왜 서북청년회에 갔는지 이방근에게 묻고 그 대답을 재촉했다. 그것은 거의 이방근과 '서북'이 뭔가의 관계가 있다고 판단했기 때문이었지만, 사정을 모르는 그로서는 그렇게 생각하는 것도 무리는 아니었다.

"별로 마음이 내키지는 않지만, 그녀와 만난 곳이 '서북'패들이 있는 장소라서 이야기를 생략할 수도 없고……."

이방근은 일전에 상경해서 당숙의 집에 머무르고 있을 때 갑자기 '서북' 중앙본부에서 '호출' 전화가 걸려 온 일, 그래서 할 수 없이 마중 온 승용차로 중구 M동의 '서북' 숙소까지 갔던 경위 등을 아주 간략히 이야기했다.

"으ー흠, 대단한 이야기로군, 미행당하고 있었던 거야, 그건……. 거기서 과거의 고등경찰이었던 다카키(高木) 경부보를 만났단 말이지."

"그래."

"핫하, 그놈이, 대단하군 그래, 울던 아이도 울음을 그친다는 서북 청년회 중앙총본부 사무국장님이란 말이지. 난 기독교 신자가 아니라 다행이야. 놈들은 신을 두려워하기는커녕, 초월하고 있거든. 제대로 된 세상이라면, 그놈들은 교수형 감인데, 도대체……. 그건 그렇 고, 그 '연행'의 이유는 뭔가?"

"지금도 알 수가 없어. 혹시 감금이라도 당해서 돌아오지 못할 수도 있다고 생각하면서 갔는데, 거긴 세련된 서양식의 넓은 집이더군. 예 전에 일본인 고급 주택이더라구."

이방근은 당시 서울에서 남로당 간부인 박갑삼과 만난 사실을 '서북' 이 탐지하고 있었던 것 같다는 말은 하지 않았다.

"거기에 그녀가 있었단 말이지, 그렇구만……."

"그렇구만이라니……, 자넨 뭔가 알고 있나?"

"그런 건 아니지만, 납득이 간다는 말야. 이야기를 계속하게나."

"……실내도 복도도 호텔처럼 두껍고 빨간 양탄자가 빈틈없이 깔려 있는 집의 응접실에 다카키, 아니 고영상, 그자와 만났는데, 그 뭐냐, '빨갱이'라면 빨간색까지 증오할 것 같은 그들이 어째서 빨간 양탄자 를 그대로 두고 있는지 모르겠지만, 그 다카키와 만났을 때, 분명히 그녀를 힐끗 쳐다보긴 했지만, 커피를 테이블 위에 조용히 놓더니 바 람처럼 사라져 버렸으니까, 얼굴은 확실히 보지 못했네. 일종의 분위 기 같은 걸 기억하고 있을 뿐이야."

아니, 또렷이 기억하고 있고말고. 그녀를 또렷이 기억하고 있는 것은 무심코 눈을 크게 뜨게 만든 그 아름다움 탓인가. 지금도 커피를 눈앞의 탁자에 천천히 내려놓는 동안, 바로 옆 희미한 숨결을 느낄 수 있는 거리에서, 그녀의 화장품 냄새를 들이마신 콧구멍의 기억까지 되살릴 수가 있었다. 찰나의, 1초의 몇 분의 1도 안 되는 시간의 흐름 속에서, 저 여자는 애 엄마인지, 석녀인지, 피임 용구를 사용하고 있는지, 필요가 없는 것인지와 같은 생각이 기묘하게 교차했던 것까지 확실히 기억하고 있었고, 그 모든 것이 사라져 가는 그녀의 풍만한 허리선을 지닌 뒷모습에 흡수되어 갔다. 그녀를 뚜렷이 기억하는 것은, 교양 있어 보이는 그녀가, '서북'의 소굴에 있다는 의외의 사실을 발견한 놀라움에 비례할 것이다. 그것은 역시 놀라움이었다.

"그게 그녀와의 첫 만남이란 말이지. 그렇다 하더라도, 커피를 조용히 내려놓았다든가, 바람처럼 사라져 갔다고 하는 것은 리얼리티가 있고 또 그것을 확실히 기억하고 있다는 말 아닌가. 그렇다면 그녀 쪽도 알고 있을 거야. 자네를 똑바로 기억하고 있을 거라구. 그걸 서로 간에 모른 체하다니……. 핫하 이미 뭔가 묵계라도 순간적으로 성립된 게 아닐까?"

나영호는 웃고 있었지만, 그 말투는 조금 뒤틀린 듯한 분함을 띠고 있었고, 취기 속 웃음은 차가웠다.

"이봐, 적당히 좀 하게나. 그녀 쪽에서 나를 기억하고 있었는지 어떤지는 모르겠지만, 그런 건 아무래도 상관없어. 상상력의 낭비는 그만두게나. 커피를 조용히 놓았다든가, 바람처럼 사라졌다는 것은 기억이 아니야. 기억은 그때 이미 사라졌어. 그건 분위기, 인상이라는 것으로, 지금 이 순간, 내 입에서 나온 표현에 지나지 않아."

"그럴 수도 있지 뭘 그러나, 화를 낼 것까진 없네, 술자리야. ……'서청'과의 일은 그뿐인가, 재미있군."

나영호는 조금 불만스럽게 말했다.

"그뿐이었어. '서북' 제주지부에 이전처럼 자금 지원이라도 해 달라고 하더라고. 아까부터 이상한 생각이 드는군. 그 여자는 누구인가라고 자네에게 물은 것도 그 때문인데, '서북'의 건물 안에 그녀가 있다는 것은 너무 안 어울리는 것 같아서 말야, 자넨 그리 생각지 않나. 아니면 '서북'과 그녀의 구도가 멋지게 어울려 액자 안에 들어 있는 상태라면 할 말이 없을 뿐만 아니라, 나만의 지나친 생각이 되겠지."

"헷헤, 마치 그 서양식 건물에는 인간이 아니라 별세계의 종족이라도 살고 있을 것 같은 말투로군. 그들도 코가 있고 눈도 있고 귀가 있는 인간이야. 그래서 여자도 출입하는 것이고. 자네가 이상하게 생각하는 건 무리가 아니지만, 아무튼 전혀 이상할 게 없는 일이라고 말해 두겠네. 너무 심각하게 생각할 건 없어. 그건 애당초 그녀의 집이니까."

나영호의 말은 이방근의 정수리에 제대로 일격을 가했다. 거의 의자에서 튀어 오를 듯이 놀란 이방근은 그 말의 의미를 알지 못하여, 한동안 멍하니 앉아 있었다.

"뭐라고……?"

그녀의 집……. 그녀의 집이건 뭐건 간에 그가 충격을 받을 이유는 없었지만, 이방근은 간신히 충격에서 벗어나자, 날카로운 흥미가 크게 가슴을 적시는 복잡한 실망감이 밀고 올라오는 것을 느꼈다.

"나는 실제로 가 본 적은 없지만, 그녀의 말에 의하면 그렇다더군."

나영호가 말했다.

"음, 그렇구만……."

이방근은 그녀가 현재 그곳에 살고 있는지 어떤지 알고 싶었지만, 더 이상 묻지 않았다. 그리고 어느 정도 납득했다는 듯이 고개를 끄덕였다. 그렇군……. 아직 젊은 그녀가 그 저택의 주인이라니……. 그리고 나영호와는 어떤 관계인지, 하하, 괜찮은 기둥서방인지도 모른다. 의문은 복잡하게 얽혀 부풀어 올랐지만, 이방근은 더 이상 그녀에 대해 파고드는 것을 피했다. 직감이 그렇게 명령했다.

구석에 있는 둥근 테이블에서 청년 네댓 명이 격한 논쟁을 벌이고 있었다. 이야기 내용까지는 들리지 않았지만, 시국 이야기를 너무 큰 소리로 떠드는 것은 좋지 않다. 악단의 연주가 끝나자 취객들의 웅성거리는 소리가 파도를 일으키듯 번지고 있었다. 바람이 통하는 2층 창문에서 내려다본 길거리는 아직 밝았지만, 통행인은 드물었다. 서울역 쪽에서 날카로운 기적 소리가 이중, 삼중으로 밤하늘을 찢으며 울려 퍼지고, 기관차가 증기를 분출하는 폭발음도 또렷이 들려왔다. 풍수해로 이재민이 발생한 지역에서 역 홈으로 몰려들어온 군중. 파도처럼 열차에서 홈으로, 그리고 서울역의 현관으로 흘러넘치듯 빠져나오는 군중. ……아이구, 차 안에 있는 여러분! 이놈이 일제강점기에 경찰서장을 하던 놈이오. 이놈이 내 형을 죽였소. 이놈을 어떻게 하면 좋겠습니까. 벌써 2년 전쯤에 상경하던 열차 안에서 벌어진 일이 떠올랐다. 이방근이 앉은 가까운 자리에 한 사람의 신사가 파이프 담배를 물고 앉아 있었는데, 그곳을 지나가던 한 청년이 문득 멈춰 서서 한동안 그 신사를 바라보다가 갑자기 소리를 질렀다. 아이구, 너 이놈, 어디 가는 거야? 눈에 분노가 불타오르는 청년은 상대의 멱살을 잡고 차 안에 있는 군중을 향해, 이놈은 경찰서장을 하던 놈이라고 소리쳤던 것이다. 그놈을 창밖으로 던져 버려! 군중들 사이에 소란이 일기 시작했다. 다음 역에 도착하자, 청년은 신사를 홈으로 끌어내려 주먹으로 패고 발로 찼다. 곧 미군 헌병이 쫓아왔으나, 청년만 연행하여 역 파출소로 인계했다. 승객들이 서장 놈을 잡으라고 소리치자, 신사는 가방을 내던지고 홈 밖으로 도망쳐 버렸다……. 어찌 된 일인지, 오늘 밤의 취기는 두개골 천장에 두통을 일으키며, 크게 흔들리는 화물선의 뱃전을 두드리는 파도 소리가 귓전을 떠나지 않았다. 시커먼 제주도가 밤하늘에 보였다.

"나 동무." 이방근은 다시 입을 열어 화제를 바꾸었다. "자네는 다카키를 만난 적이 있나?"

"다카키? 아니, 없어. 그러나 웬만한 조선인이라면 그의 이름을 모르는 사람은 없겠지. 조선인 '특고'로 일본의 경찰 계통에 명성을 떨친 남자니까 말이야. 그놈이 보여 준 일제에 대한 충성과 조선인에 대한 도베르만 같은 영맹한 사냥 실력은 익히 들어서 알고 있네. 자네가 종로경찰서에 수감되었을 때는 이미 다카키는 그곳에 없었을 거야. 내가 서울에서 체포된 것은 그보다 훨씬 뒤니까, 물론 다카키는 서울에 없었고, 나는 역전에 있는 남대문 경찰서였거든. 유치장에서 기차의 기적 소리를 자주 듣곤 했지. 그곳에서 다카키는 아니었지만, 이 팔을 당하고 말았어(그는 오른쪽 어깨를 떨어뜨리고 왼쪽 어깨를 삐딱하게 들어 보였다). 조선이 독립하자마자 다카키를 맨 먼저 처단하고 싶었던 애국자와, 다카키에게 살해당한 애국자의 유족들이 얼마나 많았겠는가……. 아아. 지금은 밤, 서울은 밤이다, 갑자기 조용해졌군, 악단의 연주가 끝났구만. 거리에 물을 뿌리고 있어. 주룩주룩 비라도 내리는가 했더니, 사람들의 웅성거리는 소리였구만. 천장의 선풍기 소리인가. 서울은 밤낮 할 것 없이 온갖 잡귀가 설쳐 대는 곳으로 변했다네. 아니, 왜 그러나, 자네는 주당이잖아. 어서 마시자고, 이제 한 잔째야, 그렇게 마시다가는 취하기보다 깨는 게 빨라."

나영호는 상대를 재촉하더니 손에 든 조끼를 소리 내어 마주치고는 남은 맥주를 단숨에 비웠다. 그리고는 보이를 불러 다시 주문했다.

"생각해 보면 꿈이야. 난 서대문형무소에서 2년 남짓 있었지. 1943년 여름이던 7월부터 일본의 패전까지 말이야. 분명히 자네는 나보다 2, 3년 빠를 거야. 음, 1940년 출소…… 8·15때, 3년 전의 8·15해방 때 서대문형무소에서 석방되어 나온 사상범 대부분은 지금은 서울에 거의 없을 거야. 있다고는 해도 얼마 되지 않겠지. 적어도 밖으로는 나오지 않아. 다시 지하로 숨어들었든지, 아니면 38선을 넘어 북으로 가 버렸다구. 이 나라에서 일어나고 있는 것은 좌우의 충돌이 아니야. 분명히 그런 측면이 있기는 하지만. 좌우 '합작'도 정력적으로 추진되었지. 여운형이나 김규식 등이 미군정의 중개 아래 적극적으로 추진하던 합작운동이 얼마나 낭만적이었는지 몰라, 나 같은 일개 소설가도 알고 있을 정도라구. 여운형 등은 1년 전에 노상에서 흉탄에 쓰러지고, 원래 문인이었던 김규식은 완전히 정치무대에서 물러나 정치적 불능 상태에 빠져 버렸으니까. 그도 그럴 것이, 대지주 정당인 한국민주당을 기반으로 한 이승만 대통령이 미군정청의 묵인 아래 좌우합작을 무시하고, 그 권역 밖에서 초연하게 오로지 정권 창출에 힘쓰고 있는 판국에 무슨 합작이란 말인가. 게다가 남로당 역시 독자적인 노선을 고집한 것은 말할 것도 없고. 결과론이 되겠지만, 우스꽝스럽지 않은가. 과거에는 레지스탕스로 통일전선, 이른바 인민전선을 형성하여, 신을 믿는 자건 믿지 않는 자건, 좌우가 한 덩어리가 되어 파시즘의 침략자를 몰아내어 해방과 독립을 달성하고 난 뒤, 과거의 동지가 이번에는 아군과 적으로 나뉘어 충돌하고, 서로 싸우는 건 다른 나라에서도 볼 수 있는 비극이야. 그런데 말이지, 이 나라에서는 좌우충돌 이전의 문제, 일방적으로 일제강점기와 다름없는 체제의 강요가 있어, 안 그런가. 핫하앗, 땅을 치며 통곡을 하고, 주먹으로 벽을 두드리며 울부짖어 본들, 이 사회는 꿈쩍도 않아. 지식인들의 주장도 이러한 정치 앞에서는 아무런 효과도 힘도 없어. 외세를 민족 분단과 집권 목적에 이용하는 자들에겐 모기가 나는 소리 정도 밖에는 작용하질 않아. 그래, 모든 것이 자조적인 푸념에 지나지 않는 게지. 허무주의, 정치적인 허무주의야……. 으―음, 인텔리라는 건 기회주의적인 것일지도 몰라, 헤엣헷……."

나영호는 다시 가져온 조끼를 기울이고 나서, 창가에 상반신을 내밀고 아래쪽 길거리를 향해 칵 하고 침을 뱉었다. 다행히 통행인이 없어서 침은 운 좋게 땅바닥에 떨어졌다. 지나가던 잿빛 삽살개가 그 코앞에서 침이 떨어졌는지, 이건 또 뭐냐는 식으로 코끝을 갖다 대고 킁킁 냄새를 맡더니, 멈춰 서서 흐린 눈초리로 2층의 인간을 올려다보고 지나갔다. 이방근은 웃었지만, 나영호는 개를 보고 있지 않았다. 그는 담배를 두세 모금 빨 만큼 짧은 침묵이 흐른 다음, 이방근 동무, 자넨 내가 변한 것처럼 보이나? 라고 조금 자조적인 투로 말을 했는데, 거기에는, 핫하아, 그렇게 보일 거라는 추량의 강요가 있었다.

"얘긴즉슨, 자네가 말하는 정치적 허무주의까지 왔지만, 그 토대가 되는 것이 무엇인지는 나 동무도 이미 알고 있겠지. 제대로 된 인간이 박해를 받고 손해를 보고 있어. 친일파가 적산(敵産) 처리로 일본인이 남긴 재산을 거의 공짜나 마찬가지로 불하를 받았지. 도둑이나 다를 바가 없어. 민족반역자, 친일파가 정계와 재계를 지배하고, 애국자가 수난을 당하는 정신적인 토양이 이 나라에 생겨난 거야. 따라서 이 사회의 풍조는 민족정기라든가, 도덕이라든가 정의 같은 것과는 관계가 멀어지고 말았지. 과거에 나라를 팔아먹은 자들, 일본이나 독일에서의 전범, 중국에서는 한간(漢奸)이야, 그런 자들이 일본이 떠난 뒤에도 사회 상층부를 형성하고 있으니 무슨 말을 하겠는가마는, 거기에선 이른바 선악의 기준 같은 게 이미 소실해 버리고 존재하지 않는

다구. 게다가 나라의 형태를 이루어 이러한 것들이 질서의 틀 안에 야무지게 박혀 있지 않은가. 그야말로 이 민족은 타락하여 절망적인 지경에 이르고 만 것 같단 느낌이야. 일제강점기의 대일 협력에 대한 정신적인 청산, 이게 기본이라구. 전향 문제도 포함되겠지만, 이건 작가 외에는 누구도 할 수 없는 지극히 문학적인 과제라고 생각해. 아직은 아무도 이 문제에 대해 언급을 하고 있지 않아. 해방된 지 3년이 지나고 있는데도 말이지. 어려운 일일지도 모르지만, 그런 문학 작품이 없다는 것은 이상한 일이야."

이방근은 상대를 비판할 생각은 없었지만, 마지막 말은 직접 나영호를 지적한 모양새가 되었다. 이방근은 최근에 읽은 대일 협력 문제를 다룬 나영호의 소설에 상당한 불만을 품고 있었다. 이방근은 계단으로 시선을 옮겨 손님들이 내려가는 것을 보았다. 2층에는 손님이 적었다.

"전향……이라. 대일 협력에 대한 정신적 청산……. 그렇지, 그렇고말고. 핫하, 그러고 보니 반민족적인 친일파들의 태도가 돌변했다는 이야기가 생각나는군." 나영호는 이방근이 지적한 이야기를 무시하듯 화제를 다른 곳으로 돌렸다. "해방 직후부터 국내에서 그들의 힘이 얼마나 강하고, 발언력이 있었는가 하는 것인데, 난 이런 내용을 최근에야 들었어. 해방되던 해가 저물어 가던, 12월 30일이었지, 한국민주당 당수인 송진우가 극우 세력에 암살된 게. 그가 암살되기 한 달 전쯤에 우익진영의 대동단결을 도모하여, 임시정부 요인인 신익희와 조소앙을 비롯한 여러 사람과 한국민주당의 간부들을 요릿집에 불러서는 주연을 베풀었다더군. 그 자리에서 망명생활을 하던 신익희가 좌익에게 약점을 잡히지 않기 위해서라도, 그리고 당당하게 국민 대중들 앞에 서기 위해서라도, 그들이 말하는 민족진영을 말이지, 즉 우익 측 내부 청소, 숙청이 필요하다는 당연한 말을 당연하다고 말하면서, 과거의 친일 인사들과 결합하여 무슨 국사를 의논할 수 있겠느냐고 주장했다는 거야. 그러자 송진우가 격노하며 말했다더군. 친일 인사를 결합했다고 하는데, 우리 한국민주당에는 양심까지 일본에 팔아넘긴 인간은 없다고. 그래서 임시정부의 조소앙이, 국내 인사로서는 전혀 친일을 하지 않고는 살 수 없었을 것이라고 에둘러 말을 던지자, 그럼, 국내 인사는 정치 운동을 할 자격이 없다는 거냐 하면서 송진우가 반박했다는군. 아니, 그런 게 아니라, 정도를 구별할 필요가 있다는 것, 친일에도 경중이 있지 않느냐고 소소앙이 다시 말을 받았다는 거야. 어쨌든 친일파는 좋지 않다, 깨끗이 청소를 해야 한다고 신익희가 계속 주장하면서 대립이 일어났는데, 이때 송진우의 분노가 폭발하여 신익희처럼 망명에서 돌아온 사람들을 고압적인 자세로 꾸짖었다는군. 그런 망언이 어디 있는가. 국내에 근거지가 없는 임시정부를 받아들인 게 누군가, 그런 정도는 알고 있을 터. 그 일을 한 것은 우리들이다. 어디서 그런 잘난 소리를 하는 건가. 중국에서 망명정부가 궁핍하여 최악의 상태에 있을 때, 무슨 짓으로 연명했는가, 국내에서는 모른다고 생각하고 있는가. 임시정부라는 간판 아래 부끄러운 당파 싸움에나 몰두하고 있었던 것이 고작이고, 도대체 한 일이 뭐가 있단 말인가. 국내 인사를 흠잡을 요량이라면, 노형들의 추악한 모습도 감춰지지 않을 거라는 걸 알아야 한다, 잠자코 있는 게 신상에 좋을 것이다. 국외에서는 배는 고팠을지언정, 마음은 편히 지내지 않았는가. 귀국을 했으면 국내 인사들을 위로하는 말 한마디라도 하면 좋을 것을, 이건 정반대로 무슨 짓을 하는 것이냐……. 국내 인사의 숙청 같은 건 서둘 일이 아니다. 제 살점을 스스로가 물어뜯고 있는 사이에, 좌익들에게 먹히지 않도록 조심하는 것이 상책이다. 임시정부 내부에서도 이러한 이야기는 하지 않는 게 현명할 것이다……. 대체로 이렇게 말했다고 하는데, 친일분자를 규합한 일제타협파의 당당한 주장이라고 생각하지 않나. 이러한 위세에 눌려 감히 아무도 반박할 수가 없었다더군. 멋진 정치적 협박 아니겠는가. 이건 무서운 리얼리즘이야. 도둑이 채찍을 휘두를 계제는 아니잖아, 으-흠……."

나영호는 마침내 침을 튀겨 가며 단숨에 이야기를 마치더니, 손을 기계적으로 움직여 조끼 손잡이를 잡고 한숨을 내쉬었다. 그리고는 목이 말랐다는 듯이 튀어나온 울대를 썰룩거리며 움직이며 맥주를 흘려 넣었다. 그는 손등으로 입가를 닦고, 왼손에 들고 있던 땅콩을 입에 넣었는데, 그 표정이 갑자기 어두워지면서 마치 육체적인 고통을 동반한 것처럼 일그러져 험악하게 변했다.

"자네는 취하면 슬퍼지지 않나. 이 동무."

그는 경련이 일어나는 듯한 웃음을 띠우고, 넥타이를 느슨하게 풀면서 말했다.

"……취하면 슬퍼지냐고. 슬퍼지기도 하고 기뻐지기도 하는 거 아닌가."

"그건 농담으로 하는 말 아닌가. 자넨 아마도 내 말을 감상적이라고 생각하고 있겠지. 어떻게 감상적일 수 있겠나. 감상적이라는 것은 아직 인간적이라는 거야. ……지금 내가 막 이야기한 송진우와 같은 협박 앞에서는 어떻게 해 볼 도리가 없지 않은가, 방법이 없다구. 그게 지금은 거대한 콘크리트 벽이 되어 우리를 뒤덮고 말았어. 모든 것이 정치의 힘으로 공기까지도 콘크리트처럼 굳어 버리고 말았지. 감상 같은 게 아니야. 취하면 슬퍼져. 내가 슬픈 게 아니야. 취하면 슬퍼지는 사람이 있어. ……이방근 동무, 자네는 말이지, 나보다도 사물을 보는, 즉 현실을 보는 눈, 생각이 리얼리스트야."

"그거야말로 농담처럼 들리는데……."

"무슨 말을 하는 건가. 이 동무처럼 사회에 등을 돌리고 자신의 동굴 안에 들어가 있는 인간에게 사물이, 사회가 객관적으로 보인다는 것이야. 자넨 내가 변했다고 보고 있어. 내 질문에 대답은 않고 있지만, 그렇고말고, 그 정도는 알 수 있다구. 내 작품이 맘에 들지 않겠지. 일제 협력에 대한 정신적 청산 문제 말이야……. 가장 문학적인 과제를 아무도 쓰지 않고 있어. 한두 편 있다 하더라도 어중간하고, 결국은 자기변명에 지나지 않는 것이 사실이야. 나영호여, 왜 자네는 그것을 쓰지 않느냐는 자네가 비판하는 목소리가 들려. 그건 예전부터 자네가 주장하던 것이지. 그러면서도 자넨 해방 후, 그 민족 독립의 축제 같은 소란 속에서도 일체 사회의 표면에 나오지 않았어. 나는 그러한 고답적인 자넬 비판하기도 했네. 내가 그토록 제주도에서 상경할 것을 권하고, 함께 신시대 건설 사업에 동참할 것을 권했을 때도 자넨 응하지 않았어. 지금에서야 말이지만, 난 자넬 높이 평가하고 있네. 으-음, 자넨 말이지, 겸허했던 거야……."

"겸허, 내가 겸허했다고? 이해할 수 없는 말이야."

이방근은 고개를 옆으로 가볍게 흔들며 웃었다.

"아니, 그렇게 말하지 말게. 자네는 오만한 남자야. 그러면서 겸허했지. 자넨 그 오만함 뒤에 진실을 두려워할 줄 아는 마음을 지녔어. 해방 당시에 과거의 형무소 경력이 얼마나 멋진 훈장이 되었나. 송진우 같은 자들의 그 공갈은 그러한 훈장과 영광, 그리고 정치적인 힘에 대한 공포의 표현이자, 민족정기에 대한 도전이야. 1년보다는 2년이, 3년보다는 4년이 영웅, 애국자의 심벌마크였고, 그들이 신시대의 지도자였어. 많은 사람들이 그것으로 관록을 붙여 자신을 장식하고, 투옥 경력을 속이고, 전향 사실을 감추는 등 오만하게 행동했지. 자넨 폐결핵으로 병보석이 된 인간인데, 그 전향의 과거로 인해 고집스럽게도 일체 바깥세상에 나오지 않았어. 그리고 방탕했지. 그것이 오만하고 타락한 것처럼 보였어. 지금에 와서야 알 것 같은 기분이 드는군. 적어도 자넨 영웅적으로는 움직이지 않았다구. 그걸 가리켜 겸허하다고 말하는 거야. 다른 말로 하자면, 자신 안에 있는 일제의 잔재……야. 그렇다 해도 자넨 대단했어. 해방 후에, 극악 반동이 아니면 좌익만능인, 좌익이 아니면 인간이 아니라는, 좌익이야말로 인간의 구세주라는 시대에, 자넨 그들에게 비판과 매도를 당하면서도 마치 그걸 초월한 것처럼 냉정했으니까. 우리는 당시에 얼마나 많이 일제강점기의 잔재 청산을 슬로건과 함께 외쳤던가. 정당도 문학단체도, 사회 전체가 그것을 외쳤지. 그렇지 않고선 민족의 재생은 있을 수 없기 때문이었어. 그러나 그로부터 3년, 현실은 이처럼 문학작품으로서도 거의 나타나지 않고 있다는 것은, 그야말로 자네의 말처럼 이상한 일이야. 나로서도 그건 알고 있어. 일제의 지배가 그만큼 우리의 심신을 좀먹었다는 말인가. 핫하, 도대체가 말이지, 말도 안 된다구……." 나영호는 조끼를 기울였는데, 취기가 상당히 배어 나오는 말투에는 열기가 느껴졌다. 좀 전에 험악하기까지 했던 어두운 표정에는 더 이상 고통의 빛은 보이지 않았다. "후후, 어째서 오늘 우연히 자네를 만나게 된 것일까. 이런 이야기를 나누려고 그랬을까? 일체를 거부해 온 자넨 겸허했다고……. 자네는 자유롭다네, 자유. 어쨌든 이런 때 제주도에서 나올 정도의 자유가 있으니 말일세. 자네는 혜택 받은 인간이야. 자네는 내가 일제협력자가 아니니까, 따라서 전향의 문제를 포함해서 쓸 수 있을 거라고 말했지. 그게 예전부터 이방근이 해 온 주장이었어……."

"그 말대로야." 이방근이 끼어들었다. "실은 친일작가들이 해야 할 일이지. 그러나 그들은 하지 않거나, 할 수 없을 거야."

"그건 나에 대한 과대평가일세. 그렇지 않다면 비꼬는 것이거나……. 나도 전향한 사람이니까."

"전향했단 말이지. 그렇게 말한다면 피차일반 아닌가. 그러니까 나 영호는 하지 않으면 안 된다구. 난 지금도 그렇게 생각하고 있어."

"……나는 해방 후, 정치 세계에 너무 빠져들었다네. 모두가 그랬었지. 식민지 시대의 우리들의 내면세계, 일제의 잔재로 가득 찬 자신의 내면을 철저하게 돌아볼 틈도 없이 정치 세계에서 너무나 정신없이 시간을 보냈다구. 일제 식민지하의 우리들은 인간으로서 어떻게 살아야 하는가, 그러면서도 있는 그대로의 삶을 살 수밖에 없었지. 이건 서로 다른 게 아니야. 한 사람의 내면에 불가분의 관계로 존재하는 것이거든. 일상생활을 영위하려고 하면 어쨌든 간에 일제와 타협하고, 협력하는 태도가 생기지 않을 수 없었고, 아까 말한 임시정부 요인인 조소앙의 말이 아니더라도, 국내 인사에 있어서 조금이라도 친일을 하지 않고는 살아갈 수 없었다는 말이 되지. 그리고 일본인에 대한 열등감과 지식인으로서 가진 동포에 대한 우월감이 우리 내면에 있었어. 한 인간의 내면이 이처럼 분열돼 있었던 거야. 일제의 지배 아래 분열증이 없었다고 한다면 그건 위선자라구. 조선 민중은 가난과 절망의 밑바닥에서도 자살하지 않았지만, 인텔리들은 이 분열증 속에서 많은 사람이 자살했지. 적어도 일제강점기에 손을 더럽히지 않은 문인은 거의 없었고, 그렇지 않은 사람은 감옥에서 죽거나 했어……. 누군가 쓴 글인데, 지식인들은 자신의 관념을 과신한 나머지 자신이 진보적이라고 믿고 있지만, 진보적이기는커녕, 반동적으로 되지 말아야지 되지 말아야지 하고 애써 노력하고 또 노력해도 반동이 되기 쉬운 것이 인텔리들이 짊어진 숙명이라는 거야. 한편으로는 진리, 한편으로는 교조를 내세워 위압하고 있다고 생각하지 않나…….
이제 곧 폐점시간인데, 조끼 하나 더 마시지 않겠나."

"아직 남아 있잖아. 이것만 마시고 나가지." 이방근은 담배에 불을
붙였다. 갑자기 쌉쌀한 쓴맛이 혀의 표면을 덮었다. 그는 재떨이에
담뱃불을 비벼 끄고 말했다. "그런데 좀 더 써야 할 그 소설이 왜 나오
지 않는 걸까."

"왜 그럴까." 나영호는 수동적인 웃음을 띠우며 말했다. "핫하앗, 자
네가 나를 보는 그 눈빛이 싫어……. 글쎄, 어떻게 말하면 될까, 우리
의 문제지, 나를 포함한 전체 말이야. 그것은 소설 형식의 전통……,
우리에겐 예를 들어 일본의 철저한 자기폭로, 자신을 추구하는 그러
한 사소설 같은 내적 고백체 같은 전통이 없다는 것도 생각을 해 봐야
겠지만, 그 이전에 전반적인 풍조로서, 대일 협력에 대한 양심의 가책
을 별로 가지고 있지 않다는 점을 들 수 있을 거야, 어쩔 수 없지 않았
느냐는 식으로 말이지. 그것이 점점 그런 생각을 가질 필요조차 없다
는 식으로 귀찮아하게 되고, 사회적으로 정착돼 버려서, 나는 서울에
있으면서 2, 3년 사이에 친일파의 전성시대가 되살아 난 것을 느꼈다
네. 일본의 침략전쟁을 구가하면서, 조선 청년들을 전장으로 내몰고,
내선일체, 조선 민족의 일본에의 동화, 천황의 적자로서의 충성을 창
도한 일제 앞잡이 역할을 한 작가들이, 아까 자네가 지적한 것처럼,
전혀 그 과거를 언급하지 않고 있고, 또 언급하지 않아도 좋다, 약간
친일한 작가들에게도 그 고백의 내적 밀도가 희박하지. 아무도 그런
걸 쓰고 싶어 하지 않으니까 말야……. 나 혼자만 너무 말을 많이 한
것 같은데, 이 얘긴 이쯤에서 그만두자구. 나는 더 이상 말을 않겠네."

나영호는 4분의 1 정도 남은 맥주를 단숨에 비웠다. 그리고는 빈
조끼를 탕하고 테이블 위에 놓더니, 좋아! 하고 사람들이 놀랄 만큼

큰 소리를 내며 일어섰다. 이 동무, 장소를 바꾸자고, 한 곳만 더, 난 변소에 갔다 오겠네, 그는 이마로 흘러내린 머리를 아무렇게나 쓸어 올리며 자리를 떠났다.

이방근은 비틀거리는 나영호의 뒷모습을 곁눈으로 보며 맥주를 마시고, 치즈를 조금씩 물어뜯으며 소변을 참았다. ……그러한 일제협력의 정신적 청산 따위는 사회적으로 지닐 필요가 없는 것으로, 귀찮은 것으로 정착돼 버렸지……. 그러나 이것은 이 사회의 풍조이면서 나영호 자신의 생각으로 정착한 건 아닐까. 몇 개월 전인가 그가 쓴 「방황의 거리(彷徨の街)」라는 소설은, 식민지 시대에 대일 협력을 하지 않을 수 없었던 지식인의 모습을 해방 후에 그것과 중첩시켜 쓴 것인데, 거기에는 그 암흑시대에 엄밀하게 따져서 대일 협력자가 아닌 자는 없었다고 하는 일반적인 풍조와 영합하는 태도가 엿보였다. 게다가 멜로드라마풍 연애를 끼워 넣어 친일파의 '고뇌'를 그려 내면서, 친일은 피할 수 없는, 어쩔 수 없는 것이었다는 주인공의 자기변명으로 일관하는 태도가 마음에 들지 않았다. 과거는 어찌 되었든 간에, 그러한 자기변명이 해방 후의 친일 세력이 발호하는 남조선의 현실을 긍정하고 있는 것이다. 분명히 예전의 그와는 다른 자세가 거기에 드러나 있었고, 사회 풍조와의 타협하고, 눈치를 보려는 모습도 확인되고 있었다.

작품을 발표하기 시작한 지 2, 3년, 다작이 아닌 그는 어떻게 생활하고 있을까. 양심적인 작가들의 대부분이 '월북'하여 좌익계 문학단체가 유명무실한 상태가 되고 나서, 체제 편에 선 문학자단체 '문협(文協)'은 지금 유일한 문학자 조직이 되었는데, 그는 거기에 관계하고 있는 것 같았다. 그도 결국 친일작가들과 함께하게 된 모양이었다. 해방 후 '좌'와 '우'로 나누어진 뒤의 일이지만, 해방 전에는 거의 모두가 친일파였던 것이다.

　……그 여자가 어떤 후원자 역할을 하고 있는 것은 아닐까. 술을 마시면 두통이 사라질지언정 생겨나는 일은 거의 없었는데, 두개골 주위 전체가 저리듯이 아팠다. 끼-익, 끼-익……, 녹슨 톱질 소리, 덜컹덜컹, 끼-익, 끼-익……, 마치 톱니바퀴와 같은 것이 회전하면서 머릿속의 텅 빈 공간의 구석으로 빨려 들어갔다. 머리를 흔들자, 톱니바퀴와 같은 것이 덜컹덜컹 울렸다. 뭐지, 이건……. 이방근은 계단 저편에 있는 변소의 바깥문을 열고 나오는 나영호를 보고 자리에서 일어났지만, 갑자기 쓰러질 것처럼 비틀거렸다. 그는 놀라 다리에 힘을 주고 힘껏 디뎠지만, 현기증이 나는 것도 아니고, 의식은 또렷하여 앉아 있는 동안에는 아무렇지도 않았다. 갑자기 휘청거리는 막걸리의 취기와 비슷했다. 그는 잠시 의자에 다시 앉았다가 일어섰다.

　"이 동무, 당숙에게 용무가 있다는 게 사실인가?"

　자리로 돌아온 나영호가 말했다.

　"무슨 소린가, 새삼스럽게, 그러니까 당숙과 만나지 않았는가, 자네도 만났잖아."

　이방근은 불쾌한 듯이 말했다.

　"그랬었지."

　볼일을 본 이방근은 변소 냄새가 뱃속을 자극한 것인지, 갑자기 심한 구역질이 났다. 세면대에 등을 구부린 채 얼굴을 들이대고 수도꼭지를 틀었다. 토악질에도 토사물은 나오지 않았다. 목구멍을 태우는 듯한 황갈색의 위액과 담즙이 섞인 것 같은 소량의 수분밖에는 나오지 않았다. 이 정도 마시고 구토를 하다니 드문 일이었다. 청주 한 사발, 맥주는 병맥주 한 병과 조끼 두 잔, 대수롭지 않은 양이었다. 여행의 피로 때문인가. 어젯밤에는 목포에서 하룻밤을 묵었다. 이방근은 목구멍 안으로 손가락 두 개를 깊이 집어넣었다. 나온다. 등이 크게 꿈틀거리듯 물결치고 위장 밑바닥으로부터 토사물이 세찬 기세로 밀고 올라왔다. 간신히 소리를 억눌렀다. 대부분이 맥주가 섞인 액체였다. 그는 토사물을 물에 흘려보내면서 입을 헹구고, 손을 씻은 뒤 잠시 벽에 기대 서 있었다. 조용했다. 일체의 소리가 차단된 것처럼 조용했다. 머릿속의 소리도 사라졌다.

두 사람은 손님들이 거의 돌아가 조용해진 맥주홀을 나왔다. 거리를 잠시 걷고 있던 나영호가, 어때, 오늘 밤은 미행이 따라붙지 않았나, 하고 이방근의 마음을 읽는다는 듯이 밀했다. 음, 그런 것 같아. 이방근은 두통이 심하지는 않았지만, 뒤통수 쪽으로 옮겨 가 저리는 것처럼 사라지지 않았다. 두 사람은 충무로에서 옆길로 빠져, 근처 명동, 나영호가 자주 들르는 바에서 한동안 마셨다. 이방근은 내심, 나영호가 그 여자에 대해 이야기해 주기를 기다렸으나 그러지 않았다. 그렇다고 이방근 자신이 그 여자는 뭐하는 사람이냐고 물을 생각은 없었다. 내일은 아침부터 볼일이 있다, 오늘 밤은 이것으로 끝내고 집으로 돌아가자 해도 나영호는 듣지 않았다. 난 여기 있을 테야, 자네 먼저 돌아가. 그는 계속해서 술을 마셨고, 이방근은 취할 생각은 없었지만, 상대에게 끌려가는 모양새가 되었다. 이윽고 나영호가 카운터에 엎드려 잠이 든 것을 확인하고 계산을 마친 뒤 밖으로 나왔다. 당숙의 집 전화번호를 맥주홀에 알려 두었으니, 필요하면 연락을 할 것이다.

바깥 공기를 쐬면서 잠시 걷고 있자니, 깨어 있는 의식에 취기가 열기를 띠고 되살아났다. ……버글버글버글 부글부글부글……, 침이 솟아나는 듯한, 해변의 수많은 게가 거품을 품어 내는 듯한 소리, 아니, 버글버글버글 어둠 속에 파충류가 꿈틀거리며 진행하는 소리. 갑자기 건물이 무너져 그 파편이 언덕으로 굴러 내리는 듯한 소리가 어둠 속에 울리고, 이방근은 눈을 떴다. 그를 태운 택시가 달리고 있었다. 차내가 다른 세계와 단절되어 밀폐된 진공처럼 조용했다. 아무것도 보이지 않았다. 버글거리는 이명과 성난 파도……. 취한 모양이었다. 토할 것 같지는 않았지만, 술을 마시면 없어질 거라고 생각했던 두통은 그대로 머릿속에 남아 있었다. 이 동무, 내가 타락했다고 생각하겠지. 이 소리, 들릴까 말까 하는 벌레 소리, 버글거리며 파충류가 기어가는 듯한 소리……. 오빠, 오빠, 일어나세요. 바람이 창문으로 들어왔다. 정신을 차려 보니 차는 종로경찰서 바로 근처를 달리고 있었다. 네거리의 오른쪽으로 보였을 종로경찰서 건물을 확인할 틈도 없이, 차는 안국동의 좁고 완만한 언덕길로 접어들어 올라갔다.

3

커튼 너머로 비치는 희미한 빛 속에서 이방근은 잠을 깼다. 참새로 생각되는 새들의 지저귐이 멍하니 물에 잠긴 듯한 느낌으로 들리는 무거운 머리와 눈꺼풀은, 분명히 작취미성(昨醉未醒), 숙취의 상태였다. 어젯밤 귀가한 뒤에도 술을 마신 것이다. 그러나 이 네모난 벽 속은 어디인가, 바로 생각이 나지 않았고, 머리맡에 위스키 병과 형태가 다른 두 개의 컵, 유리로 된 물병을 담은 쟁반을 발견할 때까지는 자신이 여동생의 옆방에서 자고 있다는 사실을 완전히 잊고 있었다. 물병과 위스키는 어젯밤 늦게 술을 더 마시고 싶어 하는 이방근에게 당숙모가 가져다준 것이었다. 그는 물을 마셨다. 물을 듬뿍 흡수하는 뱃속의 상태로 볼 때, 숙취는 대단한 것이 아닌 모양이었다.

무거운 눈꺼풀이 점차 가볍게 들어 올려지고, 눈이 크게 완전히 열려 안구에 공기의 접촉을 느꼈다. 쟁반 옆에 있는 손목시계를 들어 시간을 보니 아직 여섯 시 반이었다. 이대로라면 열 시경에는 술 냄새가 거의 사라질 것이다. 그는 상반신을 일으켜 커튼을 그대로 둔 채 창문을 열었다. 새가 지저귀는 소리는 물속에서가 아닌, 이른 아침 공기를 투명하게 흔들고 있었다.

어젯밤에는 늦게 들어왔다. 열한 시가 다 되었는데, 당숙부부에게는 결코 이른 시간이 아니었다. 두 사람은 그때까지 자지 않고 있었고, 고맙게도 목욕물을 준비해 놓고 있었다. 상당히 취해 몸은 나른했지만, 땀을 씻어낼 정도로 가볍게 목욕을 한 뒤 옷을 갈아입고 이부자리 위에서 다시 술잔을 기울였던 것이다. 맥주홀에서 느꼈던 토할 것 같던 기분은 취기가 돌면서 사라지고, 끼-익, 끼-익, 덜컹덜컹, 덜컹덜컹……머릿속에서 톱니바퀴가 삐걱거리는 듯한, 머리 전체를 진자가 회전하면서 계속 때리는 듯한 두통도 겨우 취기 속에서 사라진 듯했다. 의식했을 때는 이미 두통이 완전히 사라져 있었지만, 대신에 취기의 물결이 진자가 사라진 두개골에 소리를 내며 찰싹찰싹 밀려들었다. 그리고 결코 환청이 아닌, '볼레로', 라벨의 그 '볼레로'가 귓전에 울려 퍼지고, 같은 선율이 무한정 반복되다가, 마침내는 흠집이 난 레코드처럼 반복되었다.

그것은 귓전에서가 아니라, 바람이 커튼을 걷어 올리면서 열어 놓은 창문 밖 밤의 구석에서 들려오는 것 같았다. 창문과 돌담 사이에 있는 정원수가 바람에 흔들리는 소리도 아니었다. 똑같이 반복되는 억양 있는 선율이 퍼져 나가 넓은 바다의 파도 소리와 뒤섞이고, 크게 흔들리는 작은 화물선의 뱃전을 두들기는 파도 소리가 계속해서 고막을 때렸다. 그리고는 백 톤 남짓한 배를 삼켜 버릴 듯한 성난 파도의 포효. 그것은 현해탄을, 대한해협을 건너는 예전 관부연락선의 거대한 몸체를 두들기던 빌딩만 한 파도였고……, 건물이 무너지며 그 잔해가 와그르르 데굴데굴 언덕을 굴러 내려오는 소리……. 그는 눈을 떴다. 비몽사몽, 거의 잠이 든 것 같았지만, 꿈은 아니었다. 그는 창문을 닫고 이불 위에 누운 채 취한 눈으로 한동안 천장을 바라보고 있었다. 방 안이 배처럼 흔들리고 물보라가 눈앞을 스쳤다. 돌아가지마, 돌아가지마, 파도 소리가 계속 등을 두들기고, 계속해서 몸을 뒤척였다. 그렇지, 어젯밤 전등을 끈 뒤에도 한동안 파도 소리가 계속 등을 때리고 있던 것을 이방근은 이부자리에서 담배를 피우며 생각해 냈다.

왜 또 느닷없이 '볼레로'인가. 음악은 반복하는 예술이라고 하지만, '볼레로'는 끊임없는 반복……. 숙취의 통증은 머리 한구석에 앙금을 남겼지만, 어젯밤과 같은 기묘한 두통은 이제 없었다. 뱃멀미를 하면서도 구토를 억제할 수 있었는데, 마시고 있던 도중에 구토를 느낀 것은 근래 없는 드문 일이었다.

며칠 만인가, 마침 엊그제 아침 여덟 시, 20여 명을 태우고 성내의 산지 항을 출발한 화물선은 그날 밤늦게 열두세 시간 걸려서 목포에 무사히 입항했다. 해상교통이 차단되고 정기 연락선의 운항이 끊긴지 3, 4개월이 되었다. 허가 없이는 섬 내외의 출입을 할 수 없게 돼 있었다. 몇 톤 밖에 안 되는 어선의 어두운 선창에 많은 사람이 빼곡하게 실려서 며칠씩이나 계속되는, 일본으로 목숨을 건 밀항에 비할 바는 아니더라도, 십여 시간이나 크게 흔들리는 배를 타는 여행은 결코 쉬운 일이 아니었다. 그러나 밤과는 달리 수평선 너머로 한라산 정상이 가라앉으며 섬의 그림자가 사라져 갈 때, 제주도가 강력한 힘에 이끌려 급격히 바다에 침몰하는 것 같아, 두 번 다시 돌아오지 못할 여행을 떠나는 듯한 착각에 빠졌다. 잘 있거라, 제주도. 이상한 일이었지만, 그것이 착각이었는지 어떤지……. 그것이 해방감이라면 거친 제주해협이라고는 하더라도, 난파선이 아닌 선상에서 무한한 공간을 안고, 밀폐된 진공의 땅에서 창문을 열고 나온 느낌은 부정할 수 없었다. 왜 특별히 하는 일도 없는 자신이 제주도에 머물러 있는 것인지 이해하기 어려웠다.

화물선의 뱃전을 두드리는 파도 소리가 반복되고, 계속 등을 두드리는 파도 소리……. 임신한 젊은 아내가 거의 울다시피 구토를 반복했다. 게릴라 토벌을 위해 현지에 파견된 국방경비대 간부의 아내가 고향으로 돌아가는 중이었다. 우글거리며 어둠 속을 파충류가 기어가는 듯한, 딸각딸각딸각딸각 많은 조개가 중얼거리는 듯한, 많은 게가 거품을 품어 내는 듯한……, 그건 이명이 아니었던가. 소리의 기억은 있지만, 지금 소리가 되살아나지는 않는다. 도대체 그 하얀 뒷모습의 여자는 누구인가. 문·난·설. 넓은 정원의 통로 양쪽으로 흰색과 붉은색의 범람, 철쭉이 만개한 저택의 여주인. 그 여주인이 커피를 가져왔다……. 그녀는 나영호의 쓸 만한 후원자인지는 모르지만, 아마도, 아마도 누군가의 첩일지도 모른다, 그렇지 않을까…….

다시 눈을 뜬 것은 여덟 시가 좀 지나서였다. 오빠, 일어나세요, 오빠, 일어나세요 하는 소리에 벌떡 일어났는데, 미안하다고 하면서 안쓰러워하는 숙모의 목소리가 들렸다. 한 시간 정도 깊이 잠이 든 것 같은데, 피로가 풀린 느낌이었다. 역시 피곤했던 모양이다.

아침식사는 안쪽 거실에서 당숙인 이건수와 밥상을 마주하고 앉아 간단하게 끝냈는데, 무엇보다 해장이 필요한 뱃속에 자리회와 그것을 냉육수로 만든 물회가 좋았다. 회를 차가운 국물로 만드는 것은 제주도식 조리법이었는데, 자리 외에도 참깨와 부추, 풋고추 등을 썰어,

그것을 여러 양념과 버무린 식초를 넣은 국물을, 딱딱한 작은 뼈를 기름기가 오른 살점과 함께 씹어 뱃속으로 보내는 느낌이 참 좋았다. 내장의 세포 구석구석에 쌓인 오래된 알코올 성분이 씻겨 나가는 것 같은 것, 식욕이 없어도 이 맛에는 위장이 반응했다. 아침부터 일부러 자리회를 만들기 위해 남대문시장까지 갔다 왔다고 했다.

숙모는 해장을 할 거라면 막걸리를 차게 해 놓은 것이 있다며 조금 주저하듯 말했는데, 작취미성(昨醉未醒), 그야말로 술이 없이 무슨 성주탕(醒酒湯)이란 말인가. 그러나 이방근은 웃으며 그건 더 없이 좋은 말씀이지만, 숙부님이 마시지 않으신다면 저 혼자서는 조금, 이라며 먼저 한마디, 그건 인사말이었지만, 그러자 상대는 얼른 무슨 체면을 차리고 있어, 그런 건 신경 쓰지 않아도 돼, 나는 원래 술을 그다지 마시지 않는 사람이니까라고 말했다. 예, 그건 알고 있습니다. 어른이 계시니까, 일단 말씀이라도 그렇게 드려야 할 것 같아서요, 핫, 하아, 저는 아버지 앞에서는, 아버지가 함께 드신다면 몰라도, 게다가 아버지가 마시라고 했을 때의 일입니다만, 지금도 해장술은 마실 수가 없습니다. 그러나 지금의 저는 그런 게 아니라, 경찰에 얼굴을 내미는데 얼굴에 술기운이 있어서는 안 될 것 같다는 생각뿐입니다……. 그로서는 기특한 대답이었다.

"아이고, 그렇고말고, 경찰서로 유원이를 데리러 가는데 술로 얼굴이 벌개서는 안 되지. 술은 나중에라도, 집으로 돌아와서 천천히 마시는 게 좋고말고……."

숙모는 자기 뜻대로 돼서 만족스럽다는 듯이 웃는 얼굴로 말했다. 얼굴 전체에 곰보 자국이 있는, 이른바 여름철 밀감 같은 얼굴을 한 그녀의 마음은 부처님처럼 선량했다. 설사 신앙을 가진 사람이 의식하고 선량한 척한다고 해도, 그녀처럼 지극정성으로 주위를 보살펴

주기는 어렵다. 필요하다면 삼식 중에 매일 한 끼 분량을 줄여서라도
주위에 마음을 쓰는 사람이었다.

"해장술은 당신이 말하는 것처럼 많이 마시는 게 아니야. 방근이가
그 정도로 얼굴이 빨개질 거라고 생각해. 내 체면을 생각해서 하는
말이야."

"그래도 당신은 술을 좋아하지 않으니까 그렇지만, 나는 아침부터
해장술로 얼굴이 벌겋게 된 사람을 자주 본다구요. 오늘 아침에도 시
장에 술꾼이 있었는데 옆을 지나치자 술 냄새가 풍기던 걸요……."

밥상 옆에 시중을 들듯이 앉아 있던 그녀가 말했다.

"그래요, 핫, 하아, 숙모님 말씀이 맞아요. 해장술이 없어도 이 자리
물회가 얼마나 맛있는지 모릅니다. 해장, 술을 깨게 만드는 국물로
오장육부가 구석구석까지 씻겨 내려가는 느낌입니다……."

사발에 건더기가 가득 담긴 국물에 숟가락을 집어넣어, 밥에는 거의
손을 대지 않고 자리회만으로 식사를 끝냈는데, 오장육부에 스며들어
위와 장을 부드럽게 조여 오는, 그 뒷맛에 되살아난 느낌이 들었다.

이방근은 어젯밤부터 이건수에게 경찰서에는 혼자 가도 되니 신문
사에 출근하시도록 권했지만, 걱정할 것 없어, 자신이 유원이의 신원
보증인이니까라는 말을 반복하는 바람에, 결국 두 사람이 함께 가기
로 했다. 경찰서는 기묘한 느낌이 들 만큼 가까웠다. 걸어서 10분이
면 갈 수 있었기 때문에, 아홉 시 반을 조금 넘겨 집을 나가면 시간에
맞을 것이었다.

"……그런데, 방근이." 밥상을 앞에 둔 채 이건수는 담배를 한 모금
빨면서 미소를 띠고 말했다. "생각해 보니 너도 옛날에, 음, 그게 언제
였더라, 일본이 미국과 전쟁을 막 시작할 때였던 것 같은데, 서대문형
무소에 들어가기 전이야. 너도 아마 종로경찰서에 끌려 들어갔을 걸."

"예, 그렇습니다."

"아이고, 이 양반이 무슨 말을……. 마치 그 애가 누나이고, 방근이가 동생인 것처럼……. 어머나 이런, 이렇게 말해도 되나. 나까지 오빠를 동생이라고 해서, 방근이 미안해. 나는 시골 여자라 무식해서 말이지. 당신, '너도'가 아니에요. '도'라는 것은 내가 들어도 이상하니까……."

"내가 지금 그렇게 말했나, 방근이도……라고. 그, 그렇다면 내 실수야. 당신 말이 맞아. 귀찮은 할망구라니까……."

"귀찮은 할망구가 있으니까 잘못도 금방 고칠 수 있는 거잖아요." 그녀가 웃으며 대답했다.

"그게 언제였더라, 소화(昭和)로 치면 몇 년이 되나?"

"종로경찰서로 끌려간 건 소화 14년입니다. 태평양전쟁이 소화 16년이고, 그 전년에 병보석으로 형무소를 나왔으니까, 소화 14년 봄의 일입니다. 서력으로는 1939년, 창씨개명의 해, 민족 멸망에 박차를 가하는 '역사적'인 해입니다만. 벌써 9년 전의 일, 햇수로 벌써 10년입니다."

"10년이면 강산도 변하는 법, 한참 전이구만. 나는 고향인 시골에서 농사를 짓고 있었지. 태수 형님께 불려가 남해자동차에서 일을 시작하게 된 건 그로부터 2, 3년 뒤의 일이야. 강산도 세상도, 세계도 많이 변하기는 변했는데……."

이건수는 말꼬리를 흐리고, 밥상 위의 재떨이에 담배를 비벼 껐다.

"그렇게 오래된 일이었네, 그러고 보니 방근이 어머님이 아직 건강하실 때였어. 유원이도 국민학생이었고. 성내에 갔을 때 댁에 들러도 방근이는 일본 도쿄에서 유학을 하고 있어서 좀체 볼 수가 없었지만, 그때부터 유원이는 피부가 하얀 정말 예쁜 여자아이였어. 엄마를 닮아서 말이지. 시집 간 딸 문자와는 그때부터 사이좋게 지냈는데. 나이는 문자가 많았지만……."

숙모는 과묵한 편이었지만, 잠시 부부 사이의 대화가 갑자기 식탁 위에서 활기를 띠고, 그 분위기에 이끌려 이야기가 확대되는 것을 이방근은 조금 지루하게 듣고 있었다.

"……앞으로 그 애가 돌아오려면 한 시간도 안 남았군. 나는 석방을 기뻐할 뿐이야. 어젯밤에도 말했듯이 뒷일은 방근이에게 맡길 수밖에 없다고 생각하고 있어. 잘 부탁해."

"그 애는 오빠가 일부러 제주도에서 마중을 와줘 기뻐할 거예요. 당신은 전에 면회 갔을 때 방근이가 오는 걸 그 애에게 확실히 말했겠죠. 전 왠지 불안해서……." 그녀의 얼굴에서 갑자기 미소가 사라졌다. "남자들이 지금부터 중요한 일로 나간다는데, 이런 말을 하는 것은 좋지 않겠지만, 유원이는 틀림없이 석방되는 건지 모르겠어요. 전 아까부터 그게 걱정돼서 너무 불안한데, 이런 말을 하는 것은 여자가 재수 없는 소리를 하는 것 같아서……."

"여자들은 언제나 불필요한 걱정을 한다니까. 두부라도 준비해 놓고 있어……." 조금 불안한 듯이 이건수가 자리에서 일어났다. "슬슬 준비하고 나가야겠어."

두부라는 이건수의 말에 이방근은 갑자기 우스워졌다. 조선에서는 형무소나 유치장에서 나오면, 가장 먼저 두부를 먹이는 습관이 있는데, 유원이 그 두부를 먹게 될 줄이야, 아니, 이게 도대체 어떻게 된 일인가.

"그건 벌써 준비해 뒀어요. 어쨌든 그 애가 틀림없이 돌아오기만 한다면야……."

그녀가 갑자기 눈물 섞인 목소리를 내는 바람에 이방근의 나오려던 웃음이 사라져 버렸다. 전혀 피가 섞이지 않은 숙모였다. 그녀는 조금 코를 훌쩍이면서 자리에서 일어나 밥상을 치우기 시작했다.

"걱정하실 것 없어요. 틀림없이 돌아올 테니까."

이방근은 단정적으로 말하고 웃으면서 일어났지만, 사실 그것은 알 수 없었다. 8·15인 내일은 일요일이기도 해서 그 하루 전인 14일에 석방을 하는 것은 공작의 결과에 의한 '특사'인지도 모르지만, 다른 한편으로는 아침 신문에 나와 있듯이 8·15를 앞두고 수도 서울은 경계 태세에 들어가 있었다. 어떻게 될지 알 수 없었다. "가두 검거 70명 8·15 전 수도 관하 경계 강화" "……8·15를 3일 앞둔 수도경찰청에서는 12일 오후 아홉 시부터 다음날 아침에 걸쳐 관하 각서의 사찰, 수사계를 총동원하여, 갑자기 시내 거리에서 일제히 검속을 실시했다. 불온분자, 가두연락 혐의자로서 종로서의 열 명 검속을 비롯하여, 관하 각서에서 총 70여 명을 검속했다고 한다……." 어쨌든 종로서는 일제강점기부터 사상범 검속으로 유명한 경찰서였다.

"숙부님, 아직 이른 거 아닌가요. 천천히 가시지요. 바로 옆인데."

"그렇지."

"그래도, 좀 빨리 가는 편이 좋지 않을까." 숙모가 치우던 것을 양손에 든 채 말했다. "수속도 해야 할 것이고, 만일 열 시 전에 석방되면 그 아이는 경찰서에서 혼자……."

"어린애도 아니고, 괜찮을 겁니다. 유치장에 들어가는 게 아니라, 그곳에서 나오는 거니까요. 실은 마중 갈 필요도 없는 일입니다. 바로 옆이니 혼자서 돌아오겠지요."

"제주도에서 일부러 온 오빠가 무슨 말을 하는 거야. 가족이 가지 않으면 내보내 주지 않는다구. 그건 그렇고, 정말 빈손으로 가도 되는 건지 모르겠네."

"괜찮습니다. 물건을 교환하는 것도 아니고, 그렇지, 경찰 관계자에게는 이미 건넬 것은 건넸으니까(서울에서의 사전 공작에 실제로 움직인 것은 이태수였지만, 그 비용은 당연히 아버지인 이태수가 냈다. 다만 그로서는 당연한 일이었지만, 이방근은 그 비용 일체를 자신이 변통하고 있었다). 거리가 멀다면 옷이라도 가지고 가 여관에서 갈아입기도 합니다만, 경찰서가 바로 코앞이라서……."

그때 현관의 초인종이 울렸다. 그리고 이쪽이 응답을 하지 않았는데도 멋대로 문이 열리고 여러 사람이 들어오는 기척이 났다. 아침부터 누구인가. 이방근은 자신도 모르게 가슴이 덜컹 내려앉았는데 숙부 쪽으로 시선을 돌리는 순간, 안녕하세요, 라는 여자의 목소리가 들렸다.

"아, 유원이 친구들이 온 모양이네. 어젯밤에는 늦어서 이야기한다는 것을 잊고 있었는데, 그 애 친구들이 오기로 돼 있었어. 경찰서로 우르르 몰려가는 건 좋지 않으니 집에 모여서 기다리기로 했대. 너무 소란스러워도 좋지 않을 것 같아서 몇 명만 오기로 했다나 봐."

그녀는 치우다 만 것을 일단 밥상 위에 내려놓고 현관으로 나갔다.

"자아, 이쪽으로 들어와요. 유원이 오빠가 마침 제주도에서 와 있어요. 지금부터 나가려던 참이지만……. 다들 밥은 먹었어?"

여자 둘, 남자 하나로 세 사람의 청년들이 방 안으로 들어와 이건수와 이방근에게 정중히 인사를 하고 나서, 여자들은 장판 위의 방석에 앉았다. 젊은이의 양말 탓일까. 뭉클한 땀 냄새가 밖에서 흘러 들어와 코를 찔렀다.

"일부러 여동생을 위해 아침부터 와 줘서 고맙네."

이방근은 힐끗 세 사람을 쳐다보고 나서 말했다.

"이방근 씨 이름은 잘 알고 있습니다. 언제 오셨습니까?"

팔꿈치까지 소매를 걷어 올린 낡은 와이셔츠에 검은 학생바지를 입은 머리가 긴 청년이 말했다. 옅은 다박수염이 귀여웠다.

"어제 저녁입니다."

"아, 그렇습니까. 보통사람 같으면 도저히 제주도에서 나올 수 없을 텐데 말입니다. 저어, 유원 동무가 돌아온 뒤에, 방근 씨, 가능하면 최근의 고향 모습을 이야기해 주시지 않겠습니까. 친구가 몇 명 더 올 예정입니다만, 모두가 듣고 싶어 합니다. 제주도 출신이 아닌 사람도 있습니다만, 그들도 물론 듣고 싶어 할 겁니다. 전 한림 출신입니다만, 봄방학 때 바빠서 가지 못했기 때문에, 설날 때 갔다 온 게 마지막입니다. 물론 저만 그런 건 아니지만요."

이방근은 순간적으로 대답을 망설였다. 어젯밤 이건수에게 필요하다면 조만간 이야기하겠다고는 했지만, 이것은 예기치 못한 갑작스런 요청이었다. 몇 명이 모이는 것인지, 열 명 정도이겠지만, 불온집회로 주목받지 않도록 주의해야 한다. 제주도 출신 학생들의 학우회가 공식적으로 미군정청을 비롯하여 각 방면에 제주도 4·3사건의 수습에 관한 청원서를 내고, 신문에서도 그 일과 관련하여 보도되었기 때문에, 사건에 관해 이야기하는 것이 그대로 위법은 아니라 할지라도, 그것은 해석하기 나름일 것이다. 그리고 고향 출신 청년들을 앞에 놓고 어떤 이야기를 한단 말인가. 나는 도대체 뭐하는 사람, 고향 땅에서 무얼 하고 있는 사람인가 하는 생각이 갑자기 솟아올랐다. 그러나 무엇보다도 그러한 이야기를 하고 싶지 않았다.

"……글쎄. 어제 여기에 도착하고 바로 당숙께서 보여 주셨는데, 여러분의 학우회가 각 방면에 보낸 청원서를 읽었습니다. 정말 훌륭한 내용이었습니다. 어쨌든 갑작스런 부탁이고, 설령 이야기를 한다고 해도 어떤 말을 어떻게 해야 좋을지 모르겠지만, 경찰서에 갔다 온 뒤에 결정하기로 합시다. 슬슬 나가 봐야 하니까. ……여러분보다도 어린 여학생들이 계속 연행되고 있다고 하는데, 오빠가 숙부와 함께 여동생을 데리러 가는 것이 왠지 허풍을 떠는 것 같단 느낌도 없지 않습니다. 그런데 내일 8·15를 앞두고 서울은 경계가 강화되는 것 같은데, 모두가 한 곳에 모이는 게 괜찮을지 모르겠군요."

"우리는 불온분자가 아닙니다. 우리 학우회는 친목 단체이고, 회원인 유원 동무가 경찰서에서 나오게 되었으니 우리끼리 간단한 환영 파티를 여는 겁니다. 그래도 한 번에 오는 것은 눈에 띄기 때문에, 두세 사람씩 분산해서 오기로 했습니다만, 인원은 열 명까지로 제한했습니다."

"글쎄, 그건 알겠는데, 경계하는 편이 좋을 걸세. 그럼 우리는 이만 가 봐야 돼서."

"말씀하신 대로입니다만, 우리는 충분히 경계하고 또 생각하고 있습니다. 삐라 한 장 소지하지 않고 있습니다, 별일 없을 테니 안심해 주십시오."

안심해 주십시오, 마지막 말에 이방근은 울컥 화가 치밀었으나, 잠자코 일어나 자신의 방으로 돌아왔다.

이건수는 넥타이를 매고, 이방근은 노타이셔츠에 저고리를 걸치고 나오다가, 혹시 '나'라는 남자로부터 전화가 오거든, 여동생의 일은 말하지 말고 그저 용무가 있어서 저녁때까지는 돌아오지 않을 거라는 말을 전해 달라고 숙모에게 부탁했다. 여름 태양은 이미 중천에 있었고, 노면을 반사하는 햇살에 눈이 부셨다.

"어떻겠습니까. 젊은 사람들이 모여들면 사복경찰이 잠복이라도 하지 않을까요."

"그들끼리 '출옥' 축하라도 하는 것이겠지. 이쪽에서는 장소를 제공할 뿐이야."

"장소만 제공하는 것으로 끝나지는 않겠지만……. 숙모님이 힘들겠
군요. 그리고 보면 대단한 출옥 전사인 셈입니다. 핫하아, 전사가 되
면 곤란한데."

좌우로 벽돌담이나 돌담으로 둘러싸인 작은 돌멩이가 굴러다니는
완만한 언덕길을 내려갔다. 미 중앙군정청 앞으로 통하는 큰길로 나
온 순간, 옆쪽에서 갑자기 선생님 하고 말을 걸어왔다. 목소리의 주인
공은 동행인 젊은 여자 두 사람 중의 한 사람이었는데, 여동생의 학우
인 조영하였다. 상대는 자신이 말을 걸었으면서도 순간 볼을 붉힌 것
같았다. 이방근은 이를 냉정하게 바라보면서도 내심 섬뜩한 것을 느
꼈다. 왜 섬뜩한 것일까. 그것은 차가운 느낌도, 불쾌한 것도 아니었
지만, 일종의 기계적인 반응이었을지도 모른다. 올봄에 서울에 왔을
때 여동생과 셋이서 식사를 했는데, 여동생의 눈을 피해 하필이면 이
방근에게 대담한 유혹, 구애를 시도한 위험한 아가씨였다.

"조영하예요. 방근 선생님은 언제 오셨어요?"

그녀는 둥글고 귀여운 얼굴에 미소를 지으며, 전과 마찬가지로 엷은
홍색의 연지를 바른 입술을 움직여 이방근을 올려다보듯 쾌활하게 말
했다. 그녀에게는 밝은 녹색 양장이라는 인상이 있었지만, 지금은 흰
블라우스에 감색 치마의 학생복 차림이었다. 원래 여동생인 유원과는
달리 꽤 여성스런 느낌을 주는 아가씨였는데, 부풀어 오른 가슴을 덮고
있는 흰색 블라우스가 햇살을 받아 묘하게 생생한 느낌을 주었다.

"아, 어제 저녁입니다. 지금 숙부님 댁으로 가는 중이지요. 일부러
와 줘서 고마워요."

"전에는 맛있는 음식을 사 주셔서 감사했습니다. 유원을 마중 가는
중이신가요."

"그래요, 그럼 나중에……."

두 사람은 이건수에게도 인사를 하고 서로 엇갈리듯 언덕길로 들어 갔다.

이건수와 이방근은 큰길을 왼쪽으로 돌아 많은 차들이 왕래해서 먼 지가 피어오르는 메마른 길을 잠시 걸었다. 이건수가 자꾸 손목시계 를 들여다보는 사이에 오른쪽으로 경찰서 건물이 다가왔다. 정면은 일제강점기 그대로 어딘지 모르게 중국풍이 나는 흰 벽에 파란 기와를 얹은 세련된 이층건물이었지만, 비바람에 씻긴 탓인가 왠지 칙칙해 보였다. 현관 근처에 포장이 달린 트럭과 지프가 여러 대 정차해 있었 고, 무장경관이 건물 옆의 구내로 들어가는 통로를 바쁘게 드나들고 있었다. 이방근은 마른 침을 삼켰다. 여름 밀감의 껍질을 까는 것만으 로 먹기도 전에 신 느낌을 주는 쓴 침이 솟아올라 입안에 고였다.

이 건물에 들어가는 것은 아주 오랜만인, 거의 10년만의 일이다. 열 시 5분 전이었다. 과연 여동생은 나올 것인가. 건물 안으로 들어가 는 순간, 이미 석방되어 마중오기만을 기다리고 있는 여동생의 모습 이 눈에 들어올지도 모른다 생각했지만, 이곳으로 들어오자 갑자기 불안이 날카롭게 가슴을 찔렀다. 좀 전에는 마치 여동생을 내버려 두 기라도 할 듯한 말투를 여러 사람 앞에서 했지만, 만일 뭔가 새로운 이유로 석방되지 않는다면 어떻게 할 것인가. ……그것은 그때의 일 이다. 입구의 낮은 계단을 올라가 안으로 들어가자 카운터 너머로 넓 은 실내가 보였다. 어딘가 책상 옆의 의자에라도 오도카니 앉아 있을 지 모른다고 생각한 여동생의 모습은 보이지 않았다. 아직 지하의 유 치장에서 영치품을 돌려받거나 하는 수속을 하고 있는 것인지, 아니 면 이미 유치장을 나와 어딘가 다른 부서에 가 있는지도 몰랐다.

이건수가 입구로 들어가 바로 앞에 있는 카운터의 경찰관에게 명함을 내밀고 용건을 말한 뒤 사찰계에 전해 달라고 부탁했다. 벤치가 놓여 있지 않은 카운터와 연결된 통로의 창가에서 담배를 피우며 잠시 기다렸다. 창문 너머로 경찰을 실은 트럭이 떠나는 것이 보였다. 내일의 '개벽 이래 최초의 국민선거'에 의해 탄생한 대한민국 정부 수립의 식전을 앞둔 예비검속을 겸한 출동일 것이었다. 오늘 밤부터 내일에 걸쳐서 외국 사절이 속속 입경하고, 도쿄의 맥아더 원수도 참석할 예정이라서 눈에 띄는 검속은 삼가야 한다. 총검의 힘으로 강행된 5월 10일의 남조선 단독선거의 연장선상에 있는 신정부 수립도 폭력 장치 없이는 이루어질 수 없었던 것이다.

"늦는구만……."

이건수가 바깥 광경을 보고 불안한 듯 말했다.

"지금 막 열 시가 지났을 뿐이에요……."

이방근은 당시와는 상당히 모습이 변했겠지만, 지하에 그대로 남아 있는 감방에 여동생, 그리고 여동생의 나이와 그다지 차이가 없는 학생 시절 자신의 모습을 중첩시키자, 또 다시 쓰고 신 침이 솟아나서는 입안에 고이는 것을 느꼈다. 일본의 패전으로 특고계 일본 경찰들이 철수한 다음, 해방 후 한참이 지나 소생한 조선인 고등경찰계들은 다시 경찰서로 돌아오게 되었다. 종로서에도 당시 그들이 아직도 남아 있을는지. ……일찍부터 민족적 반감과 민족주의 사상을 품고, 피고는 유소년 시절부터 송구스럽게도 소학교 봉안전에 방뇨하는 불경 사건을 일으킨 일이 있으며…… 또 도쿄 유학 이후에는 좌익분자와의 접촉 좌익 문헌의 번독(繙讀) 등에 의해 영향을 받고 공산주의 사상을 품게 되었는데, 우리나라에 있어서 공산주의 사회를 실현하고, 이를 수단으로 해서 조선 독립운동의 목적을 달성하고자 기도하여, 소화 12년(1937) 7월경부터 소화 13년(1938) 10월경까지 민족주의 단체에 참가하고 십여 명의 조선 출신 청년과 개별적으로 회합한 뒤 새롭게 독서회를 조직하여 상기 단체의 목적 수행을 위해 행동했기 때문에, 소화 13년 10월 ××일 오사카에서 검거……. 미결수로 구류되어 있는 동안에 불행히도 병에 걸리고 게다가 아내의 친정으로부터 이혼 제기가 있었고 또 모친은 비탄해하며 병상에 눕는 등 가정적으로 비참한 일이 속출함에 따라, 장래에 도저히 공산주의 운동 내지는 민족 해방운동을 계속할 수 없음을 깨달은 바, 소화 15년 1월 이후 위의 각 사상을 모두 청산하고 분명한 전향을 결의하였다……. 특고의 취조라는 것은 고문이라는 한마디로 축약된다. 상대의 의지와 이쪽 의지의 싸움. 상대는 사냥개 도베르만처럼 용맹하지만, 특히 조선인 특고의 경우에는 무서울 정도의 열등감과 민족에 대한 공포심이 폭력을 선동한다. 폭력에 의한 승리 이외에 조선인 특고로서의 존재 이유를 갖지 못하게 된다. 의지 혹은 폭력을 통해서라도 이쪽을 압도하지 않으면 그들은 취조할 수가 없는 것이다. 뱀과 뱀, 아니, 뱀에게 먹히는 개구리가 되는 형태로 이쪽이 패배한다. 그들은 이쪽을 개구리로 만들기 위해 고문을 한다. 손톱 아래에 얇은 대나무 조각을 천천히 아주 천천히 밀어 넣는다. 코에 수돗물과 연결된 호스를 쑤셔 넣는 물고문. 거꾸로 매달아 콧구멍으로 새빨간 고춧가루 물을 주입한다. 세면기에서 익사하고, 육상에서 익사한다는 것이 바로 이것이다. 비행기, 구타……. 성과를 올리기 위해 사건을 더욱 과장해서 날조하고, 자백으로 그것을 뒷받침하기 위해, 상대가 이쪽의 의지를 꺾고 패배의 길로 인도하기 위해, 육체적인 고문을 반복하고, 거기에 정신적인 패배를 중복시킨다. 살기 위해서 그들의 발바닥이라도 핥고 싶은 순간이 찾아온다. 그러나 나는 그 종로경찰서에서 보낸 29일간의 구류 기간과 다른 경찰서에서 보낸 2개월 남짓한 구류 기간에도 입을 열지 않았고, 전향 성명을 한 것은 형무소로 옮기고 난 뒤 1년 가까이 지나서였다. 그것도 사상을, 즉 머릿속까지 전향한 것은 아니었지만…….

"방근아."

숙부가 긴장된 목소리로 불렀다.

"예."

이방근이 돌아보았다.

형사로 보이는 사복경찰이 한 사람 다가와 두 사람을 사찰계로 안내했다. 카운터의 왼쪽 끝에서 저쪽으로 통로를 돌아 다른 건물로 가면서 눈에 들어온 벽에 걸린 둥근 전기시계가 열 시 15분을 가리키고 있었다. 긴 복도를 완전히 빠져나간 곳에 있던 사찰계가 과거 무도관 건물에 인접해 있는 것은 제주경찰의 경우와 다르지 않았다. 사찰계가 고문과 불가분의 관계에 있는 만큼, 무도관 같은 장소가 가까이 있다는 것은 여러 가지로 유용할 것이다. 일제강점기 당시에도 특고계는 다른 건물에 있었지만, 그 사이에 많이 변한 것인지 역시 비교적 크고 독립된 무도관 건물의 모습이 남아 있을 뿐이었다. 특고계실에서 취조를 받고 있는 동안 처참한 비명과 절규가 들려오는 일이 있었다. 그것은 신경의 다발을 날붙이로 가르고, 사람을 공포로 몰아넣어 취조의 효과를 높이는 반주 역할을 하지만, 특고들의 취조 진행 상태와 맞추듯이 단발마를 비롯한 여러 가지 비명 소리가 들렸다. 고문은 특고실에서도 했지만, 넓은 무도관으로 끌고 가 죽도와 목도로 마구 두들겨 패는 일도 있었다. 이방근은 가슴이 답답해졌다.

사찰계 옆 별실로 들어가자 왼쪽 벽 벤치에 유원이 앉아 있었는데, 창백한 얼굴이 발갛게 상기된 채 무릎 위 보자기를 옆에 놓고 일어섰다. 순간 무슨 말인가를 하려는 것처럼 입을 반쯤 열었다가 닫았는데, 억지로 억누른 것 같았다. 일전의 면회 때 차입한 것으로 보이는 노란 원피스의 말쑥한 복장이 오히려 그 초조한 느낌의 얼굴을 부각시켰다. 그러나 그 표정은 굳게 안으로 닫혀 단호했는데, 그것이 묘하게 도발적인 느낌마저 주었다.

유원의 맞은편에 앉아 있던 사복 차림의 삼십 대 사내, 이방근 못지 않게 큰 몸집에다 코가 넓게 옆으로 퍼진 남자가 조금 표정을 바꾸며 천천히 의자에서 상반신을 일으켰다. 방에는 사내 혼자뿐이었다. 사찰계가 일제강점기의 특고계라고 한다면, 사찰계장은 일단 특고주임, 경부보나 순사부장이니까, 순경보다 위인 경사일 것이다. 이건수가 이방근을 소개하자, 장이라고 자신을 소개한 계장은 오른손을 내밀어 악수를 청해 이방근을 당황하게 했다. 악수에 여동생의 시선을 느꼈다. 계장은 유원에게 명해서 벤치 옆에 있는 접이식 의자를 책상 앞 의자 옆으로 가져오게 하여 두 사람에게 자리를 권했다. 강한 평안도 사투리로 볼 때, 이 남자도 해방 후에 38선을 넘어 월남한 '서북' 출신이 틀림없었다. 경찰서 사찰계장의 대부분은 제주경찰의 경우도 그렇지만 '멸공사상'이 철저한 '서북' 출신자가 차지하고 있는 모양이었다. 아니나 다를까, 계장은 나는 이 선생의 이름을 알고 있다. '서청'의 고영상 중앙사무국장이 칭찬을 하더라, 는 말을 진지한 어조로 말했다.

"이 선생이 오시리라고는 생각지 못했습니다. 고영상 사무국장과는 이미 만나셨나요?"

"아니오, 저는 어제 여기에 막 왔습니다."

고영상과 만났느냐고 묻는 것은 왠지 부자연스러운 느낌이 들었다.

"아, 그랬습니까. 자아, 담배라도."

계장은 담배에 불을 붙여 한 모금 빤 뒤 연기를 내뿜고 나서 두 사람의 등 뒤에 있는 유원 쪽으로 시선을 던지며, 여동생은 별 탈 없이 보호하고 있었으니 안심하십시오, 라고 거드름을 피우듯 말했다. 그러나 문제는 지금부터라는 것을 본인과 부형은 명심해야 합니다. 당숙이 되는 이건수 선생과 친오빠인 이방근 선생에게 앞으로의 선도를 특별히 부탁드립니다. 본인의 반성을 인정하고, 전도유망한 음악 학도로서 학교 당국의 보증도 있어서, 특별조치에 의해 석방되는 것이니만큼, 앞으로는 본인과 부형이 하기에 달렸습니다……. 이때 이방근은 계장이 날카로운 시선을 두 사람으로부터 유원 쪽으로 던지면서 동시에, 배후에 뭔가 이상한 낌새가 느껴져 돌아보았다. 돌아보고 이건수도 놀라 일어섰다. 양손으로 얼굴을 감싼 유원이 앞머리를 쥐어뜯듯이 손가락을 넣은 채 상반신을 발끝까지 달그락거리며 떨고 있던 것이다. 뭔가 경련의 발작이라도 일으킨 것인지, 당장이라도 용수철처럼 튀어 올라 외쳐댈 것 같았다. 두 사람은 벤치로 달려들었다.

"얘야, 유원아, 얘야, 왜 그래, 왜 그래."

숙부가 그녀의 어깨를 가볍게 두드렸다. 그녀는 얼굴을 감싼 양손의 팔꿈치를 양쪽 무릎 위에 세우고 어깨를 세차게 물결치면서 고개를 좌우로 흔들고는, 우, 우, 우, 우……할 뿐 말을 잇지 못했다. 이방근은 당황했다. 물, 물……. 갑작스레 오한이라도 든 것인지, 오열을 할 것처럼 흥분했지만, 울고 있는 것은 아니었다.

"추운 거냐."

이방근은 떨리는 여동생의 둥근 등에 손을 대고 말했는데, 좌우로 흔들던 고개를 다시 흔들어, 몸짓으로 그렇지 않다고 대답했다. 의식은 또렷한 것 같았다.

"괜찮아?"

그녀는 얼굴을 가린 자세로 작게 고개를 끄덕여 보였다. 고작 2, 3분 사이에 일어난 일이었다. 뭔가 급격한, 히스테릭한 발작이었다. 양손을 내린 얼굴은 창백하게 굳어져 식은땀이 솟아나고 있었지만,

충혈된 눈에는 분노의 불꽃이 타오르고 있었다.

"빨리 돌아가고 싶어."

그녀는 겨우 숨 가쁘게 작은 소리로 말하고, 조금 튀어나온 아랫입술을 깨물었다. 그리고 보자기를 다시 무릎 위에 올리더니 바닥에 시선을 떨어뜨린 채 가만히 움직이지 않았다. 두 사람은 의자로 돌아왔다. 계장은 다시 앞으로의 일은 본인과 부형의 책임이라며 앞에 했던 말을 반복하고, 법에 저촉되는 일이 있는 한, 방치할 수 없는 것은 법질서에 의해 성립된 법치국가로서 당연한 일이고, 재범의 경우에는 기소를 면할 수 없다고, 본인을 직접 대하듯이 말했다. 그리고 지금 본인은 빨리 돌아가고 싶다고 말했는데, 오늘의 석방을 거부했던 일에 대해 마지막으로 한마디 해 두고 싶다. 동료들이 남아 있는데 자신만이 석방되는 것은 경찰 당국의 분열책이라고 주장하고 있었으나, 이미 반성하고 있다고 하여 석방을 결정했으니, 오늘은 자유의 몸으로 부형들과 함께 돌아가기 바라고, 경찰 당국을 만만하게 보지 않길 바란다며, 판결이라도 내리듯이 말했다.

별실에서 나왔을 때, 유원은 비틀거리면서 쓰러질 듯이 오빠의 몸에 잠시 기대고 나서(좀처럼 없던 일이었지만), 이제 괜찮다며 걷기 시작했다.

"빨리 돌아가고 싶다고 한 것은, 빨리 그 방에서 나가고 싶다는 말이었어요."

넉 달 동안 만나지 않은 사이에, 처음으로 유치장을 경험한 탓인지, 유원은 매우 어른스러워진 느낌이 들었다. 두려워하는 모습은 없었다.

"그건 알았어, 어쨌든 건강해서 다행이다."

이방근은 걸으면서 여동생의 이마에 걸린 헝클어진 머리칼을 쓸어 올려 주었다.

"그 방은 생선 비린내 같은 냄새가 났어요, 게다가 피 냄새까지 나서."

"……음, 그럴까. 그건 기분 탓이야."

"그렇지 않아요, 확실히 냄새가 났어요……."

"바보 같은 소리 하지 마. 무슨 말도 안 되는 소리를."

이방근은 툭하고 여동생의 어깨를 쳤다. 너무 힘을 주었는지, 여동생의 어깨가 흔들렸다. 아아, 아팠나……. 이방근이 웃으며 말했다.

"아니요."

유원이 가볍게 고개를 흔들었다. 이때 이방근의 마음속에 제주도의 섬 모습이 마치 깊은 기억의 밑바닥으로부터 올라오듯이 강한 마찰열을 일으키며 떠올랐다. 그것은 고통을 동반하고 있었다. 그 고통의 감정에 편승하듯이 남승지와 양준오 등의 모습이 떠오르고, 그것이 끼—익, 끼—익, 머릿속에서 톱니바퀴처럼 삐걱거리며 회전하는 것을 느꼈다. 아니, 뚜렷하게 건물 밖 한낮에 공중에 떠 있는 거대한, 해파리와 같은 투명한 톱니바퀴의 움직이는 모양이 보일 듯한 기분이 들었다. 이방근은 머리를 옆으로 흔들었다. 순간적으로 빈혈을 일으킨 것처럼 가벼운 현기증이 났을 뿐이었다.

"오빠, 왜 그래요?"

"왜 그러긴, 아무렇지도 않아."

현관으로 다가갔다. 이방근도 숙부 이건수도 유원이 석방을 거부했다는 계장의 말에 놀랐지만, 그 일에 대해서 물어보려고도 하지 않았다. 좀 전에 보인 발작과 같은 감정의 흥분 상태로 볼 때, 방금 석방된 그녀를 자극하는 것이 두려웠던 것이다. 이방근은 국민학생의 란셀(ransel) 만한 보자기를 여동생의 손에서 받아 들었다. 경찰서 현관에서 보자기를 손에 들고 나오는 여동생의 모습. 참으로 복잡한 심정이었다. 어머니가 살아 계셔서 이 광경을 봤더라면 뭐라고 하셨을까.

슬퍼했을 것이다. 그리고 또 어떻게 시집을 가겠냐고 할지도 모른다. 시각은 열한 시가 가까웠다. 사찰계에서 반 시간이나 있었던 것이다.

경찰서 현관에 선 유원은 내리쬐는 한낮의 햇살 속으로 한 걸음 내딛는 것을 주저하듯이 잠시 우뚝 선 채 눈을 가늘게 뜨고 눈부신 하늘을 올려다보았다.

"어머나……."

그녀가 뭔가에 날카롭게 반응하며 중얼거렸다. 갑자기 미 중앙군정청 쪽에서 요란한 스피커 소리가 들려왔다. 아니, 노래. 몇 번이나 들은 그 서북청년회 행진곡의 노호였다.

우리는 서북청년군
악마의 원수 쳐 버리자
나아가자 38선 넘어
매국노 쳐 버리자……
진주(眞珠) 우리 서북이 지옥이 되어……
동지는 기다린다
어서 가자 서북에……

"대한민국 정부 수립 만세!"
"위대한 국부 이승만 대통령 만세!"

이 노래는 일제강점기, 만주와 중국 대륙에서 독립 투쟁을 계속한 조선 독립군의 군가를 그대로 차용하여, '서북' 등의 단어만을 바꿔넣고, 곡도 군가 그대로 사용한 것이었다. 거리로 나오자, 왼쪽에서 다가오는 트럭 위에서 십수 명의 핏발이 곤두선 한 이십 대 청년들이 어깨를 치켜 올리고, 혹은 주먹을 치켜들며 절규하고 있었다. 트럭의 짐칸에 둘러친 슬로건의 큰 문자 "……우리는 멸공결사행동대 멸공통일 서북청년회 중앙총본부"가 바람을 안고 춤을 춘다. 그들은 트럭 위에서 삐라를 뿌리고, 경찰서 앞을 지나갈 때는 서로 응원을 하겠다는 것인지, 와— 하는 환성을 지르며 달려갔다.

"더러운 놈들."

눈앞에 삐라가 춤추며 떨어지는 것을 보면서 유원이 말했다. 여학생이면서도 '더러운'이라는 단어를 사용했다. 삐라를 붙인 혐의로 체포된 그녀로서는, 삐라를 주워서 읽는 것도 자유라는 것을 참기 어려웠는지도 모른다. 트럭이 사라진 방향에서 마침 달려오는 택시를 잡고, 걸어가겠다는 여동생을 먼저 밀어 넣고 집으로 향했다. 도중의 차 안에서는 서로 간에 말이 없었다.

"유원아, 너, 집에 돌아가면 저녁때라도 천천히 피아노를 쳐 주지 않을래, 라벨의 '볼레로'를 말이야. 칠 수 있어? 그건 원래 관현악곡이잖아."

운전대의 조수석에 앉은 이방근이 뒷좌석의 여동생을 향해 말했다.

"오빠는 또 무슨 일이에요, '볼레로'를 다 찾고?" 말없이 고개를 숙인 채 멍하니 앉아 있던 유원이 표정을 바꾸며 말했다. "그건 무곡, 스페인의 민족 무곡에서 따온 거예요. 피아노로는 치기 너무 어려워요. 두 대의 피아노를 위해 라벨 자신이 편곡한 것은 있지만, 악보도 없고 게다가 한 대로는 그 곡의 효과가, 불가능한 것은 아니지만 효과를 내기가 어려워요……. 하지만, 서투르겠지만 잘하면 가능할지도 몰라요."

"음, 가능하다면, 한 번 해 봐. 손가락은 괜찮아?"

이방근은 그렇게 말하면서 마치 숙부와 짜기라도 한 것처럼 여동생을 음악의 세계로 끌고 들어가려는 기도가 이미 마음속에서 꿈틀거리는 느낌에 사로잡혀서, 서둘러 그것을 부정했지만, 사찰계장이 말한 것이 묘하게 부합하는 것 같았다. ······문제는 지금부터라는 것을 본인과 부형은 명심하고, 본인의 반성과 전도유망한 음악 학도로서 학교 당국의 보증으로 석방하지만, 재범의 경우에는 기소 운운(어쨌든 그가 하는 것이 아니라, 검사가 결정할 일이지만), 협박적인 언사의 내용이 자못 부형을 대신하는 모양새를 띠고 있었는데, 아마도 숙부인 이건수는 유원과의 대화에 사찰계장의 말이 어느 정도 영향력이 미치기를 기대한 것처럼 여겨졌다.

"오빠 '볼레로'를 좋아해요?"

유원은 생각났다는 듯이 밝은 표정으로 양손의 손가락을 쫙 펼쳐서 활발하게 움직여 보였다.

"좋아하지, 서서히 아주 서서히 고조되어 가는 것이 드라마틱하잖아. 게다가 관능적이고······. 그건 반복이 특징인 곡이지."

"무곡이니까요······. 저음에서 시작하여 계속 반복하면서 고조돼 가는 건 한 대의 피아노로는 치기 어려워요······. 하지만 해 볼게요. 그런데, 레코드로 들으면 안 돼요? 관현악곡이지만······."

"레코드? 아, '볼레르'의 레코드를 가지고 있단 말이지, 네가······."

그건 기대했던 말이 아니었다. 이상하게도 레코드가 있다는 말을 듣는 순간, 그걸 듣고 싶은 기분이 사라져 가는 것을 느꼈다. 택시가 집 앞에 도착하자 기다리고 있었는지, 곧바로 현관문을 열며 나온 숙모가, 잘 됐다, 잘 됐어 하며 유원을 껴안듯이 안으로 데리고 들어갔다. 무사히 돌아오는 건지 어떤지, 너무나 걱정이 돼서······. 안쪽 방에 모여 있던 학우들이 우르르 몰려나왔다. 유원이 차 안에서와는 달리 밝게 웃으며 손을 가볍게 흔들어 답했다. 그리고는 숙모와 함께 부엌 쪽으로 사라졌다.

이건수도 이방근도 양복저고리를 벗었다. 거실에는 열 명 정도의 학생들이 둥그렇게 앉아 있었다. 유원이 들어오자 모두 일어나 박수로 맞이하고 나서 각자 악수를 하거나 껴안거나, 말을 주고받으며 좀처럼 앉으려 하지 않았다. "자아, 여러분, 길을 좀 비켜 주세요, 비켜요……. 요리가 지나갑니다. 남자들은 다른 사람의 두 배는 먹는 주제에 가만히 앉아 차려 놓기만을 기다린다니까."

조영하였다.

"남자는 부엌에 들어가서는 안 된다. 부엌에 출입하는 남자는 출세하지 못한다구."

"무슨 말을 하는 거야. 여기서 그런 말을 했다가는 쫓겨난다구. 일하지 않는 자는 먹지도 말아라. 동무 먹을 건 없을 줄 알아."

여학생들이 숙모를 도와서 탁자를 방 한가운데로 옮겨 가지런히 그 위에 음료와 먹을 것, 막걸리가 든 한 되짜리 주전자 두 개, 사이다와 주스 병, 그리고 오징어회와 자리회, 두세 종류의 김치, 콩나물과 도라지 등의 무침, 수박, 두 개의 큰 접시에 담긴 삶은 돼지고기 등이 놓였다.

옆으로 길게 붙여 놓은 탁자 주위에 유원을 비롯한 학생들이 앉고, 이방근도 숙부 부부와 함께 적당히 끼어들었다. 숙모는 대낮부터 학생들이 너무 마시면 안 되니까, 술은 이걸로 끝이라고 못을 박고, 나중에 돼지고기 찌개가 있으니 식사를 하라고 덧붙였다. 조촐한 파티였다. 막걸리에 어울리지 않는 컵에 술을, 그리고 사이다 등을 따르고, 학생들의 요청에 연장자인 이건수가 함박웃음을 지으며 앉은 채로 건배를 제창했다.

"건배……."

모두가 서로의 잔을 마주치자, 유원은 감사합니다, 라는 한마디만 말하고 건배를 했다. 그중에는 앉은 채로 하자는 이건수의 말을 잊은 것인지, 혹은 일부러 그러는 것인지, 벌떡 일어나 건배를 해서 모두의 웃음을 자아내는 학생도 있었다. 건배가 끝나자 먼저 남학생들이 기다렸다는 듯이 젓가락을 들고 삶은 돼지고기와 오징어와 자리회를 먹어 대기 시작했다. 왕성한 식욕에서 터져 나오는 웃음소리.

"유원 동무, 어땠어, 유치장 맛은? 이전에는 일본어로 '부타바코' 즉 돼지우리라고 했었는데 말이야. 많이 힘들었나?"

조금 전에 벌떡 일어나 돌출된 건배를 했던 작은 몸집의 청년이 말했다.

"유치장 맛이라니, 그런 말투가 어디 있어요? 식당에 갔다 온 게 아니잖아요."

여학생 한 사람이 응수했다.

"힘들지 않았어. 독방도 아니고, 모두 함께 있었으니까, 아무렇지도 않았어."

유원은 미소를 띠며 말했다.

"독방도 아니라니, 뭔가 상당히 옥중 체험을 많이 한 사람 같아. 유원 동무는 관록이 붙은 느낌이야."

"유원 동무는 여전사가 된 거야. 여기는 아무도 유치장에 들어가 본 경험자가 없으니까 유원 동무가 선배 격이라구. 다만, 투옥 경력이 있는 동무들은 오늘은 의식적으로 오지 않았습니다."

아침에 제일 먼저 온 긴 머리의 청년이 머리를 약간 숙인 채 마지막 말을 맞은편에 있는 이방근을 향해 덧붙였다.

"그런 말투는 삼가 주기 바래. 난 여전사도 뭣도 아니야. 삐라를 붙이다가 들어갔을 뿐이야. 그리고 전사라는 말이 싫어. 난 음악과 학생이야. 여전사가 전정한 칭찬의 말이라면 그 명예는 아직 나오지 못하고 남아 있는 동무들에게 주어져야 해요. 건배라든가, 환영이라든가, 여러분께는 매우 고맙게 생각하지만, 내겐 어울리지 않는다고 생각해요. 하지만, 모두 즐겁게 지내요. 오랜만에 만났으니까……."

"오늘은 8·15해방 기념의 전야제, 아니 전일(前日)제로 즐기면 돼. 게다가 내일은 '신정부' 수립의 날이야. 한 잔 마시지 않을 수 없어."

유원이 특별히 인사말을 하는 것도 아니고, 그저 먹고 마시는 시간이 한동안 흘렀다. 그녀는 별로 먹지 않고 주스를 마시는 정도로 쾌활하게 행동했지만, 12일간의 유치장 생활에 대해 언급 자체를 하고 싶어 하지 않았다. 이방근 자신도, 사찰계에서 보았던 여동생의 발작적인 일종의 흥분 상태를 이해하지 못하고 있었지만, 그 일에 대해 그녀 쪽에서 말을 꺼내지 않는 한 물어볼 생각은 없었다. 그녀의 의식은 또렷했기에 자신의 발작적인 상태를 기억하고 있을 것이고, 기억하고 있다면 언젠가는 스스로 말을 꺼낼 것이라고 이방근은 생각했다. 그런데 어느 남학생이 조금 술이 들어간 탓도 있었겠지만, 유원 동무는 고문이라도 당해서 얼굴이 일그러진 것은 아닐까 생각했는데, 전혀 아무렇지도 않아서 정말 잘 됐다고, 본인은 조금 농담 삼아 한 말로 악의는 없었던 것 같은데, 결과적으로는 실언한 셈이 되었다. 그건 또 무슨 말이에요, 여성에 대해서. 동무는 도대체가 천박하고 무신경하군요, 라고 유원의 옆에 앉아서 한 컵도 채 안 되는 술로 얼굴이 발개진 조영하가 기세 좋게 몰아붙였다. 탁자의 끝 쪽에 앉아 있던 조영하와 대각선에 위치한 상대 학생은, 내가 뭐 이상한 의미로 한 말은 아니라고 조심스레 대답했는데, 이번에는 그 이상한 의미가 뭐냐고 조영하가 말을 받았다. 이때, 유원이 고개를 꺾듯이 푹 수그렸다.

"이봐, 왜 그래?"

"……아니야, 아무것도 아니야."

유원은 숙인 고개를 옆으로 흔들다가 이내 얼굴을 들었으나, 잠시 탁자 위의 한 점을 응시하다가, 옆에 있는 조영하의 컵으로 시선을 옮기더니, 조금만 마실게, 라는 말고 함께 자신의 입으로 가져갔다. 그리고는 3분의 1 정도 남아 있던 막걸리를 단숨에 비워 버렸다. 그녀는 빈 컵을 조영하의 앞에 가져다 놓으며 맛있다고 중얼거린 뒤 주전자를 들고 반쯤 따랐다. 그리고는 조금 허리를 들더니 한 사람 옆에 앉아 있던 숙모에게 양손으로 술을 따랐다. 그 손이 떨리고 있었다.

"나는 이제 됐어, 낮술은 금방 취한다고 하잖아."

숙모는 컵을 손에 들고 유원이 따라 주는 술을 받으며 말했다. "이러다 기분이 좋아지면 어깨가 저절로 움직여, 얼씨구나 좋다, 하고 장단에 맞춰 춤을 추고 싶어진다구. 팔도강산……이라는 노래가 절로 나와……."

"좋지요, 유원 동무의 숙모님, 춤 좀 춰 주세요. 우리도 함께 춤을 추겠습니다. 여기에는 말이죠, 민요의 '명창'도 있어요……."

그때 현관 옆에 있는 방에서 전화벨이 울렸다. 유원이 일어서려는 것을 숙모가 제지하고 전화를 받았다. 혹시 나 동무이거든 아침에 말씀드린 것처럼 전해 주세요, 라고 이방근이 재차 말을 건넸다.

전화는 나영호로부터 온 것 같았다. 전화를 끊은 숙모는 거실로 돌아오지 않고 그대로 현관으로 내려가 문을 열고 밖으로 나가더니 잠시 3, 4분 정도 지나서 돌아왔다. 남편인 이건수로부터 주의하라는 말을 들었기 때문에 자리에서 일어난 김에 바깥을 살피러 나간 모양이었다. 뒤뜰의 툇마루 너머로 보이는 밖은 뜨거운 여름날이었지만, 상쾌하고 시원한 바람이 불어왔다. 한 대의 선풍기로 시원할 리는 없지만, 숙모가 부채를 사용해 바람을 보내기도 했다.

"저어, 저는……." 유원이 이마에 땀방울이 맺힌 창백한 얼굴로 격식 차린 어투의 말을 했다. "좀 전에 오 동무가 제 얼굴이 고문으로 일그러지지 않아서 다행이라고 했는데요. 영하가 크게 화를 냈지만, 그렇게 화낼 일은 아닙니다. 저는 아무렇지도 않고, 오히려 걱정해 줘서 고맙게 생각하고 있습니다. 정말로 고문으로 얼굴이 일그러졌다면 어떻게 될까요. 무섭습니다……. 저는 별로 이야기하고 싶지 않지만, 여러분이 와 주시고 해서……, 실은 먼저 석방되어 부끄럽습니다……. 숙부님, 숙모님, 오빠가 계신 앞에서 이런 말을 하는 것은 예의도 모르는 건방진 일이 되겠지만, 전 빽이 있었던 거예요, 그래서 일찍 나왔다고 생각하고 있습니다. 같은 유치장에 있던 연하의 여학생과 방직공장의 여공, 여자 노동자들을 생각하면 견딜 수가 없어요……."

유원은 말을 끊고 고개를 숙이더니 입술을 깨물었다.

"그녀들도 이제 곧 나올 테니까……. 우리처럼 유치장에 들어가지 않은 사람들은 더욱 견디기 힘들어……."

"그런 게 아니라……. 지하 콘크리트 창고 같은 곳에서 석방되어 지상으로 나온 것은 너무나 기뻐요. 전 석방되기 2, 3일 전부터 느끼고 있었는데, 오늘 아침 실제로 석방된다는 통보를 받았을 때, 싫다고 거부했어요. 유치장에 모두와 함께 남을 거라고 버텼었는데……(휴─ 하는 낮은 신음소리가 들렸다), 끝까지 좀 더 버텼더라면……."

"유원 동무, 석방하기로 결정한 이상, 그쪽은 법적으로 일단은 형식적으로라도 내보내지 않으면 안 돼요."

"응, 그럴지도. 하지만 또 그렇지도 않다고 생각해요. 왜냐하면 아까 경찰서에서 사찰계장이 본인의 반성을 인정해서 석방한다고 했어요. 전 반성 같은 건 하지도 않았는데 말이에요. 그 말을 숙부와 오빠

앞에서 하길래, 반성 같은 것은 눈곱만큼도 하지 않았다는 말을 해 주려고 벤치에서 막 일어났었는데……. 그게 갑자기 말이 목에서 돌 멩이처럼 막혀서는……, 몸이 떨리고, 마, 말이 나, 나오지 않아 서……."

"유원……." 이방근이 갑자기 더듬거리며 말문이 막히는 여동생의 말을 막았다. "그 정도로 해 두렴. 너는 그때 상당히 흥분하고 있었던 것 같은데, 그게 아직도 가라앉지 않은 모양이다. 피곤하기도 하고……."

"오빠, 전혀 피곤하지 않아요."

유원은 더듬거리는 모습을 떨쳐 버리려는 듯 말을 빨리했다.

"그건 신경이 흥분돼 있어서 피로를 느끼지 못하는 것뿐이야. 오늘 은 그런 이야긴 하지 않는 게 좋아. 생각해 봐라. 필요도 없는데 무엇 때문에 하루라도 더 유치장에 들어가 있어야 한단 말이냐. 마치 어린 애 같구나. 친구들은 네가 하루라도 더, 아까 말한 돼지우리는 아니더 라도, 그곳에 처박혀 있는 것을 원해서 여기에 데려온 게 아니야."

"그, 그 정도로 해 둬." 이건수가 가볍게 팔을 흔들어 이방근을 제지 하듯 말참견을 했다. "동무들은 좀 더 마시는 게 어때. 술이 없으 면……, 그렇지, 여보, 술이 남아 있지 않나."

"아저씨, 술은 이제 됐습니다. 그것보다 밥 쪽이 좋을 것 같은데." 긴 머리 청년이 약간 혀가 꼬인 말투를 했다. "그리고 말인데요, 좀 전에 두 분이 경찰서로 가셨을 때 우리들끼리 상의를 했습니다만, 그 러니까, 이방근 씨가 모처럼, 일부러 서울까지 오셨으니까, 저희들을 위해서 꼭 제주도의 상황에 대해 말씀해 주셨으면 합니다. 그걸 우리 는 다른 동무들에게 이야기해 주고 싶습니다. 여러분, 모두 그렇 지……."

모두는 당연한 일이지만 찬성을 하고, 이방근에게 이야기를 요청했다. 남자 셋, 여자는 유원을 제외하고 여섯. 부탁합니다. 여학생들의 목소리가 한 덩어리가 되어 방 안에 울려 퍼졌다. 이방근은 별로 마시지 않았지만, 낮술은 의외로 취하는 것인지, 가벼운 취기가 어젯밤부터 체내에 쌓여 있던 알코올 기운을 되살려 몸이 무겁고 나른했다. 한숨 자고 싶다. 입까지 무거운 느낌이 드는 것이 이야기를 할 상황은 아니었다. 그것보다도 고향에서 일어난 사건의 무엇을, 어디서부터 어떻게 이야기하라는 것인가. 동란의 고향에서 나와, 석방은 아니지만, 약간은 뒤가 켕기는 해방감 속에 있는 인간에게……. 집 안에 있는 나만의 동굴에 틀어박혀 있었을 뿐인 인간에게……. 그러나 그는 그렇게 하겠다고 대답했다. 박수가 터져 나왔다.

4

술은 자취를 감추고 밥과 뜨거운 돼지고기 찌개가 나와 식탁은 푸짐한 식사 차림으로 변했다. 남자들은 땀을 닦아가며 맛있게 먹었다. 그중에는 삶은 돼지고기의 커다란 살점을 다시 국물에 넣고 고추장을 풀어서인지 땀을 흘려 가며 먹는 사람도 있었다. 이방근은 담백하게 소금과 간장 맛을 살린 생미역의 투명한 녹색이 살아 있는 돼지고기 찌개를, 한창 더운 여름날인데도 불구하고 저항감 없이 먹었다.

유원의 얼굴이 고문으로 일그러져 있는 것은 아닐까 하고 걱정했다……고 입을 잘못 놀려 당장 조영하로부터 일격을 당한 오(吳)라는 청년은 이방근을 바라볼 때, 가만히 지켜보듯 했는데, 이방근은 그 이상하게 차분한 느낌의 눈에서 많이 취한 분위기를 느꼈다. 그는 끝까지 빈 주전자를 자꾸만 기울여 마지막 술 방울이 떨어지는 것을 확인하였는데, 옆에 있던 긴 머리의 청년이 제지한 뒤로는 더 이상 탁자에는 술이 나오지 않았다. 술에 강한 건지 약한 건지, 어쨌든 술을 좋아하는 청년 같았지만, 주벽은 별로 좋지 않을지도 모른다. 조금 전에 변명의 여지가 없는 조영하의 일격에 충격을 받은 것은 아니겠지만, 그러고 나서부터 꽤 마신 듯했다.

"날씨가 좋아졌어. 내일은 8·15해방의 날이니까." 숙모가 여전히 선풍기 바람이 닿지 않는 곳에 부채로 바람을 보내면서 말했다. "정말로 한 달 간이나 장마가 계속됐다는 게 거짓말 같아. 비와 태풍이 함께 몰아쳤으니, 지방에서는 사람도 많이 죽었다고 하고, 게다가 전답도 물에 잠겨서 못쓰게 됐을 거야. 이번 가을에는 다들 힘들겠어."

"지금은 집과 가재도구가 떠내려간 이재민이 큰일입니다. 오늘부터 지방 이재민의 상경이 일시 금지된답니다."

긴 머리 청년이 말했다.

"내일 8·15에는 외국에서 사절단이 모이니까, 그래서 이재민들의 모습을 보이고 싶지 않은 것이겠지요. 어쩔 수 없는 일이에요. 유원 동무의 숙모님, 내일부터 꽃전차가 달리는 거 알고 계세요?"

여학생 하나가 말했다.

"꽃전차란 말이지……."

"꽃전차라니? 그, 그건 또 무슨 말이야."

오가 조금 묘하게 꼬인 말투로 불쾌한 듯 말했다.

"지금 이쪽은 숙모님께 말하고 있잖아요. 꽃전차가 달리는 것도 몰랐어요?"

"내가 시의 교통국도 아니고, 그런 걸 어떻게 압니까."

"신문에 났잖아요. 내일부터 3일간 달린다고."

"난 신문 같은 거 안 읽어요. 당신은 꽃전차가 달리는 게 그렇게 좋아요."

"누가 좋다고 했다는 거예요?"

"아, 그런가, 그렇다면 됐고. 그놈들은 왜 3일간이나 달린답니까. 그 꽃전차에 서울에 있는 이재민과 부랑자라도 태우고 다닌답니까."

"이봐, 술 취했나. 많이 마시지도 않았잖아."

"동무보다는 많이 마셨어. 그래서 조금 취했지만, 아무렇지도 않아…….."

마지막까지 술잔을 놓지 않던 그는 조금씩 시간이 지날수록 취기가 더해 가는 모양이었다. 표정이 일그러지듯 굳어지고, 말을 할수록 안색이 점점 창백해졌다. 더 이상 마시면 아마도 성깔이 나올 것 같은 느낌이 들고, 조금 전에 조영하에게 당했을 때의 조심성과는 다르게, 뭔가를 주체하지 못하고 있는 듯한 느낌이 그 말투와 표정에 엿보였다.

"오 동무가 지금 말한 이재민들에게 꽃전차라는 것은 꽤 멋진 말이야. 그리고 보면 3년 전 8·15광복의 날 이후로 두 번째로군."

"유원 동무 오라버님. 지금과 같은 때 꽃전차라니, 이재민에게 꽃전차가 됐든 뭐가 됐든, 그건 더욱 어리석은 짓이 아닙니까. 안 그렇습니까. 이방근 씨…….. 3년 전의 꽃전차와는 전혀 다릅니다. 그때는 우리들 민중 자신이 달리게 했습니다. 저는 전쟁 중에, 일본이 어딘가를 점령했을 때 제등행렬과 꽃전차가 떠오릅니다, 지금의 꽃전차에."

"그거와는 다른 거 아닌가?"

여자의 목소리.

"같은 거야. 그걸 흉내 내는 거라구. 정말 어리석지 않습니까."

"음, 어리석다고 하면 어리석은 거겠지만, 그래도 꽃전차는 달린다는 거 아닌가."

이방근은 웃으며 대답했지만, 상대는 조금 정색을 하고, 그것은 권력이 달리게 하는 거라고 응수했다. 공격적인 말투를 띠고 있었다.

"권력……."

이방근은 상대를 노려보았다.

"저어, 아름다운 말이라는 식으로는 말씀하지 말아 주십시오. 저 자신이 어리석다는 생각으로 한 말이니……. 갈퀴와 같은 손, 코끼리와 같이 금이 간 발을 가진 이재민들이 꽃전차를 탄다면 그야말로 구경거리가 될 것이고, 광대나 다름없을 겁니다."

긴 머리 청년과는 반대편 바로 옆에 앉은 작은 몸집의 학생이, 이봐하며 그의 옆구리를 팔꿈치로 찔렀다. 이방근은 말없이 자리에서 일어나 변소로 갔다. 툇마루에 서자, 하얀 꽃을 달고 똑바로 뻗은 무궁화의 가늘고 많은 가지를 가볍게 흔드는 시원한 바람이 불어왔다. 근처의 포플러나무에서 나는 것인지, 매미의 울음소리가 염천에 쏟아져 내리듯이 시끄럽게 들려왔다. 일본식과 조선식을 혼합한 이 가옥은 안국동 일대에서는 보기 드물게 이전에 일본인이 살고 있던 것을, 본국으로 철수할 때 아버지의 지인이 싸게 손에 넣었다가, 다시 그것을 당숙에게 넘긴 것이었는데, 그때 아버지가 꽤 큰 도움을 준 모양이었다. 이방근은 자리에서 일어난 김에, 실은 이것이 목적이었을지도 모르지만, 부엌에 들러 막걸리를 컵에 따라 단숨에 비웠다. 그 술을 마시고 싶어 하는, 취하면서 조금 공격적으로 변한 오 군에게는 미안한 생각이 들었지만, 더 마시면 탈선하고 말 것이다. 아무래도 기분이 안정되지 않았다. 그리고 도대체 무슨 말을 하라는 것인가…….

식사가 끝났기 때문인지, 이방근이 자리에서 일어난 것을 계기로 탁자를 정리하기 시작했다. 탁자 위의 그릇들이 여자들의 손에 의해 부엌으로 옮겨지고, 한동안 몇 명의 여자들이 이 집의 안주인과 함께 설거지를 하였는데, 혼자서는 도저히 정리하기 힘든 일을 꽤나 빠른 속도로 끝낼 수 있었다.

탁자 하나만을 남겨 놓고, 그 둘레를 조금 멀리 떨어져서 빙 둘러 앉았다. 탁자 위에는 보리차가 들어 있는 커다란 주전자가 덩그러니 놓였고, 인원수에 맞추기 위해 유리컵과 함께 찻잔도 놓였다. 시각은 점심때가 지나 한 시가 다 돼 있었다. 이방근은 현관 쪽으로 등을 돌려 앉았고, 그 맞은편 뒤뜰의 무궁화를 배경으로 부엌이 가까워서인지, 숙모와 유원이 앉아 있었다. 방은 밝았지만, 그녀들은 그래도 밖의 광선이 들어오는 희미한 역광선의 위치에 있어서, 여동생의 파랗고 초췌한 얼굴이 이따금 눈부시게 보였다.

이방근은 기묘한 의식 속에 자신이 들어와 있는 기분이 들었다. 아까부터 생각하고 있던 일이지만, 아니, 생각했다가 또 끊기기도 했지만, 그저 마음속에 떠오르는 대로 이야기하려고 했는데 역시 어디서부터 이야기를 하는 것이 좋을지 막막했다. 숙부인 이건수는 이방근의 왼쪽에 앉아 있었다. 그와 단둘이 맥주라도 마시면서 이야기한다면, 이야기의 실마리를 찾을 수도 있을 것 같았지만, 지금 학생들을 앞에 두고 일반적인 이야기를 하려니, 뱃전을 두들기는 파도처럼 상념이 쇄도하여 그 맥락이 무너져 버렸다. 어젯밤에 나영호는 우연히 만났던 그 노상에서, 제주도에서는 지옥의 형상이 펼쳐지고 있다……고 했는데, 그때 이방근은 지옥의 형상은 지금부터라고 내심 중얼거리던 자신을 떠올렸다. 즉 지금은 적어도 아직은 지옥의 형상이 아니라는 것이다. 그런데도 왜 말이 형태를 이루기도 전에 상념의 파도를 맞으면서 부서져 버리는 것일까. 아니, 나의 상상력이 더욱더 지옥의 형상다운 것을 찾고 있는 건 아닐까.

이방근의 시선이 주위를 둘러보다가, 여동생의 수척한 얼굴에 이유
도 없이 가슴이 아파오고, 여동생 가까이에 앉은 조영하가 있는 곳에
서 한순간 희미한 울림 소리와 함께 시선이 얽히자, 상대가 눈을 내리
깔아 그 시선의 끝을 살며시 잘랐다. 끈적거리듯 촉촉한 눈에 갑자기
검은 구멍이 뚫리는 느낌으로 빛나던 겁먹은 표정. 이방근은 그 모습
을 잘 기억하고 있었다. 테이블이 놓인 맞은편에, 일본의 이로리(囲爐
裏)식으로 움푹 파인 곳에 발을 내려앉는 그 자리에, 여동생 유원과
둘이서 조영하가 나란히 앉아 있었다. 이윽고 식사가 진행되고 이야
기가 무르익어 가던 와중에, 왼쪽 발등 위에 저쪽에서 부드럽게 다가
와 점차 겹쳐지는 것이 있었다. 그것은 스타킹으로 감싼 여자의 발바
닥의 감촉이었다.

친구인 유원을 옆에 둔 채, 그 오빠에 대한 대담한 '구애'의 게임.
이방근은 역시 움찔하며 당황하였지만, 3, 4초쯤 뒤에는 이쪽의 동작
을 유발하듯이 천천히 비벼대면서 멀어지려는 그 작은 발에, 자신의
발바닥을 누르듯이 겹쳐 놓았다. 그녀의 그 대담한 동작에 대한 혐오
감이 사라진 것은, 그 뜨겁게 촉촉해진 눈에 겁먹은 빛이 스치는 것을
보았을 때였다. 살짝 손가락으로 한 번 누르면 그 부풀어 오른 마음의
한구석이 터져 비명을 지를지도 모를 그 두려움에 흔들리던 표정. 그
녀는 그 게임에 최선을 다하고 있었던 것이다. 지금부터 4개월 전 서
울에서 있었던 일이지만, 서로 발등과 발바닥의 감촉이 여자의 몸을
손으로 만지는 것처럼 선명하게 되살아났다.

그때 밝은 녹색 양장과는 달리 흰색과 감색의 제복을 입고 있었는
데, 지금도 여전히 유혹적인 분위기가 무슨 냄새처럼 그 몸에서 피어
나고 있었다. 둥글고 귀여운 얼굴에 윤기가 감돌았는데, 유원은 어떤
가. 안쪽으로 함몰돼 가는 듯한 안색이다……. 비린내 나는 생선 냄

새는 또 뭔가, 경찰서 사찰계의 방에서 피 냄새가 난다는 것은 또 뭐고. 아무런 냄새도 나지 않았다. 냄새 같은 것은 없었다……. 담배를 피워도 괜찮으니까……. 옆에서 목소리가 들렸다. 담배는 여기 있어……. 이방근은 갑자기 머리 위로부터 푹 씌워져 질식할 것 같은 두꺼운 암흑이라도 떨쳐 버리려는 듯이 고개를 크게 흔들었다. 상반신이 휘청하고 흔들렸다. 아니, 어떻게 된 일인가, 한순간이었지만, 잠의 어두운 수직 구멍 속으로 쑥 빠져들어 갔던 것이다. 그것은 이방근의 서재 소파 아래에 있는 구멍과 같은 것이었다.

이방근 씨 슬슬 말씀해 주시지 않겠습니까. 그렇지 그래, 이야기를 하지 않으면 안 되지. 이방근은 컵에 아직 남아 있는 차가운 보리차 한 모금을 꿀꺽 마셨다. 그리고는 담배에 불을 붙이면서 옆에 있는 숙부를 보고, 어떻게 할까요, 하고 말을 거는 것처럼 이야기를 꺼냈다. 숙부는 아무런 말도 하지 않았다. 그것은 질문이 아니라는 것을 알고 있기 때문이다. 늦은 점심을 먹는 것인지, 뒤뜰의 담장 너머 옆집에서 생선을 굽는 냄새가 바람을 타고 전해져 왔다. 이방근은 막상 이야기를 하려 하자, 제주도가 저 멀리, 자신이 엊그제 아침 그곳에서 떠나온 것이 아니라, 여기의 유학생들과 마찬가지로 시간과 공간이 아득히 멀리 떨어진 곳에 고향을 두고 온 기분이 들었다. 이야기를 함으로써 명실 공히 자신이 서울에서 제주도를 객관적으로 볼 수 있게 된 것을 실감하고, 제주도가 어딘가로 사라져 버릴 것 같은 기분이 엄습했다. 남승지와 양준오, 그리고 김동진 등, 아니 많은 모습이 여러 개의 투명한 아지랑이로 피어올랐다. 그렇다면, 동무들, 나는 어젯밤, 서울 한 가운데에서 우연히 옛 친구를 만났습니다…….

"무교동 노상에서 오랜만에 우연히 마주쳤는데, 그 친구가 나에게 이렇게 말하더군요. 남해의 고도 제주도에서 지옥의 형상이 펼쳐지고 있는데, 어떻게 서울까지 오게 됐느냐고……. 나는 그때 제 자신이 서울까지 올 자격이 있는지 생각해 보았는데, 물론 그런 뜻으로 한 말은 아닙니다. 그는 제주도 출신이 아니라 서울 사람인데, 나한테 그렇게 말했습니다. 어떻습니까, 동무들은 지옥의 형상이라고 생각합니까……." 아까 컵으로 한 잔 마신 것이 아무래도 조금 취기를 불러 일으키는 것 같았다. 이방근의 당돌한 말투에 학생들은 조금 당황한 듯 금방 대답을 하지 못했다. 오는 등을 둥글게 구부리고 힘없이 고개를 떨군 채 담배를 피우고 있었다. 그 멍하니 술로 촉촉해진 눈에는 뭔가 슬픈 빛이 깃들어 있었다. "동무들은 이번 봄방학에 귀성을 하였거나, 설날 때 고향에 갔다 온 경우가 대부분일 겁니다. 나는 동무들이 무엇보다 알고 싶어 하는 가족이나 친척 등에 대해서는, 성내 출신이라면, 예를 들어 조영하 동무 같은 경우라면 몰라도(그녀의 목이 순간적으로 움찔하고 움직였다), 전혀 알지 못하고, 또 알 수도 없다는 것을 양해해 주기 바랍니다. 따라서 여러분이 고향의 사정을 알고 싶다고는 해도, 각각의 개별적인 것을 이야기할 수 있는 것은 아니기 때문에, 내 이야기가 직접적으로 무슨 도움이 될 것인가 하는 생각은 듭니다. 음, 그렇지, 설령 각각의 소식이, 좋지 않은 소식을 들었다 한들……, 아니, 이런 말투는 좋지 않겠어. 나는 좀 전에 지옥의 형상 운운하는 친구의 이야기를 했는데, 동무들은 그것을 하나의 비유로밖에 받아들이지 않을 거라고 생각하고, 또 그것이 옳은 겁니다. 그건 문학가인 그 친구의 상상의 표현이라서……." 취기가 머리에 천천히 올라와 두개골의 벽을 똑똑 두드리는 가벼운 소리가 들렸다. 심장의 고동이었다. "나는 묘한 이야기부터 시작했는데, 대체 무슨 이야기를 하면 좋을지. 나는 제주도에서 생활은 하면서도, 성내에 있는 집에 칩거하고 있던 인간으로, 이렇게 말하면 동무들로부터 비판을 받겠지만, 구체적으로는 이번의 사건에 대해 잘 알고 있지 못합니다. 그래도 객지에 있는 여러분보다는 더 알고 있겠지만, 나는 본토의 신문기자처럼 제주도까지 취재를 갔다 온 사람도 아니고, 또 정부의 고관처럼 현지시찰 같은 것을 한 사람도 아닙니다. 나는 동란이 일어난 현지에서 잠시나마 빠져나온 인간임에 틀림없고, 현지에서와는 달리 여기에서는 일단 안도의 숨을 쉴 수가 있습니다……."

"그렇지 않을 텐데요." 왼쪽 벽에 기대앉은 오가 이마에 걸린 머리를 쓸어 올리며 얼굴을 들고 충혈된 눈을 번쩍이며 이를 가는 듯한 목소리로 말했다. "그렇지 않을 겁니다. 저희들은 당장이라도 고향에 가고 싶습니다. 갈 수 없을 뿐입니다. 아닌가요."

"……그렇지, 동란이라고는 하지만, 누가 고향에 가고 싶지 않겠어. 나는 동무들의 경우를 말하는 게 아니라, 내 자신의 일을 말하는 거야. 신경은 쓰이지만 나는 제주도에 돌아가고 싶지 않아. 아니, 그래도 돌아가기는 하겠지. 좀 전에는 친구의 말을 빌려 지옥의 형상 운운하는 진부한 말을 했는데, 만일 그렇다고 한다면, 그건 지금부터 시작될 것이라고 바꿔 말해야 하겠지. 아니, 이런 말투도 좋지 않군. 지금부터 전개될 상황에 대해서 지옥의 형상을 예상하는 게 과연 타당한가. 그것이 고향 땅 전체를 뒤덮는다면, 그 상상을 견뎌 낼 수 있을지. 동무들의 학우회가 각 방면으로 보낸 청원서에도 쓰여 있었지만, 이쯤에서 수습책이 마련되지 않으면 동족상잔의 아수라장이 섬 전체를 뒤덮을 거라는 상상에 견딜 수 있을까. 견딜 수 없을 거야, 우린 견딜 수 없어……."

이방근은 말을 끊었다. 가까이에 앉아 있던 여학생이 일어나 주전자를 들고 이방근의 앞에 있는 컵에 보리차를 따랐다. 도대체 나는 무슨 말을 하고 있는 걸까. 목이 말랐다. 관자놀이의 혈관이 춤을 추었지만, 나중에 컵으로 한 잔 더 마셨을 뿐인데, 취기가 돌아 고조되는 기분 속에서, 왜 그들 앞에서 이런 이야기를 하지 않으면 안 되는지, 문득 견디기 어렵다는 생각이 들었다. 지리멸렬한 이야기가 아닌가, 아니, 그렇지 않다. 그는 보리차를 목구멍 안으로 흘려 넣었다.

"정부 고관과 현지 토벌대 사령관 등이, 조국의 존립을 위해 제주도민 30만 명을 희생시켜도 좋다고 공언하고 나서, 그러한 의도에 따라 작전 계획을 진행시킬 때, 그들은 30만 명을 희생시키는 그 아수라장의 상상에 견딜 수 있습니다. 동무들도 이미 알고 있듯이, 게릴라와 군의 4·28평화협상이 음모로 파기되고, 김익구 연대장이 본토로 좌천된 뒤, 그 후임으로 제주도 토벌사령관이 된 박경진 대령이 그랬습니다. 일본 제국주의와 나치스는 국가를 위해 몇백만, 몇천만의 인간에게 희생을 강요했지만, 일제 지배로부터 해방되어 독립한 우리 조선에서 이런 말을 같은 조선인이 공언하고, 실행되는 사태는 어떻게 받아들여야 합니까. 박경진 대령은 지난 6월 중순에 암살됐는데, 범인인 현상일 중위 등은, 여기 서울에서 영창을 살다가 군법회의에 회부되었다고 간단하게 신문에 실려 있었지만, 30만 제주도민을 희생해도 좋다고 하는 조국이 존재할 수 있는 겁니까. 조국이라는 것은 정부, 혹은 권력이라는 의미로 받아들이면 되는데……. 미국이라도 상관없고."

이방근은 맥주 한 잔을 마시고 싶다는 생각이 들 만큼 목이 말랐다. 이때 옆에서 숙부가, 아참, 그렇지, 하는 작은 소리를 내고 엉거주춤 일어나면서, 지금 몇 시냐고 소리 내어 물으며 벽에 걸린 시계를 올려다보았다.

"한 시 20분……. 음." 뚱뚱한 몸을 흔들듯이 일어난 이건수가 말했다. "방근이, 이야기를 계속해. 나는 신문사에 잠시 전화를 하고 올 테니까."

숙부는 이방근의 뒤에 있는 방으로 사라졌다.

"여러분의 기대에 부응하는 이야기가 되질 못해서 미안한데, 어떻게나 지루해서 졸리는 것은 아닌가요."

이방근은 가볍게 웃으며 말했다.

"아니에요, 전혀 졸리지 않아요. 제발 말씀을 계속해 주세요. 지금부터 진짜 이야기가 나올 것 같아 기대가 됩니다."

여학생 하나가 진지한 어조로 말했다. 웃음소리가 났지만, 비웃음은 아니었다. 전화가 있는 곳은 문이 열린 옆방이었기 때문에, 숙부의 목소리가 잘 들렸다. 바로 뒤에 그 방을 등지고 앉아 있는 이방근에게는 거의 그대로 다 들렸다. 숙부가 부장을 하고 있는 업무부가 아니라, 편집부 쪽에 걸고 있는 것 같았다. ……뭐라고, 현상일? 현상일 중위……. 이게 무슨 일인가, 지금 자기 입에서 막 튀어나온 이름이 아닌가. 현상일 총살, 그 밖의 세 명, 네 명에게 총살형 언도……. 이방근은 자신의 귀를 의심하고, 격한 현기증이 엄습하는 것을 느끼며 뒤를 돌아봄과 동시에 일어나, 그대로 옆방에 발을 들이밀었다. 숙부는 전화박스를 붙여 놓은 벽기둥의 나무 물결을 노려보는 듯한 자세로 수화기를 꽉 움켜쥔 채, 응, 응…… 하며 고개를 끄덕이고 있었다.……그래서, 으-음, 그래, 알았어.

"으-음……." 전화를 끝낸 이건수는 커다란 숨을 토해 내었다. "현상일의 재판이 오늘 열리는 건 알고 있었지만, 그만 깜빡했어. 그래도, 뉴스는 방금 전에 막 들어왔다는군. 오늘 오전 열한 시 반, 고등군법재판에서 사형, 총살형을 언도받았대. 그 밖의 하사관 세 사람도 마찬가지로 총살, 그리고 무기징역과 징역 5개월. 내일 아침 신문에 어떻게 보도될지 알 수는 없지만, 모두가 태연자약하게 암살 동기와 그때의 상황을 진술했다고 하는군. 예상했던 일이지만, 지금까지 1개월간, 제1여단 사령부의 영창에서 잔혹한 고문을 받은 것 같아. 모두 열아홉에서 스물네다섯 꽃다운 청춘인데……."

이방근은 멍하니 서 있는 자신을 발견하고 가볍게 기침을 한 다음, 저쪽 방으로 가시죠, 라고 한마디 덧붙이듯이 말했다. 말이 나오지 않았다.

"어떻게 할까, 학생들에게 이야기하는 편이 좋을까?"

"알리는 편이 좋겠지요. 사건 내용은 잘 모르겠지만, 그건 제가 나중에 이야기하겠습니다."

두 사람은 원래의 자리로 돌아와 이건수는 어험 하며 헛기침을 한 번 하고는 자리에 앉았다. 이야기가 멈춘 방에는 여름의 더위를 아랑곳하지 않는 날카로운 침묵의 덩어리가 생겨 있었다. 이미 전화의 내용을 알아차리고 있었던 것이다.

"에―, 예상했던 일이긴 합니다만, 오늘 오전 열한 시 30분, 고등군법회의, 즉 재판에서, 현상일 중위 이하 세 명의 하사관에게는 각각 총살형, 그 밖에 한 명은 무기, 그리고 5개월의 징역이 언도되었습니다. 현상일은 23세, 모두가 19세에서 25세까지의, 여러분 또래의 전도양양한 젊은이들입니다……. 그리고 음……." 이건수는 공적인 자리에서 보고를 하듯이 젊은이들 앞에서 경어체로 이야기한 뒤, 담배에 불을 붙여 조용히 한 모금 빨아들였다가 천천히 연기를 길게 뿜어내었다. "그렇지, 동무들은 박 대령 암살 사건은 신문에 났으니까 알고 있겠지만, 그 내용에 대해선 잘 모를 거라고 생각하는데……. 그에 대해선 나도 자세히는 모르기 때문에, 나중에 옆에 있는 방근 군이 얘기할 걸로 생각해. 그래, 그렇지, 잊을 뻔했는데, 사형 판결을 받은 그들의 태도는 매우 훌륭했으며 태연했다는군. 암살의 동기를 진술하면서, 박 대령의 게릴라 토벌의 잔인함과 무도함을 폭로했다는 거야. 게릴라 토벌보다도 먼저 부락을 전부 수색하여, 부락민 전원을 검거하라고 명령을 내리고, 그때 만에 하나라도 도망치는 자가 있으면 세번 정지 명령을 내리고, 응하지 않으면 사살하라든가, 토벌대원 한명이 매일 게릴라 한 명을 반드시 체포하라고 명령을 내리기도 했다는 거야. 이래서 게릴라가 아닌 양민이 체포되고, 살해되기도 했지. 부하에 대한 애정은 전혀 없는 상관이었던 거지……. 그리고 아까 방근 군의 이야기 중에도 나왔지만, 대한민국의 존립을 위해서는 제주도민 30만을 희생시켜도 좋다는 전제 아래 초토화 작전을 수행하던 박 대령에겐 복종할 수 없었다고 한 모양이야. 이건 지금 내가 일하고 있는 건국일보에 전화해서 들은 내용이니까."

"후후, 방금 들어온 뉴스가 되겠군요."

이방근이 농담조로 말하고 웃었다.

"아이고……." 툇마루 옆에 앉은 숙모가 커다란 한숨을 쉬었다. "이 세상이 대체 어찌 돌아가는 겐지. 청죽 같은 젊은이들의 아까운 생명인데……."

모두가 침묵을 지켰다. 포플러나무에서 울어 대던 매미 소리가 갑자기 방 안으로 굴러 들어온 것처럼 크게 들렸다. 매-앰, 매-앰……, 이명이 울릴 것만 같았다.

"건수 숙부님." 유원의 목소리가 침묵의 구멍을 뚫었다. "그 사형은 언제 집행되나요?"

여학생 하나가 눈물을 글썽이며 고개를 숙이더니 살며시 손수건의 끝자락을 눈으로 갖다 댔다.

"그건 아직 알 수 없어. 통위부(국방부)장을 거쳐 미군정청 장관의 '확준(確准)'이 있고 나서 집행된다고 하니까. 어차피 늦추지는 않을 거야."

마지막 단계에서 딘 군정청 장관이 형의 집행을 인정하겠느냐는 질문에, 학생들 사이에 결과는 뻔한 이야기라는 등의 논쟁이 벌어지고 있을 때, 갑자기 말없이 앉아 있던 오가 이히-히이, 이히-히이 하고 기묘한 소리를 내며 머리로 장판을 들이받을 것처럼 울기 시작했다. 이히-히이, 이히-히잉, 그는 어깨를 들먹이고 이를 악물면서도, 콧물을 흘리고 있는지 장판이 젖어 빛나고 있었다. ……형의 집행이 어쨌다는 거야, 그런 시시한 이야기는 그만두라고, 그만둬-. 현상일의 이야기 같은 거 그만둬-, 난 싫어, 싫다구, 싫어-. 그는 이를 갈기 시작했다. 으-응, 나는 싫다구-. 아, 괴로워……. 옆에 있던 작은 몸집의 학생이 또 시작이라는 듯한 표정을 지으며, 이봐, 토할 것 같나, 괜찮아, 하면서 들먹이는 어깨에서 등으로 쓸어내렸다. 등을 쓰다듬지 않아도 돼, 괜찮아. 괴롭지 않아……. 그리고도 여전히 방바닥에 엎드려 계속 우는 바람에 분위기가 깨져 버렸다.

이봐, 그만해, 불쾌하니까 그만두라고, 안 그러면 우리가 얘길 들을 수가 없잖아. 이봐, 그만하라니까……. 비틀거리며 일어서려는 것을 옆에 있던 머리가 긴 청년이 눌러앉혔다. 이 녀석, 언제 이렇게 취해 버렸나. 안주인이 대야와 수건을 가져와 갖다 대려고 하자, 오는 괜찮다며 고개를 흔들어 물렀다. 아이구, 가엾게도 술을 이기지 못하는 거야. 조금만 많이 마셔도 취해서 이렇게 되는 경우가 있어……. 그녀는 아이 다루듯 오의 콧물로 더러워진 얼굴을 마구잡이로 닦더니, 그 수건으로 더러워진 장판도 닦아내었다. 술이 깨면 마음도 편해지겠지, 아이구, 술이 병이야, 잠시 누워서 쉬는 게 좋아. 그러나 오는 몇 번이나 머리를 숙여 *끄덕*이면서도 바로 누우려 하지 않았다.

"……지금 이야기가 나온 박 대령 암살 사건의 주범인 현상일 중위

와도 관계가 있는 일이지만, 제주도에서도 아주 일부만 알고 있는 중요한 이야기를 하려고 생각합니다. 이건 사실에 입각한 이야기인데, 이미 지나간 일로 되돌릴 수 없는 일이기는 하지만……."

이방근은 박경진 암살 사건에 대해 직접 알고 있는 것은 아니었지만, 그의 대령 진급 축하연에는 아버지 이태수와 함께 초대받았다. 승진 축하라고는 해도, 본인이 직접 각 기관, 연대 참모, 그 밖의 유력자들을 초대한 연회로서, 옥류정에서 열린 그 모임에 아버지가 금일봉을 지참하고 참가한 사정이 있었다. 그것이 6월 중순 무렵이었고, 암살된 것은 연회가 끝난 뒤의 심야였다.

화평협상파였던 김익구 연대장이 본토로 소환되고 나서, 무력에 입각한 철저소탕이라는 강경방침이 정해지고, 제주도 토벌을 위해 수원에서 막 창설된 제11연대가 제주도로 이동했다. 지금까지의 대대급 규모에서 완전한 연대 규모로 재편성되었는데, 그 토벌부대장으로서 김익구의 후임으로 온 것이 박경진 중령이었다. 그는 구일본군 학도병 출신으로, 해방 당시에 일본군 제주주둔 부대에 소속돼 있었던 관계로 제주도의 지세를 약간 알고 있다는 것이 등용의 이유였다. 지금까지와는 전혀 다른 방침 아래, 그는 철저한 소탕작전, 미군정청의 명령에 따라 일부 지역에서는 초토화 작전을 강행했다.

성내 주민을 강제적으로 집합시킨 농업학교에서, 한라산 일대에 가솔린을 뿌리고 비행기에서 소이탄을 투하해서라도 빨갱이를 소멸시키겠다고 공언하며, 전 무장병력을 총동원하여 한라산 주위를 50보마다 한 사람씩 배치해서 진격하는 작전을 추진했다. 게릴라를 재워주거나 식량이나 정보를 제공하는 것은 물론, 조금이라도 게릴라와 내통한 혐의가 있는 자는 바로 사살하라고 포고하였다. 작전 구역 내의 공비(게릴라)와 통한 자는 전원 사살하며, 공비의 거점이 될 만한 모든 가옥을 소각하고, 게릴라에 대한 식량 공급을 끊기 위해 모든 곡물을 안전지대로 운반하여 확보하도록 명령해서 실질적인 폐촌화를 도모하고, 사격 훈련을 빙자하여 소와 돼지 등의 가축을 죽이기도 하는, 게릴라와 민중을 구별하지 않는 토벌작전이 실시되었다. 즉 토벌의 대상은 게릴라로 한정되는 것이 아니라, 그 가족과 친척, 지인들에게까지 확대되었고, 보급원인 도민 전체로 공격의 화살을 돌렸던 것이다.

이 강경책의 실행이 공적으로 인정받아 그는 대령으로 진급하여, 대령의 계급장을 일부러 서울에서부터 딘 미 중앙군정청 장관이 제주도로 가지고 와 직접 박 중령의 가슴에 달아 주었다. 그로부터 약 보름 뒤에 그는 대령 진급 축하연을 성내의 요정에서 열었던 것이다. 술이 세지 않은 박 대령은 그날 밤 상당히 취해서, 농업학교에 있는 연대 본부로 돌아와 깊은 잠에 빠졌다. 이른 새벽 세 시 반, 두 발의 총성에 놀란 당직 장교가 달려와 보니, 박경진이 사무실 침대 위에서 피투성이가 된 채 쓰러져 있었다. 위생병이 달려와 울면서 사체의 피를 닦아내고 검시한 결과, M1 총탄이 심장과 두개골을 관통한 사실을 알았다.

범인의 수색은 난항을 거듭했다. 후임 연대장으로 부임한 최경오 중령은 바로 범인의 수사를 개시하였고, 사태를 중시한 딘 미군정청 장관도 제주도로 내려와 대대적인 수사가 펼쳐졌다. CIC(방첩부대)는 도내에 있는 모든 M1총을 검사했으나 단서를 찾을 수 없었다. 그런데 한 사람의 하사관에 의해 현상일 중위와 그 주변 인물들이 범인이라는 밀고의 투서가 날아들면서 사태가 명확히 밝혀졌다. 주둔지인 한림에서 축하연에 참가했던 현 중위가 박 대령을 미행, 일찍부터 뜻을 같이하던 연대 당직 정보계 하사관과 실행을 결의하고, 그 심복인 위생병에게 지시해서 연대장을 살해했다는 것이 조사 결과 밝혀진 것이다. 직접 총을 발사한 것은 울면서 연대장의 피를 닦았던 위생병이었다. 하지만 이렇게 해서 현상일과 그의 아내, 게다가 네 명의 하사관이 체포되었다. 기독교인으로 충청도 출신인 현상일은, 먼저 부산에서 게릴라 토벌을 위해 1개 대대를 이끌고 왔던 오균 소령과 함께, 김익구 제9연대장과 게릴라 측 지도자와의 화평 교섭, 정전협정 실현의(경찰 측의 모략에 의해 파기되었지만) 중개 역할을 맡았던 한 사람이었다.

오는 두 사람의 친구 사이에서 머리를 벽 쪽으로 바싹 붙이고 다리를 방 한가운데 탁자 쪽을 향해 뻗고는 얼굴을 이쪽으로 돌린 채 잠들어 있었다. 참, 대단하다. 조금만 마셔도 침을 흘리며 잠들어 버리는 사람도 있지만, 한편으로는 마시면 마실수록 잠이 깨는 타입도 있는데, 이방근 자신이 바로 그쪽이라고 생각하면서, 오 군도 역시 그럴 것이라고 믿고 있었는데, 술을 마시고 우는가 싶더니 어느새 깊이 잠이 들다니 신기한 일이었다. 구멍 난 양말에서 불쑥 무슨 머리처럼 튀어나온 때 낀 엄지발가락이 재미있었다. 울거나 하면서도 왠지 유쾌하고 비참한 느낌을 주지 않는 것이 좋았다.

이야기가 이방근의 경험담은 아니었지만 사실에 근거해서 진행되었고, 학생들도 열심히 듣고 있었다. 어디서부터 이야기하면 좋을지, 파도처럼 말이 부서지기만 한다고 생각하고 있던 이방근은, 이야기하는 도중에 그럭저럭 형태가 갖춰지고 있음을 느끼고 있었다. 학생들은 이야기 도중에 나온 게릴라와 군의 정전협정이 정말인지, 그건 어떻게 성립된 것인지에 질문이 집중되면서 이방근에게 이야기하도록 재촉했다. 그리고는 잠들어 있는 오의 몸을 흔들어 깨워 보려고 했지만 꿈쩍도 하지 않았다. 이방근은 웃으며 그대로 두라고 말했다.

"예전에 내 친구 중에도 술을 마시면 갑자기 거짓말처럼 가만히 앉아서 잠들어 버리는 사람이 있었지. 아무리 흔들어도, 엉덩이를 두들겨도, 볼을 꼬집어도, 어느 정도 시간이 지나지 않으면 절대로 잠을 깨지 않아. 그 친구와 좀 닮았는지도 몰라. 여자였다면 약탈당할지도 모르는 상황이야……."

"오빠, 여자였다면 약탈당할지도 모르는 상황이라니, 왜 그런 일에 여자를 들이대는 거예요?"

안으로 함몰되어 가는 것처럼 창백한 얼굴의 유원이 말했다.

"너는 또 무슨 소리야. 핫하아, 그저 비유일 뿐이야. 비유이긴 하지만 실제로 그런 여자가, 그것도 젊은 아가씨가 있었다는 것을 오빠는 알고 있어."

"방근이, 그것 참 대단한 아가씨가 다 있었네. 그건 아가씨가 아니라 갈보 아냐? 그렇게 술을 많이 마시는 아가씨를 누가 며느리로 삼겠어. 그 버릇은 못 고쳐. 안 그래, 아가씨들……."

숙모가 말했다.

"그게 말이죠, 숙모님, 아주 훌륭한 신랑을 만났어요. 거짓말이 아닙니다. 행복하게 잘 살고 있다니까요."

"글쎄, 아무리 이야기가 그렇다고 해도 그렇지……." 숙모는 웃으며 말도 안 된다는 듯이 손에 들고 있던 부채를 좌우로 세게 흔들었다. "자아, 자, 중요한 이야기를 하던 중이니까……."

"그렇지, 얘길 계속합시다. 바야흐로 사태는 이미 게릴라 측과 군 측의 협상이 파기되었으니 심각하게 전개될 것이 뻔하겠지요. 약간은 비관적인 견해일지도 모르지만, 있었던 사실을 확실하게 이해하지 않으면 새로운 판단은 서지 않습니다. 여러분 학우회의 청원서에서 호소하는 평화적인 수습책은 4·28협상에 준하는 내용이 아니고서는 타개할 수 있는 길이 없다고 나는 생각합니다. 그걸 살렸을 때만이 평화적인 수습은 가능할 것이고, 청원서에는 서북인 같은 섬 출신이 아닌 공무원과 추방된 섬 출신자들도 교체하여 원상을 복구할 것, 무장 경찰대와 국방경비대의 본토 소환, 서북청년회의 철수 같은 평화적 수단이 강구되지 않는 한, 동족상잔의 아수라장이 섬 전체를 뒤덮을 것이라고 쓰여 있었는데, 이것은 4·28협상의 정신과 거의 내용을 같이하고 있습니다. 그러나 현실적인 사태는 그러한 방향으로 진행되지 않고 있다고 볼 수밖에 없습니다……."

"선생님, 어떻게 그렇게 여러 가지를 알고 계십니까? 집에만 계속 눌러앉아 계신다면서요."

제주도청에 있는 양준오와 남로당 도당 부위원장인 강몽구 등을 통해서 얻은 정보였지만, 이방근은 웃으면서, 그건 마리아의 처녀 잉태와 마찬가지로 상당히 어려운 질문이라고 대답했다. 눈을 뜬 오가 덩그러니 앉아서, 마치 잠에서 깬 어린아이처럼 신묘한 표정으로 도중에서부터 이야기를 듣고 있었다. 아무도 말을 하지 않았다. 계속 울어대는 매미 소리가 쇄도하여 방 안의 공간을 가득 채웠다.

"흐음, 방근이……." 숙부가 이름을 부르고 나서 침을 꿀꺽 삼키고 있는 것인지, 잠시 말을 끊었다.

"내가 들은 이야기에 의하면, 김익구 연대장은 딘 군정청 장관과 김익구의 제일 위의 상사인 국방경비대 총사령 송호성도 참석한 고위전략회의에서 중앙군정청의 조병옥 경무부장과 입씨름을 한 끝에 난투극을 벌였다더군. 어디까지나 게릴라와의 협상을 지키려 했던 김익구는 젊지만 훌륭한 인물이 아닌가. 제주도민에 있어서 참으로 고마운 사람이야." 담배만 피우면서 잠자코 있던 건수 숙부가 무겁게 입을 열었다. "으흠, '장유유서(長幼有序)'였어, 이건 결정적인 사안이야. 연장이배(年長以倍), 즉부사지(則父事之)……. 나이가 배라면 아버지를 섬기듯이 대하라……라는 것이야. 80살인 아들은 백 살인 아버지에 대해서 여전히 미성년자 같이 행동하지 않으면 안 된다는 거지. 김익구는 아직 이십 대 후반, 조병옥이 오십 대 중반이었으니까, 거의 나와 동년배인데, 그야말로 예의를 모르는 개만도 못한 놈이라는 소리를 듣게 된다구……."

'장유유서', '동방예의지국'의 젊은이들 사이에서 한숨이 터져 나왔다.

"오뉴월 병아리 하룻볕 쬐기가 무섭다는 바로 그거야. 제군은 연장자를 존경해야 한다는 거야. 양력으로 말하면 6, 7월의 여름이 한창인 시기가 되는데, 짧은 시간이라 할지라도 성장하는 속도가 빠르다는 의미라는 것은 알고 있겠지. 제군들은 이 속담처럼 하루 차이로 서로 나이가 많다는 것을 다퉈서는 안 돼."

"연장자를 소중히 여기는 것은 좋지만, 이 나라는 공산주의가 적이야. 좌우지간 빨갱이니까. 그 연대장이라는 사람은 훌륭한 사람이라구……."

이방근의 등 뒤에서 전화벨이 울렸다. 시계를 보니 두 시 반이었다. 나영호일지도 모른다. 일이 있어서 저녁때까지는 돌아오지 않을 거라고 숙모에게 들었을 터인데, 벌써 저녁때가 다 되었단 말인가. 자리에서 일어나는 여동생에게 혹시 나영호라는 사람이면 전화를 바꿔 달라고 말했다.

전화는 역시 나영호로부터 걸려 왔다. 그는 갑자기, 이걸로 두 번째 전화라며, 세 번째 전화였다면 어떻게 하겠다는 것인지 궁금할 정도로 상대의 의향을 무시하는 듯한 말투로 한두 마디 하고 나서, 갑자기 말투를 바꾸어, 이방근 동무, 지금부터 어떤 사람을, 멋진 사람을 바꿔 줄게…… 하더니 말이 끊기고, 젊은 여자의 목소리가 들렸다.

"여보세요, 이 선생님, 건강하세요?"

이방근은 갑자기 심장이 뛰면서 가슴이 덜컹했다. 왜 이렇게 놀라는지 스스로 웃으면서, 그것이 어젯밤의 그 하얀 양장 차림을 한 여자라는 것을 알아차렸다. 어젯밤에 만났을 뿐인데 무슨 건강하세요……란 말인가.

"아이고 이거, 문난설 씨, 어떻게 된 겁니까. 놀랐습니다……."

옆방에서 계속 이야기를 한 탓은 아니겠지만, 갑자기 다른 세상으로 나온 느낌이 들면서 바로 다음 말이 나오지 않았다. 아이고, 제 이름을 기억하고 계시네요, 하는 여자의 목소리가, 순간 어딘지 먼 타향에서 걸어온 것처럼 들렸던 것이다.

"저는 이 선생님이 제 이름을 말씀하셔서 놀랐습니다."

"아니, 저도 말이죠, 너무 갑작스러워 놀랐습니다……."

서로 간에 놀라움의 목소리가 얽히고 있었다.

5

문난설로부터 온 전화는 의외였던 만큼 이상하기도 했다. 옆에 있는 사람이 전화를 하는 김에……라는 경우는 자주 있는 일이지만, 그래도 그렇게 옆에 있는 사람을 통해 전화를 할 수 있는 관계는 아닐 것이다. 이방근은 밤의 노상에서 담배를 물고 라이터로 불을 붙이고 있던 그녀의 흰 양장의 모습을 뇌리에 떠올렸다. 그리고 아주 잠시, 침을 삼키는 순간 말이 끊기는 침묵의 틈을 타 수화기를 왼손으로 바꿔 들고는 반대편의 귀에 대었다. 옆방에서 무슨 일이 일어난 것인지,

일시에 웃음소리가 터져 나오더니, 아, 싫어, 그리고 바로, 톱이라니……라는 말이 들리는 바람에, 이방근은 다른 세상이 아니라 조금 전 이야기의 연장선에 있는 현실로 되돌아온 자신을 걸어가는 양쪽 발에 느꼈다. 톱……? 한쪽 귀에 톱……이라는 말이 주의를 끌었다.

"뭔가 재미있는 일이 있으신 것 같네요?"

"예, 내일이 8·15광복절이라서."

"아, 8·15, 그렇군요……." 여자가, 아, 하고 한 호흡을 두고, 마치 잊고 있던 일을 생각해 내기라도 한 듯이 그 말이 귓전에 맴돌았다. "바쁘시죠. 나영호 씨가 전화를 한다고 하시기에, 인사만이라도 드릴 생각에……."

"아이고, 친절하시군요, 영광입니다. 그러고 보니, 어제는 우연히 노상에서 실례했습니다……."

그래, 두 번째이기 때문에 어젯밤은 우연인 거야. 말하고 나서 억지로 강요하는 듯한 느낌이었다. 그렇지 않은가. 어젯밤에는 서로 간에 처음이 아니었지요. 올봄에 그 서양식 건물에서 만났으니까. 설마, 기억나지 않는 건 아니겠지요. 아니, 그건 대수로운 일이 아니다.

"……"

이방근이 우연이라고 한 말이 그녀에게는 고의로 들렸을지도 모른다. 그녀는 예전에 한 번 얼굴을 마주친 일이 있다는 기색을 조금도 드러내지 않았지만, 애당초 나영호로부터 전화를 바꾼 것은 어젯밤에 처음으로 만난 것이 아니라는 사인일지도 모른다.

"그런데, 나 동무와는 매일같이 만나십니까?"

"설마요……." 여자는 의외라는 느낌의, 그 볼을 결코 붉히지 않는다는 것을 알 듯한 어투로 말했다. "아니에요, 그렇지 않아요. 그렇게 느끼셨군요. 그럼, 바쁘신 것 같은데, 이만 실례하겠습니다. 잠깐만 기다려 주세요."

딱 잘라 말하는 듯한 느낌의 목소리가 돌아왔다. 설마 멋을 모르는 외설로 들리지는 않았겠지만, 자신이 생각해도 촌스러운 말이었다고 느끼기도 전에 돌아온 여자의 대답이었다. 전화가 어이없이 끝나고, 발이 걸려 몸이 갑자기 기울어지는 듯한 현기증을 느꼈다. 그리고 이방근은 다시 오른손으로 수화기를 바꿔 잡고 나영호의 목소리를 들었다.

"여보시오, 바쁘겠지만 가까운 시일 안에 다시 만나지 않겠나. 어젯밤에는 우연히 만나다 보니 그만 금방 시간이 지나가고 말았어. …… 으음, 술 냄새가 나는군."

"술 냄새?"

"자네한테 난다는 말야."

"흐-음, 냄새가 나는가."

"그런 것 같아."

그는 어젯밤 바에서 꽤 취했던 일에 대해서는 언급하지 않았다. 대체 어디서 전화를 거는 것일까. 바로 옆에 아직도 문난설이 있을까. 설마 '서북' 간부들의 숙소인 그 저택은 아닐 것이다. 그럴 리가 없다. 문난설 한 사람이라면 몰라도, 지금까지 간 적 없는 그가 하필 오늘 그곳에 얼굴을 내밀 리는 없었다. 이방근은 전적으로 자신의 생각을 부정하기 위해서, 취기로 조금 들뜬 목소리를 가다듬고, 지금 어디서 전화를 거는 것이냐고 물었다. 나영호는 근처에 있는 종로야, 어떤 사무소에 왔다고 말했는데, 무슨 사무소일까. 그러나 그건 아무래도 좋았다. 이방근은, 아, 그래, 어째서 일부러 문난설 씨를 바꿔준 건가? 하고 말을 이었다.

"실례가 되었나?"

"그런 게 아니야. 으-음, 자네는 매일 자네가 말하는 멋진 사람과 만나고 있나?"

"흠." 나영호는 콧소리를 내며 일부러 말을 끊고, 그 말이 상대에게 던지는 효과를 계산이라도 하는 것처럼 말했다. "매일은 아니더라도, 그래, 어제와 오늘은 분명히 연속으로 만나는 셈이군, 그러고 보니……."

그때, 현관에서 초인종 소리가 나고, 놀랄 틈도 없이 저쪽에서 문을 열었는데, 젊지 않은 친한 사이인 듯한 여자의 목소리가 났다. 안쪽에 있던 숙모가 현관으로 나갔다.

"그런데, 어떤가, 가까운 시일 안에 만나지 않겠나."

"그녀도 함께?"

"그녀도……?" 나영호는 등을 쑥 뒤로 젖히는 듯한 반동을 주며 반복하듯이 말했다.

"자네가 원한다면야……. 아니, 그녀의 의향은 알 수 없지만 말야. 핫핫, 설마 나 혼자와는 만나지 않겠다는 것은 아니겠지, 어떤가……."

"그건 농담이고, 지금 서울에 온 지 얼마 안 돼서 바빠. 앞으로 한동안 머무를 예정이니까, 그렇지, 가까운 시일 안에 만나자구."

"앞으로 한동안 있을 예정이라면, 자네는 정말로 제주도에 돌아갈 작정인가?"

"뭐라고? 나는 대충 옷만 걸치고 올라왔다구."

"그건 별문제가 아니지 않나."

나영호의 이 당돌한 말투는 도발적인 울림을 동반하며 이방근의 귓속 깊숙이 파고들었다. 근처에 사는 주부로 보이는 여자 손님은, 술 한 병을 가지고 온 모양이었다. 유원의 석방을 알고 축하해 주러 온 것이었다. 손님이 많이 온 것 같네요. 일부러 고마워요, 그 애가 먼저 인사를 드리러 갔어야 하는데……. 돌아오자마자 돌아다니는 건 별로 좋지 않아요, 유원이 숙모님. 댁은 정말로 가정이 원만해서 부러울 정도예요. 남편께서 훌륭한 분이시니까요. 우리 집 양반이 댁의 바깥양반 같기만 하다면, 저는 정말로 뭐든 해 달라는 대로 다 해 줄 것 같아요. 유원이 숙모님, 아이구, 우리 집 게으름뱅이 남편을 어떻게 하면 좋대요. 어디다 내놔 봤자 사갈 사람도 없을 테고……. 이번엔 정말로 결심을 했어요. 앞으로 반년만 있으면 장남이 결혼하니까, 이번에야말로 헤어지고 말 거에요……. 아이고ㅡ, 뭐하는 사람인지 모르겠어요. 가게의 바느질 하는 아이에게서도 돈을 빌려 간다니까요. 그걸 누가 갚는다고 생각하세요? 제가 갚아야죠. 편부모만으로 결혼식을 올리는 것은 세간에 체면도 있고, 아들이 불쌍하니까, 그때까지는 게으름뱅이 애비라도 세간에서는 없는 것보단 낫겠죠……. 좌우간 가까운 시일 안에 재회하기로 약속하고 나영호의 전화는 끊겼다.

문난설. 조선 중기의 작가 허균의 여동생이자 시인인 허난설헌의 이름을 딴 것인지도 모르지만, 그녀는 어떤 사람일까. 누군가 유력자의 첩일까. 아니, 그렇지 않을지도 모른다. 혹시 그녀가 나에게 접근해 온다면, 설마 나의 동향을 탐색하기 위한 것은 아니겠지. 무엇 때문에? 하아하, 누가 접근해 온다는 것인가. 아, 8·15, 그렇군요. 마치 내일이 8·15기념일이자 대한민국 정부 수립일과 겹쳤다는 것을 잊기라도 한, 즉 염두에 두지 않은 듯한 그녀와의 통화에서 받은 인상이 되살아났다.

아이구, 유원이 숙모님, 그 사람이 내세우는 것은 자기가 그래도 일제 때 대학을 나왔다는 거라구요. 내가 모르는 사이에 빚을 얻고, 바느질하는 아이 하나를 두고 근근이 생계를 유지하고 있는 양장점에서 돈을 빼가기도 하는데, 실업에도 정도가 있잖아요. 옛날부터 일하는 걸 싫어했으니까. 지켜봐 주세요, 이번에야말로 저는 확실히 이혼할 거예요……. 몇십 년이나 함께 살아왔는데 그럴 순 없지요. 부부싸움 은 칼로 물 베기라고 하잖아요, 댁의 바깥양반도 여러 가지로 좋은 점이 있잖아요. 첫째로 인품이 자상하시고, 나쁜 짓은 못하는 분이세 요……. 하긴, 근본이 무척 자상하고, 대학을 나왔으니까, 옛날에는 위세가 좋았지요……. 하지만, 지금은 지긋지긋해요, 이제 전 이혼을 하고말고요. 아들의 결혼만 무사히 끝내면. 유원이 숙모님, 바쁘실 텐 데, 이제 그만 가 봐야겠어요. 참, 유원이의 건강한 얼굴을 한번 보고 싶네요……. 두 사람은 현관에 선 채 이야기를 계속 나누고 있었다. 이방근은 방으로 돌아오고, 유원은 숙모가 불러 현관으로 인사하러 나갔다.

"아까, 유쾌한 웃음소리가 나던데, 뭔가 좋은 일이라도 있었나요? 나는 재미없는 이야기만 하다 보니 조금 신경이 쓰이는군요."

이방근의 말에 여학생들이 웃음을 터뜨렸다.

"뭐 얼마나 좋은 일이 있을라구……. 방근이가 없는 사이에 우리끼 리 좋은 것을 몰래 먹을 리도 없잖아." 숙부가 웃으며 말했다. "핫하, 할망구가 정신줄을 놓고 있었나 봐, 그만 방귀를 뀌고 말았어. 도대체 가 나잇값도 못한다니까. 음, 할망구의 방귀만이 아니야. 말도 안 되 는 얘기에 젊은 사람들이 웃었을 뿐이야. 분명히 웃음거리가 되기는 해. 겨우 일주일 정도 지난, 요 며칠 전에 보도되었는데, 우리 신문사 에서도 현지에서 공동취재를 한 기자가 있어서 말이지, 어떻게 하다 가 그 이야기를 학생들에게 했더니 웃음이 터져 나왔어. 하긴 학생들 은, 짐승 같은 놈들이라서, 웃어넘길 일이 아니라고 화를 냈지만 말이 야. 이건 경상북도의 고령에서 있었던 사건인데, 고령군 S면의 어떤 마을에서는 남로당 세포조직이라는 혐의로, 아무런 증거도 없는데 십여 명이 검거됐다는군. 그런데 그 마을의 박아무개라는 사람이 행방을 감춰 버리는 바람에, S면 경찰지서의 경찰 몇 명이 그 부락에 찾아와서는, 박아무개를 도망치게 한 박가네 일족을 모두 죽여 버린다며, 폭력단 못지않게 날뛰었다는 거야. 박아무개의 친척만이 아니라, 관계도 없는 마을 주민을 닥치는 대로 잡아서는 곤봉으로 내리치며 심한 폭행을 저질러서 많은 부상자가 났대. 게다가 마을 주민들의 집안 가구를 닥치는 대로 부수고, 톱으로 기둥을 자르는 일까지 저질러 집을 기울게 만들어 버렸다는 거야. 핫핫, 목수도 아니고, 경찰이 톱으로 기둥을 자르다니. 마침 그때였어. 학생들이 한참 웃고 있을 때 저 할망구가 뿡— 하고 마치 귀여운 아가씨 같은 방귀를 뀐 거야. 톱과 뿡— 하는 소리에 모두가 웃음을 터뜨리고 말았어. 할망구도 우스웠겠지. 아니, 아니야, 어쨌든 이야기는 아직 끝난 게 아니야. 그래, 그렇지, 조금만 기다려. 신문의 칼럼 기사가 어디 있을 거야……."

숙모와 유원은 이미 자리로 돌아와 있었다. 숙부는 무거운 몸을 들어 올리듯이 천천히 일어나더니, 이방근의 오른쪽 방구석에 있는 책상으로 가서 서랍에서 한 권의 대학노트와 돋보기를 손에 들고 자리로 돌아왔다. 그리고는 스크랩으로 사용한 노트의 페이지를 넘기며, 아직 붙이지 않은 몇 장의 오려 놓은 작은 기사 중에 한 장을 찾아내어 손가락에 끼웠다.

"음, 간단하니까 조금 읽어 보기로 하지. 이건 우리 건국일보인데, 기개가 있는 기사야. 그러니까—, 좌익 혐의자가 나온 동네에 수사를 나온 경찰관 다섯 명이 관계가 없는 마을 주민을 닥치는 대로 구타했다……. 그 폭행 정도로 말할 것 같으면, 부녀자를 짓밟고 구타하여 하반신을 못 쓸 만큼 만들어 놓고 도망치는 사람까지 잡아서 폭행했다고 한다. 도망친 혐의자를 찾아내기 위한 고문이라면, 그 정도가 일상다반사라고 할 수 있겠지만, 가재도구를 마구 부수고, 집의 기둥을 톱으로 잘랐다고 하니까, 이건 어떤 종류의 고문인가. 그리고 으 —음, 일전에 군중의 습격을 받은 면장에게 2백50만 원을 부락민에게 지불하라는 경찰서 명령이라든가, 이런 것은 어떤 종류의 벌금인가. 손해배상이라고 한다면 그럴 수도 있겠지만, 그렇다면 경관들에게 파괴된 가옥 가재, 또한 부상자에 대해서는 누가 배상을 할 것인가. 그리고 또 하나 이해하기 어려운 것은, 이른바 '검거 비용'이라는 것을 주민이 부담하라고 이장에게 통보했다고 하는데, 이것은 어떤 종류의 세금인가. 오호, 차마 볼 수 없는 경찰의 만행. ……라는 식으로 쓰여 있어. 이야기를 듣는 것만으로는 애교가 있고, 웃음거리가 될 수도 있겠지. 제주도보다는 덜 하겠지만 말이야. 그야말로 세상이 무법천지, 왜정시대에도 이런 폭력배 같은 경찰은 아니었는데, 고문으로 사람을 쉽게 죽이기는 했어도 말이지. 앞으로 이 나라를 짊어지고 나갈 젊은이들의 책임이 크다는 것을 통감하게 돼. 힘든 시기지만 학생들이 제대로 학업에 정진해야겠지."

이건수는 어험, 하고 헛기침을 한 번 하더니 스크랩 노트를 덮고 돋보기를 벗었다. 마지막의 단정적인 말투에 담은 비중은 거의 유원을 향해 있었다. 여학생 중에는 청원서의 내용을 막연한 정도로밖에 파악하지 못하는 경우도 있었고, 이방근의 이야기를 들으면서도 혈관에 고통이 일며 전신에 위기감을 느끼지 못하는 것은, 아득히 먼 이 나라의 남단, 바다 건너의 현실이라는, 현장에서 떨어진 거리감을 생각할 때 당연한 일일 것이었다. 사태의 심각성에 대한 인식도 상당히 미약한 편이었다. 하지만 미군정 아래 있는 조국에서 대규모 병력이 출동하여 전쟁을 방불케 하는 상태가 계속되고 있다는 것을 인식하게 되었고, 그 사실은 학생들에게는 역시 충격이었다. 또한 그 상황을 설명한 이방근에게도 연장자인 이건수에게도 대답할 수 있는 것은 아니었지만, 이방근 자신이 지적했듯이 사태가 수습되는 방향으로 나아가지 못한다면, 앞으로 어떻게 될 것인가라는 청년들의 불안감은 사라지지 않았다. 그들은 거듭해서 그 문제를 물었고, 그중에는 당돌하게도 게릴라에 참가할 수 있는 방법은……? 이라는 말을 해서 웃음 아닌 웃음을 자아내게 만들었다. 아이고, 죽여 버리고 싶다! 고 낮게 신음소리를 내는 학생도 있었으나, 격화소양(隔靴搔癢), 한결같이 견디기 어려운 고통스러움을 주체하지 못하고 있었다.

　이방근은 무책임하게 들릴지도 모르지만, 앞으로 어떻게 될지는 나 자신도 모른다, 다만 전체적인 이야기는 아닐지라도, 이런 사실이 있었다는 것, 나아가 이런 상황에서 사태가 움직여 가고 있다는 것을 알아주었으면 좋겠다는 식으로 같은 말을 반복하는 데서 그쳤다. 선생님은 언제 돌아가십니까? 잘 모르겠어. 이방근 씨는 이제 제주도에는 돌아가지 않는다는 말씀입니까. 저희완 달리 이방근 씨의 경우는 제주도의 출입이 자유롭지 않습니까. 그래, 여러분과는 달리, 자유롭지는 않지만, 지금으로서는 어떻게든 출입은 할 수가 있어. 따라서, 흐음, 나는 갑니다, 돌아갈 겁니다. 정말로, 정말로 돌아가십니까. 어떻게 이방근 씨와 함께 고향에 다녀갈 수 있는 방법은 없습니까……. 이방근은 대낮에 애매하게 취한 기분 속에서 부글부글 알코올 기운이 사라지지 않는 머리 한구석이 욱신욱신 쑤시기 시작했다. 역시 한잠 자는 게 좋을 것 같았다. 이방근은 또 기회가 있으면 이야기하자면서, 결코 충분하지 못했던 이야기를 마무리했다. 학생들은 아침에 왔을 때처럼 두세 명씩 그룹을 지어 돌아갔다. 마지막으로 조영하 등도, 좀 더 있고 싶지만 유원의 안색이 좋지 않으니 쉬는 편이 좋겠다며 굳이 자리에서 일어났다.

제13장　**481**

어느새 매미의 울음소리가 사라져 있었다. 학생들이 떠난 텅 빈 방에 비쳐 드는 햇살에, 여름의 오후가 크게 활모양을 그리며 기울어 가는 기척이 흔들렸다. 방 한가운데에 놓인 탁자 둘레에 네 사람이 잔치가 끝난 뒤에 잠시 찾아온 공허감을 메우기라도 하듯 덩그러니 앉아 있었다.

"학교 선생님에게 인사를 해야겠지. 어쨌든 덕분에 잘 돌아왔다는 연락은 해 두는 게 좋을 거야. 부형을 동반한 정식 방문은 나중에 하더라도."

숙부가 탁자에 양쪽 팔꿈치를 대고 말했다.

"국민학생이나 중학생도 아니고, 학교 방문은 필요 없어요. 저는 싫어요. 담임교수를 만나는 것으로 충분해요. 다만, 혹시 필요하다면 반성문을 제출할 때 보증인만 세우면 끝나는 일이에요."

"어쨌든 나도 한 번 선생님을 만나서 인사를 해야 된다고 생각하고 있어. 그 뭐냐, 호출을 청원할 수 있는 전화는 없니?" 유원이 고개를 흔들며 없다고 말했다. 이방근은 숙부를 보며 물었다. "오늘 석방된 것을 알고 있을까요?"

"이쪽으로서도 확실한 일정을 알 수가 없어서, 일단 14일 경이라고만 전했어."

"그렇다면 선생님 쪽에서 전화를 걸어올지도 모르겠군요."

"설령 전화가 걸어온다고 해도 그걸 기다리는 건 좋지 않겠지."

"그것은 그렇지만, 유치장에서 막 나온 본인이나 가족이 여기저기 돌아다녀서는 안 돼요."

"제가 밤에라도 다녀올게요."

유원이 말했다.

"앞으로 며칠간은 돌아다니지 않는 것이 좋아. 특히 밤에는 나가지마."

"오빠, 그런 말 마세요. 여러 가지로 볼일이 있단 말이에요. 약속도 있고……."

"약속이라니, 무슨. 유치장의 동료와?"

"……아니에요. 여러 가지로 볼일이 있어요."

"유원아, 목욕이라도 하고, 오늘은 푹 쉬는 게 좋아."

걱정스러운 듯이 이야기를 듣고 있던 숙모가 말했다.

숙부가 퉁방울눈으로 유원을 바라보았다.

"어쨌든 학교에는 누군가 당직 선생이 있을 테니까, 일단 부형의 입장에서 보고도 할 겸 전화로 연락은 해 두자구. 이번 석방은 학교 측의 보증 덕분이고, 경찰의 사찰계장도 말했듯이, 전도유망한 음악 학도라고 해서 특별히 석방된 것이니까."

"숙부님……. 부탁이니, 지금 그 이야기는 하지 말아 주세요."

유원은 입을 다물고 고개를 떨어뜨리듯이 숙였다. 숙부는 움찔했다. 아마도 사찰계실에서의 유원의 히스테릭한 흥분 상태를 떠올린 탓이겠지만, 하다 만 말을 계속하려 하지 않았다. 그는 어떻게든 한마디 해 두고 싶었던 것이다.

"유원아, 숙모님 말씀대로 목욕이라도 하고 잠시 쉬는 게 어떠냐. 그러고 보니 나도 머리가 무거워서 한숨 자는 게 좋을 것 같구나. 유원아, 너, 막걸리 한 사발 가져다주지 않을래. 안주는 필요 없어. 핫, 하앗, 숙부님 앞에서 한 잔 마셔도 될까요. 어떻습니까, 숙부님께서도 조금만 드시지 그러세요."

유원은 숙부가 고개를 옆으로 흔드는 것을 보고 나서 자리에서 일어났다.

"숙모님, 좀 전 그 여자는 누구입니까. 무슨 말인지, 이혼, 이혼하고 있었습니다만, 말이 많더군요. 뭐 하러 왔는지는 모르지만."

"아, 그 사람은 말이지, 이 근처에서 작은 양장점을 하고 있는 부인인데, 학우회에 들어가 있는 친척 아들로부터 유원이 얘길 들은 모양이야. 그 부인은 언제부턴가 이혼한다는 말이 버릇이 되고 말았는데, 늘 부부싸움을 하는 바람에, 몇 번인가 말리러 가기도 했지만, 역시 게으름뱅이 남편 쪽이 나쁜 거지. 아내가 일을 하게 만들어 놓고 자신은 빈둥빈둥 놀면서 지낸다는 것은, 제주도 남자들의 나쁜 버릇이야. 하지만, 자식이 셋이나 있고 쉰 가까운 부부가 간단하게 이혼할 수도 없잖아. 만날 때마다 불평을 하길래, 일전에는 이혼은 아직 안 한 거냐고 말해 주었어, 웃으면서 그랬지만. 생각 좀 해 봐요, 댁의 이야기는 불평 밖에는 안 돼요, 게다가 남편 자랑도 함께하는 거 아니냐. 이혼할 거라면 벌써 고향에서 했으면 좋았지, 일부러 서울까지 와서 할 거는 없지 않느냐고……. 그래도 이번에는 아들의 결혼식이 끝나면 한다는 걸 보니, 아무래도 진심인 것 같긴 하지만, 그것도 알 수가 없어……." 숙모는 웃었지만, 생각이 난 듯, 그렇지, 그래…… 하며 말을 이었다. "고향에 관한 이야기인데, 그 부인이 육촌 동생에게서 들은 얘기로는, 작년 제주도의 3·1절은 성내 거리가 온통 사람들로 메워졌을 만큼 큰 데모가 있었다던데. 서울에서도 그날은 난리가 났었지만……."

"작년 3·1절에 저는 제주도에 없었습니다. 그땐 아마 서울에, 아니, 여기에, 이 집에 있었잖아요."

"아이고, 내 정신 좀 봐. 노망이라도 들었나 보네. 그래, 그렇고말고, 지금처럼 모두가 이렇게 앉아 있었지……. 안 그래요, 당신."

"난 데모에 참가하지 않았기 때문에 오전에는 집에 있었어. 그렇군, 방근이도 유원이도 이렇게 탁자를 둘러앉아 있었는지 어땠는지는 몰라도, 집에 있었던 건 틀림없어. 유원이는 아무데도 가지 않고 열심히 음악공부를 말이지, 피아노를 치고 있었던 기억이 나. 음, 그 날은, 남대문 로터리에서 좌우 데모대가 충돌해서 총격전이 벌어지고, 십여 명이 사망했어. 그러고 보니, 서북청년회라는 것은, 서울에서는 그때까지는 거의 알려지지 않았었는데, 작년의 3·1절 때부터 결사의 반공돌격대라는 것으로 유명해졌지."

"제주도에서도 그때 많은 사람들이, 아이들까지 총을 맞고 여섯 명인가 여덟 명이 죽었다고 하잖아요. 그렇지, 여섯 명이지, 많은 사람이 큰 부상을 당하기도 하고. 아이고, 왜 그렇게 육지에서 온 경찰놈들은 짐승같이 지독한 짓을 하는 걸까. 좀 전에 왔던 부인의 사촌 동생이 그때 경찰에게 총을 맞고 큰 부상을 당해서……, 그래도 운이 좋은 편이야, 목숨은 건졌으니까. 제주도에서 서울로 와서 한 달 정도 병원에 다니다가 일본으로 건너갔다는데, 그 부인은 사촌 동생에게 들은 3·1절 데모 때의 이야기를 자랑스럽게 하면서, 마치 자신이 데모에 참가하여 총을 맞은 것처럼 흥분한다구."

이방근은 유원이 쟁반에 담아 가져온 막걸리 사발을 단숨에 비우고 나서, 새빨간 김치 조각을 입에 넣고 혀가 얼얼해질 만큼 천천히 씹었다. 머리가 욱신거리고, 어딘가에 열려 있는 컴컴한 창문으로 총구가 드러나 있는 게 보인다.

"그 정도로 낮술을 마시면 취할 텐데."

숙부가 새삼스럽게 감탄하듯 말했다.

"한 잔만 마시고, 조금 있다가 잘 거니까요."

이윽고 취기가 단숨에 몸속에서 뛰노는 것처럼 부풀어 오르더니 땀이 솟아올랐다. 계속 마시지 않는 한 곧 수그러들 것 같은 취기였지만, 뇌수를 구심점으로 자극하는 취기에 잠이 깨면서 눈이 맑아지는 것을 느꼈다. 시각은 어느덧 네 시로 접어들었다. 바깥 공기는 빛을 잃고, 어느새 하늘이 거대한 날개의 그늘에 덮인 것처럼 흐려졌다.

　방으로 돌아온 이방근은 창문을 열어 저녁 무렵의 상쾌한 바람을 불러들이고는, 여동생이 깔아 놓은 이불 위에 몸을 뉘였다. 커튼을 친 방은 어두컴컴했다. 8·15는 고통이었다. 실은 8·15가 고통이라는 것부터 젊은 그들에게 이야기하는 게 좋았을지도 모른다……. 머릿속으로 바람이 불어 들어 꽤 흔들리는 느낌이었다. 머릿속의 먼지투성이 헛간 2층의 창문이 열리더니, 이상하게도 오늘은 이전에는 그저 벽이었을 터인 그곳에 창문이 보이고, 거기서 강한 바람이 불어들어와, 잡동사니가 제각각 몸을 부딪치며 서로 울리고 있다. 지금은 그 벽 가장자리에 자주 나타나 이쪽을 바라보던 남승지의 모습은 보이지 않았다. 어딘가로 열린 창문으로 M1의 총구가 엿보이고 있다. 그것은 관덕정 광장을 사이에 두고 경찰이 있는 도청 구내와 마주 보고 있는 식산은행 2층 창문의 다갈색 커튼 틈새로 엿보이는 총구……. 아니 그 총구는 아버지의 눈이었다. 총구는 맞은편 도청 옆의 망루에서 조준을 하고 기다리는 저격수 세 명의 것, 경찰 세 사람이 조준하고 있는 세 개의 총구였다. 성내 거리의 좁은 골목 모두가, 그 구석구석을 메운 3만의 인파에, 집들은 마치 홍수로 떠 있듯이 분단돼 있었고, 관덕정 광장으로 진행하는 군중을 향해 세 개의 총구가 겨누고 있었다…….

　일제가 지배하고 있던 1919년 3월 1일에 폭발한 3·1조선독립운동의, 28주년 기념행사를 좌익이 주도할 것을 우려한 경찰과 미군정 당국은, '민전(민주주의민족통일전선)'의 거듭되는 요청과 교섭에도 불구하고, 일체의 옥외 집회를 금지했다. 그리고 섬 전체에 무장 경찰을 배치하여 경계 태세를 굳히고, 또한 기마대를 새롭게 편성하여 3·1절 당일에 일어났을지도 모를 사태에 대비했다. 강몽구 같은 '민전' 간부가 재차 경찰서로 서장을 방문하여, 3·1절 당일의 집회 허가를 요청한 것은 그 전날이었다. ……우리는 작년에 이어 해방 후 두 번째인 3·1절 기념집회를 평화적이고 합법적으로 치르려고 한다. 3·1절은 우리의 애국선열들이 민족의 독립을 위해 많은 피를 흘린 3·1봉기의 날로 영원히 기념해야 한다. 전국 각지는 물론, 이 섬에 전 도민이 한결같이 요망하는 사안이다. 그걸 경찰은 왜 방해하려 하는가. 아니, 그건 지당한 의견이다. 이야기의 취지를 모르는 것은 아니지만, 예측하기 어려운 사태도 일어날 수 있기 때문에, 치안 유지를 위해 대중집회를 불허한다는 방침이 이미 결정된 상황이다. 미군정 당국의 승인 없이 경찰 임의로 집회 허가를 내줄 수는 없다는 것을 이해해 주기 바란다. 도저히 허가를 해 줄 수 없다면, 장소를 다른 곳으로 변경하겠다. 북국민학교가 아니더라도 좋다. 반복하지만, 집회 금지의 방침은 변함이 없다. 억지로 그것을 꼭 강행해야 한다면, 비행장이라도 가서 해야만 할 것이다. 성내 교외의 비행장이라면, 미군용이고 미군 캠프가 있는 곳이어서, 그것은 사실상 집회 불허가의 언명, 최후 통달이었다. 좋다. 당국의 의향은 잘 알았다. 우리는 3·1혁명정신을 계승하고, 민족정기의 발양을 위해 3·1절 행사를 그냥 보류할 수는 없다……. 자리를 박차고 경찰서를 나온 강몽구 일행은 경찰의 엄중한 경계 태세 아래에서 3·1절 당일을 맞이하게 되었다.

북국민학교에 군중이 집결한다는 정보를 탐지한 경찰은, 아침 일찍부터 무장 경찰을 동원하여 학교 정문, 뒷문 등 3개소의 출입구를 봉쇄, 시시각각 모여드는 군중과 작은 충돌을 일으키면서 교정으로 입장하는 것을 저지하고 있었다. 한편, 남문길의 언덕 쪽에 있는 O중학교에 모인 2천여 명의 청년들을 중심으로 한 군중이 갑자기 기념식을 시작했다. 당황한 경찰은 주력을 북국민학교에서 O중학교로 이동,

미군 장교의 지휘하에 즉각 해산을 명령하고, 위협 발포를 하면서 군중과 충돌하였는데, 투석으로 대항하는 학생들과 일진일퇴의 대치를 하고 있는 사이에, 북국민학교를 포위하고 있던 군중이 교정으로 쏟아져 들어왔다. O중학교의 군중이 그곳에 합류하기 위해 데모를 개시하자, 경찰은 다시 북국민학교에 주력을 투입하는 곤경에 처했고, 우왕좌왕하는 행동을 반복하다가 북국민학교에서 쌍방의 군중이 합류하는 것을 저지하지 못했다. 교정과 그 주변은 각 지구에서 몰려든 군중으로 인파가 불어나, 2만을 넘는 군중에 둘러싸인 채 전격적인 기념식이 행해졌다.

……우리들은 3·1혁명정신을 계승하여 외세를 조국 땅에서 몰아내고, 조국의 자주통일을 달성, 민주국가의 수립을 도모하지 않으면 안 된다……라고 시작하는 개회사, 그리고 28년 전 3·1민족독립 봉기 당시에 울려 퍼진 장문의 독립선언문이 다시 낭독되었다.

"우리는 여기에 우리 조선이 독립된 나라인 것과 조선 사람이 자주 국민인 것을 선언하노라. 이것으로써 세계 모든 나라에 알려 인류가 평등하다는 큰 뜻을 밝히며, 이것으로써 자손만대에 일러 겨레가 스스로 존재하는 마땅한 권리를 영원히 누리도록 하노라……. 병자수호조약(강화도조약-1876년) 이후, 시시때때로 굳게 맺은 약속을 저버렸다 하여 일본의 신의 없음을 탓하려 하지 아니하노라. 학자는 강단에서, 정치인은 실생활에서, 우리 조상 때부터 물려받은 이 터전을 식민지로 삼고, 우리 문화민족을 마치 미개한 사람들처럼 대하여 한갓 정복자의 쾌감을 탐낼 뿐이요, 우리의 영구한 사회의 기틀과, 뛰어난 이 겨레의 마음가짐을 무시한다 하여, 일본의 옳지 못함을 책망하려 하지 아니 하노라. 자기를 일깨우기에 다급한 우리는 다른 사람을 원망할 여가를 갖지도 못하였노라. 현재를 준비하기에 바쁜 우리에게는 옛부터의 잘못을 따져 볼 겨를도 없노라……. 오늘 우리의 조선독립은 조선사람으로 하여금 정당한 삶과 번영을 이루게 하는 동시에, 일본으로 하여금 잘못된 길에 벗어나, 동양을 버티고 나갈 이로서의 무거운 책임을 다하는 것이며, 중국으로 하여금 꿈에도 피하지 못할 불안과 공포로부터 떠나게 하는 것이며…….”

무수한 현수막과 깃발이 3월의 밝은 태양 아래, 군중의 머리 위에서 숲을 이루며 흘러넘치듯 펄럭였다. ……우리는 3·1혁명정신으로 조선의 통일 독립을 쟁취하자! 미군은 남조선에서 철수하라! 친일파, 민족반역자를 처단하라! 부패, 타락한 경찰을 쫓아내라……! 행사를 마친 군중은 관덕정 광장을 향하여 팔열종대의 스크럼을 짜고 데모 행진을 시작했다. 지축이 흔들리고 있었다. 모든 도로를 가득 메우며 3만으로 불어난 군중의 행진에 경찰은 손을 쓸 수가 없었다. 게다가 경찰의 기마대장이 여전히 군중의 해산을 명령하면서 어린아이를 말 발굽으로 차 쓰러뜨려 중상을 입힌 것이 군중의 분노를 확산시켰다. ……경찰이 어린애를 죽인다! 기마대가 어린애를 차서 죽였다! 광장에 소용돌이를 일으키며 행진하는 군중의 기세에 낭패한 미군정청은 건물의 창문이나 바리케이드에 기관총을 설치하고 위협했지만, 계속해서 광장으로 밀려드는 인파를 막을 수는 없었다.

도청 옆의 망루에서는 본토 출신 경찰관이 겨눈 세 개의 총구가 인파의 흐름을 내려다보고 있었다. 이를 마주 보고 있는 식산은행 2층 창문의 다갈색 커튼 틈새로 아버지 이태수가 군중의 물결을 내려다보고 있었던 것은 아닐까……. 위협 발포가 성내의 하늘을 찢었다. 데모의 선두 행렬이 격렬한 지그재그 데모를 마치고 철수하려 할 때, 복수의 기마대가 튀어나와 발포, 한 소년이 사살되었다. 혼란 속에서 다시 대열을 정비한 데모대가 소년의 사체를 짊어지고 분노의 항의 데모를 계속하는 한편으로, 군중은 총을 겨눈 다른 기마경찰의 다리를 잡고 땅으로 끌어내리려 했다. 아버지 이태수가 2층에 머물러 있었을, 그 식산은행 건물의 앞이었다. 망루에 있던 세 개의 총구가 큰 총성을 울리며 불을 뿜었다. 닥치는 대로 무차별적인 사격이 가해지고, 순식간에 십여 명이 도로에 피를 쏟으며 쓰러졌다. 혼란과 공포 속에서, 그때까지의 노호와 환성이 갑자기 멈추고 정적이 한순간 광장을 덮었다. 모두 도망가라, 다 죽는다! 대열은 일시에 무너지고, 광장으로부터 사방으로 난 도로와 골목으로, 근처의 가게나 집들로 사람들이 뛰어 들어가 몸을 숨기며, 일대는 아수라장으로 변했다. 사망 여섯 명, 중상 여덟 명. 3월의 하얀 태양 아래, 군중이 흩어진 뒤 관덕정 광장의 한 모퉁이에 사체가 가마니를 뒤집어쓴 채 오후 늦게까지 방치돼 있었다…….

재경 남녀 5백여 명 유학생의 친목 단체인 우리 학우회는 고향의 불상사에 대해 깊은 우려와 함께 견해를 분명히 밝혔다…….작년의 3·1절을 기해 데모대에 대한 경찰의 발포에 의해 십여 명의 사상자를 낸 불상사가 제주도민의 격분을 불러일으킨 최초의 단서이다. ……그 뒤, 항의하는 관민 총파업 사건에 대해서는 경찰의 책임자를 처벌하는 것이 아니라, 오히려 섬 출신 공무원을 추방하고, 대신에 제주도의 특수한 실정에 어두운 서북인을 그 후임으로 앉혀서, 폭력과 고문 등 참기 어려운 강압으로 도민들을 억눌러 왔다…….청원서에서 지적하고 있듯이, 4·3봉기는 작년의 3·1사건 이후에도 계속되는 관헌의 강압 속에서 태동한 것이다. 서울에서는 16명 사망, 22명의 부상자, 부산에서도 사망 일곱 명, 열 명의 부상자가 나왔지만, 제주도에서의 희생은 이른바 좌우 대립이 아니라 경찰 측의 탄압, 발포에 의한 것이었다. 아버지 이태수는 식산은행의 건물 앞에서 일어난 참극에 대해 일절 언급하지 않았다. 이방근이 나중에 확인한 것이지만, 아버지는 당일 집에 없었으므로 은행의 이사장실에 있었던 것이 틀림없고, 그 2층 창문 커튼 사이로 총구와 같은 두 눈을 반짝이며 데모 군중을 내려다보고 있었을 것이다. 이방근이 본토 여행에서 돌아온 뒤에도, 목격했을 일에 대해 일절 언급하려 하지 않았다.

작년 3·1절 당일, 여동생과 함께 이 집에 있었다는 것이 기묘하게 여겨졌다. 그리고 이 집에서 데모에 참가한 사람은 아무도 없었다. 숙부 이건수가 참가했다면, 남산공원에서 있었던 좌익 집회가 아니라, 서울운동장에서 열린 우익 쪽 집회에 참가했겠지만, 그는 어느 쪽 집회에도 참가하지 않았다. 작년 3·1절 무렵과 비교해 보아도, 유원의 요즘과 같은, 특히 올봄 이후에 변화된 모습은 믿기 어려웠다. 그녀는 적어도 작년까지는, 예술가는 정치에 관여해서는 안 된다, 세속적인 일에 관여해서는 안 된다는 예술지상론적인 생각을 지니고 있었다. ……그게 도대체 무슨 짓인가, 모두의 앞에서. 오빠, 어째서 그런 곳에 여자를 갖다 붙이세요? 여자였다면 약탈당했을지도 모른다니……. 학생들과의 이야기 도중에, 예를 들어 술에 취하면 잠들어 버려 눈을 뜨지 않는 사람도 있다고 말했을 때의, 유원의 불만에 찬 한마디가 마음에 남아 있었다.

그녀의 올곧은 성격을 생각하면 그것은 이상한 일이 아니었다. 그러나 지금까지 사람들 앞에서, 적어도 '절대적'인 존재인 오빠에 대해서 그처럼 직접적인 표현을 한 일은 없었다. 그것은 이미 사상일 것이다. 아내를 내쫓기 위한 '칠거지악'으로 상징되는 봉건적인 남녀 차별에 대해 증오심까지 안고 있다는 정도는 알고 있었지만, 여동생의 그 한마디는 여러 가지 의미를 압축하고 있었다. 듣기에 따라서는 항의와 도발이라는 생각이 들었다. 이방근은 그것은 비유라며 상대의 말을 피했지만, 그는 사실 여동생의 갑작스런 질문에 내심 적잖이 당황하고 있었다. 후후, 건방지게시리……. 그렇다 하더라도, 그 애가 유치장 생활을 하다니, 세상도 많이 변했다. 아니 본인 자신이 변한 거라고 생각해야 할 것이다. 이방근은 내심 웃으면서도 복잡한 심정이었다. 나의 바깥에 있는 사회가 내 안으로 어쩔 수 없이 들어온다. 여동생의 안으로 들어가고, 이방근 자신의 안으로 들어온다. 곧 익숙해졌지만, 여동생의 유치장에서 수척해진, 엄격하고 굳은 표정이 가슴을 찌르는 통증으로 다가왔다. 그러면 어때, 그럴 수도 있는 것이다. 그건 어떻게 된 일인가, 냄새, 냄새……. 그리고 히스테릭한 발작. 거의 어두운 그림자로만 보이던 커튼 자락이 흔들려 움직이고, 바람이 밀려들어 오는 것이 눈에 보인다. 여동생에게 무슨 말을 하려는 것인가. 무엇을 하라는 것인가. 공부를, 오로지 음악의 길을…….

어두운 방에서 눈을 뜬 이방근은, 겨우 눈이 익숙해져 커튼 너머로 깊은 물속처럼 새어 드는 저녁 빛을 보았다. 그리고 자신이 제주도 집의 소파에 누워 있는 것이 아님을 느꼈다. 아직 완전히 밤은 아닌 모양이었다. 취기가 사라지고, 뇌수가 사라져 버린 것처럼 머릿속이 말라붙어 있었다. 방 밖의 복도에 발소리가 나더니 살며시 미닫이가 열리고, 전등 불빛이 비쳐 들어오는 역광선 속에 하얀 원피스의 날씬한 몸매를 지닌 젊은 여자의 모습이 쑥 들어섰다. 순간, 이방근은 깜짝 놀랐다.

"어머나, 죄송해요. 깨어 있었네요. 오빠, 왜 그래요? 그렇게 놀란 얼굴을 하고."

"아, 너였구나……." 이방근은 한순간, 그럴 리는 없었지만, 문난설이 서 있는 것으로 착각했던 것이다. "지금 막 눈을 떠서 그래. 옷을 갈아입었니?"

"예, 왜요?"

"아니, 잘 어울려서."

여동생을 미소를 띠었으나 그 말에는 대답하지 않았다.

"오빠는 괜찮아요?"

"괜찮다니, 뭐가?"

"낮부터 술을 많이 마셨잖아요."

"그런 일로 오빠를 걱정해 줄 여유가 있으면, 네 일이나 신경을 쓰면 오빠의 마음이 편해질 거다. 목욕은 했어?"

"예, 그리고 한숨 잤어요. 잠이 잘 오지는 않았지만. 그래도 지금은 몸도 마음도 상쾌해요. 난 오빠보다 한참 젊다구요. 나는 역시 오빠가 걱정이에요……."

비스듬한 역광선 속에서 움직이는 여동생의 하얀 얼굴이 만드는 깊은 음영이 아름다웠다.

"아아, 알았어. 그건 그렇고, 다들 돌아갔나?"

"다들이라니, 친구들 말이에요?"

"그래."

"오빠, 무슨 일 있어요, 아니면 잠이 덜 깼나? 오빠가 저쪽 방에 있을 때 다들 인사하고 돌아갔잖아요."

"음, 그랬었나……. 아니, 그랬구만. 한잠 잤더니 왠지 모든 이들의 얼굴이 잠과 함께 어디론가 흘러가 버린 것 같아서 말야."

"……"

눈을 떴을 때, 귓불 근처에서 시끌시끌하게 잔치라도 하는 듯한 사

나오려나. 아마 기사라고는 해도 아주 간단하게 나올 것이고, 낮에 숙부님이 전화로 들은 내용에도 미치지 못하겠지만."

탁자 위에 식사가 놓이고, 두 사람은 마주 앉아 서로 맥주를 따라 주었다. 숙부에게 가장 신경이 쓰이는, 앞으로의 유원의 동향과 학교의 일에 대해서는 그 이상 언급하지 않았다.

"나는 어젯밤에 무교동 식당에서 방근이와 만났을 때, 꼭 네가 읽어 봤으면 해서 학우회의 청원서를 보여 줬는데, 왠지 이제 와서 보여준들 무슨 소용이 있나 하는 생각이 들어. 그런 단계는 이미 지나가 버렸고……. 방근이의 이야기를 듣고 있자니, 나는 고향에서 일어난 일에 대해 아무것도 모르고 있었다는 것을 깨달았어. 게릴라와 군의 4·28협상이 파기되었다는 이야기도, 업무라곤 하지만 신문사에 있으면서도 자세한 내용을 모르고 있었기 때문에, 아직 정전의 희망을 품고 있었는데, 흐음, 더 이상 그에 대한 전망이 없다고 한다면 앞으로 어떻게 되는 걸까. 막다른 골목에서 벽을 두드리는 거나 마찬가지 잖아……. 어떻게 내일 대한민국이 성립되고 미군정이 끝나면 조금은 달라질까?"

숙부 이건수는 경찰에서 유원을 데리고 돌아온 뒤에 이방근의 이야기를 듣고 큰 충격을 받은 것 같았다.

"글쎄요, 어떻게 될까요." 이방근은 웃었다. "미군은 금방 철수하지 않습니다. 이승만 대통령 시대가 돼서, 이제는 이른바 분점을 차리게 되었으니, 독립적인 정부라고 해서 오히려 지금보다 더욱 하고 싶은 대로 할 겁니다. 안 그렇습니까."

이방근은 그렇게 말하고 앞으로는 힘에 의한 관계가 성립될 겁니다……라는 말이 나오는 것을, 갑자기 뭔가 위험 신호에 가로막힌 것처럼, 말로 나오기 직전 덩어리 그대로 목구멍에 눌러앉혔다.

"그건 그렇겠지. 나도 그럴 거라고는 생각하면서도 가슴이 막힌 것처럼 답답해서 뻔한 말이 입에서 나온단 말이야……. 어험."

이건수는 헛기침을 크게 한 뒤 담배를 물고 불을 붙였다. 그는 최근 몇 달 동안 현지에서 멀리 떨어진 서울에 있으면서도, 제주도사건에 대한 생각이 조금은 변한 듯했다. 올봄에 4·3사건이 일어나고 얼마 지나지 않아 이방근이 서울로 왔을 때, 게릴라라는 것이 제주도에 나타났다는 것은 믿을 수 없다, 마치 호랑이가 나왔다는 이야기 같다고 말하며, 본토에서 토벌을 위해 군대와 경찰대를 파견하지 않으면 안 될 만큼 그런 무력을 어떻게 게릴라가 가질 수 있는가? 라고까지 말했던 이건수였다.

그는 맥주 두 병을 다 비우지 못했는데도 새빨간 얼굴을 하고 있었다. 상당히 취기가 돈다는 것을 의식하고 있는 듯했다. 이 정도 마시고 보니 웬만해서는 밥이 들어갈 것 같지 않은데. 여보— 숙부는 아내를 불렀다. 숙모와 유원이 자리를 뜬 것은 아니었다. 숙모와 유원은 바람이 잘 통하는 부엌 마루에서 따로 상을 차려 놓고 밥을 먹고 있었다. 숙부는 가볍게 식사를 하고, 이방근은 그대로 천천히 마시면서 서로 간에 이야기를 계속했다.

"제주도 4·3사건은 공산 살인 집단의 소행……." "일본군이 철수할 때 한라산 중에 매장한 많은 무기와 탄환을 발견해서 폭도들은 이것으로 무장했다" "군사훈련은 중국의 팔로군, 조선의용군 출신자들이 담당하고, 중국식의 유격전을 개시했다" "북한에서 군사적으로 훈련받은 파괴분자들이 비밀리에 파견되어 제주도에 잠입하여, 공산주의 분자를 훈련 무장시키고, 북한과 내통·연락을 취하며, 한라산의 천연적으로 험준한 지형을 근거지로, 구일본군이 유기한 무기를 이용하여 폭동을 계속하고 있다" "국제공산주의의 책동. '조선 출신의 소련인'이

국제공산주의——모스크바의 의도를 충실하게 실행하고 있다……"
"일본인 무장병 3백 명이 게릴라 부대에 섞여 있다" "소련의 기관총이
제공되고, 제주 근해에 소련의 잠수함이 출몰하고 있다"…….

이와 같은 경찰 당국의 무력함을 호도하기 위한 발표와 신문 보도가
사실을 확인하지도 않고 정말인 것처럼 의도적으로 대서특필되었다.
이건수 자신은 이러한 억측과 상상의 비열한 소산인 기사를 완전한
날조라고는 생각하지 않고 있었다. 그는 이와 관련된 사정을 이방근
에게 따지듯이 묻기도 했다. 이방근은, 그것은 참으로 그럴듯한 기사
지만, 너무 이야기가 잘 맞아떨어지지 않느냐, 다만, 구일본군의 학도
병 출신의 청년들이, 김익구 연대장과 4·28협상을 한 게릴라 측 대표
김성달이 그러하듯이, 게릴라 간부가 되어 있는 것은 사실이지만, 다
른 내용은 공상과 악의의 산물이라고 말했다. 우파의 거두인 김구 계
열에 속하는 이건수는 남한만의 단독선거에는 민족의 자주 통일 독립
이라는 입장에서 절대 반대였지만, 고향에서 벌어진 게릴라 봉기는
긍정적으로 보지 않았다. 그래도 4·28협상에 의한 정전성립의 파괴
와 '서북'을 새롭게 알고, 최근 제주도의 움직임을 이방근으로부터 듣
고 나서, 이것은 역시 학우회의 청원서가 맞는 것이었다며, 4·3사건
에 대한 견해를 재확인하면서 청원서에 대한 이야기를 반복했다. 그
러나 그에 대한 미군정 측의 구체적인 답변이나 대책이 없고, 앞으로
도 없을 것이기 때문에, 청원서는 한조각의 종잇조각, 대답 없는 메아
리에 불과했다.

큰 탁자를 사이에 두고 마주 앉은 숙부와의 이야기가 계속되는 사이
에, 이방근은 마음속에 어떤 형태를 이룬 실체가 생겨나, 존재감을
가지고 자리 잡는 것을 의식했다. 그것은 애매하고 비현실적으로까지
느껴지던 벽 너머 낮의 공간과, 지금과의 사이에 상념의 왕복이 반복

되는 동안에 되살아난 것으로, 자신의 말이자 학생들과의 이야기의 장이었다. 무엇을 이야기해야 하는가, 어떻게 이야기해야 하는가, 왜 이야기하지 않으면 안 되는가. 생각나는 대로……라며 망설이고, 액체처럼 형태를 무너뜨리며 움직이고 있던 말이, 실제로는 그렇지가 않고, 자신이 어떤 의지와 목적을 가지고 이야기하고 있었다는 사실을, 조금 전에 이부자리 위에서 느끼고 있었다. 학생들의 요구에 응해서 수동적인 자세로 이야기하고 있던, 형태를 이루지 못하던 말이 어느새 자신의 의지 형태로 바뀌어 있었다는 점, 그리고 그것이 지금 자신에게 어떤 변화를 초래하고 있다는 것을 느꼈다. 그는 학생들에게 풀어 놓은 자신의 이야기를 통해서, 스스로가 제주도 사태를, 제주도를 재인식하게 되었음을 알게 되었다.

피아노가 울리기 시작했다. 손가락 연습의 반복에서부터, 손가락의 움직임이 이끄는 대로 곡을 치고, 다시 악보를 앞에 두고 치는 것인지 조용한 곡목의 울림이 흘러나왔다. '볼레로'는 아니었다. 그건 이미 됐다고 여동생에게 말해 두었다. 피아노로는 치기 어렵다고 해서가 아니라, 레코드를 틀어 관현악인 그 곡을 듣고 싶다는 생각도 없었다. 어째서 아침에는 그렇게 '볼레로'에 끌렸던 것일까. 아니, 어째서 '볼레로'가 귓속의 공간에서, 그리고 창밖의 어두운 구석에서, 그렇게까지 반복해서 계속 울렸던 것일까. 그렇다고 음악을 듣고 싶었던 것은 아니었다. 뭔가의 반복을, 같은 반복이라면 멜로디를 동반한 리듬의 반복을 귀 안쪽의 몸에서 요구하고 있었던 것이다. 숙부 이건수의 얼굴에 분명히 안심했다는 표정이 떠오른 것이 왠지 우스웠다. 음악이 시작되고, 그 세계에 안겨 있으면 모든 것이 안전하다는 느낌에 젖는지도 모른다. 오랜만에, 열흘 남짓 집을 비우고 있었던 손가락의 마법 같은 움직임이 계속되었다.

"유원이는 방근이가 술을 마시고 바로 잠들었기 때문에, 옆방에서 피아노를 치지 못하고 네가 일어나기만을 기다리고 있었던 모양이야. 나는 피아노 소리를 듣고 나서 겨우 마음이 안정되는 것 같아. 세상에는 피아노가 너무 싫다며 잡소리 정도로 생각하는 이들도 있지만 말야." 숙부는 취기 때문일까 탄력 있는 목소리로 기분 좋게 말했다. "어젯밤부터 방근이에게 해 왔던 말인데, 유원이 일은 잘 부탁해. 저 애를 설득할 수 있는 사람은 방근이 밖에 없으니까. 실제로 아무리 학교에서 수석을 한다 해도 본인이 부형의 보증 아래 반성문이라도 내지 않는 한, 아직은 정식적인 처분이 어떻게 내려질지는 알 수 없어. 앞으로 본인 태도에 달린 거야. 다시 같은 일을 반복하면, 그야말로 10년 공부 도로아미타불, 모든 게 허사가 된다구. 나는 이 서울에서 부모를 대신하는 사람으로서 말이야……. 음, 그런데 이런 말을 해도 될지는 모르겠지만, 어제 저녁에 춘경원에서, 하 교수가 저 애를 일본에서 공부시키는 게 어떠냐는 권유를 했다고 말했잖아 방근이가. 이건 이른바 최악의 경우를 생각해서 하는 말인데, 난 어젯밤에 방근이 얘길 듣고 나서, 자세한 내용은 알 수 없지만, 그게 상책이 아닐까 생각되기도 하고……, 정말 여러 생각이 들더군. 그래도 선생이 우수한 학생을 떠나보낼 각오로 하는 이야기니까, 여러 사정을 고려해서 권유한 것이 아닐까. 무엇보다 유치장을 들락거리고, 삐라를 붙이러 다녀가지고서는 그 중요한 음악을 할 수 있겠냐는 거야, 도대체가. 음, 안 그래, 할멈……."

숙부는 부엌에서 막 거실로 들어온 숙모를 향해 말했다. 유치장에 들락거리고……와 삐라를 붙이러…… 운운하는 말은 들은 모양인지, 숙모는 탁자 옆에 붙어 앉으며 고개를 끄덕였다. 피아노 소리가 맑은 울림으로 쉬지 않고 들려왔다. 물고기가 겨우 물을 만난 것 같았다.

내일은 8·15. 이방근은 이유도 모른 채 아버지인 이태수를 떠올렸다. 내일은 광복절. 빌어먹을 8·15였다.

6

내일은 광복절, 빌어먹을 광복절인 8·15다……. 오늘은 빌어먹을 8·15광복절. 아니, 아직 오늘은 아니다. 시각은 지금 어둠의 절정에 떠 있다. 아아, 역시 한 사람의 나이 든 남자가 떠오른다. 장거리전화 속의 노인, 시커먼 스크린에서 떠올라 선 채로 있다. 저게 무엇인가, 언―덕을― 넘―어서 가요……. 아버지, 왜 그러세요, 오랜만이에요, 그렇게 오래된 노래를 다 부르고……. 안―개―낀 하―늘은 맑게 개―이―고 즐거―운 마―음……. 잠깐만요 잠깐만, 그 뒤편 저쪽에서, 술은 눈물인가 한숨인가, 마음의 시름을 달래는 곳, 멀리 떠난 그 사람에게……. 짜―안 짜라라―라―라―……. 여기가 어딘지 알고 있나. 지하실 창고다. 시커먼 스크린이 있는 지하실. 알겠지. 지금 시각은 어둠의 절정에 떠 있는 열한 시가 가까운, 이미 통행금지다. 내일로 끝나는 군정청인지 아니면 시청인의 공무원들인지, 아니면 다른 뭔가, 내일부터 대한민국 정부의 경찰이 되는 그 경찰관들인가. 목이 날아가지 않고 멋지게 신정부의 의자로 수평 이동을 하게 되어, 그 8·15전야제로 돌아온……. 창밖의 돌담 너머로 나 있는 언덕길을 오르던 취한이 불러대는 일본의 유행가 '언덕을 넘어서'는 분명히 고가(古賀) 멜로디(작곡가 고가의 애조 띤 곡―역자)였는데, 아니 이런, 내 머리 속에서도 노래가 되살아난다, 언덕을 넘어서…… 촉촉이 젖은 콧소

리로 노래하면서 두세 사람이 엉키는 신발 소리와 함께 언덕을 올라간다. 여기는 3년 전, 일본이 전쟁에 패하기 전날 서울…… 짠짜라짠짜……. 술은 눈물인가 한숨인가, 마음의 시름을 달래는 곳……. 젊은 혈기의 요카렌(予科練, 해군 비행예과 연습생-역자)의 일곱 개 단추는 벚꽃에 닻, 오늘도 날고 또 난다 가스미가우라(霞ヶ浦, 항공대가 있던 이바라키(茨城) 현-역자)에…….

이보게, 방근이, 자넨 동화백화점에 우동집이라든가 일본요리점이 생긴 게 8·15 3주년 기념이라고 웃었지만, 거기에는 일본의 유행가 레코드가 모두 갖춰져 있다더군. 서울은, 그리고 일본에서 가까운 부산 일대는 지금도 왜색에 듬뿍 젖어 있다구. 명동 일대의 골목에는 일본 유행가가 크게 울려 퍼지고, 게다가 나니와부시(浪花節, 의리와 인정을 주제로 한 일본의 전통적인 창-역자)까지 당당하게 흘러나오고 있어. 어떤 나라의 노래건, 노래는 노래지만, 어떻게 생각하나, 이런 상황을. 해방된 지 3년이 지났는데도 일본어가 그대로 사용되고 있고, 유원이는 그렇지 않지만, 특히 서울의 거리에서는 스물 전후의 젊은 여자들 사이에, 아라이야다(어머나 싫어-역자)라든가, 그리고 짓사이(實際, 실제-역자)가 삽입구라도 되는 양 사용되고 있다구. 신문에서도 왜색의 잔재가 만연해 있다고 지적하며 한탄하고 있었지만 말야. 그런데 놀랄 만한 일이 하나 있어. 많이 있겠지만 그중의 하나를 이야기하자면, 어떤 기자단이 지방의 조선 경비대를 시찰한 결과, 요카렌노……라는 왜놈의 군가가 있잖아, 그 곡을 그대로 가져다가 조선의 군가라고 당당히 부르고 있었다는 거야. 그야말로 식민지의 잔재 그자체 아닌가. 그러나 한편으로는, 단선단정(단독선거, 단독정부)이지만, 일단 미군정으로부터 떨어져 나온다고 해서, 겨우 친일파 숙청, 처단이라는 거센 목소리가 지금 항간에서 일고 있어. 친일파……. 요카렌노……, 불타듯 건강한 요카렌의 팔은 무쇠요 마음은 불덩이…….

아버지, 당신도 자주 부르셨지요. 제주도 도사(島司)이기도 한 일본인 경찰서장과 도청 공무원을 성내 거리에 있는 요정에 불러서 함께 손뼉을 치면서 자주 일본 군가를 부르곤 했다. 아버지는 제주도 출신 청년들에게 학도병이나 지원병이 될 것을 권하기 위해, 시국강연에서 연단에 서고, 그것이 조선의 살아남을 길이라고 그럴듯하게 연설하고 다녔다. 물론 난 당신의 시국연설을 직접 들은 적도 없거니와, 그때 국민복으로 몸을 감싼 부친의 표정도 본 적 없다. 지원을 결정하고 아버지가 계신 곳으로 인사하러 오는 청년들도 있었는데, 그들에게는 기분 좋게 전별금을 주었다는 것을 알고 있다. 아들은 한라산 기슭 산천단 동굴에, 언제부터 살고 있었는지는 모르지만, 그 목탁영감을 찾아가기도 하고, 축항의 방파제 끝단에서 바닷바람이 불어오는 푸르른 바다를 바라보면서 하루 종일 낚싯줄을 드리우고 있었다. 그래, 지금은 그만둔 식모 부엌이가 도시락을 가져다주었다. 여동생이 광주의 여학교에서 돌아왔을 때는, 그 애가 일부러 자신의 몫까지 도시락을 만들어 와서는 방파제에서 함께 먹곤 했다. 아버지는 '일본 국민'으로서 '애국'에 힘쓰고, 남매는 방파제에서 도시락을 먹는다……. 바다로 튀어나온 방파제 끝에서 오빠는 허무를 보고 있었다. 바다 저편에 추자도가 있었고, 한반도가 있었고, 중국 대륙, 더 나아가 몽골 고원, 시베리아……. 그리고 허공에 떠 있는 지구의 벼랑 끝. 우주의 광활함에 허무의 전율을 느끼지 않는 인간이 있을까. 무한대는 제로……. 암묵 속에서 남매는 무슨 말을 나누었던가.

학교에서 철저하게 황국신민화의 교육을 받고 황국신민화 운동의 선두에 선 아버지를 가진 유원이, 그러나 한편으로는 국민학생 때 봉안전 방뇨 사건을 일으킨 오빠를 둠으로써, '일본 국민'으로서는 난처한 입장에 처하면서도, 마침내 반일 사상을 마음속에 품기에 이르렀던 것이다. 그리고 나서 병보석으로 풀려난 나는 여전히 '병든 몸'이기도 해서, 서재의 소파에 하루 종일 누워, 안뜰 위로 펼쳐진 하늘의 뜬구름이 사라지는 모습에 시국의 흐름을 투영해 보고 있었다. 굴속의 혈거동물처럼……. 그렇지, 그때 형무소에서 나오고 보니, 아버지가 응접실 쪽이 아닌, 일부러 거실에 일본의 천황 황후의 사진을 걸어놓은 것을 보고도 나는 아무 말도 하지 않았지만, 내심 그 놀라움은 실신할 정도였다. 결코 신기한 일이 아님에도 그랬다. 아아, 이것은 내가 국민학교 5학년 때 저지른 봉안전 방뇨 사건의 복수가 아닌가 하고 생각했을 정도였다. 이 방은, 그래, 도굴해 온 많은 도자기들로 장식된 방이었는데, 여기에는 제주도에서 제일가는 권력자인 일본인 도사(島司) 겸 경찰서장이, 바둑의 상대이기도 한 일본인 대단한 분이 들어온다고 아버지는 말했었는데, 그것이 사상범으로 형무소 생활을 한 아들에 대한 설명이었을 것이다. 특히 그 뒤로는, 안뜰을 사이에 두고 마주 보는 아버지의 방이 있는 그 건물과, 그 아들이 있는 건물과는 강을 사이에 둔 것인 양 서로 교류할 일이 없어졌다. 아니, 파가저택(破家瀦宅), 큰 죄인의 집을 부수고 그곳을 판 뒤 물을 채워 만든 무서운 연못으로 가로막힌 듯한 느낌이었다. 안뜰이 노란 연못으로 변해 있었다…….

노란 연못이 보이는 이곳은 어디인가. 그러고 보니, 좀 전에 어디선가 여동생이 나를 깨우러 왔었다. 결국은 너무 많이 마신 모양이다. 분명히 너무 많이 마셨다. 결코 쇠줄에 묶이듯 속박을 당한 것도 아닌데 괴로움으로 신음소리를 낸 것 같았다. 나는 이불 위에 누워 있으면서, 이불에서 너무나 멀리, 먼 곳에 내던져 있었다. 도대체 여기는 어디인가. 구멍 위쪽으로 밤의 희미한 빛이 엿보이는 지하의 동굴, 꽤 깊은 지하도. 고래를 닮은 거대한 동물의 뱃속인가. 이것은 언젠가 꿈에서 본 적 있는 난파선 같이 거대한 고래 뱃속의 미로인지도 모른다. 뜨겁지도 않은데 김이, 수증기가 아까부터 아지랑이처럼 피어오르고 있었다. 거대한 고래의 지느러미 쪽 구석에 괴기하게 솟아오른 커다란 나무로 된 혹 같은, 검게 빛나는 것은 고래의 페니스 밑동이었는데, 가까이 가 보니 그건 아무래도 운동장 구석의 거대한 금고를 끼워 넣은 시멘트 구조물인 봉안전 같았다. 나는 1학년 때부터 반장이었으므로 언제나 정렬된 학생들 맨 앞에 서 있었고, 주위에 조금 큰 자갈을 빽빽하게 깔아 놓은 봉안전을 여닫을 때 두꺼운 철문 안 검은 동굴이 잘 보였다. 여름에도 흰 장갑을 낀 교장이 태양에 벗겨진 머리를 드러내고 직립부동, 교육칙어의 두루마리를 공손하게 들어 올려 펼치면서, 짐이 생각하기를…… 하면서 마치 천황의 어투를 흉내라도 내듯이, 아니 어느새 자신이 천황이라도 되는 양 무거운 어투로 낭독하는 것이, 그것이 오히려 불경죄가 아닌가 하고, 소학교 4, 5학년쯤 되고 보니 그런 생각도 들었다. 게다가 천황 황후의 사진을 밖으로 꺼내지 않고 금고 안에 가둬 두는 것도, 질식할 것 같은 느낌이 드는 게 이상했다.

방뇨 사건이 일어났을 때, 아버지의 빈대라도 씹은 듯한 얼굴은 어떤가. 그 표정은 전쟁이 끝날 때까지 십여 년간 내 앞에서 사라지지 않았다. 아버지는 학교와 경찰 당국에 머리를 숙이고 돌아다니며 돈도 많이 쓴 것 같았지만, 나를 거의 움직이지도 못할 만큼 죽도로 구타한 일본인 교무주임을 향해서, 설령 그것이 겉치레적인 말이었다 할지라도, 어째서 이런 놈을 살려 두었느냐, 죽음으로써 그 죗값을 치러야 한다고 내 앞에서 말했었다. 훗날, 오사카와 서울의 경찰서에서 여기저기 끌려다니며 고문을 당할 때마다, 소년 시절 일본인 교사에게 죽도로 얻어맞던 자신의 모습이, 입 안에서 탁구공처럼 동그랗게 튀어나오는 환상을 보곤 했다.

　나는 3일간 유치장에서 보낸 뒤 병원에서 치료를 받고, 다시 3일 뒤에는 6학년 진급을 목전에 두고 고향 땅을 쫓겨났다. 아버지 손에 이끌려 목포로 가는 도중에도, 그리고 도착해서도, 아버지는 아들에게 상처가 아프지 않느냐는 말 한마디 하지 않던 이상한 남자였다. 나로서도 소학교 학생의 몸으로 3일간이라고는 하지만, 어엿하게 유치장 생활을 했기 때문에, 쉽사리 아프다고 말할 수도 없었다. 그러고 보면, 아버지는 그때 갑판에 서서, 이유는 모르겠지만 울고 있었던 것 같았다. 어쨌든 나는 뚱딴지, 말귀를 못 알아듣는 무뚝뚝한 놈이었다. 뚱딴지라니……. 오오, 똥(糞) 단지(壺), 똥·단지, 똥·단지……. 그때부터 아버지는 분명히 조선인의 눈보다도, 밖에서 들어온 일본인의 눈을 두려워했다. 그렇지 않았다면 오늘날의 기초를 다지게 된 제주도에서 조선총독부가 발행하는 교과서를 독점 판매(그래 봤자 시골이라서 대단한 것은 아니었다)하는 권리를 유지하기란 불가능했을 것이다.

　그리고 나서 약 10년 뒤, 이번에는 서대문형무소에서 약 1년을 갇혀 있는 사이에, 아버지는 몇 번인가 경성 출장 중에 한 번 면회를 온 적이 있었다. 그 빈대를 씹은 듯한 표정은 역시 변하지 않고 있었다. 아니, 나와 만나는 순간 그렇게 변했을 것이다. 나는 네놈 때문에 얼마나 무거운 십자가를 지고 있는지 아느냐는 듯한 표정이었는데, 거의 아무 말도 않고 면회 시간이 끝나기도 전에 자리를 뜨며 가 버렸다. 그래도 차입금은 듬뿍 넣어 주고 갔다. 다만 간수 앞에서 너는 얼마나 불충한 놈이냐고 겉치레적인 말을 하지 않은 것만도 다행이었다. 여기는 어디인가. 거대한 고래 뱃속의, 그 포플러나무가 서 있는 풍경. 창밖에 포플러가 바로 보이는 교실에, 그렇지, 우리 '전통' 있는 남자 5학년 교실로 통하는 주름상자의 동굴, 지하도였다.

그 녀석, 석주, 장석주도 5학년 때 학교에서 쫓겨났다. 일제 때 소학교 후배인데, 그 녀석은 다른 아이들보다 3년 늦은 학생으로, 추방된 것은 우리 나이로 열여섯 살 때였다. 마침 내가 형무소에서 석방되어 집에 돌아온 지 얼마 안 되었을 때였다. 여동생 유원이 막 5학년이 되었을 무렵으로, 그 녀석과는 이른바 '동기동창'이었다. 이것은 나의 방뇨 사건처럼 경찰서까지 가는 사태로 발전하지는 않았지만, 훨씬 걸작이었다. 학교에서 쫓겨난 그 녀석은 그때 종주국인 일본으로 건너갔다. 해방 후에는 오사카 주변에서 조선인 학교의 교사를 하고 있는 것 같았다. 그래, 그 녀석, 석주의 이야기를 더듬어 볼까. 나의 명예로운 후배의…….

그 녀석이 추방된 것은 소화 초기와는 달리, 일본이 중국 본토를 침략하는 등 군국주의 일본이 한창 기세를 올리던 무렵, 세상은 온통 군가의 시대였다……. 그래, 그렇지, 우리 천황의 부르심을 받고 ……. 5학년 담임교사 오이(大井)는, 내가 소학교 다닐 때는 없었으니까, 나중에 내지에서 건너온 일본인 교사였다. 오이는 '창가' 시간이면 반드시 군가만을 가르쳤는데, 특히, 우리 천황의 부르심을 받고……, 자아 가자, 용사여, 일본의 남아……를 매우 좋아했던 모양이다. 자세를 바로하고 스스로 큰 목소리로 부르는 대신에, 학생들이 잘 따라 하지 못하면 무서운 얼굴로 화를 내고, 늘 손에서 놓지 않는 계심봉(戒心棒)으로 제재를 가하는 것을 잊지 않았다. 뚱뚱한 편이라서 학생들 사이의 별명이 뚱보라는 의미의 뚱딴지, 그것을 익살스럽게 뚱단지(糞壺)……. 학교를 쫓겨난 사건이 일어난 그 날의 '창가' 수업이 시작되었다. 이윽고 울려 퍼지기 시작한 군가의 오르간 반주 도중에, 오이가 건반을 멈추고 의자에서 일어나 기분 좋은 목소리로 말했다.

"자, 여러분, 오늘은 날씨가 정말로 좋다. 쾌청한 날씨야. 그러니 너희들도 힘껏 큰 목소리로 우렁차게, 제국 군인에 지지 않을 만큼 노래를 불러야 해!"

학생들은 모두 일어서서 오르간 연주에 맞춰 군가를 불렀다. 처음 1회가 무사히 끝나자, 좋아, 잘 했어, 다시 한 번 해 보자, 라고 했다.

"자아, 힘차고 용감하게, 가슴을 펴고―."

똥·단지가 외쳤다.

"우―리 천―황의 부르―심을 받―고……."

군가의 합창은 오이의 기분을 상하게 하는 일 없이 무사히 진행되었는데, 어찌 된 일인지, 끝을 맺는 가사가 엉뚱한 방향으로 흘러가고 말았다. 마지막으로, 닛―뽄 단―지(일본의 남아―역자)! 하며 절규하듯이 목소리를 높여야 하는 곳에서, 대신에 '일본 똥단지!'라는, 늠름한 한 사람의 목소리가 합창 소리를 관통했다. 전체의 노랫소리가 딱 멈추고 아무런 소리도 들리지 않았다. 오이는 순간, 영문을 몰라 멍하니 있었지만, 이윽고 얼굴을 붉히며 분노가 볼에서 입술에 걸쳐 경련을 일으켰다.

"뭐, 뭐라고! 일본 똥단지라고!"

오이는 움켜쥔 계심봉을 교탁에 세우고 소리쳤다.

"빌어먹을! 똥·단지라고 한 놈은 이리 나와. 그 정돈 나도 알아. 똥은 훈(糞)이고, 단지는 쓰보(壺)야, 그렇지? 음, 우리의 신성한 일본 남아를 두고 똥단지라니, 얼른 나와!"

무서운 침묵이 5학년 교실의 공기를 얼어붙게 만들었다. 학생들은 모두 일어나 입을 굳게 다문 채 한 명도 움직이지 않았다.

"음, 그래, 역시 센징은 비겁한 족속이군. 좋아, 두고 봐. 솔직히 자백하지 않는다면 할 수 없지. 다만, 너희들은 누구 한 사람도 집에 돌아갈 수 없다. 그뿐만이 아니다. 학교 전체가 처벌을 받게 될 것이다."

이때, 가슴을 펴고 있는 똥·단지 앞에 나온 것이 그 녀석이었다. 그 당당하고 주눅 들지 않은 태도에 이끌려, 용감하게 그 뒤를 따라 나온 아홉 명의 학생이 오이의 앞에 옆으로 늘어섰다. 학생들의 까까 머리 정수리는 계심봉에 사정없이 얻어맞았다.

"이 자식, 어엿한 남자로 만들어 주겠다. 똑바로 섯!"

그 녀석의 양 볼에는 양손으로 힘껏 때리는 따귀가, 그 오이의 손이 아플 때까지 반복되었다. 아홉 명은 저녁 여덟 시까지 벌로 서 있었다. 먼 마을에서 성내까지 한 시간 이상 걸려 통학하고 있는 학생들은, 전등도 인기척도 없는 밤길을 밤이 늦어서야 집에 도착했다. 그 녀석은 이렇게 해서 국민학교에서 쫓겨났다. 나이가 열여섯이라는 점도 있었지만, 그 녀석이 말하기를, 5학년까지 다니면 충분하고, 똥·단지 같은 더러운 놈에게 더 이상 배우고 싶지 않다, 나는 스스로 퇴학을 하겠다. 이것이 마지막 말이었다. 장하다고나 할까, 5학년인 그 녀석, 장석주.

당시에 학부형 회장이었던 아버지는, 북국민학교의 5학년 남학생 교실이 반일의 온상이라고 해서, 과거 아들의 방뇨 사건까지 거슬러 올라가 파헤쳐지는 것은 아닐까 두려워해서 스스로 학부형회를 소집한 자리에서, 학교 당국의 추방조치를 당연하다고 발언했던 것이다……. 그리고 나서, 경천동지하는— 8·15해방의 날이 찾아왔을 때, 친일파 거물들처럼 '대성통곡'은 하지 않았지만, 아버지는 잠시나마 머리를 깎고 스님이라도 되고픈 심정이었을지도 모른다. 그러나 해방된 지 3년, 이상하리만큼 아무 일도 없었다는 듯이 지난 시절과 다를 바 없는 다른 친일파들처럼 아버지는 정말로 무사태평하게 지내 왔다. 그것도 친일파 추방을 금지한 미군정청의 정책 덕분이었지만.

친일민족반역자, 숙청. ……하하, 뭐라고……, 반민족행위처벌법? 이제 와서 내가 무슨 일을 했다고. 나는 예나 지금이나 정치 같은 것에는 일절 관여한 일이 없어. 내가 총독부의 관리라도 되었나, 제주도청의 과장이라도 지냈다는 말이냐. 어디 군수나, 면장이라도 했단 말인가. 나는 경제인이야. 나는 국민의 세금으로 급료를 받은 적이 없어. 나는 생산자이고, 일제강점기에도 살기 위해서, 밥을 먹기 위해서, 우리 조선 민족이 일제 지배하에서도 어떻게든 살아남기 위해서, 시국에 순응도 하면서 오로지 경영에만 매달려 왔다는 거야, 그게 오늘날까지 우리 제주도의 경제, 문화에 적지 않게 공헌해 왔다는 건 만인이 인정하는 바……. 그렇다 해도 이제 와서 무슨 일인가, 잠이 덜 깬 여자가 한밤중에 빨래 방망이를 들이미는 것처럼.

도대체, 누가 누굴 처벌하고 숙청한단 말야, '처벌'받아야 할 인간들이 이 나라의 실권을 모두 쥐고 있는데. 반민족행위특별조사위원회. 뭐? 서울만이 아니라, 각도에, 제주도에도 조사부가 설치돼, 으흠, 그리고 또 군(郡)에도 조사지부인지 뭔지가 설치된다고? 도대체가 말야. '처벌'받아야 할 쪽 인간이 게릴라인 공산주의자들과 싸우고 있는 이 동란의 와중에, 누가 조사위원이 된단 말야. 게릴라를 불러다가 공산주의자들을 조사위원으로 시키는 것이라면 애긴 다르지만, 도대체가 말도 안 되는 소리를…….

그러나 그래도 아버지의 얼굴은 불안해 보였다. 해방된 지 3년이 지나 겨우 대일 협력자 숙청 여론의 격화를 대변하여 반민족행위처벌법 안이 제출되어, 친일파 잔당의 집요한 방해 공작 속에서도, 현재 심의 개시를 시작하게 되었다고 한다. 제주도의 경우는 어떻게 될까. 아버지의 전망이 거의 적중할지도 모른다. 하지만 제주도에는 사형, 무기 등에 해당되는 A급 반민족행위자는 없다고 해도, 반민족행위처벌법이 통과되면, 완전히 무사하지는 못할 것이다. 빌어먹을 8·15이지만, 신정부 수립이라고 해서, 미군정청이 허락하지 않았던 친일분자처벌법이 진통을 수반하면서도 햇빛을 보려고 하는 것은, 적어도 자신의 공적이라고 할 만한, 바람구멍이 뚫린 느낌이 들기도 했다. 그렇지만 친일파의 처벌은 과연 가능할까? 어쨌든 제주도의 실정으로 볼 때, 어려울 것이다. 아버지인 이태수 자신은 조금 불안해하면서도, 처벌법이 성립된다 해도 도청에 조사부를 설치하는 형식적인 일은 몰라도 실질적으로는 불가능하다고 생각하고, 여유 있게 지낼 수 있는 것은 그 때문이었다. 좌우지간 게릴라 토벌을 실시하고 있는 와중에 친일파가 문제가 아닌 것은 당연한 일이다. 무엇보다 과거의 반일파는 지금의 게릴라, 과거의 친일파는 지금의 반게릴라라는 구도가 성립되기 때문에, 게릴라의 천하라도 되지 않는 한, 그건 무리일 것 같단 생각이 들었다…….

봉안전의 커다란 금고의 무서운 구멍이 5학년의 맨 앞에 서 있는 내 눈에 보인다. 산속의 온갖 귀신들이 모인 봉안전이다. 재난이 가득한 판도라의 상자처럼 조선인이라면, 친 오모우니(짐이 생각하건대-역자), 친 오모우니의 주문을 외우며 뭐든지 먹어 치우는, 그중에서도 조선의 아이들을 즐겨 요리해서 뼈까지 먹어 치우는 무서운 금고였다. 아이들은 몇 명이라도 들어갈 것 같은 구멍. 봉안전의, 소변에 젖어 점점 날개의 그림자처럼 번져 가는 금고의 시멘트 받침대. 소변에 젖은 그림자가 날개가 되어 날아오른다. 우-, 우-, 우우-, 우-웅……. 여기는 어디인가. 내가 신음하는 것이 아니다. 그 구멍에 '천황의 사진'과 함께 갇혀 있던 소년의 신음소리다. 우-, 우-, 우우-, 꿈속의 길고 긴 터널에서 빠져나온 구멍. 여기는 어둠의 대양에 떠 있는 네모난 상자, 여기는 축축해진 이부자리 위다. 지금 시각은 거대한 어둠의

제13장 **511**

무지개 모양의 포물선을 넘어, 빌어먹을 8·15. 광복(光復), 빛을 되찾아, 빛을 우리에게. 시적이기까지 한 애달픈 말이다, 이것은.

잠깐 동안의 광복, 그리고 3년, 광복의 태양빛은 영화관의 간판그림이 되었다……. 우울하여 어느새 슬픔이 마음을 적시고 있었다. 잔물결을 일으키는 것도 아니고, 찰싹찰싹 소리를 내는 것도 아닌데 웬일일까. 주어진 하루하루의 시간을 지금도 여전히 살아가고 있는 탓은 아니다. 우주의 끝에서 바늘 끝에도 미치지 못하는 장소에 빛이 비치고 있는 그 허무함 때문도 아니다. ……이방근, 자네는 취하면 슬퍼지지 않나. 호오, 소설을 쓴다는 사람이, 어리석은 질문을 다 하는군. 내가 슬픈 게 아니야, 취하면 슬퍼지는 인간이 있어. 그렇다니까. 내가 슬픈 게 아니라구……. 무슨 말도 안 되는 소리를 소설가가 한단 말인가. 오호호, 천천히 우주만 한 크기의 포물선을 그리며 떨어지는 어둠의 시각이다. 뭔가 슬픔이 가슴을 적시고 있어. 메마른 꿈속에서 허무한 슬픔이……. 우-, 우, 우우-, 부후우-, 그건 신음소리가 아니야, 가위에 눌리고 있는 게 아니라구. 호의호식, 이 굶주리는 세상에서, 돼지의 신음소리와 코 고는 소리다.

어두운 방 안에서 이방근은 새벽이 다 돼서, 커튼을 물들인 밤의 색깔이 희미하게 퇴색될 무렵에야 구멍으로 쑥 빠져들듯이 잠이 든 모양이었다. 그는 오랜만에 어머니의 건강한 모습을 보는 꿈을 꾸었다. 꿈속의 어머니는 언제나 병약한 모습으로 말을 하지 않고 있었는데, 맑은 표정에 미소까지 띠며, 어딘가 함께 들판을 걷고 있는 사이에 아들이 발을 잘못 디뎌 깊은 똥통에 빠지는 것을 보고 웃기까지 했다. 아이고, 이웃 마을에 가면 그곳에 연못이 있다, 얼른 거기 가서 씻고 오렴……. 아무리 꿈이라고는 하지만 이웃 마을이라니 너무나 느긋했다. 저런, 저런, 개가 네 더러운 모습을 보고, 개가 도망간다……고 말했다. 살펴보니, 몸의 반절이 똥과 오줌으로 더러워진 커다란 삽살개가 인간의 표정을 지으며 도망갔다. 개는 요전날 밤, 나영호와 함께 갔던 맥주홀의 2층에 있는 나를 올려다보던, 길가의 삽살개 같았다. 개도 쳐다보지 않는 똥통에 빠진 이방근이란 말인가. 어머니, 어떻게 된 거예요, 오늘은 건강하신 모습으로 이야기를 다 하시다니 신기하네요……. 이내 어머니의 모습은 사라져 버렸지만, 정말로 종잡을 수 없는, 그리고 더러운 꿈, 빌어먹을 8·15 때문이다. 다만, 땀을 흠씬 흘리고 그다지 상쾌하지 않은 기분으로 잠을 깨었지만, 건강한 어머니의 모습은 즐거웠다.

잠에서 깨어난 이방근이 무거운 머리로 화장실에 갔더니, 유원은 목욕탕에서 빨래를 하고 있었다. 손을 닦고 일어서는 여동생에게, 이방근은 아직 잠시 더 누워 있을 테니 이불 시트를 갈아 달라고 부탁하자, 그녀는 무슨 일인데요? 라며 얼굴 가득 의심스런 표정으로 되물었다.

"뭘 그렇게 눈을 크게 뜨고……. 자다가 오줌이라도 싼 줄 아나 본데."

이방근이 웃으며 말했다.

"무슨 소리에요, 덩치는 커가지고."

유원은 미간을 찡그리며 마치 누나 같은 어투로 말했다. 의심할 정도니까, 얼굴을 붉혀도 좋을 법한데, 그런 기색은 전혀 없었다.

"후후, 그렇지, 그렇게 생각했지. 그리고 셔츠도 부탁해, 방에 벗어놓았으니까. 자면서 땀을 좀 흘린 모양이야."

"시트를 갈 정도라면, 오빠, 괜찮아요? 그 파자마는."

"어제는 셔츠를 입은 채로 자는 바람에, 좀 전에 파자마로 막 갈아입었으니까, 이건 괜찮아."

"어젯밤에도 술을 많이 마셨어요. 매일 그러잖아요, 변함이 없어요. 그러니까 가위에 눌리죠. 한밤중에 깨우러 갔었다구요."

"내가 가위에 눌렸단 말이지. 그럴 리가 없어. 코를 골았던 모양이지, 돼지처럼."

"어째서 그런 말투를 하세요." 유원은 갑자기 조금 슬픈 표정을 지으며 진지한 얼굴이 되었다. "숙모님이 해장국을 준비하고 계세요. 오빠는 피곤한 거예요."

"음, 그럴지도 모르지."

두개골의 앞이마 쪽에 얇은 금속성의 투구를 씌운 것처럼 머리가 당겼다.

"그럴 거예요, 여러 가지 일이 있잖아요……. 이 여동생 일도 그렇고."

여동생의 존재가 갑자기 크게 부각되듯 다가왔다. 이제 어른이다, 이방근은 어른스러워진 여동생에게 새삼 감탄했다. 너에게 무슨 말을 하고, 무슨 설교를 할 수 있단 말인가.

"오빠는 잠시 누워 있고 싶은데, 그렇다고 잠을 잘 생각은 없으니까 신경 쓰지 말고 피아노를 쳐."

어젯밤 숙부의 말이 마음에 남아 있었다. 옆방에서 잠을 자고 있으면 피아노 소리를 내기가 어렵겠지. 졸리면 벽 하나를 사이에 둔 피아노 소리에 이끌리듯 잠이 들 수도 있었다.

"식사는?"

"필요 없어. 집에서도 아침은 거의 먹지 않았잖아."

이방근이 방으로 다시 돌아가려고 하자, 거실 쪽에서, 으-음, 방근이는 일어났나, 하며 돋보기를 걸친 숙부가 한 손에 신문을 들고 얼굴을 내밀며 잠시 이쪽으로 오라고 말했다. 이방근이 거실로 들어가자, 숙부는 일어선 채로 맞이하는 자세로, 이걸 봐라, 이걸 읽어 보라고 반복하며 신문을 내밀었다.

"우리 김구 선생님이 피를 토하는 심정으로 말씀하셨다. 오늘은 8·15해방 3주년, 신정부 수립을 기해서 말이지. 망국의 신정부 수립을 기해서 말야. 그야말로 우국지정(憂國之情)의 발로라고 할 만한 것이라구."

탁자에 두 쪽에 불과한 신문의 한 면을 펼쳐 놓고 앉은 이방근의 눈에 "오늘 대한민국 정부 발족"이라는 철판(凸版) 가로짜기의 커다란 제목이 들어왔다. 한 면 전체가 관련 기사로 메워진 내용 중에는 '조야 각계의 기념사'라는 것이 있었고, 모두가 일단 표제의 정부 당국, 정당, 그리고 유명인사 개인의 담화가 실려 있었다. 그중에서도 먼저 이방근의 시선을 끈 것은 '통일로의 돌진'이라는 짧은 표제의 남로당, 비합법으로 소재 불명인 혁명정당의 성명이었다.

"어떻게 취재를 했을까요, 남로당의 성명이 나와 있습니다."

"흐음, 간단한 일이야, 그건."

숙부인 이건수는 얼른 김구의 담화를 읽어 보라는 듯한 어투로 말했다.

이방근은 얼른 남로당 관계의 짧은 기사를 훑어보았다. "우리는 이 엄숙한 역사적 순간에 즈음하여, 우리의 모든 역량을 다 바쳐서, 민족의 총역량을 조국 통일과 독립의 기치 아래 총집결시켜, 통일 중앙정부 수립의 역사적인 위업을 향해 돌진하자." 꽤 구호적인 느낌을 주었는데, 아마 신문 편집부에서 짧게 정리했기 때문일 것이다. '통일의 추진'이라는 표제어가 붙어 있는 김구의 담화는 이번 4월 하순에 북조선, 평양에서 열린 남북정치협상회의(남북조선제정당제사회단체 연석회의)에 참가하고 온 한국독립당수이자 우파의 거두로서, 단독정부 수립을 절대 반대하는, 나이 많은 애국자의 고동치는 가슴이 전해지는 내용이었다.

"비분과 실망이 있을 뿐이다. 그러나 우리는 이 시기에 실망과 한탄의 분위기를 돌파하여 나가고, 새로운 결의와 용기로써 기고(旗鼓)를 정비하여 강력한 통일 독립운동을 추진해 나가야만 한다. 만일 우리 동포가 단지 양극단으로 치달아 가기만 한다면, 금후 남북의 동포는 국제적 압력과 도발에 의해 본의 아닌 동족상잔의 비통한 내전이 발생할 위험성이 있으며, 재무장한 일본군이 다시 바다를 건너 세력을 확장하게 될지도 모른다……."

이방근은 신문을 뒤집어 보았다. 하단에 현상일 중위 등의, 어제 숙부가 말한 내용에 훨씬 못 미치는 간단한 총살 선고의 기사가 실려 있었다.

"일본이 재무장을 하여 조선에 다시 상륙한다는 것은 그야말로 계시적인 말이지만, 실제로 친일파들은 그 날이 오기를 기다리고 있어. 게다가 김구 선생님이 말씀하신 의미와는 다르지만, 내전은 이미 일어나고 있다구. 이 사태가 그대로 진행된다면, 김구 선생님의 말씀대로 될지도 모르지."

탁자에 마주 앉은 숙부가 말했다.

"친일파가 그걸 기회로 삼는다는 게 무슨 말입니까?"

이방근은 세수를 해야겠다 생각하면서도, 무거운 머리를 가볍게 흔들며 탁자 위로 상반신을 내밀었다.

"거물급 친일파, 지금 반민족행위처벌법 안에 대해 방해 공작을 하고 있는 과거의 매국노들은, 3년 전 8월 15일, 너나 할 것 없이 눈물을 흘리며 그들의 제국 일본과는 일단 작별을 한 셈이야. 그들의 주인이자 '친우'인 일본의 지배자와 어쩔 수 없이 헤어져야만 했던 것이지. 서로 간에 굳은 악수를 하고 언젠가 재회를 기약하면서. 일본인이야말로 그들 친일파의 부귀영달을 보증하고 지켜 준 더할 나위 없이 고마운 '친우'이자 은인이었으니까. 그러니까 언젠가 일본이 다시 조선에 상륙하는 그 날에는 숙원의 재회를 달성하게 되는 셈인데, 친일파가 그 날을 기다리고 있다는 이야기가 서울에 퍼져 있고, 실제로 그런 말도 안 되는 움직임이 있는 것 같아. 그래서 음, 만일 그런 사태가 발생하면, 그들은 전과 마찬가지로 왜놈 침략자들의 안내 역할을 하게 된다는 건데, 핫하, 도대체가, 오늘은 아침부터 밥맛 떨어지는 재수 없는 8·15로군."

"예? 빌어먹을 8·15라는 말씀이죠, 숙부님……."

"그래, 재수가 없다고, 빌어먹을 8·15나 뭐가 달라. 방근이는 그렇게 생각하지 않나. 김구 선생님의 비통하기 그지없는 담화를 왜 하필이면, 8·15, 광복절 아침부터 읽어야만 하느냐 이 말이야……."

이방근은 무심코 소리를 내어 크게 웃었는데, 상대의 놀란 표정에도 불구하고 계속 웃어 댔다.

"숙부님, 맞는 말씀이세요. 도대체가 빌어먹을 8·15지 뭡니까, 그 똥·단지 같은 8·15라니까요……."

"똥·단지? 으흠, 오랜만에 듣는 말이군. 앗핫핫하아."

숙부는 이방근 못지않게 크게 웃으며 적잖이 만족했다. 이방근은 또 세수를 해야겠다고 생각하면서 방으로 돌아온 다음 다시 이불에 들어갈 마음이 나지 않았다. 벌써 아홉 시가 다 되다 보니 일어난 김에 차라리 가볍게 해장술을 마시는 게 좋을 듯싶었다.

"어젯밤에 제가 전화를 받지 않는다고 아버지가 화를 내지는 않던가요?"

"그렇진 않았어. 이미 자고 있다고 하자, 그 바보 같은 녀석이 술을 마신 모양이라며 웃으시더군."

"웃고 있었다구요? 정말로요."

뭘 웃었단 말인가. 웃을 리가 없다. 숙부를 상대로 아들에 대한 험담을 꽤 했을 것이다. 이건 숙부가 지어낸 말이다.

"정말이라니까. 특별히 화를 내거나 하지 않으셨어. 음, 나도 조만간 기회를 봐서 그 아이와 이야기를 하겠지만, 먼저 방근이가 유원에게 잘 알아듣도록 타일러 둬. 오늘이라도 이야기 좀 해 보지 그래. 나는 어젯밤에 태수 형님과 다시 한 번 굳게 약속했어. 또다시 체포되면 이제 형님과는 절교할 수밖에 없겠지. 게다가 더 이상 나는 유원을 맡을 수가 없을 것 같다고 형님께 말씀드릴 수밖에 없을 거야. 하긴 이런 일이 있어서는 안 되겠지만, 뭐랄까, 그냥 말이 그렇다고 들어둬."

"그건 아버지 혼자만의 이야기입니다. 안 그렇습니까. 극단적으로 말해서, 당신이 서울로 이사를 와서 딸을 감독해 보면 알 테니까요. 어쨌든 유원이 일은 당분간 지켜보시죠. 그런데 다른 이야기가 되겠습니다만, 이번의 법안이 통과되면 어떻게 될까요. 아버지도 어찌 보면 친일파 아닙니까. 완전히 무사할 수는 없겠지요."

"태수 형님의 경우는, 그건, 대수롭지 않아. 왜정 때 훈장을 받은 것도 아니고, 처벌법에 걸릴 만한 악질적인 반민족행위를 한 것도 아니잖아."

"그럴까요."

이방근도 내심, 아마 아버지는, 아버지만 그런 것은 아니지만, 제주도에서는 대부분이 무사할 것이라고 생각하면서 말했다.

"일제 때 친일의 깃발은 흔들었지만, 그 시대에는 누구나가 그랬으니까. 방근이 아버님은 일본을 이용해서 돈벌이를 잘 하신 편이고, 또 그게 사실이지만, 독립운동가를 밀고하거나 팔아먹는 일은 하지 않았어. 나도 반일적인 생각이 강한 편이었지만, 너처럼 형무소에 들어가지도 않았고, 눈에 띄게 독립운동을 하지도 않았잖아. 한동안 남해자동차에 있을 때 네 아버님의 비서 역할을 한 적이 있지만, 내 마음을 알아차리시고는 '친일 사업'에는 참가시키지 않고 오로지 회사 일만 시켰어. 그렇다고 무슨 화가 난다거나 그런 것이 아니라, 그런 면에서 태수 형님이 훌륭하다고 생각해. 나도 다른 사람들과 마찬가지로 신사참배나 바다 저편을 바라보고 하는 '궁성요배'라는 것을 시키는 대로 따라 했었지. 그러나 지금 형님의 비서 역할을 잠시 했었다고 말했지만, 총독부의 앞잡이 기관의 관리를 한 것도 아니고, 어찌 보면 최소한의 민족적인 양심은 지키며 살아왔다고 생각해. 이게 다 네 아버님 덕분이지 싶다. 아버님에 대해선 너무 걱정할 필요는 없을 거야."

걱정을 하고 있는 게 아니다. 오히려 모든 친일파와 함께 '처벌법'에 걸리기를 바라고 있을 정도였는데 아버지가 들으면, 오오, 과연 내 사촌 동생답구나, 내 동생 건수야, 하며 크게 기뻐했을 이야기였다.

대한민국 정부의 수립을 며칠 앞두고 온 나라가 관제의 축제 분위기인데도, 제주도에서는 그런 분위기를 거의 느낄 수 없었다. 그도 그럴 것이, 제주도에서 5월 선거 실패, 게다가 6월로 연기한 선거가 연이어 실패하면서 신정부의 법적인 절차를 밟는 장소인 국회에 정원 세 명의 의원을 한 사람도 보내지 못했던 것이다. 개벽 이래라며 요란하게 시작된 제헌의회에 국회의원을 한 사람도 보내지 못했으니까, 아무리 관제로 급조를 한다 한들 축제 기분을 살릴 수는 없었다. 그러나 게릴라와의 전투 중이기도 하고, 신정부 수립 당일의 기념식전은 어떻게든 모양새를 갖추지 않으면 안 될 것이었다.

아버지 이태수는 당연히 그 식전에 내빈으로서 참가하게 될 것이다. 무엇보다 이태수는 완전하지는 않았지만 5·10선거가 끝나 의회가 성립되고 신정부 수립의 기초가 마련되자, 보다 분명히 신정부 환

영이라는 태도를 표시했다. 4·3사건이 발발한 후에도 약간의 동요
는 있었지만, 실업가다운 직감으로 강대한 미군정 아래에서, 지역의
게릴라가 승리할 수는 없다고 보고 있던 그로서는, 국회가 성립하는
시점에 이미 이승만의 승리가 확실하다고 생각했던 것이다. ……아
핫핫핫, 이제 곧 영광의 대한민국 수립을 눈앞에 두고 우리를 친일민
족반역자로 지목하고 있던 놈들의 일을 떠올리게 되는구나……. 어
쨌든 제주도에는 동란이 계속되고 있지만, 이번의 신정부 수립은 하
나의 커다란 역사적 전기로서 매우 바람직스러운 일. 누가 우리 조국
의 독립과 평화를 바라지 않는 자가 있을까. 조국의 영광을. 음, 이제
미군도 나가게 될 것이고, 앞으로 남는 것은 우리의 정부가 아니겠는
가. 따라서 우리는 오로지 신정부를 지지하고, 이의 강건한 발전을
위해 적극적으로 협력해야겠지. 왜냐하면, 우리 자신의 조국이자 정
부라는 것은 말할 필요도 없는 일……. 이번 제주도에서 있었던 선거
실패, 국회의석의 공백 등은 문제가 아니야. 내년에 재선거가 실시되
는 시점에서는 반드시 국회의원 세 사람이 탄생하는 것은 분명한
일…….

"그런데 좀 전에 우스갯소리처럼 말씀하신, 친일파가 일본 재상륙
의 날을 기해서 뭔가 움직임을 보이고 있는 것 같다고 하셨는데 그게
사실입니까?"

이방근은 숙부가 담배를 피우는 모습을 보더니 자신도 따라 하듯
담배에 불을 붙였다.

"그들끼리 서로 친목을 도모하면서 뭔가 결사와 같은 정치 공작단체
를 만들고 있는지 어떤지는 몰라도, 그들끼리 긴밀하게 연락을 취하
고, 그들 나름의 시국에 대한 전망과 정세 판단 등 하고 있다는 건
서울에 있는 사람이라면 모두 아는 사실이야. 때로는 일류 요정에서

그 민족반역자들끼리 친목회를 열고 있다잖아. 일제 때 후작인지 백작인지 작위를 받은 자와 중추원(조선총독부의 어용 자문기관) 참의 등을 지낸 자들 중에는 몇 개씩이나 되는 훈장과 '교육칙어'를 애지중지 모시면서, 때때로 꺼내 절을 하고 있다는 정보도 신문사에 들어오고 있는데, 그렇다면 일본 천황의 사진까지 걸어 놓고 있을지도 모르지. 좌우간 그들의 집은 모두가 대저택으로 집 안에 숲과 연못이 있을 정도라니까, 그 깊숙한 곳까지 들여다볼 수는 없어서 말이야."

"으-흐음, 그건 있을 법한 얘긴데요. 그건 그럴 수 있을 겁니다. 일본 천황 사진을 안쪽 깊숙한 방 어딘가에 고이 걸어 놓고……. 과거의 종주국 일본에서는 천황을 신의 자리에서 끌어내려 '인간'으로 만들었다고 하는데, 이 나라에선 망령 같은 게 살아남았다는 말인가요……." 이방근은 갑자기 산소 부족 현상이 생긴 것처럼 크게 숨을 들이마시고 나서 한숨을 짓듯 내쉬었다. "이거 잠이 깹니다. 숙취의 무거운 머리가 깰 것 같습니다. 일본인으로서도 그건 꿈입니다. 모두가 조선 민족의 피와 땀을 수탈한 것일지라도, 그 '재산', 이권, 권력 등을 남기고 갔기 때문에, 다시 한 번 그걸 되돌리려고 조선에 오고 싶어 하는 것입니다. 또 무엇보다 새로운 지배의 영광. 그때 안쪽 깊숙한 방에서 꺼내 온 수많은 훈장과 '교육칙어'의 두루마리, 그리고 천황의 사진 따위를 옛 친구이자 옛 주인에게 보여 주며, 그야말로 감개무량해서 조국 일본에 대한 영원한 충절을 과시하게 될지도 모릅니다. 무서운 이야기입니다. 놈들의 대저택 안에 봉안전이 있을지도, 핫, 핫, 하아, 안 그렇습니까. 역시 제주도에 있던 저로선 아무것도 모르고 있었다는 말인가요. 으-음."

이방근은 자신이 언급한 친일파…… 운운하는 것이 너무나 관념적이어서 갑자기 색이 바래 현실성이 없게 느껴졌다. 이렇게 몸도 마음도 '친일', 조국을 일본에 바쳐 나라를 팔아먹은 자들에 비하면, 아버지 이태수의 경우는 전혀 문제가 되지 않는다는 생각이 들지 않는 것도 아니었다. 아버님의 일은 걱정할 것이 없다는 숙부의 말뜻을 겨우 알 것 같았다. 아이구 이거, 그야말로 여기에 거대한 똥·단지가 있군…….

"네 아버지의 일과 친일파의 문제가 나온 김에 한 말이지만, 친일민족반역자의 숙청, 처단이라는 여론이 지금 서울 장안에서 비등하고 있는 건, 그런 그들의 행동이 잘 아는 사실이라는 사회적 배경이 작용하고 있어. 이 나라가 제대로 움직이고, 미군정부가 금지만 하지 않았더라면, 8·15해방이 되고 나서 바로 일제협력자 처단의 문제가 해결되어 지금까지 끌어올 필요도 없었는데 말야. 어쨌든 말이지, 이 법률은 국회에서 반드시 성립시키지 않으면 안 돼. 이것은 제헌국회에서 채택된 헌법, 헌법 제10조에서 말이지, 악질적인 친일민족반역자를 처벌하는 특별법을 제정할 수 있도록 돼 있으니까."

"……"

이방근은 잠자코 고개를 끄덕이면서 담배를 재떨이에 눌러 껐다. 그리고 나서 자리에서 일어나 세면을 마치자, 옷을 갈아입고 다시 거실로 돌아왔다. 그 사이에 식사 준비가 끝나, 네 사람이 탁자에 둘러앉아 늦은 아침을 먹기 시작했다. 이방근은 매운맛이 잘 들어 있는 쑥갓으로 버무린 가오리회를 안주 삼아 가볍게 해장술을 마시고, 혀가 얼얼할 정도로 맵고 탱탱하게 빛나는 푸른 고추를 된장에 찍어 먹은 뒤 해장국으로 아침을 대신했다. 매워서 이마와 코끝에 땀방울이 솟아났다. 몸의 밑바닥에서 어젯밤의 술기운이 되살아나 취기가 돌자, 머리를 억누르고 있던 투구의 중압감이 사라지고 생기가 돌았다. 그러나 잠시 지나자 몸이 나른해졌다.

"여보, 태극기는 달지 않았겠지."

"예-, 깃발 같은 건 꺼내지도 않았어요. 아침부터 벌써 세 번째에요. 그렇게 신경이 쓰이면 어디 대저택도 아니고 현관이 바로 앞이니까 직접 가서 확인을 해 보지 그래요. 30년이나 같이 살아온 저를 믿을 수 없다는 건가요."

숙모가 웃으며 말했다.

"쓸데없는 소린 할 거 없고."

"시장에 다녀올 땐 별로 국기가 눈에 띄지 않았어요. 이른 아침이라 그런지는 몰라도……."

"그랬을 거야. 아침이 아니라, 낮에 거리로 한번 나가 보는 게 좋겠어. 나라가 망한다는데, 누가 태극기를 걸겠어, 안 그래. '시일야방성대곡(是日也放聲大哭)'이라도 해야 할 판인데, 김구 선생님의 말씀이 바로 그거야. ……시일야방성대곡이란 건, 구한말의 보호조약에서 을사오적(1905년, 보호조약—한일협약—체결 때에 찬성, 조인한 이완용, 박제순 등 5인의 매국노)이 외교권을 일본에 넘기고 나라를 팔아먹었을 때 황성신문이라는 신문에 장지연이 쓴 논설 제목이야. 매국노를 비난하는 통곡과 분노의 문장으로, 장지연은 일본군에 체포되고 신문은 폐간되고 말았지. 시일야방성대곡, 오늘이야말로 소리를 높여 통곡한다. 오늘이 무슨 8·15란 말인가."

"모두가 그렇게 생각하는 건 아니잖아요. 자신의 나라가 생긴다고 해서 기뻐하고 있는 사람들도 꽤 있으니까요."

"그건 어리석은 사람들이야. 둘로 쪼개진 밥그릇이 밥그릇인가. 원래가 한 나라야 할 조선인들이 몸통에서부터 둘로 쪼개져 각기 다른 나라가 생긴다면 어떻게 되나. 오늘 국기를 달 거라면 태극기의 윗부분에 검은 천 쪼가리라도 붙여서 조기로 해야겠지. 할멈, 도중에 어디선가 검은 천 쪼가리를 붙여 놓은 국기는 못 봤나, 어험."

"으-음, 숙부님 말씀이 지당하십니다. 밖에는 조기를 달고, 안에서는 상복이라도 입고 정좌를 해야겠지요."

그때 현관 쪽에 있는 방에서 전화벨이 요란하게 울렸다. 요란하게 울렸다기보다도 깜짝 놀란 이방근의 귀에 그렇게 들렸던 것이다. 유원이 일어났다. 설마. 박갑삼은 아니겠지. 그럴 리가 없었다. 지금 내가 서울에 와 있다는 것을 알 리가 없었다. 내일 16일까지 비상경계 태세가 일단 풀린 다음에 연락을 취하려던 박갑삼, 신문에서 남로당의 성명을 읽은 탓은 아니겠지만, 남로당 중앙특수부 소속의 그를 아까부터 생각하고 있었던 것이다.

전화는 여동생에게서 걸려 온 것이었다. 아무래도 조영하인 듯했다. 귀에 들어오는 대로 듣고 있자니, 상대는 밖에서 만나자고 조르는 모양이었다. 이방근은 일어났다. 그리고 그 자신 이유가 분명하지 않다는 것을 알면서도 옆방과의 경계선에 멈춰 서서, 오늘은 밖으로 나가지마, 라는 한마디를 던지고는 왠지 다 큰 여동생에게 간섭하는 듯한 말을 하고 말았다는 불쾌한 느낌으로 자리로 돌아왔다.

통화를 끝낸 유원은 자리에 앉으려 하지 않고 밥을 다 먹은 자신의 밥그릇을 정리하더니 부엌으로 갈 기색이었다. 이방근은, 그건 나중에 해도 되잖아, 거기에 앉거라, 하고 명령하듯 말했다. 어제 유치장에서 막 나온 여동생을 향해서 왜 말에 가시가 돋쳐 있는가. 술이 들어간 탓인가. 아무래도 우울한 기분이 가시질 않는다.

유원은 손에 들고 있던 식기 등을 탁자에 내려놓고 앉았다.

"외출은 하지 않겠지? 어제부터 앞으로 며칠 동안 밖에 나가지 말라고 했잖아."

"외출은 안 해요."

"너, 화가 난 모양이구나."

"아니에요, 별로 화난 것처럼 보이지는 않잖아요."

유원은 오빠 쪽을 보고 웃었지만, 그 웃음은 곧 뒤틀리고 무너져 끝까지 계속되지 못했다.

"그렇다면 됐어. 그런데 그 얼굴은 화가 난 것 같은데. 어떤 용무인지는 모르지만, 조영하는 왜 그러는 거야. 8·15에 밖에서 무얼 하겠다고. 미군정청에서 하고 있는 정부 수립인지 뭔지 하는 식전을, 먼 울타리 밖에서 구경이라도 하겠다는 건가. 아니면, 꽃전차 구경도 아닐 테고, 혹시 삐라를 뿌리는 현장에 응원이라도 갈 셈인가. 오늘은 당연히 엄중한 경계의 틈을 노려 단독정부 수립을 반대하는 삐라가 많이 살포될 거야. 그러면 많은 사람이 체포되겠지."

"오빠는 왜 그렇게 자신만의 생각으로 추측을 하는 거예요. 거의 말도 안 되는……."

"뭐가 말도 안 된다는 거야. 뭣 때문에 밖에 나가는데?"

외출하면 왜 안 되는데요, 라고 반박당하지 않은 것만으로도 이방근은 다행이었다. 그에 대한 답이 없을 뿐만 아니라, 그때는 그저 이유도 없이 여동생에게 고함을 치는 수밖에 없을 것이다.

"방근이, 왜 그래." 숙부가 혀를 차며 말했다. "잠시 외출하는 정도야 괜찮지 않을까. 날씨도 좋은데……."

"숙부님은 참 자상도 하십니다. 잠시라는 말을 어떻게 믿을 수 있습니까. 오늘은 외출하지 않아도 됩니다. 여름방학이니 다른 날이 얼마든지 있습니다." 이방근은 여동생을 바라보며 말을 계속했다. "너는 뭣 때문에 유치장에 갔다 왔어. 경찰이 준 밥을 먹고 왔으니 그쯤은 알 거 아냐."

이방근은 유치장 운운……이라는 말을 하고 나서 가슴이 덜컹했다.

이건 여동생이 유치장에 들어간 것을 인정하고 유치장 체험에 대한 자각을 여동생에게 채근하는 것과 마찬가지였다.

"잘 모르겠어요. 화를 내고 있는 건 내가 아니라 오빠잖아요. 왜 오빠가 화를 내고 있는지 모르겠어요. 당사자의 이야기를 듣지도 않고 혼자서 화를 내고 있으니까요."

"혼자서 화를 내고 있다고? 뭐가 다른 사람 말을 듣지도 않고 혼자서 화를 낸다는 거야."

"오빠는 뭔가 갑자기 변한 것 같아……."

"변했다고? 핫, 핫, 변한 건 네 쪽이 아닌가."

"유원아, 오빠는 너의 일을 걱정해서 하는 말이야. 어제 막 돌아왔는데 또 붙잡히지는 않을까 하고 말이지, 틀림없이 그럴 거야. 하지만, 꼭 필요한 일이라면, 어린애도 아니고……."

"저도 그쯤은 알고 있어요. 오빤 저를 믿지 못하는 거예요. 오빠가 여동생을 믿지 못하다니."

유원은 힘없이 고개를 숙였다.

"뭐라고."

유원은 고개를 숙인 채 말없이 일어서더니 자신의 앞에 있는 식기를 들고 방을 나갔다. 이방근은 말리지 않았다. 이윽고 피아노가 울리기 시작했다. 피아노를 치고 있으면 되잖아요. 피아노를 치고 있으면 안심하겠지요, 라고 말하는 듯한 울림이 피아노의 선율 사이로 새어 나오는 느낌이었다.

이방근은 방으로 돌아와 드러누웠다. 여동생이 이불을 말렸겠지만, 새로운 이불에 새로운 시트가 깔려 있어서 기분이 좋았다. 이방근은 드러누운 채 벽을 사이에 두고 들려오는 피아노 연주를 듣고 있었다.

대한민국 정부 수립 기념식은 군, 경찰, 그리고 미군 공동의 엄중한 비상경계 태세 속에서, 오전 열한 시 20분부터 미군정청 내에 있는 광장에서 이루어졌다. 도쿄에서 김포 비행장에 착륙한 맥아더 원수 부처가 각 단체와 학교에서 선발하고, 동원한 군중의 환영 인파 속에서 군정청 광장에 도착했고, 각국 사절과 함께 참가하여, 이승만 대통령의 '민주주의 모범국가' 건설을 선포하는 식사, 맥아더 원수와 남조선 점령 미군 사령관 하지 중장, 그 밖의 축사 등이 있었고, 오후 한 시를 지나서야 식이 끝났다. 곧이어 1만 명의 육해 경비대 분열식이 광화문 십자로에서 펼쳐지고, 모든 게 무사히 끝났지만, 오전 중에만 엄중 경계망의 틈을 노려 시내의 12개소에서 삐라가 뿌려지고 검거자가 속출했다. 건국기념일이라는데 시내를 달리는 꽃전차의 화장도 흥이 나지 않을 만큼 서울 거리의 공기는 험악했다. 그런 의미에서는 이방근이 여동생에게 외출을 금지한 것은 잘못된 판단이 아니었다.

　　그런데 기념식이 끝나고 얼마 지나지 않아, 아직 엄중한 경계 태세가 풀리지 않은 중앙청 근처의 노상에서 가엾은 사건이 일어났다. 한 사람의 '문둥이(한센 병 환자)'가 사살된 것이었다. 원래 한센 병 환자는 남한 일대에 많았다. 하지만 이번 7, 8월에 걸쳐 풍수해의 이재민에 섞여 상경한 사람들이 상당히 있었는지, 서울에서는 3백 명에 달하는 환자가 방치되어 있었다. 특히 성북구의 T동 일대에 많이 모여 근처의 주민을 공포로 몰아넣고 있었다. 그러자 서울시 보건위생 당국은 일단 그들을 먼 교외의 시골인 안양에 천막을 치고 그곳에 옮겨 살도록 하였다. 그런데 당연한 일이지만 이번에는 그곳 주민들의 맹렬한 반대에 부딪치는 바람에 다시 서울로 데려오는 곤란한 입장에 처하고 말았다.

자유해방을 맞이한 셈인데, 그들은 결국 서울 시내에 산재(散在)한 자신들의 거처로 돌아가서, 특히 T동의 중학교 뒷산 기슭에는 2백 7, 80명에 달하는 환자들이 모여 생활을 시작했다. 게다가 시에서 배급하는 밀가루로——이것은 미국의 잉여 물자를 마구 수입한 것이었지만——빵을 만들어 중간상인을 통해 시내에 유통시키기도 하고, 일반 시민용 우물을 사용하거나, 여기저기에 똥오줌을 방출하기도 해서, 주민들이 당국에 항의하였지만, 이쪽에서는 속수무책, 계속 늘어나는 환자에 손을 쓰지 못하고 있었다. 완전히 손발을 다 든 상태였다. 최근에는 종로의 한복판에 있는 S동의 노상에서 토관 생활을 하던 거지 환자가 일주일 전에 사망해서, 사체에 구더기와 파리가 끓고, 악취가 주위에 가득 퍼져 있는데도 방치할 정도였다.

동대문시장의 한 음식점에서 환자가 음식을 만드는가 하면, 의류품 가게에서 일을 하기도 했다. 환자의 범람은 커다란 사회문제가 되기 시작했던 것이다. 식전을 멀리서 둘러싼 채 구경을 하고 있던 군중 속에 그 '문둥이' 세 사람이 섞여 있던 모양이었다. 아니면 나중에 합류한 것인지, 어쨌든 구경을 온 것은 틀림없었다. 그들도 원해서 '문둥이'가 된 것이 아닐 테고, 당국의 격리 수용 대책도 없이 시내의 노상에 방치되어 있었던 터라, 이른바 자유의 몸, 뭔가 재미있는 구경거리가 있으면 구경을 나온다고 나쁠 건 없었다.

그렇지만 그들이 자신들과 뒤섞여 있음을 발견한 시민들은 소란을 피우면서 크게 놀라 달아나기 시작했다. 게다가 도망을 쳐서 집으로 돌아가는 게 아니고 먼발치에서 세 사람의 환자를 둘러싸고 구경을 시작했다. 세 사람이 나아가면 사람들은 물러났다. 이윽고 경비 중이던 무장 경찰관들이 전면에 나타났는데, 그들은 세 사람을 쫓아내려할 뿐 가까이 접근하려 하지 않았다. 세 사람 중에서 형뻘인 한 사람이,

자신들을 두려워하는 군중들의 모습을 재미있어 하다가, 그때 뭔가 계책을 생각해 낸 것일까. 세 사람은 갑자기 도로 한가운데에 주저앉아 버렸다. 교통차단 시간이 해제되었기 때문에 군중의 뒤에서 길이 가로막힌 자동차의 경적이 마구 울렸다. 경찰이 세 사람의 눈앞에까지 다가가서, 이봐, 문둥이, 빨리 돌아가라고 외쳤다.

"우리는 돌아갈 곳이 없다구. 도로 위가 집이나 마찬가지야."

"뭐라고, 문둥이가 건방지게, 돌아가라면 얼른 돌아가! 명령에 따르지 않으면 체포하겠다!"

이렇게 외친 뒤에 경찰은 큰일 났다고 생각했음에 틀림없다. 유치장에 들어갈 수 있다면 세 사람은 얼마나 기뻐할 것인가. 아니나 다를까, 제발 체포해 달라고 나왔다. 그들은 일어서서 양손을 내밀고 경찰에게 다가갔다. 경찰은 엉거주춤 뒤로 물러났다. 그것이 '문둥이'들에게는 재미있었던 게 틀림없다. 일찍이 제주도의 어떤 마을에서는 마을 사람들에게 괴롭힘을 당하던 '문둥이'가 복수를 하려고 달이 밝은 밤에 마을의 음용수로 사용하는 연못에 들어가 목욕을 한 것이 들통 나 심하게 몰매를 맞은 일이 있었다. 형뻘이 되는 '문둥이'는 사소한 영웅심이 발동한 것인지, 귀찮게 따라붙는 경찰을 향해 씩하고 절반은 빠진 이빨을 드러내면서 덤벼드는 자세를 취했던 것이다. 경찰이 깜짝 놀란 것인지, 아니면 '문둥이'에게 바보 취급을 당한 것에 분노해서 고의로 그랬는지, 발포하여, 선두에 있던 형뻘 되는 남자가 죽었다.

오후 두 시, 현장 근처에 있는 덕수궁에서 신정부 수립을 축하하는 자유종의 타종식이 예정대로 진행되어 은은하게 종소리가 울려 퍼졌는데, 그것은 가련한 '문둥이'의 신음처럼 들렸다.

7

　나는 하루 종일 소파 위에서, 이불 위에서 이따금 뒤척이며 누워 있다. 몸도 마음도 위안을 받은 것처럼 차분하고 평화롭다. 나의 지척까지 다가온 불안을 느끼면서, 실은 불안이 아니라 나의 밖에서는 이미 불안이 파괴되었고, 그 파괴가 불안을 넘어 다가오는 것을 느끼면서, 나는 구멍 뚫린 소파 위에 멍하니 누워 있다.

　얼마나 무서운 꿈인가. 목과 혀가 바싹바싹 마르는 꿈속. 꿈일 것이다. 꿈일 수밖에 없다……. 사타구니가 딱딱하게 부풀어 오르고, 한 손을 갖다 대자, 발칙하게도 경직돼 있었다. 있을 수 없는 일, 그러니까 꿈속의 꿈……. 이 냄새는 무엇인가. 사타구니로 가져갔던 손에서 냄새가, 분명하게 기억을 되살린다. 냄새 나는 곳을 손가락으로 만지작거린 것처럼. 코의 점막에 서서히 스며들어 머리 한가운데를 무겁게 찌르고 지나가는 듯한 냄새가 난다. 멸치를 삭혀서 담근 젓갈과 해저에서 살랑거리는 해초의 냄새가 섞인, 추상적이고 머릿속이 욱신거리는 듯한, 그것은 그리운 냄새였다. 손에 배어 있어서, 생각나듯이 불시에 되살아난 이전의 하녀 부엌이의, 그 좁은 산도(産道)가 꿈틀대는 냄새인가. 냄새에 이끌려 주름상자처럼 움직이는 구멍의 훨씬 안쪽으로, 주름상자 같은 지하도로 빨려 들어간다. ……그곳은 봉안전 속 금고가 있는 동굴이 아니라 사막이었다. 끝이 없는, 하늘도 땅도 빛이 바랜 갈색의, 마치 이미 만들어져 있는 무대처럼 꿈속에 자주 등장하는, 상하, 좌우의 끝이 없는 원구 속에 떠 있는 사막 같은 공간. 그곳에 한 인간이 드러누워 있었다. 물가에 밀려온 표류자처럼. 그것이 여자라는 것, 작은 그림자로 밖에 보이지 않는 그것이 옆으로 다가

가기 전부터 여자라고 약속되어 있었다. 한 마리의 고양이가, 그것은 아무래도 부엌이와 함께 집을 나간 하얀 새끼 고양이 흰둥이 같은데, 앞쪽을 쫄랑쫄랑 걸어가고 있다. 공기는 메말라 있었고, 하복부의 그것은 괴로울 정도로 부풀어 올라 있었다.

흰둥아, 흰둥아……. 그 여자와 자는 것이고, 자지 않으면 안 될 필연의 길을 걷고 있다는 것을, 사막의 몸을 찌르듯 불어오는 메마른 바람을 맞아들이면서, 겨우 옆으로 다가갔다. 그곳에는 어머니가, 옷을 입은 늙은 어머니가 똑바로 누워 있었다. 요전에 만났을 때처럼 들판을 건강하게 걸어 다니고, 아들에게 웃음을 보이며 말을 건네며 전에 없이 밝은 모습의 어머니는 아니었다. 벌린 양쪽 다리를 이쪽으로 향하고, 머리를 저쪽으로 누인 그것은 노추한 어머니이면서 안아야 할 대상으로서 누워 있었다. 아니, 눈을 뜨고 있는지 감고 있는지, 혹은 살아 있는 것인지 죽은 것인지조차 확실하지 않았다. 이건 분명히 어머니였지만, 이렇게 메마르고 아무런 매력도 없는 늙은 여자와 잘 생각으로 온 것은 아니었다고, 약간의 실망감에서 비롯된 씁쓸함에 가슴을 적시면서도, 늙은 어머니를 안는 것에 망설임은 없었다. 과연 이 늙은 여자와 성교가 가능할 것인가, 생각은 그쪽으로 기울어 가면서도 여자를 안았다. 늙은 여자는 되살아나 젊은 여자가 되었다…….

종이 울리고 있다. 은은하게 종소리가 울린다. ……얘야, 어째서 내 꿈만 꾸는 거냐. 어째서 너는 잠만 자고 있느냐. ……사타구니 깊숙이 시커먼 수세미 같은 것을 달고서……. 슬슬 음모가 나기 시작할 나이의, 그것은 밤의 거실이었다. 아버지와 어머니, 어린 여동생, 그리고 서너 명의 친척이 노란 액체와 같은 전등 빛을 받으며 앉아 있었다. 잡담을 하고 있었겠지만, 모든 것이 석고상처럼 응고된, 꿈속에서처

럼, 꾸며진 것 같은 밤. 정면에 있는 어머니와의 거리는 2, 3미터 정도
였다. 책상다리를 하고 앉은 어머니의 하반신은 느슨한 치마로 덮여
있었다. 어렴풋이 하복부의 곡선이 드러나 있었다. 이미 밤은 깊었고,
노란 액체 같은 전등 빛은 점점 짙어졌다. 그러고 보니, 조부나 누군
가의 제사였는지도 모른다. 갑자기 아직 젊은 어머니의 하반신을 감
싸고 있던 치마가 천천히 아무도 모르게 말려 올라가 내부가 들여다
보였고, 어머니 사타구니의 시커먼 것이 확실히, 새까만 수세미처럼
부풀어 오른 음부의 모습이 확실히 보였다. 놀라서 사타구니를 응시
했다. 착각이 아니었다. 분명히 치마는 아무도 모르는 사이에 투명하
게 말려 올라가 검은 사타구니가 망측하게 드러나 보였다. 얼마나 음
란한 어머니의 모습이란 말인가. 자신의 음란함을 그 알몸의 성기로
옮겨 머리를 두세 번 흔들고, 크고 시커먼 수세미가 들러붙은 모양의
음부에서 시선을 돌린 뒤 자리에서 일어났다. ……넌 어딜 가려는 거
야……. 귓속에서 아들을 쫓는 어머니의 목소리가 들렸다. 부엌에 있
는 항아리에서 소금을 한 움큼 쥐고 뒤뜰로 나와 주변의 검은 지면에
하얀 연기처럼 뿌렸다. 처음 보는, 틀림없는 어머니의 성기였다. 사타
구니는 여전히 단단하게 부풀어 올라 있었다. 이 얼마나 꺼림칙하고
무모한 물건인가. 과거에는 불능에 가까운 상태로 얼음에 채워진 채
철학을 하고 있던 물건이었다.

　종이 울리고 있다. 은은하게 꿈속에서 종소리가 울린다. 이게 무슨
꿈이란 말인가. 그건 결코 어머니가 아니었다. 어머니가 돌아가신 지
2, 3년이 지나 해방이 되고, 건강의 회복과 함께 좌익 조직 전성시대
속에 조직에 참여하지 않고, 방탕의 시작과 함께 조직에 등을 돌린
자에 대한 타락분자라는 호칭. 방탕에 의해 불능이 된 것이 아니라,
불능이 치유된 듯한 이 물건……. 사랑. 사랑. 사랑. 사랑. 사랑. 사

랑. 아— 사랑아……. 마치 '춘향가' 중 사랑가의 가락 같다. 하얗게 빛나는 풍부한 두 개의 젖가슴이 좌우의 볼을 치며 울린다. 찰랑, 찰랑, 이건 어때, 이건 어때, 사랑, 사랑, 이 두 개의 언덕 사이 골짜기에 얼굴을 묻고……. 옅은 보라색으로 혈관이 비쳐 보이며 솟아오른 각각의 젖가슴 안쪽에, 잉크로 사랑이라는 두 글자가 새겨 넣은 것처럼 쓰여 있다. 그것은 문신이나 마찬가지였다. 젖가슴이 아파, 만지면 아파, 마치 소녀같이, 그래도 사랑, 사랑……. 젖가슴이 울린다, 사랑아……. 이 젖가슴을 먹어, 아파, 아프기만 한 이 젖가슴을 먹어, 장난스러우면서도 진지한 그 여자의 풍만한 육체는 불감의 공동(空洞)을 가졌다. 하얀 양장을 한 아름답고 이상한 여자…….

사랑, 사랑, 이건 튀어나와 있기만 하면 돼요. 저는 만지는 게 좋아요. 그래서 조금이라도 반응이 있으면 이 손가락과 손바닥이 조금씩 뜨거워져요. 솟아올라 있다는 이유만으로, 이건 손잡이 같은데, 그 이유만으로 만질 수 있는 거예요……. 오로지 잡고 만지는 일에만 열중하던 여자. 그리고 부엌이. 좁고 주름진 산도의 안쪽 자궁 질부에, 해초가 무성한 깊은 바다를 가진 여자, 결코 아름답지 않은 여자 부엌이……. 부엌이의 이상한 냄새에 뒤섞여 숨이 막힐 듯한 냄새가 방 안을 가득 채운다. 마치 갑자기 부엌이의 커다란 검은 치마 안에 얼굴을 묻은 것처럼. 무슨 꿈이란 말인가. 그건 어머니가 아니었던 것이다. 너는 어째서 내 꿈만 꾸는 것이냐……. 사막처럼 메마른 꿈속의, 끝이 없는 원구 속. 오빠는 왜 그렇게 잠만 자는 걸까요. 어째서 잠만 자는 걸까요……. 아아, 나는 자는 게 아니야. 거짓말, 자고 있잖아요. 숙모님도 너무 자면 몸에 독이 된다고 하세요. 오빠, 어디 몸이라도 아픈 거 아니에요?

그러고 보니, 한동안 잠들어 있었던 모양이다. 누운 채 전혀 이불에서 나오지 않고 있었는데, 잠이 들었던 것 같았다. 모래를 씹는 듯한 메마른 잠이었다. 몸에 독이 된다는 건 거짓말이다. 조금 질리기도 했겠지만, 머리와 혼동한 모양이다. 여동생과의 관계를 회복해야겠지만, 앞으로 시간이 좀 지나면 그 애도 기분이 좋아질 것이다. 동생아, 물을 좀 가져다줘. 아, 매미가 오늘도 울고 있구나……. 애야, 동생아, 나는 꿈속에서 몸도 목도 바싹바싹 말라가면서, 네 어머니를 안고 있었다. 종잡을 수 없는 허망한 꿈이다. 그러나 머릿속의 상상이 아니라, 그것이 들렸고, 보였고, 만질 수 있었다. 꿈이 현실세계를 대신하고 있었고, 나는 깨어 있을 때와 마찬가지로 느끼면서 완벽한 현실감각을 갖추고 있었다. 적어도 그 순간, 그것은 살아 움직이는 현실 이외의 아무것도 아니었다.

이런 이야기가 있는 것을 너는 알고 있나. 오빠가 말해 준 적이 없을 거야. 하지만 아마 너도 알고 있을 가련하고 슬픈 민화의 하나야. 어떤 지방에, 사이가 좋은 누나와 남동생이 있었다. 어느 날, 두 사람은 볼일이 있어 멀리 나가던 도중, 마을의 경계인 언덕에 접어들었다. 그런데 그때 갑자기 소나기가 내리기 시작해서, 두 사람은 비를 피할 장소도 찾지 못한 채 흠뻑 젖고 말았다. 누나가 앞서 걸어가고, 남동생이 그 뒤를 따라가고 있었는데, 그 눈은 누나의 뒷모습에 도취되어 있었다. 여름이었기 때문에 얇은 홑옷 저고리가 찰싹 달라붙어 살갗이 비쳐 보이고, 치마가 젖어서 달라붙은 허리 부분이 노골적으로 눈을 파고 들어와, 도저히 그곳에서 눈을 뗄 수가 없었다. 남동생으로서는 봐서는 안 될 것을 보고 만 셈이다. 이윽고 누나는 남동생의 기척이 나지 않는 것을 알아차리고 뒤를 돌아보았지만, 남동생의 모습은 보이지 않았다. 한동안 기다려도 오지 않았다. 걱정이 된 누나는 남동생을 찾아서 오던 길을 되돌아갔다. 그리고 큰 바위에 엎드린 채 죽어 있는 남동생의 모습을 발견했던 것이다. 바위에서 떨어진 피가 빗물에 씻겨 흘러내리고 있었다. 사타구니가 피로 물들어 있었다. 한 손에는 돌멩이를 움켜쥐고 있었는데, 남동생은 바위에 딱딱하게 일어선 사타구니의 물건을 대고, 돌로 그 물건을 단번에 내리쳐 뭉개 버렸던 것이다.

유교 도덕에 묶인 사회의 말도 안 되는 이야기라고 해야 하는가. 그렇다, 어리석은 이야기라고 하지 않으면 안 된다. 그 증거로, 누나가 무참한 남동생의 사체를 앞에 두고 슬프게 한탄하면서, 이 어리석고 가엾은 내 동생아, 그렇게 하고 싶었다면 말하지 그랬느냐, 말도 해 보지 않고……라는 말을 했다는 뒷이야기가 붙어 있기 때문이다. 이 이야기에는, 달래나 보지 언덕이라든가, 내 몰랐구나 언덕의 실재하는 언덕에 얽힌 변형이 있다. 달래나 보지, 핫하아, 달래나 보지……. 내 몰랐구나, 내 몰랐구나…….

오빠와 여동생 두 사람이 마을의 언덕으로 접어들었을 때, 천둥을 동반한 큰 비를 만나 순식간에 흠뻑 젖어 버렸다. 두 사람은 폭우를 피해 바위 그늘로 몸을 숨겼는데, 틈이 비좁아 서로 껴안고 있는 동안에, 남매의 몸 사이에 있는 것이라고는 젖은 홑옷 하나뿐이었다. 오빠는 그곳에서 일으켜서는 안 될 욕정을 억누르지 못하여, 그것이 밖으로 확실히 드러났음에 틀림없다. 오빠는 소변을 보고 싶다며 바위 그늘을 나갔는데, 그 뒤로 돌아오지 않았다. 그리고 결말은 아까의 이야기처럼 오빠가 자신의 물건을 돌로 내리쳐 죽고, 여동생은 달라고 했더라면 좋았을 것을……이라며 한탄하고 슬퍼했다는 것이다. 가련한 남동생과 오빠가, 만일 꿈속에서 어머니를 범하고 있었다면 어떻게 될까. 네가 이 오빠의 꿈속의 장면을 어디선가 훔쳐보기라도 하고 있었다면 어떨까. 아아, 허망, 어이없는 꿈……. 이방근은 누군가의 시선을 볼에 느껴 눈을 뜨고 이불 위에 일어나 앉았다. 아무도 없었다. 반쯤 열린 커튼의 밖은 이미 저녁 빛이 감돌고 있었지만, 아직은 밝은 하늘에 건조한 바람이 불어 들어왔다. 말도 안 되는 꿈, 그야말로 백일몽이라고 할 만한 것이었다. 이건 아침에 꾼 꿈의 연속이로군. 똥통에 빠진 것은 빌어먹을 8·15 때문이 아니라, 아무래도 나중에 찾아올 꿈의 예고였는지도 모른다.

하룻밤 자고 난 뒤 아침에 잠을 깬 듯한 느낌 속에서 베개 맡에 있던 담배를 집어 불을 붙이고, 건조한 구강에 옅은 수증기라도 품듯 연기를 들이마신 뒤 천천히 콧구멍으로 내보냈다. 기분 좋은 현기증이 가는 선 모양으로 은색의 미광을 품어 내며 머릿속을 느린 반동으로 한 바퀴 돈다. 다시 한 번 연기를 들이마시고 그 반응을 기다렸다. 한숨 자고 나니 역시 기분이 좋아진 느낌이 들었다. 몸의 상태가 원래대로 돌아온 모양이다. 아마 너무 많이 마셔서 몸에 무리가 간 탓도 있을 것이다. 다만 어수선한 꿈을 꾼 뒤의 기분이 좋지 않았다. 아침에 눈을 떴을 때와는 반대라는 것도 약속이나 한 것처럼 기묘한 상황이었다. 가위에 눌린 것인지, 흠뻑 식은땀을 흘리며 기분이 좋지 않게 눈을 떴으나, 지금까지와는 다르게 건강하고 쾌활한 어머니의 잔상이 마음을 즐겁게 했다. 그렇다 해도 왜 아침부터 여동생에게 고함을 쳤는지 영문을 알 수 없었다.

이방근은 바지를 걸친 러닝셔츠 차림으로 세수를 하고 칼칼해진 목을 축인 뒤 방으로 돌아왔다. 외출을 한 듯한 숙부는 아직 돌아오지 않고 있었다. 창틀에 앉아 담배를 피우면서 뜬 구름에 그늘진 석양에 가까운 하늘을 올려다보았다. 더위는 가시지 않았으나, 돌담과의 사이에 있는 정원수 사이로 불어 드는 바람이 시원하다. 그건 어젯밤 늦은 시각이 아니었던가. 낯모르는 취한들이 돌담 밖의 언덕길을 얽히는 신발 소리와 함께 올라가면서 일본의 유행가를 부르던 것이.
……요카렌노……가 아니라, 그렇지, 분명히 고가(古賀) 멜로디였다.
어둠의 꼭대기에서 숙부가 개탄하고 있었다. 함부로 여동생에게 호통
을 쳤다는 느낌으로 여전히 마음이 편치 않았다. 하지만 외출을 금지
한 것은 왠지 후회가 되지 않았다. 그리고 기대했던 일은 아니었지만,
그녀가 종일 집에 남아 있는 것만으로 8월 15일 대낮의 공허를 조금
이나마 메워 주고 있는 듯한 느낌이 들었다. 더럽혀진 8·15였다. 내
마음까지 더러움에 젖어든 8·15다. 무슨 꿈이……. 이방근은 생각하
고 싶지 않았지만, 그 무서운 꿈의 장면이 한편으로 기묘한 조화의
느낌을 동반하면서, 머릿속에 수증기처럼 가득 차오르면서 가슴이 흔
들렸다.

유원, 그 애도 많이 컸다. 이건 또 얼마나 어리석은 말투란 말인가.
이건 오빠의 감정이라기보다는 아버지의 감정에 가까운 것인지도 모
른다. 언제까지나 어린애 취급은 하지 말아 달라는 것을 알고 있으면
서도, 이런 생각이 고개를 들었다. 최근에는 자주, 여동생도 어엿한
어른이라고 고쳐 생각하곤 하지만, 그런데 어엿한 성인이라는 것은
당연한 일이 아닌가. 이미 예전부터 소녀시기의 여자아이는 아니었
다. 빈약하지 않은 그 가슴, 팽팽하게 탄력 있는 허리 맵시. 여자, 여
자라고 강조해서 말하면 그 애는 틀림없이 화를 내겠지만, 여자인 것
은 틀림없었다. 이방근은 왠지 눈앞이 눈부시고, 여동생이 소녀기의
껍질을 벗어던진 걸 애석해하는 듯한, 마치 그녀의 성장을 막고 싶었
다는 느낌조차 들었다. 왜 여동생을 어리게 보려는 것일까, 이방근은
혼자 웃었다.

앞머리로 약간 감춘, 나를 닮아서 넓고 하얗게 빛나는 이마와 냉철
하게 반짝이는 두 개의 뜨거운 눈동자를 보라. 어제의, 안으로 함몰해

가는 듯한 파리한 얼굴 표정은, 지금 안으로부터 되살아난 의지를 발판 삼아 엄격할 정도로 아름다웠다. 아아, 그래도 그 얼굴에는 여학생과 같은, 숫처녀의 천진난만함이 살아 있다. 지금까지 여동생과는 거의 같은 지붕 아래에서 살아오지 않았던 만큼, 이제는 만날 때마다 어느새 손을 대기 어려운 존재감을 지니고 그곳에 있다는 느낌이 들었다. 유원은 완전하게 아름다운 처녀가 되어 있었다.

그 애를 일본에 보낼 수 있을까. 뭐, 일본에……? 이방근은 자기 내면의 중얼거림에 깜짝 놀랐다. 그는 창틀에서 엉덩이를 들어 세 평 정도 되는 방 안을 빙글빙글 돌다가 구석에 있는 앉은뱅이책상 쪽으로 걸어가 그 끝자락에 걸터앉았다. 창밖의 허공으로 새떼가 날아갔다.

숙부인 이건수에게는 잠시 놔두자고 말을 했지만, 숙부는 가능하면 빨리 유원과 이야기를 나누는 편이 좋다고 생각하고 있었다. 이방근은 담임교수와 여동생의 일을 상담하는 게 먼저라고 생각하고 있었지만, 숙부는 그 반대라고 했다. 앞으로 하루 이틀 안에 하 선생으로부터 전화가 오고, 곧바로 만나야 된다면, 본인과 부형의 기본적인 입장이 정해지지 않으면 안 된다는 것인데, 생각해 보면 그것이 학생 측의 바람직한 태도일 것이다. 그건 그렇지만, 이건 교사를 만나고 나서도 마찬가지지만, 여동생과 무슨 이야기를 해서, 어떻게 매듭을 짓는단 말인가.

일은 무척 단순하여, 여동생이 '문제'를 일으키지 않고 학업에 힘쓰면 된다, 바로 그 정도의 일이 아닌가. 음악도가, 게다가 여자가 무슨 혁명을 한다고 난린가. 즉 학교 측이 석방의 보증을 선 것이니, 일체의 정치 운동에서 손을 떼고 우수한 음악 학도로서의 본분을 다한다는 서약을 본인으로부터 받으면 되는 것이다. 이것은 결국 아버지가 의도하는 바이고, 가장 원하는 일이기도 했다. 음, 어쨌든 하 선생을 만나야겠어…… 만나면 뭔가 다른 동기가 생길지도……. 아니, 그렇지 않다. 결론은 이미 알고 있는 일, 같은 결론의 반복에 지나지 않을 것이다. 음악에 전념하고, 그를 위해서는 정치 활동에 관여하지 않든가, 아니면 일본에 유학을 가야 한다. 단지, 담임교수 자신이 다시 한 번 그것을 강하게 권하게 될 것이다. 부형과 함께. 이유원의 미래를 위해서.

예를 들어 이야기를 한다면, 유원이 만일 지금 제주도에서 게릴라에 참가하고 그 와중에서 생명을 잃게 된다면, 너는 그걸 그대로 두겠는가. 그것은 공상이 아니다. 섬에서 탈출자가 나오는 한편으로, 젊은 남녀들이 싸우고 있다는 엄연한 현실이 있다. 본인이 결정할 일이기는 해도, 나는 여동생이 그렇게 되길 바라지 않는다. 설령 남승지와 김동진 등의 젊은 청년들이 죽는 일이 있다 하더라도, 내 여동생의 그것은……. 이건 무서운 망상이다. 어째서 게릴라가 죽지 않으면 안 되는가……. 이런 것을 '투항주의', '패배주의'라고 하는가. 이유원의 미래를 위해서. 미래, 희망의 표현. 자신의 딸 이름을 미래(未來)라고 지은 남자가 있었는데, 참으로 자상하긴 하지만, 또 얼마나 미덥지 못한 현실이란 말인가. 얼마나 마음이 불안할 것인가. 그리고 또 얼마나 겁나는 마음이란 말인가. 이방근은 적어도 여동생과의 화해는(화해라고 할 정도의 일은 아니라고 생각하면서) 금방이라도 해야겠지만, 그래도 그 이야기는 전혀 서둘러 하고 싶지 않았다.

"오빠."

갑작스런 목소리에 이방근은 얼굴을 들고 왼쪽으로 비스듬하게 미닫이가 열린 문지방 쪽을 보았다. 하얀 원피스를 입은 허리를 검은 벨트로 꽉 조인 유원이, 조금 딱딱한 웃는 얼굴로 우뚝 서 있었다.

"뭐야, 너였구나, 웬일이야?"

"오빠라고 부르면 나 밖에 더 있어요? 달리 누군가 여동생이라도 있나 모르겠네."

그녀는 오빠에게 호통을 당한 아침의 불쾌한 기색은 없었다. 왜 흰 옷을 입고 있는 거야. 반사가 눈부셔. 너는 이따금 문난설을 데리고 온단 말이야.

"외출이라도 하려고?"

"아니요."

"그래. 아아, 알았다. 괜찮아."

"저기, 오빠에게 할 말이 좀 있어요."

"할 말이 있어? 또 왜 그래, 새삼스럽게."

이방근은 태연한 척 말을 했다. 화해고 뭐고 아무래도 그런 의식은 필요가 없을 것 같다. 이방근은 무슨 말인지는 모르겠지만, 갑자기 여동생이 이야기를 들고 나오는 것에 놀랐지만(언젠가는 그녀 쪽에서 이야기를 해 올 것은 예상하고 있었지만), 그것보다도 그녀의 얼굴의 인상이 조금 전에 멋대로 상상했던 것과는 다른 것이 의외였던 것이다. 그 넓은 이마를 앞머리로 감추고 있지 않았다. 앞머리를 이마 위로 가볍게 드리우기도 하지만, 지금은 머리를 뒤로 잡아당겨 묶고, 빛나듯이 하얀 이마를 드러내고 있는 것이, 갑자기 거울이라도 들이댄 것처럼 대담한 느낌이었다. 이 조선에서는 여자의 이마가 넓으면 과부의 상이라고 말을 하지만, 아직 결혼 전의 처녀에게는 해당되지 않을 것이다.

"들어가도 돼요?"

"들어오면 되지. 잡아먹을 것도 아니고."

"오빠가 계속 노려보고 있잖아요."

"뭐, 노려본다고? 노려보긴 누가 노려봐, 후후, 지금 내가 노려보고 있단 말이지." 이방근이 웃자, 표정이 바뀌었다. "가만히 바라봤을 뿐이야. 말도 하기 나름이지."

"거봐요, 지금은 웃어넘기려 하잖아요. 오빠는 그런 곳에 앉아서 무슨 생각을 하고 계세요?"

"생각 같은 건 없어. 멍하니 있었을 뿐이야. ⋯⋯무엇 때문에, 아침부터 여동생에게 고함을 쳤을까 하는 생각은 했지만⋯⋯. 오빠가 크리스천이었다면 여러 가지로 신에게 기도를 올렸을지도 몰라. 하나뿐인 소중한 내 여동생이잖아, 핫하하. 그렇잖아."

"오빠, 미안해요. 제가 잘못했어요⋯⋯."

"모든 게 네 잘못은 아니야. 왜 거기에 서 있는 거냐. 다른 집 아이처럼. 여기가 마음에 들지 않으면, 네 방으로 갈까. 아직 방을 들여다보지도 못했으니 말이야. 게다가 여기의 딱딱한 장판보다는 의자에 앉는 쪽이 편하고. 아니면 툇마루의 의자에라도 앉아서 이야기를 할까. 숙모가 계시지 않나?"

"예, 여기라도 상관없고, 제 방도 괜찮아요. 하지만, 여동생의 방을 들여다봐야겠다는 건 좀 그래요."

유원은 문지방의 기둥에 들어 올린 왼쪽 팔을 대고 기대는 듯한 자세로 말했다.

"아니, 들여다볼 권리와 의무가 있어. 어험⋯⋯." 이방근은 일부러 노인 같은 헛기침을 하고 웃으며 말했다. "오빠는 적어도 아버지의 대리인으로서 여기에 와 있다는 것을 인식해야 돼. 나는 너를 감독해야 할 임무를 지고 있어. 가령 아버지가 서울에 왔다고 하자. 그럴 경우 아버지가 딸의 방을 들여다보지도 않고 돌아갈 거라고 생각하지는 않겠지. 그런 곳에 우뚝 서 있어서는 이야기를 할 수 없잖아. 그 이야기라는 건 뭐지?"

"⋯⋯어떻게 하지."

유원은 조금 걱정스러운 듯이 오빠 옆에 있는 창문 밖으로 시선을 던졌다. 갑자기 어떤 주저하는 마음이 생긴 모양이다. 그녀는 기둥에 거의 기대다시피 한 몸을 세우고 방으로 들어오더니, 그대로 창가로 다가가, 저물어 가는 넓은 하늘을 잠시 올려다보았다. 그리고는 조금 발돋움을 하듯이 창틀에 앉아 이쪽을 바라보면서 한쪽 발을 두세 번 흔들다가 바로 뛰어내렸다. 조선의 여자 아이는 오빠 앞에서 이런 모양으로 앉으면 안 되죠. 그럼, 잘 알고 있구나⋯⋯.

"오빠, 커피를 가져올까요. 커피를 끓여 와도 돼요? 음, 그리고 여동생 방을 보여 드릴게요."

"후후, 들여다보지 않아도 오빠는 다 알고 있어. 아니 아니지, 모처럼의 호의니까 보도록 할까."

유원은 방을 나갔다.

무엇을 주저하고, 무슨 말을 하려는 것일까. 결국은 학교 측과 부형이 요구하고 있는 문제로 귀착될 것이다. 의외로 빨리 숙부가 원하는 모양새로 그 기회가 찾아왔지만, 이방근은 어쨌든 지금은 들어주는 편이 일단은 시간 절약이 될 것이라는 생각에 자리에서 일어났다. 그리고 문이 열려 있는 여동생의 방으로 먼저 들어갔다.

4개월 만이지만, 세 평 정도 되는 방은 여전히 비좁다. 요전에는 아직 여동생이 학교에서 돌아오지 않았을 때였는데, 문을 열고 안으로 들어가자, 밀폐되어 있던 방 안의 공기가 움직이며 목욕을 끝내고 나온 여인의 피부에서 나는 듯한 냄새가 얼굴을 감싸 오던 기억이 되살아났다. 가벼운 바람이 창문으로 들어와 문밖의 복도 쪽으로 방을 지나 빠져나가고 있었다. 특별히 눈에 띄게 바뀐 점은 없는 것 같았다. 요전에는 책상 위나 바닥에 책이랑 잡지 등이 마치 신문사의 데스크라도 되는 것처럼 어수선하게 높이 쌓여 있었는데, 꽤 정리된 느낌이었다. 당초를 닮은 붉은 꽃모양이 얽힌 문양이 불꽃처럼 보이는 양탄자도 다름이 없었고, 벽의 빨간 터치가 심하게 구불거리며 그림의 대부분을 차지하고 있는 풍경의 유화가 여름의 계절에 선명하고 강렬했다. 액자에 담긴 그 그림은 회화과의 학생이 보내온 것이라고 했다. 그리고 파랑색을 주색으로 한 추상화의 복제. 방의 공간은 피아노와 책상, 책장, 옷장, 침대와 사이드 테이블, 축음기와 레코드 앨범 등으로 가득 차 있었고, 이전에는 없던 의자가 하나, 아마도 손님용이겠지만, 예비로 놓여 있었다. 어쨌든, 좁아서 몸을 비틀지 않으면 들어갈 수 없다고 해도 과장이 아니었다.

　이방근은 의자를 창가로 가지고 가서 앉았다. 무거운 엉덩이를 내려놓은 부분이 천천히 탄력 있게 가라앉으며 어색하게 삐걱거렸다. 옆의 책상 위에 있는 카네이션은 어제 여학생들이 가지고 온 모양이었다. 문 바로 옆의 피아노 위에 쌓여 있는 악보 곁에 놓인 베토벤과 쇼팽의 작은 상반신 석고상은 흔한 것이었지만, 다소 거무스름하게 음영을 띠고 있었다. 벽에 걸린 쇼팽의 초상. 쇼팽, 쇼팽이구나……. 쇼팽에 대해서 여동생과 이야기를 나눈 적은 없지만, 그녀는 쇼팽에 대해 어떻게 생각하고 있을까. 일전에 보았을 때의 어수선한 인상을 주던 음악 이외의 여러 종류의 책과 잡지의 산더미 속에, 좌익 계통으로 생각되는 것이 이상할 정도로 하나도 없다는 것을 이방근은 눈치 챘으나, 그건 아마도 숙부를 의식한 것임에 틀림없었다. 즉 숙부 저편에 있는 아버지를 의식하고 있었던 것이다. 물론 지금도 그러한 종류의 책이나 잡지는 눈에 띄지 않았다.

　유원이 쟁반에 김이 피어오르는 커피 잔을 담아 방으로 들어왔다. 저쪽으로 지나가는 바람에 냄새를 빼앗겼지만, 그래도 향기는 그녀가 다가오기도 전에 전해졌다. 유원은 창가에 가까운 책상 위에 커피 잔을 올려놓은 접시를 각각 조용히 내려놓았다. 그리고 책상 앞의 의자를 조금 오빠 쪽으로 옮겨서 앉았다.

"오빠는 새우등이에요."

당돌한 말을 한다.

"뭐라고? 갑자기 이상한 소리를 하고 그래. 너도 참, 내가 새우등이라는 것을 처음 안 것도 아니잖아."

"이상한 소리가 아니라, 글쎄, 오빠는 정말로 새우등이라니까요. 좀 전에 옆방의 책상에 앉아 있었잖아요. 무릎에 한쪽 팔꿈치를 괴고는 그 손에 얼굴을 올려놓고……. 그래요, 로댕의 '생각하는 사람'이더라구요, 깜짝 놀랐다니까요. 게다가 정말로 고양이처럼 등이 둥근 게, 몸이 커서 고양이와는 다르지만요, 그런 모습으로 가만히 쳐다보니까, 노려보는 것 같아서 무서웠어요."

"핫하아." 이 녀석은 꼭 어린애 같군. 이방근은 여동생이 마구 놀려대는 것을 조금 어이없어 하며 말했다. "당장이라도 고양잇과의 맹수처럼 달려들 것 같더냐, 덥석 하고."

"아니요, 새우등은 철학을 하고 있었어요."

"철학? 무슨 철학. 새우등의 철학?"

여동생은 조심스럽게 나오고 있다. 본론으로 들어가기 전에 뭔가 연막을 치고 있는 것은 아닐까 하고 이방근은 조금 경계했지만, 결국은 유원의 이야기에 말려들고 말았다.

"무슨 철학인가 하면, 그래요, 새우등의 철학, 이상해요? 오빠는 철학을 하기 때문에 새우등이 된 거 아닌가 하고 생각해요. 등이 곧은, 가슴을 편 사람은 철학을 하지 않아요. 하더라도 제대로 된 철학을 하지 않아요."

"홋호옷, 그거 참 신기한 이론이군."

"저는 진지하게 하는 말이에요. 인간은 괴로워하고 또 생각할 때 등을 구부려요. '생각하는 사람'도 그렇잖아요. 고개를 숙인다구요."

"과연 그렇군, 그건 맞는 말이야. 인간이 괴로운 생각을 할 때는 등을 구부린다……. 핫, 하아, 아니지, 그걸 거꾸로 말한다면, 인간이 무거운 짐을 짊어지거나, 혹은 짊어질 수밖에 없을 때는 등을 구부린다. 구부릴 수밖에 없다……. 당연한 일이야, 이건 물리의 법칙이라구. 어쨌든 알았어."

"농담이 아니라, 무거운 십자가를 짊어진 예수·그리스도……."

"예수·그리스도가 등을 구부리나. 그는 새우등이 아니야. 그렇군, 무거운 짐을 진 인간은 등을 구부린다, 구부릴 수밖에 없다. 그리고 괴로워한다. 괴로움에서 사상이 생겨난다."

"그래요, 오빠는 역시 훌륭해요." 유원은 손에 들고 있던 커피 잔을 접시에 내려놓고, 작은 입을 벌리며 놀란 표정을 지었다. "그게 리얼리즘이에요. 그래요, 괴롭고 학대당하는 사람은 생각해요. 슬퍼하면서 생각하죠. 사상도 예술도 괴로움에서 탄생하잖아요. 오빠의 새우등은 괴로움을 짊어지고 있어요."

"적당히 해라, 음."

여동생이 우스꽝스런 표현을 너무나 진지하게 하는 바람에, 이방근은 웃고 말았다.

"오빠에게도 이런 일이 있어요?" 유원은 개의치 않고 오빠를 가만히 응시했다. "오빠와 저는 다른가 봐요. 하지만, 오빠, 가만히 있으면, 아무것도 하지 않고 가만히 있을 때, 갑자기 이유도 없이, 아무런 이유도 없이 눈물이 줄줄 흘러넘칠 때가 있어요. 정말로 스스로도 이해할 수 없어요. 글쎄, 전혀 예상을 할 수 없다니까요……. 눈물이 먼저 뚝뚝 떨어지고 나서, 앗 하고 놀랄 뿐……."

"너, 괜찮아?"

여동생의 양쪽 눈에 눈물이 고여 반짝반짝 빛나고 있었다.

"아무렇지도 않아요, 아무 일도 아니에요……."

유원은 흘러넘칠 것 같은 눈물을 양 눈에 담은 채로, 하얀 이를 조금 드러내 보이며 웃었다.

"미안해요. 이런 게 센티멘털리즘이에요."

여동생은 흰 손수건으로 눈가를 잠시 누르고 나서, 이내 원래의 표정으로 돌아왔다.

"센티멘털리즘이 아니야. 오빠도 그래. 이유도 없는 눈물이 말이지. 누구에게나 있는 일이야."

"오빠의, 이방근의 이유 없는 눈물이라는 것은, 어떤 식으로 나오는 것일까요. 상상이 안 돼요."

"바보 같기는, 네가 방금 말했잖아. 나온 뒤에 알아차린다고, 그랬잖아, 마찬가지야. 그건 자면서 오줌을 싸는 것과 마찬가지라고 할 수 있지. 눈물 이야기는 이 정도로 하자구, 눈물 이야기를 하려는 건 아니잖아."

"오빠는 바로 이야기를 얼버무린다니까." 유원은 살짝 웃은 뒤 눈을 내리깔고, 커피 잔을 손에 쥐었다. "오빠는 커피를 좋아하지 않지요."

"특별히 좋아하지는 않지만, 그렇다고 싫어하는 것도 아니야." 이방근은 책상 위로 손을 뻗어 잔을 들고 한 모금 마셨다. 커피의 쓴맛이 남는 희미한 향기와 이를 희석시키는 듯한 설탕의 은은한 단맛이 좋았다. "피로는 좀 풀렸니?"

"예, 그런데 원래 피곤하지 않았어요."

"그렇지 않아. 어제의 네 얼굴은 역시 유치장의 피로였어. 흥분과 함께. 그 점에서는 오빠가 너보다 대선배라구. 그래 봤자, 별 거 아니지만 말이야. 어쨌든 오늘의 안색은 좋아졌어."

"그렇게 보여요?"

"그렇다니까……."

그렇고말고, 아름답고, 멋진 미인으로 보인다.

"하지만, 유치장의 피로라는 말은 듣기 거북해요. 있잖아요, 오빠, 오빠는 무엇 하러 서울에 왔어요? 물론 여동생 때문이라는 것은 알고 있지만."

"……"

무엇 하러 서울에 왔냐고? 이방근은 순간, 여동생이 하는 말의 의미를 이해하지 못했다. 그리고 속마음을 들킨 것은 아닌가 하고 이유도 없이 여동생을 의심하는 마음이 먹물처럼 솟아올라, 여동생이 안색을 바꿀 정도로 거의 쏘아보듯 상대를 노려보았다. 아니, 순간적으로 안색이 변한 것은 오빠 쪽이었다. 그는 아직 식지 않은 커피를 단숨에 꿀꺽 삼키고, 대못처럼 목을 찌르는 뜨거움을 참았다. 이방근의 마음속에는 서울에서 만나야 할 박갑삼이 자리 잡고 있었다.

"너는 묘한 말을 하는구나. 네가 석방되니까 온 거야(얼마나 평범한 말인가. 그리고 분명히 평범한 행동. 아니, 어쩌면 이 평범함에 대한 여동생의 항의인지도 모른다). 부모를 대신해서 온 것이기도 하고. 그건 네 자신이 잘 알고 있잖아."

최초의 단추를 잘못 채우면 평범한 말이 계속되는 법이다.

"예, 하지만 왜 그런 불필요한 일을 하느냐는 거죠……."

"불필요한 일?"

"아, 이런 말투는 정말로 해서는 안 될지도. 건방지고 은혜를 모르는. 오빠, 화나셨어요?"

"화낼 일은 아니야. 이야기 해 봐."

불필요한 일……. 음, 그럴지도 모른다. 아마, 그럴 것이다. 그러나 여동생의 입에서 그런 말이 나오다니.

"서울에 아무도 없다면 몰라도, 여기에는 숙부님도 계시는데, 그 먼 곳에서, 교통이 차단된 곳에서 오시다니. 그건, 오빠에게 감사해요. 오빠를 만나 얼굴을 보고……, 목소리를 듣고, 그것이 얼마나 기쁘고, 얼마나 여동생에게 힘을 주었는지 몰라요. 정말이에요, 너무나 기뻤어요." 가지런히 모은 무릎 위에 자신의 손을 겹쳐서 올려놓은 여동생의 눈은 빛나고 있었다. "오빠는 한심한 녀석이라고 웃겠지만, 어제 오빠의 모습이 보이지 않았다면, 저는 돌아와 그대로 드러누웠을지도 몰라요. 그건 오빠도 잘 알겠지요. 여동생에 대해서는 오빠가 가장 잘 알고 있으니까. 오빠의 존재는 지금도 저에게 있어 위대하고, 힘의 원천이라는 것을."

"너는 더 이상 어린애가 아니야."

속마음을 알아차렸다는 둥, 도대체가. 애당초 여동생이 박갑삼의 일을 알 리가 없었는데도, 지레 짐작을 했던 것이다. 그녀는 그 말대로 '불필요함'에 대해서 이야기하고 있었던 것이다.

"예, 그러니까 더욱 오빠를 그렇게 생각해요. 하지만, 화내지 마세요." 유원은 조금 입을 벌려 애교 띤 웃음을 지으며 말했다. "이전처럼 맹목적이지 않아요. 오빠의 결점, 그다지 좋지 않은 점도 알게 되었으니까요. 하지만 동시에 위대함이, 이것이 중요하겠지요, 위대함을 보다 잘 알게 되었어요. 이건 어린애가 아니기 때문이에요(이방근은 무표정하게 담배를 피우며 듣고 있었다). ……그러나, 오빠, 어떻게 된 건가요. 보통 같으면 부모가 돌아가셔도 드나들 수 없도록 경계 태세가 펼쳐진 제주도에서 일부러 오빠가 마중을 하러 오다니, 병이 나서 죽을 상황이라면 또 몰라도, 저는 부끄러워서……. 어제 온 친구들보다도 유치장에 있는 사람들에게 부끄러워서, 오빠가 와 있다니, 물론 아무도 이 사실은 모르겠지만, 저는 견딜 수가 없어요. 부자는 뭐든 할 수 있어요. 이 병든 사회의 축소판처럼."

유원은 책상 쪽으로 얼굴을 돌리고 양팔을 올려놓은 뒤 꽃병의 빨간 카네이션을 바라보았다.

"뭔가, 음, 부자는 무슨 일이든 할 수 있다고, 누군가가 그런 말을 하든?"

"아니요……. 말하지 않아도 그런 생각이 들고, 말을 들은 거나 마찬가지에요."

유원은 카네이션을 시야에서 치우듯이 의식적으로 눈을 떼고 일어나, 몇 걸음 옆에 있는 침대의 가장자리를 삐걱거리며 옆을 보고 앉았다. 그리고 날씬하게 뻗은 두 다리 끝으로 좌우의 슬리퍼를 두세 번 바꿔 신고 나서 피아노 쪽으로 가더니, 이쪽을 향해 앉아 먼 곳을 보듯이 오빠를 바라보았다.

"와서 나쁠 건 없잖아. 올 수 있으니까 왔을 뿐이야. 오빠로서도 서울에, 네 일만이 아니라, 서울에 온 김에 다른 볼일도 볼 수 있으니까. 너는 필요 이상으로 깊이 생각하고 있어. 어제의 흥분이 아직 가시지 않은 거야."

"흥분 같은 거와는 관계없어요. ……게다가, 어제의 환영파티만 해도, 고맙기는 하지만, 정말로 환영을 한다는 건 말도 안 돼요. 아아, 싫어요." 유원은 닫혀 있는 피아노 뚜껑 위에 오른손 바닥을 찰싹 붙이듯이 놓으며 말했다. "이런 말은 하고 싶지 않지만, 공작을 하셨겠지요. 그러니까 빨리 나왔지요."

"공작을?" 이방근은 울컥 치밀어 오르는 것을 느꼈다. "아아, 물론 했지. 너는 어제도 그 일을 학생들 앞에서 괴로운 듯이 이야기했는데,

공작을 했다. 연줄과 돈을 사용해서 말이지. 그래서 빨리 나올 수 있었던 거야. 그게 불만이냐. 못하니까 안 하는 것뿐이고, 할 수 있는 일이라면 누구나가 하는 일이야. 위대한 혁명가라도 출옥의 공작을 하고, 매수를 하고, 탈옥까지 한다구. 대체 무슨 말을 하는 거냐." 이방근은 낮게 신음하듯 말했다. 그리고 창밖으로 고개를 돌리듯이 시선을 던진 뒤 칵 하고 침을 내뱉었다. "도대체가, 유치장에 들어가 있을 틈이 있으면 바깥세상에서 좀 더 다른 일을 열심히 해 봐. 터무니없는 아가씨로구나. 그거야말로 부자는 무슨 일이든 할 수 있다는 말과 정반대의 논리 아니냐. 무슨 말도 안 되는 소리를."

"저는 혁명가가 아니에요……."

"누가 혁명가라고 하더냐. 하나의 비유야. 너는 음악 하는 학생이야. 그렇지. 석방을 거부를 하고, 그래도 석방이 된 것이 불만이라서……. 네가 하고 싶다는 이야기는 바로 그거냐? 음."

이방근은 피아노 앞에 석고상처럼 이쪽을 향해 가만히 앉아 있는 여동생에게 못마땅하다는 듯이 말을 하고, 거의 의자에서 일어날 뻔했다. 싫다면 다시 한 번 유치장에 들어가든가, 간단하게 들어갈 수 있으니까……. 입에서 막 튀어나오려던 이 말의 기세를 타고 자리에서 일어날 뻔했다. 설령 이것이 화가 났기 때문이라고는 해도 말을 해서는 안 되는, 상대를 자극하기 쉬운 말이었다. 전혀 예상하지 못한 방향으로 이야기가 흘러가는 느낌이 들었다. 도대체, 어느새 여동생은 이렇게 변했단 말인가.

"아니에요."

유원은, 그러나 의외로 냉정한 어투로 또렷하게 대답했다. 그것이 오빠를 억눌렀다.

"그럼, 뭔데?"

이방근은 자신의 목소리가 높아지는 것을 경계했다. 결코 아침처럼 되어서는 안 된다.

"———"

유원은 대답하지 않았다. 한동안 말없이 꼼짝도 하지 않고 의자에 앉은 채 좁은 바닥에 깔린 양탄자의 한 점을 응시하고 있었다. 이방근은 담배를 한 대 천천히 물고 불을 붙인 뒤, 이쯤에서 이야기를 끝내고 자리에서 일어나야겠다는 생각을 하는 순간, 종이, 어딘가의 절간의 종소리가 가깝지는 않지만, 은은하게 울려왔다. 시각은 마침 다섯 시였는데, 그 옛날 조선시대도 아니니 시보는 아닐 것이다. 어디선가……, 그래, 그건 꿈속 같은데, 분명히 종소리가 꽤 크게 울리고 있었을 터였다. 데-엥, 데-엥……. 아, 아아. 사막이 펼쳐진 꿈, 종을 한 번 칠 때마다 그 여운으로 꿈이 머릿속에서 물처럼 출렁이고, 꺼림칙한 그림자가 수증기처럼 부풀어 올라 밖으로 흘러넘쳐 눈앞에서 어른거리기 시작했다. 너는 어째서 내 꿈만을 꾸는 것이냐……. 누워 있던 어머니가 벌떡 일어난다. 숨이 막힌다. 이방근은 간신히 신음하듯이, 여동생에게는 들리지 않는 소리를 내며 의자에서 일어나, 창밖의 종소리가 들려오는 하늘 쪽을 올려다보았다.

"저건 무슨 종소린가, 이런 시각에? 불쾌한 종소리다."

"……낮에 들린 자유종과 같아요. 종의 음색이 닮아 있어요."

유원은 스스로에게 들려주듯 말했다.

"자유종? 이라는 게 저건가. 민주주의와 평화의 심벌이라는 거잖아. 제멋대로 이름을 붙여 가지고. 왜 이 시간에 치고 있는 거지. 식전은 진작 끝났을 텐데."

"모르겠어요. 낮에 친 것이 시종식이었으니까, 다시 두 번째를 치는 건가."

창가에서 이방근은 여동생에게 등을 돌리고 선 채로 있었다. 백수 10년 전인 조선 후기에 주조되었다는 이 조선의 종은 일제강점기 말기에 공출이라는 곤경에 처해, 철공장에서 하마터면 고철로 분해되기 직전에 8·15해방으로 위기를 모면했다고 하는데, 조선 민족의 운명과 닮아 있다고 하여 '자유종'이 된 사연이 있었다. 데-엥, 데-엥……. 이방근은 뒤돌아보는 것이 망설여졌다. ……꿈이 되살아난다. 종이 꼬리를 길게 끌며 퍼져 가는 여운 속에서, 소리가 들린다, 애야, 동생아, 나는 꿈속에서 목과 몸이 바싹 메말라 가면서, 네 어머니를 안고 있었단다……, 데-엥, 데-엥…….

"오늘, 문둥이 한 사람이 살해당했어요."

유원이 오빠의 등을 향해 말했다.

"뭐라고? 문둥이……." 당돌한, 그리고 이상한, 한 사람의 인간이 살해되었다기보다도 이상한 느낌을 동반한 여동생의 말이 종소리를 지우고, 오빠를 돌아보게 만들었다. "문둥이가 살해되었다……. 왜 문둥이가 살해되었다는 거냐."

"가엾은 문둥이를 살해한 것은……. 경찰이 사살했어요. 경찰을 모욕, 협박했다고 해서."

"문둥이가." 갑자기 이방근은 껄껄 소리를 내어 웃었다. 이 웃음에는 자신의 안에서 되살아난 꿈의 장면을 다행히도 여동생에게 들키지 않고 끝난 안도감이 울리고 있었다.

"너는 그 이야기를 어디서 들었지?"

"숙모님이 주변 사람에게서 들으셨대요."

"으-흠, 문둥이가 경찰관을 모욕, 협박한다. 그런 일이 있을 수 있나. 병에 걸려 버림받은 개처럼 힘이 없는 문둥이가 우리 대한민국의 중무장한 경찰을 협박한다? 글쎄, 그런 이야기로 만들어졌겠지. 그러나 경찰을 모욕, 게다가 협박까지 했다면, 이유야 어쨌든 간에 그 사람은 대단한 문둥이로군. 어디서 일어난 일인가? 그건."

이방근은 웃으며 말을 끊었다.

"장소는 광화문이에요. 낮에 중앙청에서 축하식전이 있었잖아요. 그 바로 뒤에 광화문 십자로에서 구경꾼들 사이에 섞여 있던 것이 발각된 모양인데. 그래서 옥신각신하다가 경비하던 경찰에게 사살 당했대요, 가엾게도. 사체는 경찰은 물론 아무도 손을 대려고 하지 않아, 함께 있던 두 사람의 동료가 운반해 갔대요."

"광화문 십자로에서 말이지, 신정부청사의 바로 옆이로군. 민주주의와 평화의 심벌인 자유종과 문둥이의 죽음⋯⋯. 또 꺼림칙한 종이 계속 울리고 있잖아, 뭐야, 데─엥, 데─엥, 뭐, 전화? 그렇군, 전화벨이 울리고 있는 모양이다."

유원이 의자에서 일어났을 때, 벨소리가 멈춘 것은 숙모가 수화기를 들었기 때문인 듯싶었다.

숙모가 이쪽으로 오는 기척이 났다. 여동생은 선 채로 있었다. 여동생에게, 아니면 나에게? 나에게 지금 전화를 걸어 올 만한 사람은 없다. 혹시 또 나영호가 전화를 걸어 왔을지도 모른다. 이방근이 열려 있는 문 쪽을 바라보고 있자니, 숙모의 모습이 보이고, 여동생과의 사이를 번갈아 가며 움직이던 시선이 이방근에게 멈추었을 때, 그것이 전화라는 눈의 신호가 되었다. 숙모는 황이라는 사람이라고 했다.

"황?"

이방근은 되묻듯이 말했지만, 그렇지 않았다. 그것이 박갑삼이라는 것을 직감하고 있었다. 그리고 갑자기 망령이라도 튀어나온 것처럼 박갑삼의 출현에 놀라고 있었다.

"뭐라고 하던 가요, 그 사람은?"

"이방근 씨가 계시냐고 정중히 묻던데."

"그래서 지금 있다고 하신 거죠."

"그렇게 말하면 안 되는 거야?"

"아니요, 잘 하셨어요. 일전에 서울에 왔을 때 이곳에도 잠시 들른 사람인데, 만나 보면 숙모님도 알아보실 겁니다."

"아아. 그 사람인가 보군, 키가 큰⋯⋯."

이방근은 전화가 있는 곳으로 가면서 가슴이 아플 만큼 세차게 심장이 고동치고 있다는 것을 의식했다.

"여보세요, 제가 이방근입니다."

이방근은 수화기를 귀에 대고 송화구에 입을 갖다 대면서 목소리가 희미하게 떨리고 있는 것을 느꼈다. 어떻게 된 일인가. 이건 뭔가 눈에 보이지 않는 망이라도 쳐진 미행이 따라붙고 있다고 밖에 생각할 수 없었다. 있을 수 없는 일이다. 순간적으로 나영호와 문난설, 게다가 아직 만난 적이 없는 유원의 담임인 하 교수, 어제 온 학생들, 나아가 종로경찰서 사찰계 직원들까지, 서울에 와서 엊그제 저녁 이래로 만났던 사람들의 얼굴이, 머릿속에 차례차례로 그리고 한꺼번에 떠올랐다.

"저는 황입니다. 누군지 아시겠죠. 언제 서울에 오셨습니까?"

"엊그제 저녁입니다. 공중전화입니까?"

자동차의 경적이 울리고, 잡음이 섞인 것처럼 잘 들리지 않는다.

"공중전화입니다. 언제까지 머무르실 예정입니까?"

"앞으로 한동안 있을 예정입니다만, 근데 제가 서울에 왔다는 것을 어떻게 아셨습니까? 내일 16일이 지나면 2, 3일 중에라도 제 쪽에서 연락을 하려고 생각했던 참인데, 동성 씨 쪽에서 전화를 해 올 줄은 꿈에도 생각하지 못했습니다. 놀랐습니다. 이게 어떻게 된 겁니까. 누군가 아는 사람으로부터 듣기라도 했습니까?"

"아니, 제주도에 갔다 왔으니까요."

"누가, 동성 씨가요? 지금 보통 배들은 다니지 않을 텐데……."

아니, 배는 얼마든지 있다. 뭔가, 의혹의 구름이 가심과 동시에 힘이 싹 빠지는 느낌으로, 후유 하는 안도의 땀이 솟아나는 것을 느꼈다.

"배는 얼마든지 있습니다. 아시잖아요."

"예, 그렇더군요."

"모레 저녁 때, 시간을 내주셨으면 합니다만, 어떻습니까."

황동성은 여전히 조금 강압적인 말투였지만, 이전에 만났던 장소가 아닌 연락 장소를 전화로 알려 줬다. 이방근은 앞으로 이틀간은, 특히 저녁 때 볼일이 생기겠지만, 가능하면 시간을 비워 두도록 하겠다. 그때 만나도록 하자는 말로 전화를 끊었다.

제주도에 갔다 왔단 말인가……. 이방근은 무뚝뚝한 표정으로 여동생이 있는 방으로 돌아왔다. 숙모는 없었다. 아침에 조영하로부터 여동생에게 걸려 온 전화벨 소리에 놀라기도 하고, 그것이 박갑삼이 아닌가 하는 생각을 하기도 했지만, 결국 박갑삼은 이방근이 서울에 와 있다는 것을 몰랐던 것이 아니라, 적어도 그때는 알고 있었던 셈이다. 전화를 걸어온 것이 저녁때였을 뿐이다.

"괜찮아요……?"

피아노 의자에 앉은 유원이 말했다.

"뭐가?"

"요전의 서북청년회와 같은, 이상한 전화는 아니에요?"

"아, 그렇지 않아. 괜찮아. 아는 사람이야."

유원도 박갑삼을 만나면, 그 수상쩍은 인간을 생각해 낼지도 모른다. 올봄에 성내의 다방에서 여동생과 둘이서 있을 때, 안쪽에서 다가

와 메모를 테이블 위에 슬쩍 놓고 휙 사라졌던 행상인. 사냥모자를 쓴 점퍼 차림에 낡은 트렁크를 들고 다니던 남자. 그러나 서울에서는 말쑥하게 양복을 차려입은 신사라서, 그때의 순간적인 기억만으로는 못 알아볼지도 모른다.

"음, 그리고 말이지." 이방근은 창가의 의자 앞에 있는 침대 가장자리에 앉은 뒤 목소리를 낮춰 말했다. "너한테 이런저런 이야기를 듣고 있자니, 물론 아직 무엇이 핵심인지, 이야기가 도중에 끊겨서 확실하지 않지만, 대충은 짐작이 간다. 그래서 오빠도 너에게 여러 가지로, 여러 가지라고 할 정도는 아니지만, 말하자면 중요한 이야기가 있어. 너도 어느 정도 짐작은 하리라고 생각하는데, 너도 그렇고 나도 그렇고 반드시 오늘 중으로 모든 이야기를 해야 되는 것은 아니야. 그렇잖아. 그런데 새삼스런 말이 되겠지만, 지금 한 가지 묻고 싶은 게 있다, 유원아, 괜찮겠지?"

이방근은 대각선 방향의 위치에서 여동생을 가만히 바라보았다.

"……" 유원의 눈이 커지더니, 다른 사람 같은 표정을 지었다. "묻고 싶은 말이라니요?"

"음, 너, 남로당의 조직과 관계가 있는 건 아니지?"

"……남로당?"

"그래, 오빠한테만은 솔직하게 말해 봐. 비밀이 새지는 않을 테니."

단지 몇 초였지만, 말이 없었다.

"남로당이라니, 오빠, 무슨 말이에요, 제가 관계가 있어 보여요? 아무런 관계도 없어요."

"음, 정말이지."

힐문하듯 몰아대는 오빠의 말에 유원은 순순히 응했다. 그 대답은 거짓이 아닌 것처럼 보였다. 이방근은 거짓말이 아닐 거라고 생각하는 그 자체에 참을 수 없는 혐오감을 느꼈다. 어떤 안도감을 느끼면서, 아니 안심했기 때문에 거기에서 오는 복잡한 수치심이 솟아오르는 것을 억제하기 어려웠다. 앞으로도 남로당과 관계할 의사는 없는 거냐고 다시 확인을 받고 싶었지만, 이건 마치 아버지나 숙부, 아니 어딘가의 경찰을 대변하는 것 같아 거기까지 말할 기분은 아니었다. 그러나 한편으로, 여동생이 남로당 당원이 아니라는 것만으로, 지금은 구제받은 느낌이 들었다. 조직원이라면, 앞으로 정치 활동에서 일체 손을 떼라는 것이 불가능한 일이고, 다시 체포될 가능성도 충분히 있었다. 그리고 그때는 학교를 다닐 수 없게 되는 것은 틀림없었다. 이제는 가능성이 있다. 어떻게든 될 것이다.

"그런데 아까 하던 이야기가 도중에 끊겨 버렸는데, 네가 하고 싶다는 그 이야기는 뭐냐. 이야기의 핵심은 뭐지?"

이방근은 이 질문을 머리카락이 타는 듯한 냄새를 풍기는 뒤가 구린 심정으로 여동생을 향해 던졌다.

"오늘은 됐어요. 오빠에게는 지금 남로당의 일이 그렇게 중요했어요?"

"아니, 뭐, 그렇지도 않아."

"그렇지만, 오빠의 안색이 갑자기 안심한 듯이, 마치 가면이 벗겨진 것처럼 좀 이상한 느낌이 들었어요. 그게 너무 우스워서, 홋홋후후."

유원은 오빠의 당돌한, 갑자기 새삼스런 말투로 따지고 드는 듯한 태도가 매우 의외였는지, 가벼운 야유를 담아 웃었다.

"왜 웃는 거야? 가면이 벗겨진 것 같다고, 후후, 너 설마 방금 전에 한 말이 거짓은 아니겠지. 오빠를 놀리려는……."

이방근은 여동생을 따라 웃으며 말했지만, 이 순간, 여동생에 있어서의 '위대한 존재'여야 할 자신이 두둥실 가볍게 떠오르는 것을 느꼈다.

"어떻게 된 거예요? 오빠는 이상해요. 왠지 흥분한 것 같은 느낌이 들어요. 그러니까, 오빠가 말이죠, 마치 아버지가 된 것 같아. 그게 우스웠어요."

"그래, 너의 아버지를 대신하고도 있지."

"그런 아버지가 아니라, 지금 제주도의 성내에 있는 실물로서의 아버지 같은 느낌이 들었다구요. 기묘한 일이지만."

"그야 부모 자식의 관계니까 그렇게 보일 수도 있겠지, 가끔은 말이야. 그 이야기는 그 정도로 해 둬, 오빠는 아버지 얘기가 나오면 불쾌해지니까, 하, 핫, 하아."

이방근은 구멍이, 어딘가에 구멍이 뻥 뚫려서, 갑자기 그곳으로 빨려드는 듯한, 그리고 구멍을 메우려는 충동의 기세로, 전혀 관계가 없는데도 여동생을 향해, 아, 그렇지……, 어머니의 꿈을 꾸었는데, 으흠, 꿈속에서 너에게 안부를 전해 달라고 했다는 농담을 섞어 가며, 그래, 어머니의 꿈 이야기를 해 주겠다고 말했다. 그리고 어머니를 안은 사막의 꿈 이야기가 아니라, 그 전에 들판을 둘이서 걷고 있다가 똥통에 빠진 아들을 소리 내어 웃고 있던, 전에 없이 유쾌하고 건강한 어머니의 꿈 이야기를 하였다.

"어머, 똥통이라니, 불결해요. 그건 어젯밤 꿈이에요?"

"그래, 오늘 아침, 8·15 아침의 꿈이야. 오빠는 8·15의 아침에 똥통에 빠져 똥투성이가 된 꿈을 꾼 거야. 어머니에게 놀림을 당하기도 하고, 꾸중을 듣기도 하고, 게다가 똑같이 똥 묻은 개가 나를 보고 도망가기도 하는. 아침에 숙부님과 빌어먹을 8·15라며 큰소리로 웃고 있던 것을 기억하겠지. 핫핫, 똥 단지(糞壺) 같은 8·15야……."

8·15의 꿈, 해방된 지 3년이 지나 망국의 8·15, 데-엥, 데-엥……. 사막이 펼쳐지는 꿈속에서 종소리가 울려오는 듯했지만, 어느새 창밖의 하늘에는 자유종의 울림이 멈춰 있었다.

▎지은이

김석범(金石範)

　1925년 일본 오사카에서 태어났고, 교토대학을 졸업했다. 〈제주4·3〉을 테마로 한 대하소설 『화산도』를 집필하고, 일본에서 4·3진상규명과 평화인권운동에 젊음을 바쳤다. 1957년 『까마귀의 죽음』을 발표하여 최초로 국제사회에 제주4·3의 진상을 알렸다.

　대하소설 『화산도』로 일본 아사히(朝日)신문의 〈오사라기지로(大佛次郎)상〉(1984), 〈마이니치(每日)예술상〉(1998), 제1회 〈제주4·3평화상〉(2015)을 수상했다. 1987년 〈제주4·3을 생각하는 모임 도쿄/오사카〉를 결성하여 4·3진상규명운동을 펼쳤다. 재일동포지문날인 철폐운동과 일본 과거사청산운동 등을 벌려 일본사회의 평화, 인권, 생명운동의 상징적인 인물로 추앙받고 있다. 주요 소설로서는 『까마귀의 죽음』, 『화산도』, 『만월』, 『말의 주박』, 『죽은 자는 지상으로』, 『과거로부터의 행진 상·하』 등이 있다.

▎옮긴이

김환기
동국대학교 일어일문학과 졸업
(현) 동국대학교 교수/동국대일본학연구소 소장
『시가 나오야』, 『재일 디아스포라 문학』, 『브라질(Brazil) 코리안 문학 선집』,
「코리안 디아스포라 문학의 '혼종성'과 초국가주의」 외 다수.

김학동
일본 호세이(法政)대학 일본문학과 졸업
(현) 동국대학교 일본학연구소 연구원/공주대학교 출강
『재일조선인문학과 민족』, 『장혁주의 일본어작품과 민족』,
『한일 내셔널리즘의 해체』(역서), 「김석범의 한글 『화산도』론」 외 다수.

火山島 ⑤

2015년 10월 16일 초판1쇄
2016년 7월 15일 초판2쇄
2021년 1월 15일 초판3쇄

지은이 김석범
옮긴이 김환기 · 김학동
펴낸이 김흥국
펴낸곳 보고사

책임교열 유임하(문학평론가/한국체대 교수)
책임편집 황효은
표지디자인 정보환 · 손정자
제작관리 조진수 **마케팅** 이성은
인쇄제본 영신사 **종이** 한서지업사 **코팅** IZI&B

등록 1990년 12월 13일 제6-0429호
주소 경기도 파주시 회동길 337-15 보고사
전화 031-955-9797(대표)
    02-922-5120~1(편집), 02-922-2246(영업)
팩스 02-922-6990
메일 kanapub3@naver.com / bogosabooks@naver.com
http://www.bogosabooks.co.kr

ISBN 979-11-5516-465-5 04810
    979-11-5516-460-0 04810(세트)

정가 15,000원